Bret Easton Ellis

AMERICAN PSYCHO

Roman

Aus dem amerikanischen Englisch von
Clara Drechsler und Harald Hellmann

Bild präsentiert:

Skandal!

Die aufregendsten Bücher aller Zeiten.

Lizenzausgabe der Axel Springer AG, Berlin
Auflage Oktober 2012

Konzeption und Gestaltung: Klaus Fuereder, Berlin
Projektkoordination: Stephan Pallmann, Alexandra Wesner

Satz: CPI – Ebner & Spiegel, Ulm
Druck und Verarbeitung: CPI – Ebner & Spiegel, Ulm

ISBN: 978-3-942656-41-2

Alle handelnden Personen, alle Begebenheiten und Dialoge sind, von den gelegentlich erwähnten Markenprodukten, Dienstleistungsunternehmen oder Personen des öffentlichen Lebens abgesehen, frei erfunden. Jede Ähnlichkeit mit lebenden Personen oder die Schmähung der Produkte oder Dienstleistungen der genannten Firmen wären völlig unbeabsichtigt.

Für Bruce Taylor

Sowohl der Autor dieser Aufzeichnungen als auch die Aufzeichnungen selbst sind erdacht. Nichtsdestoweniger sind Menschen wie der Verfasser dieser Aufzeichnungen nicht nur denkbar, sondern unausbleiblich, wenn man jene Verhältnisse in Betracht zieht, unter denen sich unsere Gesellschaft gebildet hat. Ich wollte dem Publikum deutlicher, als es sonst zu geschehen pflegt, einen Repräsentanten der jüngst verflossenen Vergangenheit vor Augen stellen. Er gehört zu der noch in unsere Tage ragenden Generation. In diesem Fragment, »Das Kellerloch« betitelt, stellt er sich selbst vor, seine Anschauungen, und bemüht sich gewissermaßen, die Gründe zu klären, warum er aufgetaucht ist und warum er mit Notwendigkeit bei uns auftauchen musste. In dem folgenden Fragment beginnen die wirklichen Aufzeichnungen dieses Menschen über gewisse Ereignisse in seinem Leben.

Fjodor Dostojewskij
Aufzeichnungen aus dem Kellerloch

Einer der Hauptfehler vieler Menschen liegt in der Annahme, gute Manieren seien dem Ausdruck heiterer Gefühle vorbehalten. Doch tatsächlich lässt sich die ganze Bandbreite menschlichen Verhaltens in zivilisierte Umgangsformen kleiden. Das macht unsere Kultur aus – sich zivilisiert zu verhalten, und nicht feindselig. Einer unserer Irrwege war die rousseauistisch-naturalistische Bewegung der Sechzigerjahre, deren Credo lautete: »Warum nicht einfach aussprechen, was einem durch den Kopf geht?« Zivilisation erfordert ein Mindestmaß an Beherrschung. Wenn wir alle unseren Impulsen nachgeben würden, würden wir uns gegenseitig umbringen.

Miss Manners (Judith Martin)

And as things fell apart
Nobody paid much attention

Talking Heads

Aprilscherze

»IHR, DIE IHR HIER EINTRETET, lasset alle Hoffnung fahren« ist in blutroten Lettern auf die Wand der Chemical Bank an der Ecke Eleventh und First geschmiert, so groß, dass man es auch vom Rücksitz des Taxis aus erkennen kann, das sich im Verkehr aus der Wall Street vorarbeitet, und eben als Timothy Price die Schrift bemerkt, schiebt sich ein Bus neben uns, und eine Seitenwerbung für *Les Misérables* versperrt den Blick, aber Price, sechsundzwanzig und bei Pierce & Pierce, scheint das nicht zu kümmern, denn er verspricht dem Fahrer fünf Dollar, wenn er das Radio lauter stellt, »Be My Baby« auf WYNN, und der Fahrer, ein Schwarzer, kein Amerikaner, macht es.

»Ich bin einfallsreich«, sagt Price. »Ich bin kreativ, ich bin jung, skrupellos, hoch motiviert, hoch qualifiziert. Will sagen, die Gesellschaft kann es sich nicht leisten, mich zu verlieren. Ich bin ein echter *Aktivposten*.« Price regt sich wieder ab und starrt weiter aus dem schmutzigen Taxifenster, höchstwahrscheinlich auf das Wort FURCHT, das in Rot auf die Wand eines McDonald's an der Fourth und Seventh gesprüht ist. »Ich meine, Tatsache ist doch, dass sich niemand einen Dreck um seine Arbeit schert, jeder seinen Job hasst; *ich* hasse meinen Job, und *du* hasst deinen, hast du mir erzählt. Also, was soll ich machen? Zurück nach Los Angeles? Keine Alternative. Dafür bin ich nicht von der UCLA nach Stanford gewechselt. Ich meine, bin ich denn der *Einzige*, der findet, dass wir unterbezahlt sind?« Wie in einem Film erscheint ein weiterer Bus, die nächste Seitenwerbung für *Les Misérables* verdeckt das

Wort – es ist nicht derselbe Bus, denn jemand hat LESBE auf Eponines Gesicht geschrieben. Tim platzt heraus: »Ich hab hier eine Eigentumswohnung. Ich hab ein Haus in den *Hamp*tons, Herrgott noch mal.«

»Nicht du, Junge. Deine Eltern.«

»Ich kauf es ihnen gerade *ab*. Machen Sie das jetzt vielleicht bald *lauter*, verdammte Scheiße?«, schnauzt er den Fahrer an, aber nur halbherzig, immer noch plärren die Crystals aus dem Radio.

»Nicht lauter gehen«, sagt der Fahrer möglicherweise.

Timothy ignoriert ihn und fährt gereizt fort: »Ich könnte weiter in dieser Stadt leben, wenn sie bloß Blaupunkt in die Taxis einbauen würden. Vielleicht das ODM III oder das ORC II Dynamic Tuning System?« Hier senkt sich seine Stimme: »Egal welches. Hip, alter Knabe. Sehr hip.«

Er nimmt den teuer aussehenden Walkman vom Hals, noch immer lamentierend: »Ich hasse es – wirklich, ich hasse es –, mich immer wieder über den Dreck zu beschweren, über den Müll, den Aussatz, darüber, wie zutiefst verkommen diese Stadt ist, und wir wissen *beide*, dass sie ein *Scheißhaufen* ist …« Er redet weiter und öffnet dabei seinen neuen Tumi-Diplomatenkoffer aus Kalbsleder, den er bei D. F. Sanders gekauft hat. Er legt den Walkman neben ein westentaschengroßes, kabelloses, zusammenklappbares Panasonic-Portable Easa-phone (früher hatte er das NEC 9000 Porta Portable) und zückt die heutige Tageszeitung. »In einer Ausgabe, in einer *einzigen* Ausgabe haben wir … mal sehen … erwürgte Models, Babys, die von Mietskasernendächern geworfen werden, in der U-Bahn getötete Kinder, Kommunisten, die sich zusammenrotten, einen umgelegten Mafia-Boss, Nazis« – erregt überfliegt er die Seiten – »Baseballspieler mit Aids, noch mehr Mafia-Kram, Verkehrskollaps, die Obdachlosen, diverse Psychopathen, wie Fliegen in den Straßen sterbende Homos, Leihmütter, die Absetzung einer Soap Opera, Kinder, die in einen Zoo eingebrochen sind und diverse Tiere bei lebendigem Leib gequält und verbrannt haben, noch mehr Nazis … und der Witz, die Pointe ist, all das passiert in dieser einen Stadt – nirgendwo sonst, nur hier, es ist zum Kotzen, oh, warte, noch mehr Nazis, Verkehrskollaps, Verkehrskollaps, Baby-Händler, Schwarzmarkt-Babys, Aids-Babys, Baby-Junkies, Haus über Baby eingestürzt, Psychopathen-Baby, Verkehrskollaps, Brücke eingestürzt –« Seine Stimme bricht ab, er holt Luft und sagt bedächtig, den Blick auf einen Bettler an der Ecke Second und Fifth geheftet: »Das ist die Nummer vierundzwanzig heute. Ich hab mitgezählt.« Fragt dann, ohne mich anzusehen: »Warum trägst du nicht den Blazer aus marineblauem Kammgarn zu der grauen Hose?« Price trägt einen Anzug aus Wolle und Seide mit sechs Knöpfen von Ermenegildo Zegna, ein Hemd aus reiner Baumwolle mit Doppelmanschetten von Ike Behar, eine Ralph-Lauren-Seidenkrawatte und Flügelkappen-Brogues von Fratelli Rossetti. Schwenk auf die *Post*. Da gibt es eine halbwegs interessante Geschichte über zwei Leute, die während einer Party auf der Yacht einer zweitrangigen New Yorker Schickeriagröße spurlos verschwanden, während das Boot die Insel umschiffte. Blutspuren und drei zerbrochene Champagnergläser sind die einzigen Hinweise. Man vermutet ein Gewaltverbrechen, und die Polizei schließt aus gewissen Kratzern und Kerben auf Deck, dass der Killer eine Machete benutzte. Leichen wurden nicht gefunden. Verdächtige gibt es nicht. Price hatte mit seinem Sermon heute beim Lunch angefangen, ihn beim Squash-Spiel wieder aufgegriffen und während der Drinks bei Harry's, drei J&B's mit Soda, weiterpalavert, da allerdings wesentlich Interessanteres, nämlich über den Fisher-Account, den Paul Owen betreut. Price ist nicht zu stoppen.

»Krankheiten!«, ruft er mit schmerzverzerrtem Gesicht aus. »Da gibt es jetzt diese Theorie, dass man, wenn man den Aids-Virus durch Geschlechtsverkehr mit einem Infizierten bekommen kann, auch alles *andere* so bekommen kann, ob Virus oder nicht – Alzheimer, Muskelschwund, Bluterkrankheit, Leukämie, Magersucht, Diabetes, Krebs, multiple Sklerose, Stoffwechselstörungen, Kinderlähmung, Legasthenie, mein Gott, man kann durch *Ficken* Legastheniker werden …«

»Ich bin nicht ganz sicher, Mann, aber ich glaube kaum, dass Legasthenie ein Virus ist.«

»Ach, wer weiß? *Die* wissen es nicht. Beweis das Gegenteil.« Draußen, auf den Bürgersteigen, kämpfen schmutzige und aufgedunsene Tauben vor einem Gray's Papaya um Hotdog-Reste, während Transvestiten müßig zusehen und ein Streifenwagen lautlos in falscher Richtung durch eine Einbahnstraße fährt, der Himmel ist grau und niedrig, und aus einem Taxi, das unserem gegenüber im Verkehr stecken geblieben ist, winkt ein Typ, der ganz wie Luis Carruthers aussieht, zu Timothy herüber, und als Timothy den Gruß nicht erwidert, erkennt der Typ – zurückgekämmtes Haar, Hosenträger, Hornbrille –, dass wir nicht die sind, für die er uns gehalten hat, und blickt wieder in seine Ausgabe von *USA Today*. Beim Schwenk auf den Bürgersteig sieht man eine hässliche alte Stadtstreicherin mit einer Gerte, und sie schlägt damit nach den Tauben, die unbeirrt weiterpicken und hungrig die Überreste der Hotdogs umkämpfen, und der Streifenwagen verschwindet in einer Tiefgarage.

»Aber dann, gerade wenn du dich voll und ganz mit diesen Zeiten *abgefunden* hast, wenn sich dein Körper irgendwie auf diesen Irrsinn *eingestellt* hat und du an den Punkt gelangst, wo der Groschen fällt und das alles Sinn macht, kommt plötzlich so eine beschissene, verrückte obdachlose Niggerfrau an, die allen Ernstes auf der Straße leben *will* – verstehst du, Bateman – auf *eben diesen* Straßen, schau, da *draußen*« – er zeigt drauf –, »und wir haben einen Bürgermeister, der nicht auf sie hören will, einen Bürgermeister, der dieser *dämlichen Schlampe* nicht ihren Willen lassen kann – Herr Jesus –, der die dämliche Schlampe nicht *erfrieren* lassen kann, damit sie endlich aus ihrem beschissenen selbst gewählten Elend erlöst ist, und schon bist du wieder da, wo du angefangen hast, verwirrt und am Ende mit deinem Latein … Nummer vierundzwanzig, nee, fünfundzwanzig … Wer wird alles bei Evelyn sein? Warte, lass mich raten.« Er hebt eine tadellos manikürte Hand. »Ashley, Courtney, Muldwyn, Marina, Charles – so weit richtig? Vielleicht auch einer von Evelyns ›Künstler‹-Freunden aus dem – herrje – ›East‹ Village. Du kennst die Sorte: der Typ, der Evelyn fragt, ob sie einen schön trockenen *weißen* Chardonnay hat …« Er schlägt sich die Hand vor die Stirn und schließt die Augen, dann presst er mit zusammengebissenen Zähnen hervor: »Ich hau ab. Ich schicke Meredith in die Wüste. Sie legt es doch tatsächlich *darauf an*, dass ich sie gern habe. Mir reicht's. Warum ist mir jetzt erst aufgegangen, dass sie die Persönlichkeit einer gottverdammten Quizmasterin hat? … Sechsundzwanzig, siebenundzwanzig … Ich meine, ich sage ihr, wie einfühlsam ich bin. Ich hab ihr erzählt, dass mir die Challenger-Katastrophe fast das *Herz* gebrochen hat – was will sie mehr? Ich bin moralisch gefestigt, tolerant, also ich bin mit meinem Leben wirklich hochzufrieden, ich blicke optimistisch in die Zukunft … ich meine, du etwa nicht?«

»Klar, aber …«

»Und von ihr kommt nur *Mist* zurück … Achtundzwanzig, neunundzwanzig, heilige Scheiße, das ist ja ein verdammtes *Nest* von Pennern. Ich werd dir was sagen …« Er verstummt, als sei er plötzlich müde, wendet sich von einer weiteren Reklame für *Les Misérables* ab, erinnert sich an etwas Wichtiges und fragt: »Hast du das von diesem Quizmaster gelesen? Der zwei Jungs ermordet hat? Degenerierte Schwuchtel. Ulkig, wirklich ulkig.« Price wartet meine Reaktion ab. Es kommt keine. Plötzlich: Upper West Side.

Er fordert den Fahrer auf, an der Ecke Eighty-first und Riverside zu halten, weil man in die Straße nicht rechts einbiegen kann.

»Fahren Sie nicht extra um die …«, beginnt Price.

»Vielleicht ich nehme anderen Weg rum«, meint der Taxifahrer.

»Machen Sie sich keine Mühe.« Und dann, zwischen den Zähnen, ein kaltes, knappes: »Verdammter Volltrottel«.

Der Fahrer hält den Wagen an. Zwei Taxis hinter uns hupen und ziehen dann vorbei.

»Sollten wir Blumen mitbringen?«

»Ach was. Zum Teufel, *du* knallst sie, Bateman. Warum sollten *wir* Evelyn Blumen mitbringen? Ich hoffe, Sie können auf einen Fünfziger rausgeben«, sagt er mit Blick auf die roten Zahlen des Taxameters drohend zum Fahrer. »Verdammt. Steroide. ’tschuldigung, dass ich so reizbar bin.«

»Ich dachte, du wärst davon runter.«

»Ich habe Akne an Armen und Beinen gekriegt, und das UVA-Bad hat nichts ausgerichtet, also bin ich stattdessen in ein Bräunungsstudio gegangen, und das half. Mein Gott, Bateman, du solltest sehen, wie stahlhart mein Bauch aussieht. Wunderbar modelliert …«, sagt er in kühlem, eigentümlichem Tonfall, während er auf das Wechselgeld des Fahrers wartet. »Stahlhart.« Er bescheißt den Fahrer beim Trinkgeld, aber der ist trotzdem aufrichtig dankbar. »Bis dann, Shlomo«, verabschiedet sich Price.

»Verdammt, verdammt, verdammt«, flucht Price, während er die Tür öffnet. Beim Aussteigen entdeckt er auf der Straße – »Bingo: *dreißig*« – einen Bettler in einem gammeligen, dreckig-grünen Overall, unrasiert, mit schmutzigem, zurückgeklatschtem fettigem Haar, und hält ihm zum Spaß die Taxitür auf. Der Penner, verstört und leise brabbelnd, den Blick beschämt aufs Pflaster gerichtet, hält uns mit unsicherer Hand einen leeren Styropor-Kaffeebecher hin.

»Ich glaube, er will das Taxi nicht«, kichert Price und knallt die Taxitür zu. »Frag ihn, ob er American Express nimmt.«

»Nehmen Sie AmEx?«

Der Penner nickt und schlurft langsam davon.

Es ist kalt für April, und Price marschiert forsch die Straße entlang auf Evelyns Wohnblock zu, schwingt »If I Were A Rich Man« pfeifend seinen Tumi-Diplomatenkoffer, sein Atem formt kleine Dampfwolken. Eine Gestalt mit zurückgekämmtem Haar und Hornbrille erscheint in der Ferne, bekleidet mit einem beigen, zweireihigen Anzug aus Wollgabardine von Cerruti 1881 und in der Hand den gleichen Tumi-Diplomatenkoffer von D. F. Sanders, den Price hat, und Timothy fragt sich laut: »Ist das Victor Powell? Das darf nicht wahr sein.«

Der Mann geht mit verwirrtem Gesichtsausdruck unter dem schimmernden Lichtkegel einer Straßenlaterne hindurch, kräuselt die Lippen einen Moment lang zu einem schwachen Lächeln und blickt Price kurz an wie einen Bekannten, aber im gleichen Moment wird ihm klar, dass er Price nicht kennt, und ebenso schnell erkennt Price, dass es nicht Victor Powell ist, und der Mann geht vorbei.

»Gott sei Dank«, murmelt Price, während er sich Evelyns Haus nähert.

»Er sah ihm sehr ähnlich.«

»Powell *und* Dinner bei Evelyn? Das passt zusammen wie Paisley und Plaid.« Price überdenkt das noch mal. »Wie weiße Socken zu grauen Hosen.«

Eine langsame Überblendung, und Price springt die Stufen zum Brownstone hoch, das Evelyns Vater ihr gekauft hat, und schimpft, weil er vergessen hat, die Videos zurückzubringen, die er gestern Abend bei Video Haven ausgeliehen hat. Er klingelt. Aus Evelyns Nachbarhaus kommt eine Frau – Stöckelschuhe, klasse Arsch – und geht weg, ohne abzuschließen. Price blickt ihr nach, und als er hinter der Tür Schritte im Korridor hört, dreht er sich um und richtet seine Versace-Krawatte, um für alle Eventualitäten gewappnet zu sein. Courtney öffnet die Tür; sie trägt eine cremefarbene Seidenbluse von Krizia, einen Rock von Krizia aus rostrotem Tweed und d'Orsay-Pumps aus Seidensatin von Manolo Blahnik.

Ich schüttele mich und reiche ihr meinen schwarzen Mantel aus reiner Wolle von Giorgio Armani, sie nimmt ihn mir ab und haucht mir vorsichtig einen Kuss auf die rechte Wange, dann wiederholt sie die Prozedur mit den gleichen exakten Bewegungen bei Price, während sie seinen Armani-Mantel nimmt. Aus dem Wohnzimmer erklingt dezent die neue CD der Talking Heads.

»Ein bisschen spät dran, wie, Jungs?«, fragt Courtney mit frechem Grinsen.

»Unfähiger haitianischer Taxifahrer«, murmelt Price und haucht Courtney einen Kuss auf. »Haben wir irgendwo reserviert, und jetzt sag bloß nicht, um neun bei Pastels.«

Courtney lächelt und hängt beide Mäntel in den Korridorschrank. »Abendessen zu Hause, ihr Süßen. Tut mir leid, ich weiß, ich weiß, ich hab versucht, es Evelyn auszureden, aber es gibt … *Su*shi.«

Tim schiebt sich an ihr vorbei durchs Foyer Richtung Küche. »Evelyn? Wo bist du, Evelyn?«, ruft er mit Singsang-Stimme. »Wir haben was zu *besprechen*.«

»Schön dich zu sehen«, sage ich Courtney. »Du siehst heute blendend aus. Dein Gesicht hat ein … jugendliches Strahlen.«

»Du verstehst es wirklich, Komplimente zu machen,

Bateman.« In Courtneys Stimme schwingt kein Sarkasmus mit. »Soll ich Evelyn verraten, dass du so empfindest?«, fragt sie kokett.

»Nein«, antworte ich, »aber ich wette, das würdest du gern.«

»Komm«, sagt sie, löst meine Hände von ihrer Hüfte, legt mir ihre Hände auf die Schultern und schiebt mich durchs Foyer in Richtung Küche. »Wir müssen Evelyn retten. Seit einer Stunde arrangiert sie die Sushi um. Sie versucht, deine Initialen nachzubilden – das *P* mit Yellowtail, das *B* mit Thunfisch –, aber jetzt findet sie, der Thunfisch sähe zu blass aus …«

»Wie romantisch.«

»… und fürs *B* reicht der Yellowtail nicht mehr« – Courtney holt Luft –, »und ich glaube, sie versucht's darum stattdessen mit Tims Initialen. Macht dir das was aus?«, fragt sie, nur leicht besorgt. Courtney ist Luis Carruthers' Freundin. »Ich bin entsetzlich eifersüchtig und rede wohl besser mal mit Evelyn«, antworte ich und lasse mich von Courtney sanft in die Küche schieben.

Evelyn steht an einer hellen Holztheke und trägt eine cremefarbene Seidenbluse von Krizia, einen Rock von Krizia aus rostrotem Tweed und die gleichen d'Orsay-Seidensatin-Pumps wie Courtney. Ihr langes blondes Haar ist zu einem recht strengen Knoten aufgesteckt, und sie erwidert meinen Gruß, ohne von der ovalen Wilton-Servierplatte aus rostfreiem Stahl aufzusehen, auf der sie kunstvoll die Sushi arrangiert hat. »Ach, Darling. Es tut mir leid. Ich wollte eigentlich in dieses reizende neue kleine salvadorianische Bistro auf der Lower East Side …«

Price stöhnt vernehmlich.

»… aber wir haben keinen Tisch mehr bekommen. Timothy, *stöhn* nicht so.« Sie nimmt ein Stück Yellowtail und legt es andächtig an den oberen Teil der Platte, um damit etwas zu vervollständigen, das wie ein großes »T« aussieht.

Sie tritt einen Schritt zurück und inspiziert das Ergebnis. »Ich weiß nicht. Ach, ich bin so unschlüssig.«

»Ich hab dir doch gesagt, du sollst Fin*landia* parat haben«, grummelt Price, als er die Flaschen an der Bar – hauptsächlich Magnums – durchsieht. »Nie hat sie Fin*landia*«, sagt er zu niemand Besonderem, zu uns allen.

»Mein Gott, Timothy. Tut's *Absolut* nicht auch?«, fragt Evelyn, und dann gedankenverloren zu Courtney: »Die California Roll sollte den Rand der Platte schmücken, oder?«

»Bateman. Drink?«, seufzt Price.

»J&B mit Eis«, ordere ich und finde es plötzlich merkwürdig, dass Meredith nicht eingeladen ist.

»Oh, mein Gott, es ist eine *Katastrophe*«, stöhnt Evelyn. »Gleich fang ich an zu *heulen*.«

»Die Sushi sehen *wunderbar* aus«, versichere ich ihr beruhigend.

»Es ist eine *Katastrophe*«, jammert sie weiter, »eine *Katastrophe*.«

»Nicht doch, die Sushi sehen *herrlich* aus«, erkläre ich und nehme, um sie so weit wie möglich zu beruhigen, ein Stückchen Flunder, stecke es mit wohligem Seufzen in den Mund und umarme Evelyn von hinten; noch mit vollem Mund gelingt es mir, »köstlich« zu sagen.

Sie gibt mir, offensichtlich erfreut über meine Reaktion, einen spielerischen Klaps, haucht mir schließlich vorsichtig einen Kuss auf und wendet sich wieder Courtney zu. Price reicht mir einen Drink und geht Richtung Wohnzimmer, während er versucht, irgendetwas Unsichtbares von seinem Blazer zu entfernen. »Evelyn, hast du eine Kleiderbürste?«

Lieber als hier zu essen, hätte ich mir das Baseballspiel angesehen, wäre zum Training ins Fitnessstudio gegangen oder hätte das neue salvadorianische Bistro ausprobiert, das ein paar gute Kritiken bekommen hat, eine im *New York*

Magazine, die andere in der *Times*, aber ein Gutes hat ein Dinner bei Evelyn: Es ist nah bei meiner Wohnung.

»Ist es in Ordnung, wenn die Sojasoße nicht genau Zimmertemperatur hat?«, fragt Courtney. »Ich glaube, da ist Eis in einer der Schalen.«

Evelyn häuft gerade blassrosafarbene Ingwerstreifen zierlich neben eine Porzellanschale mit Sojasoße. »Nein, das ist keineswegs in Ordnung. Patrick, kannst du so freundlich sein und den Kirin aus dem Kühlschrank nehmen?« Dann geht ihr der Ingwer anscheinend auf die Nerven, und sie wirft den ganzen Packen auf die Platte. »Ach, vergiss es. Ich mach's selbst.«

Ich schiebe mich trotzdem Richtung Kühlschrank. Price kommt mit düsterem Blick zurück in die Küche und fragt: »Wer zum Teufel ist da im Wohnzimmer?«

Evelyn heuchelt Unwissenheit: »Ach, wer ist denn da?«

Courtney fragt warnend: »Ev-el-yn. Du hast es ihnen doch *hoffentlich* gesagt?«

»Wer ist es?«, frage ich verschreckt. »Victor Powell?«

»Nein, es ist nicht Victor Powell, Patrick«, meint Evelyn beiläufig. »Es ist ein befreundeter Künstler, Stash. Und Vanden, seine Freundin.«

»Ach, das war also ein *Mädchen* da drinnen«, sagt Price. »Das musst du gesehen haben, Bateman«, fordert er mich auf. »Lass mich raten. East Village?«

»Oh, Price«, flötet sie und öffnet die Bierflaschen. »Aber nein. Vanden geht nach Camden, und Stash lebt in SoHo, zufrieden?«

Ich gehe aus der Küche, vorbei am Speisezimmer, in dem der Tisch gedeckt ist und Bienenwachskerzen von Zona in silbernen Kerzenständern von Fortunoff strahlen, ins Wohnzimmer. Was Stash anhat, kann ich nicht erkennen, denn alles ist schwarz. Vanden hat grüne Strähnen in ihrem Haar. Sie raucht eine Zigarette und glotzt auf ein Heavy-Metal-Video auf MTV.

»Ähem«, räuspere ich mich.

Vanden blickt misstrauisch herüber, bis zum Haaransatz voll mit Drogen. Stash rührt sich nicht.

»Hi. Pat Bateman«, stelle ich mich mit ausgestreckter Hand vor, registriere dabei mein Bild in einem Spiegel an der Wand – und lächle mir wohlgefällig zu. Sie nimmt meine Hand, ohne etwas zu sagen. Stash schnüffelt an seinen Fingern.

Harter Schnitt, und ich bin wieder in der Küche.

»Schmeiß sie bloß raus.« Price kocht vor Wut. »Sie glotzt total bedröhnt MTV, und ich will den verdammten MacNeil/Lehrer-Report sehen.«

Evelyn öffnet immer noch mächtige Flaschen Importbier und bemerkt geistesabwesend: »Wir sollten dieses Zeug möglichst bald essen, sonst werden wir uns alle vergiften.«

»Sie hat eine grüne Strähne im Haar«, berichte ich. »Und sie raucht.«

»Bateman«, sagt Price, der immer noch zornig auf Evelyn starrt.

»Ja?«, antworte ich. »Timothy?«

»Du bist ein Trottel.«

»Oh, lass Patrick in Ruhe«, schaltet sich Evelyn ein. »Er ist der nette Junge von nebenan. Das ist Patrick. Du bist kein Trottel, nicht wahr, Schätzchen?« Evelyn ist ganz woanders, und ich gehe zur Bar, um mir noch einen Drink zu machen.

»Der nette Junge von nebenan«, grinst Tim süffisant und nickt, dann ändert er seine Miene und fragt Evelyn erneut rüde nach einer Kleiderbürste.

Evelyn hört endlich auf, japanische Bierflaschen zu öffnen, und bittet Courtney, Stash und Vanden zu holen. »Wir müssen das hier jetzt essen, sonst werden wir alle vergiftet«, murmelt sie, dreht langsam den Kopf und lässt den Blick durch die Küche wandern, um sicherzugehen, dass sie nichts vergessen hat.

»Falls ich sie vom neusten Megadeth-Video loseisen kann«, meint Courtney, bevor sie geht.

»Ich muss mit dir reden«, sagt Evelyn.

»Worüber?« Ich trete zu ihr.

»Nein«, sagt sie und zeigt auf Tim, »mit Price.«

Tim starrt sie immer noch grimmig an. Ich sage nichts und sehe auf Tims Drink.

»Sei ein Schatz«, sagt sie zu mir, »und stell die Sushi auf den Tisch. Die Tempura ist in der Mikrowelle, und der Sake steht kurz vor dem Überkochen …« Ihre Stimme verklingt, während sie Price aus der Küche führt.

Ich frage mich, woher Evelyn die Sushi hat – Thunfisch, Yellowtail, Makrelen, Shrimps, Aal, *Bonito* sogar, alles sieht so frisch aus, und es gibt Berge von Wasabi und Massen von Ingwer, strategisch auf der Wilton-Platte verteilt – aber mir gefällt auch die Vorstellung, es *nicht* zu wissen, es *niemals* zu wissen und in den Sushi dort in der Mitte des Glastisches von Zona, den Evelyns Vater ihr gekauft hat, eine geheimnisvolle Erscheinung aus dem Orient zu sehen, und als ich die Platte abstelle, erhasche ich einen Blick auf mein Spiegelbild in der Tischplatte. Im Kerzenlicht wirkt meine Haut dunkler, und ich stelle fest, wie gut doch der Haarschnitt aussieht, den sie mir letzten Mittwoch bei Gio's gemacht haben. Ich mache mir noch einen Drink. Ich bin besorgt über den Kochsalzgehalt der Sojasoße.

Zu viert sitzen wir am Tisch und warten darauf, dass Evelyn und Timothy von der Suche nach einer Kleiderbürste für Price zurückkehren. Ich sitze am Kopf des Tisches und nehme große Schlucke J&B. Vanden sitzt am anderen Ende, blättert desinteressiert in irgendeinem East-Village-Blättchen namens *Deception*, die knallige Headline lautet: DOWNTOWN STIRBT. Stash hat ein Essstäbchen in ein einsames Stückchen Yellowtail gesteckt, das mitten auf seinem Teller liegt wie ein schimmerndes aufgespießtes Insekt, und das Stäbchen steckt aufrecht fest. Hin und wieder schiebt Stash das Sushihäppchen mit dem Stäbchen auf dem Teller herum, aber er blickt weder zu mir noch zu Vanden oder Courtney auf, die neben mir sitzt und Pflaumenwein aus einem Champagnerglas nippt.

Evelyn und Timothy kommen ungefähr zwanzig Minuten, nachdem wir Platz genommen haben, zurück, und Evelyn ist nur leicht errötet. Tim starrt mich an, während er mit einem frischen Drink in der Hand neben mir Platz nimmt, und beugt sich zu mir, um etwas zu sagen, ein Geständnis loszuwerden, als Evelyn plötzlich unterbricht: »Nicht dort, Timothy«, dann, kaum ein Flüstern: »Junge Mädchen, junge Mädchen.« Sie zeigt auf den leeren Stuhl neben Vanden. Timothy richtet seinen stechenden Blick auf Evelyn und nimmt dann zögernd neben Vanden Platz, die gähnt und eine Seite ihres Magazins umblättert.

»Also, Leute«, sagt Evelyn lächelnd, zufrieden mit dem von ihr bereiteten Mahl, »haut rein.« Dann, als sie das von Stash aufgespießte Stückchen Sushi bemerkt – er hat sich jetzt über den Teller gebeugt und flüstert ihm zu –, scheint sie ihre Fassung zu verlieren, lächelt aber tapfer und flötet: »Wer möchte Pflaumenwein?«

Niemand sagt etwas, bis Courtney, die auf Stashs Teller starrt, unsicher ihr Glas hebt und mit gequältem Lächeln sagt: »Es ist … köstlich, Evelyn.«

Stash schweigt. Auch wenn er sich unbehaglich fühlen mag, weil er so ganz anders aussieht als die anderen Männer im Raum – sein Haar ist nicht zurückgekämmt, keine Hosenträger, keine Hornbrille, die Kleidung schwarz und formlos, kein Verlangen nach einer guten Zigarre, vermutlich unfähig, sich einen Tisch im Camols zu sichern, sein Nettoeinkommen lachhaft –, ist sein Betragen doch äußerst unangemessen, er sitzt einfach da, wie hypnotisiert durch das glänzende Stückchen Sushi, und gerade als die Tischrunde sich damit abgefunden hat, ihn einfach zu ignorieren und mit dem Essen zu beginnen, richtet er sich auf, deutet anklagend auf seinen Teller und sagt laut: »Es hat sich bewegt!«

Timothys Blick ist so unermesslich abschätzig, dass ich kaum mithalten kann, aber ich gebe mir redlich Mühe, es ihm gleichzutun. Vanden scheint amüsiert und Courtney nun bedauerlicherweise auch – ich muss fast annehmen, dass sie den Affen attraktiv findet –, aber ich schätze, als Luis Carruthers' Freundin würde es mir auch so gehen. Evelyn lacht gutmütig und sagt: »Oh, Stash, du *bist* vielleicht eine Nummer«, und fragt dann besorgt: »Tempura?« Evelyn ist leitende Angestellte in einer Finanzierungsgesellschaft, FYI.

»Ich, bitte«, sage ich und hebe ein Stück Aubergine von der Platte, das ich aber nicht essen werde, weil es in Fett gebraten ist.

Am Tisch beginnt man zuzugreifen, Stash erfolgreich ignorierend. Ich starre Courtney an, sie kaut und schluckt.

Nach einem langen, fast nachdenklich wirkenden Schweigen sagt Evelyn in dem Versuch, ein Gespräch in Gang zu bringen: »Vanden studiert in Camden.«

»Ach, tatsächlich?«, fragt Timothy eisig. »Wo ist das?«

»Vermont«, antwortet Vanden, ohne von ihrer Zeitung aufzusehen.

Ich blicke hinüber zu Stash, um zu sehen, ob ihn Vandens unverfroren kaltschnäuzige Lüge freut, aber er benimmt sich, als höre er gar nicht zu, als sei er in einem anderen Raum oder irgendeinem *Punkrock*-Club im dunkelsten Viertel der Stadt, aber es ärgert mich, dass die übrigen am Tisch es genauso halten, denn ich bin ziemlich sicher, wir alle wissen, dass Camden in New Hampshire liegt.

»Wo bist *du* gewesen?«, seufzt Vanden, nachdem ihr endlich klar geworden ist, dass sich niemand für Camden interessiert. »Tja, ich war in Le Ro*say*«, beginnt Evelyn, »und dann in der Schweiz auf der Business School.«

»Ich hab auch eine Business School in der Schweiz hinter mir«, meint Courtney. »Aber ich war in Genf. Evelyn war in Lausanne.«

Vanden schmeißt die Ausgabe von *Deception* neben Timothy hin und grinst auf lässige, abschätzige Art, und obwohl ich ein bisschen genervt bin, dass Evelyn Vandens herablassender Haltung kein Kontra bietet, hat der J&B mich so weit entstresst, dass es mir nichts ausmacht zu schweigen. Evelyn hält Vanden vermutlich für süß, verloren, verwirrt, eine *Künstlerin* halt. Weder Price noch Evelyn essen etwas; ich wittere Kokain, bin mir aber nicht sicher. Während er einen kräftigen Schluck von seinem Drink nimmt, hält Timothy die Nummer von *Deception* hoch und kichert in sich hinein. »Downtown stirbt«, sagt er, und dann, auf die beiden Worte in der Headline deutend: »Scheiß drauf.«

Instinktiv erwarte ich, dass Stash sofort von seinem Teller aufblickt, aber er starrt immer noch auf das einsame Stückchen Sushi, lächelt vor sich hin und nickt mit dem Kopf.

»Hey«, sagt Vanden, als sei sie persönlich beleidigt. »Das betrifft uns.«

»Oh ho ho«, macht Tim warnend. »*Das* betrifft uns? Was ist mit den Massakern in Sri Lanka, Schätzchen? Betreffen uns die nicht auch? Was ist mit Sri Lanka?«

»Na ja, das ist ein cooler Club im Village.« Vanden zuckt die Schultern. »Klar, das betrifft uns auch.«

Plötzlich, ohne aufzusehen, spricht Stash. »Der heißt *The Tonka*.« Er klingt sauer, aber seine Stimme ist ruhig und leise, sein Blick haftet immer noch auf dem Sushi. »Er heißt The Tonka, nicht Sri Lanka. Kapiert? The Tonka.«

Vanden schlägt die Augen nieder und sagt dann kleinlaut: »Oh.«

»Ja, weißt du denn gar nichts über Sri Lanka? Dass die Sikhs da unzählige Israelis abschlachten?«, stichelt Timothy weiter. »Geht uns *das* nichts an?«

»Möchte jemand Kappamaki-Roll?«, unterbricht Evelyn fröhlich und hält einen Teller hoch.

»Ach, komm schon, Price«, sage ich. »Es gibt wichtigere Probleme als Sri Lanka. Natürlich ist unsere Außenpolitik wichtig, aber es liegen dringlichere Probleme an.«

»Was zum Beispiel?«, fragt er, ohne den Blick von Vanden zu lassen. »Übrigens, warum ist ein Eiswürfel in meiner Sojasoße?«

»Nein«, beginne ich zögerlich. »Also, zum einen müssen wir der Apartheid ein Ende setzen. Und das nukleare Wettrüsten stoppen, dem Terrorismus und dem Hunger auf der Welt Einhalt gebieten. Eine starke nationale Verteidigung sicherstellen, die Ausbreitung des Kommunismus in Mittelamerika verhindern, auf eine Nahost-Friedenskonferenz hinarbeiten, militärische Einsätze der USA in Übersee verhindern. Wir müssen dafür sorgen, dass Amerika eine angesehene Weltmacht bleibt. Dabei darf man allerdings nicht unsere Probleme im eigenen Lande aus den Augen verlieren, die genauso drängend sind, wenn nicht *noch* drängender. Bessere und erschwinglichere Pflegebetreuung für unsere älteren Mitbürger, Eindämmung der Aids-Epidemie und Forschung nach einem Heilmittel, Kampf gegen die Umweltverschmutzung, entscheidende Verbesserung der Ausbildung an unseren Grundschulen und weiterführenden Schulen, schärfere Gesetze, um gegen das organisierte Verbrechen und Drogenhändler durchgreifen zu können. Ferner müssen wir sicherstellen, dass eine solide College-Ausbildung auch für die Mittelschicht erschwinglich ist, die soziale Absicherung der älteren Mitbürger gewährleisten sowie unsere natürlichen Ressourcen und Wildgebiete schützen und den Einfluss der Political Action Committees einschränken.«

Die Tischrunde starrt mich unbehaglich an, sogar Stash, aber ich bin jetzt richtig in Fahrt.

»Aber die Wirtschaftslage ist immer noch katastrophal. Es muss ein Weg gefunden werden, die Inflationsrate zu senken und die Staatsverschuldung abzubauen. Außerdem müssen wir für die Arbeitslosen Stellen und Ausbildungsplätze schaffen und gleichzeitig amerikanische Arbeitsplätze sichern, die durch Importe aus Billiglohnländern gefährdet sind. Amerika muss wieder marktführend auf dem Gebiet modernster Technologie sein. Zugleich müssen wir Wirtschaftswachstum und Unternehmensexpansionen fördern *und* energisch gegen die überhöhte Einkommensteuer zu Felde ziehen und die Zinsen niedrig halten, während wir mittelständische Unternehmen fördern und eine schärfere Kontrolle bei Fusionen und großen Firmenübernahmen ausüben.«

Nach diesem Kommentar spuckt Price fast seinen Absolut aus, aber ich versuche, allen fest in die Augen zu blicken, besonders Vanden, die, ohne die grüne Strähne und das Leder und mit etwas gesunder Bräune – sie könnte einen Aerobic-Kurs belegen, eine Bluse anziehen, irgendwas von Laura Ashley –, durchaus hübsch sein *könnte.* Aber warum schläft sie mit Stash? Er ist pummelig und bleich, hat kurz geschnittenes Haar und mindestens zehn Pfund Übergewicht; unter dem schwarzen T-Shirt zeichnet sich kein Muskel ab.

»Aber wir dürfen auch nicht unsere sozialen Probleme vernachlässigen. Wir müssen dem Missbrauch des Sozialstaates ein Ende machen. Wir müssen den Obdachlosen Nahrung und Obdach gewähren, sowohl dem Rassenhass entgegentreten und die Bürgerrechte verteidigen als auch die Gleichberechtigung für Frauen durchsetzen, dabei jedoch die Abtreibungsgesetze ändern, um das Recht des ungeborenen Lebens zu schützen, aber dennoch irgendwie die Entscheidungsfreiheit der Frau gewährleisten.

Zudem müssen wir den Zustrom illegaler Einwanderer

kontrollieren. Wir müssen eine Rückkehr zu den traditionellen moralischen Werten propagieren und Sex und Gewalt in Fernsehen, Film und Popmusik, überall, aufs Entschiedenste entgegentreten. Vordringlichstes Ziel aber ist, in den jungen Menschen gesellschaftliches Verantwortungsbewusstsein zu wecken, anstatt schnödes Anspruchsdenken zu fördern.«

Ich trinke mein Glas aus. Die Tischrunde blickt mich immer noch in völligem Schweigen an. Courtney lächelt und wirkt angenehm überrascht. Timothy schüttelt einfach ungläubig den Kopf. Evelyn stellt die Wendung des Gesprächs vor ein völliges Rätsel, sie steht auf und fragt unsicher, ob jemand Nachtisch möchte.

»Ich habe … Sor*bet*«, sagt sie leicht benommen. »Kiwi, Carambola, Cherimoya, Kaktusfeige und, oh … was ist das …« Sie unterbricht ihr zombiehaftes Geleier und überlegt, was die letzte Geschmackssorte war: »Oh ja, Japanische Birne.«

Alles bleibt still. Tim blickt kurz zu mir herüber. Ich sehe zu Courtney, dann wieder zu Tim, dann zu Evelyn. Evelyns Blick begegnet meinem und schwenkt dann besorgt auf Tim. Auch ich schaue zu Tim herüber, dann zu Courtney und dann wieder zu Tim, der mich nochmals anblickt, bevor er langsam und unsicher antwortet: »Kaktusbirne.«

»Kaktus*feige*«, korrigiert Evelyn.

Ich sehe misstrauisch zu Courtney herüber, und nachdem sie »Cherimoya« gesagt hat, sage ich »Kiwi«, und dann sagt auch Vanden »Kiwi«, und Stash sagt leise, aber jede Silbe ganz deutlich betonend: »Chocolate-Chip.«

Die Verwirrung, die sich kurz auf Evelyns Gesicht abzeichnet, als sie dies hört, wird blitzschnell durch eine lächelnde, bemerkenswert gutmütige Maske ersetzt, und sie sagt: »Oh Stash, du weißt, dass ich kein Chocolate-Chip-Eis habe, obwohl ich zugeben muss, dass das ein recht *exo-*

tischer Vorschlag für ein Sor*bet* wäre. Wie gesagt, ich habe Cherimoya, Kaktus*birne*, Carambola, ich meine Kaktus*feige* …«

»Ich weiß. Ich hab's gehört, ich hab's gehört«, winkt er ab. »Ich lass mich überraschen.«

»Gut«, meint Evelyn. »Courtney? Würdest du mir helfen?«

»Natürlich.« Courtney steht auf, und ich schaue ihr nach, wie sie mit klackernden Absätzen in der Küche verschwindet.

»Keine Zigarren, Jungs!«, ruft Evelyn zurück.

»Hätt ich im Traum nicht dran gedacht«, sagt Price und stopft eine Zigarre zurück in seine Jackentasche.

Stash starrt das Sushi immer noch mit einer Intensität an, die mich beunruhigt, und ich muss ihn einfach fragen, in der Hoffnung, dass er den Sarkasmus registriert: »Hat es sich, äh, wieder bewegt oder so was?«

Vanden hat aus all den Scheiben California Roll, die sie auf ihrem Teller angehäuft hat, ein Smiley-Gesicht zusammengelegt und hält es Stash zur Begutachtung hin: »Rex?«

»Cool«, grunzt Stash.

Evelyn kommt mit dem Sorbet in Margaritagläsern von Odeon und einer ungeöffneten Flasche Glenfiddich zurück, die auch geschlossen bleibt, während wir das Sorbet essen.

Courtney muss früh gehen, weil sie Luis auf einer Firmenparty im Bedlam, einem neuen Club in Midtown Manhattan, treffen will. Stash und Vanden verschwinden kurz darauf, um irgendwo in SoHo irgendwas zu »checken«. Ich beobachte als Einziger, wie Stash das Stück Sushi von seinem Teller nimmt und in die Tasche seiner olivgrünen Leder-Bomberjacke steckt. Als ich es Evelyn erzähle, während sie den Geschirrspüler vollpackt, wirft sie mir einen derart hasserfüllten Blick zu, dass die Aussicht auf späteren Sex eher unwahrscheinlich wird. Aber ich bleibe trotzdem. Price auch. Er liegt jetzt auf einem Aubusson-Teppich, ausgehendes 18. Jahrhundert, in Evelyns Zimmer und trinkt Espresso aus einer Ceralene-Kaffeetasse. Ich liege auf Evelyns Bett, knuddele ein Tapisseriekissen von Jenny B. Goode und nuckele an einem Absolut mit Preiselbeersaft. Evelyn sitzt an der Frisierkommode und bürstet sich die Haare, ein grün-weiß gestreiftes Seidenhauskleid von Ralph Lauren um den ausgesprochen hübschen Körper drapiert, und starrt ihr Abbild im Schminkspiegel an.

»Bin ich der Einzige, der bemerkt hat, dass Stash sein Stück Sushi für ein … äh …« Ich räuspere mich und fahre fort: »… ein Haustier zu halten schien?«

»Bitte hör auf, deine ›Künstler‹-Freunde einzuladen«, sagt Tim müde. »Ich bin es leid, der Einzige beim Dinner zu sein, der noch nie mit einem Außerirdischen gesprochen hat.«

»Das war nur das *eine* Mal«, meint Evelyn und prüft ihre Lippe, traumverloren in ihrer friedlichen Schönheit.

»Aber ausgerechnet im Odeon«, murrt Price.

Ich frage mich, warum ich nicht zum Künstler-Dinner ins Odeon eingeladen war. Hatte Evelyn die Rechnung übernommen? Wahrscheinlich. Und plötzlich sehe ich eine lächelnde Evelyn vor mir, die insgeheim verstimmt in einer Tischrunde mit Stashs Freunden sitzt – die alle kleine Blockhäuser aus ihren Pommes frites bauen oder so tun, als würde ihr gegrillter Lachs noch leben, sie schieben die Fischstückchen über den Tisch und lassen die Fische über die »Kunstszene« und neue Galerien plaudern; vielleicht versuchen sie sogar, die Fische in die kleinen Fritten-Blockhäuser einzuquartieren …

»Wie du dich sicherlich erinnern kannst, habe *ich* auch noch nie einen Außerirdischen gesehen«, meint Evelyn.

»Gut, aber Bateman ist dein Freund, und das zählt

auch«, prustet Price, und ich schmeiße das Kissen nach ihm. Er fängt es auf und wirft es zurück.

»Lass Patrick in Ruhe. Er ist der nette Junge von nebenan«, sagt Evelyn, während sie sich irgendeine Creme ins Gesicht reibt. »Du bist doch kein Außerirdischer, stimmt's, Schätzchen?«

»Soll ich diese Frage einer Antwort für würdig erachten?«, seufze ich.

»Ach, Liebling.« Sie zieht im Spiegel einen Schmollmund, und ihr Spiegelbild sieht mich an. »*Ich* weiß, dass du kein Außerirdischer bist.«

»Gott sei Dank«, murmele ich still vor mich hin.

»Gut, aber Stash war an dem Abend im Odeon.« Mit Blick zu mir fährt Price dann fort: »Im Odeon. Hörst du zu, Bateman?«

»War er *nicht*«, sagt Evelyn.

»Oh doch, war er wohl, aber damals hieß er nicht Stash. Sein Name war *Horseshoe*, *Magnet* oder *Lego* oder irgendwas ähnlich Seriöses«, höhnt Price. »Ich hab's vergessen.«

»Timothy, wovon redest du eigentlich?«, fragt Evelyn mit müder Stimme. »Ich höre ja nicht mal hin.« Sie feuchtet einen Wattebausch an und wischt sich damit über die Stirn.

»Also, wir waren im Odeon.« Price setzt sich mit einiger Mühe auf. »Und frag mich nicht, warum, aber ich erinnere mich genau, dass er Thunfisch-*Cappuccino* bestellte.«

»Car*paccio*«, korrigiert Evelyn.

»Nein, Evelyn, mein Schatz, Frau meines Lebens. Ich erinnere mich deutlich, dass er Thunfisch-*Cappuccino* bestellte«, sagt Price und starrt an die Decke.

»Er sagte ›Car*paccio*‹«, erwidert sie, während sie mit dem Wattebausch über ihre Lider streicht.

»*Cappuccino*«, insistiert Price. »Bis du ihn verbessert hast.«

»Du hast ihn heute Abend ja nicht mal wiedererkannt«, meint sie.

»Oh, aber jetzt erinnere ich mich«, sagt Price und wendet sich an mich. »Evelyn hat ihn mir als den ›gutmütigen Bodybuilder‹ beschrieben. Genauso hat sie ihn mir vorgestellt. Ich schwör's.«

»Ach, halt den Mund«, sagt sie verärgert, aber schenkt Timothy im Spiegel ein kokettes Lächeln.

»Ich möchte nur stark bezweifeln, ob Stash es in die Klatschspalte von *W* schafft, und ich dachte immer, das sei das Kriterium, nach dem du deine Bekannten aussuchst«, kontert Price, der den Blick erwidert und sie auf seine wölfische, gemeine Art angrinst. Ich konzentriere mich auf das Glas Absolut und Preiselbeersaft in meiner Hand, und es sieht aus wie ein Glas dünnes, wässeriges Blut mit Eis und einem Zitronenstückchen drin.

»Wie läuft es mit Courtney und Luis?«, frage ich in der Hoffnung, ihren Blickkontakt zu stören.

»Oh Gott«, stöhnt Evelyn und wendet sich wieder dem Spiegel zu. »Das wirklich Grässliche an Courtney ist ja nicht, dass sie Luis nicht mehr mag. Sondern dass …«

»Man ihr Konto bei Bergdorfs gestrichen hat?«, fragt Price.

Ich lache. Wir geben uns High Five.

»Nein«, fährt Evelyn fort, jetzt selbst amüsiert. »Sondern dass sie *tatsächlich* verliebt in ihren *Immobilien*makler ist. Irgendein kleiner *Gimpel* bei The Feathered Nest.«

»Mit Courtney mag's manchmal nicht leicht sein«, meint Tim, seine letzte Maniküre prüfend, »aber Gott im Himmel, was ist eine … *Vanden*?«

»Fang nicht wieder *damit* an«, stöhnt Evelyn und beginnt ihr Haar zu bürsten.

»Vanden ist eine Mischung aus … The Limited und … Second-Hand-Benetton«, erklärt Price mit erhobenen Händen und geschlossenen Augen.

»Nein.« Ich lächle, bemüht, mich ins Gespräch einzuschalten: »Second-Hand-Fiorucci.«

»Gut«, sagt Tim, »kann stimmen.« Seine Augen, jetzt wieder geöffnet, heften sich auf Evelyn.

»Timothy, lass das«, sagt Evelyn. »Sie ist ein *Camden*-Girl. Was erwartest du?«

»Großer Gott«, stöhnt Timothy. »Ich bin es dermaßen leid, Camden-Girl-Probleme zu hören. Oh, mein Boyfriend, ich liebe ihn, aber er liebt jemand anders, und oh, wie ich mich nach ihm sehne, und er ignoriert mich einfach und blablablablabla – Gott, wie langweilig. College Kids. Üble Sache. Traurig, wie, Bateman?«

»Ja. Üble Sache. Traurig.«

»Guck, Bateman ist ganz meiner Meinung«, sagt Price süffisant.

»Oh nein, das stimmt nicht.« Evelyn wischt mit einem Kleenex ab, was immer sie vorher aufgetragen hat. »Patrick ist kein Zyniker, Timothy. Er ist der nette Junge von nebenan, nicht wahr, Schätzchen?«

»Nein, bin ich nicht«, flüstere ich vor mich hin. »Ich bin ein gottverdammter bösartiger Psychopath.«

»Also, was soll's«, seufzt Evelyn. »Sie ist nicht gerade eine der Hellsten.«

»Ha, Untertreibung des Jahrhunderts!«, platzt Price heraus. »Aber Stash ist auch nicht gerade einer der Hellsten. Perfektes Paar. Haben sie sich bei *Love Connection* oder so was kennengelernt?«

»Lass sie in Ruhe«, sagt Evelyn. »Stash hat Talent, und ich bin sicher, dass wir Vanden unter*schätzen*.«

»Das ist ein Mädchen …« Price wendet sich an mich. »Hör zu, Bateman: das ist ein Mädchen – Evelyn hat mir das erzählt – das ist ein Mädchen, das sich *High Noon* ausleiht, weil sie es für einen Film über …«, er schluckt, »Marihuana-Farmer hält.«

»Das haut mich vom Hocker«, sage ich. »Aber haben wir

schon ergründet, wie Stash – ich nehme an, er hat einen Nachnamen, aber sag ihn mir nicht Evelyn, ich will's nicht wissen – seinen Lebensunterhalt bestreitet?«

»Erst mal: er ist grundanständig und nett«, sagt Evelyn zu seiner Verteidigung.

»Der Typ hat *Chocolate-Chip-Sorbet* verlangt, Herrgott noch mal«, zetert Tim ungläubig. »Was *redest* du bloß?«

Evelyn überhört das und nimmt ihre Tina-Chow-Ohrringe ab. »Er ist Bildhauer«, sagt sie knapp.

»Ach, Scheiße«, meint Tim. »Ich erinnere mich noch an ein Gespräch mit ihm im Odeon.« Er wendet sich wieder mir zu. »Das war da, wo er den Thunfisch-Cappuccino bestellt hat, und ich bin mir sicher, wäre er unbeaufsichtigt gewesen, hätte er den Lachs *au lait* bestellt, und da hat er mir gesagt, er mache Partys, also genau genommen wäre er dann – korrigier mich, falls ich mich irre, Evelyn – ein *Mietkellner.*«

»Er ist *Mietkellner*!«, schreit Price. »Kein verdammter Bildhauer!«

»Ach, Quatsch. Reg dich *ab*«, sagt Evelyn, während sie sich noch mehr Creme in ihr Gesicht schmiert.

»Das ist ja, als würde man dich als *Dichterin* verkaufen.« Timothy ist betrunken, und ich frage mich langsam, wann er die Platte putzen will.

»Schön«, fängt Evelyn an. »Bekanntlich bin ich …«

»Du bist ein verdammtes Textprogramm!«, platzt Tim heraus. Er geht zu Evelyn rüber, beugt sich neben ihr nieder und prüft sein Spiegelbild.

»Hast du zugenommen, Tim?«, fragt Evelyn nachdenklich. Sie studiert Tims Gesicht im Spiegel und sagt: »Dein Gesicht wirkt … voller.«

Im Gegenzug schnuppert Timothy an Evelyns Nacken und sagt: »Was ist das für ein faszinierender … Geruch?«

»Obsession.« Evelyn lächelt kokett und schiebt Tim

sanft weg. »Es ist Ob*sess*ion. Patrick, sorg dafür, dass mir dein *Freund* von der Pelle rückt.«

»Nein, nein, warte«, sagt Timothy, laut schnüffelnd. »Das ist nicht Ob*sess*ion. Das ist … das ist …« Dann, das Gesicht in gespieltem Schrecken verzerrt: »Es ist … oh, mein Gott, es ist *Q. T. Instatan*!«

Evelyn zögert und rechnet sich ihre Chancen aus. Sie inspiziert noch mal Price' Kopf. »Hast du etwa Haarausfall?«

»Evelyn«, erwidert Tim. »Versuch nicht, das Thema zu wechseln, aber …« Und dann, ernsthaft beunruhigt: »Jetzt, wo du es erwähnst … zu viel Gel vielleicht?« Besorgt fährt er sich übers Haar.

»Kann sein«, meint Evelyn. »Nun mach dich nützlich, und *setz* dich bitte hin.«

»Na ja, wenigstens ist mein Haar nicht grün, und ich habe auch nicht versucht, es mit einem Brotmesser zu schneiden«, sagt Tim, auf Vandens Färbeaktion und Stashs zugegebenermaßen billigen, schlechten Haarschnitt anspielend.

»Hast du zugenommen?«, fragt Evelyn, diesmal ernsthafter.

»Mein Gott«, sagt Tim beleidigt und will sich abwenden. »Nein, Evelyn.«

»Dein Gesicht sieht wirklich … voller aus«, sagt Evelyn. »Nicht mehr so … fein geschnitten.«

»Das ist doch nicht zu fassen.« Tim wieder.

Er schaut lange in den Spiegel. Sie kämmt weiter ihr Haar, aber mit weniger energischen Bewegungen, weil sie Tim dabei ansieht. Er bemerkt es und riecht an ihrem Nacken, ich glaube, er leckt kurz daran und grinst.

»Ist das Q. T.?«, fragt er. »Na los, mir kannst du's sagen. Ich rieche es.«

»Nein«, sagt Evelyn eisig. »*Du* benutzt das.«

»Nein, eben nicht. Ich gehe in ein Bräunungsstudio. Daraus mach ich kein Geheimnis«, sagt er.

»*Du* benutzt Q. T.«

»Du schließt von dir auf andere«, erwidert sie schwach.

»Ich sagte es ja«, sagt Tim. »Ich gehe in ein Bräunungsstudio. Ich meine, ich weiß, dass es teuer ist, aber …« Price erbleicht. »Trotzdem, Q. T.?«

»Oh, du gehst ins Bräunungsstudio, was für ein *mutiges* Eingeständnis«, sagt sie.

»Q. T.« Er kichert.

»Ich weiß nicht, wovon du sprichst«, sagt Evelyn und bürstet wieder ihr Haar. »Patrick, begleite deinen Freund doch zur Tür.«

Price liegt jetzt auf den Knien und riecht und schnüffelt an Evelyns nackten Beinen, und sie lacht. Die Wut steigt in mir hoch.

»Mein Gott«, stöhnt sie laut. »Mach dass du rauskommst.«

»Du bist orange.« Er lacht, auf den Knien, seinen Kopf in ihrem Schoß. »Du siehst orange aus.«

»Tu ich nicht«, sagt sie, ein gedehntes Aufstöhnen zwischen Pein und Ekstase. »Wichser.«

Ich liege auf dem Bett und beobachte die beiden. Timothy stützt sich auf ihren Schoß und will seinen Kopf unter ihr Ralph-Lauren-Hauskleid stecken. Evelyn hat den Kopf vor Lust zurückgeworfen und versucht, Price wegzuschubsen, aber nur spielerisch, und schlägt ihm leicht mit ihrer Jan-Hové-Bürste auf den Rücken. Ich bin mir ziemlich sicher, dass Timothy und Evelyn ein Verhältnis haben. Timothy ist der einzige interessante Mensch, den ich kenne.

»Du solltest gehen«, sagt sie schließlich schwer atmend. Sie wehrt sich nicht mehr gegen ihn.

Er blickt zu ihr auf, zeigt ein breites, attraktives Lächeln und sagt: »Wie die Lady befiehlt.«

»Danke«, sagt sie in einem Ton, in dem für meine Ohren Bedauern mitschwingt.

Er steht auf. »Dinner? Morgen?«

»Da muss ich erst meinen Freund fragen«, sagt sie und lächelt mich im Spiegel an.

»Wirst du das sexy schwarze Anne-Klein-Kleid tragen?«, fragt er, die Hände auf ihren Schultern, flüstert es in ihr Ohr, während er daran riecht. »Bateman ist nicht willkommen.«

Ich lache gutmütig, während ich vom Bett aufstehe und ihn hinausbegleite.

»Augenblick! Mein Espresso!«, ruft er aus.

Evelyn lacht und klatscht in die Hände, als sei sie erfreut über Timothys widerstrebenden Abgang.

»Komm schon, alter Knabe«, sage ich, während ich ihn rüde aus dem Schlafzimmer schubse. »Das Sandmännchen wartet.«

Er schafft es trotzdem noch, ihr einen Handkuss zuzuwerfen, bevor ich ihn mir endlich vom Hals schaffen kann. Er sagt kein Wort, während ich ihn zur Haustür bringe.

Nachdem er gegangen ist, gieße ich mir einen Brandy ein und trinke ihn aus einem gerippten italienischen Tumbler, und als ich ins Schlafzimmer zurückkomme, liegt Evelyn auf dem Bett und sieht sich den Home Shopping Club an. Ich lege mich neben sie und lockere meine Armani-Krawatte. Schließlich stelle ich eine Frage, ohne sie anzusehen.

»Warum angelst du dir nicht einfach Price?«

»Mein Gott, Patrick«, sagt sie mit geschlossenen Augen. »Warum Price? *Price?*« Und aus der Art, wie sie es sagt, schließe ich, dass sie mit ihm geschlafen hat.

»Er ist reich«, sage ich.

»*Jeder* ist reich«, sagt sie und konzentriert sich auf den Fernseher.

»Er sieht gut aus«, erkläre ich ihr.

»*Jeder* sieht gut aus, Patrick«, sagt sie abwesend.

»Er hat eine tolle Figur«, sage ich.

»*Jeder* hat heutzutage eine tolle Figur«, meint sie.

Ich stelle den Tumbler aufs Nachttischchen und rolle mich über sie. Während ich ihren Nacken küsse und lecke, starrt sie ungerührt auf den Panasonic-Großbild-Fernseher mit Fernbedienung und stellt den Ton leiser. Ich ziehe mein Armani-Hemd hoch und lege ihre Hand auf meinen Körper, damit sie fühlt, wie stahlhart, wie *durchtrainiert* mein Bauch ist, ich spanne meine Muskeln an und bin dankbar, dass das Zimmer so hell erleuchtet ist, dass sie sehen kann, wie tiefbraun und straff meine Bauchdecke geworden ist.

»Weißt du«, sagt sie betont, »Stashs Aids-Test war positiv. Und …« Sie hält inne, irgendetwas im Fernsehen hat ihre Aufmerksamkeit erregt; die Lautstärke steigt leicht an und wird dann wieder gesenkt. »Und … ich glaube, er wird heute wohl mit Vanden ins Bett gehen.«

»Schön«, sage ich, beiße sie sanft in den Nacken, eine Hand auf einer festen, kühlen Brust.

»Du bist scheußlich«, sagt sie leicht erregt und fährt mit ihren Händen über meine breite, harte Schulter.

»Nein«, seufze ich. »Nur dein Verlobter.«

Nachdem ich gut fünfzehn Minuten lang versucht habe, sie zu ficken, gebe ich es auf. Sie sagt: »Weißt du, man kann immer noch besser in Form sein.«

Ich greife nach dem Glas Brandy. Ich trinke es aus. Evelyn ist abhängig von Parnate, einem Antidepressivum. Ich liege neben ihr und verfolge mit abgestelltem Ton den Home Shopping Club – Glaspuppen, bestickte Zierkissen, Lampen in Fußballform, Lady Zirconia. Evelyn döst langsam weg.

»Nimmst du Minoxidil?«, fragt sie nach langem Schweigen.

»Nein, tu ich nicht«, sage ich. »Warum sollte ich?«

»Dein Haaransatz scheint zurückzugehen«, murmelt sie.

»Keine Spur«, höre ich mich sagen. Schwer zu beurteilen. Mein Haar ist sehr dicht, und ich weiß nicht, ob ich es verliere. Ich bezweifele es stark.

Ich gehe nach Hause, sage ›Gute Nacht‹ zu einem Portier, den ich nicht erkenne (es könnte irgendjemand sein), dann Überblendung auf mein Wohnzimmer hoch über der Stadt, aus der leuchtenden Wurlitzer 1015 Jukebox (die nicht so gut ist wie die rare Wurlitzer 850) in der Ecke singen die Tokens »The Lion Sleeps Tonight«. Ich masturbiere, denke erst an Evelyn, dann an Courtney, dann an Vanden und wieder an Courtney, aber kurz bevor ich komme – ein schlapper Orgasmus – an ein halb nacktes Model in einem Trägertop, das ich heute in einer Calvin-Klein-Anzeige gesehen habe.

Morgen

IM LICHT EINES FRÜHEN MAIMORGENS sieht mein Wohnzimmer folgendermaßen aus: Über dem mit Gas betriebenen Kamin aus weißem Marmor und Granit hängt ein echter David Onica. Es ist ein 1,80 x 1,20 großes, hauptsächlich in gedämpften Grau- und Olivtönen gehaltenes Porträt einer nackten Frau, die auf einer Chaiselongue sitzt und MTV sieht, der Hintergrund ist eine Marslandschaft, eine glühende malvenfarbene Wüste, übersät mit toten, ausgenommenen Fischen; zerbrochene Teller steigen hinter dem gelben Kopf der Frau empor wie ein plötzlicher Sonnenaufgang, das Ganze ist in schwarzes Aluminium gerahmt. Das Gemälde blickt herab auf eine weiße daunengefüllte Couch und einen Digital-Fernseher von Toshiba mit 75-Zentimeter-Bildröhre; es ist ein hochauflösendes Modell mit Farbkonturschärferegelung und High-Tech-Tube-Combination von NEC mit digitaler Bildin-Bild-Funktion (und digitalem Standbild); zum Audioteil gehört ein eingebautes MTS und ein Fünf-Watt-Pro-Kanal-Ausgangsverstärker. Ein Toshiba-Videorekorder steht unter dem Fernseher in einer Glasvitrine; es ist ein Super-High-Band Betagerät mit eingebauter Schnittfunktion, Acht-Seiten-Charaktergenerator, High-Band-Record und Playback sowie einem Drei-Wochen-Timer mit acht Programmplätzen. In jeder Ecke des Wohnzimmers steht eine Hurricane-Halogenlampe. Schmale weiße Jalousien bedecken alle acht raumhohen Fenster. Vor dem Sofa steht ein Couchtisch mit Glasplatte und Eichenbeinen von Turchin, darauf sind gläserne Steuben-Tierfiguren sorgfältig um kostbare Kristallaschenbecher von Fortunoff arrangiert, obwohl ich nicht rauche. Neben der Wurlitzer-Jukebox steht ein Baldwin-Konzertflügel aus schwarzem Ebenholz. Ein polierter weißer Eichenholzboden zieht sich durchs ganze Apartment. Auf der anderen Seite des Zimmers, neben einem Tisch und einem Zeitschriftenständer von Gio Ponti, steht eine komplette Stereoanlage (CD-Player, Tape-Deck, Tuner, Amplifier) von Sansui mit 1,80 Meter hohen Duntech-Sovereign 2001-Boxen aus brasilianischem Rosenholz. An der Wand steht ein Panasonic-Fernseher mit 78-Zentimeter-Bildschirm, Sofortbild und Stereoton, darunter ein Toshiba-Videorekorder in einer Glasvitrine. Ich bin mir nicht sicher, ob die Zeit auf der Digital-Weckuhr von Sony stimmt, also muss ich mich aufsetzen und nachsehen, welche Uhrzeit auf dem Videorekorder blinkt, dann nehme ich das Ettore-Sottsass-Tastentelefon, das auf dem Nachttisch aus Glas und Stahl neben dem Bett steht, und wähle die Zeitansage. In einer Ecke des Zimmers steht ein cremefarbener Stuhl aus Leder, Stahl und Holz, Design von Eric Marcus, in einer anderen ein Stuhl aus formverleimtem Sperrholz. Ein schwarz getupfter Maud-Sienna-Teppich in Beige und Weiß bedeckt den größten Teil des Bodens. Eine Wand wird von vier gigantischen Kommoden aus gebleichtem Mahagoni eingenommen. Im Bett trage ich Seidenpyjamas von Ralph Lauren, und wenn ich aufstehe, schlüpfe ich in einen Morgenmantel aus Ancient-Madder-Seide mit Paisleymuster und gehe ins Badezimmer. Ich uriniere, während ich versuche, in dem Glas, das das Baseballposter über der Toilette schützt, mein verquollenes Spiegelbild zu erkennen. Nachdem ich in Boxershorts von Ralph Lauren mit Monogramm, einen Fair-Isle-Sweater und gepunktete Enrico-Hidolin-Seidenslipper geschlüpft bin, binde ich eine Eispackung aus Plastik um mein Gesicht und beginne mit dem morgendlichen Stretchingpensum. Anschließend stehe ich vor einem Reisewaschbecken aus Chrom und Acryl – mit Seifenschale, Zahnglashaltern und Griffleisten, die als Handtuchhalter dienen, das ich bei Hastings Tile gekauft habe, um die Zeit zu überbrücken, in der das Marmorbecken geschliffen wird, das ich in Finnland bestellt habe – und schaue mit der Eispackung auf dem Gesicht in den Spiegel. Ich schütte etwas Plax-Antiplaque in einen Becher aus rostfreiem Stahl und spüle damit dreißig Sekunden meinen Mund. Dann drücke ich Rembrandt auf eine Zahnbürste aus Schildpattimitat und beginne mit dem Zähneputzen (ich bin zu verkatert, um Zahnseide zu benutzen, wie es sich gehört – aber vielleicht habe ich das ja noch vor dem Schlafengehen getan?) und spüle mit Listerine nach. Anschließend inspiziere ich meine Hände und mache Gebrauch von der Nagelbürste. Ich nehme die Eispackung ab, benutze eine Reinigungslotion mit Tiefenwirkung, die die Poren öffnet, trage dann eine Kräuter-Minz-Gesichtsmaske auf, die ich zehn Minuten einwirken lasse, während ich mich meinen Fußnägeln widme. Anschließend verwende ich die Probright-Munddusche und danach das Interplak-Zahncenter (dies ergänzend zur Zahnbürste), das auf 4200 Umdrehungen in der Minute kommt und 46-mal in der Sekunde die Drehrichtung ändert; die längeren Borsten säubern die Zahnzwischenräume und massieren das Zahnfleisch, während die kürzeren die Zähne polieren. Ich spüle noch mal nach, diesmal mit Cepacol. Ich nehme die Gesichtsmaske mit einem Grüne-Minze-Gesichtswasser ab. Die Dusche hat eine mehrfach verstellbare Handbrause mit einem Sprühradius von 75 Zentimetern. Hergestellt aus schwarzgoldenem australischem Messing mit weißem Emaille-Finish. Unter der Dusche benutze ich als Erstes ein wasseraktives Waschgel, dann ein Honig-Mandel-Body-Scrub und fürs Gesicht eine Gel-Schälkur. Vidal Sassoon Shampoo ist unübertroffen, wenn es gilt, den Film aus eingetrocknetem Schweiß, Salzen, Fetten, Schadstoffen und Schmutz aus der Luft zu entfernen, der das Haar schwer machen und niederdrücken kann, was einen älter aussehen lässt. Die Pflegespülung ist auch gut – Silikon-Technik ermöglicht Pflegevorteile, ohne dass das Haar zusammenfällt, was einen auch älter aussehen lassen kann. Am Wochenende oder vor Verabredungen bevorzuge ich Greune Natural Revitalizing Shampoo, die Pflegespülung und den Nährstoffkomplex. Das sind Mittel, die D-Panthenol enthalten, einen Faktor der Vitamin-B-Gruppe, Polysorbat 80, ein Reinigungsmittel für die Kopfhaut, und natürliche Kräuterauszüge. Ich habe vor, am Wochenende zu Bloomingdale's oder Bergdorfs zu gehen, um auf Evelyns Rat hin Foltene European Supplement zu besorgen und Shampoo für dünnes Haar, das komplexe Kohlenhydrate enthält, die in die Haarwurzeln dringen und dem Haar mehr Kraft und Glanz verleihen. Außerdem Vivagen Hair Enrichment Treatment, ein neues Redken-Produkt, das Mineralablagerungen verhindert und die Lebensdauer des Haares verlängert. Luis Carruthers empfahl das Aramis Nutriplexx System, einen Nährstoffkomplex, der die Durchblutung verbessert. Raus aus der Dusche und abgetrocknet, ziehe ich wieder die Ralph-Lauren-Boxershorts an, und bevor ich Mousse A Raiser auftrage, eine Rasiercreme von Pour Hommes, presse ich für zwei Minuten ein feuchtheißes Handtuch auf mein Gesicht, um die störrischen Barthaare weicher zu machen. Anschließend trage ich stets reichlich Moisturizer auf (ich schätze Clinique) und lasse ihn eine Minute einziehen. Man kann ihn abwaschen oder drauflassen und die Rasiercreme darüber auftragen – am besten mit einem Rasierpinsel, da er durch das Anheben der Barthaare den Bart weicher macht –, was nach meiner Erfahrung die Rasur erleichtert. Durch dieses Vorgehen verdunstet das Wasser weniger schnell, und die Reibung zwischen Haut und der Klinge wird gemildert. Vor der Rasur ist das Rasiermesser stets mit heißem Wasser anzufeuchten, und rasiert wird immer mit dem Strich, unter sanftem Druck auf die Haut. Mit Koteletten und Kinn wartet man bis zuletzt, denn dort sind die Barthaare kräftiger und brauchen längere Einweichzeit. Vorher spült man das Rasiermesser gründlich und schüttelt Restwasser ab. Danach reichlich kaltes Wasser ins Gesicht, um alle Rasierschaumreste zu entfernen. Die After-Shave-Lotion sollte stets wenig oder gar keinen Alkohol enthalten. Eau de Cologne sollte nie fürs Gesicht verwendet werden, da der hohe Alkoholanteil die Gesichtshaut austrocknet und sie älter aussehen lässt. Dann trägt man mit einem befeuchteten Wattebausch alkoholfreien, antibakteriellen Toner auf, um die Haut zu normalisieren. Zuletzt kommt die Feuchtigkeitscreme. Ehe man eine beruhigende Lotion aufträgt, die Feuchtigkeit bindet und die Haut geschmeidig macht, sollte man das Gesicht noch mal mit klarem Wasser reinigen. Anschließend noch Gel Appaisant, auch von Pour Hommes, eine hervorragende, milde Hautlotion. Sollte das Gesicht trocken sein und schuppen, wodurch es alt und grau aussieht, verwendet man eine Klärungslotion, die verbrauchte Hautschichten abträgt und das Hautbild frischer wirken lässt (außerdem wird dadurch die Sonnenbräune verstärkt). Dann trägt man ein Anti-Age-Augengel (Baume Des Yeux) auf, anschließend eine letzte Feuchtigkeitscreme mit Schutzfaktor gegen Umwelteinflüsse. Nachdem ich mein Haar trockengerubbelt habe, benutze ich eine Lotion, die die Kopfhaut strafft. Außerdem föhne ich das Haar etwas, um ihm Halt und Fülle zu geben (ohne zu verkleben), trage dann noch mehr Lotion auf, bringe es mit einer Kent-Naturborsten-Bürste in Form und kämme es schließlich mit einem groben Kamm zurück. Ich ziehe den Fair-Isle-Sweater wieder an, schlüpfe erneut in die gepunkteten Seidenslipper, eile ins Wohnzimmer und lege die neue Talking Heads in den CD-Player, aber sie beginnt zu springen, also nehme ich sie wieder raus und lege den Laserlinsen-Reiniger ein. Die Laserlinse ist hoch empfindlich und anfällig gegen Staub, Schmutz, Rauch, Verunreinigungen oder Feuchtigkeit, und wenn sie verschmutzt ist, wird die CD nicht richtig abgetastet, was zu Fehlstarts, unhörbaren Zwischenstellen, Sprüngen, Leiern und allgemeiner Verzerrung führen kann; der Linsenreiniger hat ein Reinigungsbürstchen, das sich automatisch auf die Linse ausrichtet, wenn sich die Disk dreht, um Schlieren und Staubteilchen zu entfernen. Als ich die Talking-Heads-CD wieder einlege, läuft sie einwandfrei. Ich greife mir die *USA Today*, die vor meiner Tür im Flur liegt, und nehme sie mit in die Küche, wo ich zwei Advil, eine Multivitamin- und eine Kaliumtablette nehme, die ich mit einer großen Flasche Evian herunterspüle, weil mein Hausmädchen, eine ältliche Chinesin, vergessen hat, die Spülmaschine anzustellen, ehe sie gestern Feierabend machte, und dann muss ich den Grapefruit-Zitronensaft aus einem St.-Rémy-Weinglas von Baccarat trinken. Ich schaue auf die Neonuhr über dem Kühlschrank, um mich zu vergewissern, dass mir noch Zeit bleibt, in Ruhe zu frühstücken. Ich stehe an der Kücheninsel und esse eine Kiwi und eine zerteilte japanische Apfelbirne (das Stück vier Dollar bei Gristede's) aus Kühlschrankboxen aus Aluminium, die in Westdeutschland hergestellt sind. Ich nehme einen Kleiemuffin, einen koffeinfreien Kräutertee und eine Packung Frühstücksflocken mit Weizenkeimen aus einem der großen Glasfront-Schränke, die den Großteil der Küchenwand einnehmen; die Einlegeböden sind aus rostfreiem Stahl, das Drahtglas ist mit Sandstrahlen poliert, der Rahmen in dunklem Metallic-Blauschwarz gehalten. Ich Messe die Hälfte des Muffins, nachdem ich ihn in der Mikrowelle aufgewärmt und leicht mit Apfelbutter bestrichen habe. Eine Schüssel mit Oat-Bran-Flocken und Sojamilch folgt; dann noch eine Flasche Evian und danach eine kleine Tasse koffeinfreier Tee. Neben dem Brotofen von Panasonic und der aufklappbaren Kaffeemaschine von Salton steht eine Cremina-Espressomaschine aus Sterlingsilber (seltsamerweise noch warm), die ich bei Hammacher Schlemmer gekauft habe (die wärmeisolierte Espressotasse aus rostfreiem Stahl und die Untertasse und der Löffel liegen noch schmutzig im Spülbecken), und die Sharp R-1810A Carousel II Mikrowelle mit Drehteller, in der ich die andere Hälfte meines Kleiemuffins aufwärme. Neben dem Toaster von Salton Sonata, der Cuisinart Little Pro-Küchenmaschine, dem Acme Superior Juicerator und dem Cordially Yours-Liqueur-Maker steht der Zweieinhalb-Liter-Teekessel aus extradickem rostfreiem Stahl, der »Tea for Two« flötet, wenn das Wasser kocht, mit dem ich mir noch eine kleine Tasse koffeinfreien Apfel-Zimt-Tee mache. Ich starre lange – zumindest kommt es mir lange vor – auf das Elektromesser von Black & Decker, das auf der Anrichte neben der Spüle liegt, Stecker in der Wand: Es ist ein kombiniertes Schneide- und Schälmesser mit diversen Extras, einer Klinge mit Zackenschliff und einer mit Wellenschliff sowie einem Ladegerät. Heute trage ich einen Anzug von Alan Flusser. Er ist eine aktualisierte Version der Drape Suits der Dreißigerjahre. Die beliebteste Form hat eine leicht verbreiterte, aber natürliche Schulterlinie, eine voluminöse Brustpartie und einen breiten Rücken. Die weich fallenden Revers sollten ungefähr zehn Zentimeter breit sein und bis drei viertel Schulterlänge reichen. Im Allgemeinen sind steigende Revers bei Zweireihern eleganter als fallende Revers. Tief angesetzte Pattentaschen im Double-besom-Design – über der Patte ist ein Schlitz an beiden Seiten mit einem schmalen Stoffrand abgesetzt. Vier Knöpfe bilden ein tiefer liegendes Viereck, darüber, wo sich das Revers schließt, sind zwei weitere Knöpfe angebracht. Die Hose hat starke Bundfalten und ist weit geschnitten, um der Linie der weiten Jacke zu folgen. Der Hosenbund ist vorn etwas höher geschnitten. Hinten sorgen Knöpfe für besseren Sitz der Hosenträger. Die Krawatte ist aus getupfter Seide, eine Kreation von Valentino Couture. Schuhe: Krokoleder-Loafers von A. Testoni. Während ich mich ankleide, läuft im Fernseher die *Patty Winters Show.* Zu Gast sind heute Frauen, die an Persönlichkeitsspaltung leiden. Eine unscheinbare übergewichtige Frau ist auf dem Bildschirm zu sehen, und man hört Pattys Stimme fragen: »Also, sind Sie nun schizophren, oder wie haben wir das zu verstehen? Erzählen Sie.«

»Oh, nein, nein, nein. Menschen mit multipler Persönlichkeit sind *nicht* schizophren«, sagt die Frau kopfschüttelnd. »Wir sind *nicht* gefährlich.«

»Nun«, beginnt Patty, inmitten des Publikums stehend, in der Hand das Mikrofon. »Wer waren Sie letzten Monat?«

»Ich glaub, letzten Monat war's hauptsächlich Polly«, sagt die Frau.

Schnitt aufs Publikum – das besorgte Gesicht einer Hausfrau; ehe sie sich selbst auf dem Monitor entdeckt, wieder Schnitt auf die Frau mit Persönlichkeitsspaltung.

»Also«, sagt Patty. »Wer sind Sie denn *jetzt*?«

»Nun ja ...«, hebt die Frau müde an, als könne sie diese Frage nicht mehr hören, als hätte sie sie wieder und wieder beantwortet, ohne jemals Glauben gefunden zu haben. »Nun, diesen Monat bin ich ... Lammkotelett. Hauptsächlich ... Lammkotelett.«

Eine lange Pause. Kameraschnitt auf die Nahaufnahme einer verblüfften Hausfrau, die den Kopf schüttelt, während eine andere Hausfrau ihr etwas zuflüstert.

Ich trage Krokoleder-Loafers von A. Testoni.

Ich greife mir meinen Regenmantel aus dem Flurschrank und finde einen Burberry-Schal und einen dazu passenden Mantel mit eingesticktem Wal (wie sie ein kleines Kind tragen würde), verklebt mit etwas, das aussieht wie angetrockneter Schokoladensirup, der über die ganze Vorderseite gekleckert ist und die Revers verschmiert. Ich nehme den Aufzug nach unten in die Lobby und ziehe durch leichte Bewegungen meines Handgelenks die Rolex neu auf. Ich wünsche dem Portier einen guten Morgen, trete auf die Straße und rufe mir ein Taxi, downtown Richtung Wall Street.

Harry's

PRICE UND ICH gehen in der dunkelsten Phase der Dämmerung die Hanover Street herunter und steuern schweigend, wie von Radar gelenkt, Harry's an. Seit wir P&P verlassen haben, hat Timothy kein Wort gesagt. Er würdigt nicht mal den hässlichen Penner eines Kommentars, der unter einem Müllcontainer nahe der Stone Street kauert, obwohl er es schafft, einer Frau – große Titten, blond, toller Arsch, Stöckelschuhe – die Richtung Water Street geht, einen bewundernden Pfiff nachzuschicken. Price wirkt gereizt und nervös, und ich habe nicht das Bedürfnis, ihn zu fragen, was los ist. Er trägt einen Leinenanzug von Canali Milano, ein Baumwollhemd von Ike Behar, eine Seidenkrawatte von Bill Blass und Oxfords mit gerader Kappe von Brooks Brothers. Ich trage einen extraleichten Leinenanzug mit Bundfaltenhose, ein Baumwollhemd, eine gepunktete Seidenkrawatte, alles von Valentino Couture, und Lederschuhe mit gerader, perforierter Kappe von Allen-Edmonds. Drinnen bei Harry's entdecken wir David Van Patten und Craig McDermott an einem der vorderen Tische. Van Patten trägt ein zweireihiges Sakko aus Wolle und Seide, eine Mario-Valentino-Hose aus Wolle und Seide mit geknöpftem Hosenschlitz und nach innen gewendeten Bundfalten, ein Baumwollhemd von Gitman Brothers, eine gepunktete Seidenkrawatte von Bill Blass und Lederschuhe von Brooks Brothers. McDermott trägt einen Anzug aus reiner Wolle mit Bundfaltenhose, ein Button-Down-Hemd aus Baumwolle und Leinen von Basile, eine Seidenkrawatte von Joseph Abboud und Loafers aus Straußenleder von Susan Bennis Warren Edwards.

Die beiden haben sich über den Tisch gebeugt und schreiben etwas auf die Rückseiten der Papierservietten, einen Scotch beziehungsweise einen Martini vor sich. Sie winken uns zu sich. Price schmeißt seinen ledernen Turm-Aktenkoffer auf einen freien Stuhl und marschiert Richtung Theke. Ich sage ihm, er solle mir einen J&B mit Eis mitbringen, und setze mich zu Van Patten und McDermott.

»Hey Bateman«, sagt Craig in einem Tonfall, der nahelegt, dass dies nicht sein erster Martini ist. »Ist es korrekt, Tassel-Loafers zum Business-Anzug zu tragen oder nicht? Schau mich nicht an, als sei *ich* verrückt.«

»Ach, Mist, frag doch nicht *Bateman*«, stöhnt Van Patten, der mit einem goldenen Cross-Füller vor seinem Gesicht herumwedelt und geistesabwesend an einem Martini-Glas nippt.

»Van Patten?«, sagt Craig.

»Ja?«

McDermott zögert und sagt dann mit müder Stimme: »Halt's Maul.«

»Was treibt ihr Spinner da?« Ich erspähe Luis Carruthers an der Bar neben Price, der ihn völlig ignoriert. Carruthers ist nicht gut gekleidet: ein Vierknopf-Zweireiher aus Schurwolle, von Chaps, glaube ich, ein gestreiftes Baumwollhemd, eine Seidenfliege nebst einer Hornbrille von Oliver Peoples.

»Bateman, wir schicken diese Fragen an *GQ*«, beginnt Van Patten.

Luis entdeckt mich, lächelt schwach, errötet dann, wenn ich mich nicht täusche, und wendet sich wieder zur Bar. Aus irgendeinem Grund wird Luis von Barkeepern stets ignoriert.

»Wir haben diese Wette laufen, wer von uns als Erster in die Frage-und-Antwort-Kolumne kommt, und jetzt hätte ich gern eine Antwort. *Was sagst du dazu?*«, drängt McDermott.

»*Wo*zu?«, frage ich gereizt.

»Zu Tassel-Loafers, du Pflaume«, sagt er.

»Also, Jungs …« Ich wähle meine Worte mit Bedacht. »Der Tassel-Loafer ist von jeher ein Freizeit-Schuh …« Ich schaue rüber zu Price, ich brauche meinen Drink. Er schiebt sich an Luis vorbei, der ihm die Hand reicht. Price lächelt, sagt etwas, geht weiter und kommt mit großen Schritten an unseren Tisch. Luis versucht erneut, die Aufmerksamkeit des Bartenders auf sich zu lenken, und scheitert wieder.

»Aber heute ist es zulässig, einfach *weil* es so beliebt ist, oder?«, fragt Craig eifrig.

»Ja«, nicke ich. »Solange sie entweder schwarz oder aus Cordovan sind, geht das in Ordnung.«

»Was ist mit braun?«, fragt Van Patten misstrauisch.

Ich denke darüber nach und sage: »Zu sportlich für einen Business-Anzug.«

»Worüber redet ihr Homos?«, fragt Price. Er reicht mir den Drink, setzt sich und schlägt die Beine übereinander.

»Okay, okay, okay«, meint Van Patten. »Hier ist *meine* Frage. Eine zweiteilige …« Er macht eine dramatische Pause. »Also, sind Club- oder Picadilly-Kragen zu ›fein gemacht‹ oder zu leger? Zweitens: welcher Krawattenknoten passt dazu am besten?«

Ein zerstreuter Price, die Stimme immer noch angespannt, antwortet blitzschnell, so klar und wohlartikuliert, dass man es durch den Lärm bei Harry's hören kann: »Es ist ein vielseitiger Look und passt sowohl zum Anzug wie zum Sportsakko. Für elegantere Anlässe sollte er gestärkt sein, und zu ganz besonders formellen Anlässen sollte man eine Kragennadel tragen.« Er unterbricht sich und seufzt; es scheint, als habe er jemanden entdeckt. Ich drehe mich neugierig um. Price fährt fort: »Trägt man ihn zu einem Blazer, dann sollte der Kragen weich aussehen und kann mit oder ohne Kragennadel getragen werden. Da es ein klassischer Preppy-Look ist, wird er am besten durch einen einfachen, schmalen Krawattenknoten ergänzt.« Er nippt an seinem Martini und wechselt seine Beinstellung. »Nächste Frage?«

»Bestellt dem Mann einen Drink«, sagt McDermott, offensichtlich beeindruckt.

»Price?«, sagt Van Patten.

»Ja?«, sagt Price, den Raum inspizierend.

»Du bist unbezahlbar.«

»Hört mal«, frage ich, »wo essen wir zu Abend?«

»Ich habe den treuen Mr. Zagat mitgebracht«, meint Van Patten, holt den dunkelroten Restaurantführer aus seiner Tasche und wedelt damit vor Timothy herum.

»Hurra«, sagt Price trocken.

»Was wollen wir essen?« Ich.

»Was Blondes mit dicken Titten.« Price.

»Wie wär es mit diesem salvadorianischen Bistro?« McDermott.

»Hört mal, wir schauen nachher im Tunnel rein, also irgendwas da in der Nähe.« Van Patten.

»Ach, Mist«, fängt McDermott an. »Wir gehen in den Tunnel? Letzte Woche habe ich da so eine Vassar-Schnepfe aufgerissen …«

»Oh Gott, nicht schon *wieder*«, stöhnt Van Patten.

»Hast du ein Problem?«, schnauzt McDermott zurück.

»Ich war dabei. Ich muss die Geschichte wirklich nicht *noch mal* hören«, sagt Van Patten.

»Aber ich hab dir nie erzählt, wie's weitergeht«, McDermott zieht die Augenbrauen hoch.

»He, wann wart ihr Jungs da?«, frage ich. »Wieso war ich nicht eingeladen?«

»Du warst auf dieser dämlichen Schiffsrundfahrt. Jetzt halt den Rand und hör zu. Also, ich schleppe im Tunnel so eine Vassar-Schnepfe ab – scharfe Nummer, dicke Titten, klasse Beine, diese Schnepfe war ein echter Hardbody –, geb ihr ein paar Kir Royal aus, sie ist für die Sommerferien in der Stadt, geht mir im Chandelier Room praktisch schon an die Eier, also nehm ich sie mit zu mir …«

»Stopp, halt«, unterbreche ich. »Darf ich mal fragen, wo *Pamela* bei all dem bleibt?«

Craig zuckt zusammen. »Ach, leck mich. Mir ist nach 'nem Blow-Job, Bateman. Ich will eine Braut, die mich in …«

»Ich möchte das nicht hören«, sagt Van Patten und hält sich die Ohren zu. »Er wird etwas Abstoßendes sagen.«

»Du Spießer«, höhnt McDermott. »Hör zu, wir wollen nicht zusammen in eine Eigentumswohnung investieren oder runter nach Saint Bart's jetten. Ich will nur eine Braut, der ich mich für dreißig, vierzig Minuten aufs Gesicht setzen kann.«

Ich werfe meinen Sektquirl nach ihm.

»Egal, also wir sind bei mir zu Hause, und jetzt hört euch das an.« Er rückt näher an den Tisch. »Sie hatte mittlerweile genug Champagner intus, um ein verdammtes Nashorn blau zu machen, und stellt euch vor …«

»Sie hat sich ohne Kondom von dir ficken lassen?«, fragt einer von uns.

McDermott verdreht die Augen: »Das ist ein Vassar-Mädchen. Sie ist nicht aus *Queens*.«

Price tippt mir auf die Schulter: »Was soll *das* nun bedeuten?«

»Egal, hört zu«, sagt McDermott. »Sie wollte … hört ihr auch zu?« Er legt eine dramatische Pause ein. »Sie wollte mir nur einen runterholen, und stellt euch vor … sie hat ihren Handschuh anbehalten.« Er lehnt sich auf dem Stuhl zurück und nippt mit selbstgefälliger, zufriedener Miene an seinem Drink. Wir alle nehmen dies mit gebührendem Ernst zur Kenntnis. Keiner erlaubt sich einen Scherz über McDermotts Enthüllung oder seine Unfähigkeit, die Kuh härter anzufassen. Niemand sagt etwas, aber wir alle denken dasselbe: Reiß niemals ein Vassar-Girl auf.

»Was du brauchst, ist eine Braut aus *Camden*«, meint Van Patten, nachdem er sich von McDermotts Bekenntnis erholt hat.

»Na, *klasse*«, sage ich. »Eine Schnepfe, die es für okay hält, mit ihrem Bruder zu ficken.«

»Klar, aber sie hält Aids auch für eine neue Band aus England«, fügt Price hinzu.

»Wo gibt's Essen?«, fragt Van Patten, der geistesabwesend die auf seine Serviette gekritzelte Frage studiert. »Wo, zum Teufel, gehen wir hin?«

»Es ist echt komisch, dass Mädchen glauben, Typen

würden sich um so was sorgen, Krankheiten und so«, meint Van Patten kopfschüttelnd.

»Ich werde kein verdammtes Kondom benutzen«, verkündet McDermott.

»Ich hab da diesen Artikel gelesen und mir fotokopiert«, erklärt Van Patten, »und da steht, unsere Chancen, es zu bekommen, liegen bei nullkommanichts, einem Zehntelprozent oder so, und das völlig unabhängig davon, mit welcher Schlampe, Schlammfotze oder Fickschleuder man auch immer im Bett landet.«

»Typen *können* es einfach nicht kriegen.«

»Na ja, *weiße* Typen jedenfalls nicht.«

»Dieses Mädchen hatte einen verdammten Handschuh an?«, fragt Price immer noch geschockt. »Einen *Handschuh*?

Mein Gott, warum hast du dir nicht lieber einen runtergeholt?«

»Merke: ›Und der Schwanz bewegt sich doch‹«, sagt Van Patten. »Newton.«

»Wo hast du deinen Abschluss gemacht?«, fragt Price. »Auf der Baumschule?«

»Leute«, verkünde ich, »schaut mal, wer da kommt.«

»Wer?« Price hält es nicht für nötig, sich umzudrehen.

»Ein Tipp«, sage ich. »Der größte Schleimer bei Drexel Burnham Lambert.«

»Connolly?«, tippt Price.

»Hallo, Preston«, sage ich und schüttele Prestons Hand.

»Kollegen«, grüßt Preston über den Tisch gebeugt und nickt jedem zu. »Tut mir leid, dass ich heute nicht mit euch zum Essen kann.« Preston trägt einen Zweireiher aus reiner Wolle von Alexander Julian, ein Baumwollhemd und eine Perry-Ellis-Seidenkrawatte. Er geht in die Hocke und stützt sich mit einer Hand auf der Lehne meines Stuhls ab. »Ich sage nur ungern ab, aber ihr wisst ja, Verpflichtungen.«

Price wirft mir einen anklagenden Blick zu und fragt mit den Lippen: »War der eingeladen?«

Ich zucke mit den Schultern und trinke meinen J&B aus.

»Was hast du gestern Abend getrieben?«, fragt McDermott, und dann: »Netter Zwirn.«

»Mit *wem* hat er's gestern Abend getrieben«, korrigiert Van Patten.

»Nicht doch«, meint Preston. »Ganz gepflegter, anständiger Abend. Kein Wein, Weib und Gesang. War mit Alexandra und ihren Eltern im Russian Tea Room. Stellt euch vor, sie nennt ihren Vater ›Billy‹. Aber ich bin so verdammt müde, und das nach *einem* Stoli.« Er nimmt seine Brille ab (Oliver Peoples natürlich) und gähnt, während er sie mit einem Armani-Taschentuch sauber reibt. »Ich bin mir nicht sicher, aber ich glaube, unser überkandidelter orthodoxer Kellner hat irgendwas in den Borschtsch getan. Ich bin so verdammt müde.«

»Was machst du stattdessen?«, fragt Price, offensichtlich ohne jedes Interesse.

»Muss diese Videos zurückbringen, Vietnamesisch mit Alexandra, ein Musical, Broadway, irgendwas Englisches«, antwortet Preston und lässt den Blick durch den Raum wandern.

»He, Preston«, sagt Van Patten. »Wir wollen die *GQ*-Fragen einschicken. Hast du eine?«

»Oh ja, hab ich«, meint Preston. »Also, wenn du einen Smoking trägst, wie vermeidest du, dass dein Hemd vorne hochrutscht?«

Van Patten und McDermott verharren für eine Minute in Schweigen, bis Craig beunruhigt und mit nachdenklich verzogener Stirn sagt: »Die ist gut.«

»He, Price«, sagt Preston. »Hast du eine?«

»Ja«, seufzt Price. »Wenn all deine Freunde Volltrottel sind, ist es dann ein Verbrechen, ein leichtes Vergehen oder höhere Gewalt, wenn du ihre blöden Rüben mit einer .38er Magnum wegbläst?«

»Kein Fall für *GQ*«, wirft McDermott ein. »Versuch's mal bei *Soldier of Fortune*.«

»Oder bei *Vanity Fair*.« Van Patten.

»Wer *ist* das?«, fragt Price und blickt zur Bar. »Ist das *Reed* Robison? Und übrigens, Preston, du brauchst nur eine vorn in dein Hemd eingenähte Patte mit Knopfloch, die dann mit einem Knopf an der Hose festgemacht werden kann; und vergewissere dich, dass die gefältelte Vorderseite deines Hemds nicht über den Hosenbund reicht, sonst bauscht es sich beim Hinsetzen, *ist dieser Idiot jetzt Reed Robison?* Er sieht *verdammt* danach aus.«

Von Price' Ausführungen noch ganz verstört, dreht sich Preston – immer noch in der Hocke – um und peilt, nachdem er sein Glas abgestellt hat, Richtung Bar. »Nein, das ist Nigel Morrison.«

»Ah«, ruft Price aus. »Einer von den jungen englischen Homos, wo macht er noch gleich sein Praktikum …?«

»Woher weißt du, dass er ein Homo ist?«, frage ich ihn.

»Das sind alles Homos«, winkt Price ab. »Die Engländer.«

»Woher willst *du* das wissen?« Van Patten grinst.

»Ich hab gesehen, wie er Bateman in der Herrentoilette bei Morgan Stanley in den Arsch gefickt hat«, sagt Price.

Ich seufze und frage Preston: »Wo arbeitet Morrison?«

»Hab ich vergessen.« Preston kratzt sich am Kopf. »Lazard?«

»Wo?«, insistiert McDermott. »First Boston? Goldman?«

»Ich bin mir nicht sicher«, meint Preston. »Vielleicht Drexel? Hör mal, er ist bloß zweiter Analyst, und seine hässliche Freundin mit dem Pferdegebiss sitzt in irgendeiner *Klitsche* und macht in Leveraged Buyouts.«

»Wohin gehen wir essen?«, frage ich, meine Geduld auf

dem absoluten Tiefpunkt. »Wir müssen noch reservieren. Ich stell mich bestimmt nicht an irgendeine beschissene *Bar.*«

»Was zum Henker hat Morrison an?«, fragt sich Preston. »Ist das tatsächlich ein Glencheck-Anzug mit einem *karierten* Hemd?«

»Das ist nicht Morrison«, sagt Price.

»Wer dann?«, fragt Preston und nimmt seine Brille wieder ab.

»Das ist Paul Owen«, sagt Price.

»Das ist nicht Paul Owen«, sage ich. »Paul Owen steht am anderen Ende der Bar. Da drüben.«

Owen steht in einem zweireihigen Wollanzug an der Bar.

»Er handelt den Fisher-Account«, sagt irgendwer.

»Verdammter Glückspilz«, murmelt irgendjemand anders.

»Verdammter *jüdischer* Glückspilz«, sagt Preston.

»Mein Gott, Preston«, meine ich. »Was tut *das* schon groß zur Sache?«

»Pass auf, ich hab den Arsch gesehen, wie er in seinem Büro mit der Chefetage telefoniert und dabei eine beschissene Menora gedreht hat. Der Scheißkerl hat letzten Dezember einen Chanukka-Strauch mit ins Büro gebracht«, erklärt Preston plötzlich, merkwürdig aufgeregt.

»Man dreht ein Dreidel, Preston«, sage ich ruhig, »nicht eine Menora. Man dreht ein Dreidel.«

»Großer Gott, Bateman, möchtest du, dass ich rüber zur Bar gehe und Freddy bitte, uns ein paar Kartoffelpfannkuchen zu machen?«, fragt Preston, ernsthaft beunruhigt. »Ein paar … *Latkes*?«

»Nein«, sage ich. »Halt dich nur mit deinen antisemitischen Kommentaren zurück.«

»Die Stimme der Vernunft.« Price beugt sich vor, um mir auf den Rücken zu klopfen. »Der Junge von nebenan.«

»Genau, ein netter Junge von nebenan, der sich dir zufolge von einem englischen zweiten Analysten in den Arsch ficken lässt«, sage ich spitz.

»Ich sagte, du bist die Stimme der Vernunft«, sagt Price. »Ich hab nicht gesagt, dass du *nicht* homosexuell bist.«

»Oder arbeitslos«, fügt Preston hinzu.

»Gut«, sage ich und fixiere Price. »Frag Meredith, ob ich homosexuell bin. Falls sie sich die Zeit nimmt, meinen Schwanz aus ihrem Mund zu nehmen.«

»Meredith ist eine *Schwulen*braut«, erklärt Price unbeeindruckt, »deswegen gebe ich ihr auch den Laufpass.«

»Wartet, Leute, ich weiß einen Witz.« Preston reibt sich die Hände.

»Preston«, meint Price, »du *bist* ein Witz. Du weißt, dass du nicht zum Essen eingeladen warst. Übrigens, nettes Jackett; passt zwar nicht, aber passt zu dir.«

»Price, du bist ein Mistkerl, du bist so abgrundtief gemein zu mir, dass ich es kaum ertragen kann«, erwidert Preston lachend. »Egal, also JFK und Pearl Bailey treffen sich auf einer Party, und sie gehen ins Oval Office, ums miteinander zu treiben, und dann ficken sie, und dann geht JFK schlafen, und …« Preston bricht ab. »Herrje, wie ging's weiter … ah, ja, dann sagt Pearl Bailey, Mr. President, ich will noch mal ficken, und er sagt, ich geh jetzt schlafen und in … dreißig – nein, wartet …« Preston bricht erneut verwirrt ab. »Also … nein, sechzig Minuten … nein … okay, in dreißig Minuten wach ich wieder auf, und wir machen's noch mal, aber du musst eine Hand auf meinem Schwanz und die andere an meinen Eiern lassen, und sie sagt, okay, aber warum muss ich eine Hand an deinem Schwanz und die andere … die andere Hand an deinen Eiern lassen … und …« Er bemerkt, dass Van Patten etwas gedankenverloren auf die Rückseite einer Serviette kritzelt. »He, Van Patten, hörst du mir zu?«

»Ich bin ganz Ohr«, sagt Van Patten gereizt. »Erzähl

weiter. Erzähl zu Ende. Eine Hand am Schwanz, eine Hand an den Eiern, mach weiter.«

Luis Carruthers steht immer noch an der Bar und wartet auf einen Drink. Jetzt scheint es mir, als sei seine Seidenfliege von Agnes B. Es ist alles so undeutlich.

»Ich *nicht*«, sagt Price.

»Und er sagt, weil ...« Preston stockt schon wieder. Eine lange Pause folgt. Preston blickt mich an.

»Schau nicht mich an«, sage ich. »Der stammt nicht von mir.«

»Und er sagt ... Ich hab ein Brett vorm Kopf.«

»Ist das die Pointe: Ich habe ein Brett vorm Kopf?«, fragt McDermott.

»Er sagt, äh, weil ...«, Preston legt eine Hand auf die Augen und denkt nach. »Großer Gott, ich kann nicht glauben, dass ich das vergessen hab ...«

»*Groß*artig, Preston«, seufzt Price. »Du bist vielleicht ein dröger Arsch.«

»Ich habe ein Brett vor dem Kopf?«, fragt mich Craig. »Kapier ich nicht.«

»Na klar, na klar, na klar«, meldet sich Preston. »Hört zu, ich hab's. Weil, als ich das letzte Mal mit einer Niggerin gefickt habe, hat sie mir die Brieftasche geklaut.« Er fängt sofort an zu kichern. Und nach einem kurzen Moment des Schweigens prustet auch die Tischrunde los, abgesehen von mir. »Das war's, das war die Pointe«, erklärt Preston stolz, erleichtert.

Van Patten gibt ihm High Five. Sogar Price lacht.

»Mein Gott«, sage ich. »Das ist ja scheußlich.«

»Warum?«, fragt Preston. »Das ist lustig. Das ist *Humor.*«

»Genau, Bateman«, fällt McDermott ein. »Lach doch mal.«

»Oh, ich vergaß. Bateman geht mit einer von der Bürgerrechtsbewegung«, sagt Price. »Was stört dich denn jetzt?«

»Es ist nicht lustig«, erkläre ich. »Es ist *rassistisch.*«

»Bateman, du bist vielleicht ein Miesmacher«, meint Preston. »Du solltest aufhören, ewig Ted-Bundy-Biografien zu lesen.« Preston steht auf und guckt auf seine Rolex. »Also, Leute, ich bin weg. Man sieht sich morgen.«

»Klar. Selbe Bat-Zeit, selber Bat-Kanal«, sagt Van Patten und stupst mich an.

Preston beugt sich noch mal vor, bevor er geht. »Weil, als ich das letzte Mal eine Niggerin gefickt hab, hat sie mir die Brieftasche geklaut.«

»Ich hab's begriffen. Ich hab's begriffen«, sage ich und schubse ihn weg.

»Und denkt daran, Leute: Wenige Dinge im Leben laufen so gut wie ein Kenwood.« Er macht den Abgang.

»Jabba-dabba-duh«, sagt Van Patten.

»He, wusste einer von euch, dass Höhlenmenschen mehr Ballaststoffe zu sich genommen haben als wir?«, fragt McDermott.

Pastels

ICH BIN DEN TRÄNEN NAHE, als wir Pastels erreichen, denn ich bin überzeugt, dass wir keinen Platz bekommen werden, doch der Tisch geht in Ordnung, und die Erleichterung spült über mich hinweg wie eine mächtige Flutwelle. McDermott kennt bei Pastels den Maître d', und obwohl wir unsere Platzreservierung erst vor ein paar Minuten aus dem Taxi durchgegeben haben, werden wir umgehend durch die überfüllte Bar in den pinkfarbenen, hell erleuchteten Speisesaal geführt und in einer erstklassigen Nische für vier Personen ganz vorn platziert. Es ist absolut unmöglich, bei Pastels einen Tisch zu bekommen, und ich glaube, Van Patten, ich selbst und sogar Price sind von McDermotts Talent, sich einen Tisch zu sichern, beeindruckt, wenn nicht gar neidisch darauf. Nachdem wir uns in der Water Street in ein Taxi gezwängt hatten, war uns klar geworden, dass wir nirgendwo einen Tisch reserviert hatten, und während wir die Vorzüge eines neuen kalifornisch-sizilianischen Bistros auf der Upper East Side diskutierten – ich war schon so panisch, dass ich fast den Zagat zerrissen hätte –, schienen wir zu einem Konsens zu gelangen. Nur Price war anderer Meinung, aber schließlich zuckte er mit den Schultern und sagte: »Mir scheißegal«, und wir reservierten über sein Portaphone. Er setzte seinen Walkman auf und drehte den Ton so laut, dass man seinen Vivaldi trotz halb offener Fenster und herein-brandenden Verkehrslärms hören konnte. Van Patten und McDermott rissen rüde Witze über die Größe von Tims Schwanz, und ich auch. Vor der Tür von Pastels schnappte Tim sich die Serviette mit Van Pattens letzter Version seiner sorgfältig formulierten Frage an *GQ* und schmiss damit nach einem Penner, der vor dem Restaurant kauerte und mit jämmerlicher Geste ein gammeliges Pappschild hochhielt: ICH BIN HUNGRIG UND OBDACHLOS. BITTE HELFEN SIE MIR.

Alles scheint blendend zu laufen. Der Maître d' hat uns vier Gratis-Bellinis zukommen lassen, aber wir ordern trotzdem Drinks. Die Ronettes singen »Then He Kissed Me«, unsere Kellnerin ist ein kleiner Hardbody, und selbst Price wirkt entspannt, obwohl er den Laden hasst. Zudem sind da vier Frauen am Tisch uns gegenüber – alle höchst attraktiv, blond, vollbusig: eine trägt ein Schürzenkleid aus doppelseitiger Wolle von Calvin Klein, eine andere ein Strickkleid und eine mit Seidenfaille abgefütterte Jacke von Geoffrey Beene, die nächste einen Faltenrock aus Tüll mit passendem besticktem Samtbustier von Christian Lacroix, glaube ich, dazu Stöckelschuhe von Sidonie Larizzi, und die letzte ein trägerloses Pailletten-Abendkleid unter einem körperbetonten Jackett aus Wollcrêpe von Bill Blass. Jetzt tönen die Shirelles aus den Boxen, »Dancing in the Street«, und Anlage und Akustik sind in den hohen Räumen so laut, dass wir unsere Bestellungen der Hardbody-Kellnerin praktisch zubrüllen müssen. Sie trägt ein zweifarbiges Grain-de-Poudre-Kostüm mit Posamentbesatz von Myrone de Prémonville und Samtstiefeletten, und ich bin mir ziemlich sicher, dass sie mit mir flirtet: Sie lacht sexy, als ich als Vorspeise Monkfish und Tintenfisch-Ceviche mit goldenem Kaviar bestelle; sie starrt mich so heiß, so durchdringend an, als ich Gravad-Lachs-Terrine an grüner Tomatillosoße bestelle, dass ich mit betretener, *tod*ernster Miene auf meinen rosa Bellini in der hohen Champagnerflöte blicken muss, um keinen *allzu* interessierten Eindruck zu machen. Price bestellt die Tapas und dann Reh mit Joghurtsauce und Brennnesselsalat mit Mango-Spalten. McDermott bestellt Sashimi mit Ziegenkäse und dann die geräucherte Ente mit Endiviensalat und Ahornsirup. Van Patten nimmt die Muschelwurst und gegrillten Salm mit Himbeeressig und Guacamole. Die Klimaanlage des Restaurants läuft auf vollen Touren, und ich beginne mich zu ärgern, dass ich nicht den neuen Versace-Pullover angezogen habe, den ich letzte Woche bei Bergdorfs gekauft habe. Er würde gut zu dem Anzug passen, den ich trage.

»Könnten Sie das hier *bitte* wegschaffen«, weist Price, auf die Bellinis zeigend, den Hilfskellner an.

»Warte, Tim«, sagt Van Patten. »Reg dich *ab*. Ich werde sie trinken.«

»*Euro*trash, David«, erklärt Price. »*Euro*trash.«

»*Meinen* kannst du haben, Van Patten«, sage ich.

»Augenblick«, sagt McDermott und hält den Hilfskellner zurück. »Ich behalte meinen auch.«

»Warum?«, fragt Price. »Wollt ihr die armenische Schnepfe drüben an der Bar bezirzen?«

»Welche armenische Schnepfe?« Van Patten verrenkt sich plötzlich interessiert den Hals.

»Nehmen Sie einfach alle«, sagt Price, vor Wut fast kochend.

Der Hilfskellner nimmt unterwürfig die Gläser und nickt unbestimmt, als er weggeht.

»Wer hat *dich* zum Chef gemacht?« quengelt McDermott.

»Schaut mal, Jungs. Schaut, wer gerade reingekommen ist.« Van Patten pfeift. »Oh Boy.«

»Um Himmels willen, *nicht* der verdammte Preston«, stöhnt Price.

»Nein. Oh nein«, sagt Van Patten unheilschwanger. »Noch hat er uns nicht entdeckt.«

»Victor Powell? Paul Owen?«, frage ich, plötzlich alarmiert.

»Er ist 24 und, na, sagen wir, geradezu *unanständig* reich«, gibt Van Patten grinsend einen Tipp. Offensichtlich ist er von der betreffenden Person entdeckt worden und setzt ein breites, strahlendes Lächeln auf. »Ein echter Geldsack.«

Ich verrenke mir den Hals, kann aber nicht ausmachen, um wen's geht.

»Es ist Scott Montgomery«, sagt Price. »Nicht wahr? Es ist Scott Montgomery.«

»Kann sein«, neckt Van Patten.

»Es ist dieser Zwerg Scott Montgomery«, sagt Price.

»Price«, sagt Van Patten, »du bist unbezahlbar.«

»Ihr seht mich freudig erregt«, sagt Price und dreht sich um. »Na ja, so freudig erregt man halt sein kann, einen aus Georgia zu treffen.«

»Wow«, sagt McDermott. »Und sein Stil be*eindruckt*.«

»He«, sagt Price. »Ich bin bedrückt, ich meine beeindruckt.«

»Wow«, sage ich, als ich Montgomery erspähe. »Elegantes Marineblau.«

»Unaufdringliche Karos«, flüstert Van Patten.

»Viel Beige«, sagt Price. »Ihr wisst Bescheid.«

»Da kommt er«, sage ich und wappne mich.

Scott Montgomery kommt zu unserer Nische herübergeschlendert, er trägt einen zweireihigen marineblauen Blazer mit Schildpattknöpfen, ein gestreiftes Anzughemd aus vorgewaschener Crinkle-Baumwolle mit roter Akzentsteppung, eine rot-weiß-blaue Seidenkrawatte mit Feuerwerksprint von Hugo Boss und eine auberginefarbene Hose aus Waschwolle mit Vierbundfalten-Front und steil eingeschnittenen Taschen von Lazlo. Er hält ein Glas Champagner und reicht es seiner Begleiterin – eindeutig Modeltyp, dünn, Titten okay, kein Arsch, hohe Absätze –, und sie trägt einen Rock aus Wollcrêpe und ein Veloursjackett aus Wolle und Kaschmir und über dem Arm einen Veloursmantel aus Wolle und Kaschmir, alles von Louis Dell'Olio. Schuhe mit hohen Absätzen von Susan Bennis Warren Edwards. Sonnenbrille von Alain Mikli. Tasche aus geprägtem Leder von Hermès.

»He, Kollegen. Wie geht's, wie steht's?« Montgomery spricht mit breitem Georgia-Akzent. »Das hier 's Nicki. Nicki, das ist McDonald, Van Buren, Bateman – schön braun – und Mr. Price.« Er gibt nur Timothy die Hand und nimmt Nicki dann das Champagnerglas ab. Nicki lächelt höflich, wie ein Roboter, höchstwahrscheinlich versteht sie kein Englisch.

»Montgomery«, sagt Price in freundlichem Konversationston, während er Nicki anstarrt. »Wie geht's denn so?«

»Na, Kollegen«, sagt Montgomery. »Sehe, ihr habt den nobelsten Tisch gekriegt. Wie, wollt ihr schon gehen? War nur Spaß.«

»Hör mal, Montgomery«, sagt Price, immer noch Nicki anstarrend, aber ungewöhnlich freundlich zu jemandem, den ich für einen Fremden gehalten hatte. »Squash?«

»Ruf mich an«, sagt Montgomery abwesend und inspiziert das Lokal. »Ist das Tyson? Hier, meine Karte.«

»Prima«, sagt Price und steckt sie ein. »Donnerstag?«

»Geht nich. Muss morgen nach Dallas, aber ...« Montgomery entfernt sich bereits vom Tisch, strebt auf jemand anders zu und schnippst nach Nicki. »Gut, nächste Woche.«

Nicki lächelt mir zu und blickt dann zu Boden – pinkfarbene, blaue, lindgrüne Fliesen kreuzen sich in dreieckigen Mustern –, als gäbe es dort eine Antwort, eine Art Hinweis, als böte er einen triftigen Grund für ihr Verhältnis mit Montgomery. Ich frage mich beiläufig, ob sie wohl älter ist als er, und dann, ob sie mit mir flirtet.

»Bis später«, sagt Price.

»Bis später, Kollegen ...« Montgomery hat den Raum schon halb durchquert. Nicki schleicht hinter ihm her. Ich hab mich geirrt: Sie *hat* einen Arsch.

»Achthundert Millionen.« McDermott pfeift kopfschüttelnd durch die Zähne.

»College?«, frage ich.

»Ein Witz«, verrät Price.

»Rollins?«, rate ich.

»Stellt euch vor«, sagt McDermott. »Hampden-Sydney.«

»Er ist ein Parasit, ein Loser, ein linker Hund«, stellt Van Patten fest.

»Aber er ist achthundert *Millionen* schwer«, wiederholt McDermott begeistert.

»Geh rüber und *blas* dem Zwerg einen – reicht das, um dir das Maul zu stopfen?«, sagt Price.

»Ich meine, geht's nicht *noch* ein bisschen schleimiger, McDermott?«

»Egal«, meine ich, »nette Braut.«

»Die Frau *ist* heiß«, stimmt McDermott zu.

»Korrekt.« Price nickt, wenn auch widerwillig.

»Oh Mann«, sagt Van Patten bekümmert. »Ich *kenne* die Schnepfe.«

»Ach, Scheiße«, stöhnen wir alle.

»Lass mich raten«, sage ich. »Im Tunnel aufgerissen, oder?«

»Nein«, sagt er, und nachdem er an seinem Drink genippt hat: »Sie ist ein Model. Magersüchtige, versoffene, verklemmte Fotze. *Absolut* französisch.«

»Du bist vielleicht ein Komiker«, sage ich, unsicher, ob er lügt.

»Wetten dass?«

»Was soll's?« McDermott zuckt die Schultern. »Ich würd sie ficken.«

»Sie trinkt einen Liter Stoli am Tag, kotzt ihn wieder aus und trinkt ihn *noch mal*, McDermott«, erklärt Van Patten.

»Totaler Alkie.«

»Total *billiger* Alkie«, murmelt Price.

»Mir egal«, sagt McDermott tapfer. »Sie ist wunderbar. Ich will mit ihr ficken. Ich will sie heiraten. Ich will Kinder mit ihr haben.«

»Oh Gott«, sagt Van Patten und übergibt sich fast. »Wer will eine Schnepfe heiraten, die einen Eimer Wodka mit Preiselbeersaft zur Welt bringen wird?«

»Da ist was dran«, sage ich.

»Genau. Außerdem will er mit der armenischen Schnepfe an der Bar zusammenziehen«, spottet Price. »Was wird die zur Welt bringen – eine Flasche Korbel und ein Glas Pfirsichsaft?«

»*Welche* armenische Schnepfe?«, fragt McDermott und verrenkt sich verzweifelt den Hals.

»Oh Gott. Lasst es bleiben, ihr Schwuchteln«, seufzt Van Patten.

Der Maître d' kommt vorbei, um McDermott Hallo zu sagen, bemerkt, dass wir keine Begrüßungs-Bellinis haben, und läuft weg, ehe einer von uns ihn stoppen kann. Ich weiß nicht, woher McDermott Alain so gut kennt – vielleicht Cecelia? –, und das nervt mich ein bisschen, deshalb zeige ich allen meine neue Visitenkarte, um einigermaßen gleichzuziehen. Ich hole sie aus meiner Brieftasche aus Gazellenleder (Barney's, 850 Dollar), klatsche sie auf den Tisch und warte auf Reaktionen.

»Was ist das, ein Gramm?«, fragt Price nicht *ausgesprochen* uninteressiert.

»Neue Karte.« Ich versuche lässig zu sein, grinse aber stolz. »Was haltet ihr davon?«

»Holla«, sagt McDermott ehrlich beeindruckt, nimmt sie in die Hand und befühlt sie. »Sehr schön. Sieh mal.« Er reicht sie Van Patten.

»Gestern aus der Druckerei geholt«, bemerke ich.

»Coole Farbgebung«, sagt Van Patten und betrachtet die Karte genau.

»Das ist elfenbein«, erkläre ich ihm. »Und die Schrift nennt man Silian Rail.«

»Silian Rail?«, fragt McDermott.

»Ja. Nicht schlecht, was?«

»Die *ist* sehr cool«, sagt Van Patten zurückhaltend, der neidische Hund, »aber das ist noch gar nichts ...« Er zückt seine Brieftasche und klatscht eine Karte neben einen Aschenbecher. »Sieh dir das an.«

Wir beugen uns alle vor und inspizieren Davids Karte, und Price sagt leise: »Die ist *wirklich* nett.« Kurz durchzuckt mich Eifersucht, als ich die Eleganz der Farbe und die noble Schrifttype sehe. Ich balle die Faust zusammen, als Van Patten selbstgefällig sagt: »Eierschalenfarben, Romana ...« Er wendet sich mir zu. »Was hältst du davon?«

»Nett«, krächze ich, aber ich schaffe es zu nicken, als der Hilfskellner uns vier neue Bellinis bringt.

»Guter Gott«, sagt Price, hält die Karte gegen das Licht und ignoriert die neuen Drinks. »Die ist wirklich toll. Woher hat ein Trottel wie du so viel Geschmack?«

Ich schaue auf Van Pattens Karte, dann auf meine und kann nicht glauben, dass Price tatsächlich Van Pattens besser gefällt. Benommen nippe ich an meinem Drink und hole dann tief Luft.

»Aber wartet …«, sagt Price. »Das ist überhaupt nichts …« Er holt seine Karte aus einer Jackettinnentasche, dreht sie langsam, dramatisch um, damit wir sie inspizieren können, und sagt: »*Meine.*«

Selbst ich muss eingestehen, dass sie grandios ist.

Plötzlich erscheint das Restaurant weit weg, gedämpft, der Lärm entfernt, ein bedeutungsloses Murmeln, im Vergleich zu dieser Karte, und wir alle hören Price' Worte: »Erhabene Schrift, blasses Nimbusweiß …«

»Heilige Scheiße«, ruft Van Patten aus. »Ich sehe zum ersten Mal …«

»Schön, sehr schön«, muss ich eingestehen. »Aber Moment noch. Sehen wir uns Montgomerys an.«

Price zieht sie hervor, und obwohl er lässig tut, ist mir unverständlich, wie er ihr subtil abgetöntes Weiß, ihre üppige, griffige Papierqualität ignorieren kann. Plötzlich deprimiert mich das Thema, das ich selbst aufgebracht habe.

»Pizza. Lasst uns eine Pizza bestellen«, sagt McDermott. »Will niemand eine Pizza teilen? Red Snapper? Mmmmmm. Bateman doch *bestimmt*«, sagt er und reibt sich erwartungsfroh die Hände.

Ich nehme Montgomerys Karte und betaste sie sogar, genieße das Gefühl der Karte zwischen meinen Fingerspitzen.

»Klasse, was?« Price' Tonfall lässt erkennen, dass er sich über meinen Neid im Klaren ist.

»Klar«, sage ich leichthin und schnippe die Karte zu Price zurück, als wäre sie mir schnuppe, aber der Brocken ist hart zu schlucken.

»Red-Snapper-Pizza«, erinnert mich McDermott. »Ich bin am Verhungern.«

»Keine Pizza«, murmele ich, erleichtert, als Montgomerys Karte wieder in Timothys Tasche und aus meinem Blickfeld verschwunden ist.

»Nu mach schon«, jammert McDermott. »Lass uns Red-Snapper-Pizza bestellen.«

»Halt's Maul, Craig«, sagt Van Patten und starrt eine Kellnerin an, die an einem anderen Tisch die Bestellungen aufnimmt. »Aber ruf den Hardbody rüber.«

»Aber das ist nicht unsere«, sagt McDermott und spielt mit einer Speisekarte rum, die er einem vorbeilaufenden Hilfskellner weggeschnappt hat.

»Ruf sie *trotz*dem rüber«, insistiert Van Patten. »Bitte sie um ein Mineralwasser oder ein Corona oder irgendwas.«

»Warum gerade *sie*?«, frage ich niemanden Bestimmten. Meine Karte liegt auf dem Tisch, unbeachtet neben einer Orchidee in einer blauen Glasvase. Behutsam hebe ich sie auf und stecke sie gefaltet in die Brieftasche zurück.

»Sie sieht genauso aus wie dieses Mädchen, das in der Georgette-Klinger-Abteilung bei Bloomingdale's arbeitet«, sagt Van Patten. »Ruf sie herüber.«

»Will jetzt jemand die Pizza oder nicht?« McDermott wird langsam unwirsch.

»Woher weißt *du* das denn?«, frage ich Van Patten.

»Ich kaufe dort Kates Parfüm«, antwortet er.

Price erheischt gestikulierend die Aufmerksamkeit der Tischrunde: »Habe ich auch nicht vergessen, jedem zu sagen, dass Montgomery ein Zwerg ist?«

»Wer ist Kate?«, frage ich.

»Kate ist die Braut, mit der Van Patten eine *Affäre* hat«, erklärt Price, der wieder zu Montgomerys Tisch herüberschaut. »Was wurde eigentlich aus Miss *Kitt*ridge?«, frage ich.

»Ja«, strahlt Price, »was ist mit Amanda?«

»Oh Jungs, regt euch ab. Vertrauensbasis? *Genau*.«

»Hast du keine Angst vor Krankheiten?«, fragt Price.

»Von *wem*, Amanda oder Kate?«, frage ich.

»Ich dachte, wir hätten uns darauf geeinigt, dass *wir* es nicht kriegen können.«

Van Pattens Stimme schwillt an.

»Also-o-o-o ... Schwachkopf. Halt's Maul.«

»Hab ich euch nicht erzählt ...«

Weitere vier Bellinis kommen. Acht Bellinis stehen jetzt auf dem Tisch.

»Großer Gott«, stöhnt Price und versucht den Hilfskellner zu schnappen, bevor er verduftet.

»Red-Snapper-Pizza ... Red-Snapper-Pizza.« McDermott hat das Mantra des Abends gefunden.

»Wir werden bald Opfer mannstoller iranischer Schnepfen werden«, sagt Price mit monotoner Stimme.

»Die Chance liegt bei nullkommanull-wasauchimmer, hört ihr?«, fragt Van Patten.

»... Snapper-Pizza ... Red-Snapper-Pizza ...« Dann schlägt McDermott die Hand auf den Tisch, dass er wackelt. »Zum Henker, hört mir niemand zu?«

Ich bin wegen Montgomerys Karte immer noch ganz weggetreten – die noble Farbe, die Papierstärke, die Beschriftung, der Druck –, und plötzlich erhebe ich die Faust, als ob ich Craig eine langen wollte, und brülle mit dröhnender Stimme: »*Kein Schwein* will die Red-Snapper-Pizza! Eine Pizza sollte *locker* sein und leicht nach *Brot* schmecken und eine *Käsekruste* haben! Die Krusten hier sind beschissen dünn, weil der bescheuerte Küchenchef alles zu lange bäckt! Die Pizza ist völlig vertrocknet und brüchig!« Mit hochrotem Gesicht knalle ich meinen Bellini auf den Tisch, und als ich aufblicke, sind unsere Vorspeisen gekommen. Eine Hardbody-Kellnerin blickt mit diesem merkwürdigen glasigen Ausdruck auf mich herab. Ich fahre mir mit der Hand übers Gesicht und lächele freundlich zu ihr hoch. Sie steht da und schaut mich an, als sei ich eine Art Monster – sie sieht tatsächlich *verängstigt* aus –, und ich werfe Price einen Blick zu – warum? Beistand heischend? –, und der formt mit den Lippen: »Zigarren«, und klopft auf seine Jackentasche.

McDermott sagt betreten: »Ich finde sie nicht brüchig.«

»Schätzchen«, sage ich, ohne auf McDermott zu achten, nehme die Kellnerin am Arm und ziehe sie zu mir. Sie zuckt zurück, aber ich lächle, und sie lässt sich näher ziehen. »Also, wir alle werden hier jetzt ein üppiges Mahl zu uns nehmen …«, beginne ich zu erklären.

»Aber das hier habe ich nicht bestellt«, sagt Van Patten mit Blick auf seinen Teller. »Ich wollte die *Muschel*wurst.«

»Schnauze.« Ich sehe ihn durchbohrend an und wende mich dann ruhig dem Hardbody zu, grinsend wie ein Idiot, aber wie ein spendabler Idiot. »Hören Sie, wir sind gute Kunden hier und werden höchstwahrscheinlich ein paar feine Brandys bestellen, Cognac, wer weiß, und wir wollen uns entspannen und uns in dieser …« – ich gestikuliere mit dem Arm – »Atmosphäre aalen. Also …« – mit der freien Hand zücke ich meine Gazellenlederbrieftasche – »nachher würden wir gerne ein paar *gute* kubanische Zigarren genießen, und wir möchten nicht belästigt werden von irgendwelchen *rüpel*haften …«

»*Rüpel*haften.« McDermott nickt Van Patten und Price zu.

»*Rüpel*haften und rücksichtslosen Gästen oder Touristen, die sich unweigerlich über unsere harmlosen kleinen Eigenheiten beschweren werden. Also …« – ich drücke ihr etwas, von dem ich hoffe, dass es ein Fünfziger ist, in eine feingliedrige Hand – »falls Sie es einrichten könnten, dass wir nicht belästigt werden, wären wir Ihnen äußerst verbunden.« Ich tätschele ihre Hand und drücke sie über dem Schein zu einer Faust zusammen. »Und sollte sich doch jemand beschweren, dann …« Ich unterbreche mich und sage dann drohend: »Schmeißen Sie ihn raus.«

Sie nickt stumm und weicht mit benommener, verwirrter Miene zurück.

»Und«, fügt Price grinsend hinzu, »sollte noch eine Runde Bellinis nur in die Nähe dieses Tisches kommen, flambieren wir den Maître d'. Also, Sie wissen Bescheid, warnen Sie ihn.«

Nach einer langen Pause, in der wir uns unseren Vorspeisen widmen, meldet sich Van Patten zu Wort. »Bateman?«

»Ja?« Ich spieße ein Stück Monkfish auf die Gabel, tunke es in den goldenen Kaviar und lege die Gabel wieder hin.

»Du bist die Prep-Perfektion in Reinkultur«, schmeichelt er.

Price erspäht eine weitere Kellnerin, die sich mit einem Tablett mit vier Champagnerflöten voller blass-pinkfarbener Flüssigkeit nähert, und stöhnt: »Um Himmels willen, jetzt wird's langsam *lächer*lich ...« Sie stellt sie aber schließlich doch am Nebentisch ab, für die vier Miezen.

»Sie ist *heiß*«, sagt Van Patten, seine Muschelwurst ignorierend.

»Hardbody.« McDermott nickt zustimmend. »Schaut euch die Knie an.«

Während der Hardbody dort steht, mustern wir sie, und obwohl ihre Knie lange, gebräunte Beine zieren, kann ich nicht umhin zu bemerken, dass ein Knie tatsächlich dicker als das andere ist. Das linke Knie ist klobiger, kaum wahrnehmbar dicker als das rechte, und dieser winzige Makel erscheint uns nun so schwerwiegend, dass wir alle das Interesse verlieren. Van Patten starrt benommen auf seine Vorspeise, blickt dann McDermott an und sagt: »Das ist auch nicht das, was du bestellt hast. Das ist *Sushi*, nicht Sashimi.«

»Mein Gott«, seufzt McDermott. »Man kommt ja ohnehin nicht wegen des Essens her.«

Ein Typ, der genau wie Christopher Lauder aussieht, kommt rüber an den Tisch, klopft mir auf die Schulter und sagt: »He Hamilton, schön braun«, bevor er in der Herrentoilette verschwindet.

»Schön braun, Hamilton«, macht Price ihn nach und wirft Tapas auf meinen Brotteller.

»Oh Mann«, sage ich, »hoffentlich werd ich nicht rot.«

»Im Ernst, wo gehst du hin, Bateman?«, fragt Van Patten.

»Zum Bräunen.«

»Genau, Bateman. Wohin gehst du?« McDermott scheint aufrichtig interessiert.

»Ein großes Geheimnis«, sage ich, »in ein Bräunungsstudio«, und dann gereizt: »Wie jeder andere *auch*.«

»Ich habe«, sagt Van Patten und legt eine Pause ein, um die größtmögliche Wirkung zu erzielen, »eine Sonnenbank … zu Hause.« Dann beißt er ein großes Stück von seiner Muschelwurst ab.

»Ach Quatsch«, sage ich zusammenzuckend.

»Das *stimmt*«, bestätigt McDermott mit vollem Mund. »Ich hab's gesehen.«

»Das ist abso*lut* hanebüchen«, sage ich.

»Wieso zum Teufel ist das abso*lut* hanebüchen?«, fragt Price und schiebt mit der Gabel Tapas auf seinem Teller herum. »Weißt du überhaupt, wie verdammt teuer die Mitgliedschaft in einem Sonnenstudio ist?«, fragt mich Van Patten.

»Ein *Jahres*beitrag?«

»Du spinnst«, murmele ich.

»Seht, Leute«, sagt Van Patten. »Bateman ist ungehalten.«

Plötzlich taucht ein Hilfskellner an unserem Tisch auf und nimmt, ohne zu fragen, die zum größten Teil noch unberührten Vorspeisen weg. Keiner von uns beschwert sich, außer McDermott, der fragt: »Hat er gerade unsere

Vorspeisen weggenommen?«, und dann verständnislos lacht. Doch als er merkt, dass niemand mitlacht, hört er auf.

»Er hat sie mitgenommen, weil die Portionen so klein waren, dass er dachte, wir seien fertig«, sagt Price müde.

»Ich denke bloß, das mit der Sonnenbank ist verrückt«, erkläre ich Van Patten, obwohl ich insgeheim denke, es wäre schon ein hipper Luxus, leider habe ich wirklich keinen Platz dafür. Man könnte noch andere Dinge damit anfangen, als sich zu bräunen.

»Für wen arbeitet Paul Owen?«, höre ich McDermott Price fragen.

»Irgendeinen Stinker von Kicker Peabody«, sagt Price fahrig. »Busenfreund von McCoy.«

»Warum sitzt er dann bei diesen Gurken von Drexel?«, fragt McDermott. »Ist das nicht Spencer Wynn?«

»Bist du auf Droge oder was?«, fragt Price. »Das ist nicht Spencer Wynn.«

Ich sehe zu Paul Owen rüber, der mit drei anderen Typen in einer Nische sitzt – einer von ihnen könnte Jeff Duval sein, Hosenträger, zurückgekämmtes Haar, Hornbrille, sie alle trinken Champagner –, und frage mich beiläufig, wie Owen an den Fisher-Account gekommen ist. Das macht mich nicht hungrig, aber unser Hauptgericht kommt, kaum dass die Vorspeisen abgeräumt sind, und wir beginnen zu essen. McDermott löst seine Hosenträger. Price nennt ihn einen Schmierlappen. Ich fühle mich wie gelähmt, aber schaffe es, mich von Owen abzuwenden, und blicke auf meinen Teller (die Terrine ein gelbes Sechseck, eingerahmt von Räucherlachsstreifen, rund um den Tellerrand kunstvolle Schnörkel aus erbsengrüner Tomatillosoße), und dann starre ich auf die Menschenmenge. Sie wirken feindselig, möglicherweise betrunken von Begrüßungs-Bellinis, ermüdet vom stundenlangen Warten auf beschissene Plätze neben der offenen Küchentür, obwohl sie reserviert hatten. Van Patten unterbricht das Schweigen an unserem Tisch, indem er die Gabel hinknallt und den Stuhl zurückschiebt.

»Was ist los?«, frage ich und sehe von meinem Teller auf, über dem meine Gabel schwebt, aber meine Hand will sich nicht bewegen; es ist, als würde sie das Arrangement auf dem Teller zu sehr bewundern, als habe meine Hand einen eigenen Willen und würde sich weigern, das Design zu zerstören. Ich seufze und lege die Gabel hin, hoffnungslos.

»Scheiße. Ich muss diesen Film auf Kabel für Mandy aufnehmen.« Er wischt sich mit einer Serviette den Mund und steht auf. »Ich komm wieder.«

»Soll sie's doch selber machen, du Idiot«, sagt Price. »Was bist du, bescheuert?«

»Sie ist in Boston, bei ihrem *Zahn*arzt.« Van Patten zuckt mit den Schultern, der Pantoffelheld.

»Was zum Henker hast du vor?« Meine Stimme zittert. Ich denke immer noch an Van Pattens Karte. »HBO anrufen?«

»Nein«, sagt er. »Ich kann mit Tastentelefon den Videonics VCR-Programmierer einstellen, den ich bei Hammacher Schlemmer gekauft habe.« Er zieht seine Hosenträger hoch und geht.

»Wie hip«, sage ich tonlos.

»He, was willst du als Nachspeise?«, brüllt McDermott.

»Etwas mit Schokolade und ohne Bindemittel«, ruft er zurück.

»Hat Van Patten sein Training aufgegeben?«, frage ich. »Er sieht aufgeschwemmt aus.«

»Sieht so aus, oder?«, sagt Price.

»Ist er nicht Mitglied im Vertical Club?«, frage ich.

»Keine Ahnung«, murmelt Price, betrachtet seinen Teller, richtet sich dann auf, schiebt ihn weg und gibt der Kellnerin ein Zeichen für einen weiteren Finlandia mit Eis.

Eine neue Hardbody-Kellnerin nähert sich uns vorsichtig mit einer Flasche Champagner, Perrier-Jouet, kein Jahrgang, und erklärt uns, sie käme mit Empfehlung von Scott Montgomery. »Kein Jahrgang, der Stinker«, faucht Price und reckt den Hals, um Montgomerys Tisch zu finden. »Loser.« Er gibt ihm durch den Raum ein OK-Zeichen mit erhobenem Daumen. »Der Scheißer ist so klein, dass ich ihn kaum sehen kann. Ich glaube, ich hab Conrad ein Zeichen gegeben. Ich weiß nicht genau.«

»Wo ist Conrad?«, frage ich. »Ich sollte ihm Hallo sagen.«

»Der Knabe, der Hamilton zu dir gesagt hat«, meint Price. »Das war nicht Conrad.«

»Bist du sicher? Er sah ihm verteufelt ähnlich«, erwidert er, aber er hört gar nicht richtig zu; er starrt unverfroren die Hardbody-Kellnerin an, in ihr entblößtes Dekolleté, als sie sich vorbeugt, um den Flaschenkorken besser in den Griff zu kriegen.

»Nein. Das war nicht *Conrad*«, sage ich, überrascht von Price' Unfähigkeit, Arbeitskollegen zu erkennen. »Der Typ hatte einen besseren Haarschnitt.«

Wir warten schweigend, während der Hardbody den Champagner einschenkt. Als sie weg ist, fragt McDermott, wie es uns geschmeckt hat. Ich erkläre ihm, die Terrine sei in Ordnung gewesen, wenn auch mit viel zu viel Tomatillosoße. McDermott nickt und sagt: »Das hatte ich auch gehört.«

Van Patten kommt maulend zurück: »Sie haben keine vernünftigen Waschräume zum Koksen.«

»Nachtisch?«, schlägt McDermott vor.

»Nur wenn ich das Bellini-Sorbet bestellen darf«, gähnt Price.

»Vielleicht doch nur die Rechnung«, sagt Van Patten.

»Zeit auf Schnepfenjagd zu gehen, Gentlemen«, sage ich.

Der Hardbody kommt mit der Rechnung. Zusammen sind es 475 Dollar, viel weniger, als wir erwartet haben. Wir teilen sie, aber weil ich Bares brauche, nehme ich meine Platin-AmEx und stecke ihr Geld ein, hauptsächlich nagelneue Fünfziger. McDermott verlangt zehn Dollar zurück, weil seine Muschelwurst zum Entree nur sechzehn Eier gekostet hat. Montgomerys Champagnerflasche bleibt auf dem Tisch, unberührt. Vor Pastels sitzt jetzt ein anderer Penner auf der Straße mit einem völlig unleserlichen Schild. Er bittet uns artig um etwas Kleingeld und dann, etwas optimistischer, um etwas zu essen.

»Der Versager braucht *dringend* einen Gesichtschirurgen«, sage ich.

»Hey, McDermott«, albert Price. »Schmeiß ihm deine Krawatte hin.«

»Scheiße. Was soll ihm *das* einbringen?«, frage ich, den Penner anstarrend.

»Appetithäppchen bei Jams.« Van Patten lacht. Er gibt mir High Five.

»Versager«, sagt McDermott und mustert offensichtlich beleidigt seine Krawatte.

»Oh, Entschuldigung … Taxi«, Price winkt ein Taxi heran. »… *und* ein Getränk.«

»Zu Tunnel«, erklärt McDermott dem Fahrer.

»Klasse, McDermott«, sagt Price und schnappt sich den Vordersitz. »Du klingst echt aufgeregt.«

»Na und, kann ja nicht jeder so ein ausgelutschter, dekadenter Homo sein wie du«, erwidert McDermott und steigt vor mir ein.

»Ist es bekannt, dass Höhlenmenschen mehr Ballaststoffe zu sich nahmen als wir?«, fragt Price den Taxifahrer.

»He, das hab ich auch gehört«, meint McDermott.

»Van Patten«, sage ich, »hast du die Champagnerflasche gesehen, die uns Montgomery spendiert hat?«

»Tatsächlich?«, fragt Van Patten, sich über McDermott beugend. »Lass mich raten. Perrier-Jouet?«

»*Bingo*«, sagt Price. »Kein Jahrgang.«

»Verdammter Knicker«, sagt Van Patten.

Tunnel

AUS UNERFINDLICHEM GRUND tragen alle Männer draußen vor Tunnel heute Abend Smoking, abgesehen von einem obdachlosen Penner mittleren Alters, der nur ein paar Schritte von den Absperrseilen entfernt unter einem Müllcontainer hockt und jedem, der ihm Aufmerksamkeit schenkt, bettelnd einen Styropor-Kaffeebecher hinhält, und als Price uns um die Menschenmenge herum zur Absperrung führt und einem Türsteher ein Zeichen gibt, wedelt Van Patten mit einer druckfrischen Ein-Dollar-Note vor dem Gesicht des Penners herum, das sich einen Moment aufhellt, aber dann steckt Van Patten sie wieder ein, als wir in den Club gelotst werden und ein Dutzend Getränkebons und zwei VIP-Basement-Ausweise bekommen. Drinnen werden wir kurz von zwei weiteren Türstehern belästigt – lange Wollmäntel, Zöpfe, wahrscheinlich Deutsche –, die wissen wollen, warum wir nicht im Smoking sind. Price meistert all dies doch irgendwie weltmännisch, entweder indem er den Idioten ein Trinkgeld gibt oder auf wichtig macht (wahrscheinlich Ersteres). Ich halte mich da raus, stelle mich mit dem Rücken zu ihm und versuche zuzuhören, wie McDermott bei Van Patten über meine Blödheit lästert, die Pizzas bei Pastels schlechtzumachen, aber es ist schwer, überhaupt etwas zu verstehen, weil Belinda Carlisles Version von »I Feel Free« aus den Boxen dröhnt. Ich trage ein Messer mit gezackter Klinge in der Tasche meines Valentino-Jacketts und habe gute Lust, McDermott direkt hier in der Eingangshalle abzustechen, vielleicht sein Gesicht aufzuschlitzen oder die Wirbelsäule zu durchtrennen; aber Price winkt uns schließlich rein, und die Versuchung, McDermott zu töten, wird durch jene seltsame frohe Erwartung abgelöst, sich zu amüsieren, Champagner zu trinken, mit einem Hardbody zu flirten, etwas Koks aufzutun, vielleicht sogar zu ein paar Oldies zu tanzen oder zu diesem neuen Janet-Jackson-Song, den ich so mag.

Es wird etwas ruhiger, als wir in den vorderen Korridor zum eigentlichen Eingang gelangen und an drei Hardbodys vorbeikommen. Die eine trägt ein schwarzes Jäckchen aus Wolle mit fallendem Revers und seitlichen Knopfriegeln, Hosen aus Wollcrêpe und einen taillierten hochgeschlossenen Kaschmirpullover, alles von Oscar de la Renta; die andere trägt einen zweireihigen Mantel aus Wolle, Mohair und Nylontweed, dazu eine passende Hose im Jeans-Style und ein Herrenhemd aus Baumwolle, alles von Stephen Sprouse; die attraktivste trägt ein Wolljackett und einen hochgeschnittenen Wollrock mit Karomuster, beides von Barney's, und eine Seidenbluse von Andra Gabrielle. Sie nehmen uns durchaus wahr, und wir geben das Kompliment zurück, indem wir uns nach ihnen umsehen – abgesehen von Price, der sie links liegen lässt und etwas Unflätiges sagt.

»Mein Gott, Price, zieh nicht so ein Gesicht«, jammert McDermott. »Was ist los mit dir? Diese Mädchen waren heiß.«

»Ja, wenn man Farsi spricht«, sagt Price und gibt McDermott ein paar Getränkebons, als wolle er ihn beschwichtigen.

»Wieso?«, fragt Van Patten. »Für mich sahen sie nicht spanisch aus.«

»Weißt du, Price, du wirst deine Einstellung ändern müssen, wenn du was zum Ficken suchst«, meint McDermott.

»Ausgerechnet *du* willst mir was übers Ficken erzählen?«, fragt Price Craig. »*Du*, der letzte Nacht mit Handarbeit zufrieden sein musste?«

»Deine Einstellung *nervt*, Price«, sagt McDermott.

»Hör zu, meinst du, wenn ich was zum *Ficken* wollte, würde ich mich aufführen wie euch gegenüber?«, sagt Price herausfordernd.

»Genau *das* glaube ich«, erklären McDermott und Van Patten wie aus einem Mund.

»Wusstet ihr eigentlich«, sage ich, »dass es durchaus möglich ist, sich anders zu geben, als man gerade drauf ist, wenn man auf Sex aus ist, Jungs? Ich hoffe, du fällst jetzt nicht vom Glauben ab, McDermott.« Ich gehe schneller, um auf einer Höhe mit Tim zu bleiben.

»Nein, aber das erklärt immer noch nicht, warum sich Tim wie ein *Riesen*arschloch aufführt«, sagt McDermott, bemüht, mich einzuholen.

»Als ob es *solchen* Mädchen drauf ankommen würde«, schnaubt Tim. »Wenn ich denen mein Jahreseinkommen nenne, ist denen mein Verhalten völlig egal, das kannst du mir glauben.«

»Und wie bringst du diese dezente Information an?«, fragt Van Patten. »Sagst du: ›Hier ist ein Corona, und übrigens, ich mache hundertachtzigtausend im Jahr, wie ist dein Sternzeichen?‹«

»Hundertneunzig«, korrigiert ihn Price. »Genau das tue ich. Auf Subtilität sind diese Mädchen nicht scharf.«

»Und worauf sind diese Mädchen scharf, oh du Allwissender?«, fragt McDermott, sich beim Gehen leicht verbeugend. Van Patten lacht, und sie geben sich High Five.

»He«, lache ich, »wenn ihr's *wüsstet*, würdet ihr nicht fragen.«

»Sie wollen einen Hardbody, der sie zweimal in der Woche ins Le Cirque führt und ihnen regelmäßig Zutritt ins

Nell's verschafft. Oder vielleicht einen engen Bekannten von Donald Trump«, sagt Price kategorisch.

Wir reichen unsere Eintrittskarten einem ganz annehmbaren Mädchen, das einen Dufflecoat aus Woll-Melton und ein Seidenhalstuch von Hermès trägt. Als sie uns einlässt, zwinkert ihr Price zu, und McDermott sagt: »Schon wenn ich hier reingehe, mache ich mir Sorgen, dass ich mir was fangen könnte. Es sind ein paar Siffschleudern hier. Ich *spüre* sie förmlich.«

»Ich habe es dir doch erklärt, du Niete«, sagt Van Patten und wiederholt dann geduldig seine Erkenntnisse. »Wir können das nicht bekommen. Die Wahrscheinlichkeit liegt bei nullkomma…«

Glücklicherweise übertönt die lange Version von »New Sensation« von INXS seine Stimme. Die Musik ist so laut, dass man sich nur durch Schreien verständlich machen kann. Der Club ist ziemlich voll; das einzige vernünftige Licht blitzt von der Tanzfläche herüber. Alle tragen Smoking. Alle trinken Champagner. Da wir nur zwei Karten fürs VIP-Basement haben, drückt Price sie McDermott und Van Patten in die Hand, und sie winken damit eifrig dem Typen zu, der die Treppe bewacht. Der Typ, der sie vorbeilässt, trägt einen zweireihigen Smoking aus reiner Wolle, ein Baumwollhemd mit Eckenkragen von Cerutti 1881 und eine schwarz-weiß karierte Seidenfliege von Martin Dingman Neckwear.

»He«, brülle ich Price zu. »Warum haben wir sie nicht benutzt?«

»Weil *wir*«, schreit er über die Musik hinweg und fasst mich am Kragen, »etwas Bolivianisches Marschierpulver brauchen …«

Ich folge ihm, als er durch den engen Gang stürmt, der parallel zur Tanzfläche verläuft, dann in die Bar und schließlich in den Chandelier Room, der gerammelt voll ist mit Leuten von Drexel, Lehmans, Kidder Peabody, First

Boston, Morgan Stanley, Rothschild, Goldman, sogar von der *Citibank*, mein Gott. Sie alle tragen Smoking, haben Champagnerflöten in der Hand, und nahtlos, fast als sei es dasselbe Stück, geht »New Sensation« in »The Devil Inside« über, und Price entdeckt Ted Madison, der im Hintergrund des Raumes am Geländer lehnt, in einem zweireihigen Smoking aus reiner Wolle, Baumwollhemd von Paul Smith mit Eckenkragen, Fliege und Kummerbund von Rainbow Neckwear, diamantenem Kragenknopf von Trianon, Stiefeletten aus Lackleder und Rips von Ferragamo und einer Hamilton-Uhr im Antik-Look von Saks. Hinter Madison, in der Dunkelheit verschwindend, sind die beiden Zuggleise, heute grell beleuchtet in schrillen Grün- und Pinktönen, und Price bleibt plötzlich stehen und starrt an Ted vorbei, der wissend grinst, als er Timothy entdeckt. Price blickt sehnsüchtig auf die Gleise, als symbolisierten sie eine Art Freiheit, als verkörperten sie einen Ausweg, den Price schon lange sucht, aber ich brülle ihm zu: »He, da ist Teddy«, und das löst den Bann, er schüttelt den Kopf, wie um wieder zu Verstand zu kommen, richtet seinen Blick auf Madison und brüllt entschieden: »Nein, Herrgott noch mal, das ist nicht Madison, das ist *Turnball*«, und der Typ, den ich für Madison gehalten habe, wird von zwei anderen Typen im Smoking begrüßt und wendet uns den Rücken zu, und plötzlich, hinter Price, schlingt Ebersol einen Arm um Timothys Hals und droht lachend, ihn zu erwürgen, dann schubst Price den Arm weg, schüttelt Ebersols Hand und sagt: »He, Madison.«

Madison, den ich für Ebersol gehalten habe, trägt ein wunderbares zweireihiges weißes Leinenjackett von Hackett of London, das er bei Bergdorf Goodman gekauft hat. Er hält eine nicht angezündete Zigarre in der einen und ein halb volles Champagnerglas in der anderen Hand.

»Mr. Price«, brüllt Madison. »Hocherfreut, Sie zu sehen, Sir.«

»Madison«, schreit Price zurück, »wir müssen Ihre Dienste in Anspruch nehmen.«

»Suchen Sie Ärger?«, grinst Madison.

»Eher was auf die Schnelle«, brüllt Price zurück.

»Selbstverständlich«, brüllt Madison, und dann, aus irgendeinem Grund reserviert, nickt er mir zu und brüllt, ich glaube, »Bateman«, und dann: »Schön braun.«

Ein Typ hinter Madison, der aussieht wie Ted Dreyer, trägt einen zweireihigen Smoking mit Schalkragen, ein Baumwollhemd und eine karierte Seidenfliege, alles, da bin ich mir ziemlich sicher, von Polo von Ralph Lauren. Madison steht herum und nickt diversen Leuten zu, die sich im Gedränge vorbeischieben.

Schließlich verliert Price die Geduld. »Hör zu. Wir brauchen Drogen«, glaube ich, ihn rufen zu hören.

»Immer mit der Ruhe, Price, immer mit der Ruhe«, brüllt Madison. »Ich sprech mit Ricardo.«

Aber er bleibt stehen und nickt weiter Leuten zu, die sich vorbeidrängen.

»Wie wär's mit *sofort*«, schreit Price.

»Wie, nicht im Smoking?«, brüllt Madison.

»Wie viel wollen wir?«, fragt mich Price mit verzweifelter Miene.

»Ein Gramm wär in Ordnung«, rufe ich. »Ich muss morgen früh im Büro sein.«

»Haben wir Bares?«

Ich kann nicht lügen, nicke und gebe ihm vierzig.

»Ein Gramm«, brüllt Price Ted zu.

»He«, sagt Madison und stellt seinen Freund vor: »Das ist Hu.«

»Ein Gramm.« Price drückt die Scheine in Madisons Hand. »*Hu*? Wie?«

Der Typ und Madison grinsen, und Ted schüttelt den Kopf und brüllt einen Namen, den ich nicht verstehe.

»Nein«, brüllt Madison, »Hugh.« Glaube ich jedenfalls.

»Ah. Freut mich, Sie kennenzulernen, Hugh.« Price hebt seinen Arm und tippt mit dem Zeigefinger auf seine goldene Rolex.

»Bin gleich wieder da«, brüllt Madison. »Leistet meinem Freund Gesellschaft. Macht Gebrauch von euren Getränkebons.« Er verschwindet. Hu, Hugh, juhu, taucht in der Menge unter. Ich folge Price zum Geländer.

Ich möchte meine Zigarre anzünden, habe aber keine Streichhölzer; aber allein sie zu halten, etwas von ihrem Aroma zu erahnen und die Aussicht, dass Drogen kommen werden, ist mir schon ein Trost, und ich nehme zwei Getränkebons von Price und versuche, ihm einen Finlandia mit Eis zu besorgen, den sie aber nicht haben, wie mir der Hardbody hinter der Theke bissig erklärt, doch ihr Körper ist einfach radikal und sieht so scharf aus, dass ich ihr allein dafür ein dickes Trinkgeld dalassen werde. Ich entschließe mich für einen Absolut für Price und bestelle mir selbst einen J&B mit Eis. Aus Spaß hätte ich Tim beinahe einen Bellini mitgebracht, aber er wirkt heute Abend viel zu nervös, um das zu würdigen, darum kämpfe ich mich durch die Menge zurück zu ihm und gebe ihm den Absolut, und er nimmt ihn, ohne Danke zu sagen, kippt ihn auf einmal runter, schaut das Glas an, zieht eine Grimasse und wirft mir einen anklagenden Blick zu. Ich zucke hilflos mit den Schultern. Er beginnt wieder, wie hypnotisiert auf die Gleise zu starren. Es sind ziemlich wenig Bräute im Tunnel heute Nacht.

»He, ich gehe morgen Abend mit Courtney aus.«

»Mit *der*?«, brüllt er zurück, weiter auf die Gleise starrend. »Großartig.« Trotz des Lärms bemerke ich den Sarkasmus.

»Na ja, warum *nicht*? Carruthers ist nicht in der Stadt.«

»Solltest besser eine von der *Begleit*agentur bestellen«, brüllt er erbittert, ohne groß nachzudenken.

»Wieso?«

»Weil es dich viel mehr kosten wird, wenn du *sie* flachlegen willst.«

»Ach *wo*«, brülle ich.

»Hör mal, ich hab mich auch damit abgefunden«, schreit Price und schwenkt leicht sein Glas. Zu meiner Überraschung klirren die Eiswürfel laut. »Mit Meredith ist es nicht anders. Sie erwartet, bezahlt zu werden. Sie *alle* erwarten es.«

»Price?« Ich nehme einen großen Schluck Scotch. »Du bist unbezahlbar …«

Er weist hinter sich. »Wohin führen diese Gleise?« Laserlicht beginnt zu flackern.

»Ich weiß es nicht«, sage ich nach langem Schweigen, ich weiß nicht mal, wie lange.

Allmählich langweilt es mich, Price zuzusehen, der sich weder bewegt noch spricht. Er wendet sich nur noch gelegentlich von den Zuggleisen ab, um nach Madison oder Ricardo Ausschau zu halten. Nirgendwo Frauen, nur eine Heerschar von Wall-Street-Leuten im Smoking. Die einzige Frau, die man ausmachen kann, tanzt allein in einer Ecke zu einem Stück, das – glaube ich – »Love Triangle« heißt. Sie trägt etwas, was wie ein Paillettentop von Ronaldus Shamask aussieht, und ich konzentriere mich darauf, aber ich bin in einem fahrigen Vor-Koks-Stadium und kaue nervös an einem Getränkebon, und irgendein Wall-Street-Typ, der aussieht wie Boris Cunningham, versperrt mir die Sicht auf das Mädchen. Ich will mich gerade wieder auf zur Bar machen, als Madison zurückkommt – zwanzig Minuten sind vergangen – und laut snifft, ein breites, zugeknalltes, nervöses Grinsen auf dem Gesicht. Als er einem verschwitzten, grimmig aussehenden Price die Hand schüttelt, tritt der so schnell zurück, dass Ted nur in die Luft schlägt, als er ihm freundschaftlich auf den Rücken klopfen will.

Ich folge Price, vorbei an der Bar und der Tanzfläche,

vorbei am Basement und die Treppe hoch, vorbei an der langen Schlange vor der Damentoilette, was merkwürdig ist, denn es scheinen ja überhaupt keine Frauen heute Abend im Club zu sein, und dann sind wir in der Herrentoilette, die leer ist, und Price und ich schlüpfen zusammen in eine der Kabinen, und Price verriegelt die Tür.

»Ich zittere«, sagt Price und gibt mir das kleine Briefchen. »Mach du es auf.«

Ich nehme das winzige weiße Päckchen entgegen, falte es vorsichtig auseinander und bringe das angebliche Gramm – es sieht nach weniger aus – ans dämmrige Neonlicht der Herrentoilette.

»Mann«, flüstert Price in einem überraschend milden Tonfall. »Das sieht nicht gerade nach wahnsinnig viel aus, oder?« Er beugt sich vor, um es in Augenschein zu nehmen.

»Vielleicht liegt es nur am Licht«, werfe ich ein.

»Was zum Henker ist mit Ricardo los?«, fragt Price und starrt mit offenem Mund das Kokain an.

»Pst«, flüstere ich und hole meine Platin-AmEx-Karte heraus. »Ziehen wir's einfach rein.«

»Verkauft er es jetzt *milligramm*weise?« Price taucht seine eigene Platin-AmEx-Karte in das Pulver und führt es zum Sniffen an die Nase. Einen Moment verharrt er schweigend, dann keucht er mit tiefer, kehliger Stimme: »Oh, mein Gott.«

»Was ist?«, frage ich.

»Das ist ein verdammtes Milligramm … *Süßstoff*«, sagt er mit erstickter Stimme.

Ich probiere ein bisschen und komme zum selben Ergebnis. »Es ist schon recht schlapp, aber ich glaube, es geht in Ordnung, wenn wir nur genug davon nehmen.« Aber Price ist wütend, knallrot im Gesicht und schwitzt; er schreit mich an, als sei es meine Schuld, als sei es *meine* Idee gewesen, das Gramm von Madison zu kaufen.

»Ich will davon draufkommen, Bateman«, betont Price mit anschwellender Stimme. »Ich will es nicht auf meine verdammten Frühstücksflocken streuen!«

»Du kannst es immer noch in deinen Milchkaffee tun«, tönt eine fiepsige Stimme aus der Kabine nebenan.

Price starrt mich mit ungläubig aufgerissenen Augen an, bekommt einen Wutanfall, wirbelt herum und hämmert mit der Faust gegen die Trennwand.

»Reg dich ab. Lass es uns trotzdem nehmen.«

Price wendet sich wieder mir zu, und nachdem er sich über sein kräftiges, zurückgekämmtes Haar gefahren ist, scheint er sich abzuregen. »Ich schätze, du hast recht.« Mit lauter Stimme fügt er hinzu: »Sofern die Schwuchtel in der Nachbarkabine *auch* einverstanden ist.«

Wir warten auf eine Reaktion, und schließlich lispelt die Stimme in der Kabine nebenan: »Ich bin einverstanden ...«

»Fick dich ins Knie!«, brüllt Price.

»Fick *dich* ins Knie«, äfft die Stimme nach.

»Nein, fick *dich* ins Knie«, schreit Price zurück und versucht, über die Trennwand aus Aluminium zu klettern, aber ich ziehe ihn mit einer Hand wieder runter, und nebenan wird die Spülung betätigt, und der Unbekannte trippelt offensichtlich entnervt aus der Herrentoilette. Price lehnt sich gegen die Tür unserer Kabine und starrt mich mit hoffnungsloser Miene an. Er reibt sich über das immer noch knallrote Gesicht und kneift die Augen zu, die Lippen weiß, winzige Spuren von Kokain unter einem Nasenloch – und sagt schließlich leise und ohne die Augen zu öffnen: »Okay. Putzen wir's weg.«

»*Das* ist die richtige Einstellung«, sage ich. Abwechselnd wühlen wir mit unseren Karten in dem Briefchen, und das, was wir mit den Karten nicht erwischen können, stippen wir mit den Fingern auf und sniffen es oder lecken die Kuppen ab und reiben es uns schließlich ins Zahnfleisch. Ich bin nicht annähernd drauf, aber ein weiterer J&B könnte den Körper vielleicht übertölpeln und für einen gewissen Kick – wie schwach auch immer – sorgen.

Wir verlassen die Kabine, waschen uns die Hände, inspizieren unser Spiegelbild und gehen – nachdem alles in Ordnung ist – zurück zum Chandelier Room. Ich wünsche mir langsam, ich hätte meinen Mantel (Armani) abgegeben, aber egal was Price sagt, ich jedenfalls komme langsam drauf, und als ich Minuten später an der Bar stehe und versuche, die Aufmerksamkeit dieses Hardbodys zu erregen, stört es mich kaum noch. Schließlich muss ich einen Zwanziger auf den Tresen legen, um ihre Aufmerksamkeit zu wecken, obwohl ich noch massenhaft Getränkebons habe. Es funktioniert. Ich bestelle mir auf die Getränkebons zwei doppelte Stolis mit Eis. Sie schenkt die Drinks vor mir ein.

Ich fange an, mich prima zu fühlen, und brülle ihr zu: »Hey, gehst du nicht auf die NYU?«

Sie schüttelt, ohne zu lächeln, den Kopf.

»Hunter?«

Sie schüttelt wieder den Kopf. Also nicht Hunter.

»Columbia?«, rufe ich, aber nur aus Spaß.

Sie konzentriert sich weiter auf die Stoli-Flasche. Ich beschließe, die Konversation abzubrechen, und klatsche einfach die Getränkebons auf die Theke, als sie mir die Gläser hinstellt.

Aber sie schüttelt den Kopf und brüllt: »Es ist nach elf. Die sind nicht mehr gültig. Hier gilt Barzahlung. Das macht fünfundzwanzig Dollar«, und ohne zu meckern, ganz lässig, zücke ich meine Gazellenlederbrieftasche und reiche ihr einen Fünfziger, den sie, ich schwör's, verächtlich mustert. Seufzend geht sie zur Kasse und findet mein Wechselgeld, und während ich sie anstarre, sage ich ziemlich deutlich, obwohl etwas übertönt von »Pump Up the Volume« und der Menge: »Du bist eine beschissene, hässliche Fotze. Ich würde dich liebend gern abstechen und mit deinem Blut herumpantschen«, aber dabei lächle ich. Ich gebe der Schlampe kein Trinkgeld und finde Price, der wieder missmutig am Geländer steht, die Hände an den Metallstangen festgeklammert. Paul Owen, der Mann mit dem Fisher-Account, steht in einem zweireihigen Sechsknopf-Smoking aus reiner Wolle neben Price und brüllt etwas wie: »Hab heute fünfhundert Barwertrechnungen durch einen ICM-RC gejagt, bin mit dem Firmenwagen zu Smith und Wollensky gefahren.«

Ich gebe Price seinen Drink, während ich Paul zunicke. Price sagt kein Wort, nicht mal Danke. Er hält einfach sein Glas in der Hand und starrt traurig auf den Schienenstrang, dann blinzelt er, beugt seinen Kopf über das Glas, und als das Strobelight aufflackert, steht er wieder aufrecht und murmelt etwas vor sich hin.

»Bist du nicht drauf?«, frage ich ihn.

»Wie geht's?«, brüllt Owen.

»Ganz prima«, antworte ich.

Die Musik ist ein einziges, nicht enden wollendes Stück aus verschiedenen, nur durch den dumpf dröhnenden Beat miteinander verbundenen Songs und macht jede Unterhaltung unmöglich, was mir, wenn ich mit einem Stinker wie Owen rede, bestens passt. Es scheinen jetzt mehr Mädchen im Chandelier Room zu sein, und ich versuche, mit einem von ihnen Blickkontakt herzustellen – Modeltyp mit dicken Titten. Price stupst mich an, und ich beuge mich vor, um zu fragen, ob wir noch ein Gramm kaufen sollen.

»Warum tragt ihr keinen Smoking?«, fragt Owen hinter mir.

»Ich hau ab«, brüllt Price. »Mir reicht's.«

»Was reicht dir?«, brülle ich verwirrt zurück.

»Das hier.« Ich bin mir nicht sicher, aber ich glaube, er meint seinen doppelten Stoli.

»Macht nichts. Ich trink ihn.«

»Hör zu, Patrick«, brüllt er. »Ich hau *ab.*«

»Wohin?« Ich bin wirklich durcheinander. »Soll ich Ricardo suchen?«

»Ich hau ab«, schreit er. »Ich … hau … *ab!*«

Ich muss lachen, denn ich weiß nicht, was er meint. »Schön, was *machst* du dann?«

»*Weg!*«, brüllt er.

»Lass mich raten«, schrei ich zurück. »Emissionsgeschäfte?«

»Nein, Bateman. Ich meine es ernst, du gottverdammtes Arschloch. *Abhauen.* Verschwinden.«

»Wohin?« Ich lache immer noch, nach wie vor verwirrt und brüllend. »Zu Morgan Stanley? Auf Entzug? Was?«

Er wendet den Blick ab, antwortet nicht, starrt einfach hinters Geländer und versucht, den Punkt zu finden, an dem die Schienen sich treffen, zu entdecken, was hinter der Finsternis liegt. Er wird langsam zur Plage, aber Owen ist schlimmer, und ich habe bereits versehentlich Blickkontakt mit dem Stinker hergestellt.

»Sag ihm, er soll's locker nehmen«, tönt Owen.

»Hast du immer noch den Fisher-Account?« Was kann ich ihn sonst schon fragen?

»Was?«, fragt Owen. »Augenblick. Ist das da Conrad?«

Er zeigt auf einen Typ im einreihigen Smoking mit Schalkragen, Baumwollhemd und Fliege, alles von Pierre Cardin, der an der Bar steht, direkt unter dem Kronleuchter, ein Champagnerglas in der Hand hält und seine Fingernägel mustert. Owen holt eine Zigarre hervor und bittet um Feuer. Ich bin gelangweilt und gehe, ohne mich zu entschuldigen, zur Bar, um den Hardbody, den ich aufschlitzen will, um Streichhölzer zu bitten. Der Chandelier Room ist gerammelt voll, und alle wirken vertraut, alle sehen gleich aus. Zigarrenrauch hängt schwer in der Luft, und die Musik, wieder INXS, ist lauter denn je, aber auf welchen Höhepunkt steuert sie zu? Ich berühre versehentlich meine Stirn, und meine Finger werden nass. An der Theke nehme ich mir ein paar Streichhölzer. Auf dem Rückweg durch die Menge treffe ich McDermott und Van Patten, die mich um Getränkebons anschnorren. Ich gebe ihnen die übrig gebliebenen Bons im Wissen, dass sie nicht mehr gültig sind, aber wir sind in der Mitte des Raumes eingekeilt, und die Getränkebons sind ihnen nicht Anreiz genug, sich auf die Expedition zur Theke zu machen.

»Verfilzte Schnepfen«, meint Van Patten. »Nimm dich in acht. Keine Hardbodys.«

»Das Basement ist Scheiße«, brüllt McDermott.

»Habt ihr Drogen aufgetrieben?«, brüllt Van Patten. »Wir haben Ricardo gesehen.«

»Nein«, brülle ich. »Negativ. Madison konnte nichts auftreiben.«

»Bedienung, verflucht noch mal, Bedienung«, brüllt ein Typ hinter mir.

»Hoffnungslos«, brülle ich. »Ich versteh kein Wort.«

»*Wie?*«, schreit Van Patten. »Ich versteh kein Wort.«

Plötzlich packt McDermott meinen Arm. »Was zum Teufel macht Price da? Schau.«

Wie in einem Film drehe ich mich mit einiger Mühe um, stelle mich auf die Zehenspitzen und sehe, wie Price auf dem Geländer hockt, versucht, die Balance zu halten – jemand hat ihm ein Champagnerglas gegeben –, und betrunken oder zugeknallt die Arme ausstreckt und die Augen schließt, als würde er die Menge segnen. Hinter ihm geht das Strobelight weiter an und aus, an und aus, und die Trockeneismaschine läuft wie verrückt, grauer Nebel steigt auf und hüllt ihn ein. Er ruft irgendetwas, aber ich kann ihn nicht verstehen – der Raum ist bis zum Bersten überfüllt, der Lärm eine ohrenbetäubende Mischung aus Eddie Murphys »Party All the Time« und dem konstanten Gequassel der Geschäftsleute –, also dränge ich mich nach vorn, den Blick auf Price geheftet, und schaffe es, an Madison, Hugh, Turnball, Cunningham und ein paar anderen vorbeizukommen. Aber die Menge ist zu dicht, und es ist sinnlos, es überhaupt zu versuchen. Nur ein paar der Gesichter schauen Tim an, der immer noch auf dem Geländer balanciert, die Augen halb geschlossen, und etwas ruft. Peinlich berührt bin ich plötzlich froh, dass ich in der Menge feststecke, ihn nicht erreichen und vor der ziemlich sicheren Erniedrigung retten kann, und während eines perfekt getimeten Bytes des Schweigens höre ich Price »Auf Wiedersehen!« rufen und dann, die Menge ist endlich aufmerksam geworden: »Arschgeigen!« Elegant schwingt er herum, hüpft über das Geländer, springt auf die Gleise und beginnt zu rennen, die Champagnerflöte wippt an seiner Seite auf und ab. Er stolpert einmal, zweimal, im flackernden Strobelight sieht es wie in Zeitlupe aus, findet aber sein Gleichgewicht wieder, bevor er in der Dunkelheit verschwindet. Ein Sicherheitsmann sitzt müßig am Geländer, als Price im Tunnel verschwindet. Ich glaube, er schüttelt nur den Kopf.

»Price! Komm zurück!«, rufe ich, aber die Menge beklatscht seine Vorstellung auch noch. »Price!«, rufe ich erneut über den Applaus. Aber er ist weg, und es ist zu bezweifeln, dass er, *sollte* er mich gehört haben, reagieren würde. Madison steht neben mir und streckt mir seine Hand hin, als wolle er mir zu irgendetwas gratulieren. »Dieser Typ ist ja *spitze.*«

McDermott taucht hinter mir auf und zieht mich an der Schulter. »Weiß Price von einem VIP-Raum, von dem wir nichts wissen?« Er wirkt beunruhigt.

Draußen vor Tunnel: Ich bin high, aber richtig müde, und mein Mund schmeckt erstaunlicherweise nach NutraSweet, obwohl ich noch zwei Stolis und einen halben J&B getrunken habe. Halb eins, und wir gucken zu, wie Limousinen versuchen, auf dem West Side Highway links abzubiegen. Wir drei, Van Patten, McDermott und ich, debattieren über die Wahrscheinlichkeit, diesen neuen Club namens Nekenieh zu finden. Ich bin nicht richtig high, eher betrunken.

»Lunch?«, frage ich sie gähnend. »Morgen?«

»Kann nicht«, sagt McDermott. »Haareschneiden bei Pierre.«

»Wie steht's mit Frühstück?«, schlage ich vor.

»Nee«, sagt Van Patten. »Gio's. Maniküre.«

»Da fällt mir ein«, sage ich und inspiziere meine Hand, »ich bräuchte auch eine.«

»Wie wär es mit Dinner?«, fragt mich McDermott.

»Ich bin verabredet. Mist.«

»Und du?«, wendet sich McDermott an Van Patten.

»Nein, geht nicht. Ich muss zu Sunmakers. Anschließend privates Training.«

Büro

IM LIFT ERZÄHLT MIR FREDERICK DIBBLE von einer Meldung auf Page Six oder in irgendeiner anderen Klatschspalte über Ivana Trump und dann von diesem neuen italienisch-thailändischen Laden auf der Upper East Side, in dem er gestern Abend mit Emily Hamilton war, und beginnt von einem großartigen Fusilli-Shiitake-Gericht zu schwärmen. Ich habe meinen goldenen Cross-Füller gezückt, um den Namen des Restaurants in mein Adressbuch einzutragen. Dibble trägt einen zweireihigen Anzug mit dezenten Streifen von Canali Milano, ein Baumwollhemd von Bill Blass, eine Seidenkrawatte mit kleinen Karos von Bill Blass Signature und hält einen Missoni-Uomo-Regenmantel über dem Arm. Er hat eine gut aussehende, teure Frisur, die ich bewundernd anstarre, während er zur Muzak vor sich hin summt – eine Version von »Sympathy for the Devil« möglicherweise –, die in allen Aufzügen unseres Bürogebäudes säuselt. Ich will Dibble fragen, ob er heute Morgen die *Patty Winters Show* gesehen hat – es ging um Autismus –, aber er muss ein Stockwerk vor meinem raus, wiederholt noch einmal den Namen des Restaurants, »Thaidialanoa«, sagt: »Bis dann, Marcus« und verlässt den Aufzug. Die Tür schließt sich. Ich trage einen Anzug mit Hahnentrittmuster und Bundfaltenhosen von Hugo Boss, ein Broadcloth-Hemd von Joseph Abboud und Schuhe von Brooks Brothers. Heute früh habe ich es mit der Zahnseide übertrieben und spüre immer noch den Kupfergeschmack der Blutreste in meiner Kehle. Anschließend habe ich mit Listerine gegurgelt, und mein Mund brennt fürchterlich, aber ich schaffe es, unverbindlich zu lächeln, als ich aus dem Aufzug trete, an einem verkaterten Wittenborn vorbeistreife und meinen neuen Aktenkoffer aus schwarzem Leder von Bottega Veneta schwenke.

Meine Sekretärin Jean, die in mich verliebt ist und die ich vermutlich irgendwann heiraten werde, sitzt an ihrem Schreibtisch und trägt, wie immer um meine Aufmerksamkeit zu erregen, heute etwas sündhaft Teures und absolut Unpassendes: eine Kaschmir-Strickjacke von Chanel, einen Kaschmirpulli mit rundem Halsausschnitt und ein Kaschmir-Halstuch, Ohrringe mit falschen Perlen und eine Hose aus Wollcrêpe von Barney's. Ich nehme meinen Walkman ab, als ich an ihren Tisch trete. Sie blickt hoch und lächelt schüchtern.

»So spät?«, fragt sie.

»Aerobic-Kurs.« Ich mache den Lässigen. »Tut mir leid. Irgendwelche Nachrichten?«

»Ricky Hendricks musste für heute absagen. Er hat weder gesagt, was er absagt, noch warum.«

»Ich boxe gelegentlich mit Ricky im Harvard Club«, erkläre ich ihr. »Sonst noch jemand?«

»Und … Spencer möchte Sie auf einen Drink bei Fluties Pier 17 treffen«, sagt sie lächelnd.

»Wann?«

»Nach sechs.«

»Abgelehnt«, erkläre ich und gehe in mein Büro. »Sagen Sie es ab.«

Sie steht von ihrem Schreibtisch auf und kommt mir nach. »Oh, und was soll ich sagen?«, fragt sie amüsiert.

»Sag … einfach … nein.« Ich ziehe meinen Armani-Mantel aus und hänge ihn an den Axel Loeb-Kleiderständer, den ich bei Bloomingdale's erstanden habe.

»Sag … einfach … nein?«, wiederholt sie.

»Haben Sie heute Morgen die Patty Winters Show gesehen?«, frage ich. »Über Autismus?«

»Nein.« Sie lächelt, als sei sie irgendwie angetan von meiner Begeisterung für die *Patty Winters Show*. »Wie war es?«

Ich nehme das neue *Wall Street Journal* und überfliege die Titelseite – alles ein sinnloser Buchstabensalat aus Druckerschwärze. »Ich muss geträumt haben, während ich das gesehen habe. Keine Ahnung. Ich weiß nicht genau. Ich kann mich nicht erinnern«, murmele ich, lege das *Journal* hin und nehme die heutige *Financial Times*. »Ich weiß es wirklich nicht.« Sie steht einfach da und wartet auf Anweisungen. Ich seufze, lege meine Hände aufeinander und setze mich an den Palazzetti-Schreibtisch mit Glasplatte, die Halogenlampen an beiden Seiten brennen bereits. »Gut, Jean«, beginne ich. »Ich brauche eine Reservierung für drei Personen im Camols für halb eins, falls das nicht klappt, versuchen Sie es im Crayons. Alles klar?«

»Ja, Sir«, sagt sie neckisch und wendet sich zum Gehen.

»Oh, warten Sie.« Mir ist etwas eingefallen. »Außerdem brauche ich einen Tisch für zwei im Arcadia für acht Uhr heute Abend.«

Sie dreht sich wieder um, mit leicht bestürzter Miene, aber immer noch lächelnd. »Oh, etwas … Romantisches?«

»Nein, Dummerchen. Vergiss es. Ich mache es selbst. Danke.«

»Ich mach das schon«, sagt sie.

»Nein. Nein.« Ich scheuche sie raus. »Seien Sie ein Schatz und holen Sie mir nur ein Perrier, okay?«

»Sie sehen gut aus heute«, sagt sie, bevor sie geht.

Sie hat recht, aber ich sage kein Wort, sondern blicke einfach auf das George-Stubbs-Gemälde, das an der Wand hängt, und frage mich, ob ich es wohl umhängen sollte, vielleicht ist es zu nah an dem Aiwa AM/FM-Stereoreceiver, dem Kassettenrekorder mit zwei Laufwerken, dem halbautomatischen Plattenspieler mit Riemenantrieb, dem Equalizer und den dazu passenden Regal-Boxen, alles in gedämpftem Blau, um zur Farbgebung des Büros zu passen. Der Stubbs sollte vielleicht besser über dem lebensgroßen Dobermann in der Ecke (700 Dollar bei Beauty and the Beast im Trump Tower) hängen oder vielleicht doch eher über dem antiken Pacrizinni-Tisch, der neben dem Dobermann steht. Ich stehe auf und schiebe die mondänen Illustrierten aus den Vierzigern beiseite – sie haben mich dreißig Eier pro Stück gekostet –, die ich bei Funchies, Bunkers, Gaks & Gleeks gekauft habe, nehme den Stubbs von der Wand und lege ihn auf den Tisch, setze mich anschließend zurück an den Schreibtisch und spiele mit den Bleistiften herum, die ich in einem alten deutschen Maßkrug von Mantiques aufbewahre. Der Stubbs macht sich an beiden Plätzen gut. Ein nachgebildeter Schwarzwald-Schirmständer (675 Dollar bei Hubert des Forges) steht in einer anderen Ecke ohne, fällt mir nur so auf, einen einzigen Regenschirm drin.

Ich lege ein Paul-Butterfield-Tape in den Kassettenrekorder, setze mich zurück an den Tisch und blättere die *Sports Illustrated* der letzten Woche durch, kann mich aber nicht konzentrieren. Mir geht die verdammte Sonnenbank nicht aus dem Kopf, die Van Patten hat, und ich nehme das Telefon und rufe Jean.

»Ja?«, antwortet sie.

»Jean. Hören Sie zu. Halten Sie die Augen nach einer Sonnenbank offen, okay?«

»Wie?«, fragt sie ungläubig, aber bestimmt lächelt sie immer noch.

»Sie wissen schon. Eine Sonnenbank«, wiederhole ich lässig. »Zum … Sonnenbaden.«

»Gut …«, sagt sie zögernd. »Sonst noch etwas?«

»Und, ach ja, Scheiße. Erinnern Sie mich daran, dass ich die Videos zurückbringe, die ich gestern Abend ausgeliehen habe.« Ich fange an, den Zigarrenständer aus Sterling-Silber auf- und zuzumachen, der neben dem Telefon steht.

»Noch was?«, fragt sie, und dann, kokett: »Wie wär's mit dem Perrier?«

»Ja. Das klingt gut. Und Jean?«

»Ja?«, sagt sie, und ihre Geduld beruhigt mich.

»Sie glauben doch nicht, ich sei verrückt? Ich meine, wegen der Sonnenbank?«

Schweigen, und dann gibt sie zu: »Na ja, es ist ein *wenig* ungewöhnlich«, und ich spüre, sie wählt ihre Worte mit großem Bedacht. »Aber nein, natürlich nicht. Ich meine, wie sollten Sie sonst diese verteufelt gut aussehende Bräune behalten?«

»Braves Mädchen«, sage ich, bevor ich aufhänge. Ich habe eine großartige Sekretärin.

Fünf Minuten später kommt sie mit dem Perrier, einer Limonenspalte und der Ransom-Akte, die sie nicht hätte bringen müssen, ins Büro, und ich bin von ihrer völligen Ergebenheit mir gegenüber flüchtig gerührt. Ich kann nicht anders, ich fühle mich geschmeichelt.

»Sie haben einen Tisch im Camols um halb eins«, verkündet sie, während sie das Perrier in einen Tumbler gießt. »Im Nichtraucher-Bereich.«

»Das will ich nie wieder an Ihnen sehen«, sage ich und mustere sie kurz. »Besten Dank für die Ransom-Akte.«

»Äh …« Gerade im Begriff, mir das Perrier zu reichen, hält sie inne und fragt: »Wie bitte? Ich habe Sie nicht verstanden«, bevor sie das Glas vor mir auf den Tisch stellt.

»Ich sagte«, wiederhole ich gelassen mit einem Grinsen, »das will ich nie wieder an Ihnen sehen. Tragen Sie ein Kleid. Einen Rock oder so etwas.«

Sie steht leicht betreten da, und nachdem sie an sich heruntergeblickt hat, grinst sie wie ein Kretin: »Das gefällt Ihnen wohl nicht«, sagt sie demütig.

»Also wirklich«, meine ich und nippe an meinem Perrier. »Sie sind hübscher als das.«

»Danke, Patrick«, sagt sie sarkastisch, obwohl ich wetten könnte, dass sie morgen etwas anderes tragen wird. Das Telefon auf ihrem Schreibtisch klingelt. Ich sage ihr, dass ich nicht da bin. Sie wendet sich zum Gehen.

»Und Stöckelschuhe«, füge ich hinzu. »Ich mag Stöckelschuhe.«

Sie schüttelt gutmütig den Kopf, als sie geht, und schließt die Tür hinter sich. Ich ziehe einen Panasonic-Watchman mit 9-Zentimeter-Bildröhre und AM/FM-Radio hervor und versuche, etwas Interessantes reinzukriegen, vielleicht *Jeopardy!*, ehe ich mich meinem Computer-Terminal zuwende.

Fitness-Center

DAS PRIVATE FITNESS-CENTER, in dem ich Mitglied bin, liegt vier Blocks von meinem Apartment entfernt auf der Upper West Side. In den zwei Jahren seit ich mich angemeldet habe, ist es dreimal umgebaut worden, und obwohl sie dort die neuesten Kraftmaschinen haben (Nautilus, Universal, Keiser), gibt es auch eine große Auswahl Free Weights, die ich ebenfalls ganz gerne benutze. Im Center gibt es zehn Plätze für Tennis und Racquettball, Aerobic-Kurse, vier Aerobic-Tanzstudios, zwei Swimmingpools, Lifecycles, eine Gravitron-Maschine, Rudergeräte, Laufbänder, Cross-Country-Skiing-Maschinen, Einzeltraining, Herz-Kreislauf-Checks, individuelle Programme, Massage, eine Sauna und ein Türkisches Bad, ein Solarium, Sonnenbänke und ein Café mit einer Safttheke, alles designt von J. J. Vogel, der auch die Ausstattung für Petty's, den neuen Norman-Prager-Club, gemacht hat. Die Mitgliedschaft beträgt fünftausend Dollar im Jahr.

Heute Morgen war es kühl, doch es scheint sich erwärmt zu haben. Als ich das Büro verlasse, trage ich einen zweireihigen Sechsknopf-Anzug mit Kreidestreifen von Ralph Lauren, dazu ein Hemd aus nadelgestreiftem Sea-Island-Cotton mit Haifischkragen und Umschlagmanschetten, auch von Polo, die ich im klimatisierten Umkleideraum nur zu gerne ablege, um in ein Paar pechschwarze Baumwoll-Lycra-Shorts mit weißem Bund und Seitenstreifen und in einen Baumwoll-Lycra-Pullunder, beide von Wilkes, zu schlüpfen, die sich so klein zusammenfalten lassen, dass sie tatsächlich in meine Aktentasche passen. Nachdem ich mich umgezogen habe, klemme ich meinen Walkman an die Lycra-Shorts und setze die Kopfhörer auf – ein Stephen-Bishop/Christopher-Cross-Tape, das mir Todd Hunter aufgenommen hat –, kontrolliere mich im Spiegel, bevor ich in die Halle gehe, bin mit mir unzufrieden und laufe noch mal zurück zu meiner Tasche, um mir mit ein bisschen Gel die Haare zurückzukämmen, dann trage ich etwas Feuchtigkeitscreme und einen Tupfer Clinique-Abdeckstift auf, weil ich einen kleinen Fleck unter der Unterlippe entdecke. Zufrieden stelle ich den Walkman an und verlasse den Umkleideraum.

Cheryl, diese pummelige Schnepfe, die in mich verliebt ist, sitzt vorne an ihrem Schreibtisch, nimmt Anmeldungen entgegen, liest eine der Klatschkolumnen in der *Post* und lebt sichtlich auf, als sie mich kommen sieht. Sie sagt Hallo, aber ich eile an ihr vorbei, denn vor dem Stairmaster gibt es keine Schlange, während man sonst zwanzig Minuten anstehen muss. Mit dem Stairmaster trainiert man die größten Muskelpartien des Körpers (zwischen Becken und Knie) und kann letztendlich mehr Kalorien pro Minute verbrennen als bei jeder anderen Aerobic-Übung, abgesehen vom Nordic Skiing vielleicht.

Ich sollte eigentlich erst Stretching machen, aber wenn ich das täte, müsste ich mich wieder anstellen – hinter mir wartet schon irgendein Homo, stiert wahrscheinlich auf meinen Rücken, meinen Arsch und meine muskulösen Beine. Keine Hardbodys in der Halle heute. Nur Homos von der West Side, wahrscheinlich arbeitslose Schauspieler, die abends kellnern, und Muldwyn Butner von Sachs, der mit mir in Exeter war, drüben am Bizeps-Curler. Butner trägt knielange Nylon-Lycra-Shorts mit Schachbrett-Applikationen, einen Baumwoll-Lycra-Pullunder und Leder-Reeboks.

Nach zwanzig Minuten am Stairmaster lasse ich den blond-gebleichten, mittelalten Homo-Muskelprotz hinter mir dran und mache mit Stretchingübungen weiter. Während des Stretchens denke ich wieder an die *Patty Winters Show* von heute Morgen. Es ging um große Brüste, und da war eine Frau, die eine Brustver*kleinerung* hatte machen lassen, weil sie dachte, ihre Titten seien zu groß – die blöde Schlampe.

Ich habe sofort McDermott angerufen, der es auch gerade sah, und gemeinsam lästerten wir während des Rests der Sendung über die Frau. Ich mache fünfzehn Minuten Stretching, bevor ich den Nautilus-Geräten zustrebe.

Eigentlich hatte ich einen persönlichen Trainer, den mir Luis Carruthers empfohlen hatte, aber der kam mir im letzten Herbst komisch, also habe ich mein eigenes Fitness-Programm ausgearbeitet, das sowohl Aerobic als auch Krafttraining umfasst. Bei den Gewichten wechsele ich zwischen Free Weights und Kraftgeräten, die mit hydraulischem, pneumatischem oder elektromechanischem Widerstand arbeiten. Die meisten der Geräte sind sehr effektiv, da man über Tastenfelder die computergesteuerten Gewichte einstellen kann, ohne aufzustehen. Zu den Vorteilen der Geräte zählt, dass sie kaum zu Muskelverspannungen führen und die Gefahr von Verletzungen reduzieren. Aber ich schätze genauso die Vielseitigkeit und Freiheit, die Free Weights bieten, und die zahlreichen Möglichkeiten des Stemmens, die man an Geräten nicht hat.

An den Beinmaschinen mache ich fünf Serien mit je zehn Wiederholungen. Für den Rücken ebenfalls fünf Serien je zehnmal. Am Bauchmuskeltrainer bringe ich es inzwischen auf sechs Serien, die ich fünfzehnmal wiederhole, und am Bizeps-Curler auf sieben Serien je zehnmal. Bevor ich mich an die Free Weights mache, steige ich zwanzig Minuten aufs Trimmrad und lese währenddessen die neue Ausgabe von *Money*. Drüben bei den Free Weights mache ich für die Beine Streck-, Beuge- und Stemmübungen, drei Serien je fünfzehnmal. Dann drei Serien mit je zwanzig Wiederholungen Hantel-Curls, anschließend drei Serien mit zwanzig Wiederholungen umgekehrte Butterflys für die hinteren Deltamuskeln und drei Sets und zwanzig Wiederholungen Latissimus-Pulldowns, Rudern, Dead Lifts und Hantel-Rumpfbeugen. Für die Brust mache ich drei Sets und zwanzig Wiederholungen Drücken auf der Schiefbank. Für die vorderen Deltamuskeln mache ich auch drei Sets Butterflys und Hanteldrücken im Sitzen. Zum Schluss mache ich für die Trizeps drei Sets und zwanzig Wiederholungen Pushdowns und eng gegriffenes Bankdrücken an der Kraftmaschine. Nach weiteren Stretchingübungen zur Entspannung nehme ich schnell eine heiße Dusche, eile dann zur Videothek und gebe die zwei Kassetten, die ich am Montag ausgeliehen habe, zurück, *She-Male Reformatory* und *Der Tod kommt zweimal*, aber *Der Tod kommt zweimal* leihe ich erneut aus, denn ich will es mir heute Abend noch mal ansehen, obwohl mir klar ist, dass ich nicht genügend Zeit haben werde, zu der Szene zu masturbieren, in der die Frau mit der Schlagbohrmaschine getötet wird, weil ich mit Courtney für halb acht im Café Luxembourg verabredet bin.

Verabredung

AUF DEM HEIMWEG nach dem Training im Xclusive und nach einer intensiven Shiatsu-Massage gehe ich bei einem Zeitschriftenstand nahe meiner Wohnung vorbei und sehe den »Nur für Erwachsene«-Ständer durch, ohne den Walkman abzunehmen, die entspannenden Klänge von Pachelbels Kanon passen irgendwie zu den grell ausgeleuchteten Hochglanzfotos in den Magazinen, die ich überfliege. Ich kaufe *Lesbische Vibrator-Nutten* und *Fotze auf Fotze*, dazu die aktuelle Nummer von *Sports Illustrated* und die neue Ausgabe von *Esquire*, obwohl ich die abonniert habe und beide bereits in der Post waren. Ich warte mit dem Kauf, bis der Stand leer ist. Der Zeitungsverkäufer sagt etwas und zeigt auf seine Hakennase, während er mir die Magazine und mein Wechselgeld reicht. Ich stelle leiser, hebe einen der Kopfhörer des Walkmans an und frage: »Was?« Er tippt sich wieder an die Nase und sagt in einem kaum verständlichen Akzent: »Doi Nase blotten.« Ich stelle meine Bottega-Veneta-Aktentasche ab und fasse mir mit einem Finger an die Nase. Als ich ihn mir ansehe, ist er ganz rot, nass von Blut. Ich greife in meinen Hugo-Boss-Mantel, hole ein Polo-Taschentuch hervor, wische das Blut ab, nicke dankend, setze meine Wayfarer-Pilotenbrille wieder auf und gehe. Scheiß-Iraner.

In der Lobby meines Hauses bleibe ich am Empfang stehen und versuche, die Aufmerksamkeit des schwarzen hispanischen Portiers auf mich zu lenken, der mir nicht bekannt vorkommt. Er telefoniert gerade mit seiner Frau, seinem Dealer oder mit irgendeinem Cracksüchtigen und starrt mich nickend an, den Hörer in eine der Falten seines zu früh gealterten Halses geklemmt. Als ihm dämmert, dass ich ihn etwas fragen will, seufzt er, schlägt die Augen auf und bittet, wen immer er in der Leitung hat, dranzubleiben. »Jaa, waasnloos«, brabbelt er.

»Also«, beginne ich, mein Ton so sanft und freundlich wie irgend möglich. »Könnten Sie bitte dem Hausmeister sagen, dass in meiner Decke ein Riss ist und …« Ich breche ab.

Er blickt mich an, als hätte ich ein ungeschriebenes Gesetz übertreten, und ich frage mich, welches Wort ihn wohl verwirrt haben mag: *Riss? Hausmeister? Decke?* Vielleicht sogar *bitte*?

»Wiewaadas?« Er seufzt tief, lehnt sich zurück, starrt mich immer noch an.

Ich blicke auf den Marmorboden, seufze gleichfalls und erkläre ihm: »Sehen Sie. Keine Ahnung. Sagen Sie dem

Hausmeister einfach, es sei Bateman auf 10/1.« Als ich meinen Kopf wieder hebe, um zu sehen, ob irgendetwas von dem angekommen ist, grüßt mich die ausdruckslose Miene des groben, blöden Portiersgesichts. Für den bin ich eine übersinnliche Erscheinung, denke ich. Ich bin etwas Unwirkliches, etwas kaum Greifbares, aber immer noch eine Art Hindernis, und er nickt, geht wieder ans Telefon und spricht in einer mir völlig unbekannten Sprache weiter.

Ich hole meine Post – Polo-Katalog, American-Express-Rechnung, der Juni-*Playboy*, Geschäftspartner laden mich zu einer Party in einem neuen Club namens Bedlam ein –, gehe dann zum Aufzug, betrete ihn, dabei die Ralph-Lauren-Broschüre durchblätternd, drücke den Knopf für mein Stockwerk, aber es kommt noch jemand herein, bevor die Tür schließt, und automatisch schaue ich auf, um Hallo zu sagen. Es ist der Schauspieler Tom Cruise, der im Penthouse wohnt, aus Höflichkeit drücke ich, ohne ihn zu fragen, den PH-Knopf, er nickt ein Dankeschön und blickt weiter auf die in rascher Folge aufleuchtenden Zahlen über der Tür. Er wirkt in natura viel kleiner und trägt die gleiche schwarze Wayfarer wie ich. Er trägt Bluejeans, ein weißes T-Shirt und ein Armani-Jackett.

Um das auffällig betretene Schweigen zu unterbrechen, räuspere ich mich und sage: »Ich fand Sie wirklich prima in *Bartender.* Ich fand, es war ein wirklich guter Film, und *Top Gun* auch. Fand ich wirklich gut.«

Er wendet den Blick von den Ziffern und schaut mich direkt an. »Er hieß *Cocktail*«, sagt er sanft.

»Wie bitte?«, frage ich verwirrt.

Er räuspert sich und sagt: »*Cocktail.* Nicht *Bartender.* Der Film hieß *Cocktail.*«

Eine lange Pause folgt; nur das Geräusch der Kabel, die den Aufzug im Gebäude nach oben ziehen, kämpft gegen das zwischen uns lastende drückende Schweigen an.

»Ach klar … genau«, sage ich, als sei mir der Titel gerade wieder eingefallen. »*Cocktail.* Klar, das war's. Na toll, Bateman, wo hast du deinen Kopf?« Ich schüttele den Kopf, wie um ihn wieder klar zu bekommen, und strecke meine Hand aus, um die Dinge wieder ins Lot zu bringen: »Hi. Pat Bateman.«

Cruise schüttelt sie zögernd.

»Und«, fahre ich fort, »leben Sie gerne in diesem Haus?«

Er wartet lange mit der Antwort: »Glaub schon.«

»Es ist großartig«, meine ich. »Nicht wahr?«

Er nickt, ohne mich anzublicken, und ich drücke erneut mechanisch, ohne nachzudenken, den Knopf für mein Stockwerk. Wir stehen schweigend da.

»Aha … *Cocktail*«, sage ich nach einer Weile. »So hieß der also.«

Er sagt kein Wort, nickt nicht mal, aber er sieht mich jetzt merkwürdig an, schiebt seine Sonnenbrille etwas runter und sagt: »Äh … ihre Nase blutet.«

Einen Moment lang stehe ich völlig erstarrt da, bevor ich begreife, dass ich etwas tun muss, also gebe ich mich angemessen verlegen, berühre prüfend meine Nase, hole mein bereits blutbeflecktes Polo-Taschentuch hervor und wische mir das Blut von der Nase; alles in allem halte ich mich ganz gut. »Muss der Höhenunterschied sein.« Ich lache. »Wir sind so hoch.«

Er nickt, sagt nichts, blickt auf die Ziffern.

Der Aufzug hält auf meiner Etage, und als sich die Türen öffnen, sage ich: »Ich bin wirklich ein großer Fan von Ihnen. Es war toll, Sie endlich mal zu treffen.«

»Ah ja, prima.« Cruise zeigt dieses berühmte Grinsen und klatscht auf den Knopf zum Türschließen.

Das Mädchen, mit dem ich heute ausgehe, Patricia Worrell – blond, Model, vor Kurzem nach nur einem Semester von Sweet Briar abgegangen –, hat zwei Nachrichten auf dem Anrufbeantworter hinterlassen, in denen sie mich wissen lässt, wie unglaublich wichtig es sei, dass ich sie zurückrufe. Während ich meine von Matisse inspirierte blaue Seidenkrawatte von Bill Robinson lockere, wähle ich ihre Nummer und laufe durchs Apartment, das kabellose Telefon in der Hand, um die Klimaanlage einzuschalten.

Beim dritten Läuten nimmt sie ab. »Hallo?«

»Patricia. Hi. Pat Bateman hier.«

»Oh, hi. Hör zu, ich hab ein Gespräch auf der anderen Leitung. Kann ich dich zurückrufen?«

»Na ja …«, sage ich.

»Hör mal, es ist mein Fitness-Center. Sie haben sich bei meiner Rechnung verhauen. Ich ruf dich in einer Sekunde wieder an.«

»Gut«, sage ich und hänge auf.

Ich gehe ins Schlafzimmer und lege ab, was ich heute getragen habe: einen Wollanzug mit Bundfaltenhose im Fischgrätmuster von Giorgio Correggiari, ein Oxford-Shirt von Ralph Lauren, einen Strick-Schlips von Paul Stuart und Wildlederschuhe von Cole-Haan. Ich schlüpfe in ein Paar 60-Dollar-Boxer-Shorts, die ich bei Barney's gekauft habe, und mache ein paar Stretchingübungen, mit dem Telefon in der Hand auf Patricias Rückruf wartend. Nach zehn Minuten Stretching klingelt das Telefon, und ich lasse es sechsmal läuten, bevor ich abhebe.

»Hi«, sagt sie. »Ich bin's, Patricia.«

»Könntest du dranbleiben? Ich hab noch ein anderes Gespräch.«

»Oh, klar.«

Ich lasse sie zwei Minuten warten, dann bin ich wieder dran: »Hi. Tut mir leid.«

»Geht schon in Ordnung.«

»Also. Dinner«, sage ich. »Holst du mich um acht ab?«

»Na ja, das ist es, worüber ich mit dir reden wollte«, sagt sie bedächtig.

»Oh, nein«, stöhne ich. »Was gibt's nun?«

»Also, pass auf. Folgendes«, beginnt sie. »Da gibt's dieses Konzert *in der* Radio City und …«

»Nein, nein, nein.« Ich bleibe unerbittlich. »Keine Musik.«

»Aber mein Ex-Freund, dieser Keyboarder vom Sarah Lawrence College, er ist in der Begleitband und …« Sie bricht ab, als sei sie bereits fest entschlossen, meine Entscheidung nicht hinzunehmen.

»Nein. Is nich«, sage ich kategorisch und denke insgeheim: Verflucht, warum *dieses* Problem, warum heute Abend?

»Oh, Patrick«, jammert sie durchs Telefon. »Es wird so toll werden.«

Ich bin mir zwar ziemlich sicher, dass die Chancen auf Sex mit Patricia heute ziemlich gut stehen, aber wenn wir vorher auf ein Konzert gehen, bei dem ein Ex-Freund (was es für Patricia ohnehin nicht gibt) in der Begleitband spielt, kann ich das abhaken.

»Ich mag Konzerte nicht«, erkläre ich und gehe in die Küche. Ich öffne den Kühlschrank und nehme einen Liter Evian heraus. »Ich mag Konzerte nicht«, wiederhole ich. »Ich mag keine ›Live‹-Musik.«

»Aber *dieses* ist nicht so wie die anderen.« Lahm fügt sie an: »Wir haben gute Plätze.«

»Hör zu. Wir müssen uns nicht streiten«, sage ich. »Wenn du hingehen möchtest, dann geh hin.«

»Aber ich dachte, wir wollten heute *zusammen* sein«, sagt sie rührselig. »Ich dachte, wir gehen zusammen essen«, und dann, offensichtlich ein verspäteter Einfall: »*Zusammen* sein. Wir zwei.«

»Ich weiß, ich weiß. Hör zu, jeder von uns sollte machen dürfen, was er möchte. Ich möchte, dass *du* das machst, was *du* willst.«

Sie zögert und versucht einen neuen Anlauf. »Diese

Musik ist so wunderbar, so … ich weiß, es klingt blöd … phan*tas*tisch. Die Band ist eine der besten, die du je sehen wirst, und, ach Mann, ich will unbedingt, dass du sie siehst. Das wird klasse, ich versprech es«, sagt sie mit triefender Ernsthaftigkeit.

»Nein, nein, du gehst hin«, entgegne ich. »Du wirst deinen Spaß haben.«

»Patrick, ich habe zwei Tickets.«

»Nein. Ich mag Konzerte nicht. Livemusik geht mir auf die *Nerven*.«

»Na gut«, sagt sie, und aus ihrer Stimme klingt etwas, was echte Enttäuschung sein könnte. »Wenn du nicht dabei bist, macht mir das alles keinen Spaß.«

»Ich sage dir, geh hin und amüsier dich.« Ich schraube den Verschluss der Evian-Flasche ab und führe meinen nächsten Schlag. »Mach dir keine Gedanken. Ich gehe dann einfach allein ins Dorsia. Ist schon in Ordnung.«

Ein sehr langes Schweigen folgt, mit dem ich ihr zu verstehen gebe: So so, mal sehen, ob du wirklich auf dieses miese beschissene Konzert willst. Ich nehme einen großen Schluck Evian und warte darauf, dass sie mir sagt, wann sie hier sein wird.

»Dorsia?«, fragt sie, und dann misstrauisch: »Du hast dort reserviert? Ich meine, für uns?«

»Ja. Für halb neun.«

»Also …« Sie lacht kurz auf und stammelt dann: »Es war … also, ich meine, äh, *ich* habe die Band schon mal gesehen. Ich wollte nur, dass *du* sie siehst.«

»Hör zu. Was hast du nun vor?«, sage ich. »Wenn du nicht kommst, muss ich jemand anderen anrufen. Hast du die Nummer von Emily Hamilton?«

»Oh, halt, halt, Patrick, sei nicht so … *vor*eilig.« Sie kichert nervös. »Sie spielen noch an zwei *weiteren* Abenden, also kann ich sie auch morgen sehen. Hör zu, beruhige dich, okay?«

»Okay. Ich beruhige mich.«

»Also, wann soll ich bei dir sein?«, fragt die Restaurant-Hure.

»Ich sagte um acht«, erkläre ich ihr angewidert.

»Das passt prima«, sagt sie, flüstert dann verführerisch: »Ich seh dich um acht.« Sie bleibt am Telefon, als würde sie erwarten, dass ich noch etwas sage, als sollte ich ihr vielleicht dazu gratulieren, die richtige Entscheidung getroffen zu haben, aber dazu habe ich jetzt wirklich keine Zeit und lege abrupt auf.

Sofort danach flitze ich durch die Wohnung, schnappe mir den Zagat-Führer und blättere ihn hastig durch, bis ich das Dorsia gefunden habe. Mit zitternden Fingern wähle ich die Nummer. Besetzt. In Panik stelle ich das Telefon auf ununterbrochene Wahlwiederholung, und für die nächsten fünf Minuten ertönt nichts außer dem Besetztzeichen, beharrlich und unheilschwanger. Schließlich ein Klingeln, und in den Sekunden, bevor abgenommen wird, erlebe ich eine der seltensten Erfahrungen überhaupt: einen Adrenalinstoß.

»Dorsia«, meldet sich eine Stimme, das Geschlecht ist kaum identifizierbar, androgyn durch den Lärmpegel im Hintergrund. »Bitte bleiben Sie dran.«

Es klingt nur unwesentlich leiser als ein rappelvolles Football-Stadion, und ich benötige jede Unze Selbstbewusstsein, um dranzubleiben und nicht aufzuhängen. Fünf Minuten warte ich, die Handflächen schweißnass und schmerzend, weil ich das kabellose Telefon so fest umklammere, ein Teil von mir sieht die Fruchtlosigkeit meiner Bemühungen ein, ein anderer hofft noch, ein weiterer ist sauer, weil ich die Reservierung nicht eher gemacht oder Jean damit beauftragt habe. Die Stimme meldet sich wieder und sagt barsch: »Dorsia.«

Ich räuspere mich. »Äh, ja, ich weiß, es ist schon etwas spät, aber wäre es noch möglich, einen Tisch für zwei für halb neun oder vielleicht neun zu reservieren?« Ich habe beide Augen fest geschlossen.

Eine Pause folgt – die Menge im Hintergrund eine einzige wogende, ohrenbetäubende Masse –, und von echter Zuversicht durchflutet, öffne ich die Augen und stelle mir vor, dass der Maître d', Gott segne ihn, in seiner Reservierungsliste nach einer Abbestellung sucht, aber er beginnt zu kichern, verhalten erst, dann zu einem hohen Crescendo anschwellend, das abrupt abbricht, als er den Hörer aufknallt.

Verwirrt, erregt, von einem Gefühl der Leere übermannt, sammle ich mich, um meinen nächsten Schritt zu überlegen. Nur der hektische Wählton klingt aus dem Hörer. Ich reiße mich zusammen, zähle bis sechs, schlage erneut den Zagat auf, gewinne meine Fassung wieder und kämpfe gegen die fast übermächtige Panik an, eine Reservierung für halb neun zu bekommen, wenn schon nicht in einem Laden so trendy wie das Dorsia, dann doch wenigstens in der nächstbesten Liga. Schließlich bekomme ich einen Tisch für zwei um neun im Barcadia, das aber nur dank einer Abbestellung, und obwohl Patricia wahrscheinlich enttäuscht sein wird, könnte es ihr doch gefallen – gut platzierte Tische, gedämpftes, schmeichelndes Licht, das Essen Nouvelle Southwestern – und wenn nicht, was will die Nutte schon machen, *mich verklagen*?

Im Fitness-Center hatte ich nach dem Büro intensiv trainiert, aber die Anspannung kehrt wieder, also mache ich neunzig Sit-ups, hundertfünfzig Liegestütze und laufe anschließend zwanzig Minuten auf der Stelle, während ich mir die neue Huey-Lewis-CD anhöre. Ich nehme eine heiße Dusche und benutze danach Waschlotion von Caswell-Massey für das Gesicht und eine Greune-Waschlotion für den Körper, anschließend eine Feuchtigkeitscreme von Lubriderm und eine Neutrogena-Gesichtscreme. Ich kann mich zwischen zwei Outfits nicht entscheiden. Das eine ist ein Wollcrêpe-Anzug von Bill Robinson, den ich bei Saks gekauft habe, mit einem Baumwoll-Jacquard-Hemd von Charivari und einer Armani-Krawatte. Oder aber ein Sportmantel in blauem Plaid aus Wolle und Kaschmir, ein Baumwollhemd und eine Bundfaltenhose von Alexander Julian mit einer gepunkteten Seidenkrawatte von Bill Blass. Der Julian könnte ein bisschen zu warm für Mai sein, aber *sollte* Patricia dieses Outfit von Karl Lagerfeld tragen, was ich annehme, dann sollte ich vielleicht *lieber* den Julian nehmen, denn das würde gut zu *ihrem* Kostüm passen. Dazu Krokodilleder-Halbschuhe von A. Testoni.

Ein Flasche Scharffenberger steht gekühlt in einem Spiros-Kelch aus Schleudergussaluminium, der wiederum in einem Christine-Van-der-Hurd-Champagnerkühler aus geschliffenem Glas auf einem silbernen Tablett steht. Der Scharffenberger ist nicht übel – zwar nicht Cristal, aber warum Cristal an diesen Fickfrosch vergeuden? Wahrscheinlich würde sie den Unterschied eh nicht merken. Ich genehmige mir ein Glas, während ich auf sie warte, stelle hin und wieder die Steuben-Tiere auf dem Glas-Teetischchen von Turchin um und blättere in dem letzten gebundenen Buch, das ich mir gekauft habe, irgendwas von Garrison Keillor. Patricia ist unpünktlich.

Während ich auf der Couch im Wohnzimmer warte, die Wurlitzer-Musikbox spielt »Cherish« von Lovin' Spoonful, gelange ich zu dem Entschluss, dass Patricia heute Nacht sicher ist, dass ich nicht plötzlich ein Messer zücken und nur so an ihr ausprobieren werde, dass ich mich nicht daran vergnügen werde, zuzusehen, wie sie aus Wunden blutet, die ich ihr durch Kehleaufschlitzen, Halsdurchschneiden oder Augenausstechen zugefügt habe. Sie hat Glück, obwohl es eigentlich keinen rechten Grund dafür gibt. Vielleicht ist sie sicher, weil ihr Geld, das Geld ihrer *Familie* sie heute Nacht beschützt, oder weil mir einfach danach ist. Vielleicht hat das Glas Scharffenberger den Drang gedämpft, vielleicht will ich aber auch nur nicht diesen Alexander-Julian-Anzug dadurch ruinieren, dass mir diese Nutte ihn mit ihrem Blut vollspritzt. Was auch geschehen mag, schnöde Tatsache bleibt: Patricia wird am Leben bleiben, und dieser Triumph verlangt kein Geschick, keine Glanzleistungen der Vorstellungskraft, keinen Einfallsreichtum von irgendjemandem. Das ist der Lauf der Welt, *meiner* Welt.

Sie kommt dreißig Minuten zu spät, und ich sage dem Portier, er solle sie rauflassen, obwohl ich sie dann schon vor meiner Wohnungstür treffe, als ich gerade abschließe. Sie trägt nicht das Karl-Lagerfeld-Kostüm, das ich erwartet hatte, aber sie sieht trotzdem sehr adrett aus: eine Seidengaze-Bluse mit Strass-Manschettenknöpfen von Louis Dell'Olio und eine bestickte Samthose von Saks, Kristallohrringe von Wendy Gell für Anne Klein und goldene Slingpumps. Ich warte, bis wir im Taxi Richtung Midtown unterwegs sind, bevor ich ihr erkläre, dass wir nicht ins Dorsia gehen, und entschuldige mich dann vielmals, erwähne etwas von ununterbrochenen Telefonaten, einem Feuer, einem rachsüchtigen Maître d'. Ich versuche, sie dadurch zu besänftigen, dass ich ihr vorschwärme, wie trendy, wie *luxuriös* das Restaurant ist, zu dem wir fahren, ich beschreibe die Pasta mit Fenchel und Banane, die *Sorbets*, aber sie schüttelt nur den Kopf, und ich kann ihr nur noch erklären, großer Gott, wie viel teurer selbst im Vergleich zum Dorsia das Barcadia doch geworden ist, aber sie bleibt unerbittlich. In regelmäßigen Abständen vergießt sie Tränen, ungelogen.

Sie sagt kein Wort, bis wir an einem mittelmäßigen Tisch im hinteren Bereich des Hauptspeiseraums sitzen, und dann auch nur, um einen Bellini zu bestellen. Ich bestelle zum Dinner die Shadrogen-Ravioli mit Apfelkompott als Vorspeise und den Fleischkäse mit Chèvre und Wachteljus als Hauptgericht. Sie bestellt Red Snapper mit

Veilchen und Pinienkernen und als Vorspeise eine Erdnussbuttersuppe mit geräucherter Ente und Kürbispüree, was sich merkwürdig anhört, tatsächlich aber ganz gut schmeckt. Das *New York Magazine* nannte es ein »verspieltes, aber geheimnisvolles kleines Gericht«, und ich erzähle das Patricia, die sich eine Zigarette anzündet, dabei mein brennendes Streichholz ignoriert, beleidigt in ihrem Stuhl hängt, mir den Rauch direkt ins Gesicht bläst und mir gelegentlich wütende Blicke zuwirft, was ich aber, höflich wie ich sein kann, geflissentlich übersehe. Als unsere Teller kommen, starre ich lange auf mein Essen – die dunkelroten Fleischkäsedreiecke krönt Chèvre, der durch Granatapfelsaft pink eingetönt ist, Schnörkel von dickem hellbraunem Wachteljus umrahmen das Fleisch, und Mangostückchen schmücken den Rand des großen schwarzen Tellers –, ein bisschen verwirrt, bevor ich mich entschließe, es zu essen, und hastig die Gabel in die Hand nehme.

Das Dinner dauert zwar nur neunzig Minuten, es kommt mir aber vor, als würden wir schon eine Woche im Barcadia sitzen, und obwohl ich keine Lust habe, anschließend in den Tunnel zu gehen, erscheint das doch als eine angemessene Strafe für Patricias Verhalten. Die Rechnung beläuft sich auf 320 Dollar – weniger als ich eigentlich erwartet habe –, und ich bezahle mit meiner Platin-AmEx. Im Taxi Richtung Downtown – mein Blick ist aufs Taxameter geheftet – versucht unser Fahrer, ein Gespräch mit Patricia anzufangen, die ihn völlig ignoriert, während sie ihr Make-up in einer Gucci-Puderdose kontrolliert und noch mehr Lippenstift auf einen ohnehin schon kräftig geschminkten Mund aufträgt. Da war ein Baseballspiel heute Abend, das ich wohl vergessen habe aufzunehmen und mir deshalb auch nachher nicht zu Hause ansehen kann, aber dann fällt mir ein, dass ich heute nach der Arbeit zwei Magazine gekauft habe, mit denen ich mich ja ein Stündchen beschäftigen kann. Ich schaue auf meine Rolex und sehe, dass ich, wenn wir es bei einem oder zwei Drinks belassen, rechtzeitig zur *Late Night with David Letterman* zu Hause sein werde. Obwohl Patricia attraktiv ist und nichts gegen Sex mit ihrem Körper einzuwenden wäre, geht mir die Vorstellung, behutsam mit ihr umzugehen, den charmanten Begleiter zu spielen, mich für diesen Abend zu entschuldigen, für meine Unfähigkeit, uns einen Tisch im Dorsia zu besorgen (auch wenn das Barcadia doppelt so teuer ist, Herrgott noch mal), doch gegen den Strich. Die Nutte ist wahrscheinlich sauer, weil wir nicht in einer Limousine fahren.

Das Taxi hält vor dem Tunnel. Ich zahle den Fahrpreis, gebe dem Fahrer ein anständiges Trinkgeld und halte die Tür für Patricia auf, die meine Hand ignoriert, als ich ihr aus dem Taxi helfen will. Niemand wartet heute vor den Absperrkordeln. Tatsächlich ist die einzige Person auf der ganzen Twenty-fourth ein Penner, der schmerzgekrümmt vor einem Müllcontainer nach Essen oder Kleingeld jammert, und wir gehen schnell an ihm vorbei, als einer der drei Türsteher hinter der Absperrung uns reinlässt, während ein anderer mir auf den Rücken klopft und fragt: »Wie geht es Ihnen, Mr. McCullogh?« Ich nicke, halte Patricia die Tür auf und sage, bevor ich ihr folge, »Prima, äh, Jim« und schüttele ihm die Hand.

Einmal drinnen, nachdem ich für uns beide fünfzig Dollar bezahlt habe, steuere ich sofort die Bar an, ohne mich groß darum zu kümmern, ob Patricia nachkommt. Ich bestelle einen J&B mit Eis. Sie will ein Perrier, ohne Limone, und bestellt selber. Nachdem ich das halbe Glas geleert habe, an der Bar lehne und die Hardbody-Kellnerin mustere, erscheint mir plötzlich irgendetwas merkwürdig; es liegt weder an der Beleuchtung noch an dem Hardbody hinter der Theke, und auch nicht an INXS, die »New Sensation« singen. Als ich mich langsam umdrehe, um den Rest des Clubs zu überblicken, sehe ich mich einem gänzlich verwaisten Raum gegenüber: Patricia und ich sind die einzigen Gäste im ganzen Club. Wir sind, abgesehen von dem einen oder anderen Hardbody, die sprichwörtlichen *ganze zwei Leute im Tunnel*. Aus »New Sensation« wird »The Devil Inside«, die Musik läuft auf voller Lautstärke, aber es klingt nicht so laut, weil es keine Menschenmenge gibt, die darauf reagiert, und die Tanzfläche sieht leer riesengroß aus.

Ich verlasse die Bar und beschließe, die anderen Räume des Clubs zu überprüfen, in der Annahme, dass Patricia mir folgt. Aber das tut sie nicht. Niemand bewacht die Treppe, die ins Basement führt, und als ich sie hinabsteige, wechselt oben die Musik, geht über in Belinda Carlisles »I Feel Free«. Im Basement hält sich ein Paar auf, das wie Sam und Ilene Sanford aussieht, aber hier unten ist es dunkler, *wärmer*, und ich könnte mich irren. Ich gehe an ihnen vorbei, während sie champagnertrinkend an der Bar stehen, und steuere auf einen äußerst gut gekleideten, mexikanisch aussehenden Typ zu, der auf einer Couch sitzt. Er trägt ein zweireihiges Wolljackett mit einer passenden Bundfaltenhose von Mario Valentino, ein Baumwoll-T-Shirt von Agnes B. und Lederslipper (ohne Socken) von Susan Bennis Warren Edwards und ist in Begleitung einer gut aussehenden, muskulösen Eurotrash-Schnepfe – schmutziges Blond, dicke Titten, braun, kein Make-up, raucht Merit Ultra Lights –, die ein Baumwollkleid mit Zebramuster von Patrick Kelly und Seiden-Strass-Stiefeletten mit hohen Absätzen trägt.

Ich frage den Typen, ob er Ricardo heißt.

»Klar«, nickt er.

Ich frage nach einem Gramm, sage ihm, Madison habe mich geschickt. Ich zücke meine Brieftasche und gebe ihm einen Fünfziger und zwei Zwanziger. Er bittet die Eurotrash-Schnepfe um ihre Handtasche. Sie reicht ihm eine Samttasche von Anne Moore. Ricardo greift hinein und reicht mir einen winzigen, zusammengefalteten Umschlag. Bevor ich gehe, erklärt mir das Eurotrash-Girl, wie gut ihr meine Gazellenlederbrieftasche gefällt. Ich sage ihr, ich würde sie gerne zwischen die Titten ficken und ihr dann vielleicht die Arme abschneiden, aber die Musik, George Michael bringt »Faith«, ist zu laut, und sie kann mich nicht verstehen.

Oben finde ich Patricia, wie ich sie zurückgelassen habe, allein an der Bar, wo sie sich an ihrem Perrier festhält. »Hör zu, Patrick«, beginnt sie, schon etwas versöhnlicher. »Ich möchte dir nur sagen, dass ich …«

»Eine Nutte bin? Hör zu, willst du Koks?«, unterbreche ich sie laut.

»Äh, ja … klar.« Sie ist völlig verwirrt.

»Dann komm!«, brülle ich und nehme sie an der Hand.

Sie stellt ihren Drink ab und folgt mir durch den verwaisten Club die Treppe hoch zu den Toiletten. Eigentlich gibt es keinen Grund, warum wir es nicht unten tun könnten, aber das wäre doch etwas billig, also nehmen wir das meiste in einer der Kabinen der Herrentoilette. Wieder draußen setze ich mich auf eine Couch und rauche eine ihrer Zigaretten, während sie die Treppe runtergeht, um uns Drinks zu holen. Sie kommt zurück und entschuldigt sich für ihr Benehmen früher am Abend. »Ich mein, das Barcadia war toll, das Essen war hervorragend und das Mangosorbet, oh mein Gott, ich war im siebten Himmel. Glaub mir, es geht völlig in Ordnung, dass wir nicht im Dorsia waren. Wir können immer noch ein anderes Mal dahin gehen, und ich weiß, dass du sicherlich versucht hast, einen Tisch zu bekommen, aber es ist nun mal gerade so in. Aber, ja wirklich, das Essen im Barcadia war toll. Wie lang gibt es das schon? Ich glaube, drei, vier Monate. Ich hab eine großartige Kritik im *New York Magazine* gelesen oder im *Gourmet* vielleicht … Aber egal, willst du morgen Abend mit mir zu Wallace' Band gehen, vielleicht könnten wir erst ins Dorsia und uns dann die Band ansehen oder hinterher ins Dorsia, aber vielleicht hat es so spät gar nicht auf. Patrick, im Ernst: du solltest sie wirklich sehen. Avatar ist so ein toller Leadsänger, und ich habe wirklich mal geglaubt, ich sei in ihn verliebt – na ja, ich empfand Lust, nicht Liebe. Damals habe ich Wallace wirklich gemocht, aber er machte in Emissionsgeschäften, bis ihm das über den Kopf wuchs und er zusammenklappte, das Acid, nicht das Kokain war schuld. Also ich weiß ja, aber als das alles in die Brüche ging, hielt ich es, na ja, für das Beste, sich einfach treiben zu lassen und sich nicht darum zu kümmern …«

J&B, geht mir durch den Kopf. Glas J&B in meiner rechten Hand, denke ich. Hand, denke ich. Charivari. Hemd von Charivari. Fusilli, denke ich. Jami Gertz, denke ich. Ich würde gerne Jami Gertz ficken, denke ich. Porsche 911. Ein Sharpei, denke ich. Ich hätte gerne einen Sharpei. Ich bin sechsundzwanzig Jahre alt, denke ich. Nächstes Jahr werde ich siebenundzwanzig sein. Eine Valium. Ich hätte gerne eine Valium. Nein, *zwei* Valium, denke ich. Funktelefon, denke ich.

Reinigung

DIE CHINESISCHE REINIGUNG, zu der ich für gewöhnlich meine blutigen Sachen schicke, lieferte mir gestern ein Soprani-Jackett, zwei weiße Brooks-Brothers-Hemden und eine Agnes-B.-Krawatte, die immer noch Blutspuren trugen. Ich bin um zwölf zum Lunch verabredet – in vierzig Minuten – und beschließe, vorher bei der Reinigung vorbeizuschauen und mich zu beschweren. Zusätzlich zu dem Soprani-Jackett, den Hemden und der Krawatte bringe ich noch eine Tasche mit blutbefleckten Laken mit, die auch gereinigt werden müssen. Die chinesische chemische Reinigung liegt zwanzig Blocks von meinem Apartment entfernt auf der West Side, fast bei der Columbia University, und da ich dort noch nie zuvor gewesen bin, schockt mich die Entfernung doch (vorher sind meine Sachen nach einem Anruf immer aus meiner Wohnung abgeholt und innerhalb von vierundzwanzig Stunden zurückgebracht worden). Wegen dieser Exkursion fehlt mir die Zeit zum Morgentraining, und da ich verschlafen habe, infolge eines Koksgelages bis zum Morgengrauen mit Charles Griffin und Hilton Ashbury, das völlig harmlos auf einer Presse-Party bei M. K., zu der niemand von uns eingeladen war, begonnen und irgendwann gegen fünf an meinem Bankautomaten geendet hatte, habe ich die *Patty Winters Show* verpasst, in der aber nur ein Interview mit dem Präsidenten wiederholt wurde, also wohl nichts von Bedeutung.

Ich bin nervös, mein Haar ist zurückgekämmt, mein Kopf tut weh, ich habe die Wayfarers auf, eine Zigarre – nicht angezündet – zwischen den Zähnen, trage einen schwarzen Armani-Anzug, ein weißes Armani-Baumwollhemd und eine Seidenkrawatte, auch von Armani. Ich sehe toll aus, aber mein Magen revoltiert, und mir schwirrt der Kopf. Beim Betreten der chinesischen Reinigung streife ich einen flennenden Penner, einen alten Mann, vierzig oder fünfzig, fett und grauhaarig, und just in dem Moment, in dem ich die Tür öffne, bemerke ich, dass er zu allem Überfluss auch noch *blind* ist, und trete ihm auf den Fuß, der eher ein Stumpen ist, was dazu führt, dass er seine Tasse fallen lässt und sein Kleingeld über den ganzen Bürgersteig verstreut. Habe ich das absichtlich gemacht? Was meinen Sie? Oder war es ein Versehen?

Danach zeige ich der winzigen alten Chinesin, die, wie ich annehme, die Reinigung betreibt, zehn Minuten lang jeden einzelnen Flecken; sie hat sogar ihren Mann von hinten geholt, weil ich kein Wort verstehe von dem, was sie sagt. Aber ihr Ehemann bleibt völlig stumm und macht sich nicht die Mühe zu übersetzen. Die alte Frau schnattert in einer Sprache, die ich für Chinesisch halte, und schließlich muss ich sie unterbrechen.

»Hören Sie, Augenblick …« Ich hebe die Hand mit der Zigarre, über meinem anderen Arm hängt das Soprani-Jackett. »Sie nennen mir … pst, einen Moment … psst, Sie nennen mir keine *triftigen Gründe*.«

Die Chinesin zetert ununterbrochen weiter und grapscht mit einer winzigen Faust nach den Armen des Jacketts. Ich schubse ihre Hand weg, beuge mich vor und sage betont langsam: »*Was* wollen Sie mir sagen?«

Sie quietscht mit aufgerissenen Augen weiter. Der Ehemann hält die beiden Laken, die er aus der Tasche genommen hat, vor sich hin, beide mit eingetrocknetem Blut besudelt, und glotzt sie dumpf an.

»Bleich-ii-?«, frage ich sie. »Wollen Sie *bleich-ii* sagen?« Ich schüttele ungläubig den Kopf. »Bleich-ii? Großer Gott.« Sie zeigt immer noch auf die Ärmel des Soprani-Jacketts, und als sie sich den beiden Laken hinter ihr zuwendet, steigert sich ihr Quieken noch mal um eine Oktave.

»Zwei Dinge«, übertöne ich sie. »Erstens: man kann ein Soprani nicht bleichen. Kommt nicht infrage. Zweitens: …« Dann lauter, sie immer noch übertönend: »*Zweitens:* ich kann diese Laken nur in Santa Fe bekommen. Das sind sehr teure Laken, und ich muss sie *dringend* gereinigt haben …« Aber sie redet immer noch, und ich nicke, als würde ich ihr Kauderwelsch verstehen, dann beginne ich zu lächeln und beuge mich dicht an ihr Gesicht. »Wenn-Sie-nicht-Ihr-blödes-Maul-halten-lege-ich-Sie-um-Haben-Sie-mich-ver-standen?«

Das panische Gebabbel der Chinesin steigert sich ins völlig Wirre, die Augen sind immer noch wild aufgerissen.

Ihr Gesicht wirkt, vielleicht wegen der Falten, merkwürdig ausdruckslos. Kläglich zeige ich erneut auf die Flecken, aber dann sehe ich ein, dass es sinnlos ist, und senke die Hand, bemüht zu verstehen, was sie sagt. Dann unterbreche ich sie ungerührt und übertöne sie wieder.

»Hören Sie jetzt mal zu, ich habe ein sehr wichtiges Geschäftsessen« – ich blicke auf meine Rolex – »im Hubert's in dreißig Minuten« – dann blicke ich wieder in das flache, schlitzäugige Gesicht der Frau – »und ich brauche diese … halt, falsch, *zwanzig* Minuten. Ich habe in zwanzig Minuten mit Ronald Harrison ein Geschäftsessen im Hubert's und muss diese Laken bis heute *Nach*mittag gereinigt haben.« Aber sie hört nicht zu; sie plappert weiterhin irgendetwas in der gleichen schwachsinnigen fremden Sprache. Ich habe noch nie einen Molotowcocktail geworfen und beginne mich zu fragen, wie man da vorgeht, welche Zutaten man braucht, Benzin, Streichhölzer … oder nimmt man Feuerzeugbenzin?

»Hören Sie.« Ich reiße mich zusammen, beuge mich vor – ihr Mund bewegt sich chaotisch, sie wendet sich ihrem Mann zu, der in einer der seltenen, kurzen Pausen nickt – und sage ihr freimütig im Singsangton ins Gesicht: »Ich kann Sie nicht verstehen.«

Ich lache, entsetzt von der Lächerlichkeit dieser Situation, knalle eine Hand auf die Theke, blicke mich im Laden nach einem anderen Gesprächspartner um, aber es ist niemand da, und murmele: »Das ist verrückt.« Ich seufze, fahre mir mit einer Hand übers Gesicht und höre dann, plötzlich wütend, abrupt auf zu lachen. »Sie sind *debil.* Ich halt das nicht aus.«

Sie sabbelt eine Antwort.

»Wie?«, frage ich gehässig. »Sie haben mich nicht verstanden? Sie wollen etwas Schin-ken? Haben Sie das gerade gesagt? Sie wollen … etwas *Schin*-ken?«

Sie grapscht erneut nach dem Ärmel des Soprani-Jacketts. Ihr Mann steht düster und unbeteiligt hinter der Ladentheke.

»*Sie … sind … ja … debil!*«, brülle ich sie an.

Sie sabbelt unerschrocken weiter und zeigt unermüdlich auf die befleckten Laken.

»Bescheuerte Fotz … ii? Kapiert?«, brülle ich mit rotem Gesicht und kurz vor dem Heulen. Ich bin mit den Nerven am Ende, reiße das Jackett von ihr weg und stöhne: »Herr Jesus.«

Hinter mir geht die Tür auf, eine Glocke klingelt, und ich fasse mich wieder. Schließe die Augen, atme tief durch, denke daran, dass ich nach dem Essen ins Sonnenstudio gehe, Hermès vielleicht, oder …

»Patrick?«

Aufgeschreckt vom Geräusch einer richtigen Stimme fahre ich herum, und es ist jemand, den ich aus meinem Haus kenne, jemand, den ich schon öfter in der Lobby gesehen habe, der mich immer bewundernd anblickt, wenn wir uns über den Weg laufen. Sie ist älter als ich, Ende zwanzig, akzeptables Aussehen, etwas Übergewicht, trägt einen Jogging-Anzug – woher? Bloomingdale's? Ich hab keine Ahnung – und … *strahlt* über das ganze Gesicht. Als sie ihre Sonnenbrille abnimmt, zeigt sie ein breites Lächeln. »Hi, Patrick. Dacht ich mir doch, dass Sie es sind.«

Da ich keine Ahnung habe, wie sie heißt, seufze ich ein gedämpftes »Hallo«, murmele ganz schnell etwas, was wie ein Frauenname klingt, und blicke sie dann einfach verlegen und erschlagen an, bemüht, meine Rage unter Kontrolle zu bekommen, denn die Chinesin hinter mir kreischt immer noch. Schließlich schlage ich die Hände zusammen und sage: »Tja.« Sie steht verwirrt herum und tritt schließlich mit dem Abholschein in der Hand an die Ladentheke. »Ist das nicht albern? Den *ganzen* Weg hierher zu machen, aber sie *sind* nun mal wirklich die Besten.«

»Und warum bekommen sie dann *diese* Flecken nicht

raus?«, frage ich geduldig, immer noch lächelnd und mit geschlossenen Augen, die ich erst öffne, als die Chinesin endlich die Klappe hält. »Also könnten *Sie* vielleicht mit diesen Menschen sprechen?«, schlage ich vorsichtig vor. »Ich komme da nicht weiter.«

Sie nähert sich dem Laken, das der alte Mann hochhält. »Herrje, ich seh schon«, murmelt sie. In dem Moment, als sie vorsichtig das Laken berührt, fängt die Alte wieder zu zetern an, aber ohne auf sie zu achten, fragt mich das Mädchen: »Was ist denn *das*?« Sie schaut wieder auf die Flecken und sagt: »Herrje.«

»Äh, tja …« Ich schaue auf die Laken, um die es wirklich nicht gut bestellt ist. »Das ist, äh, Preiselbeersaft, Preiselbirnensaft.«

Sie blickt mich an und nickt, anscheinend unsicher, dann wagt sie einen schüchternen Einwand: »Für mich sieht das nicht nach Preiselbeer aus, ich meine Preiselbirne.«

Ich starre lange auf die Laken, bevor ich stottere: »Tja, ich meine, äh, eigentlich ist das … *Bosco*. Wissen Sie, so was wie …« Ich zögere. »Wie in Mars. Es ist wie die Füllung in Mars … Karamell?«

»Ach so.« Sie nickt verständnisvoll, vielleicht mit einer Spur von Skepsis. »Herrje.«

»Hören Sie, wenn Sie mit ihnen sprechen könnten …« Ich lange rüber und reiße dem alten Mann das Laken aus den Händen. »… würde ich das *sehr* zu schätzen wissen.« Ich falte das Laken zusammen und lege es behutsam auf die Ladentheke, dann, nach einem erneuten Blick auf meine Rolex, erkläre ich: »Ich bin wirklich spät dran. Ich habe ein Geschäftsessen im Hubert's in fünfzehn Minuten.« Ich bewege mich auf die Tür der Reinigung zu, und die Chinesin beginnt wieder verzweifelt zu zetern und droht mir mit dem Finger. Ich starre zornig zurück und muss mich zwingen, die Geste nicht zu erwidern.

»Hubert's? *Tatsächlich?*«, fragt das Mädchen beeindruckt. »Das ist jetzt uptown, oder?«

»Ja, oh Mann, hören Sie, ich muss los.« Ich tu so, als hätte ich durch die Glastür ein nahendes Taxi erspäht, und sage mit geheuchelter Dankbarkeit: »Herzlichen Dank, äh … Samantha.«

»Victoria.«

»Ach ja, Victoria.« Ich zögere. »Sagte ich das nicht?«

»Nein. Sie sagten Samantha.«

»Na ja, tut mir leid«, lächle ich. »Ich bin überlastet.«

»Vielleicht könnten wir irgendwann nächste Woche zusammen Mittag essen«, schlägt sie hoffnungsvoll vor und kommt auf mich zu, während ich rückwärts aus dem Geschäft gehe. »Wissen Sie, ich bin ziemlich oft downtown in der Nähe der Wall Street.«

»Oh, ich weiß nicht, Victoria.« Ich zwinge mich zu einem bedauernden Grinsen und wende den Blick von ihren Oberschenkeln. »Ich sitze ständig bei der Arbeit.«

»Na gut, wie wäre es, oh, ach ja, vielleicht Samstag?«, fragt Victoria voller Besorgnis, sie könnte mir lästig werden. »Nächsten Samstag?« Ich schaue wieder auf meine Rolex.

»Ja.« Sie zuckt schüchtern mit den Schultern.

»Oh. Geht nicht, fürchte ich. *Les Misérables*-Matinee«, lüge ich. »Hören Sie. Ich muss jetzt *wirklich* los. Ich werde …« Ich fahre mir mit einer Hand durchs Haar und murmele: »Oh Gott«, bevor ich hinzufüge: »Ich werde Sie anrufen.«

»Okay«, lächelt sie erleichtert. »Tun Sie das.«

Ich starre die Chinesin noch einmal böse an, verdrücke mich dann mit einem Affenzahn, rase hinter einem nicht existenten Taxi her und verlangsame erst ein, zwei Blocks weiter mein Tempo und …

… plötzlich sehe ich mich einem sehr hübschen obdachlosen Mädchen gegenüber, das auf der Treppe eines

Brownston-Hauses hockt, auf der Stufe vor ihren Füßen steht ein Styropor-Kaffeebecher, und wie ferngesteuert gehe ich auf sie zu, lächle und suche in meiner Tasche nach Kleingeld. Ihr Gesicht sieht zu jung, frisch und braun für eine Obdachlose aus, das macht ihr Elend noch herzergreifender. Ich sehe sie mir in den Sekunden, die ich benötige, um von der Bordsteinkante zur Haustreppe zu gehen, auf der sie sitzt, genau an: Ihr Kopf ist gesenkt, und sie starrt dumpf in ihren leeren Schoß. Als sie mich bemerkt, blickt sie, ohne zu lächeln, auf. Meine Gehässigkeit ist wie weggeblasen, und in der Absicht, etwas Freundliches, etwas Schlichtes zu tun, beuge ich mich mit großen Augen vor, die Mitgefühl in ihr leeres, ernstes Gesicht strahlen, lasse einen Dollar in ihren Kaffeebecher fallen und sage: »Alles Gute.«

Ihre Miene ändert sich, und daher bemerke ich das Buch – Sartre – in ihrem Schoß, dann die Columbia-Büchertasche an ihrer Seite und schließlich den braunen Kaffee in dem Becher, meine Dollarnote treibt darin, und obwohl dies alles in Sekundenschnelle geschieht, wirkt es wie Zeitlupe – sie sieht erst zu mir, dann in den Kaffeebecher und brüllt: »He, geht's Ihnen nicht gut?« Ich erstarre, krümme mich über den Becher, mir zieht sich alles zusammen, und ich stottere: »Ich wusste … ich wusste nicht, dass … da was drin ist«, und gehe erschüttert weg, winke ein Taxi ran, und auf der Fahrt zu Hubert's erscheinen mir die Gebäude wie Berge, wie Vulkane, die Straßen werden zum Dschungel, der Himmel erstarrt zu einer Kulisse, und bevor ich aus dem Taxi steige, muss ich erst schielen, um mein Sehvermögen wieder herzustellen. Das Essen bei Hubert's wird eine einzige Halluzination, während der ich offenen Auges träume.

Harry's

»DU SOLLTEST DIE SOCKEN auf die Hosen abstimmen«, erklärt Todd Hamlin dem konzentriert zuhörenden Reeves, der seinen Beefeater mit einem Sektquirl umrührt.

»Wer sagt das?«, fragt George.

»Nun hör mal«, setzt ihm Hamlin geduldig auseinander, »wenn du *graue* Hosen trägst, ziehst du *graue* Socken an. So einfach ist das.«

»Augenblick mal«, unterbreche ich. »Was ist, wenn die Schuhe *schwarz* sind?«

»Das geht in Ordnung«, meint Hamlin und nippt an seinem Martini. »Aber dann muss der *Gürtel* zu den Schuhen passen.«

»Also, willst du damit sagen, dass man zu einem *grauen* Anzug entweder graue oder *schwarze* Socken tragen kann?«, frage ich.

»Äh ... ja«, sagt Hamlin verwirrt. »Ich glaub schon. Habe ich das gesagt?«

»Sieh mal, Hamlin«, erkläre ich, »hinsichtlich des Gürtels bin ich anderer Meinung, da die Schuhe doch viel zu weit von der tatsächlichen *Gürtel*linie entfernt sind. Ich meine, du solltest lieber darauf achten, einen Gürtel zu tragen, der zu den Hosen passt.«

»*Das* ist ein Argument«, meint Reeves.

Wir drei, Todd Hamlin, George Reeves und ich, sitzen bei Harry's, und es ist kurz nach sechs. Hamlin trägt einen Anzug von Lubiam, ein tolles gestreiftes Baumwollhemd mit Haifischkragen von Burberry, eine Seidenkrawatte von Resikeio und einen Gürtel von Ralph Lauten. Reeves trägt einen zweireihigen Sechsknopf-Anzug von Christian Dior, ein Baumwollhemd, eine gemusterte Seidenkrawatte von Claiborne, Oxfords mit gerader Kappe von Allen-Edmonds, ein Stofftaschentuch in der Brusttasche, höchstwahrscheinlich von Brooks Brothers; eine Sonnenbrille von Lafont Paris liegt auf einer Serviette neben seinem Drink und eine ziemlich schöne Aktentasche von T. Anthony steht auf einem leeren Stuhl an unserem Tisch. Ich trage einen einreihigen Zweiknopf-Anzug aus Wollflanell mit Kreidestreifen, ein mehrfarbiges bunt gestreiftes Baumwollhemd und ein seidenes Taschentuch, alles von Patrick Aubert, eine gepunktete Seidenkrawatte von Bill Blass und eine Brille mit ungetönten Gläsern, Gestell von Lafont Paris. Einer unserer CD-Walkman-Kopfhörer liegt zwischen Drinks und einem Taschenrechner mitten auf dem Tisch. Reeves und Hamlin haben heute das Büro früher verlassen, um irgendwo zur Gesichtspflege zu gehen, und sehen beide gut aus, die Gesichter rosig, aber gebräunt, die Haare kurz und zurückgekämmt. In der *Patty Winters Show* heute Morgen ging es um Möchtegern-Rambos.

»Wie steht es mit … Westen?«, fragt Reeves Todd. »Sind die nicht … *out*?«

»Nein, George. *Natürlich* nicht.«

»Nein«, stimme ich zu. »Westen sind noch nie aus der Mode gewesen.«

»Nun ja, die *eigentliche* Frage ist: Wie sollten sie getragen werden?«, hakt Hamlin nach.

»Sie sollten eng …«, beginnen Reeves und ich gleichzeitig.

»Oh, entschuldige«, sagt Reeves. »Sprich weiter.«

»Nein, geht in Ordnung. Sprich du weiter.«

»Ich bestehe darauf«, meint George.

»Na gut, sie sollten eng am Körper anliegen und die Taille bedecken«, erkläre ich. »Sie sollten nur so eben über den Taillenknopf der Anzugjacke hervorschauen. Wenn zu viel von der Weste zu sehen ist, macht der Anzug einen unvorteilhaft engen, einzwängenden Eindruck.

»A-ha«, macht Reeves, fast sprachlos mit verwirrter Miene. »Stimmt. Das wusste ich.«

»Ich brauche noch einen J&B«, sage ich und stehe auf. »Und ihr?«

»Beefeater mit Eis und Zitronenschale.« Reeves visiert mich mit dem Finger an.

Hamlin: »Martini.«

»Alles klar.« Ich gehe rüber an die Bar, und während ich darauf warte, dass Freddy die Drinks einschenkt, höre ich, wie ein Typ, ich glaube, es ist dieser Grieche William Theodocropopolis von der First Boston, der so ein billiges Jackett mit Hahnentrittmuster und ein akzeptables Hemd trägt, aber auch eine fantastisch aussehende Kaschmirkrawatte von Paul Stuart, die den Anzug unverdientermaßen aufwertet, zu einem anderen Typ sagt, der auch Grieche ist und eine Diet Coke trinkt: »Also, hör zu, Sting war im Chernoble – du weißt schon, dieser Laden, den die Jungs vom Tunnel aufgemacht haben –, das stand so auf Page Six, da fährt einer in einem Porsche 911 vor, und in dem Wagen sitzt Whitney …«

An unserem Tisch erzählt Reeves Hamlin gerade, wie er die Obdachlosen auf der Straße ärgert, indem er ihnen eine Dollarnote hinhält und sie genau in dem Moment, wenn er an den Pennern vorbeigeht, wieder einsteckt.

»Ehrlich, das *funktioniert*«, beteuert er. »Sie sind so geschockt, dass sie das Maul halten.«

»Sag … einfach … Nein«, erkläre ich ihm und stelle die Drinks auf den Tisch. »*Just say no.* Mehr brauchst du nicht zu sagen.«

»Einfach Nein sagen?«, grinst Hamlin. »Das funktioniert?«

»Na ja, eigentlich nur bei obdachlosen schwangeren Frauen«, gebe ich zu.

»Ich nehme doch an, du hast die Sag-einfach-Nein-Methode noch nicht bei dem 2-Meter-Gorilla in der Chambers Street ausprobiert?«, fragt Reeves. »Dem mit der Crack-Pfeife?«

»Hört mal, hat schon mal *irgendwer* von diesem Club namens Nekenieh gehört?«, fragt Reeves.

Bildausschnitt: mir gegenüber im Raum sitzt Paul Owen an einem Tisch mit jemandem, der wie Trent Moore aussieht oder Roger Daley, und noch einem Typen, der wie Frederick Connell aussieht. Moore arbeitet in einer Firma, die seinem Großvater gehört. Trent trägt einen Kammgarnanzug mit kleinem Hahnentrittmuster und mehrfarbigem Überkaro.

»Nekenieh?«, fragt Hamlin. »Was ist Nekenieh?«

»Leute«, sage ich, »wer sitzt da mit Paul Owen am Tisch? Ist das Trent Moore?«

»Wo?« Reeves.

»Sie stehen gerade auf. Der Tisch da. Diese Typen.«

»Ist das nicht Madison? Nein, das ist Dibble«, meint Reeves. Er setzt seine Brille mit ungetönten Gläsern auf, um sicherzugehen.

»Nein«, sagt Hamlin. »Das ist Trent Moore.«

»Bist du sicher?«, fragt Reeves.

Auf dem Weg nach draußen tritt Paul Owen an unseren Tisch. Er trägt eine Sonnenbrille von Persol und eine Aktentasche von Coach Leatherware.

»Hallo, Leute«, sagt Owen und stellt seine beiden Begleiter vor: Trent Moore und jemand namens Paul Denton.

Reeves, Hamlin und ich geben ihnen die Hand, ohne aufzustehen. George und Todd fangen ein Gespräch mit Trent an, der aus Los Angeles kommt und weiß, wo das Nekenieh liegt. Owen wendet seine Aufmerksamkeit mir zu, was mich etwas nervös macht.

»Wie geht's denn so?«, fragt Owen.

»Alles prima. Und bei dir?«

»Sagenhaft«, meint er. »Was macht der Hawkins-Account?«

»Alles …« Ich zögere einen Moment und fahre dann stockend fort: »Alles in Ordnung.«

»Tatsächlich?«, fragt er kaum interessiert. »Ist ja interessant«, meint er lächelnd, die Hände hinter dem Rücken verschränkt. »Nicht *toll*?«

»Ach ja«, sage ich. »Du weißt ja.«

»Und wie geht's Marcia?«, fragt er immer noch lächelnd und sieht sich im Raum um, ohne mir richtig zuzuhören. »Sie ist ein *tolles* Mädchen.«

»Oh ja«, meine ich betroffen. »Ich bin sehr … glücklich.«

Owen verwechselt mich mit Marcus Halberstam (obwohl Marcus mit Cecilia Wagner geht), aber irgendwie ist das auch ziemlich egal und ein naheliegender Fauxpas, denn Marcus arbeitet auch bei P&P, sogar exakt das Gleiche wie ich, hat ebenfalls eine Vorliebe für Valentino-Anzüge und Brillen mit ungetönten Gläsern, und wir haben auch noch denselben Friseur, im Pierre Hotel, also ist das verständlich; es wurmt mich nicht. Aber Paul Denton starrt mich unentwegt an oder versucht es zu vermeiden, als wisse er etwas, als sei er sich nicht ganz sicher, ob er mich kennt oder nicht, und ich frage mich, ob er vielleicht auf dieser Schiffsrundfahrt vor langer Zeit dabei war, in einer Nacht im letzten März. Falls ja, denke ich, sollte ich mir seine Telefonnummer oder besser noch seine Adresse notieren.

»Schön, wir sollten mal zusammen einen trinken«, erkläre ich Paul Owen.

»Das wär ja *toll*. Machen wir. Hier ist meine Karte.«

»Danke.« Ich schaue sie mir genau an, bevor ich sie einstecke, und bin erleichtert angesichts ihrer Plumpheit. »Vielleicht ruf ich an …« Ich zögere und frage dann bedächtig: »Marcia?«

»Das wäre prima«, meint er. »He, wart ihr schon mal in dem salvadorianischen Bistro auf der Eighty-third? Wir gehen heute Abend da essen.«

»Ja. Ich meine, nein. Aber ich habe gehört, es soll ziemlich gut sein.« Ich lächle bemüht und nippe an meinem Drink.

»Ja, habe ich auch.« Er blickt auf seine Rolex. »Trent? Denton? Gehen wir. Reservierung in fünfzehn Minuten.«

Man verabschiedet sich, und auf ihrem Weg nach draußen machen sie noch mal halt an dem Tisch, an dem Dibble und Hamilton sitzen, wenigstens *denke* ich, dass es Dibble und Hamilton sind. Bevor sie gehen, schaut Denton ein letztes Mal zu unserem Tisch rüber, zu mir, und er wirkt erregt, durch meine Gegenwart in irgendetwas bestärkt, als würde er mich von irgendwoher kennen, und das versetzt *mich* wiederum in Panik.

»Der Fisher-Account«, sagt Reeves.

»Ach Scheiße«, meine ich. »Erinner uns nicht daran.«

»Verdammter Glückspilz«, erklärt Hamlin.

»Hat schon mal jemand seine Freundin gesehen?«, fragt Reeves. »Laurie Kennedy? Absoluter Hardbody.«

»Ich kenne sie, das heißt, ich kannte sie«, verbessere ich mich.

»Warum formulierst du das so?«, fragt Hamlin verwirrt.

»Warum formuliert er das *so*, Reeves?«

»Weil er was mit ihr *hatte*«, sagt Reeves lässig.

»Woher weißt du das?«, frage ich ihn grinsend.

»Mädchen stehen auf Bateman.« Reeves klingt ein wenig betrunken. »Er ist *GQ*. Du bist *absolut GQ*, Bateman.«

»Danke, Kollege, aber …« Ich bin nicht sicher, ob er sarkastisch ist, aber irgendwie fühle ich mich geschmeichelt und versuche, meine Attraktivität herunterzuspielen, indem ich sage: »Sie hatte einen *miesen* Charakter.«

»Mein Gott, Bateman«, stöhnt Hamlin. »Was soll *das* denn bedeuten?«

»Wieso? Hatte sie nun mal.«

»Na und? Das *Aussehen* zählt. Laurie Kennedy ist ein *Schmuck*stück«, sagt Hamlin begeistert. »Erzähl mir bloß nicht, dich hätte *je* was anderes interessiert.«

»Wenn sie einen guten Charakter haben, dann ist … irgendwas ganz und gar nicht in Ordnung«, bemerkt Reeves, von seiner eigenen Feststellung leicht verwirrt.

»Wenn sie einen guten Charakter haben und nicht toll aussehen« – Reeves hebt eine Hand, irgendetwas andeutend – »wen zum Teufel *interessiert's*?«

»Na gut, mal rein hypo*thetisch*, okay? Was, wenn sie einen guten Charakter haben?«, frage ich im Bewusstsein, dass es eine sinnlose, idiotische Frage ist.

»Na schön, umso besser, rein hypo*thetisch*, aber …«, sagt Hamlin.

»Ich weiß, ich weiß«, grinse ich.

»Es *gibt* keine Mädchen mit gutem Charakter«, sagen wir unisono, lachen und geben uns High Five.

»Ein guter Charakter«, beginnt Reeves, »besteht aus einer Schnepfe, die einen kleinen Hardbody hat, alle sexuellen Ansprüche befriedigt, ohne zu schlampig zu sein, und ansonsten ihr beschissenes, dummes *Maul hält*.«

»Folgendes«, meint Hamlin und nickt zustimmend, »die einzigen Mädchen mit gutem Charakter, die auch noch clever oder meinetwegen lustig, halbwegs intelligent oder sogar *begabt sind – weiß der Henker, was das bedeutet –, sind hässliche Schnepfen*.«

»*Ex*akt.« Reeves nickt.

»Und das alles sind sie nur, um davon abzulenken, wie verdammt *hässlich* sie sind«, ergänzt Hamlin und lehnt sich in seinem Stuhl zurück.

»Also, wisst ihr, ich war schon immer der Überzeugung«, beginne ich, »dass die einzige Aufgabe des Mannes ist, sich fortzupflanzen, die Art zu erhalten.«

Beide nicken.

»Und der einzige Weg, das zu schaffen …« Ich wähle meine Worte mit Bedacht: »… ist … von einem kleinen Hardbody aufgegeilt zu werden, aber manchmal können auch *Geld* oder *Berühmtheit* …«

»Kein Aber«, unterbricht mich Hamlin. »Bateman, willst du mir etwa erzählen, dass du es mit Oprah Winfrey treiben würdest – die ist ja wohl reich und mächtig – oder über Nell Carter rutschen möchtest – die hat eine Show am Broadway, eine tolle Stimme und streicht Traumgagen ein.«

»Augenblick mal«, meldet sich Reeves. »Wer ist Nell Carter?«

»Keine Ahnung«, sage ich von dem Namen verwirrt. »Ich vermute, die Besitzerin von Nell's.«

»Hör mal, Bateman«, meint Hamlin. »Wie du bereits gesagt hast, gibt es Miezen nur, um uns aufzugeilen. Arterhaltung, nicht wahr? Das ist nicht komplizierter …« – er fischt eine Olive aus seinem Drink und steckt sie sich in den Mund – »… als das.«

Nach einer Bedenkpause frage ich: »Wisst ihr, was Ed Gein über Frauen gesagt hat?«

»*Ed Gein*?«, fragt einer von ihnen. »Der Maître d' der Canal Bar?«

»Nein, Serienmörder, Wisconsin in den Fünfzigern. Er war ein interessanter Typ.«

»Du hast dich ja schon immer für solchen Kram interessiert, Bateman«, sagt Reeves, und dann zu Hamlin: »Bateman liest ständig diese Biografien: Ted Bundy, Son of Sam, *Fatal Vision* und Charlie Manson. Einfach alles.«

»Also, was hat Ed gesagt?«, fragt Hamlin interessiert.

»Er sagte«, fang ich an, »wenn ich ein hübsches Mädchen die Straße lang kommen sehe, denke ich zweierlei. Mein besseres Ich möchte mit ihr ausgehen, mit ihr reden, wirklich nett und liebenswürdig sein und sie anständig behandeln.« Ich breche ab und trinke meinen J&B in einem Schluck aus.

»Und was denkt sein anderes Ich?«, fragt Hamlin vorsichtig. »Wie ihr Kopf wohl aufgespießt aussehen mag.«

Hamlin und Reeves blicken sich an, dann mich, bis ich anfange zu lachen und die beiden beklommen einstimmen.

»Hört mal, wie steht's mit Essen?«, wechsele ich zwanglos das Thema.

»Wie wäre es mit dem indisch-kalifornischen Laden auf der Upper West Side?«, schlägt Hamlin vor.

»Ich bin dabei«, sage ich.

»Klingt gut«, meint Reeves.

»Wer reserviert?«, fragt Hamlin.

Deck Chairs

COURTNEY LAWRENCE hat mich für Montagabend zum Essen eingeladen, und da die Einladung andeutungsweise Sex verspricht, habe ich angenommen, doch der Haken an der Sache ist, dass man während des Essens zwei Camden-Absolventen, Scott und Anne Smiley, erdulden muss, in einem neuen Restaurant am Columbus Circle namens Deck Chairs, das sie ausgesucht haben und das ich von meiner Sekretärin so gründlich habe prüfen lassen, dass sie mich, bevor ich heute das Büro verließ, mit drei verschiedenen Menüvorschlägen präparieren konnte. Die Sachen, die mir Courtney auf der endlosen Taxifahrt uptown über Scott und Anne erzählt hat – er arbeitet in einer Werbeagentur, sie steckt das Geld ihres Vaters in Restaurants, zuletzt hat sie das 1968 auf der Upper East Side aufgemacht –, waren kaum uninteressanter als Courtneys Erlebnisse heute: Gesichtspflege bei Elizabeth Arden, Einkauf von Küchenutensilien in der Pottery Barn (all das übrigens auf Lithium), bevor sie dann runterkam zu Harry's, wo wir mit Charles Murphy und Rusty Webster ein paar Drinks nahmen und wo sie ihre Tasche mit den Pottery-Barn-Einkäufen unter dem Tisch vergaß. Das einzige Detail an Scotts und Annes Leben, das mir auch nur halbwegs interessant erscheint, ist die Tatsache, dass sie im ersten Jahr nach ihrer Hochzeit einen dreizehnjährigen koreanischen Jungen adoptiert haben, ihn Scott jr. nannten und nach Exeter schickten, wo Scott auch war, vier Jahre bevor ich dorthin kam.

»Hoffentlich haben sie reserviert«, warne ich Courtney im Taxi.

»Rauch bloß keine Zigarre, Patrick«, sagt sie langsam.

»Ist das Donald Trumps Wagen?«, frage ich und blicke zu der Limousine, die neben uns im Stau steckt.

»Mein Gott, Patrick. Halt die Klappe«, sagt sie mit träger, drogenverschleierter Stimme.

»Weißt du, Courtney, ich habe einen Walkman in meiner Bottega-Veneta-Aktentasche, den ich gerne aufsetzen kann. Du solltest noch mehr Lithium nehmen. Oder eine Diet Coke. Ein bisschen Koffein bringt dich vielleicht wieder auf die Beine.«

»Ich möchte einfach nur ein Kind«, sagt sie sanft und blickt leer aus dem Fenster. »Einfach … zwei … perfekte … Kinder.«

»Sprichst du mit mir oder dem Shlomo da?«, seufze ich, aber laut genug, dass mich auch der israelische Taxifahrer versteht, und wie vorauszusehen, antwortet Courtney nicht.

In der *Patty Winters Show* heute Morgen ging es um Parfüm, Lippenstift und Make-up. Luis Carruthers, Courtneys Freund, ist nicht in der Stadt, er musste nach Phoenix und wird nicht vor Donnerstagabend zurück in Manhattan sein. Courtney trägt ein Jackett und eine Weste aus Wolle, ein Wolljersey-T-Shirt und Wollgabardinehosen von Bill Blass, emaillierte und vergoldete Ohrringe von Gerard E. Yosca und d'Orsay-Seidensatin-Stiefeletten von Manolo Blahnik. Ich trage ein maßgeschneidertes Tweedjackett, eine Hose und ein Baumwollhemd aus dem Alan-Flusser-Shop und eine Seidenkrawatte von Paul Stuart. Heute Morgen musste ich zwanzig Minuten vor dem Stairmaster in meinem Fitness-Club warten. Ich winke einem Bettler an der Ecke Forty-ninth und Eighth zu und zeige ihm dann den Finger. Heute Abend dreht sich das Gespräch um das neue Buch von Elmore Leonard, das ich nicht gelesen habe; gewisse Restaurant-Kritiker, die ich gelesen habe; um den englischen Soundtrack zu *Les Misérables* im Vergleich zur amerikanischen Aufnahme; um das neue salvadorianische Restaurant auf der Second und Eighty-third; darum, welche Klatschspalten besser sind, die der *Post* oder die der *News*. Es scheint, als hätten Anne Smiley und ich eine gemeinsame Bekannte, eine Kellnerin aus dem Abetone's in Aspen, die ich letzte Weihnachten mit einer Haarspraydose vergewaltigt habe, als ich zum Skiurlaub dort war. Das Deck Chairs ist überfüllt, ohrenbetäubend, die Akustik wegen der hohen Decken unter aller Kanone, und wenn ich mich nicht irre, wird der Lärm noch von einer New-Age-Version von »White Rabbit« unterstützt, die aus den in den Ecken unter die Decke montierten Boxen plärrt. Jemand, der aussieht wie Forrest Atwater – zurückgekämmtes, blondes Haar, Fensterglas-Brille mit Redwood-Gestell, Armani-Anzug mit Hosenträgern –, sitzt mit Caroline Baker, einer Investment-Bankerin von Drexel, glaube ich, zusammen, und sie sieht auch nicht besonders aus. Sie könnte mehr Make-up vertragen, das Tweedkostüm von Ralph Lauren ist zu streng. Sie haben einen mittelprächtigen Tisch vorne bei der Bar.

»Es nennt sich *klassische* kalifornische Küche«, erklärt mir Anne, nachdem wir bestellt haben, und beugt sich ganz weit zu mir. Ich nehme an, auf diese Feststellung hin muss jetzt etwas gesagt werden, und da Scott und Courtney gerade die Verdienste der Klatschspalte der *Post* diskutieren, ist es an mir zu antworten.

»Du meinst, im Gegensatz zur *kalifornischen* Küche?«, frage ich behutsam, jedes Wort abwägend, und füge lahm hinzu: »Oder der *post*kalifornischen Küche?«

»Na ja, ich weiß, dass es ziemlich trendy klingt, aber es liegen *Welten* dazwischen. Der Unterschied ist sub*til*, aber vorhanden.«

»Ich habe schon von postkalifornischer Küche gehört«, sage ich und bin mir der Ausstattung des Restaurants überdeutlich bewusst: das offen liegende Abzugsrohr, die Säulen, die offene Pizza-Küche und die … Liegestühle. »Tatsächlich habe ich das sogar gegessen. Kein junges Gemüse? Muscheln in Burritos? Wasabi Crackers? Bin ich auf der richtigen Spur? Ach, übrigens, hat dir schon mal jemand gesagt, dass du genau wie Garfield aussiehst, allerdings ein überfahrener und gehäuteter Garfield, über den noch jemand einen hässlichen Ferragamo-Sweater geworfen hat, bevor es ab zum Tierarzt ging? Fusilli? Olivenöl auf Brie?«

»Ganz genau«, sagt Anne beeindruckt. »Oh Courtney, wo *hast* du bloß Patrick aufgetrieben? Er kennt sich in so vielen Dingen aus. Ich meine, Luis dagegen versteht unter kalifornischer Küche eine halbe Orange und *gelati*«, sagt sie überschwänglich, beginnt zu lachen und fordert mich auf, einzustimmen, was ich zögernd tue.

Als Vorspeise habe ich Radicchio mit einer Art Tiefsee-Tintenfisch bestellt. Anne und Scott hatten beide Monkfish-Ragout mit Veilchen. Courtney wäre beinahe eingeschlafen, als sie die Energie aufbringen musste, die Speisekarte zu lesen, aber bevor sie aus dem Stuhl gleiten konnte, hatte ich sie an den Schultern gepackt und abgestützt, und Anne hatte für sie bestellt, irgendetwas Einfaches und Leichtes wie Cajun-Popcorn möglicherweise, was nicht auf der Speisekarte stand, aber da Anne Noj, den Küchenchef, kennt, hat der eine kleine Extraportion gemacht … *nur für Courtney!* Scott und Anne bestanden darauf, dass wir alle so etwas wie geschwärzten, halbblutigen Redfish bestellen, eine Spezialität von Deck Chairs, die – zum Glück für die beiden – ein Hauptgericht auf einer der Menüabfolgen war, die Jean für mich entworfen hatte. Wäre das nicht der Fall gewesen und hätten sie trotzdem darauf bestanden, dass ich es bestelle, wären die Chancen verdammt gut gewesen dass ich nach dem Essen heute Nacht so gegen zwei – nach der *Late Night with David Letterman* – in ihr Studio eingebrochen wäre und die beiden mit einer Axt in Stücke gehackt hätte, zuerst hätte Anne zusehen müssen, wie Scott aus klaffenden Brustwunden verblutet, und dann hätte ich einen Dreh gefunden, nach Exeter zu kommen, und dort eine Flasche Säure über das schlitzäugige Arschgesicht ihres Sohns gekippt. Unsere Bedienung ist ein kleiner Hardbody, der goldene Eidechsleder-Slingpumps mit Perlentroddeln trägt. Ich habe vergessen, meine Videos heute Abend zurückzugeben, und verfluche mich stumm, während Scott zwei große Flaschen San Pellegrino bestellt.

»Man nennt das *klassische* kalifornische Küche«, erklärt mir Scott.

»Warum gehen wir nicht alle zusammen nächste Woche in die Zeus Bar?«, schlägt Anne Scott vor. »Meinst du, es ist schwierig, einen Tisch für Freitag zu bekommen?« Scott trägt einen rot-lila-schwarz gestreiften Kaschmirsweater von Paul Stuart, ausgebeulte Ralph-Lauren-Cordsamthosen und Cole-Haan-Ledermokassins.

»Na ja … kann sein«, meint er.

»Das ist eine *prima* Idee. Ich find sie *fan*tastisch«, sagt Anne und pickt ein kleines Veilchen von ihrem Teller, schnuppert an der Blume und legt sie behutsam auf ihre Zunge. Sie trägt einen handgewebten rot-lila-schwarzen Sweater aus Mohair und Wolle von Koos Van Den Akker

Couture und eine Hose von Anne Klein, dazu Wildlederpumps mit freiem Zeh.

Eine Kellnerin, aber nicht der Hardbody, kommt herüber, um neue Drinkbestellungen entgegenzunehmen.

»J&B. Pur«, sage ich, bevor irgendjemand sonst bestellen kann.

Courtney bestellt Champagner mit Eis, was mich insgeheim entsetzt. »Oh«, sagt sie, als wäre ihr noch etwas eingefallen, »könnte ich da einen Spritzer …«

»Ein Spritzer *was*?«, frage ich gereizt, unfähig, mich zu beherrschen. »Lass mich raten. *Melone?*« Und ich denke: Oh, mein Gott, warum hast du nicht diese gottverfluchten Videos zurückgebracht, Bateman, du Arschgesicht.

»Doch sicher *Limone*, Miss«, sagt die Kellnerin und wirft mir einen eisigen Blick zu.

»Ja, natürlich. Limone.« Courtney nickt traumverloren, anscheinend in irgendeiner Fantasiewelt – aber eine, die ihr gefällt.

»Ich werde ein Glas … herrje, ich denke vom Acacia nehmen«, sagt Scott und wendet sich dann an uns: »Nehme ich einen weißen? Soll ich wirklich einen Chardonnay nehmen? Zum Redfish können wir einen Cabernet nehmen.«

»Mach ruhig«, sagt Anne fröhlich.

»Na gut, ich nehme … oh Gott, den Sauvignon Blanc.«

Die Kellnerin lächelt verwirrt.

»*Scottie*«, kreischt Anne auf. »Den Sauvignon *Blanc*?«

»Mach nur Spaß«, kichert er. »Ich nehme den Chardonnay. Den Acacia.«

»Du verdammter *Idiot.*« Anne grinst erleichtert. »Wie *witzig*.«

»Ich nehme den Chardonnay«, erklärt Scott der Kellnerin.

»So ist's brav«, sagt Courtney und tätschelt ihm die Hand.

»Ich nehme nur …« Anne hält zögernd inne. »Oh, ich nehme eine Diet Coke.«

Scott schaut von dem Stückchen Maisbrot hoch, das er gerade in ein Töpfchen Olivenöl getaucht hat: »Du trinkst heute Abend nichts?«

»Nein«, sagt Anne mit schmutzigem Grinsen. Wer weiß, warum? Und wen zum Teufel interessiert's? »Ich bin nicht in Stimmung.«

»Nicht mal ein Glas von dem Chardonnay?«, fragt Scott. »Wie wär's mit einem Sauvignon Blanc?«

»Ich habe um neun Aerobic-Kurs«, sagt sie, schon nicht mehr so überzeugt. »Ich sollte wirklich nicht.«

»Na gut, dann will ich auch nichts«, meint Scott enttäuscht. »Ich habe ja auch einen um acht im Xclusive.«

»Möchte irgendjemand raten, wo ich morgen um neun bestimmt *nicht* sein werde?«, frage ich.

»Nicht doch, Liebling. Ich weiß, wie sehr du den Acacia schätzt.« Anne ergreift Scotts Hand und drückt sie.

»Nein, mein Schatz. Ich bleib beim Pellegrino.« Scott zeigt auf die Flaschen.

Ich trommle mit den Fingern laut auf der Tischplatte und flüstere »Scheiße, Scheiße, Scheiße« vor mich hin. Courtney hat die Augen halb geschlossen und atmet schwer.

»Pass auf. Ich bin mal ganz *verwegen*«, sagt Anne schließlich. »Ich nehme eine Diet Coke mit Rum.«

Scott seufzt erleichtert, lächelt dann, ja strahlt direkt. »Prima.«

»Das ist doch *koffeinfreie* Diet Coke, oder?«, fragt Anne die Kellnerin.

»Weißt du«, unterbreche ich, »du solltest es mit Diet Pepsi versuchen. Die ist viel besser.«

»Tatsächlich? Was meinst du damit?«

»Du solltest Diet Pepsi statt Diet Coke nehmen«, erkläre ich. »Die ist viel besser. Sie sprudelt stärker. Sie hat einen reineren Geschmack. Sie vermischt sich besser mit Rum und hat einen geringeren Natriumgehalt.«

Die Kellnerin, Scott, Anne und sogar Courtney, sie alle blicken mich an, als hätte ich irgendeine diabolische, apokalyptische Feststellung getroffen, einen hehren Mythos in den Schmutz gezerrt oder einen heiligen Eid gebrochen, und plötzlich scheint es fast totenstill im Deck Chairs. Gestern Abend hatte ich ein Video mit dem Titel *Inside Lydia's Ass* ausgeliehen, und während ich auf zwei Halcion war und tatsächlich an einer Diet Pepsi nippte, sah ich zu, wie Lydia – ein rundum gebräunter blond gebleichter Hardbody mit perfektem Arsch und tollen ausgeprägten Titten – auf allen vieren hockend diesem Typen mit dem riesigen Schwanz einen blies, während ein anderer toller, kleiner, blonder Hardbody mit perfekt gestutztem Schamhaar hinter Lydia kniete, ihr erst den Arsch und die Fotze ausleckte, dann einen langen, eingeölten silbernen Vibrator in Lydias Arsch steckte und sie damit fickte, während sie weiter ihre Pussy leckte, und dann spritzte der Typ mit dem riesigen Schwanz in Lydias Gesicht, als sie ihm gerade die Eier lutschte, und Lydia wurde von einem echt aussehenden, ziemlich heftigen Orgasmus geschüttelt, dann kroch das Mädchen hinter Lydia, leckte ihr das Sperma vom Gesicht und zwang Lydia schließlich, an dem Vibrator zu lutschen. Die neue Steven Bishop ist letzten Dienstag rausgekommen, und ich habe mir bei Tower Records die CD, die Kassette und das Album gekauft, weil ich alle drei Formate besitzen will.

»Na schön«, sage ich mit vor Erregung zitternder Stimme, »bestellt doch, was ihr wollt, aber ich habe die Diet Pepsi empfohlen.« Ich blicke hinab in meinen Schoß, auf die blaue Stoffserviette mit dem eingestickten Namen »Deck Chairs« am Rand, und für einen Moment habe ich das Gefühl, ich müsste heulen; mein Kinn zittert, und ich bin unfähig zu schlucken.

Courtney streckt die Hand aus und berührt, an meine Rolex stoßend, sanft mein Handgelenk. »Ist ja alles gut, Patrick. Wirklich.«

Ein stechender Schmerz in der Lebergegend verdrängt diese Gefühlsaufwallung, und ich setze mich in meinem Stuhl verwirrt und erschrocken aufrecht hin, die Kellnerin geht, und dann fragt Anne, ob wir kürzlich die David-Onica-Ausstellung gesehen haben, und ich beruhige mich.

Es stellt sich heraus, dass wir sie nicht gesehen haben, aber da ich nicht kleingeistig darauf hinweisen möchte, dass ich einen David Onica besitze, stoße ich Courtney unter dem Tisch mit dem Fuß an. Das weckt sie aus ihrem Lithium-Tran, und mit mechanischer Stimme sagt sie: »Patrick besitzt einen Onica. Im Ernst.«

Ich lächle zufrieden und nippe an meinem J&B.

»Oh, das ist ja fan*tas*tisch, Patrick«, sagt Anne.

»Tatsächlich? Einen Onica?«, fragt Scott. »Ist der nicht ziemlich *teuer*?«

»Na ja, sagen wir …« Ich nippe, plötzlich verwirrt, an meinem Drink: sagen wir … sagen wir was? »Nichts.«

Courtney seufzt in Erwartung eines neuen Tritts. »Patricks hat zwanzigtausend Dollar gekostet.« Sie wirkt zu Tode gelangweilt und stochert in einem flachen, warmen Stückchen Maisbrot herum.

Ich werfe ihr einen bösen Blick zu und versuche nicht zu zischen: »Äh, nein, Courtney, tatsächlich waren es *fünfzig*tausend.«

Sie blickt langsam von dem Maisbrot auf, das sie zwischen ihren Fingern zermantscht, und wirft mir einen trotz ihres Lithium-Rausches bitterbösen Blick zu, der mich augenblicklich am Boden zerstört, wenn auch nicht so sehr, dass ich Scott und Anne die Wahrheit gestehen würde: dass der Onica eigentlich nur zwölf Riesen gekostet hat. Aber Courtneys furchteinflößender Blick – vielleicht bin ich auch überempfindlich; vielleicht starrt sie ja nur missbilligend auf die Muster der Säulen, auf die Rollos der Oberlichter oder die Montigo-Vasen voller Tulpen, die vor der Bar aufgereiht sind – schüchtert mich doch so weit ein, dass ich nicht detailliert auf den Erwerb eines Onica eingehe. Es ist ein Blick, den ich ziemlich leicht zu deuten vermag. Er warnt: Tritt mich noch mal, und keine Pussy, kapiert?

»Das scheint …«, beginnt Anne.

Ich halte den Atem an, das Gesicht starr vor Anspannung. »… *preiswert*«, murmelt sie.

Ich atme aus. »Ist es auch. Aber ich habe auch ein extrem gutes Geschäft gemacht.« Ich nehme rasch einen Schluck.

»Aber *fünfzig*tausend?«, fragt Scott misstrauisch.

»Nun ja, ich denke, seine Arbeit … sie hat eine Art … wunderbar proportionierte, gewollt vordergründige Qualität.«

Ich halte inne und versuche, mich an einen Satz aus einer Besprechung im *New York Magazine* zu erinnern: »Gewollt vorder…«

»Hat Luis nicht auch einen, Courtney?«, fragt Anne und tätschelt dann Courtneys Arm: »Courtney?«

»Luis … hat … was?« Courtney schüttelt den Kopf, wie um zur Besinnung zu kommen, und reißt die Augen auf, damit sie ihr nicht ganz zufallen.

»Wer ist Luis?«, fragt Scott und winkt nach der Kellnerin, damit die Butter, die der Hilfskellner vorhin erst auf den Tisch gestellt hat, weggenommen wird – der Junge lässt nichts anbrennen.

Anne antwortet für Courtney. »Ihr *Freund*«, erklärt sie verwirrt nach einem Blick auf Courtney und sieht mich tatsächlich Hilfe suchend an.

»Wo ist er?«, fragt Scott.

»Texas«, sage ich schnell. »Er ist rauf nach Phoenix, meine ich.«

»Nein. Ich wollte wissen, bei welcher *Firma.*«

»L. F. Rothschild«, sagt Anne und will erst Courtney um Bestätigung heischend anblicken, sieht dann aber mich an. »Nicht wahr?«

»Nein. Er ist bei P&P. Wir arbeiten sozusagen zusammen.«

»Ist er nicht mal mit Samantha Stevens gegangen?«, fragt Anne.

»Nein«, meldet sich Courtney. »Da gab es nur mal ein Foto, das jemand von ihnen gemacht hat, in *W.*«

Ich kippe meinen Drink herunter, kaum dass er da ist, winke sofort nach einem neuen und denke, Courtney ist definitiv Fickfleisch, aber kein Sex kann für dieses Essen entschädigen. Während ich eine attraktive Frau – blond, dicke Titten, enges Kleid, Satinstiefeletten mit Goldspitzen – gegenüber im Saal bewundere, ändert sich das Gesprächsthema drastisch, als Scott mir von seinem neuen CD-Player erzählt, während Anne ahnungslos einer völlig weggetretenen Courtney etwas über neue Sorten natriumarmen Vollkornreis-Kuchens, frische Früchte und New-Age-Musik, insbesonders Manhatten Steamroller, vorquasselt.

»Er ist von Aiwa«, sagt Scott. »Du *musst* das einfach hören. Der Klang …« – er hält inne, die Augen verzückt geschlossen, kaut sein Maisbrot – »ist fantastisch.«

»Nun ja, Scottie, der Aiwa ist *ganz in Ordnung.*« Heilige Scheiße, *träum weiter, Scottie,* denke ich. »Aber Sansui ist wirklich der *Beste.*« Ich zögere und füge hinzu: »Ich muss es wissen. Ich habe einen.«

»Aber ich dachte, *Aiwa* wäre der Beste.« Scott sieht bekümmert aus, aber noch nicht so bestürzt, wie ich es gern hätte. »Ganz und gar nicht, Scott«, sage ich. »Hat der Aiwa digitale Fernbedienung?«

»Ja.«

»Computersteuerung?«

»Ja.« Was für ein *Volltrottel.*

»Hat das Laufwerk einen Metacrylat-Messing-Plattenteller?«

»Ja«, lügt die Ratte!

»Hat deine Anlage einen … Accophase T-106 Tuner?«

»Klar«, sagt er schulterzuckend.

»Bist du sicher? Denk genau nach.«

»Doch. Ich meine schon«, sagt er, aber seine Hand zittert, als er sich noch Maisbrot nachnimmt.

»Was für Boxen?«

»Na ja, Duntech Wood«, antwortet er zu schnell.

»Tut mir leid, alter Knabe. Du solltest die Infinity IRS V-Lautsprecher haben«, sage ich. »Oder …«

»Augenblick mal«, unterbricht er. »V-Lautsprecher? Ich habe noch nie von V-Lautsprechern gehört.«

»Hör zu, meiner Meinung nach kannst du genauso gut einen beschissenen Walkman aufsetzen, wenn du keine Vs hast.«

»Wie ist die Basswiedergabe bei solchen Lautsprechern?«, fragt er misstrauisch.

»Tiefste Grenzfrequenz bei fünfzehn Hertz«, säusele ich, jedes Wort betonend.

Das bringt ihn für eine Minute zum Schweigen. Anne labert weiter über extraleichte Frozen Joghurts und Chow Chows. Ich lehne mich zurück, zufrieden, dass ich Scott den Mund gestopft habe, aber leider gewinnt er zu schnell seine Fassung wieder und sagt bemüht fröhlich, obwohl er so eine billige, beschissene Anlage hat: »Wie dem auch sei, wir haben uns heute die neue Phil Collins gekauft. Du solltest hören, wie toll ›Groovy Kind of Love‹ darauf klingt.«

»Ja, für mich der beste Song, den er je geschrieben hat«, sage ich, bla bla bla, und obwohl es immerhin doch etwas ist, zu dem Scott und ich mal einer Meinung sind, kommen jetzt die Teller mit dem geschwärzten Redfish, die ziemlich bizarr aussehen, und Courtney entschuldigt sich und geht zur Damentoilette, und als sie nach dreißig Minuten immer noch nicht zurück ist, schlendere ich in den hinteren Teil des Restaurants und finde sie schlafend in der Garderobe.

In ihrem Apartment liegt sie nackt auf dem Rücken, ihre Beine – gebräunt, muskulös und durchtrainiert – sind gespreizt, und ich knie dazwischen, lecke sie, während ich mir selber einen runterhole, und seit ich angefangen habe, ihre Pussy zu lecken und zu saugen, ist sie schon zweimal gekommen, ihre Fotze ist eng und heiß und nass, und ich halte sie weit offen, massiere sie mit der einen Hand und mich mit der anderen. Ich hebe ihren Arsch an, weil ich meine Zunge reinstecken will, aber sie will nicht, also hebe ich den Kopf und greife zu dem Nachttischchen nach dem Kondom, das in dem Aschenbecher von Palio neben der Tensor-Halogenlampe und der D'Oro-Tonschale liegt, reiße die Packung mit zwei glänzenden, glitschigen Fingern und den Zähnen auf und streife es problemlos über meinen Schwanz.

»Ich will, dass du's mir besorgst«, stöhnt Courtney, zieht ihre Beine an, spreizt ihre Vagina noch weiter, steckt sich selbst die Finger rein, lässt mich an ihren Fingern lutschen, die Fingernägel lang und rot, der Saft ihrer Fotze, glitzernd im Licht der Straßenlaternen, das durch die Stuart-Hall-Jalousien dringt, schmeckt süß und rosig, und sie reibt ihn mir über Mund, Lippen und Zunge, bevor er abkühlen kann.

»Ja«, sage ich, lege mich auf sie drauf, lasse meinen Schwanz elegant in ihre Fotze gleiten, küsse sie heftig auf den Mund, dringe mit tiefen, schnellen Stößen in sie ein, Schwanz und Hüften außer Kontrolle, ihrem eigenen Rhythmus folgend, schon baut sich mein Orgasmus hinten an meinen Eiern, an meinem Arsch auf und drängt durch meinen Schwanz, der so hart ist, dass es wehtut – aber da, mitten in einem Kuss, hebe ich den Kopf, lasse ihre Zunge raushängen, mit der sie sich über die roten geschwollenen Lippen leckt, und immer noch stoßend, wenn auch weniger heftig, wird mir klar, dass … irgendetwas … nicht … in Ordnung ist, doch mir will nicht einfallen, was … aber dann, als ich auf die halb leere Evian-Flasche auf dem Nachttisch blicke, geht mir ein Licht auf: Ich keuche »Oh Scheiße« und ziehe den Schwanz raus.

»Was ist?«, stöhnt Courtney. »Hast du was vergessen?«

Ohne zu antworten, springe ich vom Futonbett, stolpere in ihr Badezimmer, versuche dabei, das Kondom abzuziehen, aber auf halbem Weg bleibt es kleben, und während ich es behutsam abstreife und gleichzeitig den Lichtschalter suche, stolpere ich versehentlich über die Genold-Waage, stoße mir dabei den großen Zeh und schaffe es dann endlich, fluchend ihre Hausapotheke zu öffnen.

»Patrick, was *treibst* du da?«, ruft sie aus dem Schlafzimmer.

»Ich suche das wasserlösliche Gleitmittel mit spermizider Wirkung«, rufe ich zurück. »Was dachtest du denn? Dass ich ein *Aspirin* suche?«

»Oh, mein Gott«, schreit sie auf. »Hattest du etwa keins *drauf*?«

»Courtney«, brülle ich zurück und bemerke einen kleinen Kratzer vom Rasieren über meiner Lippe. »Wo *ist* das Zeug?«

»Ich kann dich nicht *verstehen*, Patrick«, ruft sie.

»Luis hat einen grauenhaften Geschmack, was Eau de Cologne anbelangt«, murmele ich und rieche prüfend an einer Flasche Paco Rabanne.

»Was hast du gesagt?«, schreit Courtney.

»Das wasserlösliche Gleitmittel mit spermizider Wirkung«, rufe ich zurück und suche auf ihrem Regal nach einem Clinique-Abdeckstift für meinen Kratzer.

»Was meinst du mit: *wo ist es?* Hast du es nicht mitgebracht?«

»Wo ist das gottverdammte *wasserlösliche Gleitmittel mit spermizider Wirkung*?«, schreie ich. »Wasser! Löslich! Spermizid! Gleitmittel!« Während ich das brülle, trage ich etwas Abdeckstift auf den Kratzer auf und kämme mein Haar zurück.

»Oberstes Regal«, sagt sie. »Glaube ich jedenfalls.« Während ich ihr Medizinschränkchen durchsuche, werfe ich einen Blick auf ihre Badewanne und bemerke, wie schlicht sie ist, was mich veranlasst zu sagen: »Hör mal, Courtney, du solltest dich wirklich mal aufraffen und deine Wanne durch Marmor verschönern oder vielleicht ein paar Jacuzzi-Düsen einbauen lassen. Hörst du mich? Courtney?«

Nach einer langen Pause antwortet sie: »Ja ... Patrick. Ich höre dich.«

Schließlich finde ich die Tube hinter einer großen Flasche – einem Krug – Xanax auf dem obersten Bord des Medizinschränkchens und drücke einen kleinen Klecks in die Spitze des Kondoms, verschmiere ihn auf dem Latex, bevor mein Schwanz völlig schlappmacht, gehe zurück ins Schlafzimmer und springe aufs Futonbett, worauf sie schimpft: »Patrick, das hier ist kein verdammtes *Trampolin*.« Ich überhöre das, knie mich über sie, schiebe meinen Schwanz in Courtney, und sofort erwidert sie meine Stöße mit ihren Hüften, dann leckt sie an ihrem Daumen und beginnt, ihre Klitoris zu reiben. Ich sehe zu, wie mein Schwanz mit tiefen, schnellen Stößen rein-raus rein-raus geht.

»Warte«, japst sie.

»Wie?«, stöhne ich verblüfft, aber kurz vor dem Kommen.

»Luis ist ein dummer Barbar«, keucht sie und versucht, mich rauszustoßen.

»Ja«, sage ich, über sie gebeugt und an ihrem Ohr knabbernd. »Luis ist ein dummer Barbar. Ich hasse ihn auch.«

Und nun, angespornt von ihrer Verachtung für ihren mickrigen Freund, bewege ich mich schneller, mein Orgasmus steht kurz bevor.

»Nein, du Idiot«, stöhnt sie. »Ich sagte: ist es ein *Gummi mit Reservoir*? Nicht: Luis ist ein dummer Barbar. Ein Kondom mit *Reservoir*. Geh von mir runter.«

»Wer ist was?«, stöhne ich.

»Zieh ihn *raus*«, ächzt sie und windet sich.

»Ich hör gar nicht hin«, sage ich und presse meinen Mund auf ihre perfekten, kleinen Nippel, beide steif und hart, auf festen, dicken Titten.

»Zieh ihn raus, verdammt noch mal!«, schreit sie.

»Was willst du, Courtney?«, grunze ich und verlangsame meine Stöße, bis ich mich dann aufrichte, über ihr Knie, der Schwanz noch halb drinnen. Sie schiebt sich ans Kopfende des Bettes, und mein Schwanz rutscht raus.

»Es hat eine normale Spitze. Glaube ich jedenfalls.«

»Mach das *Licht* an«, sagt sie und versucht, sich aufzusetzen. »Herrje. Ich geh nach Hause.«

»Patrick«, sagt sie warnend. »Mach das Licht an.«

Ich strecke die Hand aus und knipse die Halogenlampe an. »Siehst du, eine *normale* Spitze«, sage ich. »Also?«

»Zieh es ab«, meint sie knapp.

»Warum?«

»Weil du vorne einen Zentimeter überstehen lassen musst«, sagt sie und bedeckt ihre Brüste mit der Hermès-Steppdecke, sie spricht lauter, am Ende ihrer Geduld, »um die *Wucht des Ejakulats* aufzufangen!«

»Ich verzieh mich hier«, drohe ich, bewege mich aber nicht. »Wo ist dein Lithium?«

Sie wirft sich ein Kissen übers Gesicht, murmelt etwas und rollt sich wie ein Baby zusammen. Ich glaube, sie fängt an zu weinen.

»Wo ist dein Lithium, Courtney?«, frage ich ruhig. »Du *musst* etwas davon nehmen.«

Sie murmelt erneut etwas Unverständliches und schüttelt unter dem Kissen den Kopf – nein, nein, nein.

»Was? Was hast du gesagt?«, frage ich mit bemühter Freundlichkeit und rubbele mich wieder zu einer kläglichen Erektion hoch. »*Wo?*« Schluchzer unter dem Kissen, kaum wahrnehmbar.

»Dein Heulen hör ich, aber ich versteh *immer* noch kein Wort von dem, was du sagst.« Ich versuche, ihr das Kissen vom Kopf zu ziehen.

Wieder murmelt sie, wieder macht es keinen Sinn.

»Courtney«, warne ich sie und werde wütend, »solltest du gerade gesagt haben, was ich verstanden habe, dass dein Lithium im Kühlschrank steht, neben dem Frusen-Glädje-Eis, und ein *Sorbet* ist« – und jetzt schreie ich – »solltest du das wirklich gesagt haben, dann *bringe* ich dich um. Ist es ein *Sorbet*? Ist dein Lithium wirklich ein *Sorbet*?« Schließlich reiße ich ihr das Kissen vom Gesicht und gebe ihr eine saftige Ohrfeige.

»Glaubst du, es macht mich an, wenn du *Risiko-Sex* mit mir versuchst?«, schreit sie zurück.

»Mein Gott, es lohnt den Aufstand nicht«, murmele ich und ziehe das Kondom ein Stückchen runter, sodass vielleicht ein Zentimeter vorne Platz drin ist – na ja, eher weniger. »Nun guck, Courtney, wofür ist das jetzt gut? He? Erklär's uns.« Ich geb ihr noch eine Ohrfeige, diesmal sanfter. »Warum ist es zwei Zentimeter runtergezogen? Damit es die *Wucht des Ejakulats* auffangen kann!«

»So was macht *mich* nicht an.« Sie ist hysterisch und in Tränen aufgelöst. »Ich rechne mit einer Beförderung. Ich fliege im August nach Barbados, und das lasse ich mir nicht von einem Kaposi-Sarkom versauen!« Sie räuspert sich tränenerstickt. »Ich will einen Bikini tragen«, jammert sie. »Einen Norma Kamali, den ich mir gerade erst bei Bergdorfs gekauft habe.«

Ich schnappe mir ihren Kopf und zwinge sie, das Kondom anzusehen. »Siehst du? Zufrieden, du blöde Kuh? Bist du jetzt zufrieden, du blöde Kuh?«

Ohne meinen Schwanz anzusehen, schluchzt sie: »Oh, Gott, bringen wir's einfach hinter uns«, und fällt zurück aufs Bett. Rüde stoße ich meinen Schwanz wieder in sie rein und bringe mich zu einem Orgasmus, so schwach, dass er eigentlich gar nicht vorhanden ist, aber mein Stöhnen über diese schwere, wenn auch erwartete Enttäuschung wird von Courtney als Ausdruck der Befriedigung missverstanden und spornt sie, die schluchzend und schniefend neben mir auf dem Bett liegt, augenblicklich dazu an, eine Hand zwischen ihre Beine zu stecken, aber ich schlaffe schon ab – eigentlich schon während ich komme –, aber wenn ich ihn nicht rausziehe, solange er noch erigiert ist, wird sie ausflippen, also halte ich das Kondom unten fest und *schrumpfe* buchstäblich aus ihr raus. Nachdem wir vielleicht zwanzig Minuten lang jeder auf einer Seite des Bettes gelegen haben und Courtney über Luis und antike Holzbrettchen und die Käsereibe und die Keksdose aus Sterlingsilber gequengelt hat, die sie bei Harry's vergessen hat, versucht sie, mir einen zu blasen. »Ich will dich schon noch mal ficken«, erkläre ich ihr, »aber ohne Kondom, denn mit spüre ich überhaupt nichts«, worauf sie ihren Mund von meinem schlappen, verschrumpelten Schwanz nimmt und ruhig sagt: »Wenn du keins benutzt, wirst du erst recht nichts zu spüren bekommen.«

Business Meeting

JEAN, MEINE IN MICH VERLIEBTE SEKRETÄRIN, kommt ohne Voranmeldung in mein Büro und berichtet, dass ich um elf bei einem sehr wichtigen Meeting sein muss. Ich sitze an dem Palazzetti-Schreibtisch mit Glasplatte, starre durch meine Ray-Ban auf den Monitor, kaue Nuprin, bin noch verkatert von einer Koksparty, die gestern Abend ganz unschuldig im Shout! mit Chris Hamilton, Andrew Spencer und Chris Stafford angefangen hatte, sich dann in den Princeton Club verlagerte, im Bacardia weiterging und gegen halb vier im Nell's endete; und obwohl mir heute Morgen, als ich in der Badewanne lag und an einer Stoli Bloody Mary nippte, nach höchstens vier Stunden schweißnassem, traumlosem Schlaf, noch eingefallen war, dass dieses Meeting anstand, scheine ich es auf der Taxifahrt downtown vergessen zu haben. Jean trägt eine rote Stretchseidenjacke, einen Häkellook-Rock aus Rayonbändern, rote Lederpumps mit Satinschleife von Susan Bennis Warren Edwards und vergoldete Ohrringe von Robert Lee Morris. Da steht sie vor mir, nimmt meinen Schmerz gar nicht wahr, eine Akte in der Hand.

Nachdem ich ungefähr eine Minute so getan habe, als bemerkte ich sie nicht, schiebe ich schließlich meine Sonnenbrille etwas runter und räuspere mich. »Ja? *Noch* etwas? *Jean?*«

»Schlecht geschlafen, der Herr?« Sie lächelt, legt die Akte scheu auf meinen Schreibtisch und steht da in Erwartung von … was eigentlich, amüsanten Anekdoten von letzter Nacht?

»Ja, Dummchen. Der Herr hat heute schlecht geschlafen«, zische ich, schnappe mir die Akte und werfe sie in die oberste Schublade.

Sie glotzt mich an, versteht nichts und sagt dann, plötzlich niedergeschlagen: »Ted Madison hat angerufen. Und James Baker. Sie wollen Sie um sechs im Fluties treffen.«

Ich starre sie wütend an, seufze. »Aha, und was sollten Sie sagen?«

Sie lacht nervös, steht mit aufgerissenen Augen da. »Ich weiß nicht so recht.«

»Jean.« Ich stehe auf, um sie aus meinem Büro zu führen. »Was … sollten … Sie … sagen?«

Es dauert eine Zeit, schließlich ahnt sie es, ängstlich. »Sag … einfach … Nein?«

»Just … say … no.« Ich nicke, schiebe sie hinaus und knalle die Tür zu.

Bevor ich mein Büro für das Meeting verlasse, nehme ich zwei Valium, spüle sie mit Perrier runter, trage dann mit feuchten Wattebäuschen eine Peelingmaske für mein Gesicht auf und danach eine Feuchtigkeitscreme. Ich trage einen Wolltweedanzug und ein gestreiftes Baumwollhemd, beides von Yves Saint Laurent, eine Seidenkrawatte von Armani und neue schwarze Schnürschuhe mit gerader Kappe von Ferragamo. Ich nehme Plax, dann putze ich mir die Zähne, und als ich mir die Nase schneuze, machen schnürsenkeldicke Blut- und Rotzfäden Flecken auf ein Fünfundvierzig-Dollar-Taschentuch, das unglücklicherweise kein Geschenk war. Aber ich trinke mittlerweile fast zwanzig Liter Evian am Tag und gehe regelmäßig ins Sonnenstudio, und eine Nacht koksen hat der Zartheit meiner Haut oder ihrer Farbe nicht geschadet. Mein Teint ist immer noch exzellent. Drei Tropfen Visine klären die Augen. Ein Eisbeutel strafft die Haut. Heißt alles in allem: Ich fühle mich wie Dreck, sehe aber toll aus. Außerdem schaffe ich es als Erster in den Konferenzraum. Luis Carruthers folgt mir wie ein Schoßhündchen auf den Fersen, knapp Zweiter, und nimmt den Stuhl neben mir, was bedeutet, dass ich den Walkman abnehmen soll. Er trägt ein kariertes Sportsakko aus Wolle, eine Wollhose, ein Hugo-Boss-Baumwollhemd und eine Paisleykrawatte – die Hose ist vermutlich von Brooks Brothers. Er fängt an, über ein Restaurant in Phoenix zu rhabarbern, Propheteers, über das ich in der Tat etwas hören möchte, nur nicht von Luis Carruthers. Ich bin aber immer noch auf zehn Milligramm Valium und komme deshalb damit klar. In der *Patty Winters Show* heute Morgen ging es um Nachfahren von Überlebenden der Donner Party.

»Die Gäste waren *totale Bauern*, wie zu erwarten«, sagt Luis. »Sie wollten mich zu einer Provinzaufführung von *Les Miz* schleppen, obwohl ich schon die *Londoner Inszenierung* gesehen habe, aber –«

»Gab es irgendwelche Schwierigkeiten, im Propheteers einen Tisch zu kriegen?«, schneide ich ihm das Wort ab.

»Nein. Überhaupt nicht,« sagt er. »Wir haben spät gegessen.«

»Was hast du bestellt?«, frage ich.

»Ich hatte die pochierten Austern, die Lotte und Walnuss-Tarte.«

»Die Lotte soll gut sein, hab ich gehört«, murmele ich gedankenverloren.

»Der Kunde hatte den Boudin Blanc, das Roast Chicken und den Käsekuchen«, sagt er.

»Käsekuchen?«, sage ich, verwirrt von dieser einfachen, fremdartig klingenden Aufzählung. »Was für Soßen oder Früchte waren auf dem Huhn? In was für eine Form war es geschnitten?«

»In gar keine, Patrick«, sagt er, ebenfalls verwirrt. »Es war … gegrillt.«

»Und der Käsekuchen, welche Sorte? War er warm?«, frage ich. »Ricotta-Käsekuchen? Ziegenkäse? Waren Blumen oder Koriander drin?«

»Er war ganz … normal«, sagt er, und dann: »Patrick, du schwitzt.«

»Was hatte sie?«, frage ich, ohne ihn zu beachten. »Die Fickmaus vom Kunden.«

»Tja, sie hatte den Countrysalat, die Muscheln und die Zitronentarte«, sagt Luis.

»Die Muscheln, waren sie gegrillt? Waren es Sashimi-Muscheln? In einer Art Ceviche?«, frage ich. »Oder waren sie gratiniert?«

»Nein, Patrick«, sagt Luis. »Sie waren … gekocht.«

Es ist still im Konferenzraum, als ich darüber sinniere, es durchdenke, bevor ich schließlich frage: »Was ist ›gekocht‹, Luis?«

»Ich bin mir nicht sicher«, sagt er. »Ich vermute, man braucht dazu einen … Topf.«

»Wein?«, frage ich.

»Ein 85er Sauvignon Blanc«, sagt er. »Jordan. Zwei Flaschen.«

»Auto?«, frage ich. »Hast du in Phoenix gemietet?«

»BMW.« Er lächelt. »Der kleine schwarze Flitzer.«

»Hip«, murmele ich und erinnere mich an letzte Nacht, wie ich auf der Toilette im Nell's total abdrehte – Schaum vor dem Mund, alles, woran ich denken konnte, waren Insekten, viele Insekten, und Tauben hinterherjagen, Schaum vor dem Mund und Tauben hinterherjagen. »Phoenix. Janet Leigh kam aus Phoenix …« Ich halte inne, fahre dann fort. »Sie wurde in der Dusche erstochen. Enttäuschende Szene.« Pause. »Das Blut sah nicht echt aus.«

»Hör mal, Patrick«, sagt Luis und drückt sein Taschentuch in meine Hand; meine Finger sind zur Faust geballt und entspannen sich bei Luis' Berührung. »Dibble und ich haben nächste Woche zusammen Lunch im Yale Club. Möchtest du mitkommen?«

»Klar.« Ich denke an Courtneys Schenkel, gespreizt und um mein Gesicht geschlungen, und als ich für einen kurzen, blitzartigen Moment zu Luis rübersehe, wirkt sein Kopf wie eine sprechende Vagina, und das macht mir eine

Höllenangst, es bringt mich dazu, einfach irgendwas zu sagen, während ich mir den Schweiß von den Brauen wische. »Das ist ein … netter Anzug, Luis.« Das denkbar Abwegigste.

Er sieht an sich herunter, als ob er überrascht wäre. Und dann wird er rot, aufgeregt und berührt sein Revers. »Danke, Pat. Du siehst auch toll aus … wie immer.« Und als er die Hand ausstreckt, um meinen Schlips zu berühren, packe ich sie, bevor seine Finger so weit kommen, und sage ihm: »Das Kompliment genügt.«

Reed Thompson kommt rein und trägt einen karierten Vierknopf-Zweireiher aus reiner Wolle, ein gestreiftes Baumwollhemd und eine Seidenkrawatte, alles Armani, leicht affektierte blaue Baumwollsocken von Interwoven und schwarze Schnürschuhe mit gerader Kappe von Ferragamo, die genauso wie meine aussehen; in einer hübsch manikürten Hand hält er eine Ausgabe des *Wall Street Journal*, ein Bill-Kaisermann-Tweed-Balmacaan-Mantel hängt zwanglos über seinem anderen Arm. Er nickt und setzt sich uns gegenüber an den Tisch. Kurz danach kommt Todd Broderick in einem Sechsknopf-Zweireiher aus reiner Wolle mit Kreidestreifen, einem gestreiften Hemd aus Pinpoint-Oxford und einem Seidenschlips rein, alles von Polo, dazu ein affiges Leinen-Einstecktuch, das ziemlich sicher auch von Polo ist. Als Nächstes kommt McDermott, er hat eine Ausgabe des *New York Magazine* von dieser Woche und die *Financial Times* von heute Morgen dabei, er trägt eine neue Oliver-Peoples-Brille aus Fensterglas mit Redwood-Rahmen, einen schwarz-weißen Hahnentritt-Sakko mit fallendem Revers, ein gestreiftes Baumwoll-Frackhemd mit Haifischkragen und eine Paisley-Seidenkrawatte, alles maßgeschneiderte Entwürfe von John Reyle.

Ich lächle und sehe mit hochgezogenen Augenbrauen McDermott an, der sich träge neben mich setzt. Er seufzt, schlägt die Zeitung auf und liest schweigend. Da es von ihm weder ein »Hallo« noch ein »Guten Morgen« zu hören gab, gehe ich davon aus, dass er sauer ist, und ich vermute, dass es etwas mit mir zu tun hat. Als ich schließlich spüre, dass Luis gleich etwas sagen wird, drehe ich mich zu McDermott.

»Also, McDermott, stimmt was nicht?« Ich lächle süffisant. »Lange Schlange am Stairmaster heute Morgen?«

»Wer sagt, dass irgendwas nicht stimmt?«, fragt er, schnieft und blättert in der *Financial Times.*

»Hör zu«, sage ich zu ihm und beuge mich zu ihm rüber. »Ich habe mich bereits dafür entschuldigt, dass ich dich wegen der Pizza bei Pastels neulich Abend angebrüllt habe.«

»Wer sagt, dass es deswegen ist?«, fragt er angespannt.

»Ich dachte, wir hätten das schon geklärt«, flüstere ich, packe seine Armlehne und lächle zu Thompson rüber. »Es tut mir leid, dass ich die Pizza bei Pastels geschmäht habe. Zufrieden?«

»Wer sagt, dass es deswegen ist?«, fragt er noch mal.

»Was ist es *dann*, McDermott?«, flüstere ich und spüre eine Bewegung hinter mir. Ich zähle bis drei, wirble dann herum und erwische Luis, der sich zum Lauschen zu mir rüberlehnt. Er weiß, dass er ertappt wurde, und sinkt langsam in seinen Stuhl zurück, schuldbewusst.

»McDermott, das ist lächerlich«, flüstere ich. »Du kannst nicht weiter auf mich böse sein, bloß weil ich die Pizza bei Pastels … *trocken* finde.«

»*Brüchig*«, sagt er. »Das Wort, das du benutzt hast, war *brüchig.*«

»Ich entschuldige mich«, sage ich. »Aber ich habe *recht.* Sie *ist* brüchig. Du hast die Kritik in der *Times* gelesen, stimmt's?«

»Hier.« Er langt in seine Tasche und gibt mir einen kopierten Artikel. »Nur um dir zu beweisen, dass du unrecht hast. Lies *das.*«

»Was ist das?«, frage ich und falte das Blatt auf.

»Ein Artikel über deinen Helden, Donald Trump.« McDermott grinst.

»Klarer Fall«, sage ich besorgt. »Ich frage mich, warum ich den nie gesehen habe.«

»Und …« McDermott überfliegt den Artikel und richtet einen anklagenden Finger auf den Schlussabsatz, den er mit Rot markiert hat. »Wo gibt's Donald Trumps Meinung nach in Manhattan die beste Pizza?«

»Lass *mich* das lesen«, seufze ich und winke ihn weg. »Du könntest dich irren. Was für ein mieses Foto.«

»Bateman, *schau*. Ich hab's eingekreist«, sagt er.

Ich tue so, als würde ich den Scheißartikel lesen, aber dabei werde ich sehr wütend, muss McDermott den Artikel zurückgeben und frage ihn völlig verärgert: »Was *soll's*? Was *heißt* das schon? Was willst *du*, McDermott, *mir* zu verstehen geben?«

»Wie denkst du *jetzt* über die Pizza bei Pastels, Bateman?«, fragt er selbstgefällig.

»Tja.« Ich wähle meine Worte sorgfältig. »Ich vermute, ich muss die Pizza da noch mal probieren …« Ich sage das mit zusammengebissenen Zähnen. »Ich möchte bloß noch mal darauf hinweisen, als ich das letzte Mal da war, war die Pizza …«

»Mürbe?«, bietet McDermott an.

»Ja.« Ich zucke mit den Achseln. »Mürbe.«

»Ah ja.« McDermott lächelt triumphierend.

»Pass auf, wenn die Pizza mit Donny klargeht …« Ich hasse es, dies McDermott gegenüber zugeben zu müssen; dann seufze ich und sage fast unhörbar: »… geht sie auch mit mir klar.«

McDermott gackert schadenfroh, ganz Sieger.

Ich zähle drei Seidenkrepp-Krawatten, eine Seidensatin-Webkrawatte von Versace, zwei Seidenkrawatten mit Foulard-Print, eine Seidenkrawatte von Kenzo, zwei Seidenjacquard-Krawatten. Die Düfte von Xeryus, Tuscani, Armani, Obsession, Polo, Grey Flannel und sogar Antaeus vermischen sich, wehen ineinander, steigen aus den Anzügen in die Luft und bilden ihr eigenes Aroma: ein kaltes, widerwärtiges Parfüm.

»Aber ich entschuldige mich nicht«, warne ich McDermott.

»Das hast du schon, Bateman«, sagt er.

Paul Owen kommt herein in einem Einknopf-Sportsakko aus Kaschmir, einer sommerlichen Wollflanell-Freizeithose, einem Button-Down-Hemd mit Tab-Kragen von Ronaldus Shamask, aber es ist vor allem die Krawatte – von Andrew Fezza für Zanzarra mit blauen, schwarzen, roten und gelben Blockstreifen –, die mich beeindruckt. Auch Carruthers wirkt aufgeregt, er lehnt sich zu mir und fragt mich, wenn ich das richtig höre: »Glaubst du, dass er die auf die *Unterhose* abgestimmt hat?« Als ich nicht antworte, zieht er sich zurück, schlägt eine von den *Sports Illustrated* auf, die in der Mitte des Tischs liegen, und fängt an, während er vor sich hin summt, einen Artikel über olympische Turmspringer zu lesen.

»Hallo, Halberstam«, sagt Owen, als er vorbeikommt.

»Hallo Owen«, sage ich und bewundere sein Styling und wie er sein Haar nach hinten gekämmt hat, mit einem so gleichmäßigen und scharfen Scheitel, dass es mich … umhaut und ich mir für später vornehme, ihn zu fragen, woher er seine Haarpflegeprodukte bezieht, welches Styling-Mousse er benutzt; nachdem ich eine Weile nachgegrübelt habe, komme ich zu dem Schluss, dass es Ten-X sein könnte.

Greg McBride kommt herein und bleibt neben meinem Stuhl stehen. »Hast du die *Winters Show* heute Morgen gesehen? Wahnsinn. Totaler Wahnsinn«, und wir geben uns High Five, bevor er sich zwischen Dibble und Lloyd niederlässt. Gott weiß, wo die hergekommen sind.

Kevin Forrest, der mit Charles Murphy reinkommt, sagt: »Mein Call-waiting ist kaputt. Felicia hat irgendwas vermasselt.« Ich achte nicht mal darauf, was sie anhaben. Aber ich ertappe mich dabei, wie ich Murphys edle Manschettenknöpfe anstarre, Eulen mit blauen Kristallaugen.

Videothek, danach D'Agostino's

ICH LAUFE bei VideoVisions herum, der Videothek in der Nähe von meinem Apartment auf der Upper West Side, schlürfe Diet Pepsi, das neue Tape von Christopher Cross plärrt aus den Kopfhörern meines Sony Walkman. Nach dem Büro habe ich mit Montgomery Racquetball gespielt, dann eine Shiatsu-Massage, anschließend traf ich Jesse Lloyd, Jamie Conway und Kevin Forrest auf ein paar Drinks bei Rusty's auf der Seventy-third. Heute Abend habe ich einen neuen Mantel von Ungaro Uomo Paris an und trage einen Bottega-Veneta-Aktenkoffer und einen Schirm von Georges Caspar.

Der Videoladen ist voller als üblich. Es sind zu viele Pärchen vor mir in der Schlange, um *She-Male Reformatory* oder *Ginger's Cunt* ohne ein Gefühl der Peinlichkeit oder des Unwohlseins auszuleihen, außerdem bin ich in der Horrorabteilung gerade Robert Ailes von First Boston über den Weg gelaufen, jedenfalls glaube ich, dass es Robert Ailes war. Er murmelte »Hallo, McDonald«, als er an mir vorbeikam, mit *Freitag der 13., Teil 7* und einer Dokumentation über Abtreibungen in, wie ich feststellte, schön manikürten Händen, einzig verunstaltet durch etwas, das mir nach einer Duplak-Vollgold-Rolex aussah.

Da Pornos nicht zur Debatte stehen, sehe ich mich bei

Light Comedy um; ich fühle mich übers Ohr gehauen, entscheide mich für einen Woody-Allen-Film, bin aber immer noch nicht befriedigt. Ich will etwas Besonderes. Ich durchstreife die Rock-Musical-Abteilung – nichts –, dann bin ich in der Horror-Comedy-Sektion – dito –, und plötzlich packt mich ein leichter Anfall von Panik. *Man muss aus zu vielen verdammten Filmen auswählen.* Ich ducke mich hinter ein Werbe-Display für die neue Dan-Aykroyd-Komödie, nehme zwei Fünf-Milligramm-Valium, spüle sie mit Diet Pepsi runter. Dann, fast mechanisch, wie vorprogrammiert, greife ich nach *Der Tod kommt zweimal* – ein Film, den ich 37-mal ausgeliehen habe – und gehe zum Counter, wo ich zwanzig Minuten darauf warte, dass mich ein plumpes Mädchen (fünf Pfund Übergewicht, trockenes Kraushaar) bedient. Sie trägt allen Ernstes einen sackartigen, undefinierbaren Sweater – definitiv kein Designerteil –, vermutlich um zu kaschieren, dass sie keine Titten hat, und *Scheiße, was nützt es,* dass sie ganz hübsche *Augen* hat? Endlich bin ich dran. Ich gebe ihr die leeren Hüllen.

»Ist das alles?«, fragt sie und nimmt meine Mitgliedskarte. Ich trage persischschwarze Mario-Valentino-Handschuhe. Meine Mitgliedschaft bei VideoVision kostet jährlich nur zweihundertfünfzig Dollar.

»Haben Sie irgendwas mit Jami *Gertz*?«, frage ich sie und versuche dabei, direkten Augenkontakt mit ihr herzustellen.

»Was?«, fragt sie zerstreut.

»Filme mit Jami Gertz drin?«

»*Wer?*« Sie tippt etwas in den Computer und sagt dann, ohne mich anzusehen: »Wie viel Tage?«

»Drei«, sage ich. »Wissen Sie nicht, wer *Jami* Gertz ist?«

»Ich glaube nicht.« Jetzt seufzt sie.

»Jami Gertz«, sage ich. »Sie ist *Schauspielerin*.«

»Ich glaube, ich weiß nicht, wen Sie meinen«, sagt sie in einem Ton, der mir bedeuten soll, dass ich sie belästige, aber hey, sie arbeitet in einer Videothek, und wer will ihr bei einem so anspruchsvollen und aufreibenden Beruf zickiges Benehmen vorwerfen, *wie*? Was ich dem Körper dieses Mädchens mit einem Hammer alles antun, welche Worte ich ihr mit einem Eispickel einmeißeln könnte. Sie gibt dem Typen hinter ihr meine Hüllen – ich tue so, als bemerke ich seine entsetzte Reaktion nicht, als er mich nach einem Blick auf die *Der-Tod-kommt-zweimal*-Hülle erkennt –, aber pflichtbewusst geht er in eine Art Tresor im Hinterraum des Ladens und holt die Filme.

»Klar. Sie wissen schon«, sage ich gutmütig. »Sie ist in dieser Diet-Coke-Reklame. Sie kennen sie.«

»Wirklich, ich glaube nicht«, sagt sie so monoton, dass es mir beinahe die Sprache verschlägt. Sie tippt die Namen der Filme und dann meine Mitgliedsnummer in den Computer. »Am liebsten mag ich die Stelle in *Der Tod kommt zweimal*, wo die Frau … von diesem Schlagbohrer im Film … durchbohrt wird«, sage ich fast keuchend. Es scheint jetzt sehr heiß im Laden zu sein, und nach einem gemurmelten, atemlosen »Oh mein Gott« lege ich eine behandschuhte Hand auf den Counter, um das Zittern abzustellen. »Und das Blut tropft von der Decke.« Ich atme tief ein, und während ich das sage, fängt mein Kopf an, unkontrolliert zu nicken, und ich muss schlucken, dabei denke ich: *Ich muss ihre Schuhe sehen*, und so unauffällig wie möglich versuche ich, über den Counter zu spähen, um rauszufinden, was für eine Art Schuhe sie trägt, aber es ist zum Verrücktwerden, es sind nur Sneakers – *nicht* K-Swiss, *nicht* Tretorn, *nicht* Adidas, *nicht* Reebok, nur irgendwelche ganz billigen.

»Hier unterschreiben.« Sie gibt mir die Kassetten, ohne mich anzusehen, sie weigert sich, mich zu erkennen; nachdem sie einmal tief durchgeatmet hat, winkt sie die Nächsten in der Reihe zu sich, ein Pärchen mit Baby.

Auf dem Rückweg zu meinem Apartment gehe ich bei

D'Agostino's vorbei, wo ich zum Dinner zwei große Flaschen Perrier kaufe, ein Sixpack Coke Classic, einen Kopf Arugula, fünf mittelgroße Kiwis, eine Flasche Estragon-Essig, einen Becher Crème fraîche, eine Packung Mikrowellen-Tapas, eine Schachtel Tofu und einen weißen Schokoriegel, den ich an der Kasse mitnehme.

Draußen ignoriere ich den Penner, der vor dem *Les-Misérables*-Poster lagert und ein Schild hält, auf dem steht: ICH HABE MEINEN JOB VERLOREN ICH BIN HUNGRIG ICH HABE KEIN GELD BITTE HELFEN SIE; er muss flennen, nachdem ich den Verarsch-den-Penner-mit-dem-Dollar-Trick bringe und ihm sage: »Jesus, könntest du dich *bitte* rasieren.« Meine Augen richten sich wie von Radar geleitet auf einen roten Lamborghini Countach, der am Bürgersteig geparkt ist, glänzend unter den Straßenlampen, und ich muss anhalten, das Valium knallt schlagartig, unerwartet rein, alles andere wird ausgelöscht, der heulende Penner, die schwarzen Kids, die zur plärrenden Beatbox rappen, die Scharen von Tauben, die auf der Suche nach einem Schlafplatz über uns hinwegfliegen, die Ambulanz-Sirenen, die hupenden Taxis, die gut aussehende Maus im Betsey-Johnson-Dress, alles verschwindet, und in einer Art Zeitrafferaufnahme – aber in Zeitlupe, wie im Film – geht die Sonne unter, die Stadt wird dunkler, und alles, was ich sehen kann, ist der rote Lamborghini, und alles, was ich hören kann, ist mein eigenes gleichmäßiges, stetes Schnaufen. Minuten später (ich weiß nicht, wie viele) stehe ich immer noch da vor dem Laden, sabbere und glotze.

Gesichtskosmetik

ICH VERLASSE DAS BÜRO UM HALB FÜNF, gehe zu Xclusive, wo ich eine Stunde mit Free Weights trainiere, fahre dann mit dem Taxi durch den Park zu Gio's im Pierre Hotel für eine Gesichtsbehandlung, eine Maniküre und, wenn die Zeit reicht, eine Pediküre. Ich liege auf dem hochgefahrenen Tisch in einem der Privaträume und warte darauf, dass Helga, meine Hauttechnikerin, sich um mein Gesicht kümmert. Mein Brooks-Brothers-Hemd und der Garric-Anderson-Anzug hängen im Schrank, meine A.-Testoni-Loafers stehen auf dem Boden, Dreißig-Dollar-Socken von Barney's sind in ihnen aufgerollt, Sechzig-Dollar-Boxershorts von Comme des Garçons sind das einzige Kleidungsstück, das ich noch anhabe. Der Kittel, den ich eigentlich noch tragen sollte, liegt verkrumpelt neben der Duschkabine, weil ich will, dass Helga meinen Körper sieht, meine Brust bemerkt, sieht, wie verdammt *straff* meine Bauchmuskeln geworden sind, seit ich das letzte Mal da war, obwohl sie viel älter ist als ich – dreißig, fünfunddreißig – und ich sie niemals ficken würde. Ich schlürfe Diet Pepsi, die mir Mario, der Laufbursche, gebracht hat, mit zerstoßenem Eis in einem Extraglas, das ich zwar verlangt habe, aber nicht will.

Ich nehme mir die *Post* von heute von einem gläsernen Smithly-Watson-Zeitschriftenständer und überfliege die Klatschkolumne, dann bleibt mein Auge an einer Story über die neuesten Enthüllungen von Kreaturen, halb Vogel, halb Nagetier, hängen – im Grunde Tauben mit Rattenkopf und -schwanz –, die im tiefsten Harlem entdeckt wurden und jetzt langsam Richtung Midtown vordringen. Ein grobkörniges Foto eines dieser Dinger begleitet den Artikel, aber Experten, so versichert uns die *Post*, sind sich ziemlich einig darüber, dass es sich bei dieser neuen Brut um einen Schwindel handelt. Wie immer lindert dies nicht meine Angst, und es erfüllt mich mit namenloser Furcht, dass irgendjemand da draußen Energie und Zeit darauf verschwendet hat, sich das alles auszudenken: eine Fotografie zu fälschen (und das auch noch halbherzig, das Ding sieht aus wie ein beschissener Big Mäc) und das Foto an die *Post* zu schicken, dann die Entscheidung bei der *Post*, die Story zu bringen (Konferenzen, Debatten, die Versuchung, das ganze Ding in letzter Minute zu kippen?), das Foto zu drucken, jemand darüber schreiben und Experten interviewen zu lassen, schließlich alles auf Seite drei in der heutigen Ausgabe zu bringen, sodass heute Nachmittag in der Stadt hunderttausend Leute beim Lunch darüber reden. Ich schließe die Zeitung und lege mich erschöpft zurück.

Die Tür zum Privatraum öffnet sich, und ein Mädchen, das ich noch nie gesehen habe, kommt herein, und durch halb geschlossene Augen kann ich sehen, dass sie jung, italienisch, attraktiv aussieht. Sie lächelt, setzt sich auf einen Stuhl zu meinen Füßen und beginnt mit der Pediküre. Sie löscht das Deckenlicht, und außer strategisch platzierten Halogenlampen, die meine Füße, Hände und mein Gesicht beleuchten, wird es dunkel im Raum, wodurch man unmöglich erkennen kann, was für einen Körper sie hat, nur dass sie graues Wildleder und schwarze geknöpfte Lederstiefeletten von Maud Frizon trägt. Die *Patty Winters Show* heute Morgen war über Killer-UFOs. Helga kommt.

»Ah, Mr. Bateman«, sagt Helga. »Wie geht's?«

»Sehr gut, Helga«, sage ich und spanne die Muskeln in Bauch und Brust an. Meine Augen sind geschlossen, damit es natürlich aussieht, als ob die Muskeln ein Eigenleben hätten und ich nichts dagegen machen kann. Aber Helga legt den Kittel sanft über meine bebende Brust, knöpft ihn zu und tut so, als bemerke sie das Wogen unter der gebräunten, sauberen Haut nicht.

»Sie sind schon so bald zurück«, sagt sie.

»Ich war erst vor zwei Tagen hier«, sage ich verwirrt.
»Ich weiß, aber …« Sie hält inne, wäscht ihre Hände im Becken. »Egal.«
»Helga?«, frage ich.
»Ja, Mr. Bateman?«
»Als ich reinkam, fiel mir ein Paar Männer-Loafers mit Goldquasten von Bergdorf Goodman auf, die vor der Tür nebenan standen und geputzt werden sollten. Wem gehören sie?«, frage ich.
»Das sind Mr. Erlangers«, sagt sie.
»Mr. Erlanger von Lehmann's?«
»Nein, Mr. Erlanger von Salomon Brothers«, sagt sie.
»Habe ich je erzählt, dass ich eine große gelbe Smiley-Maske tragen und die CD-Version von Bobby McFerrins »Don't Worry, Be Happy« auflegen möchte, dann ein Mädchen und einen Hund nehmen – einen Collie, einen Chow, einen Sharpei, es kommt nicht so darauf an –, eine Transfusionspumpe, so einen Tropf anschließen und dann ihr Blut austauschen möchte, genau, das Hundeblut in den Hardbody pumpen und umgekehrt, hab ich das je erzählt?« Während ich rede, kann ich das Mädchen, das an meinen Füßen arbeitet, einen Song aus *Les Misérables* summen hören, und dann fährt Helga mit einem feuchten Wattebausch über meine Nase, beugt sich dicht über mein Gesicht und überprüft die Poren. Ich lache wie ein Wahnsinniger, atme dann tief ein und berühre meine Brust – in Erwartung eines schnell, ungeduldig klopfenden Herzens, aber da ist nichts, nicht ein einziger Schlag.
»Shhh, Mr. Bateman«, sagt Helga und fährt mit einem warmen Luffaschwamm, der erst brennt und dann die Haut kühlt, über mein Gesicht.
»Relaxen Sie.«
»Okay«, sage ich. »Ich relaxe.«
»Oh Mr. Bateman«, säuselt Helga. »Sie haben so eine schöne Haut. Wie alt sind Sie? Darf ich fragen?«

»Ich bin 26.«

»Ah, deshalb. Sie ist so sauber. So sanft.« Sie seufzt. »Relaxen Sie einfach.«

Ich drifte weg, meine Augen rollen in meinen Kopf zurück, die Muzak-Version von »Don't Worry, Baby« ertränkt alle schlechten Gedanken, und ich denke nur an positive Dinge – den Tisch, den ich für heute Abend für mich und Marcus Halberstams Freundin, Cecilia Wagner, bestellt habe, die Kohlrabi im Union Square Café, Skifahren am Buttermilk Mountain letzte Weihnachten in Aspen, die neue Compact Disc von Huey Lewis and the News, Frackhemden von Ike Behar, Joseph Abboud, Ralph Lauren, schöne, eingeölte Hardbodys, die sich in greller Videoausleuchtung gegenseitig die Mösen und Arschlöcher lecken, Wagenladungen von Arugula und Cilantro, meine Bräunungsnaht, das Aussehen meiner Rückenmuskeln, wenn das Licht in meinem Badezimmer im richtigen Winkel auf sie fällt, Helga und ihre Hände, wie sie meine geschmeidige Gesichtshaut liebkost, einseift und bewundernd Creme, Lotions und Tonics einreibt und dabei flüstert: »Oh Mr. Bateman, ihre Haut ist so sauber und geschmeidig, so sauber«, die Tatsache, dass ich nicht in einem Trailerpark wohne, auf einer Kegelbahn arbeite, zum Hockey gehe oder gegrillte Rippchen esse, den Anblick des AT&T-Buildings um Mitternacht und nur um Mitternacht. Jeannie kommt herein und beginnt mit der Maniküre, zuerst schneidet und feilt sie die Nägel, dann poliert sie mit einer Sandpapierscheibe nach, um die restlichen Kanten auszugleichen.

»Nächstes Mal möchte ich sie ein bisschen länger, Jeannie«, warne ich sie.

Still taucht sie meine Hände in warme Lanolin-Creme, trocknet sie ab und trägt Nagelhaut-Moisturizer auf, entfernt dann die Nagelhaut, während sie die Unterseite der

Nägel mit einem Wattestäbchen säubert. Ein Massagegerät pflegt Hände und Unterarme mit sanfter Wärme. Die Nägel werden zuerst mit einem Leder poliert und dann mit einer *Polier*-Lotion.

Date mit Evelyn

EVELYN RUFT AUF CALL-WAITING meiner dritten Leitung an, und eigentlich wollte ich das Gespräch gar nicht annehmen, aber da ich gerade auf der zweiten Leitung warte, um herauszufinden, ob Bullock, der Maître d' im neuen Davis François-Restaurant beim Central Park South, irgendwelche Abbestellungen für heute Abend hat, damit ich für Courtney (die auf der ersten Leitung wartet) und mich einen Tisch reservieren kann, nehme ich in der Hoffnung, dass es meine Reinigung ist, das Gespräch an. Aber nein, es ist Evelyn, und obwohl es Courtney gegenüber nicht fair ist, rede ich mit ihr. Ich erzähle Evelyn, dass mein Privattrainer auf der anderen Leitung ist. Dann erzähle ich Courtney, dass ich einen Anruf von Paul Owen annehmen muss und sie um acht im Turtle's treffe, und trenne das Gespräch mit Bullock, dem Maître d'. Evelyn wohnt im Carlyle, seit die Frau aus dem Brownstone-Haus nebenan letzte Nacht ermordet aufgefunden wurde, ohne Kopf, und aus diesem Grund ist Evelyn total aufgewühlt. Sie kam mit dem Büro heute nicht klar und hat deshalb den Nachmittag damit verbracht, sich mit Gesichtsbehandlungen bei Elizabeth Arden zu beruhigen. Sie besteht auf gemeinsamem Dinner, und bevor ich mir eine plausible Lüge ausdenken kann, irgendeine akzeptable Ausrede, sagt sie: »Wo *warst* du letzte Nacht, Patrick?«

Pause. »Wieso? Wo warst *du*?«, frage ich und kippe eine

Literflasche Evian in mich rein, immer noch etwas verschwitzt vom Workout heute Nachmittag.

»Ich musste mich mit dem Portier vom Carlyle rumstreiten«, sagt sie und klingt *ziemlich* verbiestert. »Jetzt sag schon, Patrick, wo *warst* du?«

»Und wieso musstest du dich mit ihm rumstreiten?«, frage ich.

»Patrick«, sagt sie – das kündigt etwas an.

»Ich bin hier«, sage ich nach einer Minute.

»Patrick, darum geht's doch nicht. Das Telefon in meinem Zimmer war den ganzen Tag nicht belegt«, sagt sie. »Wo warst du?«

»Ich … war ewig in der Videothek und habe mir ein paar Filme ausgeliehen«, sage ich, mit mir zufrieden, gebe mir selbst High Five, das schnurlose Telefon in die Halsbeuge geklemmt.

»Ich wollte rüberkommen«, sagt sie in einem weinerlichen Kleinmädchenton. »Ich hatte Angst, habe ich immer noch. Hörst du es meiner Stimme nicht an?«

»Eigentlich klingst du gar nicht so.«

»Nein Patrick, ehrlich. Ich bin ziemlich erschüttert«, sagt sie. »Ich zittere. Wie Espenlaub zittere ich. Frag Mia, meine Gesichtskosmetikerin. Sie hat gesagt, ich sei ver*krampft.*«

»Tja«, sage ich, »du hättest sowieso nicht rüberkommen können.«

»Honey, warum nicht?«, weint sie und wendet sich dann an jemanden, der gerade die Suite betritt. »Rollen Sie es nur da rüber ans Fenster … nein, nicht an das Fenster … und können Sie mir sagen, wo die verdammte Masseuse bleibt?«

»Weil der Kopf von deiner Nachbarin in meinem Kühlschrank lag«, sage ich gähnend und strecke mich. »Hör zu. Dinner? Wo? Kannst du mich hören?«

Um halb neun sitzen wir uns im Bacardia gegenüber.

Evelyn trägt eine Anne-Klein-Rayon-Jacke, einen Wollcrêpe-Rock, eine Seidenbluse von Bonwit's, antike Gold- und Achatohrringe von James Robinson, die grob geschätzt viertausend Dollar kosten, und ich trage einen Zweireiher, ein Seidenhemd mit eingewebten Streifen, einen gemusterten Seidenschlips und Lederslipper, alles von Gianni Versace. Ich habe weder den Tisch im Turtle's abbestellt noch Courtney Bescheid gesagt, dass aus unserer Verabredung nichts wird, also taucht sie wahrscheinlich gegen Viertel nach acht völlig durcheinander dort auf, und wenn sie heute kein Elavil genommen hat, wird sie sicher wütend sein, und darüber – nicht über die Flasche Cristal, auf der Evelyn besteht, um den Champagner dann mit Cassis zu mischen – lache ich laut.

Ich habe den Großteil des Nachmittags damit verbracht, mir frühe Weihnachtsgeschenke zu kaufen – eine große Schere in einem Drugstore in der Nähe der City Hall, einen Brieföffner von Hammacher Schlemmer, ein Käsemesser von Bloomingdale's, passend zu dem Käsebrett, das Jean, meine Sekretärin, die in mich verliebt ist, auf meinem Schreibtisch vergessen hat, bevor sie zum Lunch ging, während ich in einem Meeting war. In der *Patty Winters Show* heute Morgen ging es um die Möglichkeit eines Nuklearkriegs, und der Expertengruppe zufolge sind die Aussichten ziemlich gut, dass es irgendwann innerhalb des nächsten Monats so weit sein wird. Evelyns Gesicht sieht jetzt kreideweiß aus, ihr Mund ist mit einem purpurnen Lipliner umrandet, was einen verblüffenden Effekt hat, und ich stelle fest, dass sie mit Verspätung Tim Price' Rat befolgt hat und keine Bräunungslotion mehr nimmt. Anstatt das zu erwähnen und mich von ihr mit albernen Ausflüchten langweilen zu lassen, frage ich nach Tims Freundin Meredith, die Evelyn verachtet, ohne dass sie mir je die Gründe dafür ganz klargemacht hat. Und wegen der Gerüchte über Courtney und mich hat aus noch näher liegenden Gründen auch Courtney bei Evelyn verschissen. Ich halte meine Hand über den Rand meiner Champagnerflöte, als die beflissene Kellnerin auf Evelyns Wunsch hin versucht, in meinen Cristal einen Schuss Cassis zu geben.

»Nein, danke«, sage ich zu ihr. »Vielleicht später. In einem Extraglas.«

»Spielverderber.« Evelyn kichert, dann atmet sie tief ein. »Aber du riechst gut. Was trägst du – Obsession? Du Spielverderber, ist es Obsession?«

»Nein«, sage ich grimmig. »Paul Sebastian.«

»Natürlich.« Sie lächelt und leert ihr zweites Glas. Sie scheint viel besserer Stimmung zu sein, aufgedreht fast, ausgelassener, als man es von jemandem erwarten würde, dessen Nachbarin bei vollem Bewusstsein mit einer elektrischen Mini-Kettensäge in Sekundenschnelle der Kopf abgeschnitten wurde. Evelyns Augen glitzern für einen Moment im Kerzenlicht, dann verblassen sie wieder zu ihrem normalen Grau.

»Wie geht es Meredith?«, frage ich und versuche, mein gähnendes Desinteresse zu verbergen.

»Oh Gott. Sie trifft sich mit Richard Cunningham.« Evelyn stöhnt. »Er ist bei First Boston. Wer's *glaubt*?«

»Weißt du«, erwähne ich, »Tim wollte sich von ihr trennen. Schluss machen.«

»*Warum*, um Himmels willen?«, fragt Evelyn überrascht, verblüfft. »Sie hatten dieses *herrliche* Haus in den Hamptons.«

»Ich weiß noch, dass er mir mal erzählt hat, er fände es zum Kotzen, ihr zusehen zu müssen, wie sie das ganze Wochenende nichts anderes macht außer ihre Nägel zu feilen.«

»Oh mein Gott«, sagt Evelyn, und dann, ernsthaft verwirrt: »Du meinst … Moment, sie hatte niemand, der das für sie tat?«

»Tim sagte – und das hat er ziemlich oft wiederholt –, dass sie die Persönlichkeit einer Quizmasterin hat«, sage ich trocken und nippe an der Flöte.

Sie lächelt still vor sich hin. »Tim ist ein Schuft.«

Müßig denke ich darüber nach, ob Evelyn mit einer Frau schlafen und mich dabei zusehen lassen würde; vielleicht wenn ich die andere in ihr Brownstone-Haus bringen und darauf bestehen würde. Würden sie mich Regie führen lassen, sich von mir sagen lassen, was sie tun sollen, sich von mir ihre Plätze unter heißen Halogenlampen zuweisen lassen? Wahrscheinlich nicht; die Chancen stehen schlecht. Aber was, wenn ich sie mit vorgehaltener Waffe dazu zwingen würde? Vielleicht damit drohen würde, alle beide aufzuschlitzen, falls sie nicht mitspielen? Der Gedanke scheint mir nicht ganz reizlos zu sein, und ich kann das ganze Szenario ziemlich klar vor mir sehen. Ich zähle die Sitznischen und dann die Leute in den Sitznischen.

Sie fragt nach Tim. »Wo glaubst du *steckt* dieser Schuft? Angeblich soll er bei *Sachs* sein«, sagt sie drohend.

»Angeblich«, sage ich, »ist er auf Therapie. Dieser Champagner ist nicht kalt genug.« Ich bin abgelenkt. »Schickt er dir keine Karten?«

»Ist er krank?«, fragt sie ganz leicht beklommen.

»Ja, ich glaube schon«, sage ich. »So wird's sein. Weißt du, wenn man eine Flasche Cristal bestellt, dann sollte sie wenigstens, nun ja, kalt sein.«

»Oh mein Gott«, sagt Evelyn, »glaubst du, er ist *krank*?«

»Ja. Er ist in einer Klinik. In Arizona«, füge ich hinzu. Das Wort *Arizona* hat etwas Mysteriöses, und ich sage es noch mal.

»Arizona. Glaube ich.«

»Oh mein Gott«, schreit Evelyn auf, jetzt ernsthaft beunruhigt, und stürzt den kleinen Rest Cristal in ihrem Glas runter.

»Wer weiß?« Ich zucke ganz leicht die Schultern.

»Es ist doch nicht …« Sie atmet ein und stellt ihr Glas ab. »Es ist doch nicht …« Jetzt sieht sie sich im Restaurant um, ehe sie sich vorbeugt und flüstert: »… Aids?«

»Oh nein, nicht so was«, sage ich, obwohl ich sofort wünsche, ich hätte vor der Antwort eine längere Pause gelassen, um ihr Angst zu machen. »Nur … allgemeine … Hirn…« Ich beiße die Spitze einer Kräuterbrotstange ab und zucke mit den Schultern. »…schäden.«

Evelyn seufzt, erleichtert, und sagt dann: »Ist es warm hier drin?«

»Alles, woran ich denken kann, ist dieses Plakat, das ich neulich nachts, bevor ich die beiden schwarzen Kids gekillt habe, in der U-Bahn-Station gesehen habe – das Foto eines Kälbchens, das mit weit aufgerissenen, vom Blitzlicht geblendeten Augen in die Kamera starrt, der Körper sah aus, als hätte man ihn in eine Kiste gezwängt, und in großen, schwarzen Buchstaben stand unter dem Foto: ›Frage: Warum kann dieses Kalb nicht laufen?‹ Und darunter: ›Antwort: Weil es nur zwei Beine hat.‹ Aber dann habe ich noch ein Plakat gesehen, dasselbe Foto, dasselbe Kalb, doch diesmal stand darunter: ›Lass dich bloß nicht mit Verlegern ein.‹« Ich mache eine Pause, spiele immer noch mit der Brotstange und frage dann: »Dringt irgendwas von dem, was ich sage, zu dir durch, oder hätte ich von, äh, einem Eiskübel mehr Interesse zu erwarten?« Das alles sage ich, während ich Evelyn direkt anstarre, mit deutlicher Betonung und in dem Bemühen, mich ihr verständlich zu machen, und als sie den Mund öffnet, erwarte ich, dass sie endlich begreift, wen sie vor sich hat. Zum allerersten Mal, seit ich sie kenne, strengt sie sich an, etwas Interessantes zu sagen, sie hat meine ganze Aufmerksamkeit, und sie fragt: »Ist das …«

»Ja?« Dies ist der einzige Moment des Abends, in dem ich echtes Interesse dafür empfinde, was sie zu sagen hat, und ich bedränge sie, fortzufahren. »Ja? Ist das …?«

»Ist das … Ivana Trump?«, fragt sie und späht über meine Schulter.

Ich fahre herum. »Wo? Wo ist Ivana?«

»In der Nische beim Vorderraum, die zweite von …« Evelyn hält inne. »… Brooke Astor. Siehst du?«

Ich blinzele, setze meine Fensterglas-Brille von Oliver Peoples auf und stelle fest, dass Evelyn, ihre Sicht getrübt durch mit Cassis vermischtem Cristal, nicht nur Norris Powell für Ivana Trump gehalten hat, sondern auch noch Steve Rubell für Brooke Astor, und ich kann mir nicht helfen, ich explodiere fast.

»Nein, *oh mein Gott,* oh mein *Gott*, Evelyn«, ächze ich, enttäuscht und am Boden zerstört, den Kopf in die Hände gestützt, mein Adrenalinspiegel sackt ab. »Wie konntest du die *Schlampe* für Ivana halten?«

»Sorry«, höre ich sie zirpen. »Kleiner Fehler?«

»Unverzeihlich«, zische ich, beide Augen zusammengekniffen.

Unsere Hardbody-Kellnerin, die hochhackige Satin-Pumps trägt, stellt zwei neue Champagnerflöten auf den Tisch für die zweite Flasche Cristal, die Evelyn ordert. Die Kellnerin macht mir eine Schnute, als ich nach einer weiteren Brotstange greife, und ich hebe den Kopf und ziehe auch eine Schnute, nehme dann den Kopf zwischen meine Hände, und das Ganze wiederholt sich, als sie unsere Vorspeisen bringt. Getrocknete Paprika in einer scharfen Kürbissuppe für mich, Pudding aus getrocknetem Mais und Jalapeño für Evelyn. Die ganze Zeit, seit sie Norris Powell mit Ivana Trump verwechselte bis hin zu dem Moment, wo unsere Vorspeisen kamen, hielt ich mir die Hände über die Ohren und versuchte, Evelyns Geschwätz zu entgehen, aber jetzt bin ich hungrig und nehme versuchsweise die rechte Hand vom Ohr. Sofort droht mir ihr schrilles Gewäsch das Trommelfell zu zerreißen.

»… Tandoori Chicken und Foie Gras, und jede Menge

Jazz, und er bewunderte das Savoy, aber Shadrogen, die Farben waren prachtvoll, Aloe, Muschel, Zitrus, Morgan Stanley …«

Ich lege die Hand wieder übers Ohr, drücke noch fester. Wieder überwältigt mich Hunger, und laut summend greife ich noch mal nach dem Löffel, aber es ist hoffnungslos: Evelyns Stimme ist auf einer bestimmten Frequenz, die man einfach nicht ignorieren kann.

»Gregory macht bald seinen Abschluss in Saint Paul und geht ab September auf die Columbia«, sagt Evelyn und pustet vorsichtig auf ihren Pudding, der übrigens kalt gereicht wird. »Und ich muss ihm einfach ein Geschenk besorgen, habe aber keinen blassen Schimmer. Vorschläge, Schatz?«

»Ein Poster von *Les Misérables*?«, sage ich seufzend und nur halb im Spaß.

»Perfekt«, sagt sie und pustet wieder auf ihren Pudding, dann, nach einem Schluck Cristal, zieht sie ein Gesicht.

»Ja, Schatz?«, frage ich und spucke einen Kürbiskern aus, der in einem Bogen durch die Luft fliegt, bevor er anmutig in der Mitte des Aschenbechers landet statt auf Evelyns Kleid, meinem eigentlichen Ziel. »Hmmm?«

»Wir brauchen mehr Cassis«, sagt sie. »Rufst du die Kellnerin?«

»Klar brauchen wir das«, sage ich gutmütig und immer noch lächelnd. »Ich habe keine Ahnung, wer Gregory ist. Das weißt du, stimmts?«

Evelyn legt ihren Löffel zierlich neben ihren Puddingteller und sieht mir in die Augen. »Mr. Bateman, ich mag Sie wirklich. Ich *bete* Ihren Sinn für Humor an.« Sie drückt meine Hand leicht und lacht, oder genauer, macht »Ha-ha ha …«, aber sie meint es ernst, es ist kein Witz. Evelyn macht mir tatsächlich ein Kompliment. Sie bewundert *wirklich* meinen Sinn für Humor. Unsere Vorspeisen werden entfernt, und gleichzeitig kommen unsere Entrees, deshalb muss Evelyn ihre Hand wegnehmen, um Platz für die Teller zu machen. Sie hat Tortillas aus blauem Mais mit Wachtelfüllung bestellt, garniert mit Austern im Kartoffelmantel. Ich habe das Freiland-Kaninchen mit Oregon-Morcheln und Kräuter-Pommes-frites.

»... Er ging nach Deerfield und dann nach Harvard. Sie war in Hotchkiss und dann in Radcliffe ...«

Evelyn redet, aber ich höre nicht zu. Ihr Geplapper überschlägt sich. Ihr Mund bewegt sich, aber ich höre gar nichts, kann nicht zuhören, kann mich nicht konzentrieren, weil mein Kaninchen so geschnitten ist, dass es aussieht ... wie ... ein ... Stern! Streichholz-Pommes-frites umgeben es, und deftige rote Salsa ist über die Oberfläche des Tellers geschmiert – der weiß, aus Porzellan und mindestens einen halben Meter groß ist –, um den Eindruck eines Sonnenaufgangs zu erzeugen, aber es sieht mir eher wie eine Schusswunde aus, und während ich langsam den Kopf schüttele, presse ich einen Finger in das Fleisch und hinterlasse einen deutlichen Abdruck, dann noch einen, und dann suche ich etwas, an dem ich meine Hand abwischen kann, weil ich dazu nicht meine Serviette nehmen möchte. Evelyn hat ihren Monolog nicht unterbrochen – sie verbindet aufs Eleganteste Reden und Kauen –, und verführerisch lächelnd greife ich unter den Tisch nach ihrem Schenkel, wische meine Hand ab, und während sie immer noch redet, lächelt sie unanständig und schlürft Champagner. Ich studiere ihr Gesicht, gelangweilt von ihrer tatsächlich makellosen Schönheit, und ich wundere mich im Stillen, wie lange Evelyn es mit mir ausgehalten hat; dass sie immer da war, wenn ich sie am meisten brauchte. Ohne Appetit schaue ich wieder auf den Teller, nehme meine Gabel, mustere den Teller ein oder zwei Minuten, still leidend, bevor ich seufze und die Gabel wieder hinlege. Stattdessen nehme ich mein Champagnerglas.

»… Groton, Lawrenceville, Milton, Exeter, Kent, Saint Paul's, Hotchkiss, Andover, Milton, Choate … Hoppla, Milton sagte ich schon.«

»Wenn ich heute nichts zu Abend esse – und hiervon krieg ich keinen Bissen runter –, dann will ich Kokain«, verkünde ich. Aber ich habe Evelyns Redefluss nicht unterbrochen – sie ist unaufhaltsam, eine Maschine –, und sie redet weiter.

»Jayne Simpsons Hochzeit war so schön«, seufzt sie. »Und der Empfang danach war heiß. Club Chernoble, Page Six hat darüber berichtet. Billy hat den Artikel geschrieben. *Women's Wear Daily* haben eine ganze Seite gebracht.«

»Ich habe gehört, Mindestverzehr sind dort zwei Drinks«, sage ich vorsichtig und gebe einem Hilfskellner in der Nähe ein Zeichen, damit er meinen Teller entfernt.

»Hochzeiten sind so romantisch. Zur Verlobung hatte sie einen Diamantring bekommen. Du *weißt*, Patrick, ich würde mich nicht mit weniger begnügen«, sagt sie bescheiden. »Es *muss* ein Diamant sein.« Ihre Augen werden glasig, und sie versucht, zermürbend genau die Hochzeit nachzuerzählen. »Festliche Tafel für 500 … nein entschuldige, 750 Personen, danach eine 5 Meter hohe Ben & Jerry-Eistorte. Das Hochzeitskleid war von Ralph, aus weißer Spitze, tief ausgeschnitten und ärmellos. Ein Traum. Oh Patrick, was würdest *du* tragen?«, seufzt sie.

»Ich würde darauf bestehen, eine Ray Ban zu tragen. Eine teure Ray Ban«, sage ich bedächtig. »Genau genommen würde ich darauf bestehen, dass jeder eine Ray Ban tragen muss.«

»Ich will eine Zydeco-Band, Patrick. Das wär's. Eine Zydeco-Band«, schnattert sie atemlos.

»Oder Mariachi. Oder Reggae. Irgendwas Ethnisches, um Daddy zu schockieren. Oh, ich *kann* mich einfach nicht entscheiden.«

»Ich würde ein Harrison AK-47-Sturmgewehr zur Trauung mitbringen«, leiere ich gelangweilt runter. »Mit einem 30-Schuss-Magazin, damit noch Munition für deinen Schwuchtel-Bruder übrig ist, wenn ich deiner fetten Mutter den Kopf weggeblasen habe. Und obwohl ich persönlich ungern auf sowjetische Produkte zurückgreife, ich weiß nicht, die Harrison erinnert mich irgendwie an …« Ich höre auf, verwirrt, inspiziere die Maniküre von gestern, sehe Evelyn wieder an.

»Stoli?«

»Oh, und massenweise Schokoladentrüffel. *Godiva.* Und Austern. *Austern* in der Schale. Marzipan. Rosa *Zelte.* Hunderte, *Tausende* Rosen. Fotografen. Annie Leibovitz. Wir holen uns *Annie Leibovitz*«, sagt sie aufgeregt. »Und wir lassen alles auf *Video* aufnehmen!«

»Oder eine AR-15. Die würde dir gefallen, Evelyn: das teuerste Gewehr überhaupt, aber jeden Penny wert.« Ich zwinkere ihr zu. Aber sie redet immer noch; sie hört kein Wort; nichts kommt an. Sie begreift kein *Wort* von dem, was ich sage. Der Sinn meiner Rede entgeht ihr.

Sie unterbricht ihren Redeschwall, holt tief Luft und wirft mir einen Blick zu, den man nur seelenvoll nennen kann. Sie berührt meine Hand, meine Rolex, sie atmet noch mal durch, diesmal erwartungsfroh, und sagt: »Wir sollten es tun.«

Ich versuche, einen Blick auf unsere Hardbody-Kellnerin zu erhaschen, Evelyn beugt sich vor, um eine heruntergefallene Serviette aufzuheben. Ohne sie anzusehen, frage ich: »Was … tun?«

»Heiraten«, sagt sie und klimpert mit den Wimpern. »Hochzeit feiern.«

»Evelyn?«

»Ja, Liebling?«

»Haben Sie dir … was in den Kir getan?«, frage ich.

»Wir sollten es tun«, sagt sie sanft. »Patrick …«

»Machst du *mir* einen Antrag?«, lache ich und versuche,

diesen Gedanken zu fassen. Ich nehme ihr das Champagnerglas weg und schnüffle am Rand.

»*Pa*trick?«, fragt sie und wartet auf meine Antwort.

»Oje, Evelyn«, sage ich hilflos. »Ich weiß nicht.«

»Warum *nicht*?«, fragt sie gereizt. »Nenn mir *einen* guten Grund, warum wir es nicht tun sollen.«

»Weil dich zu ficken wie ein Zungenkuss mit einem sehr … kleinen und … lebhaften Hamster ist?«, sage ich zu ihr. »Ich weiß nicht.«

»Ja?«, sagt sie. »Und?«

»Mit Zahnklammer?«

Ich zucke mit den Schultern.

»Was willst du tun?«, fragt sie. »Drei Jahre warten, bis du 30 bist?«

»*Vier* Jahre«, sage ich mit eisigem Blick. »Es sind *vier* Jahre, bis ich 30 bin.«

»Vier Jahre. Drei Jahre. Drei *Monate*. Mein Gott, was macht das für einen Unterschied? Du wirst trotzdem ein alter Mann sein.« Sie nimmt ihre Hand von meiner. »Weißt du, du würdest anders reden, wenn du bei Jayne Simpsons Hochzeit gewesen wärst. Ein Blick hätte genügt, und du hättest mich vom Fleck weg heiraten wollen.«

»Aber ich *war* bei Jayne Simpsons Hochzeit, Evelyn, Herzallerliebste«, sage ich. »Ich habe neben Sukhreet Gabel gesessen. Glaub mir, ich war *da*.«

»Du bist *un*möglich«, jammert sie. »Du bist ein Spielverderber.«

»Oder etwa doch nicht?«, frage ich mich laut. »Hab ich vielleicht … Hat MTV darüber berichtet?«

»Und ihre Flitterwochen waren so romantisch. Zwei Stunden später waren sie in der Concorde. Nach London. Oh, Claridge's«, seufzt Evelyn, die Hände unter dem Kinn verschränkt, Tränen in den Augen.

Ich ignoriere sie, greife in meine Tasche nach einer Zigarre, ziehe sie raus und klopfe sie auf den Tisch. Evelyn bestellt drei Sorten Sorbet: Erdnuss, Lakritz und Doughnut. Ich bestelle einen koffeinfreien Espresso. Evelyn schmollt. Ich zünde ein Streichholz an.

»Patrick«, warnt sie und starrt die Flamme an.

»Was?«, frage ich, meine Hand auf halbem Weg erstarrt, kurz bevor ich die Zigarrenspitze anzünde.

»Du hast nicht um Erlaubnis gefragt«, sagt sie, ohne zu lächeln. »Habe ich dir gesagt, dass ich 60-Dollar-Boxershorts trage?«, frage ich, um sie zu beschwichtigen.

Dienstag

HEUTE ABEND IST EIN BLACK-TIE-EMPFANG anlässlich der Präsentation einer computerisierten Hochleistungsrudermaschine im Puck Building, und nachdem ich mit Frederick Dibble Squash gespielt und mit Jamie Conway, Kevin Wynn und Jason Gladwin bei Harry's einen trinken war, hüpften wir in die Limousine, die Kevin für den Abend gemietet hatte, und fuhren uptown. Ich trage eine Jacquard-Weste mit Eckkragen von Kilgour, French & Stanbury von Barney's, eine Seidenfliege von Saks, Lackleder-Slipper von Baker-Benjes, antike Diamant-Manschettenknöpfe aus den Kentshire Galleries und einen grauen Mantel aus Wolle und Seide mit tief angesetzten Ärmeln und Knöpfkragen von Luciano Soprani. In der Straußenleder-Brieftasche von Bosca, die in der Gesäßtasche meiner schwarzen wollenen Hose steckt, sind vierhundert Dollar Bargeld. Statt meiner Rolex trage ich eine Vierzehn-Karat-Golduhr von H. Stern.

Ziellos wandere ich durch den Saal im ersten Stock des Puck Building, gelangweilt, schlürfe miesen Champagner (etwa ein Bollinger ohne Jahrgang?) aus Plastikflöten, kaue auf Kiwischeiben herum, die mit einem Schlag Chèvre gekrönt sind, und versuche verzweifelt, irgendwo etwas Koks zu erspähen. Doch anstatt jemand zu finden, der einen Dealer kennt, stoße ich an der Treppe mit Courtney zusammen. Sie trägt einen Stretchwickelrock aus Seide und Baumwolltüll mit spitzenbesetzten Strumpfhosen, wirkt verspannt und warnt mich, von Luis wegzubleiben. Sie lässt durchblicken, dass er etwas ahnt. Eine Partyband spielt laue Cover-Versionen alter Motown-Hits aus den Sechzigern.

»Und was?«, frage ich und lasse den Blick durch den Saal schweifen. »Dass zwei plus zwei vier ist? Dass du in Wirklichkeit Nancy Reagan bist?«

»Geh nächste Woche nicht mit ihm in den Yale Club essen«, sagt sie und lächelt einen Fotografen an, dessen Blitz uns für einen Augenblick blendet.

»Du siehst … irgendwie geil aus heute Abend«, bemerke ich und berühre ihren Hals, streiche mit dem Finger über das Kinn nach oben bis zur Unterlippe.

»Ich mache keine Witze, Patrick.« Mit einem Lächeln winkt sie Luis zu, der unbeholfen mit Jennifer Morgan tanzt. Er trägt ein cremefarbenes Dinnerjackett aus reiner Wolle, eine Hose aus reiner Wolle, ein Baumwollhemd und einen seidenen Glencheck-Kummerbund, alles von Hugo Boss, eine Fliege von Saks und ein Einstecktuch von Paul Stuart. Er winkt zurück. »Alles klar« signalisiere ich ihm.

»Was für ein Arsch«, murmelt Courtney traurig vor sich hin.

»Also, ich geh jetzt«, sage ich und kippe den Champagner. »Warum tanzt du nicht mit dem … Reservoir?«

»Wohin *gehst du*?«, fragt sie und hält meinen Arm.

»Courtney, ich hab keine Lust, noch einmal einen deiner … Ausbrüche zu erleben«, sage ich ihr. »Und übrigens: Die Kanapees sind grauenhaft.«

»Ich will wissen, wo du *hingehst*«, fragt sie noch einmal. »Raus mit der Sprache, Mr. Bateman.«

»Was *interessiert* dich das?«

»Ich will es eben wissen«, sagt sie. »Du gehst doch nicht etwa zu dieser Evelyn?«

»Vielleicht«, lüge ich.

»Patrick«, sagt sie. »Lass mich hier nicht allein. Ich *will nicht*, dass du gehst.«

»Ich *muss* aber ein paar Videos abgeben«, lüge ich wieder und reiche ihr mein leeres Champagnerglas, als im gleichen Augenblick wieder irgendwo eine Kamera blitzt. Ich gehe.

Die Band gibt eine recht flotte Version von »Life in the Fast Lane« zum Besten, und ich schaue mich nach Hardbodys um. Charles Simpson – oder irgendjemand, der ihm bemerkenswert ähnlich sieht, mit Gel zurückgekämmte Haare, Hosenträger, Oliver-Peoples-Brille – schüttelt mir die Hand, ruft »Hey Williams« und fordert mich auf, ein paar Leute von Alexandra Craig gegen Mitternacht im Nell's zu treffen. Ich drücke ihm bestätigend die Schulter und sage ihm, dass er mit mir rechnen kann.

Draußen stecke ich mir eine Zigarre an, betrachte nachdenklich den Himmel und erspähe Reed Thompson, der mit seinem Anhang – Jamie Conway, Kevin Wynn, Marcus Halberstam, keine Frauen – aus dem Puck Building kommt und mich zum Dinner einlädt, und obwohl ich vermute, dass sie Drogen haben, ist mir bei dem Gedanken, den Abend mit ihnen zu verbringen, nicht wohl, und ich beschließe, nicht in dieses salvadorianische Bistro mitzugehen. Schon allein deshalb, weil sie nicht reserviert haben und es somit nicht sicher ist, ob sie überhaupt einen Tisch bekommen. Ich winke ihnen nach, überquere die Houston, weiche anderen Limos aus, die von der Party kommen, und gehe langsam uptown. Ich schlendere über den Broadway und bleibe vor einem Geldautomaten stehen, an dem ich, weiß der Teufel warum, noch mal hundert Dollar ziehe. Es ist einfach ein besseres Gefühl, 500 Dollar im Portemonnaie zu haben.

Ich gehe durch das Viertel mit den Antiquitätenläden unterhalb der Fourteenth. Meine Uhr ist stehen geblieben, und ich weiß nicht genau, wie spät es ist, vermutlich halb elf oder so. Schwarze dealen Crack im Vorübergehen oder bieten Handzettel für eine Party im Paladium an. Ich gehe an einem Zeitungsstand, einer chemischen Reinigung, einer Kirche und einem Diner vorbei. Die Straßen sind leer, das einzige Geräusch, das ab und zu die Stille durchbricht, stammt von den zum Union Square durchbrausenden Taxis. Ein Schwulenpärchen, spindeldürre Typen, kommt vorbei und glotzt auf mein Spiegelbild im Fenster eines Buchladens, während ich in einer Telefonzelle die Nachrichten auf meinem Anrufbeantworter abhöre. Einer von ihnen pfeift mir nach, der andere lacht: ein schrecklich hoher, überdrehter Laut. Ein abgerissenes *Les-Misérables*-Plakat flattert über den rissigen, uringetränkten Bürgersteig. Eine Straßenlaterne gibt ihren Geist auf. Jemand in einem Gaultier-Mantel pinkelt in einer Seitengasse. Dampf steigt aus der Kanalisation, bläht sich zu Wolken und verschwindet. Beutel mit gefrorenem Müll säumen die Bordsteine. Der Mond, bleich und tief stehend, hängt genau über der Spitze des Chrysler Building. Irgendwo drüben im West Village heult die Sirene eines Rettungswagens auf, wird vom Wind weitergetragen, hallt nach und verebbt. Der Penner, ein Schwarzer, liegt im Eingang eines verlassenen Antiquitätenladens an der Twelfth auf einem Luftschacht, umringt von Müllsäcken und einem Einkaufswagen von Gristede's, in dem er seine persönliche Habe aufzubewahren scheint: Zeitungen, Flaschen, Blechdosen. Ein handgeschriebenes Pappschild vorne am Einkaufswagen verkündet ICH BIN HUNGRIG UND OBDACHLOS. BITTE HELFT MIR. Ein Hund, ein kleiner Köter, struppig und klapperdürr, liegt neben ihm, mit einer Kordel am Griff des Einkaufswagens angeleint. Ich bemerke den Hund nicht, als ich das erste Mal vorbeigehe. Erst als ich wieder um den Block komme, sehe ich ihn auf einem Stapel Zeitungen liegen, wie er sein Herrchen bewacht und ein Halsband mit einem zu groß geratenen Namensschild trägt, auf dem GIZMO zu lesen ist. Der Hund schaut hoch zu mir, wackelt mit seinem Witz von einem Schwanz, und als ich meine behandschuhte Hand ausstrecke, leckt er sie hungrig. Der Mief von billigem Alkohol vermischt mit Exkrementen hängt hier wie eine schwere, unsichtbare Wolke, und ich muss den Atem anhalten, bis ich mich an den Gestank gewöhnt habe. Der Penner wacht auf, öffnet die Augen, gähnt, entblößt bemerkenswert dreckige Zähne zwischen aufgesprungenen violetten Lippen. Er ist um die vierzig, massiver Typ, und als er versucht, sich aufzusetzen, erkenne ich ihn besser im Schein der Straßenbeleuchtung: Mehrtages-Bart, Dreifachkinn, rote Nase durchzogen von dicken braunen Adern. Trägt einen unmöglichen, limonengrünen Polyesteranzug und darüber noch verwaschene Sergio-Valente-Jeans (der gewagteste Trend der diesjährigen Pennermode) zu einem durchlöcherten orange-braunen Sweater mit V-Ausschnitt. Massenweise Flecken, offensichtlich Burgunder. Scheint ziemlich betrunken – oder aber irre, oder verblödet. Selbst als ich mich über ihn beuge und, das Licht der Straßenlaterne im Rücken, meinen Schatten auf ihn werfe, verdreht er suchend die Augen. Ich knie nieder.

»Hallo«, sage ich, reiche ihm die Hand, die der Hund geleckt hat. »Pat Bateman.«

Der Penner starrt mich an, japsend vor Anstrengung, die es ihn kostet, sich aufzurichten. Seine Hand bleibt regungslos. »Brauchen Sie Geld?«, frage ich sanft. »Etwas … zu essen?«

Der Penner nickt und weint dankbar.

Ich greife in die Tasche und zücke einen Zehn-Dollar-Schein, besinne mich und reiche ihm lieber einen Fünfer. »Ist es das, was sie brauchen?«

Der Penner nickt wieder und wendet sich ab, schamhaft, die Nase läuft, und sagt nach einem Räuspern leise: »Ich bin so hungrig.«

»Und kalt ist es auch hier«, sage ich. »Nicht wahr?«

»Ich bin so hungrig.« Es würgt ihn einmal, zweimal, ein drittes Mal, dann wendet er den Blick ab, gedemütigt.

»Warum suchen Sie sich keinen Job?«, frage ich, den Schein noch in der Hand, aber außer Griffweite des Penners. »Wenn Sie so hungrig sind, warum suchen Sie sich keinen Job?«

Er atmet tief ein, zittert und gesteht unter Tränen: »Bin rausgeflogen …«

»Warum?«, frage ich mit echter Anteilnahme. »Trinker? War das der Grund? Insider-Geschäfte? Kleiner Scherz. Jetzt im Ernst – betrunken im Dienst?«

Er wiegt sich in den Armen, stößt schluchzend hervor: »Bin gefeuert worden. Man hat mich rausgeschmissen –«

Ich lasse es mir durch den Kopf gehen, nicke. »Je, tja, das ist bitter.«

»Ich bin so hungrig«, sagt er und bricht in Tränen aus, immer noch die Arme um den Körper geschlungen. Sein Hund, das Ding namens Gizmo, beginnt zu jaulen.

»Warum suchen Sie sich nichts Neues?«, frage ich. »Warum suchen Sie sich keinen neuen Job?«

»Ich bin nicht …« Er hustet, hält sich den Bauch, zittert jämmerlich, unkontrolliert, kann den Satz nicht beenden.

»Sie sind was nicht?«, frage ich sanft. »Für irgendwas anderes zu gebrauchen?«

»Ich bin hungrig«, flüstert er.

»Weiß ich, weiß ich ja«, sage ich. »Mann, ihre Platte hat 'nen Sprung. Ich will ja nur helfen …« Meine Ungeduld wächst.

»Ich bin hungrig«, wiederholt er.

»Hören Sie. Finden Sie es fair, Leuten Geld abzunehmen, die Jobs *haben*? *Arbeitenden* Menschen?«

Sein Gesicht fällt zusammen, und er japst mit brechender Stimme: »Was soll ich machen?«

»Hören Sie mir zu«, sage ich. »Wie heißen Sie?«

»Al«, sagt er.

»Sprechen Sie lauter«, sage ich. »Los jetzt.«

»Al«, sagt er, ein wenig lauter.

»Suchen Sie sich einen verdammten Job, Al«, sage ich in ernstem Ton. »Sie haben eine negative Einstellung. Das bringt Sie nicht weiter. Sie müssen sich zusammenreißen. Ich werde ihnen helfen.«

»Sie sind zu freundlich, Mister. Sie sind gut. Sie sind ein guter Mensch«, brabbelt er. »Das spüre ich.«

»Shhhht«, flüstere ich. »Schon gut.« Ich tätschele den Hund. »Bitte«, sagt er, grapscht nach meinem Handgelenk. »Ich weiß nicht weiter. Mir ist so kalt.«

»Wissen Sie eigentlich, wie Sie riechen?« Das flüstere ich tröstend, streiche ihm über den Kopf. »Der *Gestank*, mein Gott …«

»Ich kann keine …« Er atmet schwer, schluckt dann. »Ich kann keine Unterkunft finden.«

»Sie stinken«, sage ich ihm. »Sie stinken nach … *Scheiße*.« Ich tätschele noch immer den Hund, seine Augen: groß und feucht und dankbar. »Wissen Sie das? Verdammt, Al – sehen Sie mich an, und hören Sie auf zu jammern wie eine verdammte *Schwuchtel*!«, schreie ich. Mein Hass flammt auf, klingt ab, und ich schließe die Augen, hebe die Hand, um meine Nasenwurzel zu reiben, dann seufze ich. »Al … es tut mir leid. Es ist nur, dass … ich weiß nicht. Sie und ich haben nichts gemeinsam.« Der Penner hört nicht. Sein hemmungsloses Weinen erstickt jede passende Antwort. Ich stecke den Schein langsam zurück in die rechte Tasche meines Luciano-Soprani-Jacketts, die andere Hand hört auf, den Hund zu tätscheln und greift in die linke Tasche. Abrupt bricht der Penner sein Heulen ab und setzt sich auf, sucht nach dem Fünfer oder, vermute ich, nach seiner Flasche Thunderbird. Ich strecke die Hand aus, berühre sein Gesicht wieder voll Mitleid und flüstere: »Weißt du, was für ein dreckiger Loser du bist?« Hilflos beginnt er zu nicken, und ich ziehe ein langes, schmales Messer mit gezackter Klinge, und darauf bedacht, ihn nicht zu töten, stoße ich die Klinge etwa einen Zentimeter tief in sein rechtes Auge, lasse den Griff hochschnellen, sofort platzt die Netzhaut auf. Der Penner ist zu überrumpelt, um etwas zu sagen. Im Schock öffnet er nur den Mund und hebt eine dreckige Pfote in einem abgeschnittenen Handschuh langsam vors Gesicht. Ich reiße ihm die Hose runter und erkenne im vorbeiziehenden Scheinwerferlicht eines Taxis seine schlaffen schwarzen Schenkel, wund gerieben vom ständigen In-die-Hose-Pissen. Der Gestank nach Scheiße steigt mir schnell ins Gesicht, ich gehe in die Hocke, atme durch den Mund und steche ihm zunächst in den Bauch, ganz vorsichtig, oberhalb des dichten, verfilzten Fleckens Schamhaar. Das ernüchtert ihn etwas, und instinktiv versucht er, sich mit den Händen zu bedecken, und der Hund fängt an zu kläffen, richtig wütend jetzt, aber er greift nicht an, und ich steche weiter nach dem Penner, jetzt zwischen seine Finger, durchsteche seine Handrücken. Sein aufgeplatztes Auge hängt aus der Höhle und rinnt ihm übers Gesicht, er zwinkert noch und lässt das, was noch von seinem Auge da ist, herausquellen wie rotes, geädertes Eigelb. Ich fasse seinen Kopf mit einer Hand und stoße ihn zurück, halte dann mit Daumen und Zeigefinger das andere Auge offen, zücke das Messer und stoße die Spitze in die Augenhöhle, durchsteche erst die schützende Hülle, bis die Höhle voll Blut läuft, dann schlitze ich seitwärts den Augapfel auf, und schließlich beginnt er zu schreien, als ich seine Nase mittendurch schlitze, mich und den Hund leicht mit Blut bespritze; Gizmo zwinkert, um das Blut aus den Augen zu entfernen. Schnell ziehe ich die Klinge durch das Gesicht des Penners, lasse den Muskel über dem Wangenknochen aufplatzen. Noch in der Hocke werfe ich ihm einen Vierteldollar ins Gesicht, das glitschig und verschmiert ist, die beiden Augenhöhlen sind leer und blutverkrustet, die Reste seiner Augen triefen buchstäblich in dicken, zähflüssigen Fäden von seinen schreienden Lippen. Gelassen flüstere ich: »Hier ist ein Vierteldollar. Kauf dir 'nen *Kaugummi*, bekloppter *Scheißnigger.*« Dann drehe ich mich nach dem bellenden Hund um, trete ihm, als ich wieder stehe, auf die Vorderbeine, während er sich mit gebleckten Zähnen zum Sprung duckt, zerschmettere ihm mit einem Tritt beide Läufe, und er fällt jaulend vor Schmerz zur Seite, die Vorderpfoten in obszönem Winkel in die Luft gereckt, was mich freut. Ich kann nicht anders, ich muss lachen und verweile noch, amüsiert von dem Bild. Als ich ein näher kommendes Taxi sehe, gehe ich langsam davon.

Nachher, zwei Blocks weiter westlich, fühle ich mich beschwingt, beschwipst, aufgeladen, als hätte ich eben trainiert und Endorphine durchfluteten mein Nervensystem, oder als hätte ich gerade jene erste Line Koks genommen, den ersten Zug an einer guten Zigarre getan, mein erstes Glas Cristal geschlürft. Ich sterbe vor Hunger und brauche etwas zu essen, doch ich will nicht zu Nell's, obwohl es zu Fuß nicht weit wäre, und das Indochine scheint mir für eine kleine Siegesfeier etwas unpassend. So beschließe ich, dahin zu gehen, wohin Al gehen würde: Zu McDonald's am Union Square. Ich warte in der Schlange, bestelle einen Vanille-Shake (»Extradick«, sage ich dem Kerl, der nur den Kopf schüttelt und eine Maschine anschnippt) und trage den Becher zu einem Tisch im vorderen Teil, wo Al sich wahrscheinlich hinsetzen würde, meine Jacke und die Ärmel leicht mit Blutflecken besudelt.

Zwei Kellnerinnen aus dem Cat Club kommen hinter mir herein, setzen sich an den gegenüberliegenden Tisch und lächeln beide kess. Ich spiele den Coolen und ignoriere sie. Eine alte verrückte Frau sitzt kettenrauchend und gekrümmt neben uns und nickt ins Leere. Ein Streifenwagen fährt vorbei, und nach zwei weiteren Milchshakes weicht meine Aufregung langsam, und ihre Intensität schwächt sich ab. Ich beginne mich zu langweilen, werde müde, der Abend scheint schrecklich ereignislos, und ich mache mir Vorwürfe, nicht mit Reed und den Jungs in dieses salvadorianische Bistro gegangen zu sein. Die beiden Mädchen sitzen noch an dem Tisch, immer noch interessiert. Ich schaue auf die Uhr. Einer der Mexikaner hinter dem Tresen, Zigarette im Mund, starrt mich an und beäugt die Flecken auf meinem Soprani-Jackett, als wollte er etwas dazu sagen, doch dann kommt ein Kunde herein, einer der schwarzen Crack-Dealer von vorhin, und er muss die Bestellung des Schwarzen aufnehmen. Der Mexikaner drückt seine Zigarette aus, und damit hat sich der Fall.

Genesis

SEIT DER VERÖFFENTLICHUNG ihres Albums *Duke* im Jahre 1980 bin ich großer Genesis-Fan. Alles davor habe ich nie richtig verstanden, obwohl mir das hübsche »Follow You, Follow Me« auf ihrer letzten Siebziger-Platte, das konzeptelnde *And Then There Were Three* (ein Verweis auf den Abgang des Bandmitgliedes Peter Gabriel, der die Gruppe verließ, um eine halbgare Solokarriere zu beginnen), recht gut gefiel. Doch eigentlich wirkten all die LPS vor *Duke* einfach zu artsy, zu intellektuell. Auf *Duke* (Atlantic, 1980), wo Phil Collins in den Vordergrund rückte, die Musik moderner war und das Schlagzeug stärker eingesetzt wurde, die Texte weniger mystisch, dafür präziser waren (vielleicht lag es an Peter Gabriels Ausstieg), wurden aus komplexen, verquasten Weltuntergangsfantasien 1-A-Popsongs, die ich dankbar angenommen habe. Bei den Songs selbst steht Collins' Drumset im Zentrum und weniger Mike Rutherfords Basslinien oder Tony Banks Keyboardschwaden. Ein klassisches Beispiel dafür ist »Misunderstanding«. Es ist nicht nur der erste große Bandhit der Achtziger, sondern prägte auch den Sound für all die anderen LPs des Jahrzehnts. Der andere herausragende Song auf *Duke* ist »Turn It On Again«, der von den negativen Einflüssen des Fernsehens handelt. Dagegen ist »Heathaze« ein Song, den ich nicht richtig verstehe, während »Please Don't Ask« ein ergreifendes Liebeslied ist, das sich an eine geschiedene Frau richtet, die das Sorgerecht für das gemeinsame Kind erstreitet. Sind die Schattenseiten einer Scheidung jemals von einer Rock 'n' Roll-Band einfühlsamer aufgezeigt worden? Soweit ich weiß, nicht. »Duke Travels« und »Dukes End« könnten etwas bedeuten, doch da die Texte nicht abgedruckt sind, lässt sich schwer sagen, über was Collins singt, dafür gibt es in letzterem Song komplexes, großartiges Pianospiel von Tony Banks. Der einzige Flop auf *Duke* ist »Alone Tonight«, das viel zu sehr an »Tonight Tonight Tonight« aus dem späteren Meisterwerk der Gruppe, *Invisible Touch*, erinnert und das einzige wirkliche Beispiel ist, wo sich Collins selbst kopiert.

Abacab (Atlantic, 1981) ist kurz nach *Duke* veröffentlicht worden und profitiert vom neuen Produzenten Hugh Padgham, der der Band mehr den Sound der Achtziger gibt, und obwohl die Songs ziemlich allgemein gehalten wirken, sind immer noch echte Perlen darunter: die ausgedehnte Improvisation in der Mitte des Titelstücks und die Blasinstrumente von einer Band namens Earth, Wind & Fire auf »No Reply at All« sind nur zwei Beispiele. Wiederum spiegeln die Songs düstre Emotionen wider und handeln von einsamen oder in Schwierigkeiten geratenen Menschen, doch Produktion und Sound sind glänzend und treibend (selbst wenn sie nicht »No Reply at All«, »Keep It Dark«, »Who Dunnit?« oder »Like It or Not« hießen). Mike Rutherfords Bass geht ein wenig im Mix unter, doch andererseits klingt die Band packend und wird wieder einmal von Phil Collins' wirklich ergreifendem Schlagzeug vorangetrieben. Selbst an den verzweifeltesten Stellen (wie dem Untergangs-Song »Dodo«) ist *Abacab* sonnigster Pop pur.

Mein Lieblingssong ist »Man on the Corner«, der einzige, den Collins ganz allein geschrieben hat, eine hinreißende Ballade mit hübscher Synthie-Melodie und hämmerndem Schlagzeug im Hintergrund. Auch wenn es leicht von jedem Collins Soloalbum hätte stammen können, da Einsamkeit, Paranoia, Entfremdung et cetera von Genesis nur allzu bekannt sind, zeigt es den hoffnungsvollen Humanismus der Band. »Man on the Corner« beschreibt höchst einfühlsam das Verhältnis zu einer einsamen Figur (ein Penner, vielleicht ein armer Obdachloser?), »that lonely man on the corner«, der einfach herumsteht. Bei »Who Dunnit?« wird die Wirrnis im Text höchst eindrucksvoll gegen einen funkigen Groove gestellt. Was diesen Song letztlich so heraushebt, ist sein jähes Ende im Nichts. Sein Erzähler muss sich eingestehen, überhaupt nichts herausgefunden zu haben. Hugh Padgham produzierte danach einen etwas weniger konzeptionellen Wurf mit dem schlichten Titel *Genesis* (Atlantic, 1983), und obwohl es insgesamt eine gute Platte ist, wirkt sie für meinen Geschmack etwas aufgekocht. »That's All« klingt wie »Misunderstanding«, »Taking It All Too Hard« erinnert mich an »Throwing It All Away«.

Auch wirkt sie weniger jazzig als die Vorläufer und mehr wie eine 80er-Pop-LP, mehr rock 'n' rollig. Padgham legt eine brillante Arbeit als Produzent hin, doch das Material ist schwächer als sonst, und man spürt eine gewisse Überspannung. Es beginnt mit dem autobiografischen »Mama«, was ebenso merkwürdig wie ergreifend ist, doch könnte ich nicht sagen, ob der Sänger von seiner wirklichen Mutter erzählt oder ob er Mädchen meint, die er gerne »Mama« nennt. »That's All« beklagt die Ignoranz und die Bösartigkeit eines unempfänglichen Partners, und trotz des verzweifelten Tons hat es eine helle, eingängliche Melodie, die den Song weniger depressiv wirken lässt als erwartet. »That's All« hat die beste Melodie der Platte, doch Phils Stimme ist auf »House by the Sea« am besten, dessen Text jedoch zu sehr stream-of-consciousness ist, um einen wirklichen Sinn zu ergeben. Es könnte vom Älterwerden handeln, vom Erwachsenwerden und wie man sich damit abfindet, doch er bleibt in jeder Hinsicht verschwommen; seine zweite Instrumentalversion macht mir den Song klarer, und Mike Banks kann seine virtuosen Gitarrenkünste zeigen, während Tom Rutherford die Songs in traumhafte Synthiebänke taucht, und wenn Phil am Ende die dritte Strophe des Songs wiederholt, läuft es einem kalt über den Rücken.

»Illegal Alien« ist der deutlichste politische Song, den die Band je aufgenommen hat, und gleichzeitig auch der lustigste. Das Thema sollte eigentlich von trauriger Natur sein – ein illegaler Mexikaner versucht über die Grenze in die Staaten zu kommen –, doch die Details sind hochgradig komisch: die Flasche Tequila, die der Mexikaner bei sich hat, das neue Paar Schuhe, das er trägt (vermutlich gestohlen); und das alles wirkt völlig stimmig. Phil singt es in einer heiseren, jammernden pseudo-mexikanischen Stimme, die das Ganze noch spaßiger werden lässt, und das sich »fun« auf »illegal alien« reimt, ist begnadet. »Just a Job to Do« ist der funkigste Song der Platte, mit einer Killerbass-Linie von Banks, und obwohl es offensichtlich um einen Bullen geht, der einen Gangster jagt, könnte es auch von einem eifersüchtigen Liebhaber handeln, der jemandem hinterherschnüffelt. Die Worte sind intensiv, komplex und wunderbar. Die LP endet mit einer positiven Upbeat-Note in »It's Gonna Get Better«. Selbst wenn die Lyrics ein klein wenig zu genialistisch geraten sind, so ist doch Phils Stimme so selbstsicher (wesentlich von Peter Gabriel beeinflusst, der nie eine derart polierte und herzergreifende Platte gemacht hat), dass er uns glauben macht, alles sei möglich.

Invisible Touch (Atlantic, 1986) ist zweifellos das Meisterstück der Band. Eine epische Meditation über das Ungreifbare, zur gleichen Zeit vertieft und verstärkt es die Bedeutung der drei vorhergehenden Alben. Es besitzt eine Resonanz, die immer wieder auf den Hörer einwirkt, und die Musik ist so schön, dass es fast unmöglich ist, ihr zu entgehen, weil jeder Song Verbindungen über das Unbekannte oder die Räume zwischen den Menschen (»Invisible Touch«) zieht, autoritäre Kontrolle infrage stellt, ob vonseiten des dominanten Partners oder des Staates (»Land of Confusion«) oder durch bedeutungslose Wiederholung (»Tonight Tonight Tonight«) besticht. Alles in allem kann es mit den besten Errungenschaften des Rock 'n' Roll-Jahrzehnts mithalten, und der Mastermind hinter der Platte, natürlich mit dem hervorragenden Zusammenspiel von Banks, Collins und Rutherford, ist Hugh Padgham, der nie so klar und knackig und modern im Sound war wie hier. Praktisch ist jede Nuance, jedes Instrument hörbar.

Was die textliche Finesse anbetrifft und das reine Songwriting, ist diese LP der Gipfel der Professionalität. Die Lyrics von »Land of Confusion« zum Beispiel, in denen der Sänger das Problem der Verletzung von politischer Autorität anprangert. Das wird mit einem Groove rübergebracht, der funkiger und schwärzer ist als alles, was Prince oder Michael Jackson – oder jeder andere schwarze Musiker der letzten Jahre – gemacht haben. Doch so tanzbar diese Platte ist, besitzt sie doch eine Bodenständigkeit, mit der nicht mal der überbewertete Bruce Springsteen mithalten kann. Als Beobachter zerbrechender Liebe sticht Collins den Boss ein ums andere Mal aus und erreicht mit »In Too Deep« neue Höhen der gefühlsmäßigen Ehrlichkeit; gleichzeitig stellt es die clowneske, burschenhafte, unprätentiöse Art von Collins heraus. Der bewegendste Popsong der Achtzigerjahre über Pflichten und Monogamie, »Anything She Does« (welches »Centerfold« der J. Geils Band aufgreift, doch beseelter und energiereicher ist), eröffnet die zweite Seite, und nachdem die LP ihren Höhepunkt mit »Domino« erreicht hat, folgt ein zweiteiliges Stück. Teil eins, »In the Heat of the Night«, ist voller scharfer, fein gezeichneter Schablonen der Verzweiflung und wird von »The Last Domino« ergänzt, das es mit dem Ausdruck der Hoffnung bekämpft. Dieser Song ist absolut aufbauend. Die Lyrics sind positiver und bejahender als alles, was ich im Rock bislang gehört habe.

Phil Collins' Solobestrebungen erscheinen kommerzieller und deshalb genau genommen befriedigender, speziell *No Jacket Required* und Songs wie »In the Air Tonight«, »Against All Odds« (wobei dieser Song von dem großartigen Film, aus dem er stammt, überstrahlt wurde), »Take Me Home« und »Sussudio« (ein großer, großer Song, ein persönlicher Favorit) und sein Remake von »You Can't Hurry Love«, von dem nicht nur ich denke, dass er besser ist als das Original der Supremes. Doch ich denke auch, dass Phil Collins besser innerhalb der Grenzen der Band arbeitet und nicht als Solokünstler – und ich betone das Wort Künstler. Tatsächlich trifft es für sie alle drei zu, weil Genesis immer noch die beste, begeisterndste Band ist, die das England der Achtziger zu bieten hat.

Lunch

ICH SITZE MIT CHRISTOPHER ARMSTRONG, der auch bei P&P arbeitet, im DuPlex, dem neuen Restaurant von Tony McManus in Tribeca. Wir waren zusammen in Exeter, er ging dann zur University of Pennsylvania und nach Wharton, bevor er nach Manhattan zog. Unerklärlicherweise konnten wir keine Reservierung im Subjects bekommen, weswegen Armstrong diesen Laden hier vorschlug. Armstrong trägt einen Vierknopf-Zweireiher mit Kreidestreifen, ein Hemd aus reiner Baumwolle von Christian Dior und eine breite Seidenkrawatte mit Paisley-Muster von Givenchy Gentleman. Sein lederner Terminplaner und die lederne Mappe, beide von Bottega Veneta, liegen auf dem dritten Stuhl an unserem Tisch, ein guter, direkt vorne am Fenster. Ich trage einen Kammgarn-Anzug mit Nagelkopfmuster und Überkaro von DeRigueur von Schoeneman, ein Hemd aus Baumwoll-Broadcloth von Bill Blass, eine Macclesfield-Seidenkrawatte von Savoy und ein Baumwoll-Einstecktuch von Ashear Bros. Eine Muzak-Version der Filmmusik von *Les Misérables* durchsäuselt leise das Restaurant. Armstrongs Freundin ist Jody Stafford, die früher mit Todd Hamlin zusammen war, und allein das erfüllt mich mit kaltem Grausen, dazu die von der Decke hängenden Bildschirme, auf denen man den Köchen in der Küche bei der Arbeit zusehen kann. Armstrong kommt gerade von den Inseln zurück und ist – genau wie ich selbst – tief, tief gebräunt.

»Und wie war's auf den Bahamas?«, frage ich, nachdem wir bestellt haben. »Bist gerade zurückgekommen, oder?«

»Stimmt genau, Taylor«, setzt Armstrong an und starrt auf einen Punkt irgendwo hinter mir knapp über meinem Kopf – auf die Säule im Terrakotta-Look oder vielleicht auf die unverkleideten Lüftungsrohre, die quer unter der Decke hängen. »Wer in diesem Sommer den perfekten Urlaub sucht, tut gut daran, sich nach Süden zu orientieren, wobei Süden die Bahamas oder die Karibischen Inseln meint. Es gibt mindestens fünf gute Gründe, in die Karibik zu fahren, darunter das Wetter, die Festivals und Veranstaltungen, die vergleichsweise weniger überfüllten Hotels und Sehenswürdigkeiten, die Preise und die einzigartige Lebensweise. Während viele Urlauber aus den Städten fliehen, um es in den Sommermonaten angenehm kühl zu haben, gibt es nur wenige, die wissen, dass in der Karibik übers ganze Jahr Temperaturen von 25 bis 30 Grad herrschen und dass die Inseln ständig von Passatwinden gekühlt werden. Im Norden ist es oft heißer ...«

Das Thema der *Patty Winters Show* heute Morgen waren Morde an Kleinkindern. Die Eltern der entführten, gefolterten und ermordeten Kinder bildeten das Publikum im Studio, während auf der Bühne eine Schar Psychiater und Kinderärzte versuchte, ihnen dabei zu helfen, ihre Verwirrung und ihren Zorn *aufzuarbeiten* – ziemlich vergeblich, was mich sehr freute, muss ich hinzufügen. Doch was mich wirklich fertigmachte, waren die drei verurteilten Kindermörder vor der Hinrichtung, die wegen ziemlich komplizierter rechtlicher Schlupflöcher auf Haftverschonung plädierten und sie vermutlich auch bekommen werden. Aber irgendetwas lenkte mich ab, während ich beim Frühstück – Kiwischeiben und japanische Apfelbirnen, Evian-Wasser, Mehrkorn-Muffins, Sojamilch mit Zimtsplittern – auf den riesigen Sony-Fernseher schaute, störte mein Amüsement über die sich grämenden Mütter, und erst als die Show fast zu Ende war, fand ich heraus, was: der Riss über meinem David Onica, den ich bereits dem Portier gemeldet hatte, damit der Hausmeister ihn repariert. Als ich an diesem Morgen beim Herausgehen in der Lobby stehen blieb, um mich beim Portier zu beschweren, wurde ich mit einem *Neuen* konfrontiert, der zwar in meinem Alter war, aber kahl, spießig und *fett*. Auf dem Tisch vor ihm neben der *Post*, die auf den Comic-Seiten aufgeschlagen war: drei glasierte Marmeladen-Donuts *und* zwei dampfende Tassen *extra-dunkler Kakao*. Es verblüffte mich, dass ich so viel besser aussah, erfolgreicher und wohlhabender war, als es dieser arme Hund jemals sein würde, und so lächelte ich ihn mit einem vorübergehenden Anflug von Sympathie an und nickte ihm ein kurzes, aber nicht unhöfliches Guten Morgen entgegen, ohne meine Beschwerde anzubringen. »Ach wirklich«, höre ich mich – völlig uninteressiert – laut zu Armstrong sagen. »Genau wie in den Vereinigten Staaten feiert man die Sommermonate mit Festivals und besonderen Veranstaltungen, darunter Konzerte, Kunstausstellungen, Straßenmärkte und Sportwettkämpfe, und da die üblichen Menschenmassen woanders hinfahren, sind die Inseln weniger überfüllt, bieten einen besseren Service, und es gibt keine Warteschlangen vor diesem Segelbootverleih oder jenem Restaurant. Wie ich meine, sind die meisten Leute daran interessiert, die Kultur, die einheimische Küche, die Landesgeschichte zu erleben …«

Auf dem Weg zur Wall Street heute Morgen blieb der Firmenwagen im Stau stecken, und ich musste aussteigen, und als ich auf der Suche nach einer U-Bahn-Station über die Fifth Avenue ging, kam ich an einer Art Halloween-Parade vorbei, die mir etwas merkwürdig erschien, weil ich mir ziemlich sicher war, dass erst Mai ist. Als ich stehen blieb, stellte es sich heraus, dass sich das Ganze »Gay Pride Parade« nannte, und mir drehte sich der Magen um. Homosexuelle marschierten stolz über die Fifth Avenue, rosa Winkel schmückten pastellfarbene Windjacken, einige hielten sogar Händchen, die meisten sangen inbrünstig und schräg »Some where«. Ich stand vor Paul Smith, sah mir das alles mit einer gewissen traumatisierten Faszination an und rang mit der Vorstellung, wie ein menschliches Wesen, ein *Mann*, stolz darauf sein kann, einen anderen in den Arsch zu ficken, doch als mir während des Refrains *»There's a place for us, Somewhere a place for us«* ältliche Bademeister-Typen mit Walrossschnäuzern ausgelassene Pfiffe hinterherschickten, sprintete ich zur Sixth Avenue, entschloss ich mich, zu spät ins Büro zu kommen, und fuhr mit dem Taxi zurück in mein Apartment, wo ich einen frischen Anzug (von Cerrutti 1881) anzog, mir eine Pediküre verpasste und den kleinen Hund zu Tode quälte, den ich Anfang der Woche in einer Tierhandlung auf der Lexington gekauft hatte. Armstrong brabbelte weiter.

»Wassersport steht natürlich im Vordergrund. Doch auch die Golf- und Tennisplätze sind exzellent, und die Lehrer in vielen der Ferienzentren haben während des Sommers mehr Zeit für individuelle Betreuung. Außerdem sind viele Plätze mit Flutlicht ausgestattet, sodass man auch nachts spielen ...«

Schnauze ... Armstrong, denke ich, während ich aus dem Fenster auf den Stau an der Kreuzung und die auf der Church Street vorbeiziehenden Penner schaue. Die Vorspeisen kommen: Brioche mit sonnengetrockneten Tomaten für Armstrong. Poblano-Chilies mit einem zwiebligen orangepurpurnen Chutney für mich. Ich hoffe, dass Armstrong nicht vor hat zu zahlen, weil ich diesem trüben Schwachkopf unbedingt zeigen muss, dass *ich* wirklich eine Platin-American-Express-Card *habe*. Aus unerfindlichen Gründen bin ich augenblicklich sehr niedergeschlagen, ich höre Armstrong zu, und mir steckt ein Kloß im Hals, doch ich schlucke, trinke etwas Corona, und das Gefühl geht vorbei, und während einer Pause, in der er kaut, frage ich fast unwillkürlich, obwohl ich weiß Gott an anderes denke: »Und das Essen? Wie ist das Essen?«

»Gute Frage. Zum Essengehen ist die Karibik noch

reizvoller geworden, da sich die heimische Inselküche und europäische Esskultur aufs Angenehmste ergänzen. Zahlreiche Restaurants werden von amerikanischen, britischen, französischen, italienischen und sogar holländischen Auswanderern geführt …« Dankenswerterweise legt er eine Pause ein, beißt ein Stück aus seinem Brioche, der aussieht wie ein in Blut getränkter Schwamm – *sein Brioche sieht aus wie ein großer blutiger Schwamm* –, und spült es mit einem Schluck Corona runter. Ich bin an der Reihe.

»Wie steht's mit Ausflügen?«, frage ich desinteressiert und widme mich den dunklen Chilies, dem gelblichen Chutney, das den Teller in einem kunstvollen Achteck umrahmt; Korianderblätter umrahmen die Marmelade, wiederum umrahmt von Chilisprossen.

»Ganz oben auf dem Besichtigungsprogramm stehen die Zeugnisse europäischer Kultur, im 17. Jahrhundert wurden viele Inseln zu Festungen ausgebaut. Der Tourist kann die verschiedenen Stellen besuchen, an denen Columbus gelandet ist, und da sich der vierhundertste Jahrestag seiner ersten Seereise von 1590 nähert, findet die Kultur und Geschichte, die ein integraler Bestandteil des Insellebens ist, gesteigerte Aufmerksamkeit …«

Armstrong, du … *Arschloch.* »Ja, ja«, nicke ich. »Äh …« Paisleyschlipse, karierte Anzüge, meine Aerobicstunden, Videokassetten zurückgeben, Gewürze von Zabars abholen, Bettler, weiße Schokotrüffel … Der modrige Geruch von Drakkar Noir, das Christopher aufgelegt hat, weht mir ums Gesicht und vermischt sich mit dem Geruch des Chutney, des Korianders, der Zwiebeln und der schwarzen Bohnen. »Ja, ja«, sage ich noch einmal.

»Der Aktivurlauber kann bergsteigen, Höhlen erforschen, segeln, reiten und auf einem Floß über reißende Flüsse fahren, und wer sein Glück beim Spiel auf die Probe stellen will, hat dazu in den vielen Kasinos auf den Inseln Gelegenheit …«

Flüchtig stelle ich mir vor, mein Messer zu zücken, ein Handgelenk aufzuschlitzen, meines, die sprudelnde Vene auf Armstrongs Kopf oder besser noch auf seinen Anzug spritzen zu lassen, und frage mich, ob er selbst dann noch weiterreden würde. Ich spiele mit dem Gedanken, ob ich kommentarlos aufstehen und mit einem Taxi zu einem anderen Restaurant fahren soll, irgendwo in SoHo, vielleicht etwas weiter uptown, um dort etwas zu trinken, auf die Toilette zu gehen, vielleicht Evelyn anzurufen, um dann ins DuPlex zurückzukommen, und ich spüre mit jeder Faser meines Körpers, dass Armstrong dann immer noch von seinem Urlaub auf den verdammten Bahamas quasseln würde, wo offenbar nicht nur er, sondern die *ganze Welt* Ferien gemacht hat. Irgendwann zwischendurch räumt der Kellner die halb vollen Vorspeisenteller ab, serviert neue Coronas, Freilandhähnchen mit Johannisbeeressig und Guacamole, Kalbsleber mit Shadrogen und Lauch, und ich bin mir nicht sicher, wer was bestellt hatte, aber das spielt keine Rolle, da beide Teller ohnehin genau gleich aussehen. Ich erwische das Freilandhähnchen mit einer Extraportion Tomatillosoße, glaube ich.

»Besucher der Karibik brauchen keinen Pass – lediglich einen Nachweis ihrer U.S.-Staatsbürgerschaft –, und was noch viel besser ist, Taylor, die *Sprache* bedeutet überhaupt kein Hindernis. Englisch wird *überall* gesprochen, selbst auf diesen Inseln, wo die *Landessprache* Französisch oder Spanisch ist. Die meisten Inseln sind ehemalige britische …«

»Mein Leben ist eine einzige Hölle«, bemerke ich beiläufig, während ich gleichgültig den Porree auf meinem Teller herumschiebe, der übrigens ein Porzellandreieck ist. »Und es gibt noch viel mehr Menschen, die ich, äh, … ja, *umbringen* will.« Ich sage das mit Betonung auf den letzten beiden Worten und schaue direkt in Armstrongs Gesicht.

»Die Verbindungen auf die Inseln haben sich verbessert, seit sowohl American Airlines wie Eastern Airlines San Juan zum Drehkreuz gemacht haben und Anschlussflüge zu den Inseln anbieten, die sie nicht direkt anfliegen. Mit dem zusätzlichen Dienst von BWIA, Pan Am, ALM, Air Jamaica, Bahamas Air und Cayman Airways sind die meisten Inseln leicht zu erreichen. Es gibt von LIAT und BWIA zusätzliche Verbindungen innerhalb der Inseln, was eine Serie von planmäßigen Flügen von Insel zu Insel garantiert ...«

Ich glaube, es ist Charles Fletcher, der da herüberkommt, während Armstrong weiterredet, und er klopft mir auf die Schulter und sagt »Hey Simpson« und »Bis dann im Fluties«, und dann trifft er an der Tür eine gut aussehende Frau – dicke Titten, blond, enges Kleid, weder seine Sekretärin noch seine Frau –, und sie verlassen das DuPlex zusammen und steigen in eine schwarze Limousine. Armstrong isst immer noch, schneidet in den exakten Quadraten seiner Kalbsleber herum, und er redet weiter, während ich immer trübsinniger werde.

»Urlauber, denen eine ganze Woche zu lang ist, werden feststellen, dass die Karibik wie geschaffen für ein verlängertes Wochenende ist. Eastern Airlines bietet ihren Weekender Club an, der viele Zielorte in der Karibik umfasst und dazu berechtigt, vielerlei Orte zu extrem reduzierten Preisen zu besuchen, was ja nichts heißen mag, aber wie ich glaube, werden viele Urlauber das Angebot

Konzert

ALLE SIND ZIEMLICH GEREIZT wegen dieses Konzerts in New Jersey, zu dem uns Carruthers heute Abend schleppt. Es spielt eine irische Band namens U2, die letzte Woche auf dem Cover des *Time Magazine* war. Eigentlich waren die Karten für eine Gruppe japanischer Kunden gedacht, die ihre Reise nach New York in letzter Minute absagten, was es Carruthers praktisch unmöglich gemacht hat (so sagt er zumindest), diese Sperrsitzplätze zu verkaufen. Carruthers und Courtney, Paul Owen und Ashley Cromwell und Evelyn und ich sind dabei. Als ich vorhin herausbekommen habe, dass Paul Owen mitkommt, habe ich versucht, Cecilia Wagner anzurufen, die Freundin von Marcus Halberstam, da sich Paul Owen ziemlich sicher ist, dass *ich* Marcus bin, und obwohl sie von meiner Einladung geschmeichelt war (ich habe immer schon vermutet, dass sie scharf auf mich ist), musste sie auf einen Empfang zur Premiere des neuen britischen Musicals *Maggie!*. Aber sie hat etwas über Lunch nächste Woche gesagt, und ich bin so mit ihr verblieben, dass ich sie nächste Woche anrufen werde. Ich sollte eigentlich heute Abend mit Evelyn essen gehen, doch der Gedanke daran, allein mit ihr an einem Tisch für zwei zu sitzen, erfüllt mich mit namenlosem Schrecken, deshalb rufe ich sie an und erkläre widerstrebend, dass sich meine Pläne geändert haben; sie fragt, ob Tim Price mitkommt, und als ich verneine, willigt sie ohne das geringste Zögern ein, und daraufhin sage ich die Reservierung ab, die Jane für uns im H_2O, dem neuen Clive-Powell-Restaurant in Chelsea, gemacht hat, und gehe frühzeitig aus dem Büro für eine kurze Aerobicstunde vor dem Konzert.

Keins der Mädchen schien sonderlich erpicht darauf zu sein, die Band zu sehen, alle haben sich bei mir beschwert, jede einzeln, dass sie eigentlich nicht hier sein wollen, und in der Limousine, die irgendwo in Richtung Meadowlands fährt, versucht Carruthers, alle zu beschwichtigen, indem er lang und breit erzählt, dass Donald Trump ein großer U2-Fan sei, und dann, mit noch größerer Verzweiflung, dass auch John Gutfreund ihre Platten kauft. Ein Flasche Cristal wird geköpft, dann noch eine. Der Fernseher überträgt eine Pressekonferenz, die Ronald Reagan gibt, doch außer mir achtet im allgemeinen Trubel niemand darauf.

In der *Patty Winters Show* an diesem Morgen ging es um Opfer von Haiangriffen. Paul Owen hat mich zu meiner großen Beruhigung viermal Marcus und Evelyn zweimal Cecilia genannt, doch Evelyn achtet nicht darauf, weil sie Courtney in der Limousine die ganze Zeit wütend angestarrt hat. Egal, niemand hat Owen berichtigt, und es ist unwahrscheinlich, dass es noch jemand tun wird. Selbst ich habe sie einige Male Cecilia genannt, als ich sicher war, dass sie nicht zuhörte, während sie hasserfüllt auf Courtney starrte. Carruthers erzählt mir, wie gut ich aussehe, und macht Komplimente über meinen Anzug.

Evelyn und ich sind das bestgekleidete Paar. Ich trage einen Lammwollmantel, eine Wolljacke und eine Flanellhose, ein Baumwollhemd, einen Kaschmirpullover mit V-Ausschnitt und einen Seidenschlips, alles von Armani. Evelyn trägt eine Baumwollbluse von Dolce & Gabbana, Wildlederschuhe von Yves Saint Laurent, einen bedruckten Wadenrock von Adrienne Landau mit Wildledergürtel von Jill Stuart, Calvin-Klein-Strümpfe, Muranoglas-Ohrringe von Frances Patiky Stein und hält eine einzelne weiße Rose umklammert, die ich in einem koreanischen Deli gekauft habe, bevor Carruthers' Limousine mich abgeholt hat. Carruthers trägt einen Lammwollsportmantel, einen Kaschmir/Vicunastrickpullover, eine Hose aus Cavalry-Twill, ein Baumwollhemd und eine Seidenkrawatte, alles von Hermès. (»Wie geschmacklos«, flüsterte Evelyn mir zu, ich stimmte schweigend zu.) Courtney trägt ein Top aus dreilagigem Seidenorganza und einen langen Samtrock mit Fischschwanz-Saum, ein samtenes Haarband und Emailohrringe von José und Maria Barrera, Handschuhe von Portolano und Schuhe von Gucci. Paul und Ashley sind für meinen Geschmack ein wenig overdressed, und sie trägt eine Sonnenbrille, obwohl die Scheiben der Limo getönt sind und es längst dämmerig ist. In den Händen hält sie ein kleines Blumenbukett, Gänseblümchen, das Carruthers ihr gegeben hat, was Courtney jedoch nicht eifersüchtig macht, da sie offenbar im Moment Evelyn die Augen auskratzen will, und obwohl Evelyns Gesicht das hübschere ist, finde ich die Idee gar nicht mal schlecht und hätte nichts dagegen, Courtney dabei zuzusehen. Courtney hat den etwas besseren Körper, Evelyn die besseren Titten.

Das Konzert läuft nun seit ungefähr zwanzig Minuten. Ich *hasse* Livekonzerte, doch um uns herum hält es niemand auf den Stühlen, Begeisterungsschreie konkurrieren mit dem Radau aus den aufragenden Lautsprecherwänden, die sich über uns türmen. Das Einzige, was mir hier wirklich Freude macht, ist, Scott und Anne Smiley zehn Reihen hinter uns zu sehen, auf mieseren, doch wahrscheinlich nicht weniger teuren Plätzen. Carruthers tauscht seinen Sitz mit Evelyn, um mit mir übers Geschäft zu reden, doch ich verstehe kein Wort, und ich tausche meinen Platz mit Evelyn, um mit Courtney zu sprechen.

»Luis ist 'ne *Flasche*«, schreie ich. »Er spannt *nichts.*«

»The Edge trägt Armani«, schreit sie und deutet auf den Bassisten.

»Das ist *kein* Armani«, schreie ich zurück. »Es ist Em*porio.*«

»Nein«, schreit sie. *»Armani.«*

»Die Grautöne sind zu stumpf, genau wie das Braun und das Marineblau. Klare ausladende Revers, einfaches Plaid,

Gepunktetes und Gestreiftes, *das* ist Armani. *Nicht* Emporio«, schreie ich, während ich mir mit beiden Händen die Ohren zuhalte, extrem wütend, dass sie das nicht weiß, es nicht auseinanderhalten kann. »Es gibt da Unterschiede. Welcher ist The Ledge?«

»Der Drummer könnte The Ledge sein«, schreit sie. »Glaube ich. Ich bin aber nicht sicher. Ich brauche eine Zigarette. Wo bist du gestern Nacht gewesen? Sag bloß nicht bei Evelyn, sonst fängst du dir eine.«

»Der Drummer trägt absolut nichts von Armani«, brülle ich. »Oder Emporio in diesem Fall. Nirgendwo.«

»Ich weiß nicht, welcher der Drummer ist«, schreit sie.

»Frag Ashley«, schlage ich brüllend vor.

»Ashley?«, schreit sie, beugt sich über Paul hinüber und klopft auf Ashleys Bein. »Welcher ist The Ledge?« Ashley schreit irgendwas zu ihr rüber, das ich nicht verstehe, dann dreht sich Courtney zu mir und zuckt die Schultern. »Sie sagte, sie kann immer noch nicht fassen, dass sie in New Jersey ist.«

Carruthers gibt Courtney ein Zeichen, sie soll mit ihm den Platz tauschen. Sie tut den Trottel mit einer Handbewegung ab und greift nach meinem Oberschenkel, den ich steinhart anspanne; ihre Hand bleibt bewundernd liegen. Doch Luis lässt sich nicht abwimmeln, und sie steht auf und schreit mir zu: »Drogen wären nicht schlecht heute Abend!« Ich nicke. Bono, der Leadsänger, kreischt etwas heraus, was sich anhört wie »Where the beat sounds the same«. Evelyn und Ashley wollen Zigaretten kaufen, gehen auf die Toilette und suchen nach Erfrischungen. Luis sitzt neben mir.

»Die Mädchen langweilen sich«, schreit Luis mir zu.

»Courtney will, dass wir heute Abend für sie Kokain besorgen«, schreie ich.

»Wie großartig.« Luis scheint zu schmollen.

»Haben wir irgendwo reserviert?«

»*Brussels*«, schreit er und blickt auf seine Rolex. »Ich be*zweifle* allerdings, dass wir das schaffen.«

»Wenn wir es *nicht* schaffen«, warne ich ihn, »gehe ich *nirgendwo* anders hin. Dann kannst du mich direkt zu Hause absetzen.«

»Wir *werden* es schaffen«, schreit er.

»Wenn *nicht*, wie wärs mit einem Japaner?«, schlage ich einlenkend vor. »Es gibt eine erstklassige Sushi Bar auf der Upper West Side. Blades. Der Koch war früher im Isoito. Sie ist im Zagat *hervorragend* weggekommen.«

»Bateman, ich hasse Japaner«, schreit Carruthers mir zu, eine Hand am Ohr. »Miese kleine Schlitzaugen.«

»Was«, schreie ich, »verdammt noch mal, redest du da?«

»Oh ich weiß, ich weiß«, schreit er und reißt die Augen auf. »Sie sparen mehr als wir und erfinden nicht viel, aber eins können sie, unsere Erfindungen *stehlen*, sie weiterentwickeln und uns dann damit zuscheißen!«

Ich starre ihn einen Moment ungläubig an, dann schaue ich auf die Bühne, und der Gitarrist läuft im Kreis, Bonos Arm ist ausgestreckt, als er am Bühnenrand hin und her läuft, und dann zurück auf Luis, dessen Gesicht immer noch puterrot vor Wut ist, und er starrt mich immer noch mit weit aufgerissenen Augen an, Schaum auf den Lippen, und bringt kein Wort heraus.

»Was zum *Teufel* hat das mit *Blades* zu tun?«, frage ich ihn schließlich völlig verwirrt. »Wisch dir mal den Mund ab.«

»Das ist der Grund, warum ich japanisches Essen *hasse*«, schreit er zurück. »Sashimi. California Roll. Mein Gott!« Er macht eine wegwerfende Bewegung und steckt einen Finger in den Hals.

»Carruthers ...« Ich halte inne, schaue ihn immer noch an, studiere genau sein Gesicht, leicht außer mir und unfähig, mich zu erinnern, was ich eigentlich sagen wollte.

»Was, Bateman?«, fragt Carruthers und beugt sich zu mir.

»Pass auf, ich kann so einen Scheiß nicht ertragen«, schreie ich. »Ich kann einfach nicht glauben, dass du nicht *später* reserviert hast. Wir werden warten müssen.«

»Was?«, schreit er und hält sich die Hand ans Ohr, als würde das was nützen.

»Wir werden *warten* müssen!«, schreie ich lauter.

»Das ist kein Problem«, schreit er.

Der Leadsänger streckt die Hand nach uns aus, und ich winke ab. »Es ist okay? Das soll *okay* sein? Nein, Luis. Du liegst *falsch*. Es ist nicht *okay*.« Ich schaue zu Paul Owen rüber, der genauso gelangweilt wirkt, sich mit beiden Händen die Ohren zuhält, doch er schafft es immer noch, mit Courtney über irgendetwas zu reden.

»Wir werden nicht warten«, schreit Luis. »Versprochen.«

»Versprich *nichts*, Witzbold!« Dann: »Betreut Paul Owen immer noch den Fisher-Account?«

»Ich will nicht, dass du mir böse bist, Patrick«, schreit Luis verzweifelt. »Es geht alles *klar*.«

»Mein Gott, vergiss es«, schreie ich. »Und jetzt hör mir zu: Betreut Paul Owen immer noch den Fisher-Account?«

Carruthers schaut zu ihm rüber und dann zurück zu mir. »Ich glaube schon. Ich habe gehört, Ashley hat Chlamydien?«

»Ich rede mit ihm«, schreie ich, stehe auf und setze mich auf den freien Platz neben Owen.

Doch als ich mich setze, erblicke ich etwas Merkwürdiges auf der Bühne. Bono kommt über die Bühne, folgt mir zu meinem Platz, starrt in meine Augen, kniet an der Bühnenkante, er trägt schwarze Jeans (möglicherweise Gitano), Sandalen, eine Lederweste ohne Hemd darunter. Sein Körper ist weiß, schweißbedeckt und nicht genügend trainiert, keine Spur von Muskeln, und die wenigen Konturen sind bedeckt von armseligen Büscheln Brusthaar. Er trägt einen Cowboyhut, sein Haar ist zu einem Pferdeschwanz zurückgekämmt, er jammert irgendein Klagelied – ich schnappe die Zeile »A hero is an insect in this world« auf –, er hat ein schwaches, kaum merkliches, aber dennoch eindringliches Lächeln auf den Lippen, das breiter wird, sich aufs ganze Gesicht ausweitet, und während seine Augen blitzen, verfärbt sich der Rückraum der Bühne rot, und plötzlich übermannt mich eine gewaltige Woge von Gefühlen, ein Rausch der Erkenntnis, ich kann in Bonos Herz sehen, mein eigenes Herz schlägt schneller, und ich spüre, dass mir der Sänger etwas mitteilt. Schlagartig wird mir klar, dass wir etwas gemein haben, dass uns etwas verbindet, und man könnte fast glauben, dass von Bono ein unsichtbares Band ausgeht und mich umschlingt, dass die Zuschauer verschwinden, die Musik langsamer wird, verhaltener, und nur noch Bono auf der Bühne steht – die Halle verwaist, die Band verschwunden –, und die Botschaft, *seine* Botschaft, vorhin noch vage, wird jetzt immer deutlicher, er nickt mir zu, ich nicke zurück, alles wird klarer, mein Körper lebt und brennt zugleich, hat Feuer gefangen, urplötzlich hüllt mich ein Blitz aus weißem, blendendem Licht ein, und ich höre sie, *spüre* sie sogar, kann selbst die verschwommenen, orangefarbenen Lettern der Botschaft über Bonos Kopf entziffern: »Ich … bin … der … Teufel … und ich bin … genau … wie … *du* …«

Und dann ist alles wieder da, das Publikum, die Band, die Musik schwillt langsam wieder an, Bono, der fühlt, dass mich die Botschaft erreicht hat – ich *weiß*, dass er *spürt*, wie ich reagiere –, wendet sich befriedigt ab, und ich bleibe bebend zurück, mit gerötetem Gesicht, eine schmerzende Erektion drückt gegen meinen Oberschenkel, meine Hände zu Fäusten geballt. Doch plötzlich ist alles vorbei, und als hätte jemand einen Schalter gedrückt, wird der Bühnenraum wieder weiß. Bono – der Teufel – ist für immer und ewig auf der anderen Seite der Bühne, das Gefühl in meinem Herzen, die Empfindung, die meinen Verstand geläutert hat, ist verschwunden, und mehr denn je will ich jetzt wissen, was es mit dem Fisher-Account auf sich hat, den Owen betreut, diese Information scheint lebenswichtig, von größerer Bedeutung als das Gefühl der Gemeinsamkeit, das mich mit Bono verbindet, nun aber langsam schwächer wird und schließlich vergeht. Ich wende mich zu Paul Owen.

»Hallo«, schreie ich. »Wie läuft's?«

»Diese Kerle da drüben ...« Er deutet auf eine Gruppe Roadies, die vor der ersten Reihe am Bühnenrand stehen, in die Menge starren und aufeinander einreden. »Sie zeigen dauernd hier rüber auf Evelyn, Courtney und Ashley.«

»Woher sind die?«, schreie ich. »Kommen die von Oppenheimer?«

»Nein«, schreit Owen zurück. »Ich glaube, es sind Roadies, die sich nach Groupies für die Band umschauen.«

»Ach«, brülle ich. »Und ich habe gedacht, dass sie vielleicht bei Barneys arbeiten.«

»Nein«, schreit Owen. »Sie nennen sich *Fleischbeschauer.*«

»Woher *weißt* du das?«

»Ich habe einen Cousin, der All We Need of Hell managt«, schreit er.

»Verblüffend, dass du so was weißt«, sage ich.

»Was?«, schreit er.

»Betreust du noch den Fisher-Account?«, schreie ich zurück.

»Ja«, schreit er. »Schwein gehabt, was Marcus?«

»Allerdings«, kreische ich. »Wie bist du da rangekommen.«

»Na ja, ich hatte den Ransom-Account, und so kam eins zum anderen.« Er zuckt hilflos mit den Schultern, dieser aalglatte Scheißkerl. »Du verstehst.«

»Wow.«

»Klar«, schreit er zurück, dann dreht er sich in seinem

Stuhl um und brüllt zwei verblödet wirkende, fette New-Jersey-Mädchen an, zwischen denen ein überdimensionaler Joint kreist, eine dieser Kühe ist offenbar in eine irische Flagge eingehüllt. »Könntet ihr bitte euer *Kraut* wegtun – es *stinkt.*«

»*Ich* will ihn«, schreie ich und starre auf seinen perfekten, geraden Scheitel, selbst seine Kopfhaut ist gebräunt.

»Du willst was?«, schreit er zurück. »Den Joint?«

»Nein. Nichts«, schreie ich mit rauer Kehle und lasse mich in den Sitz zurückfallen, starre leer auf die Bühne, kaue auf meinem Daumennagel und ruiniere meine gestrige Maniküre.

Wir gehen, nachdem Evelyn und Ashley zurück sind, und später, in der Limousine, die nach Manhattan zurückbraust, um die Reservierung im Brussels einhalten zu können, während noch eine Flasche Cristal aufgemacht wird und Reagan immer noch im Fernsehen ist, erzählen uns Evelyn und Ashley, dass sie zwei Ordner neben der Damentoilette abgefangen und hinter die Bühne bestellt hätten. Ich erkläre, wer sie waren und was es damit auf sich hat.

»Mein *Gott*«, japst Evelyn. »Willst du mir erzählen, dass ich … die *Frischfleischkontrolle* passiert habe?«

»Ich wette, dass Bono einen kleinen Schwanz hat«, sagt Owen und starrt aus dem Fenster. »Irisch eben.«

»Glaubst du, dass sie da hinten einen Geldautomaten haben?«, fragt Luis.

»Ashley«, schreit Evelyn. »Hast du das gehört? Wir haben die *Frisch*fleischkontrolle passiert!«

»Wie sieht meine Frisur aus?«, frage ich.

»Noch etwas Cristal?«, fragt Courtney Luis.

Flüchtiger Blick auf einen Donnerstagnachmittag

… UND ES IST MITTEN AM NACHMITTAG, und ich finde mich in einer Telefonzelle wieder, an einer Ecke irgendwo downtown, ich weiß nicht, wo, aber ich bin verschwitzt, und eine pochende Migräne stampft dumpf in meinem Kopf, und ich erlebe einen Angstanfall der gehobenen Klasse, durchsuche meine Taschen nach Valium, Xanax, einer übrig gebliebenen Halcion, irgendwas, und alles, was ich finde, sind drei verblichene Nuprin in einer Gucci-Pillenbox, also werfe ich alle drei ein und spüle sie mit einer Diet Pepsi runter, aber wo ich die herhabe, könnte ich nicht sagen, und wenn es um mein Leben ginge. Ich habe vergessen, mit wem und vor allem wo ich vorhin Lunch hatte. War es mit Robert Ailes bei Beats? Oder mit Todd Hendricks bei Ursula's, dem neuen Philip-Duncan-Holmes-Bistro in Tribeca? Oder mit Ricky Worrall im December's? Könnte es mit Kevin Weber im Contra in NoHo gewesen sein? Hab ich das Briochesandwich mit Rebhuhn und grünen Tomaten bestellt oder einen großen Teller Endiviensalat mit Venusmuschelsoße? »Oh Gott, *ich kann mich nicht erinnern*«, stöhne ich, meine Kleidung – ein Sportmantel aus Leinen und Seide, ein Baumwollhemd, eine kakifarbene Leinen-Bundfaltenhose, alles von Matsuda, eine Seidenkrawatte mit einem Matsuda-Signet, ein Gürtel von Coach Leatherware – schweißdurchtränkt, und ich ziehe mein Jackett aus und wische mir das Gesicht damit ab. Das Telefon klingelt weiter, aber ich weiß nicht, wen ich angerufen habe, und ich stehe einfach an der Ecke, die Ray Ban in einem etwas merkwürdigen Winkel in die Stirn geschoben, und dann höre ich ein schwaches, vertrautes Geräusch in der Leitung – Jeans sanfte Stimme, die mit dem endlosen Verkehrslärm auf dem Broadway konkurriert. In der *Patty Winters Show* ging es um Aspirin: Kann es dein Leben retten? »Jean?«, schreie ich. »Hallo? *Jean?*« »Patrick? Sind Sie das?«, ruft sie zurück. *»Hallo?«* »Jean, ich brauche *Hilfe*«, schreie ich. »Patrick?« »Was?« »Jesse Forrest hat angerufen«, sagt Jean. »Er hat im Melrose heute Abend um acht reserviert, und Tad Madison und Jamie Conway wollen dich im Harry's auf ein paar Drinks treffen. Patrick?«, fragt Jean. »Wo bist du?« »Jean?«, seufze ich und wische mir die Nase. »Ich bin nicht –« »Oh, und Todd Lauder hat angerufen«, sagt Jean, »nein, ich meine Chris – oder nein, es war Todd Lauder. Ja, Todd Lauder.« »Oh Gott«, stöhne ich und lockere meine Krawatte, während die Augustsonne auf mich herunterknallt. »Was sagst du da, blödes Biest?« »Nicht im *Bice*, Patrick. Reserviert ist im *Melrose.* Nicht Bice.« »Was soll ich *tun*?«, schreie ich. »Wo sind Sie?« Und dann: »Patrick, stimmt was nicht?« »Ich schaff's heute nicht«, sage ich und stoße würgend hervor: »Ins Büro, Jean.« »Warum?« Sie klingt traurig, oder vielleicht ist es einfach nur Verwirrung. »Sag … einfach … Nein …«, schreie ich. »Was ist los, Patrick? Sind Sie in Ordnung?«, fragt sie. »Red nicht so scheiß … mitleidig mit mir. *Jesus*«, schreie ich. »Patrick. Es tut mir leid. Ich meine, ich wollte ja einfach Nein sagen, aber –« Ich hänge auf, taumele aus der Telefonzelle, der Walkman hängt plötzlich wie ein Mühlstein um meinen Hals (und was herausplärrt – früher Dizzie Gillespie –, nervt gewaltig), und ich muss den Walkman, einen billigen, in den nächstbesten Mülleimer werfen, und dann hänge ich am Rand des Eimers, schwer atmend, das billige Matsuda-Jackett um meine Taille geschlungen, starre auf den immer noch laufenden Walkman, das Styling-Mousse in meinem Haar schmilzt in der Sonne, und es mischt sich mit dem Schweiß, der mein Gesicht herunterläuft, und ich kann es schmecken, wenn ich mir die Lippen lecke, es schmeckt gut, und plötzlich bin ich heißhungrig, fahre mir mit der Hand durchs Haar und lecke sie gierig ab, während ich den Broadway entlanggehe, ignoriere die alten Frauen, die Handzettel verteilen, an Jeansläden vorbei, aus denen Musik dröhnt, sich auf die Straße ergießt; die Bewegungen der Leute gleichen sich dem Beat des Songs an, einer Madonna-Single, Madonna jault: »*Life is a mystery, ever yone must stand alone* …«, Fahrradboten flitzen vorbei, und ich stehe an einer Ecke und sehe ihnen finster nach, aber die Leute gehen vorbei, blind, niemand bemerkt mich, sie müssen noch nicht mal so *tun*, als würden sie mich nicht bemerken, was mich so weit ernüchtert, dass ich in einen nahe gelegenen Conran-Laden gehen kann, um eine Teekanne zu kaufen; aber gerade, als ich glaube, alles sei wieder im Lot und mein Kopf wieder klar, zieht sich mein Magen zusammen, und die Krämpfe sind so stark, dass ich in den nächsten Hauseingang wanke und meinen Bauch umklammere, mich vor Schmerzen krümme, doch sie verschwinden so plötzlich, wie sie gekommen sind, und ich rappele mich auf und stürze in das nächstbeste Haushaltswarengeschäft, und wo ich schon einmal drin bin, kaufe ich ein Set Schlachtermesser, eine Axt, eine Flasche Salzsäure, und im Zoogeschäft eine Straße weiter, einen Habitrail-Spielkäfig und zwei weiße Ratten, die ich mit den Messern und der Säure quälen will, aber irgendwann später am Nachmittag vergesse ich die Ratten im Pottery Barn, wo ich Kerzen gekauft habe, oder war's doch die Teekanne? Jetzt stolpere ich die Lafayette entlang, schwitze, stöhne, stoße Leute aus dem Weg, Schaum tropft mir vom Mund, mein Magen zieht sich unter fürchterlichen Krämpfen zusammen – sie könnten von den Anabolika kommen, aber das bezweifele ich; als ich mich wieder gefangen habe, gehe ich in einen Gristede-Laden, rase die Gänge hoch und runter, stehle eine Dose Schinken, stecke sie unter das Matsuda-

Jackett und gehe ruhig aus dem Laden eine Straße weiter, wo ich mich in die Lobby des American Felt Building verziehe, öffne die Dose mit meinen Schlüsseln, ignoriere den Pförtner, der mich erst zu kennen scheint und mir dann, als ich mir eine Handvoll Schinken in den Mund stopfe, aus der Dose das lauwarme rosa Fleisch schaufle, das mir unter den Nägeln hängen bleibt, mit der Polizei droht. Ich bin draußen vor der Tür, erbreche den ganzen Schinken an ein Poster von *Les Misérables* an einer Bushaltestelle, und ich küsse die Zeichnung von Eponines lieblichem Gesicht, ihre Lippen, verschmiere braune Gallestreifen über ihr sanftes, ahnungsloses Gesicht und das daruntergekritzelte Wort LESBE. Ich lockere meine Hosenträger, ignoriere Bettler, die mich ignorieren, schweißgebadet, delirierend, finde ich mich downtown bei Tower Records wieder, reiße mich zusammen, murmele vor mich hin: »Ich muss die Videos zurückbringen, ich muss die Videos zurückbringen«, und kaufe zwei Stück von meiner Lieblings-CD *The Return Of Bruno* von Bruce Willis, dann drehe ich fünf volle Runden in der Drehtür, stolpere auf die Straße, stoße mit Charles Murphy von Kidder Peabody zusammen, oder könnte es Bruce Barker von Morgan Stanley sein, wer auch immer, jedenfalls sagt er: »Hey, Kinsley«, und ich rülpse ihm ins Gesicht, mit verdrehten Augen, grünliche Galle tropft in Fäden von meinem entblößten Gebiss, und er schlägt unbeeindruckt vor: »Wir sehen uns im Fluties, okay? Severt auch?« Ich kreische, und als ich zurückweiche, falle ich in einen Obststand vor einem koreanischen Deli, Stapel von Äpfeln, Orangen und Zitronen brechen unter mir zusammen und rollen auf den Gehsteig über den Bordstein auf die Straße, wo sie von Taxis, Autos, Bussen und Lastern zermantscht werden, und ich stammele eine wirre Entschuldigung, halte einem schreienden Koreaner versehentlich meine Platin-AmEx hin, dann einen Zwanziger, den er sofort nimmt, aber trotzdem packt er mich am Kragen meines schmutzigen, zerknitterten Jacketts, in das ich mich wieder hineingezwängt habe, und als ich in sein rundes Schlitzaugengesicht sehe, intoniert er plötzlich den Refrain von Lou Christies »Lightning Strikes«. Ich wende mich ab, entsetzt, stolpere uptown, nach Hause, aber Menschen, Plätze, Geschäfte halten mich auf, ein Dealer auf der Thirteenth, der mir Crack anbietet, ich fuchtele blind mit einem Fünfziger, und er sagt dankbar »Oh Mann« und schüttelt mir die Hand, steckt mir dabei fünf Ampullen zu, die ich im Weitergehen *ganz* runterschlinge, der Dealer starrt mich an, versucht seine tiefe Verwirrung hinter einem amüsierten Blick zu verbergen, und ich packe ihn am Kragen und krächze mit stinkendem Atem: *»Der 750er-iL-BMW hat den besten Motor«*, und dann schleppe ich mich weiter zu einer Telefonzelle, wo ich auf die Vermittlung einbrabble, ihr schließlich meine Kreditkartennummer hinrotze, und dann spreche ich mit dem Empfang bei Xclusive, wo ich einen Massagetermin absage, den ich gar nicht hatte. Ich kann mich zusammenreißen, indem ich einfach auf meine Füße starre, besser gesagt auf die A.-Testoni-Loafers, scheuche Tauben auf und betrete, ohne es zu merken, einen schäbigen Deli auf der Second Avenue, bin immer noch durcheinander, konfus, verschwitzt und nähere mich einer kleinen fetten Jüdin, alt und scheußlich gekleidet. »Hören Sie«, sage ich, »ich habe reserviert, Bateman. Wo ist der Maître d' ? Ich kenne Jackie Mason«, und sie seufzt: »Ich gebe Ihnen einen Platz. Sie brauchen keine Reservierung«, während sie nach der Karte greift. Sie führt mich an einen schrecklichen Tisch hinten bei den Toiletten, und ich nehme ihr die Karte weg, laufe an einen Tisch ganz vorn und bin von der Billigkeit des Essens angewidert – »Ist das ein gottverdammter Witz?« –, und weil ich spüre, dass eine Kellnerin in der Nähe ist, bestelle ich, ohne aufzusehen: »Ein Cheeseburger. Ich möchte einen Cheeseburger, und zwar medium rare.« »Tut mir leid, Sir«, sagt die Kellnerin. »Kein Käse. Koscher«, und ich habe keine Ahnung, wovon zum Teufel sie da redet, und sage: »Gut. Einen *Koscher*burger, aber *mit Käse*, vielleicht Monterey Jack, und – oh Gott«, stöhne ich, als ich spüre, dass die Krämpfe wieder losgehen. »Kein Käse, Sir«, sagt sie. *»Koscher …«* »Oh Gott, ist das ein *Alptraum*, du Juden*schlampe*?«, murmele ich und dann: *»Hüttenkäse?* Her damit.« »Ich hole den Manager«, sagt sie. »Egal. Aber bring mir inzwischen ein Getränk«, zische ich. »Ja?«, fragt sie. »Einen … Milkshake … Vanille.« »Keine Milkshakes. *Koscher*«, sagt sie, dann: »Ich hole den Manager.« »Nein, warte.« »Mister, ich hole den Manager.« »Was geht hier vor, verdammt?«, frage ich wutschnaubend, habe meine Platin-AmEx schon auf den schmierigen Tisch geknallt. »Keine Milkshakes. *Koscher*«, sagt sie maulfaul, irgendeiner von Milliarden Menschen, die über diesen Planeten wandeln. »Dann bring mir eine … Vanille … *Malzmilch!*«, schnaube ich und sprühe die geöffnete Karte mit Spucke voll. Sie glotzt nur. *»Extradick!«*, füge ich dazu. Sie geht weg, um den Manager zu holen, und als ich ihn kommen sehe, eine Glatzkopfkopie der Kellnerin, stehe ich auf, schreie: »Leckt mich, ihr zurückgebliebenen Schwanzlutscher-Itzigs«, und renne aus dem Deli auf die Straße wo diese

Yale Club

»ZU WELCHEN GELEGENHEITEN SIND STRICKGILETS angebracht?«, fragt Van Patten die Tischrunde.

»Wie meinst du das?« McDermott hebt eine Braue, nippt an seinem Absolut.

»Ja«, sage ich. »Drück dich deutlicher aus.«

»Na ja, sind sie ausgesprochen *leger* …«

»Oder können sie zum *Anzug* getragen werden?«, unterbreche ich ihn und beende den Satz.

»Genau.« Er lächelt.

»Nun, Bruce Boyner zufolge …«, hebe ich an.

»Moment.« Van Patten bremst mich. »Ist er bei Morgan Stanley?«

»Nein.« Ich lächle. »Er ist nicht bei Morgan Stanley.«

»Er war doch kein *Serial Killer*?«, fragt McDermott misstrauisch und stöhnt dann. »Sag bloß nicht, er war wieder einer von deinen *Serienmördern*, Bateman. Nicht *noch* ein *Serienmörder.*«

»Nein, Mc*Doofi*, er war kein *Serienmörder*«, sage ich und wende mich wieder zu Van Patten, sage dann aber noch zu McDermott: »Das kotzt mich wirklich an.«

»Aber du kommst *immer* mit denen«, beschwert sich McDermott. »Und immer auf diese beiläufige, schulmeisterhafte Tour. Ich meine, ich will wirklich nichts über Son of Sam hören, den behämmerten Hillside Strangler, Ted Bundy oder Featherhead, verdammt noch mal.«

»Featherhead?«, fragt Van Patten. »Wer ist Featherhead? Der klingt ja überaus gefährlich.«

»Er meint Leatherface«, sage ich mit fest zusammengebissenen Zähnen. »Leatherface. Hatte mit dem Texas Chainsaw Massacre zu tun.«

»Oh.« Van Patten lächelt höflich. »Natürlich.«

»Und er war überaus gefährlich«, sage ich.

»Okay, weiter im Text. Bruce Boyner. Was hat *er* auf dem Kerbholz?«, will McDermott wissen, seufzt und verdreht die Augen. »Mal sehen – hat er ihnen bei lebendigem Leibe die Haut abgezogen? Sie verhungern lassen? Überfahren? An die Hunde verfüttert? Was nun?«

»Ihr seid mir die Richtigen«, sage ich kopfschüttelnd, und dann aufreizend: »Etwas *viel* Schlimmeres.«

»Was zum Beispiel? Hat er sie zum Dinner in McManus' neues Restaurant eingeladen?«, fragt McDermott.

»Das würde reichen«, stimmt Van Patten zu. »Warst du da? Ganz schön unappetitlich, was?«

»Hast du den Hackbraten genommen?«, fragt McDermott.

»Den Hackbraten?« Van Patten ist erschüttert. »Nichts gegen das *Interieur*! Nichts gegen die Scheiß-*Tisch*decken!«

»Aber *hast* du den Hackbraten probiert?«, insistiert McDermott.

»Natürlich hatte ich Hackbraten und das Stubenküken und den Marlin«, sagt Van Patten.

»Oh Gott, den Marlin hatte ich ganz vergessen«, ächzt McDermott. »Das Marlin-Chili.«

»Jeder, der seine fünf Sinne beisammenhat, hätte nach Millers Kritik in der *Times* den Hackbraten bestellt. Oder den Marlin eben.«

»Aber Miller lag wirklich daneben«, sagt McDermott. »Es war einfach nur Pampe. Die Quesadilla mit Papaya? Sonst ein apartes Gericht, aber *das*, Jesus.« Er pfeift und schüttelt den Kopf.

»Und *billig*«, setzt Van Patten hinzu.

»So was von billig.« McDermott ist ganz seiner Meinung. »Und die Krokanttarte mit Wassermelo …«

»Gentlemen.« Ich hüstele. »Ich unterbreche nur ungern, aber …«

»Okay, okay, mach weiter«, sagt McDermott. »Erzähl uns mehr über Charles Moyer.«

»Bruce Boyner«, korrigiere ich ihn. »Er ist der Autor von *Elegance: A Guide to Quality in Menswear.*« Dann als Randbemerkung: »Und, nein Craig, er war in seiner Freizeit kein Serial Killer.«

»Und was hatte Brucie Baby dazu zu sagen?«, fragt McDermott und kaut auf seinem Eis.

»Du bist ein Blödmann, McDermott. Das Buch ist hervorragend. Er hält an der Ansicht fest, man sollte sich nicht scheuen, eine Strickweste zum Anzug zu tragen«, sage ich. »Hast du gehört, dass ich Blödmann zu dir gesagt habe?«

»Ja.«

»Aber weist er nicht auch darauf hin, dass die Weste den Anzug nicht erschlagen darf?«, meldet sich Van Patten zaghaft.

»Ja …« Ich bin leicht irritiert, dass Van Patten seine Hausaufgaben gemacht hat und trotzdem um Rat bittet. Ich fahre unbeirrt fort. »Zu diskreten Nadelstreifen sollte man eine Weste in gedecktem Blau oder Anthrazitgrau tragen. Ein karierter Anzug würde nach einer kräftigeren Weste verlangen.«

»Und nicht zu vergessen«, setzt McDermott hinzu, »korrekterweise sollte der unterste Westenknopf geöffnet bleiben.« Ich werfe McDermott einen scharfen Blick zu. Er lächelt, schlürft seinen Drink und schnalzt dann befriedigt mit den Lippen.

»Warum?«, will Van Patten wissen.

»Es hat sich eingebürgert«, sage ich und funkele immer noch McDermott an. »Und außerdem ist es bequemer.«

»Verbessert das Tragen von Hosenträgern den Sitz der Weste?«, höre ich Van Patten fragen.

»Warum?«, frage ich und drehe mich zu ihm um.

»Na, weil man dadurch …« Er unterbricht sich, sucht nach dem passenden Wort.

»Die Behinderung durch die –?«, beginne ich.

»Die Gürtelschnalle vermeidet?«, beendet McDermott.

»Genau«, sagt Van Patten.

»Und außerdem ist darauf zu achten …« Und wieder werde ich von McDermott unterbrochen.

»Darauf zu achten, dass die Weste, obwohl sie auf Farbe und Machart des Anzugs abgestimmt sein sollte, niemals mit gleichgemusterten Socken oder Krawatten kombiniert werden darf«, sagt McDermott und lächelt mir und Van Patten zu.

»Ich dachte, du hättest das … Buch nicht gelesen«, stottere ich wütend. »Eben wolltest du mir noch erzählen, dass du den Unterschied zwischen Bruce Boyner und John Wayne Gacy nicht kennst.«

»Ist mir wieder eingefallen.« Er zuckt die Achseln.

»Also.« Ich wende mich wieder an Van Patten, weil ich McDermotts Besserwisserei billig finde. »Socken mit Schottenkaro zur karierten Weste würden einen zu gewollten Eindruck machen.«

»Findest du?«

»Das sieht aus, als würdest du zu viele Gedanken an deine Garderobe verschwenden«, sage ich und wende mich dann, plötzlich verärgert, an McDermott. »*Featherhead?* Wie zum Henker bringst du es fertig, aus Leatherface Featherhead zu machen?«

»Hey, immer mit der Ruhe, Bateman«, sagt er, schlägt mir auf die Schulter und massiert dann meinen Nacken. »Kein Shiatsu heute Morgen?«

»Fass mich noch mal so an«, sage ich, die Augen fest geschlossen, mein Körper ist zum Sprung geduckt, begierig loszuschlagen, »und dir bleibt nur ein blutiger Armstumpf.«

»He, he, langsam, Freundchen«, sagt McDermott und zuckt in komischem Entsetzen zurück. Die zwei gackern wie Vollidioten und geben sich High Five, in schöner Unkenntnis, dass ich ihm nur zu gerne die Hände und auch noch einiges andere abhacken würde.

Wir drei, Van Patten, McDermott und ich, sitzen im Speisezimmer des Yale Club beim Lunch. Van Patten trägt einen Wollcrêpe-Anzug mit Glencheckmuster von Krizia Uomo, ein Brooks-Brothers-Hemd, einen Schlips von Adirondack und Schuhe von Cole-Haan. McDermott trägt einen Lambwoolkaschmir-Blazer, eine Kammgarnflanell-Hose von Ralph Lauren, ein Hemd und eine Krawatte, ebenfalls von Ralph Lauren, und Schuhe von Brooks Brothers. Ich trage einen Anzug aus festem Wollstoff mit Gitterkaro, ein Baumwollhemd von Luciano Berbera, Schuhe von Cole-Haan und eine Fensterglas-Brille von Bausch & Lomb. Heute Morgen ging es in der *Patty Winters Show* um Nazis, und ich sah die Sendung unerklärlicherweise mit echtem Gewinn. Obwohl ich nicht gerade angetan war von den Taten der Nazis, waren sie mir andererseits auch nicht unsympathisch ebenso wie, muss ich hinzufügen, dem Großteil des Publikums. Einer der Nazis bewies ungewöhnlichen Humor und jonglierte mit Grapefruits, und ich setzte mich amüsiert im Bett auf und klatschte.

Luis Carruthers sitzt fünf Tische weiter und ist angezogen, als wäre er heute Morgen mit schwerem Baguettefieber aufgewacht – er trägt einen unidentifizierbaren Anzug von irgendeinem französischen Schneider; und wenn ich nicht sehr irre, müsste der Bowler auf dem Boden unter seinem Stuhl auch ihm gehören – da steht unübersehbar Luis drauf. Er lächelt, aber ich tue so, als würde ich nichts bemerken. Heute Morgen habe ich drei Stunden bei Xclusive trainiert, und da wir drei uns den Rest des Nachmittags freigenommen haben, gehen wir alle zur Massage. Wir haben noch nicht bestellt, tatsächlich haben wir noch nicht mal die Karte gesehen. Ursprünglich hatte Craig eine Flasche Champagner bestellen wollen, aber David hatte zu diesem Vorschlag vehement den Kopf geschüttelt und »Out, out, out« gesagt, und so wurden stattdessen Drinks bestellt. Ich behalte Luis im Auge, und immer wenn er zu unserem Tisch schaut, werfe ich den Kopf zurück und lache, selbst wenn das, was Van Patten oder McDermott sagen, nicht im Geringsten lustig ist, also eigentlich immer. Inzwischen heuchele ich das so gekonnt natürlich, dass niemand etwas merkt. Luis steht auf, wischt sich den Mund mit einer Serviette ab und schaut wieder zu uns her, ehe er das Speisezimmer verlässt und, wie ich vermute, die Herrentoilette aufsucht.

»Aber es gibt Grenzen«, sagt Van Patten gerade. »Der Punkt ist doch, ich meine, man will schließlich nicht den Abend mit dem Krümelmonster verbringen.«

»Aber mit Meredith gehst du immer noch, äh, wo liegt da denn der Unterschied?«, frage ich. Natürlich hört er nicht hin.

»Aber Ditsy ist süß«, sagt McDermott. »Ditsy ist wirklich süß.«

»Bateman?«, fragt Van Patten. »Irgendwelche Stilfragen bezüglich Ditsyologie?«

»Was?«, frage ich im Aufstehen.

»Ditsy? Nein?«, diesmal McDermott. »Ditsy ist begehrenswert, *comprende*?«

»Hört zu«, sage ich und schiebe meinen Stuhl an den Tisch. »Ich möchte nur *kund- und zu wissen* tun, dass ich pro Familie und anti Drogen bin. Entschuldigt mich.«

Als ich gehe, schnappt sich Van Patten einen vorbeikommenden Kellner und sagt mit leiser werdender Stimme: »Ist das Leitungswasser? Ich trinke kein Leitungswasser. Bringen Sie mir ein Evian oder so, ja?«

Würde Courtney mich weniger mögen, wenn Luis tot wäre? Das ist die Frage, der ich mich stellen muss, die unterschwellig an mir nagt, ohne dass ich eine klare Antwort finden kann, während ich langsam durch den Speisesaal gehe und jemand zuwinke, der wie Vincent Morrison aussieht, und einem anderen, von dem ich mir ziemlich sicher bin, dass er aussieht wie Tom Newman. Würde Courtney mehr Zeit mit mir verbringen – die Zeit, die sie jetzt mit Luis verbringt –, wenn er von der Bildfläche verschwunden wäre, nicht mehr zur Verfügung stünde, wenn er vielleicht … *tot wäre*? Wäre Courtney wohl traurig, wenn Luis getötet würde? Könnte ich sie wirklich trösten, ohne dass mir meine Gehässigkeit einen Streich spielt und ich ihr laut ins Gesicht lachen und mit allem herausplatzen muss? Erregt sie mein Körper, meine Schwanzgröße oder der Kitzel, dass sie sich hinter seinem Rücken mit mir trifft? Und warum, da wir schon dabei sind, möchte ich Courtney gefallen? Wenn sie an mir nur die Muskeln mag, oder den kräftigen Schwanz, ist sie ein mieses Stück. *Aber* ein köstlich gebautes, fast makellos schönes mieses Stück, und *das* entschuldigt vieles, von schlechtem Atem oder gelben Zähnen einmal abgesehen, beides echte Reklamationsgründe. Würde ich alles zerstören, wenn ich Luis erwürge? Würde mich Evelyn, wenn ich sie heirate, bis zur unausweichlichen Scheidung zwingen, ihr Lacroix-Modelle zu kaufen? Haben die südafrikanischen Streitkräfte und die von der Sowjetunion gesteuerten schwarzen Guerillas in Namibia schon Waffenstillstand geschlossen? Würde diese Welt schöner und sicherer werden, wenn Luis in Stücke gehackt würde? Meine Welt schon, also warum nicht? Spricht eigentlich … *nichts dagegen.* Und im Grunde ist es längst zu spät, sich diese Fragen zu stellen, denn jetzt bin ich auf der Herrentoilette, starre mein Spiegelbild an – Haar und Gesichtsbräune tipp topp – und begutachte meine Zähne, ebenmäßig, weiß und strahlend. Ich blinzele mein Spiegelbild an und atme tief durch, streife ein Paar Armani-Handschuhe über und nähere mich dann der Kabine, in der Luis verschwunden ist. Die Herrentoilette ist verlassen, alle Kabinen sind leer, bis auf eine am Ende des Raums, unverschlossen, einen Spalt geöffnet, und Luis' Pfeifen – irgendwas aus *Les Misérables* – wird fast unerträglich schrill, als ich näher komme.

Er steht in der Kabine mit dem Rücken zu mir, trägt einen Kaschmirblazer, eine Bundfaltenhose aus Wolle, ein weißes Hemd aus Baumwolle und Seide und pisst in die Kloschüssel. Ich merke, dass er meine Anwesenheit spürt, weil sich sein Körper strafft und das Geräusch des Urinstrahls, der auf Wasser klatscht, abrupt abbricht. In Zeitlupe, jedes andere Geräusch gedämpft durch mein schweres Atmen, mein Blick an den Rändern leicht getrübt, gleiten meine Hände über den Kragen seines Kaschmirblazers und des Hemds aus Baumwollflanell und legen sich um seinen Hals, bis meine Daumen sich im Nacken treffen und meine Zeigefinger sich genau über Luis Adamsapfel berühren. Ich presse sie langsam zusammen, mit festerem Griff, aber immer noch locker genug, um es Luis' zu erlauben, sich umzudrehen – noch immer in Zeitlupe –, damit er mir ins Gesicht sehen kann, eine Hand über seinem Polosweater aus Wolle und Seide, die andere erhoben. Seine Lider flattern einen Moment lang, dann weiten sich seine Augen, ganz wunschgemäß. Ich will sehen, wie sich Luis' Gesicht verzerrt und rot anläuft, ich will, dass er weiß, wer ihn umbringt. Mein Gesicht soll das *Letzte* sein, was Luis sieht, ehe er stirbt, und dann will ich schreien: »*Ich* ficke Courtney. Hörst du mich? Ich ficke Courtney. Ha-ha-ha«, und das sollen die letzten Worte, die letzten *Laute* sein, die er hört, bis sein Röcheln, das Knirschen seines Kehlkopfs alles andere übertönen. Luis starrt mich an, und ich spanne meine Armmuskeln, wappne mich für einen Kampf, der zu meiner Enttäuschung niemals stattfindet.

Stattdessen schaut er hinunter auf meine Handgelenke und schwankt einen Moment, als sei er unschlüssig, und dann senkt er den Kopf und … *küsst* mein linkes Handgelenk, und als er wieder zu mir aufschaut, scheu, ist sein Gesichtsausdruck so … liebevoll und kaum verlegen. Ich stehe da, erstarrt, die Arme immer noch ausgestreckt, die Finger noch um Luis' Kehle geschlossen.

»Gott, Patrick«, flüstert er. »Warum *hier*?«

Jetzt spielt seine rechte Hand mit meinem Haar. Ich schaue zur Seite an die Kabinenwand, in die jemand *Edwin, du göttlicher Schwanzlutscher* eingeritzt hat, verharre gelähmt in meiner Position und starre auf die Worte, verstört, betrachte die Sprechblase, die die Worte umgibt, als läge darin die Antwort, die tiefere Wahrheit. Edwin? Edwin wer? Ich schüttele den Kopf, um zu mir zu kommen, und schaue wieder zu Luis, auf dessen Gesicht dieses grässliche, liebestrunkene Grinsen klebt, und versuche, fester zuzupacken, mein Gesicht verzerrt vor Anstrengung, aber ich *kann* es nicht tun, meine Hände *schließen* sich nicht, und meine Arme wirken grotesk und nutzlos in ihrer immer noch gestreckten Position.

»Ich habe gesehen, wie du mich angeschaut hast«, sagt er schwer atmend. »Mir ist dein« – er schluckt – »heißer Körper aufgefallen.«

Er versucht, mich auf die Lippen zu küssen, aber ich zucke zurück, taumele gegen die Kabinentür und stoße sie versehentlich zu. Ich lasse meine Hände von Luis' Hals sinken, und er nimmt sie und legt sie sofort zurück. Ich lasse sie sinken, stehe da und überlege mir meine nächsten Schritte, aber ich kann mich nicht rühren.

»Sei doch … nicht so schüchtern«, sagt er.

Ich atme tief durch, schließe die Augen, zähle bis zehn, öffne sie und mache den hilflosen Versuch, wieder die Arme zu heben und Luis zu erwürgen, aber sie sind bleischwer, und die Aufgabe übersteigt meine Kräfte.

»Du weißt nicht, wie lange ich mich danach gesehnt habe …« Er seufzt, reibt meine Schultern, zitternd. »Schon seit der Weihnachtsfeier im Arizona 206. Du weißt schon, als du den rot gestreiften Paisleyschlips von Armani getragen hast.«

Zum ersten Mal fällt mir auf, dass seine Hose noch immer offen steht, ich drehe mich ruhig und ohne Schwierigkeiten um, schlüpfe aus der Kabine und gehe zu einem Waschbecken, um mir die Hände zu waschen, aber ich trage noch immer die Handschuhe und habe keine Lust, sie auszuziehen. Plötzlich scheint die Herrentoilette des Yale Club der kälteste Ort des Universums zu sein, und ich schaudere unwillkürlich. Luis kommt mir nach, berührt meine Jacke, lehnt sich neben mich ans Waschbecken.

»Ich *will* dich«, sagt er in leisem Tuntenflüstern, und als ich kochend vor Wut langsam den Kopf wende, noch immer übers Waschbecken gebeugt, um ihn mit Ekel im Blick anzufunkeln, setzt er hinzu: *»auch.«*

Ich stürme aus der Toilette und stoße mit (vermutlich) Brewster Whipple zusammen. Ich lächle dem Maître d' zu und hechte, nachdem ich ihm die Hand geschüttelt habe, zu den sich schließenden Aufzugtüren, aber ich komme zu spät, schreie laut auf und bearbeite fluchend die Tür mit den Fäusten. Ich reiße mich zusammen, bemerke, dass der Maître d' mit einem Kellner tuschelt, die zwei schauen zweifelnd zu mir her, also richte ich mich auf, lächele schüchtern und winke ihnen zu. Luis schlendert gelassen auf mich zu, grinst *errötend*, und ich bleibe einfach stehen und lasse ihn näher kommen. Er sagt nichts.

»Was … noch?«, zische ich schließlich.

»Wo gehst du hin?«, flüstert er verwirrt.

»Ich … ich muss noch …« Verdattert schaue ich durch den vollbesetzten Speisesaal, dann wieder in Luis' bebendes, schmachtendes Gesicht. »Ich muss noch Videos zurückbringen«, sage ich und hämmere auf den Aufzugknopf, verliere die Geduld, wende mich zum Gehen und will an meinen Tisch zurück.

»Patrick«, ruft er mir nach.

Ich fahre herum. *»Was?«*

Er formt mit den Lippen »Ich rufe dich an«, und sein Gesichtsausdruck gibt mir zu verstehen, *versichert* mir, dass mein »Geheimnis« bei ihm gut aufgehoben ist. Ich würge ein »Oh mein Gott« hervor und setze mich sichtbar zitternd wieder an unseren Tisch, geschlagen auf der ganzen Linie, immer noch mit Handschuhen, und stürze den Rest meines verwässerten J&B mit Eis herunter. Kaum habe ich mich hingesetzt, fragt Van Patten: »Hey, Bateman, wie trägt man eine Krawattennadel oder Krawattenklammer?«

»Obwohl der Krawattenhalter keineswegs unabdingbarer Bestandteil des Tagesanzugs ist, unterstreicht er die adrette, gepflegte Erscheinung. Aber das Accessoire soll niemals die Krawatte dominieren. Man sollte einfachen Goldnadeln oder kleinen Clips den Vorzug geben, die schräg, in einem Winkel von fünfundvierzig Grad, am unteren Ende der Krawatte getragen werden.«

Toter Hund

COURTNEY RUFT AN, zu benommen vom Elavil, um ein gemeinsames Dinner bei Cranes durchzustehen, Kitty Oates Sanders neuem Restaurant in Gramercy Park, wo Jean, meine Sekretärin, letzte Woche für uns reserviert hat, und ich bin sprachlos. Obwohl es erstklassige Kritiken bekommen hat (eine im *New York Magazine*; die andere in *The Nation*), beschwere ich mich weder, noch versuche ich, Courtney doch noch zu überreden, denn ich habe noch zwei Akten durchzuarbeiten, und die *Patty Winters Show*, die ich heute Morgen aufgenommen habe, habe ich auch noch nicht gesehen. Um halb acht, beim Frühstück vor der Arbeit, hatte ich nicht die Kraft, sechzig Minuten lang Frauen, die eine Gebärmutteroperation hinter sich haben, über mich ergehen zu lassen, aber nach dem heutigen Tag – die Quälerei im Büro, in dem die Klimaanlage ausgefallen war, ein öder Lunch mit Cunningham im Odeon, meine beschissene chinesische Reinigung, die es wieder nicht geschafft hat, Blutflecken aus einem Soprani-Jackett zu entfernen, vier zu spät zurückgebrachte Videos, die mich schließlich ein Vermögen kosteten, zwanzig Minuten

Wartezeit am Stairmaster – bin ich reif dafür; diese Ereignisse haben mich gestählt, und ich bin bereit, mich diesem speziellen Thema zu stellen.

Zweitausend Klappmesser und dreißig Minuten Seilspringen im Wohnzimmer, dazu aus der Wurlitzer-Jukebox immer wieder »The Lion Sleeps Tonight«, und das, obwohl ich heute fast zwei Stunden im Gym trainiert habe. Danach ziehe ich mich an, um ein paar Einkäufe bei D'Agostino's zu machen: blaue Armani-Jeans, ein weißes Hemd von Polo, ein Sportmantel von Armani, kein Schlips, das Haar mit Thompson-Mousse zurückgekämmt; und weil es regnet, schwarze wasserfeste Schnürschuhe von Manolo Blahnik; drei Messer und zwei Pistolen in einem schwarzen, ledernen Epi-Diplomatenkoffer ($ 3200) von Louis Vuitton; ein Paar Hirschleder-Handschuhe von Armani, weil ich mir in der Kälte nicht die Maniküre ruinieren möchte. Und schließlich ein Trenchcoat mit Gürtel aus schwarzem Leder von Gianfranco Ferré, der viertausend Dollar gekostet hat. Obwohl es zu D'Agostino's nur ein kurzer Fußweg ist, setze ich den CD-Walkman auf, in dem schon die lange Version von Bon Jovis »Wanted Dead or Alive« wartet. Ich schnappe mir einen Etro-Regenschirm mit Paisleymuster und Holzgriff von Bergdorf Goodman – dreihundert Dollar im Ausverkauf – aus dem neu erworbenen Schirmständer in der Nische neben der Diele und bin durch die Tür.

Nach dem Büro habe ich bei Xclusive trainiert und glücklich daheim, führte ich ein paar obszöne Anrufe mit jungen Dalton-Girls, deren Nummern ich aus einer Kopie des Registers pickte, die ich aus der Immatrikulationsstelle geklaut habe, als ich letzten Donnerstag nachts eingestiegen bin. »Ich plündere Firmen aus«, flüsterte ich lasziv in mein tragbares Telefon. »Ich inszeniere feindliche Übernahmen. Wie findest du das?«, machte dann nach einer kleinen Pause saugende Geräusche und abartige schweinische Grunzer, um dann zu fragen: »Eh, *Schlampe*?« Meistens spürte ich, dass sie Angst hatten, was mich so aufgeilte, dass es mir gelang, eine harte, pochende Erektion für die ganze Dauer der Telefongespräche aufrechtzuerhalten, bis eins der Mädchen, Hilary Wallace, unbeeindruckt fragte: »Dad, bist du das?«, und der ganze mühsam erzielte Enthusiasmus in sich zusammenfiel. Vage enttäuscht machte ich noch ein paar Anrufe, aber nur halbherzig, während ich nebenher die heutige Post öffnete, und legte schließlich mitten im Satz auf, als ich auf eine Einladung von Clifford, meinem »persönlichen« Armani-Verkäufer, stieß, der mich in der Boutique auf der Madison zu einem Einzeltermin erwartete … vor zwei Wochen!, und obwohl ich schnell darauf komme, dass wahrscheinlich einer der Türsteher meine Einladung unterschlagen hat, um mich zu ärgern, ändert das nichts an der Tatsache, dass ich *den Scheiß-Privattermin* verpasst habe, und als ich über dieses Versäumnis nachbrüte, während ich durch den Central Park West irgendwo Nähe Seventy-sixth, Seventy-fifth herumwandere, kommt mir der tiefschürfende Gedanke, wie oft diese Welt doch ein böser und grausamer Ort ist.

Jemand, der fast genau wie Jason Taylor aussieht – schwarzes, zurückgekämmtes Haar, navyblauer doppelreihiger Kaschmirmantel mit Biberpelzkragen, schwarze Lederstiefel, Morgan Stanley –, geht unter einer Straßenlampe vorbei und nickt, als ich den Walkman leiser drehe, um ihn »Hallo Kevin« sagen zu hören; ich schnuppere einen Hauch Grey Flannel und drehe mich im Gehen nach der Person um, die Taylor ähnlich sieht, die Taylor sein könnte, und frage mich, ob er noch immer mit Shelby Phillips geht, als ich fast über eine Bettlerin stolpere, die auf der Straße liegt, ausgestreckt im Eingang eines verlassenen Restaurants – ein Laden namens Amnesia, den Tony McManus vor zwei Sommern aufgemacht hatte –, und sie ist schwarz, völlig durchgedreht und wiederholt wie einen buddhistischen Chant ständig die Worte: »Geld bitte helfen Sie Mister Geld bitte helfen Sie Mister.« Ich versuchte, sie zu überzeugen, dass es von Vorteil wäre, irgendwo einen Job anzunehmen – vielleicht im Cineplex Odeon, schlug ich nicht unfreundlich vor –, und fragte mich im Stillen, ob ich die Aktentasche öffnen und die Pistole oder das Messer herausziehen sollte. Aber sie erscheint mir als zu leichte Beute, um wirklich zu befriedigen, also sage ich ihr, sie soll sich zum Teufel scheren, und stelle den Walkman lauter, als Bon Jovi gerade *»It's all the same, only the names have changed …«* schreit, und gehe weiter, bleibe am Geldautomaten stehen, um aus keinem besonderen Grund dreihundert Dollar abzuheben, alles in brandneuen, frischen Zwanziger-Scheinen, und ich bette sie vorsichtig in meine Brieftasche aus Gazellenleder, um sie nicht zu zerknittern. Am Columbus Circle zeigt ein Jongleur in Regencape und Zylinder, der nachmittags immer hier ist und sich Stretch Man nennt, vor einer kleinen, uninteressierten Gruppe seine Künste; obwohl ich Beute wittere und er meinen Hass redlich verdient hat, gehe ich weiter auf der Suche nach einem weniger beknackten Opfer. Wäre er Pantomime gewesen, hätte er beste Chancen gehabt, jetzt bereits tot zu sein. Verblasste Poster von Donald Trump auf dem Cover des *Time Magazine* verdecken die Fenster eines anderen leer stehenden Restaurants, des ehemaligen Palace, und das erfüllt mich mit neuer Zuversicht. Ich bin bei D'Agostino's angekommen, stehe direkt davor, schaue hinein und spüre den fast unwiderstehlichen Drang, hineinzugehen und sämtliche Regale zu plündern, meinen Einkaufskorb mit Balsamessig und Meersalz zu füllen, die Stände mit Gemüse und Lebensmitteln zu durchstreifen und die Schattierungen von rotem Paprika, gelbem Paprika, grünem Paprika und lila Paprika zu betrachten, abzuwägen, welche Geschmacksrichtung, welche Form von Lebkuchen ich kaufen soll, aber es zieht mich noch immer nach etwas Tieferem, Unbestimmtem, das ich vorher tun könnte, und ich pirsche mich durch die dunklen, kalten Straßen um den Central Park West, sehe mein Spiegelbild in den getönten Fensterscheiben einer Limousine, die vor dem Café des Artistes parkt, und mein Mund zuckt unwillkürlich, meine Zunge ist feuchter als sonst, und meine Lider flattern unkontrolliert, als hätten sie einen eigenen Willen. Im Schein der Straßenbeleuchtung fällt mein Schatten scharf umrissen aufs nasse Pflaster, und ich kann die Bewegung meiner behandschuhten Hände sehen, die sich abwechselnd zu Fäusten ballen, die Finger strecken, zappeln, und um mich zu beruhigen, muss ich mitten auf der Sixty-seventh stehen bleiben und an was Schönes denken, mich auf D'Agostino's freuen, auf eine Reservierung im Dorsia, auf die neue CD von Mike and the Mechanics, und es kostet mich sehr viel Kraft, mich zu beherrschen und mir nicht selbst ins Gesicht zu schlagen.

Auf der Straße nähert sich langsam ein alternder Schwuler in einem Kaschmir-Rolli, einem Paisley-Ascot aus Wolle und Filzhut, der einen braun-weißen Sharpei spazieren führt, dessen zerknautschte Schnauze am Boden schnüffelt. Die beiden kommen näher, gehen an einer Straßenlampe vorbei, dann an noch einer, und ich habe mich so weit beruhigt, dass ich langsam den Walkman absetzen und unauffällig die Aktentasche öffnen kann. Ich stehe in der Mitte des schmalen Gehwegstreifens neben einem weißen BMW 320i, der Schwule mit dem Sharpei ist nur noch wenige Zentimeter entfernt, und ich kann ihn mir genauer ansehen: Ende fünfzig, untersetzt, ein Bild obszöner Gesundheit mit rosigen Bäckchen, faltenlos, und zur Krönung des Ganzen ein lachhafter Schnurrbart, der seine femininen Züge unterstreicht. Er mustert mich beiläufig mit unsicherem Lächeln, während der Sharpei an einem Baum schnüffelt, dann an einem Müllsack neben dem BMW.

»Süßes Hündchen.« Ich lächle und beuge mich vor.

Der Sharpei beäugt mich wachsam, dann knurrt er.

»*Richard.*« Der Mann schaut den Hund warnend an, sieht dann entschuldigend zu mir, und ich merke, er fühlt sich geschmeichelt, dass ich nicht nur den Hund bemerkt habe, sondern mir auch noch die Zeit genommen habe, stehen zu bleiben und ihn darauf anzusprechen, und ich könnte schwören, der alte Wichser errötet vor Freude, gleich geht ihm einer ab in seine zickige weite Kordsamthose von, na ja, Ralph Lauren wird's wohl sein.

»Schon gut«, sage ich und tätschle den Hund freundlich, während ich die Aktentasche auf den Boden lege. »Ein Sharpei, stimmt's?«

»Nein. Shar-*pei*«, sagt er lispelnd, in einer Betonung, die ich nie vorher gehört habe.

»Shar-*pei*?« Ich versuche es so auszusprechen wie er, während ich immer noch die samtigen Hügel zwischen Hundehals und Hundehintern streichele.

»Nein.« Er lacht kokett. »Shar-*pei*. Die letzte Silbe wird betont.« Die letfhte Filbe wird betont.

»Na ja, wie auch immer«, sage ich mit einem jungenhaften Grinsen und stehe auf. »Ein bezauberndes Tierchen.«

»Oh, danke sehr«, sagt er, dann, atemlos: »Er hat mich ein Vermögen gekostet.«

»Wirklich? Warum?«, frage ich, bücke mich wieder und streichle den Hund. »Eieiei Richard. Dududu, kleiner Kerl.«

»Sie würden es nicht *glauben*«, sagt er. »Sehen Sie, die Augenfalten müssen *alle zwei Jahre* operativ geliftet werden, also müssen wir den weiten Weg bis nach Key West fliegen – ich würde ihn keinem anderen Tierarzt der Welt anvertrauen –, und dann macht es einmal schnipp, eine kleine Naht, und unser Richard sieht wieder wie neu, stimmt's, Schätzchen?«

»Tja«, sage ich. »Er sieht putzmunter aus.«

Es entsteht eine Pause, in der ich den Hund betrachte.

Der Besitzer glotzt mich an, dann hilft alles nichts, er muss das Schweigen brechen.

»Entschuldigen Sie«, sagt er. »Es ist mir wirklich peinlich, das zu fragen.«

»Nur zu«, dränge ich.

»Oh je, es ist so dumm«, gesteht er kichernd.

Ich lache. »Warum?«

»Sind Sie ein Model?«, fragt er, jetzt ohne zu lachen. »Ich könnte schwören, dass ich Sie schon mal in einem Magazin gesehen habe oder so.«

»Nein, bin ich nicht«, sage ich, diesmal wahrheitsgetreu. »Aber ich fühle mich geschmeichelt.«

»Na ja – sie sehen aus wie ein Filmstar.« Er wedelt mit einem schlaffen Händchen, dann »Ich weiß nicht«, und schließlich lispelt er doch tatsächlich – ich schwöre bei Gott – in seinen Schnäuzer: »Oh, lass das, du Dummer, du machst dich ja lächerlich.«

Ich bücke mich, es sieht so aus, als wollte ich die Aktentasche aufheben, aber weil ich mich in den Schatten beuge, sieht er nicht, dass ich das Messer heraushole, das schärfste, das mit der gezackten Klinge, und ich frage ihn, was er für Richard bezahlt hat, ganz natürlich, aber mit bösen Hintergedanken, ohne mich auch nur umzusehen, ob noch andere Leute auf der Straße sind. Mit einer geschickten Bewegung schnappe ich den Hund beim Hals und halte ihn mit meinem linken Arm, presse ihn gegen die Straßenlaterne, während er nach mir schnappt, in meinen Handschuh zu beißen versucht, die Zähne gefletscht, aber unter meinem festen Griff, der die Kehle umschließt, kann er nicht bellen, und ich kann hören, wie meine Hand seinen Kehlkopf zerquetscht. Ich stoße ihm die gezackte Klinge in den Bauch und schlitze in einem Schwall braunen Bluts blitzschnell den Unterleib auf, die Beinchen zucken und kratzen nach mir, dann quellen blau-rote Innereien hervor, und ich lasse den Köter auf den

Gehweg fallen, während die Tunte hilflos dasteht, die Leine noch in der Hand, und alles ist so schnell gegangen, dass er, vom Schock gelähmt, nur fassungslos glotzt und »Oh mein Gott, oh mein Gott« hervorstößt, während der Sharpei sich herumwälzt, mit dem Schwänzchen wackelt, jault und dann anfängt, an seinem eigenen Gedärm zu lecken und zu schnüffeln, das sich, noch teilweise mit dem Bauch verbunden, auf dem Gehweg kringelt, und als das Hündchen, immer noch angeleint, die letzten Zuckungen tut, wirbele ich herum zu seinem Herrchen und stoße ihn brutal zurück, mit einem blutigen Handschuh, steche blindlings auf sein Gesicht und seinen Kopf ein und schneide ihm schließlich mit zwei kurzen, gezielten Schnitten die Kehle durch; Blut schießt in vier sprudelnden Fontänen unter seinem Kinn hervor, klatscht in hohem Bogen auf den weißen BMW 320i am Straßenrand und löst die Alarmanlage aus. Das Blut nieselt leise. Er fällt auf den Gehweg, zuckt erbärmlich, blutet noch immer, während ich an seinem Jackett mein Messer abwische, es wieder in die Aktentasche werfe und mich schon zum Gehen wende, aber um sicherzugehen, dass die alte Schwuchtel wirklich hin ist und sich nicht nur tot stellt (das tun sie manchmal), schieße ich ihr mit Schalldämpfer zweimal ins Gesicht, ehe ich gehe, fast in der Blutlache ausrutsche, die sich neben ihrem Kopf gebildet hat, und schon bin ich die Straße runter, zurück im Licht, erscheine wie im Film vor D'Agostino's, werde von Verkäufern höflich begrüßt, dann kaufe ich mit einem abgelaufenen Probe-Coupon eine Schachtel Weizenkeim-Frühstücksflocken, und das Mädel an der Kasse – schwarz, tumb, lahm – schnallt gar nichts, sieht auch nicht, dass das Verfallsdatum des Coupons längst abgelaufen ist, obwohl ich sonst nichts kaufe, und dann verlasse ich den Laden, öffne die Schachtel, schaufele mir händeweise Knusperflocken in den Mund, versuche gleichzeitig »Hip to Be Square« zu pfeifen – die kleinen Freuden des Lebens –, und dann habe ich meinen Regenschirm aufgespannt und renne den Broadway runter, und dann den Broadway rauf, und dann wieder runter, kreische wie eine Gespenst, und mein offener Mantel flattert hinter mir wie ein Umhang.

Girls

ABENDS EIN STEINERWEICHENDES DINNER im Raw Space mit einer leicht dösigen Courtney, die mir ständig Fragen über Vollwertmenüs und George Bush und Tofutti stellt, wie man sie sich in seinem schlimmsten Alptraum nicht vorgestellt hätte. Ich versuche, natürlich erfolglos, sie mit Verachtung zu strafen, und mitten in einem ihrer Sermone – Page Six, Jackie O – winke ich verzweifelt unseren Kellner herüber und bestelle kalte Mais-Zitronen-Tomatencreme mit Erdnuss und Dill, Ceasar-Salat mit Senfkohl und Schwertfisch-Terrine mit Kiwisenf, obwohl ich es längst bestellt habe, worauf er mich natürlich hinweist. Ich schaue ihn an, ohne den geringsten Versuch, Überraschung zu heucheln, und lächle grimmig. »Stimmt, habe ich. So was aber auch, hm?« Florida-Küche macht optisch ziemlich was her, aber die Portionen sind klein und unbezahlbar, besonders in Läden, in denen Buntstifte auf dem Tisch stehen. (Courtney malt ein Laura-Ashley-Bild auf ihr Platzdeckchen aus Papier, ich auf meins das Innere von Monika Lustgardens Bauch und Brustkorb, und als Courtney, entzückt von meiner Zeichnung, wissen will, was sie darstellt, sage ich: »Ah … eine Wassermelone.«) Die Rechnung, die ich mit meiner Platin-American-Express-Karte bezahle, beläuft sich auf über dreihundert Dollar. Courtney sieht ganz nett aus in einem Wolljackett von Donna

Karan, Seidenbluse und Kaschmirrock. Ich trage aus keinem besonderen Anlass einen Smoking. In der *Patty Winters Show* ging es heute Morgen um den neuen Sport des Zwergenweitwurfs.

Ehe ich sie bei Nell's rausschmeiße, wo wir uns auf einen Drink mit Meredith Taylor, Louise Samuelson und Pierce Towers verabredet haben, sage ich Courtney im Wagen, dass ich noch Drogen besorgen muss, und verspreche, vor Mitternacht zurück zu sein. »Oh, und sag Nell Hallo von mir«, füge ich lässig hinzu.

»Du kannst doch einfach *unten* was kaufen, wenn's unbedingt sein muss, mein *Gott*«, winselt sie.

»Aber ich habe mich schon *woanders* verabredet. Paranoia. Klar?«, winsele ich zurück.

»Wer hat Paranoia?«, fragt sie mit zusammengekniffenen Augen. »Ich versteh das nicht.«

»Honey, die Drogen unten liegen von der Wirkung her knapp unter NutraSweet«, sage ich. »Solltest *du* doch wissen.«

»Zieh bloß nicht *mich* mit da rein«, sagt sie warnend.

»Geh einfach rein und bestell mir ein Foster's, *okay*?«

»Und wo gehst du wirklich hin?«, fragt sie nach einem Augenblick, jetzt misstrauisch geworden.

»Ich gehe zu … Noj«, sage ich. »Ich kaufe meinen Koks bei Noj.«

»Aber Noj ist der *chef* im Deck Chairs«, sagt sie, während ich sie aus der Limousine schiebe. »Noj ist doch kein Dealer. Er ist *Koch*!«

»Courtney, mach keinen Aufstand«, sage ich seufzend, meine Hände auf ihrem Hintern.

»Aber lüg mir nichts über Noj vor«, jault sie und will sich nicht aus dem Wagen schieben lassen. »Noj ist *chef* im Deck Chairs. Hast du mich verstanden?«

Ich starre sie an, sprachlos, unschlüssig, unter den harten Lichtern über den Absperrseilen vor Nell's.

»Fiddler meine ich«, lenke ich schließlich leutselig ein. »Ich kaufe bei Fiddler.«

»Du bist unmöglich«, murmelt sie, während sie vom Wagen zurücktritt. »Mit dir stimmt doch wirklich was nicht.«

»Bin gleich wieder da«, rufe ich ihr nach, knalle die Tür der Limo zu, dann kichere ich schadenfroh vor mich hin, während ich meine Zigarre wieder anzünde: »Aber verlass dich nicht drauf.«

Ich sage dem Fahrer, er soll mich zum Fleischmarkt westlich von Nell's bringen, neben dem Bistro Florent, wo ich mich nach Prostituierten umsehen will, und nachdem ich die Gegend zweimal durchforstet habe – tatsächlich suche ich in diesem Teil der Stadt schon seit *Monaten* nach einem geeigneten Mädel –, entdecke ich sie an der Ecke Washington und Thirteenth. Sie ist blond, schlank und jung, billig, aber keine Begleitservice-Schlampe, und was viel wichtiger ist, sie ist weiß, eine echte Rarität in diesen Kreisen. Sie trägt hautenge abgeschnittene Shorts, ein weißes T-Shirt und eine billige Lederjacke, und abgesehen von einem blauen Fleck über dem rechten Knie ist ihre Haut makellos weiß, wie ihr Gesicht, obwohl der Mund knallrosa angemalt ist. Hinter ihr steht in vier Fuß hohen Buchstaben F L E I S C H an der Wand eines verlassenen Backsteinlagerhauses, die Art, wie sich die Buchstaben über die ganze Hauswand ziehen, lässt in mir etwas erwachen, und über dem Haus steht wie eine Kulisse der mondlose Himmel, der früher, am Nachmittag, von Wolken verhangen war, heute Nacht aber klar ist.

Die Limousine hält neben dem Mädchen an. Durch die getönten Scheiben, aus nächster Nähe, ist sie blasser, das blonde Haar wirkt gebleicht, und ihre Gesichtszüge lassen sie noch jünger wirken, als ich zuerst geschätzt hatte, und weil sie das einzige weiße Mädchen ist, das ich heute Nacht in dieser Gegend gesehen habe, wirkt sie – zu

Recht oder Unrecht – besonders sauber; sie könnte fast als eins der NYU-Mäuschen auf dem Heimweg vom Mars durchgehen, ein Mädchen, das den ganzen Abend Seabreezes getrunken und zu neuen Madonna-Songs auf der Tanzfläche gehüpft ist, ein Mädchen, das später vielleicht Streit mit ihrem Freund hatte, einem Angus oder Nick oder … Pokey, ein Mädchen auf dem Weg zum Florent auf einen Schwatz mit Freunden, um vielleicht noch einen Seabreeze zu bestellen oder auch einen Cappuccino oder ein Glas Evian – und anders als die meisten Huren hier reagiert sie kaum auf die Limousine, die näher kommt und wartend neben ihr anhält. Stattdessen bleibt sie lässig stehen, anscheinend ohne die Bedeutung der wartenden Limousine zu erfassen.

Als sich das Fenster öffnet, lächelt sie, sieht jedoch beiseite. Der folgende Wortwechsel dauert nicht länger als eine Minute.

»Dich habe ich noch nie hier gesehen«, sage ich.

»Dann hätten Sie die Augen besser aufmachen sollen«, sagt sie unbeeindruckt.

»Möchtest du dir mein Apartment ansehen?«, frage ich und schalte das Licht in der Limousine an, damit sie mein Gesicht und den Smoking erkennen kann. Sie mustert die Limousine, dann mich, dann wieder die Limousine. Ich zücke meine Brieftasche aus Gazellenleder.

»Das sollte ich eigentlich nicht«, sagt sie und schaut auf die andere Straßenseite in einen Streifen Dunkelheit zwischen zwei Häuserwänden, aber als ihr Blick wieder zu mir wandert, sieht sie den Hundertdollar-Schein, den ich ihr hinhalte, und ohne zu fragen, was ich tue, ohne zu fragen, was genau ich von ihr will, selbst ohne zu fragen, ob ich ein Bulle bin, nimmt sie den Schein, und es ist mir vergönnt, meine Frage erneut zu stellen. »Willst du jetzt mit zu mir kommen oder nicht?« Diesmal frage ich mit einem Grinsen.

»Das sollte ich eigentlich nicht«, sagt sie wieder, aber nach einem weiteren Blick auf den langen schwarzen Wagen und auf den Geldschein, den sie jetzt langsam in ihre Hüfttasche schiebt, und auf den Penner, der, einen Becher voll Münzen in der schmierigen ausgestreckten Hand, auf die Limousine zuschlurft, antwortet sie endlich: »Aber für Sie kann ich eine Ausnahme machen.«

»Nimmst du American Express?«, frage ich und schalte das Licht aus.

Sie starrt immer noch auf den Streifen Dunkelheit, als hoffe sie auf ein Zeichen eines Unsichtbaren. Sie lässt ihren Blick zu mir wandern, und als ich wiederhole: »Nimmst du American Express?«, sieht sie mich an, als sei ich verrückt, aber ich lächle trotzdem blöd, während ich die Tür aufhalte und sage: »War nur Spaß. Komm, steig ein.« Sie nickt jemandem über die Straße zu, und ich packe sie auf den Rücksitz der Limousine, knalle die Tür zu und schließe ab.

Während Christie im Apartment ein Bad nimmt (ihren richtigen Namen kenne ich nicht, aber ich habe ihr eingeschärft, *ausschließlich* auf Christie zu hören), wähle ich die Nummer des Cabana Bi Escort Service und bestelle auf meine goldene American-Express-Karte eine Frau, *blond*, die Paare betreut. Ich nenne ihnen zweimal die Adresse und bestehe danach ausdrücklich noch einmal auf *blond*. Der Typ am Apparat, ein komisches altes Ölauge, versichert mir, dass in weniger als einer Stunde irgendwas Blondes vor meiner Tür stehen wird.

Nachdem ich mir mit Zahnseide die Zähne gereinigt habe und in seidene Boxer-Shorts von Polo und ein ärmelloses Baumwollhemd von Bill Blass geschlüpft bin, gehe ich ins Bad, wo Christie auf dem Rücken in der Wanne liegt und aus einem langstieligen Steuben-Weinglas Weißwein schlürft. Ich hocke mich auf den Marmorrand der Wanne und gieße Heublumen-Badeöl von Monique Van Frere ins Wasser, während ich den von milchigem Wasser umhüllten Körper begutachte. Lange schwirrt mir der Kopf, schmutzige Gedanken brechen über mich herein – ihr Kopf in Reichweite, der nur darauf wartet, von mir zerschmettert zu werden; der Drang, zuzuschlagen, sie zu beleidigen und zu quälen, steigt hoch und ebbt dann ab, und dann bin ich gelassen genug zu sagen: »Das ist ein ziemlich teurer Chardonnay, den du da trinkst.«

Nach einer langen Pause, in der meine Hand eine kleine, kindliche Brust massiert, sage ich: »Ich will, dass du dir die Muschi wäschst.«

Sie starrt mich an mit ihrem Kein-Tag-älter-als-siebzehn-Blick, betrachtet dann ihren ausgestreckten Körper im Badewasser. Mit dem unmerklichsten Achselzucken stellt sie das Glas auf den Wannenrand und führt eine Hand hinunter an die spärlichen, ebenfalls blonden Schamhaare unter den flachen, porzellanschimmernden Hüften und spreizt dann leicht die Beine.

»Nein«, sage ich sanft. »Von hinten. Knie dich hin.« Sie zuckt wieder die Achseln.

»Ich will zusehen«, erkläre ich. »Du hast einen schönen Körper«, sage ich drängend.

Sie rollt sich herum, kniet sich auf alle viere, den Arsch über dem Wasser hochgereckt, und ich rücke an die andere Seite der Wanne, um einen besseren Blick auf ihre Fotze zu haben, die sie mit der schaumigen Hand befingert. Ich gleite mit meiner Hand über ihr Handgelenk zu ihrem Arschloch, spreize es und reibe es sanft mit einem Tropfen Badeöl ein. Es zuckt, sie stöhnt. Ich nehme den Finger weg, lasse ihn dann weiter unten in ihre Fotze gleiten, unsere beiden Finger stoßen vor und zurück und dann wieder rein. Innen ist sie nass, ich nutze die Feuchtigkeit und stecke meinen Zeigefinger wieder in ihr Arschloch, er gleitet mühelos bis zum Knöchel hinein. Sie japst zweimal und presst sich dagegen, während sie weiter ihre Fotze reibt. Das geht so für eine Weile, bis der Portier anruft und Sabrinas Ankunft meldet. Ich sage Christie, sie soll aus der Wanne steigen, sich abtrocknen und sich was zum Überziehen – aber nicht den Bijan – aus dem Schrank holen und dann mir und meinem Gast im Wohnzimmer bei einem Drink Gesellschaft leisten. Ich gehe in die Küche, um Sabrina ein Glas Wein einzuschenken.

Sabrina ist *alles Mögliche*, nur nicht blond. Da sie einmal vor der Tür steht, lasse ich sie schließlich ein, nachdem mein erster Schock überwunden ist. Ihr Haar ist bestenfalls *mittelblond*, nicht richtig blond, und obwohl ich deshalb ziemlich sauer bin, sage ich nichts, weil sie ziemlich hübsch ist; nicht so jung wie Christie, aber auch nicht allzu verbraucht. Kurz gesagt, sie sieht aus, als sei sie wert, was auch immer sie mich pro Stunde kostet. Ich beruhige mich, und mein letzter Ärger verfliegt auch, als sie ihren Mantel auszieht und einen totalen Hardbody in hautengen schwarzen Steghosen und geblümtem Trägertop zu schwarzen, extrem spitzen hochhackigen Schuhen enthüllt. Angenehm überrascht, führe ich sie ins Wohnzimmer, pflanze sie auf das weiße, daunengefütterte Sofa und bringe ihr, ohne sie erst zu fragen, was sie möchte, ein Glas Weißwein und einen Untersetzer aus dem Mauna Kea Hotel auf Hawaii. Eine CD mit der Aufnahme der Broadway-Inszenierung von *Les Misérables* läuft auf der Stereoanlage. Als Christie aus dem Bad kommt und sich zu uns gesellt, in einem Frottee-Bademantel von Ralph Lauren, das Haar zurückgekämmt, noch weißer nach dem Bad, setze ich sie neben Sabrina auf die Couch – sie nicken sich zu – und mache es mir selbst in einem Nordian-Stuhl aus Chrom und Teak gegenüber der Couch bequem. Ich halte es für besser, wenn wir einander näher kennenlernen, ehe wir die Angelegenheit ins Schlafzimmer verlagern, also breche ich das lange, nicht unfreundliche Schweigen mit einem Räuspern und einigen harmlosen Fragen.

»Na«, sage ich und schlage die Beine übereinander. »Wollt ihr denn gar nicht wissen, was ich so mache?«

Die beiden starren mich erst mal lange an. Mit gezwungenem Lächeln tauschen sie einige Blicke, ehe Christie unschlüssig die Achseln zuckt und leise antwortet: »Nein.«

Sabrina lächelt und schließt sich ihrem Beispiel an. »Nein, eigentlich nicht.«

Ich starre die beiden eine Minute lang an, ehe ich die Beine in anderer Richtung übereinanderschlage und irritiert seufze. »Tja, ich arbeite auf der Wall Street. Bei Pierce & Pierce.«

Lange Pause.

»Schon mal davon gehört?«, frage ich.

Noch eine lange Pause. Schließlich bricht Sabrina das Schweigen. »Hat es irgendwie mit Mays … zu tun? Oder mit Macys?«

Ich zögere, bevor ich frage: »Mays?«

Sie grübelt einen Augenblick und sagt dann: »Ja. Der Schuhladen. Ist P&P nicht ein Schuhladen?«

Ich starre sie streng an.

Christie steht auf und bewundert zu meiner Überraschung meine Anlage. »Du hast wirklich eine nette Wohnung … Paul«, und dann, während sie die CDs durchsieht, Hunderte und Aberhunderte, in einem großen Regal aus Weißeiche säuberlich aufgereiht und alphabetisch geordnet: »Wie viel hast du dafür bezahlt?«

Ich stehe auf, um mir ein neues Glas Acacia einzuschenken. »Ich weiß zwar nicht, was dich das angeht, Christie, aber ich kann dir versichern, ganz *billig* waren sie nicht.«

Aus der Küche sehe ich, dass Sabrina eine Schachtel Zigaretten aus ihrer Handtasche genommen hat, und ich gehe zurück ins Wohnzimmer und schüttele den Kopf, ehe sie sich eine anzünden kann.

»Rauchen verboten«, sage ich. »Nicht hier.«

Sie lächelt, zögert kurz und steckt die Zigarette mit einem kleinen Nicken zurück in die Schachtel. Ich trage ein Tablett Pralinen herein und biete sie Christie an.

»Varda-Trüffel?«

Sie glotzt ausdruckslos auf den Teller und schüttelt dann höflich den Kopf. Ich reiche ihn an Sabrina weiter, die lächelt und eine nimmt, und dann sehe ich besorgt auf ihr Weinglas, das noch voll ist.

»Ich will dich ja nicht betrunken machen«, sage ich. »Aber das ist ein recht anständiger Chardonnay, und du hast noch nichts davon getrunken.«

Ich stelle das Tablett mit den Trüffeln auf den gläsernen Parazetti-Couchtisch, lehne mich im Sessel zurück und winke Christie wieder auf die Couch, wo sie folgsam Platz nimmt. Wir sitzen schweigend da und lauschen der *Les-Misérables*-CD. Sabrina kaut versonnen ihren Trüffel und nimmt einen zweiten.

Wieder bleibt es mir überlassen, ein Gespräch anzufangen. »Wo seid ihr beiden denn schon rumgekommen?« Kaum ausgesprochen, wird mir schon klar, wie dieser Satz ankommen muss, wie missverständlich er klingt. »Ich meine, wart ihr mal in Europa oder so?«

Sie tauschen einen Blick, wie in einer Art stillem Einverständnis, ehe Sabrina den Kopf schüttelt und Christie ihre Kopfbewegung wiederholt.

Die nächste Frage, die mir nach einem weiteren langen Schweigen einfällt, ist: »War eine von euch auf dem College, und wenn, wo?«

Die Reaktion auf diese Frage besteht in unverhohlenem Glotzen beiderseits, also nehme ich die Gelegenheit wahr, sie ins Schlafzimmer zu führen, wo ich Sabrina ein wenig tanzen lasse, ehe sie sich im hellen Licht sämtlicher Halogenleuchten im Schlafzimmer vor Christie und mir auszieht. Ich lasse sie einen Dior-Teddy aus Charmeuse und

Spitze anziehen, ziehe mich dann ganz aus – bis auf ein paar Nike All Sports Sneakers –, und schließlich zieht Christie den Ralph-Lauren-Morgenmantel aus, splitternackt bis auf einen Angela-Cummings-Schal aus Seide und Latex, den ich ihr sorgfältig um den Hals schlinge, und Wildlederhandschuhe von Gloria Jose, die bei Bergdorf Goodman heruntergesetzt waren.

Jetzt sind wir zu dritt auf dem Futon. Christie auf allen vieren, mit dem Gesicht zum Kopfteil, den Arsch hoch aufgereckt, und ich sitze breitbeinig auf ihr, als würde ich auf einem Hund reiten oder so, aber rücklinks, die Knie auf der Matratze, mein Schwanz halbsteif, mit dem Gesicht zu Sabrina, die mit wild entschlossener Miene in Christies weit gespreizte Arschbacken starrt. Ihr Lächeln wirkt gequält, und sie befeuchtet sich die Lippen, indem sie sich erst die Fotze reibt und dann mit dem tropfenden Zeigefinger über den Mund fährt, als würde sie Lipgloss auftragen. Ich spreize Christies Fotze und Arschloch mit beiden Händen und zwinge Sabrina, näher ranzugehen und zu riechen. Sabrinas Gesicht ist jetzt gleichauf mit Christies Arsch und Fotze, die ich beide sanft reibe. Ich deute Sabrina an, sie soll mit dem Gesicht noch näher kommen, bis sie meine Finger riechen kann, ich stecke sie ihr in den Mund, und sie saugt gierig daran. Mit der anderen Hand reibe ich weiter Christies enge, nasse Fotze, die triefend und schwer unter ihrem weit gespreizten Arschloch hängt.

»Riech dran«, sage ich zu Sabrina, und sie kommt näher, bis sie nur wenige Zentimeter von Christies Arschloch ist. Mein Schwanz ist jetzt steil aufgerichtet, und ich wichse, damit er so bleibt.

»Leck erst ihre Fotze«, sage ich zu Sabrina, und sie spreizt sie mit den Fingern, fängt an, sie wie ein Hund zu lecken, reibt dabei die Klitoris, hebt dann den Kopf zu Christies Arschloch und leckt es genauso. Christies Stöhnen ist jetzt wild und unkontrolliert, und sie presst ihren Arsch härter gegen Sabrinas Gesicht, über Sabrinas Zunge, die Sabrina immer wieder sanft in Christies Arschloch stößt. Ich sehe ihr gebannt zu und reibe ungeduldig Christies Klitoris, bis sie gegen Sabrinas Gesicht zuckt, »Ich komme« stöhnt und in einem langen, wilden Orgasmus ihre Nippel massiert. Wahrscheinlich macht sie mir was vor, aber mir gefällt ihr Stil, also verzichte ich darauf, ihr eine reinzuhauen oder so. Mein Balanceakt wird mir zu anstrengend, also lasse ich mich von Christies Rücken fallen und lege mich auf den Rücken, ziehe Sabrinas Gesicht über meinen steifen, schwellenden Schwanz, schiebe ihn ihr mit der Hand in den Mund und wichse weiter, während sie meine Eichel lutscht. Ich ziehe Christie an mich, streife ihr die Handschuhe ab und küsse sie hart auf den Mund, lecke ihn aus, presse meine Zunge gegen ihre, tiefer, so tief wie möglich in ihre Kehle. Sie reibt ihre Fotze, die so nass ist, dass ihre Oberschenkel aussehen wie mit Sirup beschmiert. Ich schiebe Christie tiefer nach unten, damit sie Sabrina beim Schwanzlutschen hilft, und erst lecken sie beide abwechselnd die Eichel und den Schaft, dann nimmt sich Christie meine Eier vor, die fast schmerzhaft angeschwollen sind, so groß wie zwei kleine Pflaumen, und leckt sie ab, ehe sie den ganzen Sack mit dem Mund umschließt und meine Eier abwechselnd massiert und sanft leckt, mit ihrer Zunge zwischen meine Eier fährt. Dann ist Christies Mund wieder an meinem Schwanz, an dem Sabrina immer noch lutscht, und sie küssen sich wild auf den Mund, direkt über meiner Eichel, auf die ihr Speichel tropft, während sie mich wichsen. Die ganze Zeit wichst sich Christie, stößt sich drei Finger in die Vagina, reibt sich stöhnend den Saft über die Klitoris. Das geilt mich so auf, dass ich sie bei den Hüften packe, umdrehe und ihre Fotze vor mein Gesicht ziehe, auf das sie sich willig setzt. Über mir hängt sauber und rosig und nass und klaffend ihre Fotze, die Klitoris geschwollen, prall voll Blut, und ich tunke mein Gesicht ein, schmatze, schwelge im Geschmack und reibe dabei ihr Arschloch. Sabrina bearbeitet noch immer meinen Schwanz, wichst den Schaft, der Rest füllt ihren Mund, und jetzt kniet sie sich auf mich, ihre Knie neben meiner Brust gespreizt, Arsch und Fotze genau vor Christies Gesicht, und ich reiße Sabrina den Teddy vom Leib, stoße Christies Gesicht nach unten und herrsche sie an: »Leck sie, lutsch ihr die geile Fotze«, und sie tut es.

Die Stellung ist für uns alle etwas unglücklich, also machen wir's nur für zwei oder drei Minuten so, aber in dieser kurzen Zeit kommt Sabrina in Christies Gesicht, und Christie, die ihre Fotze hart gegen meinen Mund presst, kommt in meins, und ich muss ihre Schenkel mit festem Griff ruhig halten, damit sie mir nicht in der Erregung das Nasenbein bricht. Mir ist es immer noch nicht gekommen, und Sabrina lässt sich bei meinem Schwanz auch nichts Besonderes mehr einfallen, also ziehe ich ihn aus ihrem Mund und lasse sie sich draufsetzen. Mein Schwanz gleitet fast zu leicht hinein – die Fotze ist zu nass, trieft vor ihrem eigenen Fotzensaft und Christies Spucke –, also löse ich den Schal von Christies Nacken, ziehe meinen Schwanz aus Sabrinas Fotze, spreize ihr die Beine, wische ihre Fotze und meinen Schwanz ab und versuche noch mal, sie zu ficken, während ich Christie lecke, die in wenigen Minuten zu einem weiteren Höhepunkt kommt. Die beiden Mädchen sehen sich an – Sabrina fickt meinen Schwanz, Christie sitzt auf meinem Gesicht –, und Sabrina beugt sich vor, um Christies kleine, feste pralle Titten zu lecken und zu kneten. Dann küsst Christie Sabrina leidenschaftlich auf den Mund, während ich sie weiter lecke, mein Mund, mein Kinn und mein Kiefer voll von ihrem Saft, der sofort antrocknet und dann durch neuen ersetzt wird.

Ich schiebe Sabrina von meinem Schwanz und drehe sie

auf den Rücken, mit dem Kopf zum Fußende des Futons. Dann lege ich Christie in 69-Stellung auf sie, Christies Arsch hochgereckt, und nachdem ich ein Kondom übergezogen habe, reibe ich ihr festes Arschloch, bis es sich entspannt und weit genug wird, dass ich mit erstaunlich wenig Vaseline meinen Schwanz reinschieben kann, während Sabrina Christies Fotze reibt und leckt, an ihrer geschwollenen Klitoris saugt, manchmal meine Eier anfasst, sie leicht massiert und dabei mein Arschloch mit einem nassen Finger bearbeitet, und dann beugt sich Christie über Sabrinas Fotze, spreizt ungeduldig die Beine, so weit sie kann, und steckt ihre Zunge tief in Sabrinas Fotze, aber nicht lange, weil sie ein neuer Orgasmus schüttelt, sie den Kopf hochwirft und mich ansieht, das Gesicht glitschig vom Fotzensaft, und aufschreit: »Fick mich, ich komme, oh Gott, leck mich, ich komme«, und das spornt mich an, ihren Arsch noch härter zu ficken, während Sabrina die Fotze leckt, die über ihrem von Christies Pussysaft triefenden Gesicht hängt. Ich ziehe meinen Schwanz aus Christies Arsch und stoße ihn Sabrina in den Mund, ehe ich ihn wieder in Christies weit gespreizte Fotze schiebe, und nach ein paar Fickstößen spüre ich, dass es mir kommt, und im selben Moment hebt Sabrina ihren Mund von meinen Eiern, spreizt meine Arschbacken und stößt mir die Zunge in mein zuckendes Arschloch, kurz bevor ich in Christies Fotze explodiere, und dadurch spritze ich noch länger ab, und dann zieht Christie ihre Zunge raus, stöhnt, dass sie auch kommt; weil Christie, als sie gekommen ist, wieder Sabrinas Fotze leckt, sehe ich schwer atmend über Christie gebeugt zu, wie Sabrina ihre Hüften immer wieder in Christies Gesicht presst, und dann muss ich mich hinlegen, fertig, aber immer noch hart, mein glitschiger Schwanz schmerzt noch von der Gewalt meiner Ejakulation, und ich schließe mit schwachen, zitternden Knien die Augen.

Ich erwache erst, als eine von ihnen versehentlich mein Handgelenk berührt. Ich schlage die Augen auf und warne sie, die Finger von meiner Rolex zu lassen, die ich die ganze Zeit nicht abgenommen habe. Sie liegen still links und rechts neben mir, berühren manchmal meine Brust oder gleiten mit der Hand über meine Bauchmuskeln. Eine halbe Stunde später steht er mir wieder. Ich stehe auf und gehe zum Schrank, in dem neben dem Bolzenschussgerät ein geschärfter Kleiderhaken, ein rostiges Buttermesser, Streichhölzer aus dem Gotham Bar & Grill und eine halb gerauchte Zigarre liegen; und als ich mich umdrehe, nackt, mein Schwanz steif aufgerichtet, präsentiere ich diese Utensilien und erkläre mit heiserem Flüstern: »Wir sind noch nicht ganz fertig ...« Eine Stunde später werde ich sie ungeduldig zur Tür expedieren, beide angezogen und schniefend, blutend, aber reich entlohnt. Sabrina wird morgen wohl humpeln. Christie wird wohl ein schlimmes blaues Auge zurückbehalten und tiefe Kratzer an den Arschbacken, die ihr der Kleiderbügel zugefügt hat. Blutverschmierte Kleenex werden zerknüllt neben dem Bett liegen, zusammen mit einer leeren Schachtel italienischem Gewürzsalz, das ich bei Dean & Deluca besorgt hatte.

Shopping

DIE KOLLEGEN, für die ich Geschenke kaufen muss, sind unter anderem Victor Powell, Paul Owen, David Van Patten, Craig McDermott, Luis Carruthers, Preston Nichols, Conolly O'Brien, Reed Robison, Scott Montgomery, Ted Madison, Jeff Duvall, Boris Cunningham, Jamie Conway, Hugh Turnball, Frederick Dibble, Todd Hamlin, Mulwyn

Butner, Ricky Hendricks und George Carpenter, und ich hätte heute zwar Jean schicken können, meine Einkäufe zu erledigen, aber ich ließ sie stattdessen dreihundert Designer-Postkarten mit einem Mark-Kostabi-Druck unterschreiben, frankieren und abschicken und gab ihr dann noch die Anweisung, so viel wie möglich über den Fisher-Account ausfindig zu machen, den Paul Owen betreut. Jetzt gehe ich über die Madison Avenue, nachdem ich über eine Stunde lang unschlüssig im Ralph-Lauren-Geschäft an der Seventy-second am Fuß der Treppe herumlungerte, hungrig und verstört auf Strickgilets aus Kaschmir starrte, und als ich mich von der Abfuhr erholt hatte, die mir der blonde Hardbody erteilte, als ich nach ihrer Adresse fragte, verließ ich den Laden mit dem Ruf »Ihr Kinderlein kommet!« Jetzt strafe ich den Penner, der sich im Eingang eines Ladens namens Ear-Karma lümmelt, mit einem gehässigen Blick; er trägt ein Pappschild mit der Aufschrift HUNGRIG UND OBDACHLOS … BITTE HELFT MIR GOTT VERGELT's, und dann finde ich mich auf der Fifth wieder, gehe in Richtung Saks und kann mich nicht erinnern, ob ich die Kassette im Videorekorder ausgewechselt habe, und plötzlich fürchte ich, ich könnte *Pamelas geiles Fickloch* mit *thirtysomething* überspielen. Auch eine Xanax richtet gegen diese Panik nichts aus. Saks verstärkt sie noch.

… Füller und Fotoalben, Bücherstützen und extra leichte Reisekoffer, elektrische Schuhbürsten und heizbare Handtuchständer und versilberte Thermoskannen und handtellergroße tragbare Fernseher mit Kopfhörern, Vogelhäuschen und Kerzenständer, Platzdeckchen, Picknickkörbe und Eiskübel, extra große Taschentücher mit Spitzenbesatz und Regenschirme und Golfschläger aus Sterlingsilber mit Monogramm und Rauchvernichter mit Aktivkohle und Schreibtischlampen und Parfümflakons, Schmuckkästchen und Sweater und Korbständer für Zeitschriften und Ablagekästen und Aktentaschen fürs Büro, Schreibtischsets, Schals, Hängemappen, Adressbücher, Taschenkalender … Auf meinem Wunschzettel für Weihnachten steht: (1) eine Tischreservierung für Freitagabend acht Uhr für mich und Courtney im Dorsia, (2) zur Weihnachtsfeier von Donald Trump auf seine Yacht eingeladen werden, (3) alles Menschenmögliche über Paul Owens mysteriösen Fisher-Account in Erfahrung bringen, (4) einem Hardbody den Kopf absägen und ihn Robin Barker – diesem dämlichen Hund – per Federal Express zu Solomon Brothers schicken und (5) mich bei Evelyn entschuldigen, ohne dass es allzu sehr nach Entschuldigung aussieht. In der *Patty Winters Show* ging es heute Morgen um Frauen, die mit Homosexuellen verheiratet sind, und ich hätte fast Courtney angerufen, um sie – natürlich im Scherz – zu warnen, aber dann besann ich mich eines Besseren, weil mir die Vorstellung eines Luis Carruthers, der einen Antrag macht, einer Courtney, die verschämt annimmt, und der anschließenden Alptraum-Flitterwochen ein nicht unbeträchtliches Vergnügen bereitete. Der nächste Penner, der mein Missfallen erregt, bibbert an der Ecke Fifty-seventh und Fifth im Nieselregen, und ich gehe hin, kneife ihn zärtlich in die Wange und lache laut auf. »Dreimal werden wir noch wach, heißa!, dann ist Weihnachtstag!« Der Chor der Heilsarmee intoniert disharmonisch »Joy to the World«. Ich winke jemand zu, der genau wie Duncan McDonald aussieht, und suche dann bei Bergdorfs Unterschlupf.

… Paisleyschlipse und Wasserkaraffen aus Bleikristall, Tumblersets und Schreibtischuhren, die Temperatur, Luftfeuchtigkeit und Luftdruck messen, Notebooks für die Adressenkartei und Margaritagläser, Stumme Diener und Dessertschälchen, Briefkarten und Spiegel und wasserfeste Uhren für die Dusche und Schürzen und Sweater und Matchbeutel und Champagnerflaschen und Tinnefdöschen aus Porzellan und Badetücher mit Monogramm und Minitaschenrechner für die Reise zum Umrechnen von Wechselkursen und silberbeschlagene Adressbücher und Briefbeschwerer mit Fischen und Kassetten mit edlem Briefpapier und Korkenzieher und CDs und handgefertigte Tennisbälle und Pedometer und Kaffeebecher …

Während ich, immer noch bei Bergdorfs, am Clinique-Stand Peelinglotion kaufe, schaue ich auf meine Rolex, um zu sehen, ob mir noch genug Zeit für Einkäufe bleibt, ehe ich mich mit Tim Severt um sieben im Princeton Club auf einen Drink treffen muss. Heute Morgen habe ich zwei Stunden trainiert, bevor ich ins Büro ging, und obwohl mir jetzt auch eine Massage gut getan hätte (denn meine Muskeln sind stark übersäuert von dem harten Trainingsprogramm, dem ich mich im Moment unterziehe), oder eine Gesichtsbehandlung (auch wenn ich gestern schon eine hatte), bringen die kommenden Wochen so viele Cocktailpartys, die ich auf keinen Fall versäumen darf, dass ich mit meinem Einkaufspensum in Rückstand geraten könnte, also wird es das Beste sein, meine Einkäufe zügig hinter mich zu bringen. Vor F.A.O. Schwarz läuft mir Bradley Simpson von P&P über den Weg, und er trägt einen Glencheckanzug aus Kammgarn mit fallendem Revers von Perry Ellis, ein Hemd aus Baumwolle von Gitman Brothers, eine Seidenkrawatte von Savoy, einen Chronografen mit Krokolederarmband von Breil, einen Regenmantel aus Baumwolle von Paul Smith und einen Biberfilzhut von Paul Stuart. Nachdem er mich mit »Hey Davis« begrüßt hat, spule ich aus unerfindlichen Gründen in alphabetischer Reihenfolge die Namen aller acht Rentiere ab, und als ich damit fertig bin, grinst er und sagt: »Hör mal, sehe ich dich am Zwanzigsten auf der Weihnachtsfeier bei Nekenieh?« Ich lächle und versichere ihm, nichts könne mich am Zwanzigsten von Nekenieh fernhalten, und im Gehen, während ich niemand Bestimmtem zunicke, rufe ich ihm hinterher: »Hey Arschloch, ich will dich verrecken sehen, verwichster *Aaaarschfickaaaaaah*«, und dann heule ich auf wie ein Nachtgespenst, fege über die Fifty-eigth und knalle meinen Bottega-Veneta-Aktenkoffer gegen eine Wand. Auf der Lexington singt der nächste Chor »Hark the Herald Angels«, und ich lege ihnen heulend einen Stepptanz hin, ehe ich wie ein Zombie auf Bloomingdale's zuwanke, wo ich mich auf den erstbesten Krawattenständer stürze und dem kleinen Arschficker hinter der Theke zusäusele: »Wunderbar, ganz wunderbar«, während ich einen seidenen Ascot befummele. Der Typ scheint einem Flirt nicht abgeneigt und fragt, ob ich ein Model bin. »Wir sehen uns in der Hölle«, sage ich und ziehe weiter.

… Vasen und Fedoras mit Federhutband und Kosmetikkoffer aus Krokoleder mit Flaschen aus vergoldetem Silber und Bürsten und Schuhanzieher, die zweihundert Dollar kosten, und Kerzenständer und Kissenbezüge und Handschuhe und Slipper und Puderquasten und handgestrickte Baumwollpullover mit Schneeflockenmuster und lederne Schlittschuhe und Skibrillen im Porsche-Design und Apothekenflaschen und Diamantohrringe und seidene Krawatten und Stiefel und Parfümflakons und Diamantohrringe und Stiefel und Wodkagläser und Visitenkartenetuis und Kameras und Mahagonitabletts und Schals und Aftershaves und Fotoalben und Salz- und Pfefferstreuer und Keksdosen aus Keramik und Schuhanzieher für zweihundert Dollar und Rucksäcke und Lunchboxen aus Aluminium und Kissenbezüge … Ein seelischer Abgrund tut sich vor mir auf, während ich bei Bloomingdale's stöbere, und zwingt mich, zunächst ein Telefon zu finden und meinen Anrufbeantworter abzuhören, dann, nachdem ich drei Halcion genommen habe (da mein Körper inzwischen gegen das Medikament resistent geworden ist, schläfert es mich nicht mehr ein – es scheint mich nur noch vor dem totalen Wahnsinn zu bewahren), zieht es mich den Tränen nahe zum Clinique-Stand, wo ich mit meiner Platin-Am-Ex sechs Tuben Rasiercreme kaufe, während ich nervös versuche, mit den zwei Mädchen am Stand zu flirten, und ich komme zu dem Schluss, dass diese innere Leere zumindest teilweise damit zu tun hat, wie ich Evelyn gestern Abend im Bacardia behandelt habe, obwohl andererseits auch die Möglichkeit besteht, dass es mit dem Tracking meines Videorekorders zusammenhängt, und während ich im Geiste einen Kurzauftritt bei Evelyns Weihnachtsfeier einplane – ich bin fast versucht, eins der Clinique-Girls zu fragen, ob sie mich begleiten will –, merke ich mir gleichzeitig vor, unbedingt in der Bedienungsanleitung meines Videorekorders nachzuschlagen und dem Tracking-Problem auf den Grund zu gehen. Ich sehe ein zehnjähriges Mädchen, das neben seiner Mutter steht, die einen Schal kauft und irgendwelchen Schmuck, und denke: Nicht übel. Ich trage einen Übermantel aus Kaschmir, eine zweireihige Sportjacke aus karierter Wolle mit Alpaka, eine Bundfaltenhose aus reiner Wolle, einen gemusterten Seidenschlips, alles von Valentino Couture, und lederne Schnürschuhe von Allen-Edmonds.

Weihnachtsfeier

ICH NEHME EIN PAAR DRINKS mit Charles Murphy bei Rusty's, um mich zu stärken, bevor ich bei Evelyns Weihnachtsfeier aufkreuze. Ich trage einen Anzug aus Wolle und Seide mit doppelreihigem Vierknopfsakko, ein Baumwollhemd mit Button-Down-Kragen von Valentino Couture, eine gemusterte Seidenkrawatte von Armani und Lederslipper mit gerader Kappe von Allen-Edmonds. Murphy trägt einen Anzug aus Wollgabardine von Courrèges mit zweireihigem Sechsknopfsakko, ein gestreiftes Baumwollhemd mit Tabkragen und eine Seidencrêpekrawatte mit Foulardmuster, beides von Hugo Boss. Er ist gerade mitten in einer Schimpfkanonade über die Japaner – »Sie haben das Empire State Building gekauft und Nell's. *Nell's*, ist das nicht unglaublich, Bateman?«, wettert er bei seinem zweiten Absolut auf Eis –, und das bewegt etwas in mir, löst etwas in mir aus, und nachdem ich Rusty's verlassen habe und auf der Upper West Side herumwandere, finde ich mich zusammengekauert im Eingang des früheren Carly Simon's wieder, einem sehr angesagten J.-Akail-Restaurant, das letzten Herbst geschlossen hat, und ich springe einen vorbeifahrenden japanischen Fahrradboten an, stoße ihn vom Fahrrad und ziehe ihn in den Hauseingang; seine Beine sind immer noch in seinem Schwinn-Fahrrad verhakt, was sich als ein Vorteil herausstellt, als ich ihm die Kehle durchschneide – leicht, ohne Anstrengung –, weil das krampfhafte Zucken der Beine, das diese Prozedur normalerweise begleitet, durch das Fahrrad verhindert wird, das er trotzdem noch fünf-, sechsmal anzuheben schafft, während er an seinem eigenen heißen Blut erstickt. Ich öffne die Kartons mit japanischem Essen und schütte ihren Inhalt über ihm aus, aber zu meiner Überraschung fällt statt Sushi, Teriyaki und Sojanudeln Huhn mit Cashewnüssen auf sein verzerrtes blutiges Gesicht, und Rindfleisch Chow Mein und gebratener Reis mit Krabben und Schweinefleisch Moo Shu spritzen auf seine bebende Brust, und dieser ärgerliche Rückschlag – aus Versehen die falsche Art von Asiaten zu töten – animiert mich, auf der Rechnung nachzusehen, an wen diese Bestellung ging – Sally Rubinstein –, und mit meinem Montblanc-Füller *Dich krieg ich auch noch ... Nutte* auf die Rückseite zu schreiben; dann lege ich die Rechnung auf das Gesicht des toten Jungen, zucke entschuldigend mit den Schultern, murmele: »Äh, tut mir leid«, und erinnere mich, dass es in der *Patty Winters Show* heute Morgen um Teenager ging, die Sex gegen Crack verkaufen. Ich war heute Morgen zwei Stunden im Fitnesscenter und schaffe jetzt zweihundert Bauchmuskelübungen in weniger als drei Minuten. In der Nähe von Evelyns Haus gebe ich einem frierenden Bettler eins von den Glücksplätzchen, die ich dem Fahrradboten abgenommen habe, er stopft es sich samt Orakelspruch in den Mund und nickt dankend. »Verdammte Drecksau«, brumme ich laut genug, dass er es hören kann. Als ich um die Ecke biege und auf Evelyns Haus zugehe, fällt mir auf, dass die Polizei *immer noch* die Straße vor dem Haus abgesperrt hat, in dem ihre Nachbarin Victoria Bell enthauptet wurde. Vier Limousinen parken davor, eine mit laufendem Motor.

Ich komme zu spät. Wohn- und Esszimmer sind bereits voll mit Leuten, mit denen ich eigentlich nicht reden will. Große, kräftige Blautannen mit blinkenden weißen Lichtern stehen links und rechts neben dem Kamin. Es läuft eine CD mit alten Weihnachtsliedern aus den Sechzigern, gesungen von den Ronettes. Ein Barkeeper im Smoking gießt Champagner und Eggnog ein, mixt Manhattans und Martinis, öffnet etliche Flaschen Calera-Jensen-Pinot-Noir und Chappellet-Chardonnay. Zwanzig Jahre alte Portweine sind auf einer provisorischen Bar zwischen Vasen mit Weihnachtssternen aufgereiht. Ein langer Klapptisch ist mit einer roten Tischdecke bedeckt und vollgestellt mit Schalen, Tellern und Schüsseln mit gerösteten Haselnüssen und Hummer und Austerncremesuppe und Selleriesuppe mit Äpfeln und Beluga-Kaviar auf Toastecken und Rahmzwiebeln und gerösteter Gans mit Maronen-Füllung und Kaviar in Blätterteig und Gemüsequiches mit Tapenade, gerösteter Ente und gegrilltem Kalbsrücken mit Schalotten und Gnocchi-Gratin und Gemüsestrudel und Waldorfsalat und Kammmuscheln und Bruschette mit

Mascarpone und weißen Trüffeln und Soufflé von grünem Chili und geröstetem Rebhuhn mit Salbei, Kartoffeln und Zwiebeln und Preiselbeersauce, Mincemeat Pies und Schokoladentrüffeln und Zitronensoufflétorten und Tarte Tatin mit Pekanüssen. Überall brennen Kerzen, alle in Tiffany-Kerzenhaltern aus Sterlingsilber. Ich weiß wirklich nicht, ob ich halluziniere, aber hier scheinen Liliputaner in rotgrüner Gartenzwergkluft mit Tabletts voll Häppchen herumzulaufen. Ich tue so, als hätte ich nichts bemerkt, und steuere direkt auf die Bar zu, wo ich ein Glas gar nicht mal schlechten Champagners kippe, und dann begebe ich mich zu Donald Petersen, dem man, wie den meisten Männern hier, ein Papiergeweih auf dem Kopf befestigt hat. Auf der anderen Seite des Raums trägt Cassandra, die fünfjährige Tochter von Maria und Darwin Hutton, ein 700-Dollar-Samtkleid mit Petticoat von Nancy Halser. Nach einem zweiten Glas Champagner gehe ich zu Martinis über – doppelte mit Absolut –, und nachdem ich mich ausreichend beruhigt habe, inspiziere ich den Raum noch einmal genau, *aber die Liliputaner sind noch da.*

»Zu viel Rot«, murmele ich wie in Trance vor mich hin. »Macht mich nervös.«

»Hey, McCloy«, sagt Petersen. »Wie findest du das?«

Ich fange mich wieder und frage automatisch: »Ist das die *Les-Misérables*-Aufnahme mit der britischen Besetzung?«

»Hey, ein super-duper Weihnachten wünsch ich dir.« Er zeigt betrunken mit dem Finger auf mich.

»Was ist denn das für Musik?«, frage ich, völlig verärgert. »Und außerdem, Sir, Apfel, Nuss und Mandelkern, haben alle Kinder gern.«

»Bill Septor«, sagt er und zuckt mit den Schultern. »Ich glaube Septor oder Skeptor.«

»Warum legt sie um Gottes willen nicht Talking Heads auf«, beklage ich mich verbittert.

Courtney steht am anderen Ende des Zimmers, hält ein Champagnerglas und ignoriert mich völlig.

»Oder *Les Miz*«, schlägt er vor.

»Die Aufnahme des amerikanischen oder des britischen Ensembles?« Meine Augen verengen sich, ich stelle ihn auf die Probe.

»Äh, die britische«, sagt er, während Zwergenhände jedem von uns einen Teller Waldorfsalat reichen.

»Mit Sicherheit«, murmele ich und starre dem davonwatschelnden Zwerg nach.

Plötzlich kommt Evelyn auf uns zu. Sie trägt eine sandfarbene Jacke und eine Samthose von Ralph Lauren, und in einer Hand hält sie einen Mistelzweig, den sie über meinen Kopf hält, und in der anderen eine Zuckerstange.

»Mistelzweigalarm!«, juchzt sie und küsst mich trocken auf die Wange. »Fröhliche Weihnachten, Patrick. Fröhliche Weihnachten, Jimmy.«

»Fröhliche ... Weihnachten«, sage ich und kann sie nicht wegstoßen, weil ich einen Martini in der einen und einen Waldorfsalat in der anderen Hand habe.

»Du bist zu spät gekommen, Liebling«, sagt sie.

»Ich bin nicht zu spät gekommen«, sage ich, kaum protestierend.

»Doch, bist du«, sagt sie im Singsang.

»Ich war die ganze Zeit hier«, sage ich und schiebe sie weg.

»Du hast mich nur nicht gesehen.«

»Oh, hör auf, so finster zu gucken. Du bist ein richtiger Gremlin.« Sie wendet sich zu Petersen. »Hast du gewusst, dass Patrick ein Gremlin ist?«

»Ach, Humbug«, seufze ich und starre rüber zu Courtney. »Teufel, wir alle wissen, dass McCloy ein Gremlin ist«, schwadroniert Petersen betrunken. »Wie geht's, Herr Gremlin?«

»Und was wünscht sich mein Gremlin zu Weihnachten?«, fragt Evelyn mit Kleinmädchenstimme. »War mein Gremlin dieses Jahr auch artig?«

Ich seufze. »Der Gremlin wünscht sich einen Burberry-Regenmantel, einen Kaschmirpullover von Ralph Lauren, eine neue Rolex, eine Autoanlage …«

Evelyn hört auf, an ihrer Zuckerstange zu lutschen, um mich zu unterbrechen. »Aber du *hast* kein Auto, Liebling.«

»Ich will trotzdem eine.« Ich seufze noch mal. »Der Gremlin will trotzdem eine Autoanlage.«

»Wie schmeckt der Waldorfsalat?«, fragt Evelyn besorgt. »Meinst du, er ist in Ordnung?«

»Köstlich«, murmele ich, verrenke mir den Hals, entdecke jemanden, bin plötzlich beeindruckt. »Hey, du hast mir nicht gesagt, dass Laurence Tisch eingeladen ist.«

Sie dreht sich um. »Wovon redest du?«

»Warum«, frage ich, »reicht Laurence Tisch ein Tablett mit Kanapees herum?«

»Oh Gott, Patrick, das *ist* nicht Laurence Tisch«, sagt sie. »Das ist einer von den Weihnachts-Wichteln.«

»Einer *wovon*? Du meinst die Liliputaner.«

»Das sind *Wichtelmänner*«, betont sie. »Die Helferlein des Weihnachtsmanns. Mein Gott, so ein Miesepeter. Guck sie doch mal an. Sie sind reizend. Der da drüben ist Rudolph, der, der die Zuckerstangen verteilt, ist Blitzen. Der andere ist Donner …«

»Moment mal, Evelyn, warte«, sage ich, schließe meine Augen und halte die Hand mit dem Waldorfsalat hoch. Ich schwitze, Déjà-vu, aber warum? Habe ich diese Wichtelmänner schon mal gesehen? Vergiss es. »Ich … das sind die Namen der Rentiere. Nicht der Wichtelmänner. Blitzen war ein *Rentier*.«

»Das einzige jüdische«, erinnert uns Petersen.

»Oh …« Evelyn scheint bestürzt über diese Information, und sie sieht hinüber zu Petersen, um eine Bestätigung einzuholen. »Stimmt das?«

Er zuckt mit den Schultern, denkt darüber nach und sieht verwirrt aus. »Hey, Baby, Rentiere, Wichtel, Gremlins, Börsenmakler … Teufel, was macht das schon für einen Unterschied, solange der Cristal fließt, he?« Er kichert und stubst mich in die Seite. »Stimmt das nicht, Mr. Gremlin?«

»Findet ihr nicht, dass es weihnachtlich ist?«, fragt sie hoffnungsvoll.

»Oh ja, Evelyn«, sage ich. »Es ist weihnachtlich, Hand aufs Herz und nicht gelogen.«

»Aber unser Miesepeter ist zu spät gekommen«, schmollt sie und wedelt anklagend mit dem verdammten Mistelzweig in meine Richtung. »Und kein Wort über den Waldorfsalat.«

»Weißt du, Evelyn, in dieser Weltstadt gab's 'ne Menge anderer Weihnachtspartys, zu denen ich hätte gehen können, und trotzdem bin ich zu dir gekommen. Warum?, magst du fragen. Warum?, habe ich mich selbst gefragt. Ich habe keine passende Antwort gefunden, und doch bin ich hier, also sei … äh, dankbar, Babe«, sage ich.

»Oh, *das* ist also mein Weihnachtsgeschenk?«, fragt sie sarkastisch. »Wie süß, Patrick, wie aufmerksam.«

»Nein, *das* ist es.« Ich gebe ihr eine Nudel, die ich gerade an meiner Manschette entdeckt habe. »Bitte.«

»Oh Patrick, mir kommen gleich die Tränen«, sagt sie und lässt die Nudel im Kerzenlicht baumeln. »Sie ist wunderschön. Darf ich sie gleich anstecken?«

»Nein. Verfütter sie an einen der Wichtel. Der da sieht ziemlich hungrig aus. Entschuldige mich, ich brauche noch einen Drink.«

Ich reiche Evelyn den Teller Waldorfsalat, ziehe an Petersens Geweih und steuere auf die Bar zu, »Stille Nacht« summend und leicht enttäuscht über das, was die meisten Frauen anhaben – weite Kaschmirpullover, Blazer, lange Wollröcke, Cordkleider, Rollkragenpullover. Kaltes Wetter. Keine Hardbodys.

Paul Owen steht mit einer Champagnerflöte in der Hand an der Bar und betrachtet seine antike Silbertaschenuhr (zweifelsohne von Hammacher Schlemmer), und ich will gerade zu ihm rübergehen und etwas über den verdammten Fisher-Account sagen, als Humphrey Rhinebeck bei dem Versuch, nicht auf einen der Wichtel zu treten, gegen mich stößt; er trägt immer noch einen Chesterfield-Mantel aus Kaschmir von Crombie, gekauft bei Lord & Taylor, einen zweireihigen Wollsmoking mit steigendem Revers, ein Baumwollhemd von Perry Ellis, eine Fliege von Hugo Boss, und die Art, wie er sein Papiergeweih trägt, lässt darauf schließen, dass er gar nichts davon weiß. Und diese Niete leiert mechanisch: »Hey, Bateman, letzte Woche habe ich ein neues Tweedjackett mit Fischgrätmuster zum Ändern zu meinem Schneider gebracht.«

»Tja, hm, da scheint es mir angebracht zu gratulieren«, sage ich und schüttele ihm die Hand. »Das ist ... *prima*.«

»Danke.« Er wird rot und sieht zu Boden. »Jedenfalls hat er bemerkt, dass der Händler das Originallabel entfernt und stattdessen eins von seinen eigenen eingenäht hat. Jetzt frage ich mich, kann so was legal sein?«

»Ich weiß, es ist kompliziert«, sage ich, während ich mich immer noch durch die Menge schiebe. »Hat ein Händler dem Hersteller eine Kollektion erst einmal abgekauft, ist es völlig legal, wenn er das ursprüngliche Label durch sein eigenes ersetzt. Es ist allerdings nicht legal, es durch das Label eines *anderen* Händlers zu ersetzen.«

»Moment mal, wieso das?«, fragt er und versucht, an seinem Martini-Glas zu nippen, während er bemüht ist, mir zu folgen.

»Weil die Angaben über die Zusammensetzung der Fasern und das Herkunftsland und die Handelsregisternummer des Herstellers unangetastet bleiben müssen. Labelfälschungen sind schwer festzustellen und werden selten angezeigt«, schreie ich über die Schulter. Courtney küsst

Paul Owen auf die Wange, und schon halten beide Händchen. Ich erstarre und bleibe stehen. Rhinebeck rempelt mich an. Aber Courtney bewegt sich weiter und winkt jemandem am anderen Ende des Raumes zu.

»Und was ist jetzt die beste Lösung?«, ruft Rhinebeck hinter mir.

»Kauf dir bekannte Marken bei Händlern, die du kennst, und nimm dieses verdammte Geweih vom Kopf, Rhinebeck. Du siehst aus wie ein Trottel.« Ich gehe, aber erst, als Humphrey seinen Kopfschmuck ertastet hat. »Oh mein *Gott.*«

»Owen!«, rufe ich und halte ihm fröhlich eine Hand entgegen, während die andere einen Martini vom Tablett eines vorbeigehenden Wichtels greift.

»Marcus! Frohe Weihnachten«, sagt Owen und schüttelt mir die Hand. »Was hast du so gemacht? Workaholic, nehm ich an.«

»Lange nicht gesehen«, sage ich und blinzle. »Workaholic, was?«

»Na ja, wir sind gerade vom Knickerbocker Club zurück«, sagt er und grüßt jemanden, der gerade vorbeikommt – »Hey, Kinsley« –, ehe er sich wieder mir zuwendet. »Wir fahren zu Nell's. Die Limos stehen vorm Haus.«

»Wir sollten mal essen gehen«, sage ich und überlege, wie ich am besten den Fisher-Account aufs Tapet bringen kann, ohne mich zu blamieren.

»Ja, das wäre großartig«, sagt er. »Vielleicht könntest du …«

»*Cecelia* mitbringen?«, rate ich.

»Ja. Cecelia«, sagt er.

»Oh, *Cecelia* wäre … begeistert«, sage ich. »Gut, machen wir.« Er lächelt.

»Ja. Wir könnten ins … Le Bernardin gehen«, sage ich, und nach einer Pause: »Und vielleicht … *Seafood* essen? Hmmm?«

»Le Bernardin ist dieses Jahr in der Top Ten im Zagat.« Er nickt. »Weißt du das?«

»Wir könnten da …« Ich zögere nochmals, starre ihn an, dann, entschlossener: »*Fisch* essen. Nein?«

»Seeigel«, sagt Owen, während er seine Augen durch den Raum schweifen lässt. »Meredith liebt die Seeigel dort.«

»Wirklich?«, frage ich und nicke.

»Meredith«, ruft er und gestikuliert zu jemandem hinter mir. »Komm her.«

»Sie ist *hier*?«, frage ich.

»Sie unterhält sich da drüben mit Cecilia«, sagt er. »Meredith«, ruft er und winkt. Ich drehe mich um. Meredith und Evelyn kommen zu uns rüber.

Ich fahre zu Owen herum.

Meredith kommt mit Evelyn zu uns. Meredith trägt ein perlenbesticktes Wollgabardinekleid mit Bolero von Geoffrey Beene, gekauft bei Barney's, goldene Ohrringe mit Diamanten von James Savitt ($ 13000), Handschuhe von Geoffrey Beene für Portolano Products, und sie sagt: »Ja, Jungs? Worum geht's? Macht ihr gerade euren Wunschzettel?«

»Die Seeigel im Le Bernardin, Liebling«, sagt Owen. »Mein *Lieblings*thema.« Meredith legt einen Arm um meine Schulter, während sie mir flüsternd anvertraut: »Sie sind fantastisch.«

»Köstlich.« Ich huste nervös.

»Wie findet ihr denn den Waldorfsalat?«, fragt Evelyn. »Hat er euch geschmeckt?«

»Cecelia, Liebling, ich habe ihn noch nicht probiert«, sagt Owen und erkennt jemanden am anderen Ende des Raumes. »Aber ich möchte gern wissen, warum Laurence Tisch den Eggnog serviert.«

»Das *ist* nicht Laurence Tisch«, winselt Evelyn, jetzt ernstlich beunruhigt. »Das ist ein Weihnachts-Wichtel. Patrick, was hast du ihm erzählt?«

»Nichts«, sage ich. »*Cecelia!*«

»Außerdem, Patrick, bist du ein Gremlin.«

Bei der wiederholten Erwähnung meines Namens fange ich sofort an zu quasseln, in der Hoffnung, dass Owen nichts gemerkt hat. »Na ja, *Cecelia*, ich hab ihm gesagt, dass ich der Meinung bin, dass es eine, ja weißt du, eine Mischung aus beiden ist, eine Art …« Ich höre auf zu reden und schaue sie kurz an, bevor ich lahm beende: »Weihnachts-Tisch.« Dann nehme ich nervös ein Sträußchen Petersilie von einer Scheibe Fasanen-Patié, die ein Wichtel vorbeiträgt, und halte es über Evelyns Kopf, bevor sie etwas sagen kann. »Mistelzweigalarm!«, schreie ich, und um uns herum ducken sich die Leute plötzlich, und dann küsse ich sie auf den Mund, während ich Owen und Meredith ansehe, die mich beide seltsam angaffen, und aus dem Augenwinkel erhasche ich einen Blick auf Courtney, die sich mit Rhinebeck unterhält und mich dabei hasserfüllt und außer sich anstarrt.

»Oh, Patrick –«, beginnt Evelyn.

»*Cecelia!* Komm sofort her.« Ich zerre an ihrem Arm und sage dann zu Owen und Meredith: »Entschuldigt uns. Wir haben was mit diesem Wichtel zu besprechen.«

»Es tut mir so leid«, sagt sie zu den beiden und zuckt hilflos mit den Schultern, während ich sie wegschleife. »Patrick, was ist los?«

Ich bugsiere sie in die Küche.

»Patrick?«, fragt sie. »Was machen wir in der Küche?«

»Hör zu«, sage ich, packe sie an den Schultern und sehe sie an. »Lass uns hier abhauen.«

»Oh, Patrick«, seufzt sie. »Ich kann nicht einfach abhauen. Amüsierst du dich nicht?«

»*Warum* kannst du nicht gehen?«, frage ich. »Ist das zu viel verlangt? Du warst doch lange genug hier.«

»Pat*rick*, das ist *meine* Weihnachtsfeier«, sagt sie. »Außerdem müssen die Wichtel jeden Moment ›O Tannenbaum‹ singen.«

»Los, Evelyn. Lass uns einfach abhauen.« Ich bin am Rande eines hysterischen Anfalls, habe panische Angst, dass Paul Owen oder, noch schlimmer, Marcus Halberstam in die Küche kommen. »Ich möchte dich aus all dem hier rausholen.«

»Aus *was*?«, fragt sie, dann verengen sich ihre Augen. »Dir hat der Waldorfsalat nicht geschmeckt, oder?«

»Ich möchte dich *hier* rausholen«, sage ich und fuchtele in der Küche herum. »Weg von Sushi und Wichteln und … und so.«

Ein Wichtel kommt in die Küche und setzt ein Tablett mit schmutzigen Tellern ab, und hinter ihm, über ihm, kann ich Paul Owen sehen, wie er sich zu Meredith beugt, die ihm über den Lärm der Weihnachtsmusik hinweg etwas ins Ohr schreit, und er sucht den Raum nach jemandem ab, nickt, dann läuft Courtney ins Bild, und ich greife Evelyn und ziehe sie noch dichter an mich.

»Sushi? Wichtel? Patrick, du bringst mich ganz *durcheinander*«, sagt Evelyn. »Und das gefällt mir gar nicht.«

»Lass uns *gehen*.« Ich drücke sie grob und zerre sie zur Hintertür. »Lass uns einmal verrückt sein. Nur einmal in deinem Leben, Evelyn, sei verrückt.«

Sie bleibt stehen, lässt sich nicht weiterzerren, und dann beginnt sie zu lächeln, über mein Angebot nachdenkend, aber nur halb überzeugt.

»Komm schon …« Ich fange an zu winseln. »Das wäre mein schönstes Weihnachtsgeschenk.«

»Oh nein, ich war schon bei Brooks Brothers und –«, beginnt sie.

»Hör auf. Komm schon, ich wünsch es mir«, sage ich, und dann, in einem letzten, verzweifelten Versuch, lächle ich kokett, küsse sie leicht auf den Mund und füge hinzu: »*Mrs.* Bateman?«

»Oh, Patrick«, seufzt sie, dahinschmelzend. »Aber wer soll aufräumen?«

»Das machen die Liliputaner«, versichere ich ihr.

»Aber das muss doch jemand beaufsichtigen, Liebling.«

»Such dir einen Wichtel aus. Mach den da drüben zum Oberwichtel«, sage ich. »Aber lass uns gehen, *sofort.*« Ich ziehe sie zur Hintertür des Hauses, ihre Schuhe quietschen, als sie über die Muscoli-Marmorfliesen schleifen.

Und dann sind wir aus der Tür, rennen die Straße vor dem Haus entlang, und ich halte an und spähe um die Ecke, ob Gäste, die wir kennen, gerade kommen oder gehen. Wir spurten zu einer Limousine, von der ich glaube, dass sie Owen gehört, aber ich will nicht, dass Evelyn Verdacht schöpft, deshalb gehe ich einfach zu der nächsten, öffne die Tür und schiebe sie rein.

»Patrick«, quietscht sie erfreut. »Das ist so ungezogen. Und dann noch eine Limo –« Ich mache ihr die Tür vor der Nase zu und gehe ums Auto herum und klopfe beim Fahrer ans Fenster. Der Fahrer lässt es runter.

»Hi«, sage ich und reiche ihm die Hand. »Pat Bateman.« Der Fahrer glotzt nur, eine unangezündete Zigarre zwischen den zusammengepressten Lippen, zuerst auf meine ausgestreckte Hand, dann in mein Gesicht, dann nach oben auf meinen Kopf. »Pat Bateman«, wiederhole ich. »Was, äh, was ist?«

Er sieht mich weiter an. Zögernd fasse ich in mein Haar, um zu sehen, ob es durcheinandergeraten ist oder nicht mehr richtig sitzt, und zu meinem Schrecken und meiner Überraschung ertaste ich zwei Papiergeweihe. Zwei Geweihe sitzen auf meinem verdammten Kopf. Ich brumme: »Jesus, wah!«, und reiße sie ab, starre sie entsetzt an, wie sie zerknittert in meiner Hand liegen. Ich werfe sie auf die Erde und wende mich wieder dem Fahrer zu.

»Also. Pat Bateman«, sage ich und streiche mir die Haare zurück.

»Ach ja? Sid.« Er zuckt mit den Schultern.

»Hören Sie zu, Sid. Mr. Owen sagt, wir können diesen Wagen nehmen, also ...« Ich halte inne, mein Atem dampft in der kalten Luft.

»Wer ist Mr. Owen?«, fragt Sid.

»Paul *Owen*. Sie wissen schon«, sage ich. »Ihr Kunde.«

»Nein. Dies ist Mr. Barkers Limo«, sagt er. »Trotzdem: Schönes Geweih.«

»Scheiße«, sage ich und renne um die Limo rum, um Evelyn herauszuholen, bevor es zum Schlimmsten kommt, aber es ist zu spät. In der Sekunde, in der ich die Tür öffne, steckt Evelyn den Kopf heraus und zwitschert: »Patrick, Liebling, *wunderbar. Champagner*« – sie hält eine Flasche Cristal in der einen Hand und eine goldene Schachtel in der anderen – »und *Trüffel*.«

Ich greife ihren Arm, reiße sie aus dem Wagen, murmele leise als Entschuldigung: »Falsche Limo, nimm die Trüffel«, und wir steuern auf die nächste Limousine zu. Ich öffne die Tür und helfe Evelyn hinein, gehe dann nach vorn und klopfe beim Fahrer ans Fenster. Er lässt es runter. Er sieht genau wie der andere Fahrer aus.

»Hi. Pat Bateman«, sage ich und strecke die Hand aus.

»Ja? Hi. Donald Trump. Meine Frau Ivana sitzt hinten«, kontert er sarkastisch.

»Hey, Vorsicht«, warne ich. »Hören Sie, Mr. Owen sagt, wir können seinen Wagen nehmen. Ich bin ... oh verdammt. Ich meine, ich bin Marcus.«

»Sie sagten gerade, ihr Name sei Pat.«

»Nein, das war falsch«, sage ich streng und starre ihn direkt an.

»Das stimmt nicht, dass ich Pat heiße. Mein Name ist Marcus. Marcus Halberstam.«

»Da sind Sie sich jetzt sicher, ja?«, fragt er.

»Hören Sie zu, Mr. Owen sagt, ich kann seinen Wagen heute Abend haben, also ...« Ich halte inne. »Wissen Sie, fahren Sie einfach los.«

»Ich denke, ich sollte erst mit Mr. Owen sprechen«, sagt der Fahrer amüsiert, mit mir spielend.

»Nein, warten Sie!«, sage ich, dann etwas ruhiger: »Hören Sie zu, ich bin … das geht schon in Ordnung, wirklich.« Ich kichere in mich hinein. »Mr. Owen ist in sehr, sehr schlechter Stimmung.«

»Ich darf das wirklich nicht«, sagt der Fahrer, ohne mich anzusehen. »Es ist total illegal. Nichts zu machen. Vergessen Sie's.«

»Ach, kommen Sie schon, Mann«, sage ich.

»Es verstößt gegen meine Vorschriften.«

»Scheiß auf die Vorschriften«, belle ich ihn an.

»Scheiß auf die Vorschriften?«, fragt er, nickt und lächelt.

»Mr. Owen sagt, es ist okay«, sage ich. »Vielleicht haben Sie mir nicht zugehört.«

»Nee. Geht nicht.« Er schüttelt den Kopf.

Ich zögere, richte mich auf, fahre mir mit der Hand übers Gesicht, atme durch und beuge mich wieder hinunter. »Hören Sie …« Ich atme wieder ein. »Da drinnen sind Liliputaner.« Ich deute mit dem Daumen zurück zum Haus. »Liliputaner, die gleich ›O Tannenbaum‹ singen werden …« Ich sehe ihn flehend an, mitleidheischend und angemessen verängstigt zugleich. »Kann man sich etwas Schaurigeres vorstellen? Einen« – ich schlucke – »Wichtelchor?« Ich zögere, bitte dann schnell: »Haben Sie ein Herz.«

»Hören Sie, Mister –«

»Marcus«, erinnere ich ihn.

»Marcus. Egal. Ich werde nicht gegen die Vorschriften verstoßen. Ich habe sie nicht gemacht. Das ist Vorschrift, daran halte ich mich.«

Wir verfallen beide in Schweigen. Ich seufze, sehe mich um, überlege, ob ich Evelyn zu der dritten Limo schleifen soll oder vielleicht zurück zu Barkers Wagen – aber nein, *verdammt* noch mal, ich will *Owens*. Inzwischen seufzt der Fahrer und sagt: »Wenn die Zwerge singen wollen, sollen sie singen.«

»Scheiße«, fluche ich und hole meine Gazellenlederbrieftasche heraus. »Hier sind hundert.« Ich gebe ihm zwei Fünfziger.

»Zweihundert«, sagt er.

»Diese Stadt ist das Letzte«, murmele ich und gebe ihm das Geld.

»Wo wollen Sie hin?«, fragt er, nimmt die Geldscheine mit einem Seufzer und startet den Wagen.

»Club Chernoble«, sage ich, laufe zum Fond und öffne die Tür.

»Ja, Sir«, ruft er.

Ich springe hinein und kann gerade noch die Tür schließen, ehe der Fahrer aufs Gas tritt und Richtung Riverside Drive brettert. Evelyn sitzt neben mir, während ich nach Luft schnappe und mir mit einem Armani-Taschentuch kalten Schweiß von der Stirn wische. Als ich zu ihr hinüberschaue, ist sie kurz davor, in Tränen auszubrechen, ihre Lippen zittern, und sie schweigt ausnahmsweise.

»Du machst mir Angst. Was ist los?« Ich bin alarmiert. »Was … was hab ich getan? Der Waldorfsalat war gut. Was noch?«

»Oh, Patrick«, seufzt sie. »Es ist … wunderschön. Ich weiß nicht, was ich sagen soll.«

»Tja …« Ich zögere vorsichtig. »Ich … auch nicht.«

»Das hier«, sagt sie und hält mir ein Diamantcollier von Tiffany vor die Nase, Owens Geschenk für Meredith. »Hilf mir, es anzulegen, Liebling. Du bist kein Gremlin, Schatz.«

»Äh, Evelyn«, sage ich und fluche dann halblaut, als sie mir den Rücken zudreht, damit ich es hinten an ihrem Hals zuhaken kann. Die Limousine schießt vorwärts, und sie fällt gegen mich, lacht und küsst mich auf die Wange.

»Es ist so hübsch, oh, ich liebe dich … Ups, ich hab bestimmt eine Trüffelfahne. Tut mir leid, Schatz. Such mir den Champagner und gieß mir ein Glas ein.«

»Aber …« Ich starre hilflos auf das glitzernde Collier. »Das ist es nicht.«

»Was?«, fragt Evelyn und schaut sich im Auto um. »Gibt es hier Gläser? Was ist was nicht, Schatz?«

»Das ist es nicht.« Ich spreche mit monotoner Stimme.

»Oh, Schatz.« Sie lächelt. »Du hast noch etwas für mich?«

»Nein, ich meine –«

»Na komm, du Teufel«, sagt sie und greift spielerisch an meine Anzugtasche. »Na komm, was ist es?«

»Was ist *was*?«, frage ich ruhig, verärgert.

»Du hast noch was. Lass mich raten. Einen passenden Ring?«, rät sie. »Ein passendes Armband? Eine *Brosche*? Das ist es also!« Sie ringt die Hände. »Es ist eine passende Brosche.«

Während ich versuche, sie mir vom Leib zu halten, indem ich einen ihrer Arme nach hinten drücke, schlängelt sich der andere an meinem Rücken vorbei und zieht etwas aus meiner Tasche – noch ein Glücksplätzchen von dem toten chinesischen Jungen. Sie starrt es an, einen Moment lang verwirrt, und sagt: »Patrick, du bist so … romantisch«, und dann, während sie das Glücksplätzchen betrachtet, mit gedämpfter Begeisterung: »so … originell.«

Auch ich starre das Glücksplätzchen an. Es ist voll mit Blut, und ich zucke mit den Schultern und sage, so jovial ich kann: »Du kennst mich doch.«

»Aber was ist da drauf?« Sie hält es dicht vor ihr Gesicht und sieht es sich an. »Was ist das für ein … rotes Zeug?«

»Das ist …« Auch ich sehe mir das Plätzchen an und tue so, als sei ich von den Flecken fasziniert, dann schneide ich eine Grimasse. »Das ist süßsaure Soße.«

Sie bricht es aufgeregt auseinander und liest verwirrt den Orakelspruch.

»Was steht drauf?«, seufze ich, spiele am Radio herum und suche im Wagen nach Owens Aktentasche, frage mich, wo der Champagner wohl sein könnte, die offene Schachtel von Tiffany, leer, leer auf dem Fußboden, deprimiert mich zutiefst.

»Da steht …« Sie zögert, kneift die Augen zusammen liest es noch mal. »Da steht: *Die frisch gegrillte Foie gras bei Le Cirque ist exzellent, aber der Hummersalat ist nur so la-la.*«

»Das ist nett«, murmle ich, während ich nach Champagnergläsern, Kassetten, irgendwas suche.

»Das steht da wirklich drauf, Patrick.« Sie reicht mir den Orakelspruch, ein mattes Lächeln, das ich sogar in der Dunkelheit der Limo ausmachen kann, schleicht sich auf ihr Gesicht. »Was soll das nur bedeuten?«

Ich nehme ihr den Zettel ab, lese ihn, schaue erst Evelyn an, dann wieder den Zettel, schließlich aus dem getönten Fenster, auf Schneeflocken, die um Straßenlaternen schwirren und um Leute, die auf Busse warten, Bettler, die ziellos über die Straßen der Stadt wanken, und sage laut zu mir selbst: »Es hätte schlimmer kommen können. Wirklich.«

»Oh, Schatz«, sagt sie, wirft sich mir an den Hals und umarmt meinen Kopf, »Lunch im Le Cirque? Du bist der Beste. Du bist kein Gremlin. Ich nehm alles zurück. Donnerstag? Kannst du am Donnerstag? Oh nein. Ich hab keine Zeit am Donnerstag. Kräutermaske. Aber was ist mit Freitag? Und wollen wir wirklich ins Le Cirque? Wie wär's mit –«

Ich stoße sie weg und klopfe an die Trennscheibe, hämmere mit den Knöcheln laut dagegen, bis der Fahrer sie herunterlässt. »Sid, ich meine Earle, egal, das ist nicht der Weg zum Chernoble.«

»Doch, Mr. Bateman –«

»Hey!«

»Ich meine Mr. *Halberstam*. Avenue C, richtig?« Er hustet höflich.

»Ich nehm's an«, sage ich und starre aus dem Fenster. »Mir kommt gar nichts bekannt vor.«

»Avenue C?« Evelyn hört auf, das Collier, das Paul Owen Meredith gekauft hat, zu bewundern, und schaut auf. »Was ist Avenue C? C wie in ... Cartier, nehme ich an?«

»Es ist hip«, versichere ich ihr. »Es ist total hip.«

»Warst du schon mal da?«, fragt sie.

»Millionen Mal«, murmele ich.

»Chernoble? Nein, *nicht* Chernoble«, wimmert sie. »Schatz, es ist *Weihnachten*.«

»Was zum Teufel soll *das* heißen?«, frage ich.

»Fahrer, he, Fahrer ...« Evelyn lehnt sich nach vorn und balanciert auf meinen Knien. »Fahrer, wir wollen ins Rainbow Room. Fahrer, ins Rainbow Room, bitte.«

Ich stoße sie zurück und lehne mich nach vorn. »Hören Sie nicht auf sie. Chernoble. So schnell wie möglich.« Ich drücke auf den Knopf, und die Trennscheibe fährt wieder hoch.

»Oh Patrick. Es ist *Weihnachten*«, jammert sie.

»Du sagst das andauernd so, als sei das von *großer* Bedeutung«, sage ich und starre sie an.

»Aber es ist *Weihnachten*«, jammert sie noch mal.

»Ich kann das Rainbow Room nicht *ausstehen*«, sage ich unerbittlich.

»Oh, warum nicht, Patrick?«, jault sie. »Im Rainbow Room gibt es den besten Waldorfsalat der Stadt. Hat dir meiner geschmeckt? Hat dir mein Waldorfsalat geschmeckt, Liebling?«

»Oh mein Gott«, flüstere ich und bedecke mein Gesicht mit beiden Händen.

»Sei ehrlich. Ja?«, fragt sie. »Das Einzige, was mir echte

Sorgen gemacht hat, waren der Waldorfsalat und die Maronenfüllung.«

Sie zögert. »Nun ja, weil die Maronenfüllung … ja, üppig war, weißt du …«

»Ich will nicht ins Rainbow Room«, unterbreche ich, mein Gesicht immer noch in meinen Händen verborgen, »weil ich dort keine Drogen auftreiben kann.«

»Oh …« Sie mustert mich tadelnd. »Tss, tss, tss. Drogen, Patrick? Über was für, ähem, Drogen reden wir?«

»Drogen, Evelyn. Kokain. *Drogen.* Ich brauche heute Abend Kokain. Verstehst du?« Ich setze mich auf und starre sie wütend an.

»Patrick«, sagt sie und schüttelt ihren Kopf, als habe sie ihren Glauben an mich verloren.

»Ich sehe, dass du verwirrt bist«, bemerke ich.

»Ich will einfach nichts damit zu tun haben«, sagt sie. »Brauchst du auch nicht«, sage ich. »Vielleicht wirst du nicht mal dazu eingeladen.«

»Ich verstehe einfach nicht, wieso du mir ausgerechnet diesen Tag des Jahres verderben musst«, sagt sie.

»Du musst das wie einen … *Frost* sehen. Einen Weihnachtsfrost. Einen teuren Weihnachts*frost*«, sage ich.

»Tja …«, sagt sie, und ihre Miene erhellt sich ein wenig. »Irgendwie aufregend, sich mal unters gemeine Volk zu mischen, nicht?«

»Dreißig Dollar Eintritt pro Nase nenne ich nicht gerade sich unters Volk mischen, Evelyn.« Dann frage ich misstrauisch: »Warum war Donald Trump nicht zu deiner Party eingeladen?«

»Nicht *schon wieder* Donald Trump«, mault Evelyn. »Oh Gott. Hast du dich deshalb so unmöglich benommen? Diese Obsession muss aufhören!«, schreit sie fast. »Deshalb hast du dich also wie ein Arschloch benommen!«

»Es war der Waldorfsalat, Evelyn«, sage ich zwischen

zusammengebissenen Zähnen. »Der Waldorfsalat war schuld, dass ich mich wie ein Arschloch benommen habe!«

»Oh mein Gott. Das meinst du auch noch ernst!« Sie wirft ihren Kopf voll Verzweiflung zurück. »Ich wusste es, ich wusste es.«

»Du hast ihn noch nicht mal *selber* gemacht!«, schreie ich. »Er war vom *Party-Service*!«

»Oh Gott«, heult sie. »Ich kann's nicht glauben.«

Die Limousine hält vor dem Club Chernoble, wo eine zehnreihige Menge außerhalb der Absperrungsseile im Schnee wartet. Evelyn und ich steigen aus, und ich schiebe mich durch die Menge, indem ich Evelyn zu ihrem großen Verdruss als Schutzschild benutze, und entdecke glücklicherweise jemanden, der genauso aussieht wie Jonathan Leatherdale und gleich reingelassen wird, und während ich Evelyn, die immer noch ihr Weihnachtsgeschenk festhält, richtig schiebe, rufe ich ihm zu: »Jonathan, hey, Leatherdale«, und wie nicht anders zu erwarten, beginnt die ganze Meute plötzlich zu schreien: »Jonathan, hey, Jonathan.« Er sieht mich, als er sich umdreht, und ruft: »Hey Baxter!«, zwinkert und signalisiert mit dem Daumen »Alles klar«, aber nicht mir, sondern jemand anderem. Evelyn und ich tun trotzdem so, als würden wir zu seiner Clique gehören. Der Türsteher macht die Absperrung vor unserer Nase zu, fragt: »Sind Sie beide mit der Limo da gekommen?« Er deutet mit dem Kopf zum Straßenrand.

»Ja.« Evelyn und ich nicken eifrig.

»Kommen Sie rein«, sagt er und hält das Seil hoch.

Wir gehen hinein, und ich lege sechzig Dollar auf den Tisch, Getränkebons gibt es nicht. Der Club ist, wie erwartet, dunkel bis auf die blitzenden Stroboskope, und selbst in deren Licht ist alles, was ich sehen kann, Nebel, der aus einer Trockeneismaschine gepumpt wird, und ein Hardbody, der zu »New Sensation« von iNxs tanzt, das mit einer Lautstärke aus den Boxen dröhnt, die einem durch

Mark und Bein geht. Ich sage Evelyn, sie soll uns an der Bar zwei Glas Champagner holen. »Oh, natürlich«, schreit sie zurück und steuert zögernd auf den einzigen weißen Neonstreifen zu, das einzige Licht, dass vermutlich einen Ort erhellt, an dem Alkohol serviert wird. In der Zwischenzeit besorge ich ein Gramm von einem, der aussieht wie Mike Donaldson, und während ich zehn Minuten lang mit mir ringe, ob ich Evelyn abhängen soll oder nicht, wobei ich diesen Hardbody auschecke, kommt sie mit zwei halb vollen Champagnerflöten an, indigniert und mit traurigem Gesicht. »Es ist Korbel«, schreit sie. »Lass uns *gehen.*« Ich schüttle verneinend den Kopf und schreie zurück: »Lass uns aufs Klo gehen.« Sie folgt mir.

Die einzige Toilette im Chernoble ist für Männer und Frauen. Zwei andere Paare sind bereits da, eins davon in der einzigen Kabine. Das andere Paar wartet wie wir ungeduldig darauf, dass die Kabine frei wird. Das Girl trägt ein rückenfreies Top aus Seidenjersey, einen Seidenchiffonrock und seine Slingpumps, alles von Ralph Lauren. Ihr Freund trägt einen Anzug von, wie ich glaube, William Fioravanti, Vincent Nicolosi oder Scali – irgendeinem Spaghettischneider. Beide haben Champagnergläser in der Hand: seins voll, ihrs leer. Es ist still bis auf das Schnüffeln und unterdrückte Lachen aus der Kabine, und die Toilettentür ist so dick, dass außer dem tiefen, stampfenden Drumbeat von der Musik nichts herausdringt. Der Typ klopft erwartungsvoll mit dem Fuß. Das Mädchen seufzt noch mal und wirft ihr Haar mit einer seltsam verführerischen ruckartigen Kopfbewegung über die Schulter; dann sieht sie zu mir und Evelyn und flüstert ihrem Freund etwas zu. Schließlich, nachdem sie ihm noch mal etwas zugeflüstert hat, nickt er, und sie gehen.

»Ein *Glück*«, flüstere ich und befummele das Gramm in meiner Tasche; dann, zu Evelyn: »Warum bist du so still?«

»Der Waldorfsalat«, murmelt sie, ohne mich anzusehen. »Verdammt.«

Ein Klicken, die Tür zur Kabine geht auf, und ein junges Paar – der Typ in einem zweireihigen Anzug aus Cavalrytwill, Baumwollhemd und Seidenkrawatte, alles von Givenchy, das Mädchen in einem Seidentaftkleid mit Straußenfedernsaum von Geoffrey Beene, vergoldeten Ohrringen von Stephen Dweck Moderne und Ripstanzschuhen von Chanel – kommt heraus, beide wischen sich diskret die Nase, werfen einen Blick in den Spiegel, bevor sie den Raum verlassen, und genau als Evelyn und ich in die Kabine wollen, die sie gerade verlassen haben, kommt das erste Paar hastig zurück und will sich dort breitmachen.

»*Entschuldigen* Sie«, sage ich und versperre ihnen mit ausgestrecktem Arm den Weg. »*Sie* sind gegangen. Jetzt sind wir dran, klar?«

»Tja, nein, ich glaube nicht«, sagt der Typ milde.

»Pat*rick*«, flüstert Evelyn hinter mir. »Lass sie … na weißt du.«

»Warte. Nein. *Wir* sind dran«, sage ich.

»Ja, aber *wir* haben zuerst gewartet.«

»Hör zu, ich will keinen *Streit* anfangen –«

»Das *tust* du aber«, sagt die Freundin, gelangweilt, aber immer noch in der Lage, höhnisch zu grinsen.

»Oh Mann«, murmelt Evelyn hinter mir und sieht mir über die Schulter.

»Hör mal, machen wir's eben hier«, schnappt das Mädchen, das ich ohne Weiteres ficken würde.

»So ein *Drecksstück*«, murmele ich und schüttele den Kopf. »Hör zu«, sagt der Typ einlenkend. »Während wir uns hier streiten, könnten zwei von uns längst drin sein.«

»Genau«, sage ich. »*Wir.*«

»Himmel«, sagt das Mädchen, stemmt die Hände in die Hüften, und dann, zu Evelyn und mir gewandt: »Unglaublich, wen sie heutzutage hier alles reinlassen.«

»*So* ein Miststück«, murmele ich ungläubig. »Deine Einstellung ist scheiße, weißt du das?«

Evelyn schnappt nach Luft und drückt meine Schulter. »Pat*rick*.«

Der Typ hat schon angefangen, sich das Koks reinzuziehen, lehnt an der Tür, löffelt das Pulver aus einem braunen Fläschchen, snieft und lacht nach jeder Nase.

»Deine Freundin ist das *letzte* Miststück«, sage ich zu dem Typ.

»*Patrick*«, sagt Evelyn. »Hör auf.«

»Sie ist ein Miststück«, sage ich und zeige auf sie.

»*Patrick*, entschuldige dich«, sagt Evelyn.

Der Typ wird hysterisch, hat den Kopf zurückgeworfen, zieht laut die Nase hoch, krümmt sich dann zusammen und versucht, Atem zu holen.

»Oh mein *Gott*«, sagt Evelyn angewidert. »Warum lachst du? *Verteidige* sie.«

»Warum?«, fragt der Typ, zuckt dann mit den Schultern, beide Nasenlöcher voll mit weißem Pulver. »Er hat *recht*.«

»Ich hau ab, Daniel«, sagt das Mädchen den Tränen nahe. »Damit *komme* ich nicht klar. Ich komme mit *dir* nicht klar. Und mit *denen* erst recht nicht. Ich habe dich im Bice gewarnt.«

»Nur weiter so«, sagt der Typ. »Geh. Tu's doch. Abmarsch. Mir egal.«

»Patrick, was hast du da angerichtet?«, fragt Evelyn und weicht von mir zurück. »Das ist einfach unmöglich«, und dann, mit einem Blick auf die fluoreszierenden Glühbirnen: »Wie diese Beleuchtung. Ich gehe.« Aber sie bleibt abwartend stehen.

»Ich gehe, Daniel«, sagt das Mädchen. *»Hörst du?«*

»Nur zu. Vergiss es«, sagt Daniel, starrt seine Nase im Spiegel an und scheucht das Mädchen weg. »Ich sagte Abmarsch.«

»Ich nehme die Kabine«, verkünde ich. »Geht das klar? Jemand was dagegen?«

»Willst du deine Freundin nicht verteidigen?«, fragt Evelyn Daniel.

»Jesus, was verlangst du von mir?« Er sieht sie im Spiegel an, wischt sich die Nase, schnieft wieder. »Ich habe sie zum Essen eingeladen. Ich habe ihr Richard Marx vorgestellt. Mein Gott, was will sie noch?«

»Dass du ihm die Scheiße aus dem Leib prügelst?«, schlägt das Mädchen vor und zeigt auf mich.

»Oh, meine Kleine«, sage ich den Kopf schüttelnd, »was ich dir mit einem Kleiderbügel alles antun könnte.«

»Leb wohl, Daniel«, sagt sie mit einer dramatischen Pause. »Ich bin weg.«

»Gut«, sagt Daniel und hält das Fläschchen hoch. »Mehr für moi.«

»Und versuch nicht, mich anzurufen«, schreit sie und öffnet die Tür. »Heute Nacht ist mein Anrufbeantworter an, und ich warte ab, wer dran ist!«

»Patrick«, sagt Evelyn, immer noch gefasst, steif. »Ich warte draußen.«

Ich warte eine Sekunde, glotze sie von der Kabine aus an, dann das Mädchen, das in der Tür steht. »Aha. *Und?*«

»Patrick«, sagt Evelyn, »sag nichts, was du bereuen könntest.«

»*Geh* endlich«, sage ich. »Hau einfach ab. Nimm die Limo.«

»Patrick –«

»*Raus*«, brülle ich. »Der Gremlin sagt *raus*!«

Ich knalle die Kabinentür zu und schaufele mir den Koks mit meiner Platin-AmEx direkt aus dem Umschlag in die Nase. Zwischen meinem Schnaufen höre ich, wie Evelyn geht und sich bei dem Mädchen ausweint. »Und wegen dem bin ich von meiner eigenen Weihnachtsfeier abgehauen, kannst du dir das vorstellen? Meiner *eigenen*

Weihnachtsfeier?« Und das Mädchen höhnt: »Werd erwachsen.« Ich lache heiser, ballere mit dem Kopf gegen die Kabinenwand, und dann höre ich den Typ noch ein paar Nasen nehmen, ehe er sich verpisst, und nachdem ich den Großteil meines Gramms aufgebraucht habe, spähe ich über den Kabinenrand, ob Evelyn immer noch da ist, schmollt, sorgenvoll an ihrer Unterlippe kaut – *buhuuhuuhuu, Baby* –, aber sie ist nicht zurückgekommen, und dann habe ich eine Vision von Evelyn und Daniels Freundin, die irgendwo auf einem Bett liegen, das Mädchen spreizt Evelyns Beine, Evelyn auf allen vieren, sie leckt ihr Arschloch, befingert ihr die Fotze, und das macht mich benommen, und ich verschwinde aus dem Klo in den Club, geil und verzweifelt, lüstern nach Kontakt. Aber es ist jetzt später, und das Publikum hat sich geändert – jetzt sind es mehr Punkrocker, Schwarze, weniger Wall-Street-Typen, mehr gelangweilte Rich Girls von Avenue A, die hier abhängen, und die Musik hat sich geändert; anstatt dass Belinda Carlisle »I Feel Free« singt, *rappt* jetzt ein Schwarzer irgendwas mit dem Titel, wenn ich richtig höre, »Her Shit On His Dick«, und ich mache mich an ein Paar reicher Hardbodys, beide in gewagten Betsey-Johnson-artigen Kleidern, ich bin drauf jenseits jeder Vorstellungskraft, mit einem Spruch wie »Coole Musik – habe ich euch nicht bei Salomon Brothers gesehen?« ran, aber eine von ihnen, eins dieser Mädchen, grinst mich höhnisch an und sagt:

»Geh zurück zur Wall Street«, und die mit dem Nasenring sagt: »Scheißyuppie.«

Und sie sagen das sogar, obwohl mein Anzug schwarz aussieht im Dunkel des Clubs und mein Schlips – Paisley, Armani, Seide – gelockert ist.

»Hey«, sage ich und knirsche mit den Zähnen. »Ihr denkt vielleicht, ich bin ein echt ekelhafter Yuppie, aber ich bin's nicht, *wirklich*«, sage ich zu ihnen, schlucke hastig, vollkommen abgedreht.

Zwei schwarze Typen sitzen mit ihnen an einem Tisch. Beide haben verwaschene Jeans, T-Shirts und Lederjacken an. Einer hat eine verspiegelte Sonnenbrille auf, der Kopf des anderen ist kahl rasiert. Beide schauen mich an. Ich strecke den Arm aus, spreize meine Hand in unmöglichem Winkel, versuche einen Rapper nachzumachen. »Hey«, sage ich. »Ich bin fresh. Am freshsten, klar … Ich meine, äh, def… am deffsten.« Ich nehme einen Schluck Champagner. »Ihr wisst schon … *def.*«

Um das zu beweisen, suche ich mir einen Schwarzen mit Dreadlocks und lauf zu ihm rüber, rufe »Rastaman!« und halte meine Hand hin, in Erwartung eines High Five. Aber der Nigger steht nur da.

»Ich meine« – ich huste – *»Mon«*, und dann, weniger enthusiastisch: *»We be, uh, jamming …«*

Er rauscht an mir vorbei, schüttelt den Kopf. Ich schaue zurück auf die Mädchen. Sie schütteln den Kopf – eine Warnung an mich, nicht zurückzukommen. Ich richte den Blick auf einen Hardbody, der für sich neben einer Säule tanzt, dann trink ich den Champagner aus und gehe zu ihm rüber, frage nach seiner Telefonnummer. Sie lächelt. Abgang.

Nell's

MITTERNACHT. Sitze in einer Nische bei Nell's mit Craig McDermott, Alex Taylor – den es gerade umgeschmissen hat – und drei Models von Elite, Libby, Daisy und Caron. Es ist fast Sommer, Mitte Mai, aber der Club hat Klimaanlage und ist kühl, die Musik der leichten Jazz-Band schwebt durch den halb leeren Raum, Deckenventilatoren schwirren, draußen wartet die Menge in Zwanzigerreihen, eine wogende Masse. Libby ist blond und trägt schwarze hochhackige Abendschuhe aus Rips mit übertriebenen Spitzen und roten Satinschleifen von Yves Saint Laurent. Daisy ist blonder und trägt schwarze Pumps mit Guckloch für die große Zehe, akzentuiert durch silbergesprenkelte hauchzarte schwarze Seidenstrümpfe von Betsey Johnson. Caron ist platinblond und trägt Stiefeletten aus überzogenem Kalbsleder mit Wolltweed, Keilabsatz und Lacklederspitze von Karl Lagerfeld für Chanel. Alle drei tragen sie knappe schwarze Strickkleider von Giorgio di Sant'Angelo und trinken Champagner mit Preiselbeersaft und Pfirsichschnaps und rauchen deutsche Zigaretten – aber ich beschwere mich nicht, auch wenn ich glaube, dass die Einrichtung einer Nichtraucherzone in Nell's eigenem Interesse wäre. Zwei der Models tragen Giorgio-Armani-Sonnenbrillen. Libby hat Jetlag. Von den dreien ist Daisy die Einzige, die ich auch nur entfernt Lust habe zu ficken. Heute Vormittag, nach einem Termin bei meinem Anwalt, um über einige lächerliche Anzeigen wegen Vergewaltigung zu sprechen, hatte ich bei Dean & Deluca einen Panikanfall, den ich bei Xclusive ausschwitzte. Dann traf ich mich mit den Models im Trump Plaza auf einen Drink. Dem folgte ein französischer Film, den ich absolut nicht begriffen habe, aber dennoch recht chic fand, dann Dinner in einem Sushi-Restaurant namens Vivids beim Lincoln Center und eine Party im Loft des Exfreunds eines der Models in Chelsea, wo schlechter, fruchtiger Sangria gereicht wurde. Letzte Nacht hatte ich Träume, die ausgeleuchtet waren wie Pornos und in denen ich Mädchen aus Pappe fickte. Die *Patty Winters Show* heute Morgen war über Aerobic.

Ich trage einen Zweiknopfanzug aus reiner Wolle mit Bundfaltenhose von Luciano Soprani, ein Baumwollhemd von Brooks Brothers und einen seidenen Schlips von Armani. McDermott hat seinen Schurwollanzug von Lubiam an, dazu ein Leineneinstecktuch von Ashear Bros., ein Baumwollhemd von Ralph Lauren und einen Seidenschlips von Christian Dior und will gerade eine Münze werfen, um zu entscheiden, wer von uns nach unten geht, um das Bolivianische Marschierpulver zu besorgen, weil keiner von uns hier in der Nische bei den Mädchen sitzen bleiben will, denn wir wollen sie zwar vielleicht ficken, uns aber auf keinen Fall mit ihnen unterhalten, tatsächlich können wir das auch nicht, wie wir festgestellt haben, noch nicht mal herablassend – sie haben ganz einfach nichts zu sagen, und natürlich sollte uns das nicht überraschen, ich weiß, und doch ist es irgendwie irritierend. Taylor sitzt aufrecht, hat aber die Augen geschlossen und den Mund leicht geöffnet, und obwohl McDermott und ich angenommen haben, er stelle sich schlafend, um gegen das mangelnde Konversationstalent der Mädchen zu protestieren, dämmert uns nun, er könnte authentisch breit sein (seit den drei Sakes, die er bei Vivids gekippt hat, brabbelt er praktisch nur noch wirres Zeugs), aber keinem der Mädchen scheint etwas aufzufallen, außer vielleicht Libby, weil sie gleich neben ihm sitzt, aber es steht zu bezweifeln, sehr zu bezweifeln.

»Kopf, Kopf, Kopf«, murmele ich mit unterdrückter Stimme.

McDermott schnippt den Vierteldollar.

»Zahl, Zahl, Zahl«, chantet er und klatscht dann mit der Hand auf die Münze, als sie auf seiner Serviette landet. »Kopf, Kopf, Kopf«, zische ich, ein Stoßgebet.

Er hebt seine Hand. »Zahl«, sagt er und sieht mich an.

Ich starre die Münze lange an, ehe ich ihn bitte: »Noch mal.«

»Bis dann«, sagt er mit einem Blick auf die Mädchen, ehe er aufsteht, sieht dann zu mir, verdreht die Augen und schüttelt kurz einmal den Kopf. »Denk dran«, erinnert er mich. »Ich will noch einen Martini. Absolut. Doppelt. Keine Olive.«

»Mach schnell«, rufe ich ihm nach und murmele vor mich hin, als ich ihn fröhlich vom Treppenabsatz winken sehen: »Verblödetes Arschloch«.

Ich drehe mich wieder zur Nische. Hinter uns kreischt unisono ein Tisch Eurotrash-Hardbodys auf, die verdächtige Ähnlichkeit mit brasilianischen Transvestiten haben. Mal sehen … am Samstagabend gehe ich mit Jeff Harding und Leonard Davis zu einem Mets-Spiel. Rambo-Filme leihe ich am Sonntag aus. Am Montag kommt das neue Lifecycle … Ich starre quälend lange, minutenlang, auf die drei Models, ehe ich etwas sage, bemerke, dass jemand eine Platte Papayaspalten bestellt hat, und jemand anders eine Platte Spargel, die beide unberührt bleiben. Daisy mustert mich sorgfältig, spitzt dann ihren Mund in meine Richtung, bläst im Ausatmen Rauch an meinen Kopf, und er wabert über mein Haar, verfehlt knapp meine Augen, die ohnehin durch die Oliver-Peoples-Fensterglas-Brille mit Redwood-Fassung geschützt sind, die ich schon den ganzen Abend trage. Eine andere, Libby, die Schnecke mit Jetlag, versucht zu ergründen, wie man eine Serviette entfaltet. Mein Frustrationslevel ist erstaunlich niedrig, denn es könnte schlimmer sein. Immerhin könnten das *englische* Mädchen sein. Wir könnten … *Tee* trinken.

»So!«, rufe ich, klatsche in die Hände, versuche mich munter zu geben. »Heiß war's heute. Oder?«

»Wo ist Greg hin?«, fragt Libby, die McDermotts Abwesenheit bemerkt.

»Tja, Gorbatschow ist unten«, informiere ich sie. »McDermott, *Greg*, unterzeichnet mit ihm einen Friedensvertrag zwischen den Vereinigten Staaten und Russland.« Ich halte inne, versuche ihre Reaktion abzuschätzen, ehe ich hinzusetze: »McDermott ist der Mann hinter Glasnost, weißt du.«

»Na … ach so«, sagt sie mit unglaublich farbloser Stimme und nickt. »Aber mir hat er gesagt, er macht in Mergers und … Aquasektion.«

Ich linse rüber zu Taylor, der immer noch schläft. Ich schnippe an seinen Hosenträgern, aber er reagiert nicht, rührt sich nicht, dann wende ich mich wieder Libby zu. »Dich kann nichts erschüttern, wie?«

»Nein«, sagt sie achselzuckend. »Eigentlich nicht.«

»Gorbatschow ist nicht unten«, sagt Caron plötzlich.

»Flunkerst du?«, fragt Daisy lächelnd.

Ich denke: Oh Mann. »Ja. Caron hat recht. Gorbatschow ist nicht unten. Er ist im Tunnel. Entschuldigung. Kellnerin?« Ich schnappe nach einem vorbeikommenden Hardbody, der ein Bill-Blass-Abendkleid im Matrosenstil mit Seidenorganzarüschen trägt. »Ich nehme einen J&B mit Eis und ein Fleischermesser oder sonst was Scharfes aus der Küche. Mädels?«

Niemand sagt etwas. Die Kellnerin starrt Taylor an. Ich schaue zu ihm rüber, dann zurück zur Hardbody-Kellnerin, dann wieder zu Taylor. »Bringen Sie ihm, hm, Grapefruitsorbet, und oh, sagen wir Scotch, okay?«

Die Kellnerin starrt ihn nur an.

»Ahem, Schätzchen?« Ich schwenke meine Hand vor ihrem Gesicht. »J&B? Mit Eis?«, artikuliere ich über die Jazz-Band, die gerade mitten in ihrer feinen Interpretation von »Take Five« steckt. Endlich nickt sie.

»Und denen bringen Sie« – ich deute auf die Mädchen – »was immer sie da gerade trinken. Ginger Ale? Wein-Cooler?«

»Nein«, sagt Libby. »Es ist Champagner.« Sie zeigt drauf, dann zu Caron: »Stimmt's?«

»Ich glaub schon.« Caron zuckt die Achseln.

»Mit Pfirsichlikör«, erinnert Daisy sie.

»Champagner«, wiederhole ich für die Kellnerin. »Mit, äh, Pfirsichlikör. Haben Sie's?«

Kellnerin nickt, schreibt was auf, geht, und ich checke ihren Arsch, während sie abschiebt, sehe mir dann wieder die drei an, studiere jede sehr sorgfältig auf kleinste Anzeichen, ein verräterisches Flackern auf ihrem Gesicht, die eine Geste, die diese Robot-Nummer schmeißt, aber bei Nell's ist es ziemlich dunkel, und meine Hoffnung – dass es wirklich nur Verstellung sein könnte – ist nur Wunschdenken, und so klatsche ich wieder in die Hände und hole Luft. »So! Ziemlich heiß war's ja heute. Stimmt's?«

»Ich brauche einen neuen Pelz«, seufzt Libby, starrt in ihr Champagnerglas.

»Boden- oder knöchellang?«, fragt Daisy ebenso tonlos.

»Eine Stola?«, schlägt Caron vor.

»Entweder bodenlang oder ...« Libby hält inne und denkt eine Minute scharf nach. »Ich hab so ein kurzes knuddeliges Cape gesehen ...«

»Aber Nerz, oder?«, fragt Daisy. »Bestimmt *Nerz*?«

»Oh ja. Nerz«, sagt Libby.

»Hey Taylor«, wispere ich, knuffe ihn. »Aufwachen. Sie reden. Das musst du gehört haben.«

»Aber *welchen*?« Caron hat Feuer gefangen.

»Findest du nicht, dass Nerz manchmal zu ... *flauschig* ist?«, fragt Daisy.

»Manche Nerze *sind* zu flauschig.« Libby diesmal.

»Silberfuchs ist *sehr* im Kommen«, murmelt Daisy.

»Beigetöne werden auch immer beliebter«, sagt Libby.

»Welche sind das?«, fragt jemand.

»Luchs. Chinchilla. Hermelin. Biber –«

»Hallo?« Taylor wacht auf, blinzelt.

»Hier bin ich.«

»Schlaf weiter, Taylor«, seufze ich.

»Wo steckt McDermott?«, fragt er und reckt sich.

»Der spaziert unten herum. Sucht Koks.« Ich zucke die Achseln.

»Silberfuchs ist sehr im Kommen«, sagt eine von ihnen.

»Waschbär. Marder. Eichhörnchen. Bisam. Mongolenlamm.«

»Träume ich«, fragt mich Taylor, »oder … höre ich wirklich ein echtes Gespräch?«

»Tja, ich denke, wir lassen's dafür durchgehen.« Ich zucke zusammen. »Scht! Hör hin! Das ist fesselnd!«

Heute Abend im Sushirestaurant hatte McDermott, im Zustand tiefster Frustration, die Mädels gefragt, ob sie einen der neun Planeten mit Namen nennen könnten. Libby und Caron kamen auf den Mond. Daisy war sich nicht sicher, tippte aber schließlich auf … Komet. Daisy glaubte, Komet sei ein Planet. Entwaffnet versicherten McDermott, Taylor und ich ihr, dass dem so sei.

»Im Moment ist es leicht, gute Pelze zu finden«, sagt Daisy langsam. »Da immer mehr Prêt-à-porter-Designer sich jetzt mit Pelz beschäftigen, wird die Auswahl größer, weil jeder Designer mit anderen Pelzen arbeitet, um seiner Kollektion individuellen Charakter zu geben.«

»Das ist alles so unheimlich«, sagt Caron zitternd.

»Lass dich nicht so einschüchtern«, sagt Daisy. »Pelz ist nur ein Accessoire. *Nicht* einschüchtern lassen!«

»Aber ein luxuriöses Accessoire«, hakt Libby nach.

Ich frage den Tisch: »Hat jemals einer mit einer TEC Neun-Millimeter-Uzi rumgespielt? Eine Maschinenpistole. Nein? Sie ist besonders praktisch, weil dieses Modell einen Gewindelauf hat, auf dem sich Schalldämpfer und Laufverlängerungen befestigen lassen.« Ich nicke, während ich das sage.

»Von Pelzen soll man sich nicht einschüchtern lassen.« Taylor schaut zu mir hin und sagt platt: »Hier erschließen sich mir allmählich verblüffende Erkenntnisse.«

»Aber ein luxuriöses Accessoire«, bekräftigt Libby wieder. Die Kellnerin kommt zurück, setzt die Drinks und eine Schale Grapefruitsorbet ab. Taylor schaut es an und sagt zwinkernd: »Das hab ich nicht bestellt.«

»Doch, hast du«, sage ich ihm. »Im Schlaf hast du das bestellt.«

»Nein, habe ich nicht«, sagt er unsicher.

»Dann esse ich es«, sage ich. »Hör einfach zu.« Ich tappe laut mit den Fingern auf den Tisch.

»Karl Lagerfeld schlägt durch«, sagt Libby.

»Warum?« Caron.

»Natürlich hat er die Fendi-Kollektion entworfen«, sagt Daisy und zündet eine Zigarette an.

»Ich mag das Mongolilamm kombiniert mit Maulwurf oder« – Caron macht eine Gackerpause – »die schwarze Lederjacke mit dem Persianerbesatz.«

»Was hältst du von Geoffrey Beene?«, fragt Daisy sie.

Caron wägt ab. »Die weißen Satinkragen ... *heikel!*«

»Aber fantastisch, was er mit Tibetlamm macht«, sagt Libby.

»Caroline Herrera?«, fragt Caron.

»Nein, nein, zu flauschig«, sagt Daisy kopfschüttelnd.

»Zu Schulmädchen«, stimmt Libby zu.

»James Galanos hat aber die himmlischsten russischen Luchsfelle«, sagt Daisy.

»Und nicht zu vergessen Arnold Scaasi. Der weiße Hermelin«, sagt Libby. »Zum *Sterben*.«

»Echt?« Ich lächle und verziehe meine Lippen zu einem behämmerten Grinsen. »Zum Sterben?«

»Zum Sterben«, sagt Libby wieder, zum ersten Mal am ganzen Abend einer Sache sicher.

»Ich finde, ein, eh, ein Geoffrey Beene würde dir anbetungswürdig stehen, Taylor«, winsele ich mit hoher, tuntiger Stimme, flappe eine kraftlose Hand auf seine Schulter, aber er schläft wieder, also was soll's? Mit einem Seufzer ziehe ich die Hand zurück.

»Da ist Miles ...« Caron linst rüber zu einem alternden Gorilla eine Nische weiter mit ergrauendem Bürstenschnitt und elfjährigem Fickfrosch auf dem Schoß. Libby dreht sich um und überzeugt sich. »Und ich dachte, er dreht diesen Vietnamfilm in Philadelphia.«

»Nein. Die *Philippinen*«, sagt Caron. »Es war nicht Philadelphia.«

»Oh ja«, sagt Libby, schließlich: »Bist du sicher?«

»Ja. Eigentlich sind sie schon fertig«, sagt Caron in völlig unentschlossenem Ton. Sie zwinkert. »Eigentlich ist der Film … raus.« Sie zwinkert wieder. »Eigentlich ist er schon seit … seit einem Jahr raus.«

Beide schauen sie mäßig interessiert zur Nische nebenan, aber als sie sich wieder zu unserem Tisch wenden und ihr Blick auf den schlafenden Taylor fällt, dreht sich Caron zu Libby und seufzt: »Sollen wir rübergehen und Hallo sagen?« Libby nickt langsam, ihr Gesicht fragend im Kerzenschein, und steht auf. »Entschuldigt uns.« Sie gehen. Daisy bleibt, nippt Carons Champagner. Ich denke sie mir nackt, hingeschlachtet, Maden wühlen und schmausen in ihrem Bauch, ihre Titten schwarz von Zigarettenbrandflecken, Libby, die den Kadaver leckt, dann räuspere ich mich. »Heiß war es heute, oder?«

»Kann man sagen«, bestätigt sie.

»Stell mir eine Frage«, sage ich aus einer plötzlichen – ja – spontanen Laune heraus.

Sie zieht an der Zigarette, bläst dann den Rauch aus. »Also, was machst du so?«

»Was glaubst du, was ich mache?« Verspielt auch noch.

»Ein Model?« Sie zuckt die Achseln.

»Schauspieler?«

»Nein«, sage ich. »Schmeichelhaft, aber – nein.«

»Also?«

»Ich mache in, eh, hauptsächlich Mord und Exekution. Kommt drauf an«, sage ich beiläufig.

»Macht es Spaß?«, fragt sie, ungerührt.

»Errm … kommt drauf an. Warum?« Ich nehme ein wenig Sorbet.

»Na ja, den meisten Jungs, die ich kenne, die in Mergers & Acquisition machen, macht's nicht sonderlich Spaß«, sagt sie.

»Das war auch *nicht das*, was ich sagte«, sage ich mit bemühtem Lächeln und kippe den Rest meines J&B. »Ach, vergiss es.«

»Frag mich was«, sagt sie.

»Okay. Wo machst du …« Ich hänge einen Moment, dann, »Sommer?«

»Maine«, sagt sie. »Frag mich noch was.«

»Wo trainierst du?«

»Privater Trainer«, sagt sie. »Und du?«

»Xclusive«, sage ich. »Auf der Upper West Side.«

»Wirklich?« Sie lächelt, bemerkt dann jemanden hinter mir, aber ihre Miene verändert sich nicht, und ihre Stimme bleibt flach.

»Francesca. Oh mein Gott. Es ist Francesca. Schau.«

»Daisy! Und Patrick, du *Teufel!*«, kreischt Francesca. »Daisy, was in Gottes Namen machst du mit einem Hengst wie Bateman?« Sie entert die Nische, drängt sich rein mit diesem gelangweilten blonden Girl, das ich nicht kenne. Francesca trägt ein Samtkleid von Saint Laurent Rive Gauche, und das Mädchen, das ich nicht kenne, trägt ein Wollkleid von Geoffrey Beene. Beide tragen Perlen.

»Hallo Francesca«, sage ich.

»Daisy, mein Gott, Ben und Jerry sind hier. Ich liebe Ben und Jerry«, glaube ich sie sagen zu hören, alles in einem atemlosen Zug, sie versucht, gegen das Gedudel der Jazzband anzuschreien – tatsächlich übertönt sie das Gedudel spielend. »Bist du nicht auch verrückt nach Ben und Jerry?«, fragt sie, die Augen weit aufgerissen, und schnarrt dann eine vorbeigehende Kellnerin an: »Orangensaft! Ich brauche *Orangen*saft! Jesus verfickter Christus, die Bedienung hier muss weg! Wo ist Nell? Ich muss mit ihr drüber reden«, murmelt sie und schaut durch den Raum, ehe sie sich an Daisy wendet. »Was macht mein Gesicht? Bateman, *Ben und Jerry sind hier.* Sitz nicht da wie ein Idiot. Oh, war nur Spaß. Ich vergöttere Patrick, aber zum Teufel, Bateman, mach ein fröhliches Gesicht, du Hengst, Ben und Jerry sind hier.« Sie zwinkert lasziv und befeuchtet beide Lippen mit der Zunge. Francesca schreibt für *Vanity Fair.*

»Aber ich habe schon ...« Ich halte inne und schaue beunruhigt auf mein Sorbet hinab. »Ich habe schon dieses Grapefruitsorbet bestellt.« Düster deute ich auf den Nachtisch, verstört. »Ich will kein Eis.«

»Um Gottes willen, Bateman, *Jagger* ist hier. Mick, Jerry. Du *weißt* schon«, sagt Francesca an uns alle gerichtet, aber ohne den Raum aus den Augen zu lassen. Daisys Miene hat sich verändert. »Was für ein Y-U-P-P-I-E«, buchstabiert sie dem blonden Mädchen, dann fällt Francescas Blick auf mein Sorbet. Schützend ziehe ich es an mich.

»Oh ja«, sage ich. »*Just another night, just another night with you ...*« Ich versuche es mit Singen. »Ich weiß, wer er ist.«

»Du siehst dünn aus, Daisy, du machst mich krank. Was soll's, da ist Alison Poole, ist auch zu dünn und macht mich auch krank«, sagt Francesca und tätschelt leicht meine Hand, die das Sorbet bedeckt, während sie die Schale wieder an sich zieht. »Und das sind Daisy Milton und Patrick ...«

»Wir kennen uns«, sagt Alison und funkelt mich an.

»Hi Alison. Pat Bateman«, sage ich und strecke meine Hand aus.

»Wir *kennen* uns«, sagt sie und schaut noch grimmiger drein.

»Ah – tun wir das?«, frage ich.

Francesca kreischt: »Gott, seht euch bloß Batemans Profil an. Total *römisch!* Und diese *Wimpern!*«, quiekt sie.

Daisy lächelt beifällig. Ich mache auf cool und ignoriere sie. Ich erkenne in Alison ein Mädchen, das ich letztes Frühjahr in der Mache hatte, als ich mit Evelyn und ihren Eltern beim Kentucky Derby war. Ich erinnere mich, wie sie schrie, als ich versuchte, meinen ganzen Arm, behandschuht und beschmiert mit Vaseline, Zahnpasta und allem, was ich finden konnte, in ihre Vagina zu schieben. Sie war betrunken, weggetreten vom Koks, und ich hatte sie mit Draht verschnürt und Gafferband über ihren Mund, ihr Gesicht und ihre Brüste geklebt. Vorher hatte Francesca mir einen geblasen. Wo oder wann, weiß ich nicht mehr, aber sie hatte mir's mit dem Mund gemacht, und es hatte mir gefallen. Und plötzlich erinnere ich mich schmerzlich, wie gerne ich Alison an diesem Frühlingsnachmittag hätte zu Tode bluten sehen, aber etwas hatte mich zurückgehalten. Sie war so hinüber – »Oh mein Gott« war alles, was sie während dieser Stunden immer wieder stöhnte, und Blut quoll aus ihrer Nase –, dass sie nicht anfing zu weinen. Vielleicht war das das Problem; vielleicht war es das, was sie gerettet hat. Am selben Wochenende setzte ich auf ein Pferd namens »Indecent Exposure« und gewann eine Stange Geld.

»Na dann … Hi.« Ich lächle schwach, fange mich aber schnell wieder. Die Story hätte Alison nie rumerzählt. Keine Seele konnte je von diesem reizend grausigen Nachmittag gehört haben. Ich grinse sie durch die Dunkelheit bei Nell's an. »Ja, ich erinnere mich. Du weißt …« Ich halte inne, grunze dann, »was Männern Spaß macht.«

Sie sagt nichts, sieht mich nur an, als sei ich der Untergang des Abendlands oder so was.

»Jesus. Schläft Taylor, oder ist er nur tot?«, fragt Francesca, während sie den Rest meines Sorbets verschlingt. »Oh mein Gott, hat heute jemand Page Six gelesen? Ich war drin, Daisy auch. Und Taffy.«

Alison steht auf, ohne mich anzusehen. »Ich sehe mal unten nach Skip und tanze.« Sie geht.

McDermott kommt zurück und lässt den Blick kurz über Alison wandern, die sich an ihm vorbeidrängt, ehe er sich auf den Stuhl neben mich setzt.

»Glück gehabt?«, frage ich.

»Nichts zu machen«, sagt er und wischt sich die Nase. Er hebt meinen Drink vor's Gesicht und schnuppert daran, probiert dann ein Schlückchen und nimmt sich eine von Daisys Zigaretten. Er schaut wieder zu mir, während er sie anzündet, und macht sich selbst mit Francesca bekannt, ehe er sich wieder mir zuwendet. »Jetzt schau doch nicht so … du weißt schon … *verdattert*, Bateman. Kommt vor.«

Ich zögere, glotze ihn an und frage dann: »Sag mal, willst du mich verarschen, McDermott?«

»Nein«, sagt er. »War nichts zu machen.«

Ich stocke, schaue dann runter auf meinen Schoß und seufze. »Schau, McDermott, das habe ich früher schon abgezogen. Ich weiß, was du treibst.«

»Die habe ich gefickt.« Er zieht wieder die Nase hoch und zeigt auf ein Mädchen an einem der Tische vorn. McDermott schwitzt wie ein Schwein und stinkt nach Xeryus.

»Tatsächlich? Wow. Jetzt hör mal zu«, sage ich, bemerke dann etwas aus dem Augenwinkel. *»Francesca …«*

»Was?« Sie schaut auf, einen Tropfen Sorbet am Kinn.

»Du isst mein Sorbet.« Ich deute auf die Schale.

Sie schluckt, während sie mich anlinst. »Mach halblang, Bateman. Was willst du von mir, du scharfer Stecher? Einen Aids-Test? Oh mein Gott, da wir gerade davon sprechen, der Typ da drüben, Krafft? Yep. Kein großer Verlust.«

Der Typ, auf den Francesca gezeigt hat, sitzt in einer Nische bei der Bühne, auf der die Jazzband spielt. Sein Haar ist über einem sehr kindlichen Gesicht zurückgeschmiert, und er trägt einen Anzug mit Bundfaltenhose und ein Seidenhemd mit hellgrauen Punkten von Comme des Garçons Homme, schlürft einen Martini, und es fällt nicht schwer, ihn sich heute Nacht in einem fremden Schlafzimmer vorzustellen; vielleicht belügt er das Mädchen, das neben ihm sitzt: blond, Riesentitten, in einem nietenbesetzten Kleid von Giorgio di Sant'Angelo.

»Sollen wir's ihr sagen?«, fragt jemand.

»Oh nein«, sagt Daisy. »Bloß nicht. Sie sieht aus wie die letzte Nutte.«

»Hör mal, McDermott.« Ich beuge mich zu ihm. »Du *hast* Drogen. Ich seh's dir an den Augen an. Von dem verdammten Schniefen gar nicht zu reden.«

»Nix. Negativ. Nicht heute, Schätzchen.« Er wackelt mit dem Kopf.

Applaus für die Jazzband – der ganze Tisch klatscht, selbst Taylor, den Francesca versehentlich aufgeweckt hat, und ich wende mich stinksauer von McDermott ab und schlage meine Hände zusammen wie alle anderen. Caron und Libby kommen zum Tisch, und Libby sagt: »Caron muss morgen nach Atlanta, *Vogue*-Shooting. Wir müssen.« Irgendwer bekommt die Rechnung, und McDermott bezahlt sie mit seiner goldenen AmEx, ein weiterer Beweis, dass er randvoll mit Koks ist, denn sonst ist er für seinen Geiz berühmt.

Draußen ist es drückend, und es nieselt, fast wie ein Nebel, Blitze, aber kein Donner. Ich hefte mich an McDermott in der Hoffnung, ihn zu stellen, dabei krache ich fast in einen Rollstuhlfahrer; ich erinnere mich, dass er bis an die Sperrseile rollte, als wir ankamen, und da sitzt der Typ noch immer, Räder vor, dann wieder zurück, und wieder rauf auf den Bürgersteig, Luft für die Türsteher.

»McDermott«, rufe ich. »Was hast du vor? Gib mir deine *Drogen*.«

Er dreht sich um, sieht mich an, verfällt in ein irres Tänzchen, wirbelt herum, hört dann genauso unvermittelt auf und geht hinüber zu einer der schwarzen Frauen mit

Kind, die im Eingang des geschlossenen Deli neben Nell's sitzen und wie üblich um Essen betteln, vor ihren Füßen das obligatorische Pappschild. Schwer zu sagen, ob das Kind sechs oder sieben, schwarz ist oder nicht, selbst, ob es wirklich ihres ist, da das Licht vor Nell's zu grell ist, sehr unvorteilhaft, und jede Haut gleich gelblich und verwaschen aussehen lässt.

»Was *machen* die da?«, sagt Libby, gebannt glotzend.

»Wissen sie nicht, dass sie näher an den Seilen stehen müssen?«

»*Lib*by, komm schon«, sagt Caron und zieht sie zu zwei Taxis am Bordstein.

»McDermott?«, frage ich. »Was zur *Hölle* treibst du da?«

McDermotts Augen sind glasig, er wedelt mit einem Dollarschein vor der Nase der Frau, und sie fängt an zu heulen, während sie verzweifelt danach schnappt, aber natürlich – typisch – gibt er ihn ihr nicht. Stattdessen zündet er den Schein mit Streichhölzern aus der Canal Bar an und brennt damit die halb geraucht zwischen seinen geraden weißen Zähnen – wahrscheinlich Jacketkronen – klemmende Zigarre an, das Arschloch.

»Wie … weltmännisch von dir, McDermott«, sage ich zu ihm.

Daisy lehnt an einem weißen Mercedes, der am Bordstein geparkt ist. Ein anderer Mercedes, eine Limousine diesmal, parkt in zweiter Reihe neben dem weißen. Mehr Blitze. Ein Krankenwagen quietscht die Fourteenth hinunter. McDermott schlendert an Daisy vorbei und küsst ihre Hand, ehe er in das zweite Taxi springt.

Ich bleibe vor der weinenden schwarzen Frau zurück, Daisy glotzt.

»Jesus«, murmele ich, dann: »Hier …« Ich reiche der schwarzen Frau ein Streichholzbriefchen von Lutèce, ehe mir mein Versehen auffällt, finde dann ein Briefchen

Streichhölzer von Tavern on the Green, werfe sie dem Kind zu und winde ihr das andere Briefchen aus den verdreckten, schorfigen Fingern.

»Jesus«, murmele ich wieder und gehe rüber zu Daisy.

»Hier sind *keine Taxis mehr*«, sagt sie, Hände auf den Hüften. Ein weiterer Blitz lässt sie herumfahren und zetern: »Wo sind die Foto*grafen*? Wer macht hier *Fotos*?«

»Taxi!« Ich pfeife und versuche, ein vorbeifahrendes Taxi ranzuwinken.

Ein weiterer Blitz erhellt den Himmel über den Zeckendorf Towers, und Daisy heult auf: »Wo ist dieser Fotograf? *Patrick*. Sag ihnen, sie sollen *auf*hören.« Sie ist verwirrt, ihr Kopf ruckt nach links, rechts, vor, zurück, rechts. Sie senkt ihre Sonnenbrille.

»Oh Gott«, murmele ich und hole Atem für einen Aufschrei. »Das sind *Blitze*. Kein Fotograf. *Blitze!*«

»Oh natürlich, *dir* soll ich gerade glauben. Du hast gesagt, Gorbatschow ist unten«, sagt sie vorwurfsvoll. »Ich glaube dir gar nichts. Ich glaube, die Presse ist hier.«

»Jesus, da ist ein Taxi. *Hey, Taxi.*« Ich pfeife nach einem näher kommenden Taxi, das gerade aus der Eighth Avenue eingebogen ist, aber jemand klopft auf meine Schulter, und als ich mich umwende, steht Bethany, ein Mädchen, mit dem ich in Harvard gegangen bin und die mich später abservierte, in einem spitzenbesetzten Sweater und einer Viskosecrêpehose von Christian Lacroix vor mir, einen offenen weißen Schirm in einer Hand. Das Taxi, das ich anhalten wollte, zischt vorbei.

»Bethany«, sage ich hingerissen.

»Patrick.« Sie lächelt.

»Bethany«, sage ich wieder.

»Wie geht's dir, Patrick?«, fragt sie.

»Ehm, ja, ehm, mir geht's gut«, stottere ich nach einem Moment linkischen Schweigens. »Und dir?«

»Recht gut, wirklich, danke«, sagt sie.

»Weißt du … warst du da drin?«, frage ich.

»Ja, war ich.« Sie nickt, dann: »Nett, dich zu sehen.«

»Wohnst du hier?«, frage ich schluckend. »In Manhattan?«

»Ja.« Sie lächelt. »Ich arbeite bei Milbank Tweed.«

»Oh, na dann … toll.« Ich sehe mich wieder nach Daisy um und bin plötzlich wütend, in Erinnerung an den Lunch in Cambridge, bei Quarters, wo Bethany, den Arm in der Schlinge, eine verblassende Prellung über der Wange, alles beendete, dann, genauso plötzlich, denke ich: Mein Haar, oh Gott, mein *Haar*, und ich kann spüren, wie mir der Nieselregen die Frisur zerstört. »Tja, ich muss los.«

»Du bist bei P&P, stimmt's?«, fragt sie, dann: »Gut siehst du aus.«

Ich sehe ein neues Taxi näher kommen und kneife aus. »Na ja … du weißt schon.«

»Lass uns zusammen zum Lunch gehen«, ruft sie mir zu.

»Nichts täte ich lieber«, sage ich unschlüssig. Das Taxi hat Daisy bemerkt und angehalten.

»Ich ruf dich an«, sagt sie.

»Jederzeit«, sage ich.

Ein Schwarzer hat die Taxitür für Daisy geöffnet, sie steigt geziert ein, und der Schwarze hält auch mir die Tür auf, während ich in mein Taxi einsteige, Bethany zunicke und winke. »Ein Tipp, Mister«, schnorrt der Schwarze, »von ihnen und der hübschen Lady?«

»Gern«, grunze ich, versuche mein Haar im Rückspiegel zu checken. »Hier ist ein Tipp: Such dir einen richtigen Job, du dämlicher Scheißnigger.« Dann knalle ich eigenhändig die Tür zu und sage dem Taxifahrer, er soll uns zur Upper West Side bringen.

»War's nicht echt interessant, wie sie heute Abend in dem Film Spione waren und dann doch keine Spione waren?«, fragt Daisy.

»Und die kannst du in Harlem absetzen«, sage ich zum Taxifahrer.

Ich bin in meinem Badezimmer, hemdlos vor dem Orobwener-Spiegel, und frage mich, ob ich duschen und mein Haar waschen soll, weil es nach dem Regen beschissen aussieht. Erst mal schmiere ich versuchsweise etwas Stylingmousse rein und fahre mit dem Kamm durch das Mousse. Daisy sitzt in dem Louis Montoni Chrom-und-Messingsessel neben dem Futon und schaufelt sich Häagen-Dazs Macadamia-Krokant in den Mund. Sie trägt nur einen Spitzen-BH und Strapse von Bloomingdale's.

»Weißt du«, ruft sie, »mein Ex-Freund Fiddler, auf der Party heute Abend, der konnte gar nicht verstehen, dass ich mit einem Yuppie da aufkreuze.«

Ich höre nicht richtig hin, aber während ich auf mein Haar starre, schaffe ich noch ein: »Ach wirklich?«

»Er hat gesagt …« Sie lacht. »Er hat gesagt, du machst schlechte Vibes.«

Ich seufze, spanne dann die Muskeln. »Das … ist ja zu schade.«

Sie zuckt die Achseln und gesteht beiläufig: »Er hat immer viel Kokain genommen. Er hat mich geschlagen.«

Ich werde plötzlich aufmerksam, bis sie sagt: »Aber mein Gesicht hat er nie angerührt.«

Ich gehe ins Schlafzimmer und fange an, mich auszuziehen. »Du hältst mich für blöd, stimmt's?«, fragt sie und glotzt mich an, die Beine, gebräunt und aerobicgestählt, über eine der Sessellehnen gehängt.

»Was?« Ich schlüpfe aus meinen Schuhen, bücke mich dann, um sie aufzuheben.

»Du denkst, ich bin *blöd*«, sagt sie. »Du hältst alle Models für blöd.«

»Nein«, sage ich und versuche, mir das Lachen zu verkneifen. »Nein, wirklich nicht.«

»Doch, tust du«, insistiert sie. »Das spüre ich.«

»Ich finde, du bist ...« Ich stehe da und meine Stimme verliert sich.

»Ja?« Sie grinst, wartend.

»Ich finde dich total brillant und unheimlich ... brillant«, sage ich mit tonloser Stimme.

»Das ist nett.« Sie lächelt gelassen, während sie den Löffel ableckt. »Du hast ... ja, so was Sanftes an dir.«

»Danke.« Ich ziehe meine Hose aus und falte sie ordentlich, hänge sie zusammen mit Hemd und Krawatte über einen schwarzen Stahlkleiderständer von Philippe Stark. »Weißt du was, neulich habe ich mein Mädchen erwischt, als sie ein Stück Kleietoast aus dem Mülleimer in der Küche gestohlen hat.«

Daisy verdaut das, fragt dann: »Warum?«

Ich halte inne, starre auf ihren flachen, wohlgeformten Bauch. Ihr Torso ist ganz Muskeln und Sonnenbräune. Wie meiner. »Sie sagte, weil sie hungrig ist.«

Daisy seufzt und leckt nachdenklich am Löffel.

»Sieht mein Haar okay aus?« Ich stehe immer noch da, nur mit Calvin-Klein-Jockeyshorts, einem wachsenden Ständer und Fünfzig-Dollar-Armani-Socken.

»Ja.« Sie zuckt die Achseln. »Klar.«

Ich sitze auf der Ecke des Futons und streife meine Socken ab. »Heute hab ich ein Mädchen zusammengeschlagen, das die Leute auf der Straße um Geld gebeten hat.« Ich mache eine Pause, wäge dann jedes der folgenden Worte sorgfältig ab. »Sie war jung, schien verängstigt zu sein und hatte ein Schild, auf dem stand, dass sie fremd in New York ist und ein Kind hat, obwohl ich keins gesehen habe. Und sie brauchte Geld, für Essen oder so. Für ein Busticket nach Iowa. Iowa. Ich glaube, es war Iowa. Und ...« Ich halte für einen Moment inne, knülle die Socken zu einem Knäuel zusammen, entrolle sie dann wieder.

Daisy starrt mich eine Minute lang stumpf an, ehe sie fragt: »Und dann?«

Ich zögere, unruhig, und stehe auf. Ehe ich ins Bad gehe, murmele ich: »Und dann? Dann hab ich ihr die Scheiße aus dem Leib geprügelt.« Ich suche im Medizinschrank nach einem Kondom und sage, als ich wieder ins Schlafzimmer komme: »Sie hatte *behindert* falsch geschrieben. Ich meine, das ist nicht der Grund, warum ich's gemacht habe, aber … du weißt schon.« Ich zucke die Achseln. »Sie war zu hässlich, um sie zu vergewaltigen.«

Daisy steht auf, legt den Teelöffel neben den Häagen-Dazs-Karton auf den Gilben-Rhode-Designernachttisch.

Ich zeige mit dem Finger darauf. »Nein. Tu ihn in den Karton.«

»Oh, tut mir leid«, sagt sie.

Sie bewundert eine Palazetti-Vase, während ich das Kondom überziehe. Ich lege mich auf sie, wir ficken, und wie sie da unter mir liegt, ist sie nur ein Umriss, obwohl alle Halogenlampen an sind. Später liegen wir auf verschiedenen Seiten des Bettes. Ich berühre ihre Schulter.

»Ich glaube, du solltest jetzt gehen«, sage ich.

Sie öffnet die Augen, kratzt sich am Nacken.

»Ich fürchte, ich könnte dir … wehtun«, sage ich. »Ich glaube, ich kann mich nicht beherrschen.«

Sie sieht zu mir rüber und zuckt die Achseln. »Okay. Klar«, dann beginnt sie, sich anzuziehen. »Ich wollte sowieso nicht, dass es zu ernst wird«, sagt sie.

»Ich glaube, es wird was Schlimmes passieren«, erkläre ich ihr.

Sie zieht ihren Slip an, prüft ihre Frisur im Nabolwev-Spiegel und nickt. »Verstehe.«

Nachdem sie angezogen ist und einige Minuten reinen, harten Schweigens verstrichen sind, sage ich, nicht ganz ohne Hoffnung: »Du willst doch nicht, dass ich dir wehtue, oder?«

Sie knöpft das Oberteil ihres Kleids zu und seufzt, ohne zu mir aufzuschauen: »Darum gehe ich.«

Ich sage: »Ich glaube, ich hab's nicht mehr drauf.«

Paul Owen

DEN GANZEN MORGEN hörte ich mir in meinem Apartment an, wie Leute Nachrichten auf meinen Anrufbeantworter sprachen, glotzte müde auf das Funktelefon, ohne je ranzugehen, und schlürfte Tasse um Tasse entkoffeinierten Kräutertees. Anschließend ging ich ins Fitnessstudio, um zwei Stunden zu trainieren; dann nahm ich meinen Lunch in der Health Bar und konnte kaum die Hälfte des Endiviensalats mit Karottendressing essen, den ich mir bestellt hatte. Auf dem Rückweg von Hell's Kitchen, wo ich in einem verlassenen Lagerhaus eine Etage gemietet habe, ging ich zu Barney's.

Ich ließ mir das Gesicht machen. Ich spielte mit Brewster Whipple Squash im Yale Club und reservierte von da aus unter dem Namen Marcus Halberstam für acht im Texarkana, wo ich Paul Owen zum Dinner treffen werde. Ich habe das Texarkana gewählt, weil ich von etlichen Leuten, mit denen ich zu tun habe, weiß, dass sie heute Abend *nicht* dort essen werden. Außerdem ist mir nach dem Schweinefleisch mit Chilikruste und ein oder zwei Dixie-Bieren. Es ist Juni, und ich trage einen Zweiknopf-Leinenanzug, ein Baumwollhemd, eine Seidenkrawatte und lederne Brogues, alles von Armani. Vor dem Texarkana geht mich ein fröhlicher schwarzer Penner an und behauptet, Bob Hopes jüngerer Bruder zu sein, No Hope. Er hält mir einen Styroporkaffeebecher hin. Der Witz ist mir einen Vierteldollar wert. Ich bin zwanzig Minuten zu spät. Aus einem offenen Fenster in der Tenth Street höre ich den Ausklang von »A Day in the Life« von den Beatles. Die Bar des Texarkana ist leer, und im Speiseraum sind nur vier oder fünf der Tische besetzt. Owen sitzt in einer Nische am hinteren Ende, beschwert sich bitterlich beim Kellner, macht ihm die Hölle heiß, verlangt genaue Angabe von Gründen, warum das Flusskrebs-Gumbo heute Abend aus ist. Der Kellner, eine nicht übel aussehende Tunte, weiß nicht aus noch ein und lispelt hilflose Entschuldigungen. Owen ist nicht in Stimmung für Höflichkeiten, und ich schon gar nicht. Als ich Platz nehme, entschuldigt sich der Kellner ein letztes Mal und nimmt dann meine Getränkebestellung auf. »J&B *straight*«, betone ich. »*Und* ein Dixie-Bier.« Er lächelt, während er notiert – der kleine Scheißer klimpert sogar mit den Wimpern –, und gerade als ich ihn warnen will, mich mit Smalltalk anzuöden, blökt Owen seine Bestellung dazwischen: »Doppelter Absolut-Martini«, und die Schwuchtel verzieht sich.

»Hier geht's echt zu wie in einem ... äh ... Taubenschlag, Halberstam«, sagt Owen und winkt in den halb leeren Raum. »Der Laden ist *heiß*, echt heiß.«

»Hör mal, die Mud-soup und der geröstete Arugula sind hier wirklich *unerreicht*«, erkläre ich ihm.

»Ja, toll«, grunzt er in sein Martiniglas. »Du bist spät dran.«

»Hey, ich bin ein Scheidungskind. Lass Gnade walten«, sage ich achselzuckend und denke: Oh Halberstam, du *bist* mir schon ein Arschloch. Nachdem ich die Karte studiert habe, sage ich: »Hmmmm, ich sehe, sie haben die Schweinelendchen mit Limonengelee gestrichen.«

Owen trägt einen zweireihigen Seideleinenanzug, ein Baumwollhemd und eine Seidenkrawatte von Joseph Abboud, und seine Bräune ist untadelig. Aber er ist heute irgendwie daneben, überraschend schweigsam, und seine

Drögheit nieselt auf meine joviale, erwartungsfrohe Stimmung und dämpft sie nicht unbeträchtlich, und plötzlich flüchte ich mich in Bemerkungen wie »Ist das Ivana Trump da drüben?«, verbessere mich dann lachend: »Jessas, Patrick, ich meine *Marcus*, wo denkst du *hin*? Was hätte Ivana im Texarkana verloren?« Aber das macht das Dinner nicht weniger eintönig. Es hilft mir nicht über die Tatsache hinweg, dass Paul Owen genau so alt ist wie ich, siebenundzwanzig, und lässt mich die ganze Sache auch nicht gefasster tragen.

Was ich zunächst als Aufgeblasenheit missdeutet habe, ist in Owens Fall simple Trunkenheit. Als ich nach Informationen über den Fisher-Account bohre, bietet er nutzloses Material, das ich bereits kenne: dass Rothschild ursprünglich mit dem Account befasst war und wie Owen drangekommen ist. Und obwohl ich Jean die Informationen schon *vor Monaten* für meine Akten habe zusammentragen lassen, nicke ich unausgesetzt, als hätten diese rudimentären Informationen Enthüllungscharakter, sage Dinge wie: »Das ist ja aufschlussreich«, und lasse gleichzeitig »Ich bin ein gefährlicher Irrer« und »Ich liebe es, Mädchen zu zerstückeln« einfließen. Es ist zum Verrücktwerden, immer wenn ich versuche, die Konversation wieder auf den mysteriösen Fisher-Account zu lenken, bringt er entweder Sonnenstudios ins Gespräch oder Zigarrenmarken, bestimmte Fitnessclubs oder die besten Joggingstrecken von Manhattan und stößt dabei ständig auf, was ich ungemein abstoßend finde. Beim ersten Teil der Mahlzeit – prä Entreé, post Aperitif – trinke ich Dixie-Bier, wechsle dann mittendrin zu Diet Pepsi, da ich halbwegs nüchtern bleiben muss. Ich bin im Begriff, Owen zu verzapfen, dass Cecelia, Marcus Halberstams Freundin, zwei Vaginas hat und dass wir im kommenden Frühjahr in East Hampton heiraten wollen, aber er unterbricht mich.

»Ich fühle mich, äh, ein bisschen schlapp«, gesteht er, drückt besoffen eine Limone über dem Tisch aus, so weit neben dem Bierglas wie möglich.

»Hm-hum.« Ich tunke eine Jicamasprosse vorsichtig in Rhabarbersenfsoße und gebe vor, ihn nicht zu beachten. Am Ende des Dinners ist er so betrunken, dass ich ihn dazu bringe, (1) die Rechnung zu zahlen, die sich auf zweihundertfünfzig Dollar beläuft, (2) zuzugeben, was für ein dämlicher Hurensohn er eigentlich ist, und (3) mit in mein Apartment zu kommen, wo er sich *noch einen* Drink macht – er öffnet doch tatsächlich eine Flasche Acacia, die ich versteckt zu haben glaubte, mit einem Korkenzieher aus Sterlingsilber, den Peter Radloff mir zur Feier des Heatherberg-Deals gekauft hatte. In meinem Badezimmer hole ich die Axt heraus, die ich in der Dusche verstaut hatte, schmeiße zwei Fünf-Milligramm-Valium, die ich mit einem Zahnputzglas Plax runterspüle, gehe dann ins Foyer, wo ich den billigen Regenmantel überziehe, den ich am Mittwoch bei Brooks Brothers besorgt habe, und nähere mich Owen, der sich neben der Stereoanlage im Wohnzimmer gebückt hat, um meine CD-Sammlung durchzuforsten – das Apartment ist hell erleuchtet, die Jalousien sind geschlossen. Er richtet sich auf und geht langsam rückwärts, nippt an seinem Weinglas, lässt das Apartment auf sich wirken, bis er sich endlich auf einem weißen Aluminiumklappstuhl niederlässt, den ich vor Wochen bei Conran's Jubiläumsausverkauf erstanden habe, und schließlich bemerkt er die unter ihm ausgelegten Zeitungen – *USA Today*, *W* und die *New York Times* –, die den Boden bedecken, um den Parkettboden aus weißer Eiche vor Blutflecken zu schützen. Ich gehe mit der Axt in einer Hand auf ihn zu, mit der anderen schließe ich die Knöpfe meines Regenmantels.

»Hey, Halberstam«, fragt er und schafft es, beide Worte zu nuscheln.

»Ja, Owen«, sage ich im Näherkommen.

»Warum liegen da, ehm, die ganzen Zeitgeistblätter überall auf dem Boden?«, fragt er schläfrig. »Hast du einen Hund? Einen Chow oder so?«

»Nein, Owen.« Ich gehe langsam um den Stuhl herum, bis ich direkt vor ihm stehe, genau in seinem Sichtfeld, und er ist so betrunken, dass er noch nicht mal die Axt richtig sieht, er bemerkt noch nicht mal, wie ich sie hoch über dem Kopf schwinge. Auch nicht, dass ich's mir anders überlege und sie auf Taillenhöhe senke, sie fast wie einen Baseballschläger halte, als wartete ich auf den nächsten Ball, der zufälligerweise Owens Kopf ist.

Owen hält inne, sagt dann: »Jedenfalls, Iggy Pop habe ich immer gehasst, aber seit er so kommerziell geworden ist, gefällt er mir viel besser als –«

Die Axt trifft mitten ins Gesicht, bevor er den Satz beenden kann, die dicke Klinge fährt seitwärts in seinen offenen Mund und bringt ihn zum Schweigen. Pauls Augen schauen zu mir auf, drehen sich unwillkürlich nach hinten, dann wieder zu mir, und plötzlich versuchen seine Hände, nach dem Griff der Axt zu schnappen, aber der Schock des Schlags hat ihm alle Kraft genommen. Zuerst kommt kein Blut, auch kein Geräusch außer dem der Zeitungen, die unter Pauls strampelnden Füßen knistern und zerreißen. Kurz nach dem ersten Schlag beginnt langsam Blut aus den Mundwinkeln zu sickern, und als ich die Axt herausziehe – Owen fast am Kopf aus dem Sessel reiße – und ihm wieder ins Gesicht hacke, dass es aufplatzt, während seine Arme im Nichts rudern, schießt Blut in zwei bräunlichen Fontänen heraus und befleckt meinen Regenmantel. Das wird begleitet von einem grässlichen kurzen Zischen, das aus den Wunden in Pauls Schädel kommt, dort, wo Fleisch und Knochen nicht länger zusammenhalten, und darauf folgt ein obszönes Furzen, hervorgerufen von Teilen des Gehirns, das durch den plötzlichen Unterdruck aus den

Wunden im Gesicht quillt, rosa und feucht schimmernd. Im Todeskampf fällt er zu Boden, sein Gesicht grau und blutig, außer einem Auge, das unkontrolliert blinzelt; sein Mund ein verzerrter rosaroter Mischmasch aus Zähnen, Fleisch und Kieferknochen, die Zunge hängt aus einem offenen Riss an der Backe, nur noch gehalten von etwas, das wie ein dicker roter Faden aussieht. Nur einmal schreie ich ihn an: »Scheißdämlicher Hund. Scheißarschloch.« Ich stehe wartend da, auf den Riss über dem Onica starrend, der Hausmeister war immer noch nicht da. Es dauert fünf Minuten, bis Paul endgültig tot ist. Weitere dreißig, ehe er aufhört zu bluten.

Ich nehme ein Taxi zu Owens Apartment auf der Upper East Side, und während der Fahrt durch den Central Park, in der Stille dieser drückenden Juninacht auf dem Rücksitz des Taxis, fällt mir schlagartig auf, dass ich immer noch den blutigen Regenmantel trage. Ich schließe sein Apartment mit den Schlüsseln auf, die ich der Leiche aus der Tasche genommen habe, und als ich drin bin, tränke ich den Mantel mit Feuerzeugbenzin und verbrenne ihn im Kamin. Das Wohnzimmer ist sehr dürftig eingerichtet, minimalistisch. Die Wände sind aus weiß getünchtem Beton, außer einer Wand, die eine großformatige technische Zeichnung bedeckt, ganz schön trendy, und die Wand zur Fifth Avenue hin ist mit einem langen Streifen Kunstkuhfell verkleidet. Darunter thront eine schwarze Ledercouch.

Ich schalte auf dem Panasonic-Fernseher mit 80-Zentimeter-Bildröhre *Late Night with David Letterman* ein, gehe dann zum Anrufbeantworter, um Owens Ansage zu ändern. Während ich die alte lösche (Owen gibt alle Nummern an, unter denen er zu erreichen ist – einschließlich des Seaport, *Herr im Himmel* –, während im Hintergrund geschmackvoll Vivaldis *Vier Jahreszeiten* läuft), frage ich mich laut, wohin ich Paul schicken soll, und nachdem ich einige Minuten hin und her überlegt habe, beschließe ich: London. »Ich schicke den Arsch nach England«, gackere ich, während ich den Fernseher leiser stelle, und spreche dann die neue Ansage auf Band. Meine Stimme ist der von Owen sehr ähnlich, und für jemand, der sie über Telefon hört, sind sie wahrscheinlich identisch. David Letterman hat's heute mit dämlichen Tierkunststückchen. Ein Deutscher Schäferhund mit Mets-Kappe schält und isst eine Orange. Das wird zweimal wiederholt, in Zeitlupe.

Einen handgearbeiteten Sattlerlederkoffer mit kakifarbenem Bezug, extraschweren Stoßecken und goldenen Schließen von Ralph Lauren packe ich mit einem doppelreihigen Sechsknopfanzug aus reiner Wolle mit steigenden Revers und Kreidestreifen und einem Navysuit aus Wollflanell, beide von Brooks Brothers, zusammen mit einem aufladbaren Mitsubishi-Elektrorasierer, einem silberbeschlagenen Schuhanzieher von Barney's, einer Tag-Heuer-Sportuhr, einer schwarzen Ledergeldscheintasche von Prada, einem Sharp Handykopierer, einem Sharp Dialmaster, seinem Pass in der schwarzen Lederhülle und einem Reiseföhn von Panasonic ein. Außerdem klaue ich für mich selbst einen tragbaren Toshiba-CD-Player, in dem noch eine der CDs mit der Originalaufnahme von *Les Misérables* steckt. Das Bad ist ganz in Weiß gehalten, bis auf die gesprenkelte Tapete an einer Wand. Ich schmeiße alles an Toilettenartikeln, was noch fehlen könnte, in eine Mülltüte.

Zurück in meinem Apartment ist der Körper bereits in Leichenstarre, und nachdem ich ihn in vier billige Frotteetücher gewickelt habe, ebenfalls von Conran's Jubiläumsausverkauf, stecke ich Owen kopfüber und vollständig bekleidet in einen Daunenschlafsack von Canalino, schließe den Reißverschluss und ziehe ihn mühelos in den Aufzug, dann durch die Lobby, vorbei am Nachtportier und um die Ecke, wo mir Arthur Crystal und Kitty Martin über den

Weg laufen, die gerade vom Dinner im Café Luxembourg kommen. Glücklicherweise geht Kitty Martin eigentlich mit Craig McDermott, der über Nacht in Houston ist, also halten sie sich nicht auf, obwohl Crystal – der taktlose Arsch – mich fragt, wie man ein weißes Dinnerjackett zu tragen hat. Nachdem ich ihn kurz abgefertigt habe, halte ich ein Taxi an, schaffe es, den Schlafsack lässig auf den Rücksitz zu werfen, springe rein und gebe dem Fahrer die Adresse in Hell's Kitchen. In dem verlassenen Gebäude trage ich den Körper vier Stockwerke hoch durchs Treppenhaus bis auf meine Etage und lege Owens Körper in eine übergroße Porzellanwanne, ziehe ihm seinen Abboud-Anzug aus und übergieße den Körper, nachdem ich ihn gründlich nass gemacht habe, mit zwei Beuteln Kalk.

Später, so um zwei rum, im Bett, kann ich nicht einschlafen. Evelyn erwischt mich auf Call-waiting, während ich mir das Gequassel unter 976-TWAT anhöre und mir auf Video die *Patty Winters Show* von heute Morgen ansehe, bei der es um Missgeburten geht.

»Patrick?«, fragt Evelyn.

Ich warte, verkünde dann mit dumpfer Stimme: »Hier spricht Patrick Bateman. Es ist mir leider nicht möglich, Ihren Anruf anzunehmen. Also hinterlassen Sie mir bitte eine Nachricht nach dem Pfeifton …« Ich warte, füge dann hinzu: »Schönen Tag noch.« Ich halte wieder inne, betend, dass sie's geschluckt hat, ehe ich ein klägliches »Biep« hervorbringe.

»Ach *lass das*, Patrick«, sagt sie gereizt. »Ich weiß, dass du's bist. Um Himmels willen, was soll der Blödsinn?«

Ich halte das Telefon auf Armeslänge von mir, werfe es dann auf den Fußboden und knalle es gegen den Nachttisch. Ich presse einige der Nummern in der Hoffnung, mit einem Freizeichen belohnt zu werden, wenn ich den Hörer wieder aufnehme. »Hallo? Hallo?«, sage ich. »Ist da jemand? Ja?«

»Hör um Gottes willen damit auf. Lass es *bitte* sein«, jault Evelyn.

»Hi Evelyn«, sage ich munter, mein Gesicht zur Fratze verzerrt.

»Wo warst du heute Abend?«, fragt sie. »Ich dachte, wir wollten zusammen essen. Ich dachte, wir hätten im Raw Space reserviert.«

»Nein, Evelyn«, seufze ich, plötzlich sehr müde. »Hatten wir nicht. Wie kommst du auf so was?«

»Ich dachte, ich hätte es notiert«, winselt sie. »Ich dachte, meine Sekretärin hätte es mir aufgeschrieben.«

»Dann lag eine von euch beiden wohl falsch«, sage ich und spule vom Bett aus mit der Fernbedienung das Band zurück. »Raw Space? Jesus. Du … bist … nicht … ganz … dicht.«

»Süßer«, schmollt sie. »Wo *warst* du heute Abend? Ich hoffe, du bist nicht ohne mich ins Raw Space gegangen.«

»Oh mein Gott«, stöhne ich. »Ich musste ein paar Videos ausleihen. Ich meine, zurückbringen.«

»Und was hast du sonst gemacht?«, fragt sie, noch immer winselnd.

»Tja, ich hab Arthur Crystal und Kitty Martin getroffen«, sage ich. »Sie kamen vom Dinner im Café Luxembourg.«

»Ach wirklich?« Schaurig, wie das ihr Interesse weckt. »Was hat Kitty getragen?«

»Ein schulterfreies Ballkleid mit Samtoberteil und einen Spitzenrock mit Blumenmuster von Laura Marolakos, glaube ich.«

»Und Arthur?«

»Das Gleiche.«

»Oh Mr. Bateman.« Sie kichert. »Ich liebe Ihren Sinn für Humor.«

»Hör mal, es ist spät. Ich bin müde.« Ich täusche ein Gähnen vor.

»Hab ich dich aufgeweckt?«, fragt sie besorgt. »Ich hoffe, ich hab dich nicht aufgeweckt.«

»Ja«, sage ich. »Hast du. Aber ich hab den Anruf ja angenommen, also kannst du nichts dafür.«

»Dinner, Süßer? Morgen?«, fragt sie, verschämt auf eine positive Erwiderung wartend.

»Kann ich nicht. Arbeit.«

»Der verdammte Laden gehört dir praktisch«, mault sie. »Welche *Arbeit?* Was für *Arbeit* hast du da? Ich *versteh* das nicht.«

»Evelyn«, seufze ich. *»Bitte.«*

»Oh Patrick, lass uns diesen Sommer wegfahren«, sagt sie sehnsuchtsvoll. »Lass uns nach Edgartown fahren oder in die Hamptons.«

»Mach ich«, sage ich. »Vielleicht mache ich das.«

Paul Smith

ICH STEHE IM PAUL SMITH RUM im Gespräch mit Nancy und Charles Hamilton und ihrer zweijährigen Tochter Glenn. Charles trägt einen doppelreihigen Leinenanzug mit vier Knöpfen von Redaelli, ein Hemd aus Broadclothbaumwolle von Ascot Chang, eine gemusterte Seidenkrawatte von Eugenio Venazi und Loafers von Brooks Brothers. Nancy trägt eine Seidenbluse mit Perlmuttpailletten und einen Seidenchiffonrock von Valentino und Silberohrringe von Reena Pachochi. Ich trage einen doppelreihigen Sechsknopfwollanzug mit Kreidestreifen und einen gemusterten Seidenschal, beide von Louis, Boston, und ein Hemd aus Oxfordbaumwolle von Luciano Barbera. Glenn trägt einen silbernen Armani-Overall und eine winzige Mets-Kappe. Während die Verkäuferin Charles' Einkäufe ausruft, spiele ich mit dem Baby, das Nancy im Arm hält, biete Glenn meine American-Express-Karte an und quietsche, als sie begeistert danach greift, in schriller Babysprache, wackle mit dem Kopf, kneife ihr ins Kinn, wedle mit der Karte vor ihrem Gesicht und gurre: »Ja, ich bin ein total psychopathischer Killer, oh ja das bin ich, ich mache gerne Leute tot, oh ja Schätzchen, mein kleines Zuckerstückchen, oh ja …« Heute nach dem Büro spielte ich Squash mit Ricky Hendricks, nahm dann bei Fluties einen Drink mit Stephen Jenkins, und um acht soll ich Bonnie Abbot im Pooncakes, dem neuen Bishop-Sullivan-Restaurant in Gramercy Park, zum Dinner treffen. In der *Patty Winters Show* heute Morgen ging es um überlebende KZ-Opfer. Ich zücke einen Sony Watchman (den FD-270) mit 6-Zentimeter-Bildschirm, der nur 350 Gramm wiegt, und zeige ihn Glenn. Nancy fragt: »Wie ist der Shadrogen bei Rafaeli's?« Im Moment ist es draußen vor dem Laden noch nicht ganz dunkel, aber fast.

»Ganz umwerfend«, murmele ich, Glenn verzückt anglotzend.

Charles unterschreibt auf dem Beleg, und während er seine American-Express-Karte wieder in die Brieftasche schiebt, dreht er sich zu mir um und erkennt jemanden hinter meiner Schulter.

»Hey Luis«, sagt Charles lächelnd.

Ich drehe mich um.

»Hi Charles. Hi, Nancy.« Luis Carruthers küsst Nancys Wange, schüttelt dann dem Baby die Hand. »Huhu, duda, Glenn. Eiei … was siehst du groß aus.«

»Luis, kennst du Robert Chanc –«, fängt Charles an.

»Pat Bateman«, sage ich, während ich den Watchman zurück in die Tasche stecke. »Vergiss es. Wir kennen uns.«

»Oh, tut mir leid. Stimmt ja. Pat Bateman«, sagt Charles. Luis trägt einen Anzug aus Wollcrêpe, ein Hemd aus

Broadcloth-Baumwolle und eine Seidenkrawatte, alles von Ralph Lauren. Wie ich, wie Charles, trägt er das Haar zurückgekämmt und eine Oliver-Peoples-Brille mit Redwood-Gestell. Meine ist wenigstens aus Fensterglas.

»Schön, schön«, sage ich händeschüttelnd. Luis' Griff ist übertrieben fest und abscheulich anzüglich zugleich. »Entschuldigt mich, ich bin auf der Suche nach einem Schlips.« Ich winke Baby Glenn noch einmal zum Abschied zu und verziehe mich in den angrenzenden Raum, wo ich die Herrenaccessoires begutachte und mir die Hände an einem Zweihundertdollarbadetuch abwische, das auf einem Marmorständer hängt.

Prompt kommt auch Luis angeschlichen, lehnt sich gegen die Krawattenauslage und tut so, als würde er sich wie ich Krawatten ansehen.

»Was tust du hier?«, flüstert er.

»Einen Schlips für meinen Bruder kaufen. Er hat bald Geburtstag. Entschuldige bitte.« Ich gehe ein Stück weiter am Krawattenständer entlang, weg von ihm.

»Er muss sehr glücklich sein, einen Bruder wie dich zu haben«, sagt er, sich näher an mich schiebend, mit aufrichtigem Grinsen.

»Vielleicht – ich jedenfalls finde ihn total widerlich«, sage ich. »*Dir* könnte er natürlich gefallen.«

»Patrick, warum siehst du mich nie an?«, fragt Luis in gequältem Ton. »Sieh mich *an*.«

»Bitte, *bitte* lass mich in Ruhe, Luis«, sage ich, die Augen geschlossen, die Fäuste im Zorn geballt.

»Komm schon, lass uns bei Sofi's was trinken und über alles reden«, schlägt er vor, jetzt schon flehend.

»Über *was* reden?«, frage ich verständnislos und öffne die Augen.

»Na, über … *uns*.« Er zuckt die Achseln.

»Bist du mir hierhin *gefolgt*?«, frage ich.

»Wohin?«

»Hierhin. Zu Paul Smith. Warum?«

»*Ich? Dir* gefolgt? Jetzt komm aber.«

Er versucht ein Lachen, tut meine Bemerkung ab. »Jesus.«

»Luis«, sage ich und zwinge mich, ihm in die Augen zu sehen. »Bitte lass mich in Ruhe. Zieh ab.«

»Patrick«, sagt er. »Ich liebe dich sehr. Ich hoffe, du weißt das.«

Ich stöhne auf, gehe weiter zu den Schuhen und lächle einen Verkäufer matt an.

Luis folgt. »Patrick, was tun wir hier?«

»Tja, ich will meinem Bruder eine Krawatte kaufen und du –« Ich nehme einen Loafer, seufze dann, »und du willst mir einen blasen, das muss man sich mal vorstellen. Jesus, ich muss hier raus.«

Ich gehe wieder rüber zu dem Ständer mit Krawatten, schnappe mir eine, ohne hinzusehen, und nehme sie mit zur Kasse. Luis folgt. Ohne ihn zu beachten, reiche ich der Verkäuferin meine Platin-AmEx-Karte und sage: »Vor der Tür sitzt ein Penner.« Ich zeige durchs Fenster auf den weinenden Obdachlosen mit einer Tüte Zeitungen, der auf der Bank neben dem Ladeneingang steht. »Sie sollten die Polizei rufen oder so.« Sie nickt dankend und zieht meine Karte durch den Computer. Luis steht einfach da, den Blick scheu zu Boden gerichtet. Ich unterschreibe den Beleg, nehme die Tüte und informiere die Verkäuferin, auf Luis deutend: »Der gehört nicht zu mir.«

Draußen versuche ich, auf der Fifth Avenue ein Taxi ranzuwinken. Luis stürzt nach mir aus dem Laden.

»Patrick, wir *müssen* uns unterhalten«, brüllt er durch den Verkehrslärm. Er rennt mir nach, erwischt mich am Mantelärmel. Ich fahre herum, das Springmesser schon geöffnet, ich stoße es drohend nach Luis und warne ihn, mir vom Leib zu bleiben. Leute weichen uns aus, ohne stehen zu bleiben.

»Hey, hoppla, Patrick«, sagt er und weicht mit erhobenen Händen zurück. »Patrick …«

Ich zische ihn an, das Messer noch immer auf ihn gerichtet, bis ein Taxi, das ich heranwinke, schleudernd anhält. Luis versucht, näher zu kommen, die Hände noch immer erhoben, und ich bedrohe ihn mit dem Messer, fahre damit durch die Luft, während ich die Taxitür öffne und rückwärts einsteige, noch immer fauchend, dann schließe ich die Tür und sage dem Fahrer, er soll mich nach Gramercy Park bringen, zu Pooncakes.

Geburtstag, Brüder

VERBRACHTE DEN TAG DAMIT, mir vorzustellen, welchen Tisch mein Bruder Sean und ich heute Abend im Quilted Giraffe bekommen werden. Da er Geburtstag hat und zufällig in der Stadt ist, haben mich sowohl Charles Conroy, der Steuerberater meines Vaters, als auch Nicholas Leigh, sein Vermögensverwalter, letzte Woche angerufen und einmütig behauptet, es sei in unser aller eigenem Interesse, dieses Treffen als Vorwand zu benutzen, um herauszufinden, was Sean aus seinem Leben macht, und vielleicht die eine oder andere bohrende Frage zu stellen. Und obwohl diese beiden Männer wissen, dass ich Sean verabscheue und dass dieses Gefühl herzlich erwidert wird, hielten sie es für eine prima Idee, ihn zum Dinner zu überreden und als Lockmittel, als Köder, falls er sich weigert, nicht allzu dezent einfließen zu lassen, dass etwas Schlimmes passiert sei. Letzten Mittwoch hatte ich eine Konferenzschaltung mit Conroy und Leigh.

»Was Schlimmes? Was zum Beispiel?«, fragte ich, während ich gleichzeitig versuchte, mich auf die über meinen

Bildschirm laufenden Zahlen zu konzentrieren und Jean zu verscheuchen, obwohl sie einen Stapel Papiere im Arm hatte, die ich unterzeichnen sollte. »Dass alle Michelob-Brauereien im Nordosten dichtmachen? Dass 976-BIMBO keine Hausbesuche mehr macht?«

»Nein«, sagte Charles und schlug dann leise vor: »Sag ihm, deiner Mutter … geht es schlechter.«

Ich überdachte diesen Schachzug, sagte dann: »Und wenn's ihm egal ist?«

»Sag ihm …« Nicholas hielt inne, räusperte sich und gab dann behutsam zu bedenken: »Es hat was mit ihrem Nachlass zu tun.«

Ich schaute vom Bildschirm auf, meine Wayfarer-Pilotenbrille senkend, starrte Jean an und befingerte dann unschlüssig den Zagat-Führer, der neben dem Monitor lag. Pastels kam nicht infrage. Ebenso wenig das Dorsia. Das letzte Mal, als ich im Dorsia angerufen hatte, war tatsächlich aufgelegt worden, ehe ich fragen konnte: »Na, wenn nicht nächsten Monat, was ist dann mit Januar?«, und auch wenn ich mir geschworen habe, einst eine Reservierung im Dorsia zu bekommen (wenn nicht in diesem Kalenderjahr, dann wenigstens, ehe ich dreißig bin), ist die Energie, die ich in dieses hohe Ziel investiere, an Sean verschwendet. Außerdem ist das Dorsia viel zu chic für ihn. Ich will ihn dieses Dinner *durchleiden* lassen; ihm nicht das Vergnügen gönnen, sich von Hardbodys ablenken zu lassen, die auf dem Weg zu Nell's noch auf einen Sprung ins Dorsia kommen; ich will irgendwo mit ihm essen gehen, wo ein Wärter auf der Männertoilette sitzt, der ihn zwingt, dem, was ich seinen mittlerweile bestimmt *chronischen* Kokainmissbrauch nennen möchte, mit qualvoller Diskretion nachzugehen. Ich gab Jean den Zagat und bat sie, das teuerste Restaurant in Manhattan rauszusuchen. Sie reservierte für neun Uhr im Quilted Giraffe.

»In Sandstone sieht es schlecht aus«, sage ich Sean später

am Nachmittag, gegen vier Uhr. Er ist in der Suite unseres Vaters im Carlyle abgestiegen. MTV dröhnt im Hintergrund, andere Stimmen mischen sich in den Lärm. Ich kann die Dusche hören.

»Wie schlimm? Hat Mom wieder ins Kissen gebissen? Was?«

»Ich finde, wir sollten uns zum Dinner treffen«, sage ich.

»Dominique, lass das«, sagt er, legt dann die Hand über den Hörer und brummelt etwas, gedämpft.

»Hallo Sean? Was ist los?«, frage ich.

»Ich rufe zurück«, sagt er und hängt ein.

Zufällig gefällt mir der Schlips, den ich Sean bei Paul Smith gekauft habe, und ich habe beschlossen, ihn ihm nicht zu geben (obwohl mir der Gedanke, das Arschloch könnte sich damit, na, aufhängen, kein geringes Vergnügen bereitet). Tatsächlich entschließe ich mich, ihn selbst heute Abend im Quilted Giraffe zu tragen. Anstelle der Krawatte werde ich ihm eine Casio QD-150 Quick-Dialer-Armbanduhr mit Taschenrechner und Notizspeicher schenken. Sie wählt Touchtone-Telefone akustisch an, wenn man sie an die Sprechmuschel hält, und speichert bis zu fünfzig Namen und Nummern. Ich muss lachen, als ich dieses nutzlose Geschenk in den Karton zurücklege und daran denke, dass Sean noch nicht mal fünfzig Leute *kennt.* Er kennt noch nicht mal die *Namen* von fünfzig Leuten. In der *Patty Winters Show* heute Morgen ging es um Salatbars.

Um fünf Uhr ruft Sean aus dem Racquet Club an und bittet mich, ihn heute Abend im Dorsia zu treffen. Er hat gerade mit Brin, dem Besitzer, gesprochen und einen Tisch für neun reserviert. Mir schwirrt der Kopf. Ich weiß nicht, was ich denken oder glauben soll. In der *Patty Winters Show* heute Morgen ging es um Salatbars.

Später, Dorsia, halb zehn: Sean ist eine halbe Stunde zu

spät. Der Maître d' weigert sich, mich an meinen Platz zu führen, ehe mein Bruder eintrifft. Mein schlimmster Alptraum – Wirklichkeit. Dort, der Bar gegenüber, wartet ein erstklassiger Tisch, jungfräulich, dass Sean ihn mit seiner Anwesenheit beehrt. Mein Hass wird, notdürftig, bezähmt von einer Xanax und einem Absolut auf Eis. Beim Pissen im Männerklo starre ich auf einen dünnen, hauchfeinen Riss über dem Abzug und denke bei mir, sollte ich in diesem Riss verschwinden, irgendwie, na, zusammenschrumpfen und reinflutschen, stünden die Chancen gut, dass niemand Notiz davon nimmt. Kei...nen ... kratzt ... es. Im Gegenteil, manche könnten, falls sie meine Abwesenheit bemerken, ein unbestimmtes Gefühl der Erleichterung empfinden. Eins ist wahr: Es gibt Leute, ohne die die Welt besser dran ist. Unsere Leben sind *nicht* alle verknüpft. Diese Theorie ist ein alter Hut. Manche Menschen braucht man *wirklich* nicht. Tatsächlich sitzt einer von ihnen, mein Bruder Sean, am Tisch, den er reserviert hat, als ich vom Klo komme, nachdem ich im Apartment angerufen und den Anrufbeantworter abgefragt habe (Evelyn dem Selbstmord nahe, Courtney will einen Chow kaufen, Luis schlägt Dinner am Donnerstag vor). Sean raucht bereits Kette, und ich frage mich, *verdammt*, warum habe ich nicht auf einem Tisch in der Nichtraucherzone bestanden? Er schüttelt dem Maître d' die Hand, als ich dazukomme, macht sich aber noch nicht mal die Mühe, uns vorzustellen. Ich setze mich und nicke. Sean nickt auch, hat im Wissen, dass ich zahle, bereits eine Flasche Cristal bestellt; außerdem weiß er auch, dass ich weiß, dass er keinen Champagner trinkt.

Sean, mittlerweile 23, war letzten Herbst in Europa, zumindest hat Sean das Charles Conroy zufolge gesagt, und obwohl Charles *in der Tat* eine nicht unbeträchtliche Rechnung des Plaza Athénée erhalten hatte, stimmte die Unterschrift auf den Quittungen nicht mit Seans überein, und niemand schien genau zu wissen, wie lange Sean in Frankreich gewesen war oder ob er tatsächlich da gewesen war. Danach trieb er sich rum, bereitete sich dann in Camden drei Wochen auf den Wiedereintritt in die menschliche Gesellschaft vor. Jetzt ist er in Manhattan, vor dem Weiterflug nach Palm Beach oder New Orleans. Wie zu erwarten, ist er heute Abend mal übellaunig, mal penetrant hochnäsig. Zudem hat er, wie mir jetzt auffällt, begonnen, seine Augenbrauen zu zupfen. Ja, er hat mittlerweile zwei. Das unbändige Verlangen, ihn darauf anzusprechen, kann nur bezähmt werden, indem ich meine Hand so fest zur Faust balle, dass ich die Haut der Handfläche durchbohre und dadurch den Bizeps des linken Arms so anspanne, dass er den Stoff des Armani-Leinenhemds sprengt, das ich trage.

»Gefällt dir der Laden?«, fragt er grinsend.

»Mein … Stammlokal«, witzele ich mit zusammengebissenen Zähnen.

»Bestellen wir«, sagt er, ohne mich anzusehen, winkt nach einem Hardbody, der zwei Karten und zwei Weinkarten bringt, während er Sean bewundernd anlächelt, der ihn zum Dank völlig ignoriert. Ich schlage die Karte auf und – *verdammt* – kein Einheitspreis, was bedeutet, dass Sean Hummer mit Kaviar und Pfirsichravioli als Appetizer bestellt und den geschwärzten Hummer mit Erdbeersoße als Entree – die beiden *teuersten* Gerichte auf der Karte. Ich bestelle Wachtel-Sashimi mit geröstetem Brioche und Babykrebse mit Traubengelee. Ein Hardbody öffnet die Flasche Cristal und kippt den Champagner in Kristall-*Tumbler*, was, wie ich vermute, cool sein soll. Als er weg ist, bemerkt Sean die vage Missbilligung, mit der ich ihn anstarre.

»Ja?«, fragt er.

»Nichts«, sage ich.

»Was … jetzt … wieder … Pat*rick*?« Er dehnt die Worte, unausstehlich.

»Hummer zum Auftakt? *Und* als Entree?«

»Was soll ich denn sonst bestellen? Pringle-Kartoffelchips-Dip?«

»*Zwei* Hummer?«

»Die Streichholzbriefchen da sind etwas größer als die Hummer, die sie hier servieren«, sagt er. »Außerdem bin ich nicht so hungrig.«

»Erst recht ein Grund.«

»Ich faxe dir die Entschuldigung.«

»Trotzdem, Sean.«

»Rock 'n' Roll –«

»Ich weiß, ich weiß, Rock 'n' Roll, muss man mit leben, wie?«, sage ich, eine Hand erhoben, während ich den Champagner schlürfe. Ich frage mich, ob nicht doch noch Zeit ist, eine der Kellnerinnen zu bitten, uns ein Stück Kuchen mit Kerze rüberzubringen – nur damit er im Boden versinkt, um den kleinen Scheißer an seinen Platz zu verweisen –, aber stattdessen stelle ich das Glas ab und frage: »Hör mal, also, Jesus.« Ich atme ein, presse dann hervor: »Was hast du heute so gemacht?«

»Mit Richard Lindquist Squash gespielt.« Er zuckt abfällig die Achseln. »Einen Smoking gekauft.«

»Nicholas Leigh und Charles Conroy hätten gerne gewusst, ob du diesen Sommer in die Hamptons fährst.«

»Nicht wenn es sich vermeiden lässt«, sagt er achselzuckend. Ein blondes Mädchen von fast perfektem Zuschnitt, mit Riesentitten und einem *Les-Misérables*-Programm in einer Hand, bekleidet mit einem langen Abendkleid aus mattem Rayon-Jersey von Michael Kors für Bergdorf Goodman, Schuhen von Manolo Blahnik und vergoldeten Ohrgehängen von Ricardo Siberno, bleibt stehen, um Hallo zu sagen, und obwohl ich sie nicht verschmähen würde, ignoriert Sean ihre einladende Haltung und lehnt es ab, mich vorzustellen. Während der Begegnung ist Sean ausgesprochen rüpelhaft, trotzdem geht sie lächelnd weg und winkt mit einer behandschuhten Hand. »Wir sind noch bei Mortimer. Später.« Er nickt, auf mein Wasserglas starrend, winkt dann einen Kellner heran und ordert einen Whisky pur.

»Wer war das?«, frage ich.

»Ein Schätzchen, das in Stephens war.«

»Wo hast du sie kennengelernt?«

»Poolspielen bei M. K.« Er zuckt die Achseln.

»Ist sie eine du Pont?«, frage ich.

»Warum? Willst du ihre Nummer?«

»Nein, ich wollte nur wissen, ob sie 'ne du Pont ist.«

»Schon möglich. Weiß nicht.« Mit etwas, das aussieht wie ein achtkarätiges Goldfeuerzeug von Tiffany, zündet er sich eine neue Zigarette an, eine Parliament. »Vielleicht ist sie eine Freundin von einer der du Ponts.«

Ich versuche, vor mir zu rechtfertigen, dass ich hier sitze, heute, mit Sean, im Dorsia, aber mir fällt kein triftiger Grund ein. Nur diese immer wiederkehrende Null fließt ins Bild. Nach dem Dinner – die Gerichte sind winzig, aber köstlich; Sean rührt nichts an – sage ich ihm, dass ich Andrea Rothmere bei Nell's treffen will und er schnell bestellen soll, falls er noch Espresso oder Dessert haben will, weil ich Mitternacht downtown sein muss.

»Warum so eilig? So hip ist Nell's auch nicht mehr.«

»Na ja.« Ich sinke zusammen, raffe mich aber schnell wieder auf. »Wir wollten uns da nur treffen. Eigentlich gehen wir ins« – mein Hirn arbeitet rasend, landet irgendwo – »Chernoble.« Ich nehme noch einen Schluck Champagner aus meinem Tumbler.

»Großes Gähnen. *Ganz* großes Gähnen«, sagt er und lässt den Blick durch den Raum schweifen.

»Oder Contraclub East. Ich weiß nicht mehr.«

»Out. Steinzeit. Prähistorisch.« Er lacht zynisch.

Gespannte Pause. »Woher willst du das wissen?«

»Rock 'n' Roll.« Er zuckt die Achseln. »Muss man mit leben.«

»Tja, Sean, wo gehst du denn hin?«

Antwort wie aus der Pistole geschossen: »Petty's.«

»Ach ja«, murmele ich, hatte ganz vergessen, dass es schon aufhat.

Er pfeift irgendwas, raucht eine Zigarette.

»Wir gehen zu einer Party bei Donald Trump«, lüge ich.

»Irre aufregend. Wahnsinnig aufregend.«

»Donald ist ein netter Kerl. Du solltest ihn kennenlernen«, sage ich. »Ich … kann dich vorstellen.«

»Ach nee?«, fragt Sean, vielleicht hoffnungsvoll, vielleicht auch nicht.

»Ja, klar.« Oh, *schon gut*.

Also, wenn ich die Rechnung bekomme … mal sehen … zahlen, ein Taxi zurück zu meiner Wohnung nehmen, dann ist es fast Mitternacht, was mir nicht mehr genug Zeit lässt, die Videos von gestern zurückzugeben, wenn ich also nicht erst zurück zu mir fahre, kann ich einfach reingehen und ein neues Video ausleihen, obwohl, heißt es nicht auf meinem Mitgliedsausweis, dass man nur drei auf einmal mitnehmen kann? Das bedeutet also, da ich gestern zwei ausgeliehen habe (*Der Tod kommt zweimal* und *Blond, Hot, Dead*), dass ich noch eins ausleihen könnte, aber ich hatte vergessen, dass ich außerdem unter die Gold-Circle-Mitgliedschaft falle, was bedeutet, dass ich, wenn ich in den letzten sechs Monaten (mindestens) tausend Dollar dagelassen habe, in jeder beliebigen Nacht so viele Videos ausleihen kann, wie ich will, andererseits habe ich zwei nicht zurückgegeben, was bedeuten könnte, dass ich gar keins mehr ausleihen kann, Gold-Circle-Mitglied oder nicht, ehe ich die beiden nicht zurückgegeben habe, aber –

»Damien. Du bist Damien«, glaube ich Sean murmeln zu hören.

»Was sagst du?«, frage ich und schaue auf. »Ich hab nicht verstanden.«

»Schön braun«, seufzt er. »Ich sagte: schön braun.«

»Oh«, sage ich, in Gedanken immer noch beim Videoproblem. Ich schaue runter – wohin, auf meinen Schoß? »Ehm, danke.«

»Rock 'n' Roll.« Er drückt die Zigarette aus. Rauch kräuselt sich aus dem Kristallaschenbecher, vergeht dann.

Sean weiß, dass ich weiß, dass er uns wahrscheinlich bei Petty's einschleusen kann, dem neuen Norman-PragerClub auf der Fifty-ninth, aber ich werde ihn nicht fragen, und er wird's mir nicht anbieten. Ich lege meine Platin-American-Express-Karte auf die Rechnung. Seans Augen kleben an einem Hardbody an der Bar in Thierry-Mugler-Wolljerseykleid und Claude-Montana-Schal, der an einem Champagner-Tumbler nippt. Als unsere Kellnerin vorbeikommt, um die Rechnung und die Karte mitzunehmen, schüttle ich den Kopf, nein. Endlich fällt Seans Blick auf die Karte, sekundenlang, und ich winke die Kellnerin zurück und erlaube ihr, sie mitzunehmen.

Lunch mit Bethany

HEUTE TREFFE ICH MICH MIT BETHANY ZUM LUNCH bei Vanities, dem neuen Bistro von Evan Kiley in Tribeca, und obwohl ich heute Morgen fast zwei Stunden trainiert und vor der Mittagspause sogar im Büro Gewichte gestemmt habe, bin ich immer noch extrem nervös. Der Anlass ist schwer auszumachen, aber ich sehe zwei mögliche Gründe. Entweder fürchte ich die Zurückweisung (obwohl ich nicht einsehen kann, warum: *Sie* hat *mich* angerufen, *sie* will *mich* sehen, Sie will mit *mir* essen, sie will wieder mit *mir* ficken), oder, die andere Möglichkeit, es hat was mit dem neuen italienischen Stylingmousse zu tun, das ich trage, das mein Haar zwar voller wirken lässt und gut riecht, sich aber sehr pappig und unangenehm anfühlt, und das kann sehr wohl ein Grund sein, nervös zu werden. Damit uns beim Lunch nicht der Gesprächsstoff ausgeht, versuchte ich, eine schicke neue Kurzgeschichtensammlung mit dem Titel *Wok* zu lesen, die ich gestern Abend bei Barnes & Noble gekauft habe und deren junger Autor unlängst in der Fast-Track-Kolumne des *New York Magazine* lobend erwähnt wurde, aber jede Geschichte begann mit der Zeile »Wenn der Mond aufgeht wie eine große runde Pizza«, und ich musste das schmale Bändchen wieder zurück ins Bücherregal stellen und mir einen J&B mit Eis, gefolgt von zwei Xanax, genehmigen, um mich von der Strapaze zu erholen. Ersatzweise schrieb ich Bethany ein Gedicht, ehe ich einschlief, und brauchte lange dafür, was mich überraschte, da ich ihr in Harvard immer Gedichte geschrieben hatte, lange, düstere, ehe wir uns trennten. Gott, denke ich bei mir, als ich, nur fünfzehn Minuten zu spät, bei Vanities eintrete, ich hoffe, sie ist nicht an Robert Hall, diesem stumpfen Arschloch, hängen geblieben. Während ich zu unserem Tisch geführt werde, komme ich an einem Spiegel vorbei und prüfe mein Spiegelbild – das Mousse macht sich gut. Das Thema der *Patty Winters Show* heute Morgen war »Ist Patrick Swayze zynisch geworden?«

Als ich mich hinter dem Maitre d' dem Tisch nähere, muss ich einen Moment anhalten (das alles geschieht in Zeitlupe). Sie sieht nicht zu mir her, und ich kann nur die Rückseite ihres Halses erkennen, ihr braunes Haar, das zu einem Knoten aufgesteckt ist, und als sie sich umdreht, um aus dem Fenster zu sehen, sehe ich kurz einen Teil ihres Profiles; sie *sieht ganz wie ein Model aus*. Bethany trägt eine Bluse aus Seidengaze und einen Seidensatinrock mit Krinoline. Eine jagdgrüne Handtasche aus Wildleder und Schmiedeeisen von Paloma Picasso steht vor ihr neben einer Flasche San Pellegrino auf dem Tisch. Sie schaut auf die Uhr. Das Pärchen am Nebentisch raucht, und nachdem ich mich hinter Bethany geschlichen habe, um sie mit einem Kuss auf die Wange zu überraschen, bitte ich den Maître d' kühl, uns einen Tisch in der *Nicht*rauchersektion zu geben. Ich sage das umgänglich, aber doch so laut, dass die Nikotinsüchtigen mich hören können und hoffentlich leichte Beschämung über ihr abstoßendes Laster empfinden.

»Nun?«, frage ich, die Arme verschränkt, ungeduldig mit dem Fuß tappend.

»Ich fürchte, wir haben keine Nichtrauchertische, Sir«, informiert mich der Maître d' .

Ich höre auf, mit dem Fuß zu tappen, und lasse langsam den Blick durchs Restaurant, durchs *Bistro* wandern, während ich mich frage, wie mein Haar wohl wirklich aussieht, und plötzlich wünsche ich, ich *hätte* das Mousse gewechselt, denn mein Haar fühlt sich anders an, seit ich es Sekunden vorher zuletzt gesehen habe, es fühlt sich anders an, als hätte es auf dem Weg von der Bar zum Tisch die Form geändert. Eine Welle der Übelkeit, die ich nicht unterdrücken kann, überläuft mich warm, aber da ich all dies träume, kann ich fragen: »Sie sagen also, es gibt hier *keine* Nichtrauchertische? Ist das korrekt?«

»Ja, Sir.« Der Maitre d', jünger als ich, tuntig, unschuldig, ohne Zweifel *Schauspieler*, setzt hinzu: »Tut mir leid.«

»Nun, das ist sehr … interessant. Das kann ich akzeptieren.« Ich greife in meine Gesäßtasche nach meiner Gazellenlederbrieftasche und drücke dem Maître d' einen Zwanziger in die unsichere Faust. Er sieht sich den Schein an, verwirrt, murmelt dann »Danke schön« und geht weg wie in Trance. »Nein. Ich danke *Ihnen*«, rufe ich ihm nach und nehme meinen Platz gegenüber Bethany ein, dem Pärchen neben uns höflich zunickend, und wenn ich auch versuche, sie so lange zu ignorieren, wie es die Etikette erlaubt, ich kann es nicht. Bethany sieht absolut atemberaubend aus, *ganz wie ein Model.* Alles ist unscharf. Ich bin nervös. Fiebrige, romantische Anwandlungen – »Hast du in Harvard nicht geraucht?«, ist das Erste, was sie fragt.

»Zigarren«, sage ich. »Nur Zigarren.«

»Oh«, sagt sie.

»Aber das habe ich mir abgewöhnt«, lüge ich, atme scharf ein und presse meine Hände zusammen.

»Gut so.« Sie nickt.

»Hör mal, hattest du Probleme mit der Reservierung?«, frage ich, und *ich zittere, verdammt noch mal.* Ich lege meine Hände auf den Tisch wie ein Trottel, in der Hoffnung, dass sie unter Bethanys wachsamem Blick zu zittern aufhören.

»Hier muss man nicht reservieren, Patrick«, sagt sie besänftigend, streckt eine Hand aus und legt sie auf meine. »Beruhige dich. Du siehst aus wie ein Wilder.«

»Ich bin hurig, ich meine ruhig«, sage ich schwer atmend, versuche zu lächeln und frage dann unwillkürlich, unfähig, mich zu bremsen: »Wie ist mein Haar?«

»Dein Haar ist wunderbar«, sagt sie. »Schhh. Alles in Ordnung.«

»In Ordnung. Ich bin in Ordnung.« Ich versuche noch einmal zu lächeln, aber ich bin sicher, es sieht wie eine Grimasse aus.

Nach einer kurzen Pause bemerkt sie: »Das ist ein hübscher Anzug. Henry Stuart?«

»Nein«, sage ich beleidigt und befingere das Revers. »Garrick Anderson.«

»Er ist sehr hübsch«, sagt sie, und dann, ernstlich beunruhigt: »Bist du okay, Patrick? Du hast … gezuckt.«

»Hör zu. Ich bin am Boden zerstört. Bin eben erst aus Washington zurück. Ich habe heute Morgen das Trump-Shuttle genommen. Es war sehr angenehm. Der Service – wirklich erstklassig. Ich brauche einen Drink.«

Sie lächelt amüsiert und mustert mich auf ihre spröde

Art. »War's das?«, fragt sie, wie ich bemerke, mit einer gewissen Süffisanz.

»Ja.« Ich kann einfach nicht zu ihr hinsehen, und es kostet immense Kraft, die Serviette zu entfalten, über meinem Schoß auszubreiten und korrekt zurechtzurücken, mich mit dem Weinglas zu beschäftigen und einen Kellner herbeizuflehen, während das anschließende Schweigen sich zu größtmöglicher Lautstärke steigert. »Und, hast du heute Morgen die *Patty Winters Show* gesehen?«

»Nein, ich war joggen«, sagt sie und lehnt sich vor. »Es ging um Michael J. Fox, stimmt's?«

»Nein«, korrigiere ich sie. »Es ging um Patrick Swayze.«

»Ach wirklich?«, fragt sie, dann: »Man kommt kaum noch mit. Bist du sicher?«

»Ja. Patrick Swayze. Ganz sicher.«

»Wie war's?«

»Tja, es war wirklich interessant«, erzähle ich ihr und atme tief durch. »Es war fast eine Debatte, die um die Frage kreiste, ob er nun zynisch geworden ist oder nicht.«

»Und was glaubst du?«, fragt sie, immer noch lächelnd.

»Tja, na ja, ich bin nicht sicher«, beginne ich nervös. »Es ist eine interessante Frage. Da haben sie nicht genug nachgehakt. Ich meine, nach *Dirty Dancing* fand ich das eigentlich nicht, aber nach *Tiger Warsaw* bin ich mir nicht sicher. Vielleicht bin ich verrückt, aber mir war, als hätte ich eine *gewisse* Bitterkeit entdeckt. Ich weiß nicht.«

Sie starrt mich mit unveränderter Miene an.

»Oh, fast hätte ich's vergessen«, sage ich und greife in meine Tasche. »Ich habe dir ein Gedicht geschrieben.« Ich reiche ihr das Blatt Papier. »Hier.« Ich fühle mich elend und gebrochen, zermartert, am Rande des Nervenzusammenbruchs.

»Oh Patrick.« Sie lächelt. »Wie süß.«

»Na ja, du weißt ja«, sage ich und blicke scheu zu Boden. Bethany nimmt das Blatt Papier und entfaltet es.

»Lies es«, dränge ich enthusiastisch.

Sie überfliegt es zweifelnd, verwirrt, kneift die Augen zusammen, dann dreht sie das Blatt um und sieht nach, ob etwas auf der Rückseite steht. Etwas in ihr begreift, dass es kurz ist, und sie schaut wieder auf die Worte, die in rotem Gekrakel auf der Vorderseite stehen.

»Ist wie ein Haiku, verstehst du?«, sage ich. »Lies es. Mach.«

Sie räuspert sich und fängt langsam und mit vielen Pausen zu lesen an. »›Armer Nigger an der Wand. Sieh ihn an.‹« Sie hält inne, linst wieder aufs Papier, fährt dann widerstrebend fort: »›Sieh den armen Nigger an. Sieh den armen Nigger ... an ... der ... Wand.‹« Stockend hört sie wieder auf, sieht mich unsicher an und dann wieder aufs Papier.

»Weiter«, sage ich und sehe mich nach dem Kellner um. »Lies zu Ende.«

Sie räuspert sich, richtet den Blick starr aufs Papier und versucht, den Rest zu lesen, ihre Stimme leiser als ein Flüstern: »›Scheiß auf den Nigger ... scheiß auf den Nigger an der Wand ...‹« Ihre Stimme versagt wieder, dann liest sie seufzend den letzten Satz. »›Schwarzer Mann ist ... de... debil?‹«

Das Pärchen am anderen Tisch hat sich langsam zu uns umgedreht und glotzt uns an. Der Mann guckt entgeistert, die Frau macht ein ähnlich entsetztes Gesicht. Ich starre sie wütend an, bis sie den Blick wieder auf ihren verdammten Salat richtet.

»Tja, Patrick«, sagt Bethany, räuspert sich, versucht zu lächeln, reicht mir das Blatt zurück.

»Ja?«, frage ich. »Und?«

»Wie ich sehe« – sie bricht ab, sucht nach Worten – »ist dein Sinn für soziale Ungerechtigkeit« – wieder räuspert sie sich und schaut zu Boden – »noch ungebrochen.«

Ich nehme ihr das Blatt aus der Hand, stecke es in die

Tasche und lächle, immer noch bemüht, keine Miene zu verziehen, halte mich aufrecht, damit sie nicht merkt, wie sich in mir alles zusammenzieht. Unser Kellner kommt an den Tisch, und ich frage ihn, welches Bier sie ausschenken.

»Heineken, Budweiser, Amstel Light«, betet er her.

»Ja?«, frage ich, ohne einen Blick von Bethany zu wenden, und deute ihm an weiterzumachen.

»Das ist, eh, alles, Sir«, sagt er.

»Kein Corona? Kein Kirin? Kein Grolsch? Kein Moretti?«, frage ich, verwirrt, gereizt.

»Es tut mir leid, Sir, aber – nein«, sagt er vorsichtig. »Nur Heineken, Budweiser, Amstel Light.«

»Nicht zu fassen«, seufze ich. »Ich nehme einen J&B mit Eis. Nein, einen Absolut Martini. Nein, doch einfach einen J&B.«

»Und ich nehme noch ein San Pellegrino«, sagt Bethany.

»Ich nehme dasselbe«, setze ich schnell hinzu, während mein Bein unterm Tisch unkontrollierbar auf und ab zuckt.

»Okay. Wollen Sie die Tagesangebote hören?«, fragt er.

»Um jeden Preis«, schnappe ich, dann, ruhiger, lächle ich Bethany ermutigend zu.

»Sind Sie sicher?«

Er lacht.

»*Bitte*«, sage ich unnachsichtig und studiere die Karte.

»Als Appetizer habe ich sonnengetrocknete Tomaten und goldenen Kaviar mit Poblano-Chilies, und außerdem habe ich frische Endiviensuppe ...«

»Einen Moment mal, einen Moment mal«, sage ich und hebe eine Hand, um ihm Einhalt zu gebieten. »Warten Sie einen Moment.«

»Bitte, Sir?«, fragt der Kellner verstört.

»*Sie* haben? Sie meinen, das *Restaurant* hat«, korrigiere ich ihn. »Nicht *Sie* haben sonnengetrocknete Tomaten. Das Restaurant hat sie. Nicht *Sie* haben Poblano-Chilies. Das Restaurant hat sie. Seien Sie einfach, na ja, präzise.«

Der Kellner blickt verdutzt zu Bethany, die gewandt die Situation entschärft, indem sie ihn fragt: »Wie wird die Endiviensuppe serviert?«

»Ehm, kalt«, sagt der Kellner, der sich nach meinem Ausbruch noch nicht ganz gefangen hat; er spürt, dass er es mit einem sehr, sehr heiklen Kunden zu tun hat. Er schweigt wieder, unsicher.

»Weiter«, dränge ich. »Bitte machen Sie weiter.«

»Sie wird kalt serviert«, hebt er wieder an. »Und als Entree haben wir Monkfish mit Mangoschnitten und Red Snapper, Briochesandwich mit Ahornsirup und« – er zieht wieder den Block zurate – »Cotton.«

»Mmmmm, klingt himmlisch. Cotton, mmmmmm«, sage ich und reibe mir freudig die Hände. »Bethany?«

»Ich nehme das Chevice mit Porree und Sauerampfer«, sagt Bethany. »Und Endiviensalat mit … Walnussdressing.«

»Sir?«, fragt der Kellner zaghaft.

»Ich nehme …« Ich überfliege schnell die Karte. »Ich nehme den Tintenfisch mit Pinienkernen, und könnte ich eine Scheibe Ziegenkäse, bitte von *Chèvre*« – ich werfe Bethany einen Blick zu, um festzustellen, ob sie meine falsche Aussprache zusammenzucken lässt – »dazu haben und etwas … ah, Salsa.«

Der Kellner nickt, geht, wir sind wieder allein.

»Na.« Sie lächelt, bemerkt dann das leichte Beben des Tischs. »Was ist denn … mit deinem Bein?«

»Mein Bein? Oh.« Ich sehe runter zu ihm, dann wieder zu ihr. »Es ist … die Musik. Mir gefällt die Musik so gut. Die Musik, die gerade läuft.«

»Was ist es denn?«, fragt sie, verrenkt den Hals beim Versuch, den Refrain der New-Age-Muzak zu erhaschen, die aus den an der Decke über der Bar hängenden Boxen dringt.

»Das ist … ich glaube, Belinda Carlisle«, rate ich. »Ich weiß nicht genau.«

»Aber …«, hebt sie an, bricht dann ab. »Ach, vergiss es.«

»Aber was?«

»Aber ich höre keinen Gesang.« Sie lächelt und senkt geziert den Blick.

Ich halte mein Bein still und tue so, als würde ich lauschen. »Aber es ist einer ihrer Songs«, sage ich und füge dann lahm hinzu: »Ich glaube, er heißt ›Heaven Is a Place on Earth‹. Musst du doch kennen.«

»Hör mal«, sagt sie, »warst du in letzter Zeit auf Konzerten?«

»Nein«, sage ich, wünsche, sie hätte von allen Themen nicht ausgerechnet das zur Sprache gebracht. »Ich mache mir nichts aus Livemusik.«

»Livemusik?«, fragt sie interessiert und nippt an ihrem San Pellegrino-Wasser.

»Ja. Du weißt schon. Eine Band zum Beispiel«, erkläre ich und merke an ihrem Gesichtsausdruck, dass ich genau das Falsche sage. »Ach, hab ich ganz vergessen. U2 habe ich gesehen.«

»Wie waren sie?«, fragt sie. »Die neue CD hat mir sehr gefallen.«

»Sie waren toll, absolut fantastisch. Irgendwie total …« Ich breche ab, weiß nicht, was ich noch sagen soll. Bethany hebt fragend eine Augenbraue, wartet auf mehr. »Irgendwie total … irisch.«

»Ich habe gehört, dass sie live ganz gut sein sollen«, sagt sie, und ihre eigene Stimme hat einen leicht musikalischen Tonfall angenommen. »Wen magst du sonst noch?«

»Ach weißt du«, sage ich, total festgefahren. »Die Kingsmen. ›Louie, Louie‹. Solches Zeug.«

»Wow, Patrick«, sagt sie und mustert mein Gesicht von oben bis unten.

»Was ist?« Ich gerate in Panik und fasse mir sofort ans Haar. »Zu viel Mousse? Magst du die Kingsmen nicht?«

»Nein.« Sie lacht. »Ich kann mich nicht erinnern, dass du auf dem College schon so braun warst.«

»Aber Farbe hatte ich schon, oder? Ich bin nicht gerade wie eine Wasserleiche durch die Gegend gelaufen, oder?« Ich lege den Ellbogen auf den Tisch, spanne meinen Bizeps und fordere sie auf, den Muskel zu betasten. Nachdem sie ihn widerstrebend berührt hat, komme ich auf meine Fragen zurück. »War ich in Harvard wirklich nicht so braun?«, frage ich, komisch-verzweifelt, aber verzweifelt.

»Nein, nein.« Sie lacht. »Du warst eindeutig der George Hamilton der Klasse von 84.«

»Danke«, sage ich geschmeichelt.

Der Kellner bringt unsere Drinks – zwei Flaschen San Pellegrino-Wasser. Zweiter Aufzug.

»Du bist also bei Mill… dings? Milltaft? Wie hieß es?«, frage ich. Ihr Körper, ihr Teint, wirkt straff und rosig.

»Milbank Tweed«, sagt sie. »Da arbeite ich.«

»Tja«, sage ich und drücke eine Limone in mein Glas aus. »Das ist wundervoll. Einfach wundervoll. Macht sich das Jurastudium also doch noch bezahlt.«

»Und du bist bei … P&P?«, fragt sie.

»Ja«, sage ich.

Sie nickt, hält inne, will etwas sagen, überlegt hin und her, ob sie soll oder nicht, all das in wenigen Sekunden, und fragt dann: »Aber gehört deiner Familie nicht …«

»Darüber will ich nicht sprechen«, falle ich ihr ins Wort. »Aber du hast recht, Bethany. Ja.«

»Und du arbeitest noch immer bei P&P?«, fragt sie. Jede Silbe dringt in langem Abstand an mein Ohr und explodiert wie ein Überschallknall in meinem Kopf.

»Ja«, sage ich und sehe mich verstohlen um.

»Aber …« Sie ist verwirrt. »Hat dein Vater nicht –«

»Ja, natürlich«, unterbreche ich sie. »Hast du bei Pooncakes schon die Focaccia probiert?«

»Patrick.«

»Ja?«

»Was ist los?«

»Ich habe nur keine Lust über …« Ich breche ab. »Über die Arbeit zu reden.«

»Warum nicht?«

»Weil ich sie hasse«, sage ich. »Jetzt sag mal, hast du Pooncakes schon ausprobiert? Ich finde, Miller hat es unterbewertet.«

»Patrick«, sagt sie langsam. »Wenn dich die Arbeit so anwidert, warum hörst du nicht einfach auf? Du musst doch nicht arbeiten.«

»Weil ich«, sage ich und starre sie direkt an, »weil … ich … dazugehören … will.«

Nach einer langen Pause lächelt sie. »Ich verstehe.« Noch eine Pause.

Diesmal breche ich das Schweigen. »Sieh es einfach als, na ja, eine neue Geschäftsauffassung«, sage ich.

»Wie …« Sie versucht, Zeit zu schinden. »… wie vernünftig.« Noch ein Ausweichmanöver. »Wie, ehm, sinnig.«

Der Lunch ist mal eine Qual, mal ein Rätsel, das gelöst sein will, mal ein Hindernisrennen, und gleitet dann mühelos über ins Reich der Entspannung, was mir einen gelungenen Auftritt ermöglicht – mein unbezähmbarer Instinkt schaltet sich ein und teilt mir mit, dass er spüren kann, wie scharf Bethany auf mich ist, aber ich halte mich zurück, nicht engagiert, neutral, abwartend. Auch sie gibt sich abwartend, trotzdem flirtet sie. Mit der Einladung zum Lunch ist sie ein Versprechen eingegangen, und kaum ist der Tintenfisch serviert, gerate ich in Panik, überzeugt, mich nie wieder erholen zu können, ehe es nicht eingelöst ist. Sie fällt anderen Männern auf, wenn sie an unserem Tisch vorbeigehen. Manchmal senke ich kühl die Stimme zu einem Wispern. Ich höre etwas – Lärm, seltsame Töne, in meinem Kopf; ihr Mund öffnet und schließt sich, schluckt Flüssigkeit, lächelt, zieht mich an wie ein Magnet voller Lippenstift, sagt irgendwas über Faxgeräte, zweimal. Schließlich bestelle ich einen J&B mit Eis, dann einen Cognac. Sie nimmt Minzkokossorbet. Ich berühre, halte ihre Hand, mehr als ein Freund. Sonne strömt ins Vanities, das Restaurant leert sich, es ist bald drei. Sie bestellt ein Glas Chardonnay, dann noch eins, dann die Rechnung. Sie hat sich entspannt, aber etwas geht vor sich. Mein Herzschlag steigt und fällt, stabilisiert sich kurzfristig. Ich höre aufmerksam hin. Einst erwogene Möglichkeiten zerschlagen sich. Sie senkt ihren Blick, und als sie mich ansieht, schaue auch ich zu Boden.

»Und«, fragt sie, »*gibt's* da jemanden?«

»Mein Leben ist im Grunde ganz unkompliziert«, sage ich gedankenvoll, meine Wachsamkeit ist einen Moment eingeschläfert.

»Was soll *das* heißen?«, fragt sie.

Ich nippe am Cognac und lächle verstohlen, halte sie hin, stachle ihre Hoffnung an, ihre Träume vom Neuanfang.

»Gibt es jemanden, Patrick?«, fragt sie. »Komm schon, sag's mir.«

Ich denke an Evelyn und murmele: »Ja.«

»Wen?«, höre ich sie fragen.

»Eine sehr große Flasche Desyrel«, sage ich in gedankenverlorenem Ton, plötzlich sehr traurig.

»*Was?*«, fragt sie lächelnd, doch dann bemerkt sie etwas und schüttelt den Kopf.

»Ich sollte nicht trinken.«

»Nein, eigentlich nicht«, sage ich, reiße mich zusammen und sage dann gegen meinen Willen: »Ich meine, *gibt* es überhaupt irgendwen? *Gibt* es überhaupt Leute, die es gibt? Hat es *mich* je gegeben? *Geben!* Was heißt das? Ha! *Geben?* Ha! Ich weiß nicht, was das soll. Ha!« Ich lache.

Nachdem sie das verdaut hat, nickt sie und sagt: »Dem liegt wohl eine gewisse verquere Logik zugrunde, denke ich.«

Noch eine lange Pause, und furchtsam stelle ich die nächste Frage. »Und bei *dir*, gibt's *da* jemanden?«

Sie lächelt, zufrieden mit sich, und noch immer die Augen gesenkt, gesteht sie mit unvergleichlicher Klarheit: »Na ja, ja, ich habe einen Freund und –«

»Wer?«

»Was?« Sie schaut hoch.

»Wer ist er? Wie heißt er?«

»Robert Hall. Warum?«

»Von Salomon Brothers?«

»Nein, er ist Koch.«

»Von Salomon Brothers?«

»Patrick, er ist *Koch*. Und Teilhaber eines Restaurants.«

»Welches?«

»Ist das so wichtig?«

»Nein, wirklich, welches?«, frage ich und füge dann leise hinzu: »Ich will es im Zagat ausstreichen.«

»Es heißt Dorsia«, sagt sie, dann: »Patrick, bist du okay?«

Richtig, mein Kopf explodiert, und es zerreißt mir den Magen – eine krampfhafte gastritische Übersäuerung; Sterne und Planeten, ganze Galaxien kleiner weißer Kochmützen rasen vor meinem inneren Auge vorbei. Ich presse eine weitere Frage hervor.

»Warum Robert Hall?«, frage ich. »Warum er?«

»Na ja, ich weiß nicht«, sagt sie mit leicht beschwipstem Tonfall. »Ich denke, es liegt einfach daran, siebenundzwanzig zu sein und …«

»Ach ja? Bin ich auch. Und halb Manhattan. Und? Keine Entschuldigung, Robert Hall zu heiraten.«

»Heiraten?«, fragt sie mit großen Augen, abwehrend. »Habe ich das gesagt?«

»Hast du nicht gesagt verheiratet?«

»Nein, hab ich nicht, aber wer weiß.« Sie zuckt die Achseln. »Vielleicht tun wir's.«

»Na herr-lich.«

»Wie ich schon sagte, Patrick« – sie funkelt mich an, aber so schelmisch, dass es mir hochkommt – »ich denke, du weißt, dass die Zeit knapp wird. Die biologische Uhr hört einfach nicht auf zu ticken«, sagt sie, und ich denke: Mein Gott, *zwei* Gläser Chardonnay reichen, um ihr das Geständnis zu entlocken. Jesus, ein Fliegengewicht. »Ich will Kinder haben.«

»Mit Robert Hall?«, frage ich ungläubig. »Warum nicht gleich mit Captain Lou Albano, um Himmels willen. Ich versteh dich einfach nicht, Bethany.«

Sie nimmt ihre Serviette, schaut zu Boden und dann hinaus auf den Bürgersteig, wo Kellner Tische fürs Dinner aufstellen. Auch ich sehe ihnen zu. »Warum spüre ich da eine gewisse Feindseligkeit bei dir, Patrick?«, fragt sie sanft und nippt dann an ihrem Wein.

»Vielleicht, weil ich feindselig bin«, erwidere ich barsch. »Vielleicht spürst du *das*.«

»Jesus, Patrick«, sagt sie, sieht mir forschend ins Gesicht und ist ernstlich verärgert. »Ich dachte, du und Robert wärt Freunde.«

»Was?«, frage ich. »Ich bin ganz durcheinander.«

»Waren du und Robert nicht Freunde?«

Ich zögere, zweifelnd. »Waren wir das?«

»Ja, Patrick, *wart* ihr.«

»Robert Hall, Robert Hall, Robert Hall«, murmele ich vor mich hin, als versuchte ich, mich zu erinnern. »Stipendiat? Sprecher im letzten Studienjahr?« Ich denke noch einen Moment darüber nach, setze dann hinzu: »Fliehendes Kinn?«

»Nein Patrick«, sagt sie. »Der *andere* Robert Hall.«

»Ich verwechsle ihn mit dem *anderen* Robert Hall?«, frage ich.

»Ja, Patrick«, sagt sie am Ende mit ihrer Geduld.

Ich zucke innerlich zusammen, schließe die Augen und seufze. »Robert Hall. Doch nicht der, dessen Eltern, na ja, halb Washington gehört? Doch nicht der, der« – ich schlucke – »Kapitän der Auswahlmannschaft war? Einsfünfundachtzig groß?«

»Ja«, sagt sie. »*Der* Robert Hall.«

»Aber …« Ich breche ab.

»Ja? Aber *was*?« Sie scheint auf die Antwort warten zu wollen.

»Aber er war *schwul*«, stoße ich hervor.

»Nein, war er *nicht*, Patrick«, sagt sie, eindeutig gekränkt.

»Ich weiß genau, dass er schwul war.« Ich nicke mit dem Kopf. »Und woher weißt du's so genau?«, fragt sie, ohne es komisch zu finden.

»Weil er sich von den Jungs aus der Verbindung – nicht von denen in meinem Haus – also, von denen hat er sich auf Partys der Reihe nach durchficken lassen und fesseln und so. Jedenfalls habe ich das gehört«, sage ich aufrichtig, und dann, peinlich berührt wie nie in meinem Leben, gestehe ich: »Hör mal, Bethany, er hat mir mal angeboten, na ja, mir einen zu blasen. In der, ehm, Soziologie-Abteilung der Bibliothek.«

»Oh Gott«, japst sie angewidert. »Wo bleibt die Rechnung?«

»Ist Robert Hall nicht geflogen, weil er seine Dissertation über Babar geschrieben hat? Oder so was Ähnliches wie Babar?«, frage ich. »Babar den Elefanten? Den, oh Jesus, *französischen* Elefanten?«

»Wovon *sprichst* du?«

»Pass auf«, sage ich. »War er nicht auf der Business School in Kellog? Auf der Northwestern, richtig?«

»Er hat abgebrochen«, sagt sie, ohne mich anzusehen.

»Hör mal.« Ich berühre ihre Hand.

Sie zuckt und zieht sie weg.

Ich versuche zu lächeln. »Robert Hall ist nicht schwul –«

»Das kann ich nur bestätigen«, sagt sie, einen Tick zu selbstgefällig. Wie kann sich ein Mensch wegen Robert Hall aufregen? Anstatt zu sagen: »Ach ja, du dämliche Fotze«, sage ich begütigend: »Ich bin sicher, das kannst du«, dann: »Erzähl mehr von ihm. Ich möchte wissen, wie es zwischen euch beiden steht«, und schließlich entschuldige ich mich, lächelnd und innerlich kochend. »Tut mir leid.«

Es dauert seine Zeit, aber endlich gibt sie nach und erwidert das Lächeln, und ich bitte sie noch mal: »Erzähl mir mehr«, und dann, leise und lächelnd, als hätte ich Maulsperre: »Ich will dir den Bär aufschlitzen.« Leicht angesäuselt vom Chardonnay entspannt sie sich und plaudert ungehemmt.

Ich denke an andere Zeiten, während sie über ihre jüngste Vergangenheit erzählt: Luft, Wasser, Zeit, einen Moment, einen Ort irgendwo, als ich ihr alles Schöne dieser Welt zeigen wollte. Ich habe keinen Sinn für Geständnisse, für neue Anfänge, für alles, was sich jenseits der Grenzen meines unmittelbaren Horizonts abspielt. Ein junges Mädchen, Erstsemester, das ich in einer Bar in Cambridge kennenlernte, als ich im vorletzten Jahr in Harvard studierte, erzählte mir mal im Frühherbst, dass »das Leben voller unendlicher Möglichkeiten« steckt. Ich kämpfte eisern, um nicht an den Salznüssen zu ersticken, auf denen ich kaute, während ihr dieser Nierenstein der Weisen abging, spülte die Nüsse ganz ruhig mit einem Schluck Heineken runter, lächelte und konzentrierte mich aufs Dartspiel, das in der Ecke ablief. Muss ich betonen, dass sie ihr zweites Jahr nicht mehr erlebte? Im selben Winter fand man ihren Körper im Charles River treibend, enthauptet, ihr Kopf baumelte drei Meilen entfernt an den Haaren von einem tief hängenden Ast. Meine Wut in Harvard war weniger grausam als jetzt, und zu hoffen, dass mein Abscheu verfliegt, ist sinnlos – da ist einfach *nichts zu machen.*

»Oh, Patrick«, sagt Bethany. »Du bist noch ganz der Alte. Ich weiß nicht, ob das gut oder schlecht ist.«

»Sag, dass es gut ist.«

»Warum? Ist es das?«, fragt sie, stirnrunzelnd. »War es das? Damals?«

»Du kanntest nur eine Seite meiner Persönlichkeit«, sage ich. »Den Studenten.«

»Nicht den Liebhaber?«, fragt sie, und die Stimme erinnert mich an einen Menschen.

Mein Blick fällt kalt auf sie, ungerührt. Draußen auf der Straße blökt Musik, die wie Salsa klingt. Endlich bringt der Kellner unsere Rechnung.

»Ich zahle«, seufze ich.

»Nein«, sagt sie und öffnet ihre Handtasche. »Ich habe *dich* eingeladen.«

»Aber ich habe eine Platin-American-Express-Karte«, sage ich zu ihr.

»Die habe ich auch«, sagt sie lächelnd.

Ich schweige, beobachte dann, wie sie die Karte auf das Tablett mit der Rechnung legt. Ein Krampfanfall scheint unausweichlich, falls ich nicht aufstehe. »Die Frauenbewegung. Wow.« Ich lächle unbeeindruckt.

Sie wartet draußen auf dem Gehsteig, während ich auf dem Männerklo bin, um meinen Lunch auszukotzen, der Tintenfisch kommt unverdaut und weniger rot als auf meinem Teller wieder hoch. Als ich aus dem Vanities auf die Straße trete und meine Wayfarers aufsetze, ein Cert kauend, murmele ich etwas vor mich hin, küsse Bethany dann auf die Wange und erfinde irgendwas. »Tut mir leid, dass es so lange gedauert hat. Musste meinen Anwalt anrufen.«

»Oh?« Macht auf betroffen – die dumme Schlampe.

»Nur ein Freund von mir.« Ich zucke die Achseln. »Bobby Chambers. Er ist im Gefängnis. Ein paar Freunde von ihm, na ja, hauptsächlich *ich*, versuchen, den Fall wieder aufzurollen«, sage ich mit einem weiteren Schulterzucken, dann, um das Thema zu wechseln: »Hör mal.«

»Ja?«, fragt sie lächelnd.

»Es ist schon spät. Ich will nicht zurück ins Büro«, sage ich und sehe auf meine Rolex. Die Sonne lässt sie im Sinken aufblitzen und blendet Bethany für einen Moment. »Warum kommst du nicht mit zu mir?«

»Was?« Sie lacht.

»Warum kommst du nicht mit zu mir?«, schlage ich noch einmal vor.

»Patrick.« Sie lacht aufreizend. »Ist das dein Ernst?«

»Ich habe noch eine Flasche Pouilly-Fuissé, *eiskalt*, hm?«, sage ich und ziehe die Augenbrauen hoch.

»Hör mal, die Nummer mag in Harvard gezogen haben, aber« – sie lacht, fährt dann fort – »hm, jetzt sind wir älter und …« Sie bricht ab.

»Und … was?«, frage ich.

»Ich hätte keinen Wein zum Lunch trinken sollen«, sagt sie wieder.

Wir gehen. Draußen sind vierzig Grad, Atmen ausgeschlossen. Es ist nicht Tag, es ist nicht Abend. Der Himmel wirkt gelb. An der Ecke Duane und Greenwich gebe ich einem Penner einen Dollar, nur um Eindruck auf sie zu machen.

»Hey, komm mit«, sage ich noch mal, fast winselnd. »Komm doch mit«.

»Ich kann nicht«, sagt sie. »Die Klimaanlage in meinem Büro ist hin, aber ich kann nicht. Ich würde gerne, aber ich kann nicht.«

»Oh, komm schon«, sage ich, fasse sie an den Schultern und drücke sie gutmütig.

»Patrick, ich muss zurück ins Büro«, mault sie einen schwachen Protest.

»Aber du wirst da *ein*gehen«, gebe ich zu bedenken.

»Ich habe keine Wahl.«

»Komm schon.« Dann, als letzten Lockversuch: »Ich habe ein vierteiliges Durgin Gorham Tee- und Kaffeeset aus Sterlingsilber, das ich dir gerne zeigen würde.«

»Ich kann nicht.« Sie lacht und setzt ihre Sonnenbrille auf.

»Bethany«, sage ich warnend.

»Hör mal«, sagt sie einlenkend. »Ich kaufe dir einen Schokoriegel. Gib dich mit einem Schokoriegel zufrieden.«

»Ich bin erschüttert. Weißt du, wie viel Gramm Fett, wie viel *Natrium* allein der Schokoladenüberzug enthält?«, japse ich in komischem Entsetzen.

»Jetzt sei nicht so«, sagt sie. »Das braucht dir doch keine Sorgen zu machen.«

»Nein, sei *du* nicht so«, sage ich und gehe ein Stück vor, damit sie meine Aggressivität nicht zu spüren bekommt. »Hör mal, komm auf einen Drink mit, und dann spazieren wir rüber zum Dorsia, und ich treffe mich mit Robert, okay?« Ich drehe mich um, gehe weiter, aber jetzt rückwärts. *»Bitte?«*

»Patrick«, sagt sie. »Du bettelst.«

»Ich würde dir das Durgin Gorham Teeset wirklich gerne zeigen.« Ich warte. »Bitte?« Ich zögere wieder. »Es hat mich dreieinhalbtausend Dollar gekostet.«

Sie bleibt stehen, weil ich stehen bleibe, schaut zu Boden, und als sie wieder aufschaut, sind ihre Stirn und beide Wangen feucht von Schweiß, ein feiner Schimmer. Ihr ist heiß. Sie seufzt, lächelt versonnen. Sie schaut auf die Uhr.

»Na?«, frage ich.

»Wenn ich …«, beginnt sie.

»Jaaaa?«, frage ich, das Wort dehnend.

»Wenn ich mitkomme, muss ich mal telefonieren.«

»Nein, nichts da«, sage ich, ein Taxi heranwinkend. »Ruf von mir aus an.«

»*Patrick*«, protestiert sie. »Hier vorne ist doch ein Telefon.«

»Wir gehen jetzt«, sage ich. »Da ist ein Taxi.«

Im Taxi, auf dem Weg zur Upper West Side, sagt sie: »Ich hätte den Wein nicht trinken sollen.«

»Bist du betrunken?«

»Nein«, sagt sie und fächelt sich mit einem auf dem Rücksitz des Taxis vergessenen Programm von *Les Misérables* Luft zu, und obwohl beide Fenster offen sind, fächelt sie weiter. »Nur ein bisschen … beschwipst.«

Wir lachen beide ohne Grund, und sie lehnt sich an mich, dann fällt ihr etwas ein, und sie macht einen Rückzieher. »Bei dir gibt's einen Portier, stimmt's?«, fragt sie misstrauisch.

»Ja.« Ich lächle, es reizt mich, wie ahnungslos sie ins Verderben läuft.

In meinem Apartment. Sie schlendert in den Wohnbereich, nickt anerkennend mit dem Kopf und murmelt: »Recht nett, Mr. Bateman, recht nett.« Unterdessen schließe ich die Tür ab, vergewissere mich, dass sie verriegelt ist, dann gehe ich rüber zur Bar und schenke etwas J&B in ein Glas, während sie prüfend ihre Hand über die Wurlitzer-Jukebox gleiten lässt. Ich brummele vor mich hin, und meine Hände zittern so stark, dass ich beschließe, auf Eis zu verzichten, und dann bin ich im Wohnzimmer, stehe hinter ihr, während sie zu dem David Onica hochschaut, der über dem Kamin hängt. Sie legt den Kopf zur Seite, während sie ihn begutachtet, fängt an zu kichern, schaut erst verdutzt zu mir, dann wieder auf den Onica, noch immer lachend. Ich frage nicht, was los ist – nichts interessiert mich weniger. Ich kippe den Drink mit einem Zug runter, gehe zu dem Anaholian-Schrank aus weißer Eiche, in dem ich ein brandneues Bolzenschussgerät aufbewahre, das ich letzte Woche in einem Eisenwarenladen in der Nähe meines Büros in der Wall Street gekauft habe. Nachdem ich ein Paar schwarze Lederhandschuhe übergestreift habe, vergewissere ich mich, dass das Bolzenschussgerät geladen ist.

»Patrick?«, fragt Bethany immer noch kichernd.

»Ja?«, sage ich, dann: »Darling?«

»Wer hat den *Onica* aufgehängt?«, fragt sie.

»Gefällt er dir?«, frage ich.

»Sehr gut, aber …« Sie zögert, sagt dann: »Ich bin ziemlich sicher, dass er falsch rum hängt.«

»Was?«

»Wer hat den Onica aufgehängt?«

»Das hab ich gemacht«, sage ich immer noch mit dem Rücken zu ihr.

»Du hast den Onica *falsch rum* aufgehängt.« Sie lacht.

»Hmmmmm?« Ich stehe am Schrank, halte das Bolzenschussgerät umklammert, gewöhne mich an sein Gewicht in meiner behandschuhten Hand.

»Ich kann's nicht fassen, dass er falsch rum hängt«, sagt sie. »Wie lange hängt er schon so?«

»Eine Ewigkeit«, wispere ich, drehe mich um, nähere mich ihr.

»Was?«, fragt sie, noch immer in den Onica vertieft.

»Ich sagte, was hast du Nutte mit Robert Hall?«, flüstere ich.

»Was hast du gesagt?« Wie in Zeitlupe, als wäre es ein Film, dreht sie sich um.

Ich warte, bis sie das Bolzenschussgerät gesehen hat und die in Handschuhen steckenden Hände, ehe ich schreie: *»Was hast du Nutte mit Robert Hall?«*

Vielleicht instinktiv, vielleicht aus Erfahrung, rennt sie laut schreiend zur Vordertür, vergeblich. Während der Chardonnay ihre Reflexe lähmt, hat der Scotch, den ich getrunken habe, meine geschärft, und mühelos springe ich vor sie, schneide ihr den Fluchtweg ab und schlage sie mit vier Hieben auf den Kopf mit dem Bolzenschussgerät nieder. Ich zerre sie zurück ins Wohnzimmer, lege sie auf den Boden auf ein weißes Voilacutro-Baumwolllaken, dann strecke ich ihre Arme aus, lege ihre Hände flach mit den Handflächen nach oben auf dicke Holzbretter und nagele wahllos drei Finger jeder Hand an den Spitzen aufs Holz. Das bringt sie wieder zu Bewusstsein, und sie fängt an zu schreien. Nachdem ich ihr Tränengas in die Augen, den Mund und in die Nasenlöcher gesprüht habe, lege ich einen Kamelhaarmantel von Ralph Lauren über ihren Kopf, der die Schreie einigermaßen dämpft. Ich schieße noch mehr Nägel in ihre Hand, bis beide ganz damit bedeckt sind – Nagel an Nagel, an manchen Stellen überlagern sie einander, was es ihr unmöglich macht, sich aufzusetzen. Ich muss ihre Schuhe entfernen, mit leichtem Bedauern, aber sie tritt wild um sich und hinterlässt auf dem Parkett aus weißer Eiche schwarze Schleifspuren. Während dieser Phase schreie ich immer wieder »Du Nutte«, dann senkt sich meine Stimme zu einem heiseren Flüstern, und ich sabbere ihr ins Ohr: »Du Drecksfotze.«

Endlich, im Todeskampf, nachdem ich ihr den Mantel vom Gesicht genommen habe, beginnt sie zu betteln, versucht es wenigstens, als das Adrenalin kurzzeitig die Oberhand über den Schmerz gewinnt. »Patrick, oh Gott, hör auf, bitte, oh Gott, nicht mehr wehtun …« Aber natürlich kehrt der Schmerz zurück – er ist zu allgegenwärtig –, und wieder wird sie ohnmächtig und erbricht, während sie bewusstlos ist, ich muss ihren Kopf halten, damit sie nicht dran erstickt, und dann gebe ich ihr noch mal Tränengas. Die Finger, die nicht festgenagelt sind, versuche ich abzubeißen, was mir bei ihrem linken Daumen fast gelingt, immerhin kann ich alles Fleisch abnagen, bis der Knochen offen daliegt, und dann gebe ich ihr noch mal Tränengas, was gar nicht nötig gewesen wäre. Ich lege ihr wieder den Kamelhaarmantel über den Kopf, falls sie schreiend aufwacht, dann bringe ich die handtellergroße Sony-Handycam in Position, damit ich alles Weitere filmen kann. Sobald die Kamera auf dem Stativ steht und auf Automatik läuft, beginne ich mit der Schere Bethanys Kleid aufzuschneiden, und als ich zum Brustkorb komme, piekse ich gelegentlich nach den Brüsten, wobei ich unabsichtlich (na ja) einen ihrer Nippel durch den BH absäbele. Bethany fängt wieder an zu schreien, als ich ihr das Kleid vom Leib gerissen habe und ihr nur den BH, das rechte Körbchen dunkel von Blut, und den uringetränkten Slip lasse, die ich mir für später aufhebe.

Ich beuge mich über sie und brülle über ihre Schreie hinweg: »Schrei doch, schrei, schrei weiter …« Ich habe alle Fenster und die Tür zu meiner Terrasse aufgerissen, und als ich über ihr stehe, öffnet sich der Mund, und nicht mal Schreie kommen noch raus, nur schreckliche, gutturale, tierische Laute, manchmal unterbrochen von würgenden Geräuschen. »Schrei, Schätzchen«, dränge ich, »schrei weiter.« Ich beuge mich hinunter, noch tiefer, streiche ihr Haar zurück. »Keiner hat Mitleid. Keiner wird dir helfen …« Sie versucht, wieder aufzuschreien, verliert aber das Bewusstsein, und es reicht nur noch für ein schwaches Stöhnen. Ich nutze ihren hilflosen Zustand, streife die Handschuhe ab, reiße ihr den Mund auf, schneide mit der Schere ihre Zunge heraus, die sich leicht aus dem Mund ziehen lässt, halte sie in der offenen Hand, warm und noch blutend und viel kleiner, als sie im Mund wirkte, und werfe sie an die Wand, wo sie einen Moment festklebt und einen Fleck macht, ehe sie mit einem niedlichen feuchten Plitsch zu Boden fällt. Blut schießt aus Bethanys Mund, und ich muss ihren Kopf halten, damit sie nicht erstickt. Dann ficke ich sie in den Mund, und nachdem ich abgespritzt und meinen Schwanz rausgezogen habe, gebe ich ihr noch mehr Tränengas.

Später, als sie kurz das Bewusstsein wiedererlangt, setze

ich ein Porkpie-Hütchen auf, das mir eine meiner Freundinnen im ersten Harvard-Jahr geschenkt hat.

»Kennst du *den* noch?«, rufe ich, als ich über ihr stehe. »Und sieh dir *das* an!«, schreie ich triumphierend und schwenke eine Zigarre. »Ich rauche *immer* noch Zigarren. Ha. Siehst du? Eine Zigarre.« Ich zünde sie mit ruhigen, blutbefleckten Fingern an, und ihr Gesicht, bleich, fast schon bläulich, hört nicht auf zu beben, zuckt vor Schmerz, die Augen, matt vor Entsetzen, schließen sich, öffnen sich dann halb, ihr Leben zum Alptraum verengt.

»Und noch was«, kreische ich, während ich auf und ab gehe. »Es ist auch nicht Garrick Anderson. Der Anzug ist von *Armani! Giorgio* Armani.« Ich warte hasserfüllt, beuge mich über sie und spotte: »Und du hast ihn für Henry Stuart gehalten. Jesus.« Ich schlage ihr hart ins Gesicht, zische: »Dämliche Nutte«, und besprühe ihr Gesicht mit Spucke, aber es ist so voller Tränengas, dass sie es vielleicht gar nicht spüren kann, also besprühe ich es wieder mit Tränengas und versuche dann, sie noch mal in den Mund zu ficken, aber ich kann nicht kommen, also lass ich's.

Donnerstag

SPÄTER, GENAUER GESAGT AM NÄCHSTEN ABEND, sitzen wir zu dritt, Craig McDermott, Courtney und ich, in einem Taxi auf dem Weg zu Nell's und sprechen über Evian-Wasser. Courtney, in einem Armani-Nerz, hat gerade kichernd gestanden, dass sie für Eiswürfel Evian verwendet, und damit ein Gespräch über die Unterschiede von Mineralwasser entfacht, und auf Courtneys Wunsch versuchen wir alle, so viele Marken wie möglich aufzuzählen.

Courtney fängt an, zählt die Namen an ihren Fingern

ab. »Also, da gibt's Sparcal, Perrier, San Pellegrino, Poland Spring, Calistoga …« Sie bricht ab und schaut Hilfe suchend zu McDermott.

Er seufzt, listet dann auf: »Canadian Spring, Canadian Calm, Montclair, das auch aus Kanada kommt, Vittel aus Frankreich, Crodo, ein italienisches …« Er hält inne und reibt sich nachdenklich das Kinn, versucht, auf noch eins zu kommen, verkündet dann wie überrascht: »Elan.« Und obwohl ihm ein weiteres auf der Zunge zu liegen scheint, verfällt Craig in wenig aufschlussreiches Schweigen.

»Elan?«, fragt Courtney.

»Das ist aus der Schweiz«, sagt er.

»Oh«, sagt sie, dann an mich gewandt: »Jetzt bist du dran, Patrick.«

Ich starre gedankenverloren aus dem Fenster des Taxis, von der Stille, die ich auslöse, mit namenloser Furcht erfüllt, und zähle benommen mechanisch die folgenden Marken auf. »Vergessen hast du Alpenwasser, Down Under, Schat aus dem Libanon, Qubol und Cold Springs –«

»Das habe ich schon gesagt«, wirft Courtney anklagend ein.

»Nein«, sage ich. »Du hast Poland *Spring* gesagt.«

»Ist das wahr?«, murmelt Courtney, dann, an McDermotts Mantel zupfend: »Hat er recht, Craig?«

»Wahrscheinlich.« McDermott zuckt die Achseln. »Glaub' schon.«

»Man sollte außerdem darauf achten, Mineralwasser immer in *Glas*flaschen zu kaufen. Man sollte es nicht in Plastikflaschen kaufen«, sage ich bedeutungsschwanger, in der Hoffnung, dass sie mich fragen, warum.

»Warum?« In Courtneys Stimme schwingt echtes Interesse mit.

»Weil es oxidiert«, erläutere ich.

»Und es soll schließlich spritzig sein, ohne Nachgeschmack.«

Nach einer langen, verwirrten, für Courtney typischen Pause räumt McDermott, der aus dem Fenster schaut, ein: »Da hat er recht.«

»Ich verstehe wirklich nicht, was bei Wasser den Unterschied macht«, murmelt Courtney. Sie sitzt auf dem Rücksitz des Taxis zwischen McDermott und mir, und unter dem Nerz trägt sie einen Hosenanzug aus Wollköper von Givenchy, Strumpfhosen von Calvin Klein und Schuhe von Warren Susan Allen Edmonds. Früher, im selben Taxi, als ich anzüglich den Nerz befühlt habe, wenn auch mit keiner anderen Absicht, als seine Qualität zu prüfen, und sie es spürte, hat mich Courtney leise gefragt, ob ich ein Pfefferminz habe. Ich sagte nichts.

»Was meinst du?«, fragt McDermott ernst.

»Na ja«, sagt sie, »ich meine, was ist zum Beispiel der *eigent*liche Unterschied zwischen Quellwasser und Mineralwasser, ich meine, gibt es überhaupt einen?«

»*Courtney.* Mineralwasser ist jedes Wasser aus einer unterirdischen Quelle«, seufzt Craig, immer noch aus dem Fenster starrend. »Der Mineralgehalt ist unverändert, obwohl das Wasser eventuell desinfiziert oder gefiltert ist.« McDermott trägt einen Smoking aus reiner Wolle mit fallendem Revers von Gianni Versace und stinkt nach Xeryus.

Einen Moment überwinde ich meine selbst gewählte Trägheit, um erklärend hinzuzusetzen: »Und bei Quellwasser können Mineralstoffe zugefügt oder entzogen werden, und es ist meist gefiltert, nicht aufbereitet.« Ich halte inne. »Fünfundsiebzig Prozent aller in Amerika abgefüllten Wasser sind übrigens Quellwasser.« Ich halte wieder inne, frage dann alle im Taxi: »Hat das jemand gewusst?«

Eine lange, leere Pause folgt, und dann stellt Courtney noch eine Frage, obwohl sie diese nur halb ausspricht. »Der Unterschied zwischen destilliertem und gereinigtem Wasser ist …«

Ich höre eigentlich kaum etwas von dieser Unterhaltung, einschließlich meiner eigenen Beiträge, weil ich über Möglichkeiten nachdenke, Bethanys Leiche loszuwerden, oder mich zumindest frage, ob ich sie noch ein oder zwei Tage länger in meinem Apartment behalten soll oder nicht. Wenn ich beschließe, sie heute Nacht noch loszuwerden, kann ich das, was von ihr übrig ist, problemlos in einen Müllsack packen und auf dem Treppenabsatz stehen lassen; oder ich kann mir die besondere Mühe machen, ihn auf die Straße zu schleppen und mit dem Rest des Mülls an den Straßenrand zu stellen. Ich könnte ihn sogar in das Apartment in Hell's Kitchen bringen und Kalk drüberkippen, eine Zigarre rauchen und zusehen, wie er sich auflöst, während ich der Musik in meinem Walkman zuhöre, aber ich will die Männerkörper getrennt von den Frauenkörpern halten, außerdem wollte ich mir *Bloodhungry* ansehen, das Video, das ich mir heute Nachmittag ausgeliehen habe – der Werbetext lautete: »Manche Clowns bringen dich zum Lachen, aber Bobo bringt dich um und isst dann deinen Körper« –, und ein mitternächtlicher Ausflug nach Hell's Kitchen lässt mir nicht genug Zeit, selbst ohne einen kurzen Stop im Bellevue's, um einen Happen zu essen. Bethanys Knochen und der größte Teil ihrer Innereien werden wohl durch den Müllschacht im Flur vor meinem Apartment wandern und in der Verbrennungsanlage landen.

Courtney, McDermott und ich haben gerade eine Morgan Stanley-Party verlassen, die am Seaport an der Spitze Manhattans in einem neuen Club namens Goldcard stattfand, der selbst wie eine mittlere Großstadt wirkte und wo mir Walter Rhodes über den Weg lief, ein überzeugter Kanadier, den ich seit Exeter nicht gesehen habe und der wie McDermott auch nach Xeryus stank, und ich sagte ihm tatsächlich: »Hör mal, ich versuche, mich von Menschen fernzuhalten. Ich vermeide sogar, mit ihnen zu sprechen«, und bat ihn dann, mich zu entschuldigen. Nur leicht verblüfft sagte Walter: »Ehm, sicher, ich, ehm, verstehe.« Ich trage einen doppelreihigen Sechsknopfsmoking aus Wollcrêpe mit Bundfaltenhose und einer Fliege aus Seidenrips, alles von Valentino. Luis Carruthers ist für eine Woche in Atlanta. Im Goldcard habe ich mit Herbert Gittes eine Line Koks gesnieft, und ehe McDermott dieses Taxi anhielt, um zu Nell's zu fahren, habe ich eine Halcion genommen, um die Koksnervosität zu dämpfen, aber bis jetzt wirkt sie noch nicht. Courtney scheint auf McDermott zu stehen, und da ihre Chembank-Karte heute nicht funktioniert hat, zumindest nicht an dem Geldautomaten, an dem wir es versuchten (der Grund ist, dass sie zu oft Koks damit schneidet, obwohl sie das niemals zugeben würde; Kokainrückstände haben mir auch schon mehr als einmal die Karte versaut), und McDermotts *funktionierte*, verschmähte sie *meine* zugunsten *seiner*, was, wenn man Courtney kennt, nur bedeuten kann, dass sie McDermott *ficken* will. Aber was macht das schon. Obwohl ich hübscher bin als Craig, sehen wir beide ziemlich ähnlich aus. Sprechende Tiere waren heute das Thema der morgendlichen *Patty Winters Show*. Ein Krake schwamm in einem provisorischen Aquarium, hielt ein Mikrofon in einem seiner Fangarme und bat – so versicherte zumindest sein »Trainer«, der fest überzeugt ist, dass Mollusken Stimmbänder haben – um »Käse«. Ich glotzte, vage gefesselt, bis mir die Tränen kamen. Ein als Hawaiianer verkleideter Penner durchwühlt eine Mülltonne an der dunklen Ecke der Eigth und Tenth.

»Destilliertem oder gereinigtem Wasser«, sagt McDermott, »sind die meisten Mineralstoffe entzogen. Das Wasser wird erhitzt, und der Dampf zu gereinigtem Wasser kondensiert.«

»Wohingegen destilliertes Wasser einen schalen Geschmack hat und normalerweise nicht zum Trinken gedacht ist.« Ich stelle fest, dass ich gähne.

»Und Mineralwasser?«, fragt Courtney.

»Das richtet sich nicht nach –«, beginnen McDermott und ich aus einem Mund.

»Nur zu«, sage ich, wieder gähnend, womit ich Courtney ebenfalls zum Gähnen bringe.

»Nein, sag du«, sagt er apathisch.

»Es fällt nicht unters Lebensmittelgesetz«, sage ich ihr. »Es enthält keinerlei chemische Zusätze, Salze, Süßstoffe oder Koffein.«

»Und Sprudelwasser sprudelt wegen der Kohlensäure, stimmt's?«, fragt sie.

»Ja.« Sowohl McDermott wie ich nicken und starren stur vor uns hin.

»Das wusste ich«, sagt sie zögernd, und am Klang ihrer Stimme kann ich ahnen, ohne hinzusehen, dass sie wahrscheinlich lächelt, während sie es sagt.

»Aber kaufen sollte man nur *natürlich* sprudelndes Mineralwasser«, warne ich. »Denn *das* bedeutet, dass die natürliche Quellkohlensäure schon bei der Gewinnung im Wasser enthalten ist.«

»Club Soda und Selterswasser zum Beispiel sind künstlich mit Kohlensäure versetzt«, erklärt McDermott.

»Die Ausnahme ist White Rock-Selters«, merke ich an, verblüfft über McDermotts lächerliche unentwegte Rechthaberei. »Ramlösa Mineralsprudel ist auch sehr gut.«

Das Taxi will in die Fourteenth einbiegen, aber etwa vier oder fünf Wagen versuchen ebenfalls, rechts abzubiegen, also verpassen wir die grüne Ampel. Ich verfluche den Fahrer, aber ein alter Motownsong aus den Sechzigern, vielleicht die Supremes, läuft dumpf da vorne, der Sound ist blockiert von der Fiberglastrennscheibe. Ich versuche sie zu öffnen, aber sie ist geschlossen und lässt sich nicht zur Seite schieben. Courtney fragt: »Was sollte man nach der Gymnastik trinken?«

»Nun«, seufze ich. »Was immer es ist, es sollte sehr kalt sein.«

»Warum?«, fragt sie.

»Weil es dann schneller vom Körper aufgenommen wird als bei Zimmertemperatur.« Abwesend sehe ich auf meine Rolex. »Wasser ist vielleicht am besten. Evian. Aber nicht in Plastik.«

»Mein Trainer meint, Gatorade wäre okay«, kontert McDermott.

»Aber meinst du nicht auch, dass Wasser verlorene Körperflüssigkeit am besten ersetzt, da keine andere Flüssigkeit vom Blutkreislauf so schnell aufgenommen wird?« Ich kann nicht anders, als *»Kumpel?«* hinzuzufügen.

Wieder sehe ich auf die Uhr. Wenn ich bei Nell's einen J&B mit Eis nehme, kann ich rechtzeitig zu Hause sein, um bis zwei *Bloodhungry* noch ganz zu sehen. Wieder wird es still im Taxi, das sich zielstrebig auf die Menge vor dem Club zubewegt, die Limousinen setzen Passagiere ab und fahren dann weiter, jeder von uns konzentriert sich auf diesen Vorgang, und auch auf den Himmel über der Stadt, der schwer wirkt von drohenden dunklen Wolken. Die Limousinen hupen einander unablässig an, ohne Ergebnis. Mein Hals ist pelzig vom Koks, den ich mit Gittes genommen habe, und ich schlucke und versuche, ihn anzufeuchten. Plakate für einen Ausverkauf bei Crabtree & Evelyn säumen die brettervernagelten Fenster verlassener Betonklötze auf der anderen Straßenseite. Buchstabier »Mogul«, Bateman. Wie schreibt man Mogul? M-o-g-u-l. Mo-gul. Mo-g-ul. Oger, Geister, Eis –

»Ich mag Evian nicht«, sagt McDermott irgendwie traurig. »Evian *ist* zu süß.« Er schaut so bedrückt bei diesem Geständnis, dass ich mitfühlend zustimme.

Als ich durch die Dunkelheit des Taxis zu ihm hinüberschaue und mir bewusst mache, dass er heute Abend wahrscheinlich mit Courtney ins Bett geht, empfinde ich urplötzlich eine mitleidige Regung für ihn.

»Ja, McDermott«, sage ich langsam. »Evian ist zu süß.«

Früher am Abend war so viel von Bethanys Blut auf dem Fußboden zusammengeflossen, dass ich mein Spiegelbild darin sehen konnte, während ich nach einem meiner drahtlosen Telefone griff, und ich sah mir selbst zu, wie ich einen Friseurtermin bei Gio's ausmachte. Courtney reißt mich aus meiner Trance, als sie gesteht: »Beim ersten Mal hatte ich Angst, San Pellegrino zu trinken.« Sie sieht nervös zu mir herüber, als erwarte sie – was, meine Zustimmung? – und dann zu McDermott, der ihr ein mattes, nervöses Lächeln schenkt. »Aber als ich es erst mal probiert hatte, war es … prima.«

»Wie wagemutig«, murmele ich und gähne wieder, während das Taxi in Zentimeterschritten auf Nell's zuschleicht, dann, mit erhobener Stimme: »Hört mal, kennt einer von euch irgendein Gerät, dass man ans Telefon hängen kann, um so ein Zeichen für Call-waiting zu simulieren?«

Wieder bei mir zu Hause stehe ich über Bethanys Leiche, nippe sinnend an einem Drink und begutachte ihren Zustand. Beide Augenlider sind halb geöffnet, und ihre untere Zahnreihe sieht aus, als würde sie herausragen, weil ihre Lippen abgerissen – beziehungsweise abgebissen – sind. Heute Vormittag habe ich ihren linken Arm abgesägt, woran sie dann schließlich starb, und jetzt hebe ich ihn gerade auf, halte ihn an dem Knochen, der dort hervorragt, wo eigentlich ihre Hand sein müsste (keine Ahnung, wo sie jetzt steckt: im Kühlschrank? Im Schrank?), packe ihn mit der Faust wie ein Rohr, er hängt immer noch voll Fleisch und Muskeln, obwohl das meiste davon abgehackt oder abgekaut ist, und schlage ihr damit über den Schädel. Es sind nur wenige Schläge nötig, höchstens fünf oder sechs, um ihren Kiefer völlig zu zertrümmern, und nur zwei weitere, bis ihr Gesicht in sich zusammenfällt.

Whitney Houston

1985 EROBERTE WHITNEY HOUSTON DIE MUSIKSZENE mit ihrem gleichnamigen Album, das vier Nummer-eins-Hits enthielt, darunter »The Greatest Love of All«, »You Give Good Love« und »Saving All My Love for You«, und außerdem einen Grammy für die beste Popsängerin und zwei American Music Awards gewann, einen für die beste Rhythm & Blues-Single und einen weiteren für das beste Rhythm & Blues-Video. Daneben wurde sie von *Billboard* und *Rolling Stone* zum Newcomer des Jahres gekürt. Bei all diesem Hype hätte man erwarten können, dass sich das Album als enttäuschende, farblose Angelegenheit erweisen würde, aber die Überraschung ist, dass *Whitney Houston* (Arista) eine der wärmsten, komplexesten und rundum gelungensten Rhythm & Blues-Platten des Jahrzehnts ist und Whitney selbst eine Stimme hat, die jede Vorstellung übersteigt. An ihrem eleganten, wunderschönen Foto auf dem Albumcover (in einem Abendkleid von Giovanne De Maura) und seinem unerwartet sexy Gegenstück auf der Rückseite (in einem Badeanzug von Norma Kamali) erkennt man, dass dies nicht eine rein geschäftliche Beziehung bleiben wird; die Platte ist glatt und intensiv zugleich, und Whitneys Stimme sprengt so viele Grenzen und ist so vielseitig (obwohl sie in erster Linie *Jazz*sängerin bleibt), dass es schwerfällt, das Album beim ersten Hören ganz zu erfassen. Doch das wird auch niemand wünschen. Man will sich Zeit dafür lassen, viel Zeit.

Es beginnt mit »You Give Good Love« und »Thinking About You«, beide produziert und arrangiert von Kashif, und sie verströmen warme, luxuriöse Jazzarrangements, aber mit einem zeitgenössischen Synthesizerbeat, und obwohl beides wirklich gute Songs sind, kommt das Album nicht richtig in Schwung bis zu »Someone for Me« – produziert von Jermaine Jackson –, wo Whitney sehnsuchtsvoll gegen einen Disco-Jazz-Background ansingt und der Kontrast zwischen ihrer Sehnsucht und der Spritzigkeit des Songs sehr anrührend ist. Die Ballade »Saving All My Love for You« ist der sexyste, romantischste Song des Albums. Dazu gehört ein mörderisches Saxofonsolo von Tom Scott, und man kann Einflüsse der Girl Groups der Sechziger heraushören (Gerry Goffin ist Co-Autor), wenn auch die Girl Groups der Sechziger nie so gefühlvoll und sexy waren (oder so gekonnt produziert) wie dieser Song. »Nobody Loves Me Like You Do« ist ein grandioses Duett mit Jermaine Jackson (der es auch produziert hat), und nur ein Beispiel dafür, wie viel das Album auch textlich zu bieten hat. Das Letzte, woran dieses Album krankt, ist ein Mangel an anspruchsvollen Texten, wie es normalerweise der Fall ist, wenn Sänger ihr Material nicht selbst schreiben, sondern sich von ihren Produzenten beraten lassen. Aber Whitney und Co haben hier gut gewählt.

Die Dance-Single »How Will I Know« (mein Tipp für den besten Dance-Song der Achtziger) ist eine fröhliche Ode an die Liebesqualen eines Mädchens, das nicht weiß, ob ein Junge sich für sie interessiert. Sie hat ein großartiges Keyboard-Riff und ist der einzige Track auf dem Album, der vom Produzenten-Wunderkind Narada Michael Walden produziert wurde. Meine persönliche Lieblingsballade (neben »The Greatest Love of All« – ihre persönliche Bestleistung) ist »All at Once«, die davon handelt, dass eine junge Frau ganz plötzlich feststellt, dass ihr der Geliebte entgleitet, und sie ist von umwerfenden Streicherarrangements begleitet. Obwohl nichts auf dem Album wie Füllmaterial klingt, ist »Take Good Care of My Heart«, ein weiteres Duett mit Jermaine Jackson, der einzige Track des Albums, der dem gefährlich nahe kommt.

Das Problem ist, dass er von den Jazz-Roots des Albums abweicht und sich zu sehr an Dancemusic der Achtziger zu orientieren scheint.

Aber Whitneys Talent erstrahlt umso heller bei dem überwältigenden »The Greatest Love of All«, einem der besten, stärksten Songs, die je über Selbsterhaltungstrieb und Seelengröße geschrieben wurden. Von der ersten Zeile (Michael Masser und Linda Creed zeichnen hier als Songschreiber) bis zur letzten eine maßstabsetzende Ballade über den Glauben an sich selbst. Es ist ein ausdrucksstarkes Statement und eines, das Whitney mit einer Grandezza singt, die ans Sublime grenzt. Seine universelle Botschaft überschreitet alle Grenzen und erfüllt uns mit Hoffnung, dass es nicht zu spät für uns ist, uns zum Besseren zu wenden, sanftmütiger zu werden. Da es in einer Welt wie der unseren unmöglich ist, Mitgefühl mit anderen zu empfinden, haben wir immer noch uns zu bemitleiden. Es ist eine wichtige Botschaft, elementar sogar, und wunderschön ausgedrückt auf diesem Album.

Ihr zweiter Wurf, *Whitney* (Arista, 1987), hatte vier Nummer-eins-Singles, »I Wanna Dance with Somebody«, »So Emotional«, »Didn't We Almost Have It All?« und »Where Do Broken Hearts Go?« und wurde von Narada Michael Walden produziert, und obwohl das Ergebnis nicht an das überragende *Whitney Houston* heranreicht, ist es alles andere als ein lauer Abklatsch. Es beginnt mit dem federnden, tanzbaren »I Wanna Dance with Somebody (Who Loves Me)«, das der Linie des unwiderstehlichen »How Will I Know« vom letzten Album folgt. Darauf folgt das sensible »Just the Lonely Talking Again«, und es spiegelt die ernst zu nehmenden Jazz-Einflüsse, die das erste Album durchzogen, und auch eine neu erworbene künstlerische Reife ist Whitneys Stimme anzumerken – alle Vokalarrangements des Albums hat sie selbst geschrieben –, ganz besonders deutlich wird das auf »Love Will Save the

Day«, Whitneys bisher ambitioniertestem Song. Jellybean Benitez hat ihn produziert, und er pulsiert vor Uptempo-Intensität und reflektiert, wie viele Songs dieses Albums, eine erwachsene Sicht auf die Welt, in der wir alle leben. Sie singt, und wir glauben ihr. Ein ziemlicher Schritt von dem sanfteren Kleinmädchenimage, das ihr erstes Album so anziehend machte.

Ein noch erwachseneres Image entfaltet sie auf dem von Michael Masser produzierten »Didn't We Almost Have It All«, einem Song über ein Treffen mit einem längst verflossenen Liebhaber, bei dem man ihm gründlich die Meinung über die vergangene Affäre sagt, und hier sehen wir Whitney auf dem Höhepunkt ihrer poetischen Kraft. Und wie die meisten Balladen hat auch diese ein herrliches Streicherarrangement. »So Emotional« liegt auf derselben Linie wie »How Will I Know« und »I Wanna Dance with Somebody«, ist aber noch rock-orientierter und, wie alle Songs auf *Whitney*, gespielt von einer fantastischen Studioband mit Narada an der Drummachine, Wolter Afanasieff an Synthesizer und Synth Bass, Corrado Rustici an der Synth Guitar und jemand, der sich Bongo Bob nennt und für Percussion-Programming und Drum-Sampling verantwortlich zeichnet. »Where You Are« ist der einzige von Kashif produzierte Song des Albums, und es trägt seinen unauslöschlich professionellen Stempel – es hat einen sanften, funkelnden Sound und Schimmer mit einem funky Sax-Solo von Vincent Henry. Für mich klang es wie eine Hitsingle, und ich kann mich nur wundern, dass es nicht ausgekoppelt wurde.

»Love Is a Contact Sport« ist die echte Überraschung des Albums – eine großformatige, kraftvolle, sexy Nummer die, was die Produktion angeht, das Kernstück des Albums ist und neben dem guten Beat phantastische Lyrics hat. Einer meiner Favoriten. Auf »You're Still My Man« kann man hören, wie selbstverständlich Whitney ihre Stimme als Instrument einsetzt – eine makellose, warme Maschine, die fast das Sentiment der Musik überrundet, aber die Texte und die Melodien sind zu eindringlich, zu stark, um gegen einen Sänger zu verblassen, selbst gegen eine Sängerin von Whitneys Kaliber. »For the Love of You« glänzt mit Naradas brillanten Fähigkeiten als Drum-Programmierer, und sein modernes Jazzfeeling geht nicht nur auf bewährte Kräfte des modernen Jazz wie Michael Jackson und Sade zurück, sondern auch auf andere Künstler wie Miles Davis, Paul Butterfield und Bobby McFerrin.

»Where Do Broken Hearts Go« ist die kraftvollste Beschreibung verlorener Unschuld und des Versuchs, wieder in die Sicherheit der Kindheit zu finden. Ihre Stimme ist so lieblich und kontrolliert wie je und führt uns zu »I Know Him So Well«, dem bewegendsten Moment der Platte, weil es an erster und wichtigster Stelle ein Duett mit ihrer Mutter, Cissy, ist. Es ist eine Ballade über ... wen? – einen gemeinsamen Lover? einen längst hingegangenen Vater? – mit einer Mischung aus Sehnsucht, Bedauern, Zielstrebigkeit und Schönheit, die das Album in einer anmutigen, perfekten Note ausklingen lässt. Von Whitney ist noch Großes zu erwarten (mit »One Moment in Time« leistete sie einen unvergesslichen Beitrag zu den Olympischen Spielen 1988), doch selbst, wenn es nicht so wäre, bliebe sie jetzt schon die aufregendste und unverfälschteste schwarze Jazzstimme ihrer Generation.

Dinner mit Sekretärin

MONTAGABEND ACHT UHR. Ich bin in meinem Büro und versuche mich am *New York Times*-Kreuzworträtsel vom Sonntag, höre Rapmusik auf der Stereoanlage, versuche die Gründe für ihre Popularität zu ergründen, weil ein kleiner blonder Hardbody, den ich vor zwei Tagen im Au Bar kennengelernt habe, mir erzählt hat, dass er nichts anderes hört als Rap, und obwohl ich ihm später in irgendjemandes Apartment im Dakota die Scheiße aus dem Leib prügelte (ich hätte sie fast geköpft; kein besonders neuartiges Erlebnis für mich), war mir heute Morgen sein Musikgeschmack wieder in den Sinn gekommen, und ich musste bei Tower Records an der Upper West Side haltmachen und Rap-CDs im Wert von 90 Dollar kaufen, aber wie erwartet, habe ich ein schlechtes Geschäft gemacht: Niggerstimmen, die hässliche Wörter wie *digit*, *pudding*, *chunk* hervorstoßen. Jean sitzt an ihrem Schreibtisch, auf dem sich Akten stapeln, die ich ihr zum Durcharbeiten gegeben habe. Der Tag heute war nicht schlecht: vor dem Büro habe ich zwei Stunden trainiert; das neue Restaurant von Robinson Hirsch, Finnia, hat in Chelsea aufgemacht; Evelyn hat zwei Nachrichten auf meinem Anrufbeantworter hinterlassen und eine weitere bei Jean, um mich wissen zu lassen, dass sie fast die ganze Woche in Boston sein wird; und das Beste von allem war die *Patty Winters Show*, die heute Morgen zwei Teile hatte. Der erste war ein Exklusivinterview mit Donald Trump, der zweite ein Bericht über misshandelte Frauen. Zum Dinner soll ich mich mit Madison Grey und David Campion im Café Luxembourg treffen, aber um acht Uhr dreißig erfahre ich, dass Luis Carruthers mit uns essen wird, also rufe ich Campion, das dämliche Arschloch, an und sage ab, überlege dann minutenlang hin und her, was ich mit dem Rest des Abends anfangen soll.

Als ich aus dem Fenster schaue, fällt mir auf, dass der Himmel über dieser Stadt in wenigen Minuten völlig dunkel sein wird.

Jean linst in mein Büro und klopft vorsichtig an die halb offene Tür. Ich gebe vor, ihre Anwesenheit nicht zu bemerken, obwohl ich nicht weiß, warum, da ich doch irgendwie einsam bin. Sie kommt an den Schreibtisch. Mit den Wayfarers auf der Nase starre ich noch immer erstaunt auf mein Kreuzworträtsel, aber ohne besonderen Grund.

Sie legt eine Akte auf den Schreibtisch, ehe sie fragt: »Machen Sie 's Kreuzworträtsel?«, dabei das »das« halb verschluckend – eine bemitleidenswerte Geste der Intimität, ein irritierender Versuch gezwungener Freundschaftlichkeit. Innerlich würgend nicke ich, ohne zu ihr aufzuschauen.

»Brauchen Sie Hilfe?«, fragt sie, arbeitet sich vorsichtig um den Schreibtisch herum zu meinem Stuhl und lehnt sich über meine Schulter, um ihre Mitarbeit anzubieten. Ich habe bereits sämtliche freien Felder mit *Fleisch* oder *Knochen* ausgefüllt, ihr entfährt nur ein unhörbares Japsen, als sie es bemerkt, und als sie den Haufen Nr.-2-Bleistifte auf meinem Schreibtisch herumliegen sieht, die ich mittendurch gebrochen habe, sammelt sie sie pflichtbewusst ein und verlässt den Raum.

»Jean?«, rufe ich.

»Ja, Patrick?« Mit schlecht verhohlenem Eifer kommt sie wieder ins Zimmer.

»Möchten Sie mir beim Dinner Gesellschaft leisten?«, frage ich, starre immer noch aufs Kreuzworträtsel und radiere behutsam das »*F*« in einem der vielen *Fleischs* aus, mit denen ich das Rätsel aufgefüllt habe. »Das heißt, falls Sie nichts … anderes vorhaben.«

»Oh nein«, antwortet sie zu schnell, dann merkt sie wohl ihren Übereifer und sagt: »Ich habe keine Pläne.«

»Na, wenn das kein Zufall ist«, frage ich, schaue auf und senke meine Wayfarers.

Sie lacht leichtfertig, aber es klingt etwas Flehendes mit, etwas Beklemmendes, und das trägt nicht gerade dazu bei, dass ich mich weniger schlecht fühle.

»Denke schon«, sagt sie unentschlossen.

»Ich habe auch Karten für ein … ein Milla-Vanilla-Konzert, falls Sie da hingehen möchten«, sage ich beiläufig.

Verwirrt fragt sie: »Wirklich? Wer?«

»Milla … Vanilla«, wiederhole ich langsam.

»Milla … Vanilla?«, fragt sie unbehaglich.

»Milla … Vanilla«, sage ich. »Ich glaube, so heißen sie.«

Sie sagt: »Ich bin mir nicht sicher.«

»Ob Sie hingehen möchten?«

»Nein … wegen des Namens.« Sie konzentriert sich, sagt dann: »Ich glaube, sie heißen … Milli Vanilli.«

Ich zögere lange, ehe ich sage: »Oh.«

Sie steht da, nickt einmal.

»Macht auch nichts«, sage ich – ich habe sowieso keine Karten dafür. »Es ist noch Monate hin.«

»Oh«, sagt sie und nickt wieder. »Okay.«

»Und wo sollen wir hingehen?« Ich lehne mich zurück und ziehe den Zagat aus der obersten Schreibtischschublade.

Sie zögert, unsicher, was sie sagen soll, fürchtet, meine Frage könnte ein Test sein, den sie bestehen muss, und unschlüssig, ob sie die richtige Antwort getroffen hat, versucht sie es schließlich mit: »Wo Sie hingehen wollen?«

»Nein, nein, nein.« Ich lächle, während ich in dem Führer blättere. »Wie wär's, wenn wir hingehen, wo *Sie* hinwollen?«

»Oh Patrick«, seufzt sie. »Ich kann das nicht entscheiden.«

»Nein, kommen Sie schon«, dränge ich. »Wo immer Sie hinwollen.«

»Nein, ich kann nicht.« Hilflos seufzt sie wieder. »Ich weiß nicht.«

»Kommen Sie schon«, dränge ich sie, »wo wollen Sie hin? Wir gehen überallhin, wo Sie wollen. Sie brauchen es nur zu sagen. Ich kann uns überall reinbringen.«

Sie denkt lange darüber nach, und als sie merkt, dass ihre Zeit abläuft, fragt sie scheu, ein Versuch, Eindruck zu schinden: »Wie wär's mit dem … Dorsia?«

Ich höre auf, den Zagat zu durchblättern, und ohne aufzusehen, das Lächeln eingefroren, während mein Magen sich umdreht, frage ich mich still, will ich wirklich Nein sagen? Will ich wirklich sagen, dass ich keine Möglichkeit sehe, uns da reinzubringen? Kann ich das wirklich? Will ich das wirklich?

»Soooo«, sage ich und lege das Buch beiseite, um es dann nervös wieder in die Hand zu nehmen und die Nummer zu suchen. »Jean will ins Dorsia …«

»Oh, ich weiß nicht«, sagt sie verstört. »Nein, wir gehen hin, wo Sie hinwollen.«

»Das Dorsia ist … gerade richtig«, sage ich beiläufig, nehme den Telefonhörer in die Hand und wähle sehr schnell mit zitternden Fingern die sieben gefürchteten Nummern, während ich versuche, cool zu bleiben. Anstelle des Besetztzeichens, das ich erwarte, klingelt das Telefon tatsächlich im Dorsia, und nach zwei Klingelzeichen meldet sich dieselbe entnervte Stimme, an die ich mich in den letzten drei Monaten gewöhnt habe, und brüllt »Dorsia, ja?«, der Raum hinter der Stimme ist ein ohrenbetäubendes Gebrumm.

»Ja, haben Sie noch Platz für zwei heute Abend, in, sagen wir, zwanzig Minuten?«, frage ich, sehe auf meine Rolex und zwinkere Jean zu. Sie scheint beeindruckt.

»Wir sind völlig ausgebucht«, brüllt der Maître d' selbstgefällig.

»Ach wirklich?«, sage ich und versuche zufrieden auszusehen, obwohl ich mich fühle, als müsste ich kotzen. »Na wunderbar!«

»Ich sagte, wir sind voll besetzt«, schreit er.

»Zwei um neun?«, sage ich. »Perfekt.«

»Es gibt heute Abend keine Tische mehr«, dröhnt der unerschütterliche Maître d' . »Die Warteliste ist auch randvoll.« Er legt auf.

»Bis dann.« Ich lege ebenfalls auf, und während ich lächle, als sei ich hocherfreut über ihre Wahl, merke ich, wie mir die Luft wegbleibt und sich sämtliche Muskeln in meinem Körper verkrampfen. Jean trägt ein Kleid aus Wolljersey und Flanell von Calvin Klein, einen Krokoledergürtel mit silberner Schnalle von Barry Kieselstein Cord, silberne Ohrringe und farblose Strumpfhosen, ebenfalls von Calvin Klein. Unsicher steht sie da vor dem Schreibtisch.

»Ja?«, sage ich auf dem Weg zum Kleiderständer. »Ihr Kleid ist … ganz annehmbar.«

Sie zögert. »Sie haben ihnen keinen Namen genannt«, sagt sie sanft.

Ich lasse mir das durch den Kopf gehen, während ich mein Armani-Jackett anziehe und meinen Armani-Schlips neu binde, und sage ihr, ohne zu stottern: »Sie … kennen mich.« Während der Maître d' ein Paar an den Tisch führt, in dem ich mit ziemlicher Sicherheit Kate Spencer und Jason Lauder zu erkennen glaube, nähern sich Jean und ich seinem Pult, auf dem das Reservierungsbuch offen daliegt, mit absurd leserlichen Namen, und ich lehne mich hinüber und finde im Überfliegen den einzigen Namen für zwei um neun, der nicht durchgestrichen ist und ausgerechnet – Jesus – *Schrawtz* lautet. Ich seufze, tapse mit dem Fuß, und während mein Hirn rasend arbeitet, versuche ich, mir einen brauchbaren Plan zurechtzulegen. Ich drehe mich abrupt zu Jean um und sage: »Warum gehen Sie nicht in den Waschraum?«

Sie sieht sich im Restaurant um, lässt es auf sich wirken. Chaos. Die Leute warten in Zehnerreihen vor der Bar. Der Ober führt das Paar zu einem Tisch in der Saalmitte. Sylvester Stallone mit Fickfleisch sitzt in der vorderen Nische, in der Sean und ich vor nur wenigen Wochen gesessen hatten, sehr zu meinem angewiderten Erstaunen; seine Bodyguards sind in die Nische daneben gepfercht, und der Besitzer des Petty's, Norman Prager, macht sich in der dritten breit. Jean dreht ihren Kopf zu mir und schreit »Was?« durch den Lärm.

»Wollen Sie nicht in den Waschraum gehen?«, frage ich. Der Maître d' nähert sich, bahnt sich ohne ein Lächeln den Weg durchs überfüllte Restaurant.

»Warum? Ich meine … will ich?«, fragt sie, völlig verunsichert.

»Gehen Sie einfach«, zische ich und drücke verzweifelnd ihren Arm.

»Aber ich muss gar nicht, Patrick«, protestiert sie.

»Jesus Christus«, murmele ich. Jetzt ist es sowieso zu spät. Der Maître d' schreitet zum Podium und zieht das Buch zurate, nimmt einen Anruf entgegen, hängt nach wenigen Sekunden ein, mustert uns dann ohne übertriebenes Missfallen. Der Maître d' ist mindestens vierzig und hat einen Pferdeschwanz. Ich räuspere mich zweimal, um mir seine volle Aufmerksamkeit zu sichern, versuche eine Art halbherzigen Augenkontakt.

»Ja?«, fragt er wie unangenehm belästigt.

Ich vermittle ihm einen gediegenen Eindruck, ehe ich innerlich aufseufze. »Ich habe einen Tisch für neun bestellt … würge ich. »Für zwei.«

»Jaaa?«, fragt er misstrauisch und dehnt das Wort. »Name?«, sagt er, wendet sich dann an einen vorbeikommenden Kellner, achtzehn und modelhaft gut aussehend, der gefragt hat: »Wo isses Eis?« Er starrt ihn an, bis der Kellner zu Boden schaut, und schreit: »Nicht … jetzt. Okay?

Wie oft muss man dir das sagen?« Der Kellner zuckt ergeben die Achseln, und der Maître d' zeigt mit dem Finger auf die Bar: »*Es Eis* is da drüben!« Er wendet sich wieder an uns, und ich bin zutiefst verängstigt.

»Name«, kommandiert er.

Und ich denke: von allen Scheiß-Namen, warum der? »Ehm Schrawtz« – oh Gott – »Mr. und Mrs. Schrawtz.« Ich bin sicher, mein Gesicht ist aschfahl, und ich leiere tonlos den Namen, aber der Maître d' ist zu beschäftigt, um es mir nicht abzukaufen, und ich mache mir nicht mal die Mühe, Jean anzusehen, die mein Auftritt sicher völlig verstört hat, während wir zum Tisch der Schrawtzes geführt werden, der wahrscheinlich unter aller Sau ist, obwohl ich trotzdem erleichtert bin.

Auf dem Tisch liegen schon Speisekarten, aber ich bin so nervös, dass mir die Worte und selbst die Preise wie Hieroglyphen erscheinen, und ich bin völlig hilflos. Ein Kellner nimmt unsere Getränkebestellung auf – derselbe, der das Eis nicht finden konnte –, und ich ertappe mich dabei, dass ich, ohne auf Jean zu hören, Dinge wie »Der Schutz der Ozonschicht ist wirklich eine Jahrhundertaufgabe« sage und Häschenwitze erzähle. Ich lächle, das Lächeln klebt auf meinem Gesicht in einem fernen Land, und es dauert nicht lange – nur Minuten tatsächlich, dem Kellner bleibt nicht mal die Zeit, uns die Tagesgerichte zu empfehlen –, ehe ich das hochgewachsene, gut aussehende Paar bemerke, das am Empfang mit dem Maître d' konferiert, und nach einem tiefen Seufzer, benebelt, mit schwankender Stimme, bemerke ich zu Jean: »Jetzt wird's bitter.«

Sie schaut von der Karte auf und stellt den eislosen Drink ab, an dem sie genippt hat. »Warum? Was ist los?«

Der Maître d' fixiert uns, *mich*, drohend über den Raum hinweg, während er das Paar an unseren Tisch führt. Wäre das Paar kurz und pummelig gewesen und übertrieben jüdisch, hätte ich diesen Tisch verteidigen können, selbst ohne den Einsatz einen Fünfzigers, aber dieses Paar sieht aus wie einer Ralph-Lauren-Anzeige entsprungen, und obwohl Jean und ich genauso aussehen (und mit uns das ganze gottverdammte Restaurant), trägt der Mann einen Smoking, und das Mädchen – total fickbare Braut – ist mit Juwelen behängt. Das ist die Wirklichkeit, und, wie mein verhasster Bruder Sean sagen würde, damit muss man leben können. Der Maître d' steht jetzt am Tisch, die Hände hinter dem Rücken verschränkt, wenig amüsiert, und fragt nach einer langen Pause, »Mr. und Mrs. … *Schrawtz*?«

»Ja?« Ich gebe mich gelassen.

Er fixiert mich nur. Begleitet von abnormem Schweigen. Sein Pferdeschwanz, grau und ölig, hängt über seinen Kragen wie eine bösartige Wucherung.

»Wissen Sie«, sage ich einigermaßen weltmännisch, »ich kenne zufällig den Chefkoch.«

Er starrt mich weiter an. Zweifellos auch das Paar hinter ihm.

Nach einer langen Pause frage ich ohne bestimmten Grund: »Ist er … in Aspen?«

Das führt zu nichts. Ich seufze und drehe mich zu Jean um, der alles ein einziges Rätsel ist. »Gehen wir, okay?« Sie nickt stumpf. Gedemütigt nehme ich Jeans Hand, und wir stehen auf – sie langsamer als ich –, drängen uns am Maître d' und dem Paar vorbei, bahnen uns einen Weg durch das überfüllte Restaurant, und dann sind wir draußen, und ich bin völlig am Boden zerstört und stammele mechanisch vor mich hin: »Ich hätte es wissen müssen, ich hätte es wissen müssen, ich hätte«, aber Jean hüpft lachend die Straße hinunter, zieht mich hinter sich her, und als mir ihr unerwarteter Frohsinn schließlich auffällt, stößt sie unter Kichern hervor: »Das war so lustig«, drückt meine zur Faust geballte Hand und lässt mich wissen: »Ihr Humor ist so *spontan*.« Den Schock noch in den Knochen, steif an ihrer

Seite marschierend, ohne ihr Beachtung zu schenken, frage ich mich: »Wo … hin … jetzt?«, und komme in Sekundenschnelle zu einem Entschluss – Arcadia –, in dessen Richtung ich uns unwillkürlich dirigiere.

Nachdem mich jemand, den ich für Hamilton Conway halte, mit jemand namens Ted Owen verwechselt hat und mich fragt, ob ich ihn heute Abend bei Petty's einschleusen kann – ich sage ihm: »Mal sehen, was sich machen lässt«, und widme dann das, was von meiner Aufmerksamkeit noch übrig ist, Jean, die mir gegenüber im halb leeren Speisesaal des Arcadia sitzt –, und wieder gegangen ist, sind nur noch fünf der Restauranttische besetzt. Jean nippt an einem Glas Weißwein und redet darüber, dass sie eigentlich davon träumt, »ins Emissionsgeschäft einzusteigen«, und ich denke: Träume kosten nichts. Jemand anderes, Frederick Dibble, bleibt bei uns stehen, gratuliert mir zum Larson-Account und hat dann die Stirn zu sagen: »Wir sprechen uns später, Saul.« Aber ich bin ganz benommen, Millionen Meilen weit weg, und Jean fällt nichts auf; sie redet von dem neuen Roman eines jungen Autors, den sie gelesen hat – das Cover, wie ich gesehen habe, neonschreiend und das Thema hochtrabendes Leiden. Versehentlich denke ich, sie würde von etwas anderem sprechen, und ohne sie direkt anzusehen, höre ich mich sagen: »Man muss verdammt zäh sein, um in dieser Stadt zu überleben.« Sie wird rot, scheint verlegen und nimmt noch einen Schluck vom Wein, einem schönen weißen Sauvignon.

»Sie wirken abwesend«, sagt sie.

»Was?«, frage ich blinzelnd.

»Ich sagte, Sie wirken abwesend«, sagt sie.

»Nein«, seufze ich. »Ich bin ganz mein altes sonniges Selbst.«

»Das ist schön.« Sie lächelt – träume ich? – erleichtert.

»Sagen Sie mal«, sage ich, ein Versuch, auf sie einzugehen, »was möchten Sie wirklich aus Ihrem Leben machen?« Dann erinnere ich mich an ihr Gefasel über eine Karriere im Emissionsgeschäft und setze hinzu: »Nur eine kurze, na ja, Zusammenfassung.« Dann füge ich noch an: »Und erzählen Sie mir nicht, dass Sie gerne mit Kindern arbeiten, okay?«

»Tja, ich würde gerne reisen«, sagt sie. »Und vielleicht wieder zur Schule gehen, aber ich weiß wirklich nicht ...« Sie hält nachdenklich inne, verkündet dann ernsthaft: »Ich bin an einem Punkt im Leben, wo es so viele Möglichkeiten zu geben scheint, aber ich bin so ... ich weiß nicht ... unsicher.«

»Ich finde es auch wichtig, sich seiner Grenzen bewusst zu sein.« Dann frage ich, aus heiterem Himmel: »Haben *Sie* einen Freund?«

Sie lächelt scheu, errötet, und sagt dann: »Nein. Nicht richtig.«

»Interessant«, murmele ich. Ich habe die Karte aufgeschlagen und studiere das heutige Festpreismenü.

»Gehen Sie mit irgendwem?«, wagt sie sich zaghaft vor. »Ich meine, was Ernstes?«

Ich entscheide mich für den Pilotfisch mit Tulpen und Zimt, weiche der Frage durch den Seufzer »Ich will nur eine ernsthafte Beziehung mit jemand ganz Besonderem« aus und frage sie, was sie bestellen will, ehe sie zu einer Antwort kommt.

»Ich glaube, Mahi-Mahi«, sagt sie, und dann, auf die Karte linsend, »mit Ingwer.«

»Ich nehme den Pilotfisch«, sage ich. »Ich finde langsam Geschmack dran. An ... Pilotfisch«, sage ich nickend.

Später, nach einem mittelmäßigen Dinner, einer Flasche teurem kalifornischem Cabernet Sauvignon und einer Crème brûlée, die wir uns teilen, bestelle ich ein Glas 50-Dollar-Portwein, und Jean schlürft einen koffeinfreien Espresso. Und als sie mich fragt, woher das Restaurant seinen Namen hat, sage ich es ihr, und ich denke mir nichts Haarsträubendes aus – obwohl die Versuchung groß ist, nur um zu sehen, ob sie es schlucken würde. Wie ich Jean jetzt in der Dunkelheit des Arcadia gegenübersitze, fällt es nicht schwer zu glauben, dass sie jede Art Desinformation schlucken würde, die ich ihr vorwerfe – hoffnungslos verknallt in mich, wie sie ist –, und diese Schutzlosigkeit wirkt auf mich seltsam unerotisch. Selbst wenn ich mich für Apartheid aussprechen würde, würde sie noch gute Gründe finden, meinen Standpunkt anzunehmen und große Summen in rassistische Konzerne invest–

»Arkadien war im Altertum eine Landschaft des Peloponnes in Griechenland, die 370 vor Christus gegründet wurde, und sie war ganz von Bergen umgeben. Die größte Stadt war … Megalopolis, die auch das politische Zentrum war und die Hauptstadt des arkadischen Koinon …« Ich nippe an meinem Port, der dick, stark, teuer ist. »Während des griechischen Unabhängigkeitskrieges wurde sie zerstört …« Ich mache wieder eine Pause. »Pan wurde ursprünglich in Arkadien verehrt. Wissen Sie, wer Pan war?«

Ohne den Blick von mir zu wenden, nickt sie.

»Seine Feiern waren denen des Bacchus sehr ähnlich«, erzähle ich ihr. »Nachts tollte er mit den Nymphen rum, aber am Tag … erschreckte er auch gerne Reisende … Daher das Wort *Pan-ik*.«

Bla bla bla. Es amüsiert mich, dass ich dieses Wissen noch gespeichert habe, und ich schaue von dem Port auf, in den ich gedankenverloren gestarrt hatte, und lächle sie an. Sie schweigt lange, verwirrt, unsicher, was sie entgegnen soll, aber schließlich schaut sie mir tief in die Augen und sagt stockend, über den Tisch gelehnt: »Das ist so … interessant«, und das ist alles, was aus ihrem Mund kommt, alles, was sie zu sagen hat.

Dreiundzwanzig Uhr vierunddreißig. Wir stehen auf

dem Bürgersteig vor Jeans Apartment auf der Upper East Side. Der Portier beäugt uns wachsam aus der Lobby und erfüllt mich mit namenloser Furcht, sein Blick durchbohrt mich. Ein Vorhang von Sternen, meilenweit, liegt verstreut, glühend, über dem Himmel, und ihre Vielzahl demütigt mich, was für mich schwer erträglich ist. Sie zuckt die Achseln und nickt, nachdem ich eine Bemerkung über verschiedene Formen von Anspannung gemacht habe. Es scheint, als hätte ihr Hirn ernsthafte Kommunikationsschwierigkeiten mit ihrem Mund, als suche sie nach einer rationalen Erklärung für das, was ich bin, was natürlich ein Ding der Unmöglichkeit ist: Da … kommt … sie … nie drauf.

»Das Dinner war wundervoll«, sagt sie. »Vielen vielen Dank.«

»Eigentlich war das Essen eher mittel, aber trotzdem danke.« Ich zucke die Achseln.

»Möchten Sie auf einen Drink mit raufkommen?«, fragt sie zu beiläufig, und obwohl ich ihre Art fragwürdig finde, muss das nicht unbedingt heißen, dass ich nicht mit hochgehen will – aber etwas hält mich zurück, etwas dämpft meinen Blutdurst: der Portier? die Art, wie die Lobby beleuchtet ist? ihr Lippenstift? Außerdem glaube ich allmählich, dass Pornografie so viel unkomplizierter ist als echter Sex, und durch diesen Mangel an Komplikationen so viel befriedigender.

»Haben Sie Peyote?«, frage ich.

Sie zögert verwirrt. »Was?«

»Nur ein Witz«, sage ich, dann: »Also, ich will noch *David Letterman* sehen, deshalb …« Ich zögere ohne wirklichen Grund. »Ich sollte jetzt los.«

»Sie können es …« Sie bricht ab, schlägt dann vor: »bei mir sehen.«

Ich zögere, ehe ich frage, »Haben Sie Kabel?«

»Ja.« Sie nickt. »Ich habe Kabel.«

Ratlos zögere ich wieder, tue dann so, als würde ich unschlüssig. »Nein, ist schon gut. Ich sehe es lieber … ohne Kabel.«

Sie schenkt mir einen traurig verdutzten Blick. »Was?«

»Ich muss noch ein paar Videos zurückbringen«, erkläre ich hastig.

Sie zögert. »Jetzt? Es ist« – sie schaut auf die Uhr – »fast Mitternacht.«

»Aha, ja«, sage ich ziemlich kühl.

»Tja, ich denke … dann heißt es Gute Nacht«, sagt sie.

Was mag Jean für Bücher lesen? Titel jagen mir durch den Kopf: *Der erste Schritt: so lerne ich Männer kennen. Liebe wie am ersten Tag. Geschäftsabschluss: Heirat. In einem Jahr vor dem Altar. Verliebt-Verlobt-Verheiratet.* In meiner Manteltasche ertaste ich das Kondometui aus Straußenleder von Luc Benoit, das ich letzte Woche gekauft habe, aber, nein, danke.

Nach betretenem Händeschütteln fragt sie, immer noch meine Hand haltend: »Wirklich? Sie haben kein Kabel?«

Und obwohl es keineswegs ein romantischer Abend war, umarmt sie mich und verströmt diesmal eine Wärme, die mir ungewohnt ist. Ich bin es so gewohnt, mir alles, was geschieht, so vorzustellen, wie es in Filmen vorkommt, erwarte, dass alles sich irgendwie zu Leinwandgeschehen ordnet, dass ich das Anschwellen des Orchesters fast hören kann, fast den Kameraschwenk von unten vor mir sehe, über uns Feuerwerk in Zeitlupe, die Siebzig-Millimeter-Großaufnahme ihrer sich öffnenden Lippen und das anschließend gehauchte »*Ich will dich*« in Dolby-Stereo. Aber meine Umarmung ist erstarrt, und ich spüre, zuerst entfernt und dann mit größerer Klarheit, wie der Sturm, der in mir wütet, abflaut, und sie küsst mich auf die Lippen, und das stößt mich zurück in eine Art Wirklichkeit, und ich schiebe sie sanft von mir. Sie schaut furchtsam zu mir auf.

»Hören Sie, ich muss los«, sage ich mit einem Blick auf meine Rolex. »Ich will ... die dämlichen Tierkunststückchen nicht verpassen.«

»Okay, sagt sie und sammelt sich. »Tschüs.«

»Nacht«, sage ich.

Wir beide gehen los in unsere verschiedenen Richtungen, aber plötzlich ruft sie etwas.

Ich drehe mich um.

»Vergessen Sie nicht, dass Sie ein Frühstücksmeeting mit Frederick Bennet und Charles Rust im ›21‹ haben«, sagt sie von der Tür aus, die der Portier für sie aufhält.

»Danke«, rufe ich zurück und winke. »War mir total entfallen.«

Sie winkt zurück und entschwindet in die Lobby.

Auf meinem Weg zur Park Avenue, wo ich ein Taxi anhalten will, komme ich an einem hässlichen Penner vorbei – ein Vertreter der genetischen Unterklasse –, und als er leise um Kleingeld fleht, um »irgendwas«, fällt mir die Barnes & Noble-Büchertüte auf, die neben ihm auf den Stufen der Kirche steht, wo er bettelt, und ich kann mir nicht verkneifen, laut zu spotten: »Natürlich, als wenn *du* lesen würdest ...«, und dann, hinten im Taxi, auf dem Weg durch die Stadt zu meinem Apartment, sehe ich mich mit Jean an einem kühlen Frühlingsnachmittag durch den Central Park laufen, lachend, händchenhaltend. Wir kaufen Ballons, wir lassen sie fliegen.

Detective

MAI GEHT ÜBER IN JUNI, der in Juli übergeht, der langsam auf August zukriecht. Wegen der Hitze hatte ich in den letzten vier Nächten intensive Träume von Vivisektion, und jetzt tue ich gar nichts, vegetiere im Büro vor mich hin, mit quälenden Kopfschmerzen und einem Walkman, in dem eine beruhigende Kenny-G-CD spielt, aber die gleißende Vormittagssonne durchflutet den Raum, schneidet in meinen Kopf, lässt meinen Brummschädel pochen, und darum gibt es heute Morgen kein Training. Während ich Musik höre, bemerke ich, dass das linke Lämpchen am Telefon aufblinkt, was bedeutet, dass Jean mich anklingelt. Ich seufze und setze vorsichtig den Walkman ab.

»Was gibt's?«, frage ich tonlos.

»Ehm, Patrick?« beginnt sie.

»Jaaaa, Je-an?«, frage ich von oben herab, beide Worte dehnend.

»Patrick, hier ist ein Mr. Donald Kimball, der Sie sprechen möchte«, sagt sie nervös.

»Wer?«, schnappe ich entnervt.

Ihr entfährt ein kleiner, besorgter Seufzer, dann senkt sie wie fragend die Stimme. »*Detective* Donald Kimball?«

Ich zögere, starre aus dem Fenster auf den Himmel, dann auf meinen Bildschirm, dann auf die kopflose Frau, die ich auf die Rückseite der neuen *Sports Illustrated* gekritzelt habe, und ich fahre mit der Hand einmal, zweimal über das Hochglanzpapier des Magazins, ehe ich die Rückseite abreiße und zusammenknülle. Schließlich erkläre ich: »Sagen Sie ihm …« Dann breche ich ab, durchdenke meine Chancen und fange neu an. »Sagen Sie ihm, ich bin zum Lunch.«

Jean zögert, wispert dann. »Patrick … ich glaube, er weiß, dass Sie hier sind.« In mein gedehntes Schweigen setzt sie hinzu, noch gedämpft: »Es ist zehn Uhr dreißig.«

Ich seufze, wieder um Zeit zu schinden, und sage Jean mit gefasster Panik: »Dann schicken Sie ihn mal rein.«

Ich stehe auf, gehe hinüber zum Jodi-Spiegel, der neben dem George-Stubbs-Bild hängt, und sehe nach meiner Frisur, fahre mir mit einem Hornkamm durchs Haar, dann, gefasst, nehme ich eins meiner Funktelefone, wappne mich für eine heftige Szene, tue so, als würde ich mit John Akers reden, und fange an, deutlich ins Telefon zu sprechen, bevor der Detektiv das Büro betritt.

»Gut John ...« Ich räuspere mich. »Zunächst muss die Kleidung auf den Träger abgestimmt sein«, beginne ich, ins Leere sprechend. »Für das Tragen von breit gestreiften Hemden gibt es *ganz klare* Maßregeln, alter Junge. Ein breit gestreiftes Hemd verlangt nach kräftigen Farben oder zartgemusterten Anzügen und Krawatten ...«

Die Bürotür öffnet sich, und ich winke den Detektiv herein, der verblüffend jung ist, etwa in meinem Alter, und einen Leinenanzug von Armani trägt, meinem nicht unähnlich, aber auf eine hippe Art diskret zerknittert, was mich unruhig macht. Ich gönne ihm ein aufmunterndes Lächeln.

»Und ein Hemd mit hoher Fadendichte bedeutet, dass es haltbarer ist als eins ohne ... Ja, ich weiß ... Aber um sicherzugehen, musst du die Webart des Materials beachten ...« Ich deute auf den Chrom-Teakstuhl von Mark Schrager auf der anderen Seite meines Schreibtischs und biete ihm wortlos Platz an.

»Dichtgewebte Stoffe erhält man nicht nur durch hohe Fadendichte, sondern auch durch Garn aus hochwertigen Fasern, sowohl langen wie dünnen, die ... ja ... die ... die sich sehr fest verweben lassen, im Gegensatz zu kurzen, störrischen Fasern wie zum Beispiel bei Tweed. Und locker gewebte Stoffe wie Strick sind extrem empfindlich und sollten sehr sorgsam behandelt werden ...« Durch die Ankunft des Detektivs ist es sehr zweifelhaft geworden, ob dies ein guter Tag werden wird, und ich mustere ihn argwöhnisch, während er Platz nimmt und die Beine in einer Weise übereinanderschlägt, die mich mit namenlosem Entsetzen erfüllt. Ich merke, dass ich zu lange geschwiegen habe, als er sich umdreht und nachsieht, ob ich mein Telefonat beendet habe.

»Richtig, und … ja, John, richtig. Und … ja, immer 15 Prozent Tipp für den Stylisten …« Ich warte. »Nein, der Besitzer des Salons erhält kein Trinkgeld …« Ich zucke die Achseln, werfe dem Detektiv einen verzweifelten Blick zu und verdrehe die Augen. Er nickt, lächelt verständnisvoll und schlägt die Beine in der anderen Richtung übereinander. Nette Socken. Jesus. »Das Mädchen, das die Haare wäscht? Kommt drauf an. Vielleicht einen Dollar oder so.« Ich lache. »Kommt drauf an, wie sie aussieht …« Ich lache lauter. »Und, ja, darauf, was sie sonst noch wäscht …« Ich schweige wieder, sage dann, »Hör mal, John, ich muss Schluss machen. Eliott Ness ist gerade reingeschneit …« Ich schweige, grinse wie ein Idiot, lache dann. »Nur ein Witz …« Noch eine Pause. »Nein, nie ein Trinkgeld für den Salonbesitzer.« Ich lache ein letztes Mal, dann, endlich: »Okay, John … in Ordnung, hab ich.« Ich hänge das Telefon ein, drücke die Antenne runter und sage dann, um meine Normalität zu betonen, was gar nicht nötig gewesen wäre: »Entschuldigen Sie.«

»Nein, *ich* muss mich entschuldigen«, sagt er mit aufrichtigem Bedauern. »Ich hätte mich anmelden sollen.« Er deutet auf das Funktelefon, das ich zurück in sein Ladegerät stelle, und fragt: »War das, ähm, was Wichtiges?«

»Ach das?«, frage ich, gehe zu meinem Schreibtisch und sinke in meinen Sessel. »Wir haben bloß ein paar geschäftliche Probleme gewälzt. Möglichkeiten durchgespielt … Gerüchte ausgetauscht … Klatsch verbreitet.« Wir lachen beide. Das Eis ist gebrochen.

»Hi«, sagt er, setzt sich auf und streckt die Hand aus.

»Ich bin Donald Kimball.«

»Hi. Pat Bateman.« Ich nehme sie und drücke sie fest. »Schön, Sie kennenzulernen.«

»Es tut mir leid«, sagt er, »so über Sie herzufallen, ich wollte mich eigentlich mit Luis Carruthers treffen, aber er war nicht da und … na ja, sie waren da, also …« Er lächelt, zuckt die Achseln. »Ich weiß, wie viel ihr Jungs um die Ohren habt.« Er reißt seine Augen von den drei Ausgaben von *Sports Illustrated* los, die aufgeschlagen neben dem Walkman auf dem Schreibtisch liegen und ihn ganz bedecken. Ich bemerke sie auch, schlage dann alle drei Nummern zu und lasse sie in die oberste Schublade des Schreibtischs gleiten, zusammen mit dem noch laufenden Walkman.

»So«, beginne ich, versuche so freundlich und gesprächig wie möglich zu wirken. »Was steht zur Diskussion?«

»Tja«, fängt er an. »Meredith Powell hat mich engagiert, um das Verschwinden von Paul Owen zu untersuchen.«

Ich nicke gedankenvoll, ehe ich frage: »Sie sind nicht vom FBI oder so?«

»Nein, nein«, sagt er. »Nichts dergleichen. Ich bin nur Privatdetektiv.«

»Ich, ich verstehe … Ja.« Ich nicke wieder, noch immer nicht beruhigt. »Pauls Verschwinden … ja.«

»Es ist also nichts *ganz* so Offizielles«, räumt er ein. »Ich habe nur ein paar einfache Fragen. Über Paul Owen. Über Sie selbst –«

»Kaffee?«, frage ich unvermittelt.

Wie unschlüssig sagt er: »Danke, nein.«

»Perrier? San Pellegrino?«, biete ich an.

»Nein, danke, ich möchte nichts«, sagt er wieder und öffnet ein kleines schwarzes Notizbuch, das er zusammen mit einem goldenen Cross-Füller aus der Tasche gezogen hat. Ich rufe Jean.

»Ja, Patrick?«

»Jean, können Sie Mr ...« Ich breche ab, schaue auf.

Er schaut ebenfalls auf. »Kimball.«

»... Mr. Kimball eine Flasche San Pelle–«

»Oh, nein, nein, ich brauche nichts«, protestiert er.

»Macht gar keine Umstände«, beruhige ich ihn.

Ich habe das Gefühl, dass er versucht, mich nicht seltsam anzustarren. Er kommt wieder auf sein Notizbuch zurück und schreibt etwas auf, streicht dann etwas durch. Jean tritt fast sofort ein und stellt die Flasche San Pellegrino zusammen mit einem geschliffenen Tumbler von Steuben vor Kimball auf meinen Schreibtisch. Sie wirft mir einen unruhigen, besorgten Blick zu, den ich unmutig erwidere. Kimball schaut auf, nickt und lächelt Jean zu, die, wie ich bemerke, heute einen BH trägt. Unschuldig warte ich, bis sie gegangen ist, richte meinen Blick wieder auf Kimball, lege die Finger zusammen und setze mich auf. »Also, was steht zur Diskussion?«, sage ich wieder.

»Das Verschwinden von Paul Owen«, erinnert er mich.

»Ja, richtig. Tja, ich habe nichts über sein Verschwinden oder so gelesen ...« Ich zögere, versuche dann zu lachen. »Nicht auf Page Six jedenfalls.«

Kimball lächelt höflich. »Ich denke, seine Familie will das in aller Stille regeln.«

»Verständlich.« Ich nicke dem unberührten Glas und der Flasche zu und schaue hoch zu ihm. »Limone?«

»Nein, wirklich«, sagt er. »Ich habe alles.«

»Sind Sie sicher?«, frage ich. »Ich kann jederzeit mit Limonen dienen.«

Er zögert kurz, sagt dann: »Zunächst ein paar Fragen vorweg, die ich für meine eigenen Aufzeichnungen brauche, okay?«

»Schießen Sie los,« sage ich.

»Wie alt sind Sie?«, fragt er.

»Siebenundzwanzig«, sage ich. »Im Oktober werde ich achtundzwanzig.«

»Wo sind Sie zur Schule gegangen?« Er kritzelt etwas in sein kleines Buch.

»Harvard«, informiere ich ihn. »Dann Harvard Business School.«

»Ihre Adresse?«, fragt er, unverwandt auf sein Buch schauend.

»Fünfundfünfzig West Eighty-first Street«, sage ich. »Im American Gardens Haus.«

»Hübsch.« Er schaut auf, beeindruckt. »Sehr hübsch.«

»Danke.« Ich lächle geschmeichelt.

»Wohnt Tom Cruise nicht auch da?«, fragt er.

»Yup.« Ich drücke mir mit zwei Fingern auf die Nasenwurzel. Plötzlich muss ich die Augen fest zupressen.

Ich höre ihn sprechen. »Entschuldigen Sie, aber sind Sie okay?«

Ich schlage die Augen auf, beide tränen, und sage: »Warum fragen Sie?«

»Sie wirken ... *nervös*.«

Ich greife in die Schreibtischschublade und hole eine Flasche Kopfschmerztabletten heraus.

»Nuprin?«, biete ich an.

Kimball sieht die Flasche seltsam an und dann wieder zu mir, ehe er den Kopf schüttelt. »Eh ... nein danke.« Er hat eine Packung Marlboro ausgepackt und legt sie abwesend neben die San-Pellegrino-Flasche, während er etwas in seinem Buch nachschaut.

»Schlechte Angewohnheit«, merke ich an.

Er schaut auf und lächelt einfältig, als er meine Missbilligung bemerkt. »Ich weiß. Tut mir leid.«

Ich starre auf die Packung.

»Wollen Sie ... hätten Sie es lieber, dass ich nicht rauche?«, fragt er unverbindlich.

Ich starre weiter auf die Packung, unschlüssig. »Nein ... ich denke, es ist okay.«

»Sind Sie sicher?«, fragt er.

»Kein Problem.« Ich rufe Jean.

»Ja, Patrick?«

»Bringen Sie Mr. Kimball doch bitte einen Aschenbecher«, sage ich.

Er kommt in Sekundenschnelle.

»Was können Sie mir über Paul Owen sagen?«, fragt Kimball schließlich, nachdem Jean gegangen ist, die einen Fortunoff-Kristallaschenbecher auf den Schreibtisch neben das unberührte San Pellegrino gestellt hat.

»Tja.« Ich huste und schlucke zwei Nuprin, trocken. »So gut kannte ich ihn nicht.«

»Wie gut *kannten* Sie ihn denn?«, fragt er.

»Ich ... kann mir nicht helfen«, sage ich einigermaßen wahrheitsgetreu. »Er gehörte zu diesem ganzen ... Yale-Ding, wissen Sie.«

»*Yale*-Ding?«, fragt er verwirrt.

Ich zögere, weil ich keine Ahnung habe, wovon ich eigentlich rede. »Ja ... Yale-Ding.«

»Was meinen sie mit ... Yale-Ding?« Jetzt wird er misstrauisch.

Ich zögere wieder – was *meine* ich denn? »Na ja, ich glaube zunächst mal, dass er verkappter Homosexueller war.« Ich habe keinen Schimmer, möchte es auch bezweifeln, seinem Geschmack bei den Mädels nach zu urteilen. »Der ziemlich viel Kokain verbrauchte ...« Ich halte inne, füge dann ein wenig zittrig hinzu: »*Die Art* Yale-Ding.« Ich bin sicher, dass ich bizarr klinge, aber es lässt sich nicht anders sagen.

Jetzt ist es sehr still im Büro. Plötzlich wirkt der Raum beengend und drückend heiß, und obwohl die Klimaanlage auf vollen Touren läuft, scheint die Luft künstlich, aufbereitet.

»So ...« Kimball schaut hilflos in sein Buch. »Es gibt also nichts, was Sie mir über Paul Owen sagen können?«

»Nun.« Ich seufze. »Er wird wohl das geführt haben,

was man einen soliden Lebenswandel nennt, nehme ich an.« Jetzt wirklich mit meiner Weisheit am Ende, versuche ich es mit: »Er … aß Mischkost.«

Ich spüre, dass Kimball gar nicht zufrieden ist, und er fragt: »Was für ein Mann war er? Abgesehen« – er versucht ein klägliches Lächeln – »von den Informationen, die Sie mir schon gegeben haben.«

Wie soll ich diesem Typ Paul Owen beschreiben? Großspuriges, arrogantes, gut gelauntes Arschgesicht, das sich regelmäßig bei Nell's um die Rechnung drückte? Dass ich im Besitz der betrüblichen Information bin, dass sein Penis einen Namen hatte und dass dieser Name *Michael* war? Nein. Ruhiger, Bateman. Ich glaube zu lächeln.

»Ich hoffe, ich bin hier nicht im Kreuzverhör«, gelingt mir zu sagen.

»Haben Sie diesen Eindruck?«, fragt er. Die Frage klingt drohend, ist es aber nicht.

»Nein«, sage ich bedachtsam. »Eigentlich nicht.«

Wieder schreibt er etwas auf, es ist zum Verrücktwerden, fragt dann, ohne aufzusehen und während er am Füllerende kaut: »Wo ist Paul denn so hingegangen?«

»Hin…gegangen?«, frage ich.

»Ja«, sagt er. »Sie wissen schon … hingegangen.«

»Lassen Sie mich nachdenken«, sage ich und trommele mit den Fingern auf den Tisch. »Ins Newport. Harry's. Fluties. Indochine. Nell's. Cornell Club. New York Yacht Club. Die üblichen Läden.«

Kimball schaut verwirrt. »Er hatte eine Yacht?«

Kalt erwischt sage ich leichthin: »Nein. Er ist nur da hingegangen.«

»Und welche Schule hat er besucht?«, fragt er.

Ich zögere. »Wissen Sie's nicht?«

»Ich wollte nur wissen, ob Sie es wissen«, sagt er, ohne aufzuschauen.

»Ähm, Yale«, sage ich langsam. »Stimmt's?«

»Stimmt.«

»Und dann auf die Business School der Columbia«, füge ich hinzu. *»Glaube ich«.*

»Und davor?«, fragt er.

»Wenn ich mich recht erinnere, St. Paul's … ich meine –«

»Nein, ist schon gut. Das ist nicht weiter wichtig«, entschuldigt er sich. »Ich glaube, ich habe einfach keine weiteren Fragen mehr. Ich habe wirklich nicht viel, mit dem man arbeiten kann.«

»Hören Sie, ich …«, beginne ich vorsichtig, taktvoll. »Ich will nur helfen.«

»Ich verstehe«, sagt er.

Noch eine lange Pause. Er notiert sich etwas, aber es scheint nicht wichtig zu sein.

»Sonst noch irgendwas, was sie mir über Owen erzählen können?«, fragt er in fast verschüchtertem Ton.

Ich krame in meinem Kopf und melde dann kläglich: »Wir waren 1969 beide sieben.«

Kimball lächelt. »War ich auch.«

Interesse an dem Fall heuchelnd, frage ich: »Haben Sie irgendwelche Zeugen, Fingerabdrücke –«

Er fällt mir müde ins Wort. »Na ja, da ist eine Ansage auf seinem Anrufbeantworter, er wäre nach London gereist.«

»Tja«, frage ich darauf hoffnungsvoll, »vielleicht ist er das, hm?«

»Seine Freundin glaubt das nicht«, sagt Kimball tonlos.

Ohne auch nur im Mindesten zu begreifen, führe ich mir vor Augen, was für ein Fliegendreck in der unendlichen Weite allen Seins Paul Owen war.

»Aber …« Ich unterbreche mich. »Hat ihn jemand in London gesehen?«

Kimball schaut in sein Buch, blättert eine Seite weiter und sagt dann, wieder mit Blick zu mir: »Tatsächlich ja.«

»Hmmmmm«, sage ich.

»Tja, wir hatten unsere Schwierigkeiten, die Aussage zu verifizieren« gesteht er.

»Ein … Stephen Hughes behauptet, ihn dort in einem Restaurant gesehen zu haben, aber das habe ich nachgeprüft, und es stellte sich heraus, dass er ihn mit einem gewissen Hubert Ainsworth verwechselt hatte, also …«

»Oh«, sage ich.

»Erinnern Sie sich noch, wo Sie an dem Abend von Pauls Verschwinden waren?«

Er zieht sein Buch zurate.

»Nämlich am 24. Juni?«

»Uff … ich glaube …« Ich denke darüber nach. »Vielleicht habe ich Videos zurückgebracht.«

Ich öffne meine Schreibtischschublade, hole meinen Kalender heraus, überfliege den Dezember und verkünde: »Ich war mit einem Mädchen namens Veronica verabredet …« Ich lüge wie gedruckt, sauge mir das aus den Fingern.

»Warten Sie«, sagt er verwirrt und schaut in sein Buch. »Das … ist nicht das, was ich hier habe.«

Meine Schenkel verkrampfen sich. »Was?«

»Das ist nicht die Information, die man mir gegeben hat«, sagt er.

»Tja …« Ich bin plötzlich verwirrt und verängstigt, die Nuprin stoßen bitter auf. »Ich … warten Sie … Welche Informationen *haben* Sie denn?«

»Mal sehen …« Er blättert in seiner Kladde, findet etwas. »Dass Sie mit –«

»Warten Sie!« Ich lache. »Ich *könnte* mich irren …« Mein Rücken fühlt sich feucht an.

»Also …« Er bricht ab. »Wann waren Sie das letzte Mal mit Paul Owen zusammen?«, fragt er.

»Wir hatten« – oh mein Gott, Bateman, lass dir was einfallen – »uns dieses neue Musical angesehen, das gerade angelaufen war, es hieß … *O Afrika, Brave Afrika.*« Ich schlucke. »Es war … brüllend komisch … und das war's auch schon. Ich glaube, wir waren zum Dinner bei Orso's … nein, Petaluma. Nein, Orso's.« Ich breche ab. »Das … letzte Mal, als ich ihn *leibhaftig* sah, war … an einem Geldautomaten. Ich weiß nicht mehr, an welchem … irgendeiner in der Nähe von Nell's.«

»Aber in der Nacht, als er verschwand?«, fragt Kimball.

»Da bin ich nicht sicher«, sage ich.

»Ich glaube, Sie haben vielleicht ihre Termine verwechselt«, sagt er und schielt in sein Buch.

»Aber wie?«, frage ich. »Wo vermuten *Sie* Paul denn in dieser Nacht?«

»Seinem Kalender zufolge, und seine Sekretärin hat das bestätigt, war er zum Dinner mit … Marcus Halberstam«, sagt er.

»Und?«, frage ich.

»Ich habe ihn befragt.«

»Marcus?«

»Ja. Und er hat es abgestritten«, sagt Kimball. »Obwohl er sich erst nicht ganz sicher war.«

»Aber Marcus hat es bestritten?«

»Ja.«

»Hat Marcus denn ein Alibi?« Meine Empfänglichkeit für seine Antworten ist jetzt stark gestiegen.

»Ja.«

Pause.

»*Hat* er?«, frage ich. »Sind Sie sicher?«

»Ich habe es überprüft«, sagt er mit einem seltsamen Lächeln. »Er ist sauber.«

Pause.

»Oh.«

»Und wo waren Sie nun?« Er lacht.

Ich lache auch, obwohl ich nicht weiß, warum. »Wo war Marcus?« Ich fange fast an zu kichern.

Kimball lächelt noch immer, während er mich mustert. »Er war nicht bei Paul Owen«, sagt er vieldeutig.

»Bei wem war er dann?« Ich lache noch immer, aber ich bin auch sehr benommen.

Kimball schlägt sein Buch auf und wirft mir zum ersten Mal einen fast feindseligen Blick zu. »Er war im Atlantis – mit Craig McDermott, Frederick Dibble, Harry Newman, George Butner und« – Kimball macht eine Kunstpause, schaut dann zu mir – »Ihnen«.

Hier und jetzt in diesem Büro frage ich mich, wie lange wohl eine Leiche brauchen würde, um just hier im Büro zu verwesen. Das sind die Dinge, über die ich nachgrübele, während ich im Büro vor mich hin träume: Rippchen essen im Red, Hot & Blue in Washington, D. C. Ob ich mein Shampoo wechseln soll. Was ist das wirklich beste Pils? Ist Bill Robinson als Designer überschätzt? Was ist faul bei IBM? Totaler Luxus. Ist der Ausdruck »Andere Saiten aufziehen« eine Adverbialkonstruktion? Der fragile Frieden von Assisi. Elektrisches Licht. Der Scheißkerl trägt den gleichen leinenen Armani-Anzug wie ich. Wie einfach wäre es, diesem Scheißer seinen goldenen Humor auszutreiben. Kimball entgeht völlig, wie weggetreten ich eigentlich bin. Und obwohl sich in diesem Büro nicht das geringste Lebenszeichen regt, macht er sich immer noch Notizen. In der Zeit, die Sie brauchen, diesen Satz zu Ende zu lesen, landet oder startet irgendwo auf der Welt ein Boeing-Linienjet. Ich könnte ein Pilsener Urquell vertragen.

»Ach richtig«, sage ich. »Natürlich ... Paul Owen hatte auch kommen wollen«, sage ich nickend, als sei mir gerade etwas aufgegangen. »Aber er sagte, er hätte schon was vor ...« Dann, lahmer: »Das Dinner mit Victoria war wohl ... am nächsten Abend.«

»Ja, wie ich sagte, ich arbeite nur für Meredith.« Er seufzt, klappt sein Buch zu.

Zögernd frage ich, »Wissen Sie, dass Meredith Powell was mit Brock Thompson hat?«

Er zuckt die Achseln, seufzt. »Davon weiß ich nichts. Ich weiß nur, dass Paul Owen ihr anscheinend eine Menge Geld schuldet.«

»Ach«, sage ich nickend. »Wirklich?«

»Ich persönlich«, sagt er, vertraulich, »glaube ja, dass der Typ einen leichten Ausraster hatte. Hat sich für 'ne Weile aus der Stadt verzogen. Vielleicht *ist* er nach London. Zum Sightseeing. Saufen. Was immer. Na ja, ich bin ziemlich sicher, dass er früher oder später von selbst wieder auftaucht.« Ich nicke langsam, in der Hoffnung, angemessen konsterniert auszusehen.

»Hatte er eigentlich, was meinen Sie, na ja, mit Okkultismus oder mit Satanskult zu tun?«, fragt Kimball allen Ernstes.

»Eh, was?«

»Ich weiß, die Frage klingt bescheuert, aber letzten Monat in New Jersey – ich weiß nicht, ob sie davon gehört haben, aber ein junger Börsenmakler ist kürzlich verhaftet und angeklagt worden, ein junges Chicano-Mädchen ermordet und Voodoo-Rituale mit ihren, na ja, diversen Körperteilen vollzogen zu –«

»Igitt!«, rufe ich aus.

»Und ich meine ...« Er grinst wieder einfältig. »Haben Sie mal so was gehört?«

»Der Typ hat die Tat abgestritten?«, frage ich, ein Kribbeln am ganzen Körper.

»Stimmt.« Kimball nickt.

»Das ist ja ein interessanter Fall«, gelingt es mir zu sagen.

»Aber obwohl der Typ behauptet, unschuldig zu sein, hält er sich trotzdem für Inca, den Vogelgott, oder so was«, sagt Kimball und flattert mit den Armen.

Darüber müssen wir beide laut lachen.

»Nein«, sage ich endlich. »Damit hat Paul nichts zu tun gehabt. Er hat auf Mischkost geschworen und –«

»Ja, ich weiß, und er hatte es mit diesem ganzen Yale-Ding«, führt Kimball den Satz müde zu Ende.

Es folgt eine lange Pause, vielleicht die bisher längste, vermute ich.

»Haben Sie einen Parapsychologen zurate gezogen?«, frage ich.

»Nein.« Er schüttelt den Kopf in einer Art, die nahelegt, dass er es erwogen hat. Oh, *wen interessiert's*?

»Ist sein Apartment ausgeraubt worden?«, frage ich.

»Nein, eben nicht«, sagt er. »Toilettenartikel fehlten. Ein Anzug war weg. Außerdem ein paar Koffer. Das ist alles.«

»Haben Sie den Verdacht, dass da was faul ist?«

»Weiß ich auch nicht«, sagt er. »Aber wie ich schon sagte, ich wäre nicht überrascht, wenn er sich irgendwo verkrochen hat.«

»Ich meine, bis jetzt hat niemand die Mordkommission eingeschaltet oder so was, oder?«, frage ich.

»Nein, bis jetzt noch nicht. Wie gesagt, wir sind nicht sicher. Aber …« Er bricht ab, sieht niedergeschlagen aus. »Genau genommen hat kein Mensch etwas gesehen oder gehört.«

»Das ist absolut bezeichnend, nicht?«, frage ich.

»Es ist einfach seltsam«, stimmt er zu und starrt verloren aus dem Fenster … »Da spaziert ein Mensch an einem Tag munter herum, geht zur Arbeit, lebendig, und dann …« Kimball bricht ab, führt den Satz nicht zu Ende.

»Nichts«, seufze ich nickend.

»Leute … verschwinden einfach«, sagt er.

»Wie vom Erdboden verschluckt«, sage ich, seltsam traurig, und sehe auf meine Rolex.

»Gruselig.« Kimball gähnt, reckt sich. »Wirklich gruselig.«

»Ominös.« Ich nicke zustimmend.

»Es ist einfach« – er seufzt, ausgebrannt – »sinnlos.«

Ich zögere, unschlüssig, was ich sagen soll, dann gelingt mir ein: »Sinnlosigkeit ist ... eine schlimme Sache.«

Ich denke an nichts. Es ist still im Büro. Um das Schweigen zu brechen, deute ich auf ein Buch auf dem Schreibtisch, neben der San-Pellegrino-Flasche. *Die Kunst des Erfolgs* von Donald Trump.

»Haben Sie's gelesen?«, frage ich Kimball.

»Nein«, seufzt er, fragt aber höflich: »Ist es zu empfehlen?«

»Sehr zu empfehlen«, sage ich nickend.

»Hören Sie.« Er seufzt erneut. »Ich habe Ihnen lange genug Ihre Zeit gestohlen.« Er steckt die Marlboros ein.

»In zwanzig Minuten bin ich sowieso mit Cliff Huxtable im Four Seasons zum Lunch verabredet«, lüge ich aufstehend. »Ich muss auch gehen.«

»Ist das Four Seasons nicht ein bisschen weit uptown?« Er sieht besorgt aus, als er sich ebenfalls erhebt. »Ich meine, kommen Sie nicht zu spät?«

»Äh, nein«, wimmele ich ihn ab. »Es gibt auch eins ... hier in der Nähe.«

»Ach wirklich?«, fragt er. »Das wusste ich nicht.«

»Ja«, sage ich und begleite ihn zur Tür. »Es ist sehr gut.«

»Hören Sie«, sagt er und dreht sich zu mir um. »Falls Ihnen noch irgendwas einfällt, auch die kleinste Information kann ...«

Ich hebe eine Hand. »Absolut! Ich stehe hundertprozentig hinter Ihnen«, sage ich feierlich.

»Großartig«, sagt der Unfähige erleichtert. »Und vielen Dank für Ihre, äh, Geduld, Mr. Bateman.«

Als ich ihn zur Tür dirigiere, Pudding in den Knien, astronautenhaft, und aus dem Büro führe, spüre ich doch, obwohl ich leer bin, jeden Gefühls beraubt – ohne mir selbst etwas vorzumachen –, dass ich etwas geleistet habe, und dann, als die Spannung abflaut, reden wir noch ein paar Minuten über Rasierbalsam und Hemden mit Tattersall-Muster. Die ganze Unterhaltung hatte etwas seltsam Beiläufiges, das besänftigend auf mich wirkte – es passierte eigentlich gar nichts – aber als er lächelt, mir seine Karte reicht, geht, hört sich das Schließen der Tür für mich wie Milliarden surrender Insekten an, wie mehrere Pfund brutzelnden Bacons, eine gigantische Leere. Und nachdem er das Gebäude verlassen hat (ich lasse Jean bei Tom vom Sicherheitsdienst anrufen, um sicherzugehen), rufe ich jemand an, den mir mein Anwalt empfohlen hat, um überprüfen zu lassen, dass ich keine Wanzen in einem meiner Telefone habe, und nach einer Xanax bin ich so weit, dass ich meinen Ernährungsberater in einem teuren, besseren Vollwertrestaurant namens Cuisine de Soy in Tribeca treffen kann, und während wir unter dem ausgestopften, lackierten Delfin sitzen, der mit gebogenem Körper über der Tofubar hängt, gelingt es mir sogar, meinem Ernährungsberater Fragen zu stellen wie: »Okay, was gibt's Neues an der Muffinfront?«, ohne dass sich mir der Magen umdreht. Wieder im Büro, zwei Stunden später, erwartet mich die Nachricht, dass keins meiner Telefone abgehört wird.

Gegen Ende der Woche, am Freitagabend, laufe ich außerdem Meredith Powell über den Weg, die mit Brock Thompson bei Ereze sitzt, und obwohl wir uns zehn Minuten unterhalten, hauptsächlich darüber, warum wir beide nicht in den Hamptons sind, während Brock mich die ganze Zeit missgünstig anstarrt, erwähnt sie Paul Owen nicht einmal. Ich durchleide ein grässlich langwieriges Dinner mit Jeanette, dem Mädchen, mit dem ich mich verabredet habe. Das Restaurant ist todschick und neu, und das Essen schleppt sich dahin und will kein Ende nehmen. Die Portionen sind mager. Ich verliere zusehends die Fassung. Nachher will ich noch im M. K. vorbeischauen, obwohl Jeanette sich beschwert, weil sie tanzen gehen will. Ich bin müde und brauche Ruhe. In meinem Apartment liege ich im Bett, zu niedergeschlagen für Sex, also geht sie, und nachdem ich mir ein Tape der *Patty Winters Show* von heute Morgen angesehen habe, in der es um die besten Restaurants im Nahen Osten ging, greife ich mir mein Funktelefon und rufe versuchsweise, widerstrebend, bei Evelyn an.

Sommer

DEN GRÖSSTEN TEIL DES SOMMERS verbrachte ich im Tran, saß entweder in meinem Büro oder neuen Restaurants, zu Hause vor dem Videorekorder oder auf dem Rücksitz von Taxis, in Nachtclubs, die gerade eröffneten, oder in Kinos, in dem Haus in Hell's Kitchen oder in neuen Restaurants. Vier schwere Flugkatastrophen gab es diesen Sommer, von den meisten gab es Videoaufnahmen, fast als seien die Ereignisse geplant gewesen, die endlos im Fernsehen wiederholt wurden. Immer wieder zerschellende Flugzeuge in Zeitlupe, gefolgt von zahllosen Schwenks über verstreute Trümmer und den gleichen willkürlichen Ansichten der verkohlten, blutigen menschlichen Überreste und weinender Rettungsmannschaften, die Körperteile bergen. Ich begann Oscar de la Renta Männerdeo zu benutzen und zog mir eine leichte Hautreizung zu. Ein Film über einen kleinen sprechenden Käfer lief mit großem Trara an und spielte über zweihundert Millionen Dollar brutto ein. Für die Mets lief es nicht gut. Bettler und Obdachlose schienen sich im August rapide vermehrt zu haben, und die Reihen der Unglücklichen, Schwachen und Alten säumten überall die Straßen. Ich fand mich mit zu vielen Sommerbekanntschaften in zu vielen todschicken neuen Restaurants und fragte sie zu oft, ob irgendwer *The Toolbox Murders* auf HBO gesehen hätte, ehe ich sie zu *Les Misérables* begleitete, worauf mich immer der ganze Tisch schweigend anstarrte, ehe ich höflich hüsteln und dem Kellner nach der Rechnung winken konnte oder ein oder zwei Sorbets bestellen oder noch eine Flasche San Pellegrino, falls es früher während des Dinners war, und dann fragte ich die Sommerbekanntschaft: »Nein?«, und versicherte ihr: »War ziemlich gut.« Meine Platin AmEx-Karte war so oft im Einsatz gewesen, dass sie mittendurch brach, Selbstzerstörung bei einem der Dinners, zu dem ich zwei Sommerbekanntschaften zu Restless und Young, Pablo Lesters neuem Restaurant in Midtown, eingeladen hatte, aber ich hatte genug Bargeld in meiner Gazellenlederbörse, um das Essen zu bezahlen. Die *Patty Winters Shows* war en alle Wiederholungen. Das Leben blieb eine nackte Leinwand, ein Klischee, eine Soap Opera. Ich fühlte mich tödlich, am Rande der Raserei. Mein nächtlicher Blutdurst sickerte in meine Tage durch, und ich musste die Stadt verlassen. Meine Maske geistiger Gesundheit bröckelte bedenklich. Das war meine tote Saison, und ich musste raus aus der Stadt. Ich musste in die Hamptons.

Ich machte Evelyn den Vorschlag, und wie eine Spinne nahm sie an.

Das Haus, in dem wir wohnten, war eigentlich das von Tim Price, zu dem Evelyn aus unerfindlichen Gründen die Schlüssel hatte, aber in meinem Tran widerstrebte es mir, Genaueres zu erfahren.

Tims Haus lag gleich am Wasser in East Hampton, war mit reichlich Giebelchen geschmückt und vierstöckig, eine Treppe aus galvanisiertem Stahl verband das alles, und zuerst dachte ich, das Haus sei im Southwesternstil gebaut, aber das war es doch nicht. Die Küche war tausend Quadratmeter purstes minimalistisches Design; alles an einer Wand: zwei Riesenherde, massive Geschirrschränke, ein begehbarer Gefrierschrank, ein dreitüriger Kühlschrank.

Eine Insel aus maßgearbeitetem rostfreiem Stahl teilte die Küche in drei getrennte Bereiche. Vier der neun Badezimmer enthielten Trompe-l'Œil-Gemälde, und fünf von ihnen hatten antike Widderköpfe aus Blei über dem Waschbecken, aus denen das Wasser floss. Alle Waschbecken, Wannen und Duschen waren aus Antikmarmor, und die Fußböden bestanden aus winzigen Marmormosaiken. Ein Fernseher war in eine Wandnische über der Badewanne eingebaut. Jedes Zimmer hatte Stereoanlage. Außerdem verfügte das Haus über zwölf Frank-Lloyd-Stehlampen, vierzehn Josef-Heffermann-Clubsessel, zwei Wände mit deckenhohen Regalen voller Videokassetten und eine weitere Wand, an der sich ausschließlich Tausende von CDs in Glasvitrinen stapelten. Ein Kronleuchter von Eric Schmidt hing in der vorderen Eingangshalle, und darunter stand ein Atomic-IronworksHutständer in Gestalt eines Elchs von einem mir gänzlich unbekannten jungen Bildhauer. Ein runder russischer Esstisch aus der Jahrhundertwende thronte in einem an die Küche grenzenden Zimmer, hatte aber keine Stühle. Gespenstische Fotografien von Cindy Sherman bedeckten alle Wände. Es gab einen Fitnessraum. Es gab acht begehbare Schränke, fünf Videorekorder, einen Noguchi-Esstisch aus Glas und Walnussholz, eine Anrichte von Marc Schaffer und ein Faxgerät. Im großen Schlafzimmer stand ein kunstvoll beschnittener Baum neben einer Louis-XVI-Fensterbank. Ein Eric-Fischl-Bild hing über einem der marmornen Kamine. Es gab einen Tennisplatz. Es gab zwei Saunen und einen Heim-Jacuzzi in einem kleinen Gästehaus, das neben den Pool gepflanzt war, der einen schwarzen Grund hatte. An den unmöglichsten Stellen standen Steinsäulen.

Ich versuchte wirklich, das Beste aus den Wochen zu machen, die wir dort verbrachten. Evelyn und ich fuhren Fahrrad und joggten und spielten Tennis. Wir redeten davon, nach Südfrankreich oder nach Schottland zu reisen;

wir redeten darüber, durch Deutschland zu fahren und unverfälschte Opernhäuser zu besuchen. Wir gingen windsurfen. Wir redeten über romantische Dinge: die Lichter im Osten von Long Island, den aufgehenden Mond im Oktober über den Hügeln im Jagdgebiet von Virginia. Wir badeten zusammen in den großen Marmorwannen. Wir frühstückten im Bett, unter Kaschmirdecken gekuschelt, nachdem ich importierten Kaffee aus einer Melior-Kanne in Hermès-Tassen eingeschenkt hatte. Ich weckte sie mit frischen Blumen auf. Ich legte ihr Zettelchen in ihre Louis-Vuitton-Tragetasche, ehe sie zu ihrem wöchentlichen Termin beim Kosmetiker nach New York abschwirrte. Ich kaufte ihr einen Welpen, einen kleinen schwarzen Chow, den sie NutraSweet nannte und mit Diätschokotrüffeln fütterte. Ich las lange Passagen aus *Doktor Schiwago* und *In einem andern Land* (meinem Lieblings-Hemingway) laut vor. Ich lieh Videos aus, die Price nicht hatte, hauptsächlich Komödien aus den Dreißigerjahren, und spielte sie auf einem der vielen Videorekorder, unser Favorit war *Ein Herz und eine Krone*, den wir zweimal sahen. Wir hörten Frank Sinatra (nur seine Sachen aus den 50ern) und Nat King Coles *After Midnight*, die Tim auf CD hatte. Ich kaufte kostspielige Dessous, die sie manchmal sogar anzog.

Nach nächtlichem Planschen im Ozean kamen wir bibbernd ins Haus, in ein riesiges Ralph-Lauren-Laken gewickelt, und machten uns Omeletts und in Olivenöl geschwenkte Nudeln mit Trüffeln und Porcini-Pilze; wir machten Soufflés mit pochierten Birnen und Obstsalate mit Zimt, überbackene Polenta mit gepfeffertem Lachs, Apfel- und Beerensorbet, Mascarpone, rote Bohnen mit Arrozo in römischen Salat gewickelt, schüsselweise Salsa und in Balsamessig pochierten Rochen, geeiste Tomatensuppe und aromatische Risottos mit Limone und Kohlrabi und Spargel und Minze, und wir tranken Limonade oder Champagner oder gute Jahrgänge Château Margaux. Aber bald hörten wir auf, zusammen Gewichte zu stemmen und Bahnen zu schwimmen, und Evelyn aß nur noch die Diätschokoladentrüffel, die NutraSweet verschmäht hatte, jammerte über Pfunde, die sie gar nicht zugenommen hatte. In manchen Nächten fand ich mich streunend am Strand, buddelte Babykrabben aus und fraß Hände voll Sand – das war mitten in der Nacht, wenn der Himmel so klar war, dass ich das ganze Sonnensystem sehen konnte, und der Sand in seinem Widerschein fast aussah wie der Mond. Ich schleppte sogar eine gestrandete Qualle ins Haus und briet sie in der Mikrowelle, früh an einem Morgen, noch vor der Dämmerung, als Evelyn noch schlief, und was ich selbst nicht aß, verfütterte ich dem Chow.

Während wir Bourbon, dann Champagner, aus geschliffenen Highball-Gläsern schlürften, die Evelyn auf Adobe-Untersetzer stellte und in die sie mit jalapeñoförmigen Barlöffeln Himbeercassis rührte, lag ich herum und schwelgte in der Vorstellung, jemand mit einem Allsop-Racer-Skistock umzubringen, oder ich starrte auf die antike Wetterfahne, die über einem der Kamine hing, und fragte mich mit wildem Blick, ob ich damit jemand niederstechen könnte, und dann beschwerte ich mich lauthals, ob Evelyn im Zimmer war oder nicht, dass wir lieber in Dick Loudon's Stratford Inn hätten buchen sollen. Bald sprach Evelyn nur noch von Trinkkuren und Schönheitsoperationen, und dann engagierte sie einen Masseur, eine schaurige Tunte, die in einem Haus etwas weiter unten auf der Straße bei einem berühmten Verleger wohnte und unverblümt mit mir schäkerte. In unserer letzten Woche in den Hamptons musste Evelyn dreimal zurück in die Stadt, einmal für Maniküre, Pediküre und Gesicht, das zweite Mal für ein Einzeltraining bei Stephanie Herman, und schließlich, um ihren Astrologen zu treffen.

»Warum denn hinfliegen?«, fragte ich im Flüsterton.

»Was erwartest du denn von mir?«, kreischte sie und warf sich noch einen Diättrüffel in den Mund. »Soll ich mir einen *Volvo* mieten?«

Während sie fort war, kotzte ich – einfach nur so – in die rustikalen Terrakottaschalen, die den Patio säumten, oder ich fuhr mit dem schaurigen Masseur in die Stadt und holte Rasierklingen. Nachts stülpte ich Evelyn einen Lampenschirm aus Betonimitat und Aluminiumdraht von Jerry Kott auf den Kopf, und weil sie so mit Halcion zugeknallt war, schob sie ihn auch nicht weg, und obwohl ich darüber lachte, wenn der Lampenschirm sich mit jedem ihrer schweren Atemzüge hob und senkte, machte es mich bald traurig, und ich hörte auf, den Lampenschirm über Evelyns Kopf zu stülpen.

Nichts verschaffte mir Erleichterung. Bald wurde alles schal: noch ein Sonnenaufgang, Heldenleben, große Liebe, Krieg, Entdeckungen, die Menschen übereinander machen. Das Einzige, was mich nicht langweilte, war natürlich, wie viel Tim Price verdiente, doch die Selbstverständlichkeit dessen langweilte mich auch wieder. In mir war kein klares, greifbares Gefühl außer Gier und vielleicht noch grenzenloser Abscheu. Ich hatte alle äußeren Kennzeichen eines menschlichen Wesens – Fleisch, Blut, Haut, Haare –, aber meine Entmenschlichung war so gravierend, reichte so tief, dass die Fähigkeit zur Anteilname abgetötet, einem schleichenden, zielstrebigen Verfall zum Opfer gefallen war. Ich imitierte einfach die Wirklichkeit, die grobe Karikatur eines menschlichen Wesens, und nur ein düsterer Winkel meines Hirns blieb in Betrieb. Etwas Schreckliches ging vor sich, doch ohne dass ich begreifen konnte, warum – ich konnte einfach nicht den Finger auf den entscheidenden Punkt legen. Das Einzige, was mir Linderung brachte, war der angenehme Klang von Eiswürfeln, die in ein Glas J&B fallen. Schließlich ertränkte ich den Chow, den Evelyn nicht vermisste; es fiel ihr gar nicht auf, dass er nicht da war, noch nicht mal dann, als ich ihn in den Kühlschrank legte, in einen ihrer Bergdorf-Goodman-Sweater eingewickelt. Es wurde Zeit, die Hamptons zu verlassen, denn in den Stunden vor der Dämmerung fand ich mich über unser Bett gebeugt, einen Eispickel in der Hand, und wartete, dass Evelyn die Augen aufschlug. Auf meinen Vorschlag, eines Morgens beim Frühstück, willigte sie ein, und am letzten Sonntag vor dem Labor Day kehrten wir per Hubschrauber nach Manhattan zurück.

Girls

»ICH FAND DIE PINTOBOHNEN mit Lachs und Minze wirklich, wirklich … na ja«, sagt Elizabeth, als sie ins Wohnzimmer meines Apartments geht, in einer einzigen anmutigen Bewegung beide Satin-und-Wildlederpumps von Maud Frizon abschüttelt und auf die Couch plumpst, »gut, aber Pat*rick*, mein Gott, es war *un*verschämt teuer und …« In nörglerischem Ton keift sie: »Es war nur *pseudo*-nouvelle.«

»Habe ich das geträumt, oder waren Goldfische auf den Tischen?«, frage ich und streife meine Brooks-Brothers-Hosenträger ab, während ich im Kühlschrank nach einer Flasche Sauvignon Blanc suche. »Also ich fand es jedenfalls hip.«

Christie hat sich einen Platz auf dem langen, ausladenden Sofa gesucht, möglichst weit weg von Elizabeth, die sich faul rekelt.

»*Hip*, Patrick?«, ruft sie. »Da isst Donald *Trump*.«

Ich finde die Flasche, stelle sie auf die Anrichte und

werfe Christie, ehe ich den Korkenzieher finde, durch den Raum einen ausdruckslosen Blick zu. »Ja? War das eine sarkastische Bemerkung?«

»Rat mal«, maunzt sie und lässt ein so lautes »Duh« folgen, dass Christie zusammenzuckt.

»Wo arbeitest du im Moment, Elizabeth?«, frage ich und knalle Schubladen zu. »Polo-Outlet, oder so was?«

Darüber platzt Elizabeth fast vor Lachen und sagt fröhlich, während ich den Acacia entkorke: »Ich hab's nicht nötig zu arbeiten, Bateman«, und einen Augenblick später fügt sie gelangweilt hinzu: »Gerade du solltest ja *wissen*, wie das ist, Mr. Wall Street.« Sie prüft ihren Lippenstift in einem GucciTaschenspiegel; er ist wie erwartet makellos.

Das Thema wechselnd, frage ich: »Wer hat den Laden überhaupt ausgesucht?« Ich schenke den Mädchen Wein ein und mache mir selbst einen kleinen J&B mit Eis und etwas Wasser. »Das Restaurant, meine ich.«

»Carson. Oder vielleicht auch Robert.« Elizabeth zuckt die Achseln und fragt, nachdem sie den Spiegel hat zuschnappen lassen, mit durchdringendem Starren auf Christie: »Du kommst mir so bekannt vor? Warst du in Dalton?«

Christie schüttelt verneinend den Kopf. Es ist fast drei Uhr morgens. Ich zerdrücke eine Tablette Ecstasy und warte, bis sie sich im Weinglas aufgelöst hat, das ich Elizabeth geben will. Das Thema der *Patty Winters Show* heute Morgen hieß: *»700 Pfund auf der Waage – und wie man damit fertig wird«*. Ich schalte das Licht in der Küche an, finde im Kühlschrank zwei weitere Ecstasy-Tabletten und mache das Licht wieder aus.

Elizabeth ist ein 22-jähriger Hardbody, der gelegentlich für Georges-Marciano-Anzeigen modelt und aus einer alten Bankiersfamilie aus Virginia kommt. Früher am Abend waren wir mit zwei ihrer Freunde, Robert Farrell, siebenundzwanzig, ein Typ, der eine recht eindrucksvolle

Karriere als Finanzier gemacht hat, und Carson Whitall, die mit ihm gekommen war, zum Dinner gewesen. Robert trug einen Anzug aus reiner Wolle von Belvet, ein Baumwollhemd mit Umschlagmanschetten von Charvet, einen abstrakt gemusterten Seidencrêpeschlips von Hugo Boss und eine RayBan-Sonnenbrille, die er auch während des Essens nicht absetzte. Carson trug einen Anzug von Yves Saint Laurent Rive Gauche und ein Perlenhalsband mit passenden Ohrringen aus Perlen und Diamanten von Harry Winston. Wir aßen im Free Spin, Albert Liomans neuem Restaurant im Flatiron District, nahmen dann ein Taxi zu Nell's, wo ich mich entschuldigte, einer konsternierten Elizabeth beteuerte, dass ich gleich wieder zurückkäme, und den Chauffeur dann zum Fleischmarkt dirigierte, wo ich Christie aufgabelte. Ich ließ sie im Fond der abgeschlossenen Limousine warten, während ich wieder ins Nell's ging, mit Elizabeth und Carson und Robert ein paar Drinks in einer der vorderen Nischen nahm, leer, da heute keine Prominenten im Laden waren – ein schlechtes Zeichen. Schließlich, um halb drei, während Carson betrunken über ihre monatliche Blumenrechnung faselte, verzog ich mich mit Elizabeth. Sie war so sauer über etwas, das Carson ihr über die letzte Ausgabe von *W* erzählt hatte, dass sie sogar Christies Gegenwart ohne Fragen hinnahm.

Auf der Fahrt zu Nell's hatte Christie mir gesagt, dass sie sich immer noch nicht von unserem letzten Treffen erholt und schwere Bedenken gegenüber einer weiteren Nacht habe, aber das Geld, das ich ihr bot, war einfach zu gut, um wählerisch zu sein, und ich versprach, dass sich so etwas wie beim letzten Mal nicht wiederholen würde. Obwohl sie immer noch Angst hatte, entspannten sie ein paar Schluck Wodka auf dem Rücksitz in Verbindung mit dem Geld, das ich ihr schon gegeben hatte, über sechzehnhundert Dollar, wie ein Tranquilizer. Ihre Launenhaftigkeit reizte mich, und sie wurde zum perfekten Sexkätzchen, als ich ihr das Bargeld in die Hand drückte – sechs Scheine in einer silbernen Geldklammer von Hughlans –, aber nachdem ich sie in den Wagen gedrängt hatte, sagte sie mir, dass sie sich nach der Sache vom letzten Mal vielleicht operieren lassen oder sich einen Anwalt nehmen müsste, also schrieb ich einen Barscheck über eintausend Dollar aus, aber da ich wusste, er würde nie eingelöst werden, brach mir deswegen nicht der Schweiß aus oder so was. Als ich jetzt, hier in meinem Apartment, zu Elizabeth hinüberschaue, bemerke ich, wie gut bestückt sie obenrum ist, und hoffe, dass ich die zwei Mädchen überreden kann, es vor mir zu treiben, wenn das Ecstasy zu wirken beginnt.

Elizabeth fragt Christie gerade, ob sie dieses Arschloch Spicey kennt oder schon mal im Au Bar gewesen ist. Christie schüttelt den Kopf. Ich reiche Elizabeth einen mit Ecstasy versetzten Sauvignon Blanc, während sie Christie anstarrt, als sei sie vom Neptun, und nachdem sie Christies Eingeständnis verkraftet hat, gähnt sie. »Das Au Bar *nervt* sowieso mittlerweile. Grauenhaft. Ich war da bei einer Geburtstagsparty von Malcolm Forbes. Oh mein Gott, vielen *Dank.*« Sie kippt den Wein mit einer Grimasse runter. Ich setze mich in einen der Chrom-Eiche-Stühle von Sottsass, lange nach dem Eiskübel, der auf dem verglasten Kaffeetisch steht, und drehe die Weinflasche, damit sie besser gekühlt wird. Sofort greift Elizabeth danach und schenkt sich selbst ein neues Glas ein. Ich löse noch zwei Ecstasy-Tabletten in der Flasche auf, ehe ich sie ins Wohnzimmer bringe. Eine schweigsame Christie nippt behutsam ihren unversetzten Wein und versucht, nicht auf den Boden zu starren; sie wirkt immer noch verängstigt, und da sie das Schweigen unerträglich oder sträflich findet, fragt sie Elizabeth, wo sie mich kennengelernt hat.

»Oh Gott«, fängt Elizabeth an und ächzt gekünstelt, als erinnerte sie sich an etwas Zweideutiges. »Ich lernte Patrick beim, oh, beim Kentucky Derby '86 – nein, '87, kennen und …« Sie dreht sich zu mir. »Warst du nicht mit dieser Schlampe Alison Sowieso zusammen … Stoole?«

»Poole, Schätzchen«, entgegne ich ruhig. »Alison Poole.«

»Ja, so hieß sie«, sagt sie und fügt dann mit unverhohlenem Sarkasmus hinzu: »Heiße Nummer.«

»Was soll das heißen?«, frage ich beleidigt. »Sie war eine heiße Nummer.«

Elizabeth wendet sich an Christie und sagt etwas unglücklich: »Sie hat jedem mit 'ner American-Express-Karte einen geblasen«, und ich bete zu Gott, dass Christie Elizabeth nicht groß anstarrt und sagt: »Aber Kreditkarten nehmen wir nicht.« Um zu verhindern, dass das passiert, belle ich: »Ach Schwachsinn«, aber aufgeräumt.

»Hör mal«, sagt Elizabeth zu Christie und wedelt mit der Hand wie eine Tunte, die Klatschgeschichten verbreitet. »Dieses Weib hat in einem Sonnenstudio gearbeitet, und« – und im selben Atemzug, ohne den Tonfall zu ändern – »was machst du?«

Nach einem langen Schweigen sage ich: »Sie ist … meine Cousine.«

Elizabeth verdaut das und sagt: »Ah-ha?«

Und nach weiterem langen Schweigen sage ich: »Aus … Frankreich.«

Elizabeth sieht mich skeptisch an – als sei ich komplett irre –, aber sie beschließt, dieses Thema nicht weiter zu verfolgen, und fragt stattdessen: »Wo ist dein Telefon? Ich *muss* Harley anrufen.«

Ich gehe in die Küche, hole ihr das Funktelefon und ziehe die Antenne aus. Sie wählt eine Nummer und starrt Christie an, während sie wartet, dass jemand abhebt. »Was machst du im Sommer?«, fragt sie. »Southampton?«

Christie sieht zu mir und dann wieder zurück zu Elizabeth und sagt kaum hörbar: »Nein.«

»Oh Gott«, mault Elizabeth, »sein *Anrufbeantworter*!«

»Elizabeth.« Ich deute auf meine Rolex. »Es ist *drei Uhr morgens*.«

»Er ist ein gottverdammter *Drogen*händler«, sagt sie außer sich. »Das ist seine Hauptgeschäftszeit.«

»Sag ihm nicht, dass du hier bist«, warne ich.

»Warum sollte ich?«, fragt sie. Entnervt greift sie nach ihrem Wein, kippt ein weiteres volles Glas runter und zieht ein Gesicht. »Das Zeug schmeckt komisch.« Sie begutachtet das Etikett, zuckt dann die Achseln. »Harley? Ich bin's. Ich brauche deine Dienste. Versteh das, wie du willst. Ich bin bei –« Sie schaut zu mir.

»Du bist bei Marcus Halberstam«, flüstere ich.

»Wer?« Sie beugt sich zu mir und grinst schelmisch.

»Mar-cus Hal-ber-stam«, flüstere ich wieder.

»Ich will die *Nummer*, Idiot.« Sie verscheucht mich mit einer Handbewegung und fährt fort: »Ich bin jedenfalls bei Mark Hammerstein, und ich versuche es später noch mal, und wenn ich dich morgen nicht in der Canal Bar treffe, hetze ich dir meinen Friseur auf den Hals. Gute Reise. Wie macht man das Ding aus?«, fragt sie, obwohl sie schon fachmännisch die Antenne eingeschoben und den Ausknopf gedrückt hat und das Telefon auf den Schrager-Sessel knallt, den ich neben die Jukebox geschoben habe.

»Siehst du.« Ich lächle. »Du hast's geschafft.«

Zwanzig Minuten später windet sich Elizabeth auf der Couch, und ich versuche, sie rumzukriegen, dass sie es mit Christie treibt und mich zuschauen lässt. Was zunächst nur ein beiläufiger Vorschlag gewesen war, beherrscht jetzt mein ganzes Denken, und ich werde hartnäckig. Christie starrt teilnahmslos auf einen Fleck auf dem Parkett aus weißer Eiche, ihr Wein ist fast unberührt.

»Aber ich bin *keine* Lesbe«, protestiert Elizabeth wieder kichernd. »Ich *stehe* nicht auf Mädchen.«

»Ist das ein *endgültiges* Nein?«, frage ich, starre auf ihr Glas und dann auf die fast leere Weinflasche.

»Warum glaubst du, dass ich auf *so was* stehen würde?«, fragt sie. Dank des Ecstasy klingt die Frage neckisch, und sie wirkt jetzt wirklich interessiert. Ihr Fuß reibt sich an meinem Schenkel. Ich habe auf die Couch gewechselt, zwischen die beiden Mädchen, und massiere eine ihrer Waden.

»Zumindest warst du auf dem Sarah Lawrence«, sage ich zu ihr. »Man weiß ja nie.«

»Das sind Sarah Lawrence-*Jungs*, Patrick«, stellt sie klar, kichernd, streicht stärker über meinen Schenkel, verursacht Reibung, Hitze, alles.

»Tut mir leid«, lenke ich ein. »Ich habe normalerweise nicht viel mit Typen zu tun, die in Strapsen rumlaufen.«

»Patrick, *du* warst in Patrick, ich meine Harvard, oh Gott, bin ich betrunken. Jedenfalls, hör mal, warte –« Sie hält inne, atmet tief durch, murmelt eine unverständliche Bemerkung von wegen seltsam fühlen, dann, nachdem sie die Augen geschlossen hat, schlägt sie sie wieder auf und fragt: »Hast du Koks?«

Ich starre auf ihr Glas und stelle fest, dass das aufgelöste Ecstasy die Farbe des Weins leicht verändert hat. Sie folgt meinem Blick und nimmt einen durstigen Schluck, als sei es eine Art Wundermittel gegen ihre wachsende Erregung. Sie lehnt den Kopf beduselt gegen eins der Sofakissen. »Oder Halcion. Ich könnte eine Halcion brauchen.«

»Hör mal, ich würde gerne zusehen … wie ihr beide … es macht«, sage ich unschuldig. »Was ist so schlimm daran? Völlig ohne Ansteckungsgefahr.«

»Patrick.« Sie lacht. »Du bist ein Irrer.«

»Komm schon«, dränge ich. »Findest du Christie nicht attraktiv?«

»Wir wollen doch nicht unanständig werden«, sagt sie, aber die Droge beginnt zu wirken, und ich spüre, dass sie gegen ihren Willen erregt ist. »Mir ist jetzt nicht nach schmutzigen Geschichten.«

»Komm schon«, sage ich. »Ich wette, es ist geil.«

»Ist er immer so?«, fragt Elizabeth Christie.

Ich sehe Christie an.

Christie zuckt unverbindlich die Achseln und studiert die Rückseite einer Compact Disc, ehe sie sie auf den Tisch neben der Stereoanlage legt.

»Willst du mir erzählen, du hast es noch nie mit einem Mädchen gemacht?«, frage ich, berühre einen schwarzen Seidenstrumpf, dann, darunter, ein Bein.

»Aber ich bin *keine* Lesbe«, betont sie. »Und, nein, habe ich nicht.«

»Nie?«, frage ich, meine Augenbrauen hochziehend. »Tja, es gibt immer ein erstes Mal ...«

»Du machst mich ganz verdreht«, mault Elizabeth, und ihre Gesichtszüge entgleiten ihr.

»Ich doch nicht«, sage ich schockiert.

Elizabeth treibt es mit Christie, beide nackt auf meinem Bett, das Zimmer hell erleuchtet, während ich in dem LouisMontoni-Stuhl neben dem Futon sitze, ihnen sehr genau zusehe und ab und zu ihre Körper neu in Position bringe. Jetzt lasse ich Elizabeth auf dem Rücken liegen und beide Beine hochhalten, offen, so weit gespreizt wie möglich, und dann stoße ich Christies Kopf runter und lasse sie an ihrer Fotze lecken – nicht saugen, sondern schlabbern, wie ein durstiger Hund – und dabei die Klitoris befingern, dann steckt sie, mit der anderen Hand, zwei Finger in die offene, nasse Fotze, während ihre Zunge die Finger ablöst, und dann nimmt sie die tropfenden Finger, mit denen sie Elizabeths Fotze gefickt hat, stößt sie Elizabeth in den Mund und lässt sie daran saugen. Dann lasse ich Christie oben auf Elizabeth liegen und an Elizabeths vollen, angeschwollenen Titten knabbern und lutschen, auch Elizabeth knetet ihre Titten, und dann befehle ich beiden, sich zu küssen, gierig, und Elizabeth nimmt die Zunge, die in ihrer eigenen kleinen rosa Fotze gesteckt hat, hungrig in den Mund, wie ein Tier, und dann reiben sie sich aneinander, pressen die Fotzen zusammen, Elizabeth laut stöhnend, die Beine um Christies Hüften geschlungen und sich gegen sie stemmend, Christies Beine so weit gespreizt, dass ich, von hinten, ihre Fotze sehen kann, nass und klaffend, und darüber ihr haarloses rosa Arschloch. Christie setzt sich auf und dreht sich um und presst, immer noch auf ihr liegend, ihre Fotze in Elizabeths keuchendes Gesicht, und bald, wie im Film, wie Tiere, lecken und reiben sich beide fieberhaft gegenseitig die Fotzen. Elizabeth versucht mit hochrotem Gesicht, ihre Nackenmuskeln treten hervor wie bei einer Irren, ihren Kopf in Christies Pussy zu vergraben, spreizt dann Christies Arschbacken und fängt an, das Loch auszulecken, mit gutturalem Stöhnen. »Yeah«, sage ich tonlos. »Steck der Nutte die Zunge in den Arsch.« Währenddessen schmiere ich mit Vaseline einen großen weißen Dildo, der an einem Gurt befestigt ist. Ich stehe auf und zerre Christie von Elizabeth hoch, die sich wie von Sinnen auf dem Futon windet, gürte den Dildo um Christies Hüften, dann drehe ich Elizabeth um, bringe sie auf allen vieren in Stellung und lasse Christie sie damit ficken, Doggystyle, während ich Christies Fotze reibe, dann ihre Klitoris, dann ihr Arschloch, das so nass und weit ist von Elizabeths Spucke, dass ich mühelos meinen Zeigefinger reinschieben kann; und ihr Schließmuskel zuckt zusammen, weitet sich, schließt sich dann wieder um meinen Finger. Ich lasse Christie den Dildo aus Elizabeths Fotze ziehen und Elizabeth auf dem Rücken liegen, während Christie sie in Missionarsstellung fickt. Elizabeth fingert an ihrer Fotze, während sie wilde Zungenküsse mit Christie tauscht, bis sie unwillkürlich überwältigt den Kopf zurückwirft, die Beine um Christies Hüften geschlungen, ihr Gesicht angespannt, ihr Mund geöffnet, der Lippenstift verschmiert von Christies Fotzensaft, und schreit »oh Gott ich komme ich komme fick mich ich komme«, weil sie beide die Anweisung haben, mir zu sagen, wenn sie kommen, und dabei möglichst laut zu sein.

Dann ist Christie an der Reihe, und Elizabeth streift ungeduldig den Dildo über und fickt Christies Fotze damit, während ich Elizabeths Arschloch spreize und lecke, und bald stößt sie mich weg und reibt sich wild. Dann zieht Christie wieder den Dildo an und fickt Elizabeth in den Arsch, während Elizabeth ihre Fotze reibt und ihren Arsch gegen den Dildo stößt, grunzend, bis sie wieder zum Orgasmus kommt. Nachdem ich ihr den Dildo aus dem Arsch gezogen habe, lasse ich Elizabeth daran lutschen, ehe sie ihn wieder anlegt und ihn Christie, die auf dem Rücken liegt, in die Fotze schiebt. Dabei lecke ich Christies Titten und sauge hart an jedem Nippel, bis beide rot und steif sind. Ich reibe sie weiter, damit sie so bleiben. Dabei trägt Christie die ganze Zeit schenkelhohe Stiefel von Henri Bendel, die ich sie habe anziehen lassen.

Elizabeth läuft nackt aus dem Schlafzimmer, schon voll Blut, mühsam taumelnd, und kreischt irgendetwas Gurgelndes. Mein Orgasmus hat sich lange hinausgezögert, die Entladung war intensiv, und meine Knie sind wacklig. Ich bin auch nackt und schreie ihr nach, »du Nutte, du Stück Scheiße«, und da das Blut hauptsächlich aus ihren Füßen kommt, schlittert sie, fängt sich gerade noch, und ich versetze ihr einen ungezielten Hieb mit dem schon nassen Schlachtermesser, das ich mit der rechten Hand umklammere, schlitze ihren Nacken hinten auf und durchtrenne irgendwas, irgendwelche Adern. Als ich zum zweiten Mal aushole, während sie zu entkommen versucht, zur Tür stürzt, spritzt das Blut bis ins Wohnzimmer, durchs ganze Apartment, klatscht gegen das Gitterglas und die Eichenpaneele in der Küche. Sie versucht vorwärtszulaufen, aber ich habe ihre Pulsader getroffen, und es spritzt überallhin, nimmt uns beiden einen Moment lang die Sicht, und ich stürze mich ein letztes Mal auf sie, um ihr den Gnadenstoß zu geben. Sie dreht sich zu mir um, ihr Gesicht angstverzerrt, und ihre Beine geben nach, als ich sie in den Magen schlage, sie kippt zu Boden, und ich falle neben sie. Nachdem ich fünf- oder sechsmal auf sie eingestochen habe – das Blut schießt in Fontänen hoch; ich beuge mich vor, um seinen Duft zu atmen –, werden ihre Muskeln steif, starr, und sie fällt in Todeszuckungen; dunkelrotes Blut überflutet ihre Kehle, und Elizabeth wirft sich herum, als sei sie am Boden gefesselt, aber das ist sie nicht, also muss ich sie zu Boden drücken. Ihr Mund füllt sich mit Blut, das in Kaskaden über ihre Wangen und ihr Kinn strömt. Die krampfhaften Zuckungen ihres Körper erinnern an das, was ich mir unter einem epileptischen Anfall vorstelle, und ich halte ihren Kopf unten und reibe meinen Schwanz, steif und mit Blut bedeckt, an ihrem röchelnden Gesicht, bis sie regungslos daliegt.

In meinem Schlafzimmer liegt Christie noch auf dem Futon, an die Bettpfosten gefesselt, mit Kordel verschnürt, die Arme über dem Kopf, ausgerissene Seiten aus dem *Vanity Fair* vom letzten Monat in den Mund gestopft. An eine Batterie angeschlossene Jumperkabel sind an ihre Brüste geklemmt, die langsam braun werden. Ich hatte brennende Streichhölzer von Les Relais auf ihren Bauch fallen lassen, und Elizabeth, taumelnd und wahrscheinlich mit einer Überdosis Ecstasy, hatte mir geholfen, ehe ich mich *ihr* zuwandte und an einem ihrer Nippel kaute, bis ich nicht mehr an mich halten konnte und ihn abbiss und verschlang. Zum ersten Mal fällt mir auf, wie klein und zart gebaut Christie ist, war. Ich knete ihre Brüste mit einer Kombizange durch, zermalme sie, und dann geht alles ganz schnell, ich mache zischende Laute, sie spuckt die Zeitungsseiten aus, versucht, in meine Hand zu beißen, ich lache, als sie stirbt, vorher fängt sie noch an zu weinen, dann rollen ihre Augen nach hinten in einen grauenvollen Traumzustand.

Am Morgen sind Christies geschundene Hände aus irgendeinem Grund auf die Größe von Fußbällen angeschwollen, die Finger sind nicht mehr vom Rest der Hand zu unterscheiden, der Geruch ihrer verbrannten Leiche ist widerwärtig, und ich muss erst die Jalousien öffnen, auf die verbranntes Fett gespritzt ist, als Christies Brüste explodierten, während ich sie grillte, und dann die Fenster, um den Raum durchzulüften. Christies Augen sind weit aufgerissen und glasig, und ihr Mund ist lippenlos schwarz, und auch wo ihre Vagina war, klafft ein schwarzes Loch (obwohl ich mich nicht erinnern kann, irgendwas damit gemacht zu haben), und zwischen den entfleischten Rippen kann man ihre Lungen sehen. Was von Elizabeths Körper noch übrig ist, liegt zermatscht in der Wohnzimmerecke. Ihr fehlen der rechte Arm und große Bissen aus dem rechten Bein. Ihre linke Hand, am Gelenk abgehackt, liegt fest verkrampft auf der Kücheninsel, in einer eigenen kleinen Blutpfütze. Ihr Kopf steht auf dem Küchentisch, und das blutverschmierte Gesicht zeigt – trotz ausgestochener Augen und einer Alain-Mikli-Sonnenbrille über den leeren Höhlen – noch immer einen missbilligenden Ausdruck. Ich habe es bald leid, es anzusehen, und obwohl ich heute Nacht keinen Schlaf bekommen habe und völlig erschöpft bin, habe ich um eins im Odeon noch immer eine Verabredung zum Lunch mit Jean Davies und Alana Burton. Sie ist sehr wichtig für mich, und ich ringe mit mir, ob ich sie absagen soll oder nicht.

Angriff der Tunte

HERBST: EIN SONNTAG UM VIER UHR NACHMITTAGS. Ich bin bei Barney's, Manschettenknöpfe kaufen. Ich hatte den Laden um zwei Uhr dreißig betreten, nach einem kalten, verkrampften Brunch mit Christies Kadaver, die Vordertheke angesteuert, einem Verkäufer gesagt: »Ich brauche dringend eine Peitsche.« Neben den Manschettenknöpfen kaufte ich ein Reisenecessaire aus Straußenleder mit Doppelreißverschluss und Vinylfutter, eine Pillendose aus Antiksilber, Kroko und Glas, einen antiken Zahnbürstenbehälter, eine Dachshaarzahnbürste und eine Nagelbürste aus Schildpattimitat. Dinner letzte Nacht? Bei Splash. Nicht viel Bemerkenswertes: ein wässeriger Bellini, matschiger Arugulasalat, pampige Kellnerin. Anschließend sah ich die Wiederholung einer alten *Patty Winters Show*, die ich auf einem Video fand, auf dem ich eigentlich Aufnahmen von zwei Mädchen vom Begleitservice vermutet hatte, die ich letztes Frühjahr gefoltert und ermordet hatte (das Thema war »Wie mache ich mein Schoßtier zum Filmstar«). Jetzt bin ich gerade dabei, einen Gürtel zu kaufen – nicht für mich –, und außerdem drei Neunzigdollarkrawatten, zehn Taschentücher, einen Morgenmantel für vierhundert Dollar und zwei Paar Ralph-Lauren-Pyjamas, und ich lasse mir alles zu meinem Apartment schicken, außer den Taschentüchern, in die ich Monogramme einsticken und sie dann zu P&P schicken lasse. In der Abteilung für Damenschuhe habe ich bereits einen Auftritt gehabt und musste mich peinlicherweise von einer entnervten Verkäuferin wegscheuchen lassen. Zunächst ist es nur ein Gefühl schleichenden Unbehagens, das ich mir nicht erklären kann, aber dann ist mir ohne genauen Anhaltspunkt so, als würde ich verfolgt, als hätte sich im Barney's jemand an mich gehängt.

Luis Carruthers ist, wie mir scheint, inkognito. Er trägt

eine Art seidenes Abendjackett mit Leopardenmuster, Hirschlederhandschuhe, einen Filzhut, Pilotenbrille, versteckt sich hinter einer Säule und tut, als würde er sich eine Reihe Krawatten ansehen, und wirft mir schamlos Seitenblicke zu. Vorgebeugt unterschreibe ich irgendwas, eine Rechnung wahrscheinlich, und flüchtig drängt mir Luis' Anwesenheit den Gedanken auf, dass ein Leben mit dieser Stadt, mit Manhattan, mit meinem Job, *doch* keine so gute Idee ist, und plötzlich stelle ich mir Luis auf irgendeiner grässlichen Party vor, einen schönen trockenen Rosé trinkend, um einen Stutzflügel gescharte Tunten, Showmelodien, jetzt hält er eine Blume, jetzt trägt er eine Federboa um den Hals, jetzt hämmert der Pianist irgendwas aus *Les Miz*, Schätzchen.

»Patrick? Bist du das?«, höre ich eine zaghafte Stimme fragen.

Wie ein Schockschnitt aus einem Horrorfilm – ein überraschender Zoom – taucht Luis, urplötzlich, ohne Warnung hinter einer Säule auf, gleichzeitig schleichend und springend, falls so was möglich ist. Ich lächle der Verkäuferin zu, rücke betreten von ihm ab zu einem Schaukasten mit Hosenträgern und brauche dringend eine Xanax, eine Valium, eine Halcion, ein Frozfruit, *irgendwas*. Ich sehe nicht zu ihm hin, ich kann's nicht, aber ich spüre, dass er näher kommt. Seine Stimme bestätigt es.

»Patrick? … Hallo?«

Ich schließe die Augen, führe eine Hand vors Gesicht und murmele kaum hörbar: »Lass es mich nicht sagen, Luis.«

»Patrick?«, sagt er, Unschuld heuchelnd. »Was meinst du?« Eine scheußliche Pause, dann: »Patrick … warum siehst du mich nicht an?«

»Ich ignoriere dich, Luis.« Ich ziehe die Luft ein und beruhige mich damit, das Preisschild an einem Armani-Button-Up-Sweater zu checken. »Merkst du das nicht? Ich ignoriere dich.«

»Patrick, können wir nicht wenigstens miteinander reden?«, fragt er fast wimmernd. »*Patrick* – sieh mich an.«

Nach einem weiteren scharfen Atemzug lasse ich mich seufzend zu der Antwort herab: »Es gibt *nichts, gar-nichts* zu reden –«

»Wir können so nicht weitermachen«, fällt er mir ungeduldig ins Wort. »Ich kann nicht so weitermachen.«

Ich brumme etwas. Ich versuche wegzugehen. Er folgt mir hartnäckig.

»Jedenfalls«, sagt er, nachdem wir die andere Seite des Ladens erreicht haben, wo ich so tue, als würde ich mir eine Stange mit Seidenkrawatten ansehen, obwohl um mich alles verschwimmt, »wird es dich freuen zu hören, dass ich versetzt werde … in einen anderen Bundesstaat.«

Eine Last fällt von mir ab, und ich finde die Kraft zu fragen: »Wohin?«

»Oh, in eine andere Niederlassung«, sagt er in erstaunlich entspanntem Ton, vielleicht, weil ich tatsächlich Interesse an seinen Angelegenheiten gezeigt habe.

»In Arizona.«

»Herr-lich«, murmele ich.

»Willst du nicht wissen, warum?«, fragt er.

»Nein, eigentlich nicht«, sage ich.

»*Deinetwegen*«, sagt er.

»Sag das nicht«, flehe ich.

»*Deinet*wegen«, sagt er wieder.

»Du bist *krank*«, sage ich zu ihm.

»Wenn ich krank bin, dann *deinetwegen*«, sagt er etwas zu beiläufig und schaut prüfend auf seine Fingernägel. »Deinetwegen bin ich krank, und ich werde auch nicht wieder gesund.«

»Diese Obsession von dir übersteigt mittlerweile jedes vernünftige Maß. *Un-ver-hältnismäßig* übersteigert«, sage ich und gehe in die nächste Reihe.

»Aber ich weiß, dass du dasselbe fühlst wie ich«, sagt

Luis und kommt mir nach. »Und ich weiß, dass nur …« Er senkt seine Stimme und zuckt die Achseln. »Nur weil du manche … Gefühle nicht eingestehen willst, heißt das noch nicht, dass du sie nicht hast.«

»Was willst du damit sagen?«, zische ich.

»Dass ich weiß, dass du genauso empfindest wie ich.« Dabei nimmt er dramatisch die Sonnenbrille ab, als sei das der Beweis.

»Du hast da … einen falschen Schluss gezogen«, röchele ich. »Deine Recherche war offensichtlich ungenügend.«

»Warum?«, fragt er. »Ist es so falsch, dich zu lieben, Patrick?«

»Oh … mein … Gott.«

»Dich zu *begehren*? Bei dir sein zu wollen?«, fragt er. »Ist das so falsch?«

Ich spüre, dass er mich hilflos anstarrt, dass er dem totalen emotionalen Zusammenbruch nahe ist. Nachdem er fertig ist, habe ich keine andere Antwort als ein langes Schweigen. Schließlich bekämpfe ich es, indem ich zische: »Woher kommt nur deine unheilbare Unfähigkeit, diese Situation rational einzuschätzen?« Ich warte. »Hm?«

Ich reiße meinen Blick von den Sweatern los, den Schlipsen, was auch immer, und fixiere Luis. Schon fängt er an zu grinsen, beglückt, dass ich seine Gegenwart zur Kenntnis nehme, aber bald wird das Lächeln brüchig, in den dunklen tiefsten Winkeln seines Tuntenhirns dämmert eine Erkenntnis, und er fängt an zu weinen. Als ich unauffällig zu einer Säule gehe, um mich dahinter zu verstecken, folgt er mir, packt mich grob an der Schulter und reißt mich herum, damit ich ihn ansehe: Luis gegen die Wirklichkeit.

Im selben Moment, als ich Luis bitte »Geh weg«, schnieft er: »Oh Gott, Patrick, warum *magst* du mich nicht«, und wirft sich dann unseligerweise auf den Boden mir zu Füßen.

»Steh auf«, murmele ich, stocksteif. »Steh *auf.*«

»Warum können wir nicht zusammen sein?«, schluchzt er, die Faust auf den Boden hämmernd.

»Weil ich … dich« – ich sehe mich schnell im Laden um, um mich zu vergewissern, dass niemand zuhört – »sexuell nicht … attraktiv finde«, flüstere ich vernehmlich und starre auf ihn hinunter. »Ich kann nicht glauben, dass ich das wirklich gesagt habe«, murmele ich vor mich hin, zu niemandem, und schüttele dann den Kopf, versuche, meine Gedanken zu ordnen, die Verwirrung hat ein Ausmaß angenommen, das für mich nicht mehr überschaubar ist. Ich sage Luis: »Bitte, lass mich in Ruhe«, und versuche wegzugehen.

Unfähig, diesem Wunsch zu entsprechen, schnappt Luis nach dem Zipfel meines Armani-Trenchcoats aus Seidenstoff und heult, während er immer noch am Boden liegt: »Bitte Patrick, *bitte* verlass mich nicht.«

»Hör mir zu«, sage ich zu ihm, knie nieder und versuche, Luis vom Boden hochzuwuchten. Darauf brabbelt er etwas Unverständliches, das sich zu einem Jaulen steigert und in einem Crescendo mündet, das die Aufmerksamkeit eines der Sicherheitsmänner von Barney's erregt, der im Vordereingang des Ladens steht und sich jetzt auf den Weg zu uns macht. »Jetzt siehst du, was du angerichtet hast«, flüstere ich verzweifelt. »Steh auf. *Steh auf!*«

»Alles in Ordnung?« Der Wachmann, ein großer schwarzer Typ, schaut auf uns hinunter.

»Ja, danke schön«, sage ich, Luis anfunkelnd. »Alles *bestens.*«

»Ne-e-e-ein«, jault Luis unter Schluchzen.

»Ja«, wiederhole ich, den Wachmann ansehend.

»Sind Sie sicher?«, fragt der Wachmann.

Mit geschäftsmäßigem Lächeln sage ich zu ihm: »Bitte geben Sie uns nur eine Minute. Wir regeln das privat.« Ich wende mich wieder an Luis. »Nun komm aber, Luis. Steh auf. Du sabberst.« Ich schaue wieder den Sicherheitsmann an und buchstabiere mit den Lippen, die Hand hebend, während ich ihm zunicke: »Eine Minute, bitte.«

Der Wachmann nickt unschlüssig und geht zögernd zurück auf seinen Posten.

Immer noch kniend, packe ich Luis bei den zuckenden Schultern und sage ihm mit gesenkter Stimme, so drohend wie möglich, als würde ich ein Kind bestrafen: »Hör mir zu, Luis. Wenn du nicht aufhörst zu heulen, du miese erbärmliche *schwule Sau*, schlitze ich dir die Scheißkehle auf. Hörst du mir zu?« Ich schlage ihm ein paarmal leicht ins Gesicht. »Mehr kann ich nicht für dich tun.«

»Oh, töte mich einfach«, heult er, die Augen geschlossen, wirft den Kopf vor und zurück und flüchtet sich immer tiefer in wirres Zeug; dann blubbert er: »Wenn ich dich nicht haben kann, will ich nicht leben. Ich will *sterben*.«

Mein Verstand ist ernstlich in Gefahr, hier mitten bei Barney's, und ich packe Luis am Kragen, knautsche den Stoff in meiner Faust zusammen, ziehe Luis' Gesicht ganz nah zu meinem und flüstere leise: »Hör mir zu Luis. Hörst du mir zu? Normalerweise warne ich die Leute nicht vor, Luis. Also-sei-dankbar-dass-ich-dich-warne.«

Jetzt völlig durchgedreht, unter gutturalen Lauten, den Kopf schamvoll gesenkt, versucht er eine kaum hörbare Erwiderung. Ich packe sein Haar – es ist steif von Mousse; ich erkenne es am Geruch als Cactus, eine neue Marke –, reiße seinen Kopf hoch und scheiße ihn knurrend zusammen: »Hör mal, du willst *sterben*? Ich mach es, Luis. Ich hab's schon mal gemacht, und ich werde dich verdammt noch mal ausweiden, dir den Scheißbauch aufreißen und dir deine *Eingeweide* in den Scheißschwulenhals rammen, bis du dran *erstickst*.«

Er hört nicht zu. Immer noch in der Hocke, starre ich ihn nur ungläubig an.

»Bitte Patrick, bitte. Hör mir zu, ich hab mir alles überlegt. Ich höre auf bei P&P, das kannst du auch, dann können wir in Arizona neu anfangen, und –«

»Halt's Maul, Luis.« Ich schüttle ihn. »Oh mein Gott, halt einfach das Maul.«

Ich stehe schnell auf, klopfe mir den Staub ab, und gerade als ich denke, der Ausbruch sei vorüber und ich könnte fortgehen, umklammert Luis meinen rechten Knöchel und versucht, sich an mich zu hängen, während ich Barney's verlasse, und schließlich muss ich ihn zwei Meter weit mitschleppen, ehe ich ihn zuletzt ins Gesicht trete, während ich hilflos einem Paar zulächle, das in der Sockenabteilung stöbert. Inständig flehend schaut Luis hoch zu mir, während sich an der kleinen Schürfwunde auf seiner Wange erste Bluttröpfchen zeigen.

»Ich liebe dich«, jault er mitleiderregend. »Ich liebe dich.«

»Ich bin überzeugt, Luis«, brülle ich ihn an. »Du hast mich *überzeugt*. Also steh jetzt auf.«

Glücklicherweise schaltet sich ein Verkäufer, alarmiert durch Luis' Auftritt, ein und hilft ihm auf.

Wenige Minuten später, nachdem er sich einigermaßen beruhigt hat, stehen wir beide im Haupteingang von Barney's. Er hat ein Taschentuch in einer Hand und die Augen fest geschlossen, und eine Schwellung zeigt sich allmählich unter seinem linken Auge. Er wirkt gefasst.

»Du musst einfach den … äh … Mut haben, der Realität ins Auge zu sehen«, sage ich ihm.

Gequält starrt er aus der Drehtür in den warm fallenden Regen und wendet sich dann, mit einem klagenden Seufzer, zu mir. Ich betrachte die Reihen, die endlosen Reihen von Schlipsen, und dann die Decke.

Totes Kind im Zoo

EINE REIHE VON TAGEN VERGEHT. Während der Nächte schlafe ich in Zwanzigminutenabschnitten. Ich fühle mich ziellos, es sieht trüb aus, meine Mordlust, die aufwallt, verschwindet, aufwallt und wieder abklingt, schlummert unter der Oberfläche während eines ruhigen Lunchs bei Alex Goes to Camp, wo ich Lammsalamisalat mit Hummer und weißen Bohnen an Limonen und Gänseleberessig nehme. Ich trage ausgebleichte Jeans, ein Armani-Jackett und ein Hundert-Dollar-T-Shirt von Comme des Garçons. Ich mache einen Telefonanruf, um meinen Anrufbeantworter abzuhören. Ich bringe ein paar Videokassetten zurück. Ich gehe noch am Geldautomaten vorbei. Gestern Abend hat Jean mich gefragt: »Patrick, warum haben Sie Rasierklingen in der Brieftasche?« In der *Patty Winters Show* heute Morgen ging es um einen Jungen, der sich in eine Packung Seife verliebt hat.

Unfähig, meine Alltagsrolle glaubwürdig aufrechtzuerhalten, finde ich mich rastlos den Central-Park-Zoo durchstreifend. Drogenhändler lungern in Sichtweite der Tore herum, der Geruch von Pferdescheiße aus vorbeifahrenden Transportern weht über sie hinweg in den Zoo, und die Spitzen der Wolkenkratzer und Apartmenthäuser der Fifth Avenue, das Trump Plaza und das AT&T-Building umgeben den Park, der den Zoo umgibt und dessen Unwirklichkeit erhöht. Ein schwarzer Aufseher, der den Boden des Männerklos wischt, bittet mich nachzuspülen, nachdem ich das Pissoir benutzt habe. »Mach's selbst, Nigger«, antworte ich ihm, und als er einen Schritt in meine Richtung macht, hält ihn das Blitzen der Messerklinge zurück. Alle Infostände scheinen geschlossen zu sein. Ein blinder Mann kaut, *frisst* an einer Bretzel. Zwei Betrunkene, Schwule, trösten einander auf einer Bank. Nahebei gibt eine Mutter ihrem Baby die Brust, und der Anblick weckt etwas Grässliches in mir. Der Zoo scheint leer, leblos. Die Eisbären sehen verdreckt und betäubt aus. Ein Krokodil treibt verdrießlich in einem öligen Behelfstümpel. Die Papageientaucher starren traurig aus ihrem Glaskäfig. Tukane mit messerscharfen Schnäbeln. Dümmliche Seehunde tauchen von Felsen in wirbelnd schwarzes Wasser, sinnlos kläffend. Die Zoowärter füttern sie mit totem Fisch. Eine Menge drängt sich um das Becken, meist Erwachsene, wenige von Kindern begleitet. Am Seehundbecken warnt eine Plakette: MÜNZEN KÖNNEN TÖTEN – VERSCHLUCKTE MÜNZEN KÖNNEN SICH IM MAGEN DER TIERE FESTSETZEN UND MAGENGESCHWÜRE, INFEKTIONEN UND TOD ZUR FOLGE HABEN. WERFEN SIE KEINE MÜNZEN INS BECKEN. Was mache ich also? Schleudere eine Handvoll Kleingeld ins Becken, als keiner der Zoowärter hinschaut. Nicht die Seehunde hasse ich – es ist die Freude des Publikums an ihnen, die mich nervt. Die Schneeeule hat Augen genau wie ich, besonders, wenn sie sich weiten. Und während ich dastehe, sie ansehe und meine Sonnenbrille senke, geschieht etwas Unausgesprochenes zwischen mir und dem Vogel – eine seltsame Spannung, ein bizarrer Drang, der alles Folgende nährt, das beginnt, geschieht und endet, ganz schnell.

In der Dunkelheit des Pinguingeheges – »Am Rande des Packeises«, wie es der Zoo prätentiös nennt – ist es kalt, ein scharfer Kontrast zur Schwüle draußen. Die Pinguine im Becken gleiten unter Wasser faul an den Glaswänden entlang, vor denen sich glotzende Besucher drängen. Die Pinguine auf den Felsen, die nicht schwimmen, sehen benommen, erschöpft aus, müde und gelangweilt; sie gähnen meistens, plustern sich manchmal. Künstliche Pinguinschreie, wahrscheinlich vom Band, dringen aus den Lautsprechern, die jemand lauter gestellt hat, weil der Raum überfüllt ist. Die Pinguine sind niedlich, nehme ich an. Ich entdecke einen, der aussieht wie Craig McDermott.

Ein Kind, kaum fünf, isst den Rest seines Schokoladenriegels. Die Mutter sagt ihm, es soll das Papier wegwerfen, und spricht dann wieder mit einer anderen Frau, die ein Kind im ungefähr gleichen Alter hat, alle drei starren ins schmutzige Blau des Pinguingeheges. Das erste Kind geht zur Mülltonne in einem schlecht beleuchteten Winkel des Raums, hinter der ich jetzt kauere. Es steht auf Zehenspitzen und wirft das Papier sorgfältig in den Müll. Ich flüstere etwas. Das Kind sieht mich und steht da, fern der Menge, etwas ängstlich und doch stumm fasziniert. Ich starre zurück.

»Möchtest du ... ein Plätzchen?«, frage ich und greife in meine Tasche.

Der Junge nickt, bewegt seinen kleinen Kopf hoch, dann wieder runter, ganz langsam, doch ehe er antworten kann, steigert sich meine plötzliche Sorglosigkeit zu unbändiger Raserei, und ich ziehe mein Messer aus der Tasche und stoße es ihm blitzschnell in den Nacken.

Verblüfft stolpert er rückwärts in die Mülltonne, gurgelnd wie ein Baby, kann nicht laut schreien oder weinen, weil das Blut aus der Wunde in seinem Hals zu schießen beginnt. Obwohl ich gerne zusehen würde, wie dieses Kind stirbt, schiebe ich es hinter die Mülltonne, mische mich dann unauffällig unter die anderen, berühre die Schulter eines hübschen Mädchens und zeige lächelnd auf einen Pinguin, der sich anschickt zu springen. Hinter mir könnte man, wenn man genau hinsehen würde, die Füße des Kindes hinter der Mülltonne zappeln sehen. Ich behalte die Mutter des Kindes im Auge, die nach einer Weile das Verschwinden ihres Sohns bemerkt und die Menge mit den Augen absucht. Ich berühre wieder die Schulter des Mädchens, und sie lächelt mich an und zuckt bedauernd die Achseln, obwohl ich nicht weiß, warum.

Als die Mutter ihn schließlich entdeckt, schreit sie nicht, weil sie nur seine Füße sehen kann und annimmt, dass er sich zum Spaß vor ihr versteckt. Zunächst wirkt sie erleichtert, dass sie ihn gefunden hat, und gurrt, auf die Mülltonne zugehend: »Spielst du Verstecken, Liebling?« Aber von dort, wo ich stehe, hinter dem hübschen Mädchen, die Ausländerin ist, Touristin, wie ich bereits festgestellt habe, kann ich den genauen Moment beobachten, in dem der Ausdruck im Gesicht der Mutter sich zu Furcht wandelt und sie ihre Handtasche über die Schulter wirft, die Mülltonne zur Seite zerrt und ein Gesicht entdeckt, das völlig mit rotem Blut bedeckt ist; und deshalb kann das Kind kaum blinzeln und greift nach seiner Kehle, jetzt nur noch schwach strampelnd. Die Mutter macht ein Geräusch, das ich kaum beschreiben kann – einen hohen Ton, der in einen Schrei mündet.

Als sie neben dem Körper zu Boden fällt und ein paar Leute sich umdrehen, höre ich mich laut ausrufen, die Stimme belegt von Mitgefühl: »Lassen Sie mich durch, zur Seite, ich bin Arzt«, und ich knie neben der Mutter, ehe sich eine neugierige Menge um uns versammelt, und ziehe ihre Arme von dem Kind weg, das nun auf dem Rücken vergeblich nach Luft schnappt, während das Blut gleichmäßig, aber schon schwächer aus seinem Hals auf das bereits durchnässte Polohemd sprudelt. Und während ich den Kopf des Kindes halte, ehrfürchtig, sorgsam bedacht, mich nicht blutig zu machen, bin ich mir schwach bewusst, dass, falls jemand einen Telefonanruf macht oder ein richtiger Doktor zur Hand ist, eine gute Chance besteht, das Kind zu retten. Aber dazu kommt es nicht. Stattdessen halte ich es, gedankenlos, während die Mutter – häuslich, jüdisch aussehend, übergewichtig, bemitleidenswert erfolglos in ihrem Bemühen, sich mit Designerjeans und einem unansehnlichen schwarzen Wollsweater mit Rankenmuster chic zu machen – schreit *tut doch etwas, tut doch etwas, tut doch etwas,* wir beide blind und taub für das Chaos, die schreienden Leute um uns, nur auf das sterbende Kind konzentriert.

Obwohl ich zuerst zufrieden mit mir bin, durchfährt mich plötzlich klägliche Verzweiflung darüber, wie sinnlos, wie außerordentlich schmerzlos es ist, ein Kind ums Leben zu bringen. Dieses Ding vor mir, klein und verkrümmt und blutig, hat keine eigene Geschichte, keine nennenswerte Vergangenheit, nichts Wichtiges geht verloren. Wie viel schlimmer (und erfreulicher) ist es, jemandem das Leben zu nehmen, der auf der Höhe des Lebens steht, der Ansätze einer echten Geschichte hat, Lebensgefährten, ein Netzwerk von Freunden, dessen Tod viel mehr Menschen mit unendlichem Leidenspotenzial unglücklich macht, als der Tod eines Kindes es könnte, wahrscheinlich sehr viel mehr Leben zerstört als der sinnlose, mickrige Tod dieses Jungen. Automatisch überkommt mich das schier überwältigende Verlangen, auch die Mutter des Kindes zu erschlagen, die in Hysterie verfallen ist, aber ich kann nicht mehr tun, als sie grob ins Gesicht zu schlagen und sie anzuschreien, sie soll still sein. Dafür ernte ich keinen missbilligenden Blick. Unbewusst registriere ich, dass Licht in den Raum fällt, dass irgendwo eine Tür geöffnet wird, die Anwesenheit von Zoowärtern, einem Aufseher, dass jemand – ein Tourist? – Blitzlichtaufnahmen macht, die hinter uns im Tank durchdrehenden Pinguine, die sich in Panik gegen die Glasscheibe werfen. Ein Bulle schiebt mich beiseite, obwohl ich ihm sage, ich sei Arzt. Jemand schleift den Jungen nach draußen, legt ihn auf den Boden und reißt sein Hemd auf. Der Junge keucht, stirbt. Die Mutter muss zurückgehalten werden. Ich fühle mich leer, kaum richtig anwesend, aber selbst das Eintreffen der Polizei scheint kein ausreichender Grund, sich zu verziehen, und so stehe ich mit der Menge vor dem Pinguingehege, mit Dutzenden von anderen, lasse mir reichlich Zeit, mich gemächlich unter die Menge zu mischen und dann zu verkrümeln, bis ich schließlich die Fifth Avenue hinuntergehe, überrascht, wie wenig Blut meine Jacke abbekommen hat; ich halte bei einem Buchladen an und kaufe ein Buch, und dann kaufe ich ein Dove Bar – Kokosnussgeschmack – an einem Dove-Barstand an der Ecke FiftySixth und stelle mir ein Loch vor, das in der Sonne aufreißt, und aus irgendeinem Grund löst das die Spannung, die ich gespürt hatte, als ich zum ersten Mal die Augen der Schneeeule sah, und noch einmal, nachdem sie den Jungen aus dem Pinguingehege gezerrt hatten und ich davonging, die Hände voller Blut, unentdeckt.

Girls

MEINE BESUCHE IM BÜRO waren im letzten Monat sporadisch, vorsichtig ausgedrückt. Alles, wozu ich im Moment Lust zu haben scheine, ist zu trainieren, hauptsächlich Gewichtheben, und in neuen Restaurants zu reservieren, in denen ich schon gewesen bin, um dann wieder abzusagen. Mein Apartment riecht nach verschimmeltem Obst, obwohl der Geruch eigentlich von dem herrührt, was ich aus Christies Kopf gekratzt und in eine Marco-Glasschale gekippt habe, die auf einem Bord neben der Eingangshalle steht. Der Kopf selbst liegt mit Hirnmasse beschmiert, hohl und augenlos, in der Ecke des Wohnzimmers unter dem Klavier, und ich habe vor, ihn zu Halloween als Laterne zu verwenden. Wegen des Gestanks beschließe ich, Paul Owens Apartment für ein kleines Stelldichein zu benutzen, das ich für heute Abend geplant habe. Ich habe die Wohnung auf Abhörgeräte untersuchen lassen; enttäuschenderweise erfolglos. Jemand, mit dem ich über meinen Anwalt Kontakt habe, erzählt mir, dass Donald Kimball, der Privatdetektiv, gehört hat, Owen sei tatsächlich in London, jemand habe ihn zweimal in der Lobby des Claridge gesehen und jeweils einmal bei einem Schneider in der Savile Row und einem angesagten neuen Restaurant in Chelsea. Kimball ist vor zwei Nächten rübergeflogen, das heißt, dass niemand mehr das Apartment überwacht, und die Schlüssel, die ich Owen abgenommen habe, passen immer noch, also konnte ich das Werkzeug (eine Bohrmaschine, eine Flasche Säure, das Bolzenschussgerät, Messer, ein Brc-Feuerzeug) nach dem Lunch dort hinbringen. Ich miete zwei Hostessen bei einem angesehenen, wenn auch schmierigen Privatunternehmen, mit dem ich noch nie zu tun hatte, lasse sie auf Owens goldene American-Express-Karte setzen, die, wahrscheinlich weil Owen in London vermutet wird, nicht überwacht wird, seine Platin-AmEx hingegen schon. Die *Patty Winters Show* heute Morgen war – ironischerweise, fand ich – über Lady Dis Schönheitstricks.

Mitternacht. Meine Unterhaltung mit den beiden Mädchen, zwei jungen, blonden Hardbodys mit großen Titten, ist schleppend, da ich einige Mühe habe, mein derangiertes Ich im Zaum zu halten.

»Sie leben in einem Palast, Mister«, sagt eins der Mädchen, Torri, mit Babystimme, hingerissen von Owens lächerlich protziger Eigentumswohnung. »Ist echt ein Palast.« Verärgert werfe ich ihr einen Blick zu. »*So* schön ist es auch wieder nicht.«

Während ich Drinks aus Owens wohlsortierter Bar mache, erwähne ich den beiden gegenüber, dass ich auf der Wall Street arbeite, bei Pierce & Pierce. Keine von beiden scheint das besonders zu interessieren. Stattdessen muss ich wieder eine Stimme hören – eine von ihren –, die mich fragt, ob es ein Schuhgeschäft ist. Tiffany blättert in einer drei Monate alten Ausgabe von *GQ*, sitzt auf der schwarzen Ledercouch unter der Wandverkleidung aus Kuhfellimitat und sieht verwirrt aus, als würde sie etwas, alles, nicht verstehen. Ich denke, bete, du Hure, bete einfach, und dann muss ich mir eingestehen, wie es mich aufgeilt, dass sich diese Mädchen vor mir für ein Taschengeld erniedrigen. Außerdem lasse ich einfließen, dass ich in Harvard war, und frage dann: »Schon mal davon gehört?«

Ich bin schockiert, als Torri sagt: »Ich hatte mal einen Geschäftsfreund, der sagte, er wäre da gewesen.« Sie zuckt stumpf die Achseln.

»Ein Kunde?«, frage ich interessiert.

»Tja«, sagt sie nervös. »Sagen wir einfach, ein Geschäftsfreund.«

»War das ein Zuhälter?«, frage ich – dann kommt der irre Teil.

»Na ja«, sie druckst herum, ehe sie fortfährt, »sagen wir einfach, ein Geschäftsfreund.« Sie nimmt einen Schluck aus ihrem Glas. »Er *sagte*, er wäre da gewesen, aber … ich habe ihm nicht geglaubt.« Sie sieht zu Tiffany, dann zu mir. Unser beiderseitiges Schweigen ermutigt sie weiterzusprechen, und sie fährt stockend fort. »Er hatte, na ja, diesen Affen, irgendwie. Und ich musste in … seinem Apartment auf den Affen … aufpassen.« Sie bricht ab, fängt wieder an, fährt mit monotoner Stimme fort, gelegentlich schluckend: »Ich wollte den ganzen Tag fernsehen, weil es sonst nicht viel zu tun gab, während der Typ weg war … und dabei ein Auge auf den Affen haben. Aber mit dem … mit dem Affen stimmte was nicht.« Sie bricht ab und holt tief Atem. »Der Affe wollte immer nur …« Sie seufzt, dann sprudelt es aus ihr heraus, »die *Oprah Winfrey Show* sehen, und sonst nichts. Der Typ hatte unzählige Bänder davon, und die hatte er alle für seinen Affen gemacht« – jetzt sieht sie flehend zu mir, als ob sie gleich hier und jetzt in Owens Apartment den Verstand verlieren würde und von mir, ja was, eine Bestätigung erwartet? – »und die Reklame rausgeschnitten. Einmal habe ich versucht … umzuschalten … oder das Tape auszustellen … weil ich stattdessen eine Soap Opera sehen wollte … aber« – sie trinkt ihr Glas aus, rollt die Augen und fährt, eindeutig erschüttert von dieser Story, tapfer fort – »der Affe hat mich ang… gefaucht und hat sich erst beruhigt, als Oprah wieder lief.« Sie schluckt, räuspert sich, sieht aus, als würde sie gleich zu weinen anfangen, tut es dann aber doch nicht. »Also weißt du, man schaltet den Fernseher um, und und d-der verdammte Affe kratzt einen«, schließt sie bitter, wiegt sich in ihren Armen, zitternd, und versucht vergeblich, sich selbst zu wärmen.

Stille. Arktische, frostige, totale Stille. Das Licht, das über uns im Apartment brennt, ist kalt und elektrisch. Ich stehe da, sehe Torri an und dann das andere Mädchen, Tiffany, die aussieht, als würde ihr gleich übel.

Schließlich sage ich etwas, stolpere über meine eigenen Worte. »Es … ist mir egal … ob du ein … anständiges Leben führst … oder nicht.«

Sex findet statt – eine Hardcore-Montage. Erst rasiere ich Torris Muschi, dann liegt sie auf dem Rücken auf Pauls Futon und spreizt ihre Beine, während ich sie reibe und lecke und manchmal ihr Arschloch lecke. Dann lutscht Tiffany an meinem Schwanz – ihre Zunge ist heiß und nass, und sie fährt damit immer wieder über meine Eichel, was mich ganz nervös macht –, während ich sie dreckige Hure, Nutte nenne. Ich ficke eine von ihnen mit Kondom, während die andere an meinen Eiern leckt und schlabbert, und starre dabei auf den Angelis-Siebdruck, der über dem Bett hängt, denke an Bäche von Blut, Fontänen von dem Zeug. Manchmal ist es sehr still im Raum, bis auf die nassen Geräusche, die mein Schwanz macht, wenn er in einer der Vaginas vor und zurück gleitet. Tiffany und ich wechseln uns dabei ab, Torris haarlose Fotze und ihr Arschloch zu lecken. Beide kommen, aufschreiend, in 69-Position. Als ihre Fotzen nass genug sind, packe ich einen Dildo aus und lasse sie damit herumspielen. Torri spreizt ihre Beine und reibt ihre eigene Klitoris, und während Tiffany sie mit dem riesigen, eingeschmierten Dildo fickt, bettelt Torri darum, dass Tiffany ihn härter in ihre Fotze stößt, bis sie schließlich keuchend kommt.

Ich lasse sie sich wieder gegenseitig lecken, fange aber schon an, die Lust zu verlieren – ich kann an nichts anderes denken als an Blut und wie ihr Blut aussehen wird, und obwohl Torri weiß, was sie zu tun hat, weiß, wie man Pussys lecken muss, genügt es mir nicht, und ich schiebe sie von Tiffanys Fotze weg und fange an, die weiche, nasse rosa Fotzigkeit zu lecken und zu beknabbern, während Torri ihren Arsch spreizt und sich auf Tiffanys Gesicht setzt und dabei ihre eigene Klitoris reibt. Tiffany leckt hungrig Torris Pussy, nass und schimmernd, und Torri greift nach unten und knetet Tiffanys große feste Titten. Ich beiße fester, an Tiffanys Fotze kauend, und sie verkrampft sich. »Ganz locker«, sage ich beruhigend. Sie fängt an zu jaulen, will wegrutschen und kreischt schließlich laut auf, als sich meine Zähne in ihr Fleisch graben. Torri denkt, Tiffany würde kommen, und presst ihre eigene Fotze härter auf Tiffanys Mund, ihre Schreie erstickend, aber als ich zu Torri hochschaue, das Gesicht voller Blut, den Mund voller Fleisch und Schamhaare, und das Blut aus Tiffanys zerfetzter Fotze auf die Bettdecke schießt, spüre ich, wie eine Welle plötzlichen Horrors sie überläuft. Ich blende sie beide zunächst mit Tränengas und schlage sie dann mit dem Griff des Bolzenschussgeräts nieder.

Torri erwacht gefesselt, hinterrücks über die Bettkante gezogen, das Gesicht voller Blut, weil ich ihr die Lippen mit einer Nagelschere abgeschnitten habe. Tiffany ist mit sechs Paaren von Pauls Hosenträgern an die andere Seite des Betts gefesselt, stöhnt vor Angst, völlig erstarrt vor dem Monster Realität. Ich will, dass sie zusieht, was ich mit Torri mache, und habe sie so hingesetzt, dass sie es nicht vermeiden kann. Wie immer im Bemühen, diese

Mädchen begreifen zu lernen, filme ich ihren Tod. Für Torri und Tiffany benutze ich eine Minox LX Superminiaturkamera für 9.5-mm-Film und 15 mm f/3.5 Linse mit Belichtungsmesser und eingebautem Graufilter und Stativ. Im tragbaren CD-Player, der auf dem Bücherbord über dem Bett steht, läuft eine CD der Traveling Wilburys, um eventuelle Schreie zu übertönen.

Ich fange damit an, Torri ein wenig zu häuten, mache leichte Einschnitte mit einem Steakmesser und reiße kleine Fleischstücke aus Beinen und Bauch, während sie hilflos schreit, mit hoher, dünner Stimme um Gnade fleht, und ich hoffe, dass ihr bewusst ist, wie verhältnismäßig harmlos ihre Leiden gegen das sind, was ich mit der anderen vorhabe. Ich besprühe Torri immer wieder mit Tränengas, versuche dann, ihr die Finger mit der Nagelschere abzuschneiden, und gieße schließlich Säure über ihren Unterleib und ihre Genitalien, aber das alles reicht noch lange nicht, um sie zu töten, also gehe ich dazu über, ihr in die Kehle zu stechen, aber dann bricht die Messerklinge ab, weil sie in dem, was von Torris Hals noch übrig ist, auf Knochen gestoßen ist, und ich höre auf. Während Tiffany zusieht, säge ich zum Schluss den ganzen Kopf ab – Sturzbäche von Blut schwappen gegen die Wände, spritzen bis an die Decke –, schwenke den Kopf wie eine Trophäe, halte ihn dann vor meinen Schwanz, purpurrot vor Geilheit, mit dem ich ihren blutigen Mund ficke, bis ich komme, darin explodiere. Danach bin ich so hart, dass ich den Kopf, der sich warm und fast schwerelos anfühlt, auf meinem Schwanz durch das blutüberströmte Zimmer tragen kann. Eine Zeit lang ist das amüsant, aber ich brauche eine Pause, also entferne ich den Kopf, stelle ihn auf Pauls Eiche-und-Teak-Schrank und setze mich dann in einen Stuhl, nackt, mit Blut bedeckt, sehe HBO in Owens Fernseher, trinke ein Corona und beschwere mich lauthals, dass Owen kein Cinemax hat.

Später – jetzt – sage ich Tiffany: »Ich lasse dich gehen, shhhh …«, und ich streichle ihr Gesicht, das schlüpfrig ist von Tränen und Tränengas, ganz sanft, und es schneidet mir ins Herz, dass tatsächlich einen Moment Hoffnung in ihrem Blick ist, ehe sie das brennende Streichholz in meiner Hand sieht, aus einem Streichholzbriefchen aus der Bar im Palio's, das ich mitgenommen habe, als ich letzten Freitag mit Robert Farrell und Robert Prechter auf ein paar Drinks dort war, und ich senke es vor ihre Augen, die sie instinktiv schließt, versenge ihr beide Wimpern und Augenbrauen, und zum Schluss nehme ich dann ein BIC-Feuerzeug und halte es an beide Augenhöhlen, wobei ich die Lider mit meinen Fingern offen halte und mir den Daumen und den kleinen Finger verbrenne, bis die Augäpfel aufplatzen. Während sie noch bei Bewusstsein ist, rolle ich sie herum, spreize ihre Arschbacken und nagele mit dem Bolzenschussgerät einen Dildo, den ich auf ein Brett gebunden habe, tief in ihren Arsch. Dann drehe ich sie wieder um, ihr Körper schwach vor Angst, schneide alles Fleisch um ihren Mund ab und vertiefe das Loch mit der Bohrmaschine, auf die ich einen extradicken Bohrer geschraubt habe, während sie protestierend zuckt, und als ich mit der Größe des Lochs zufrieden bin, das ich gebohrt habe, ihr Mund ist so weit offen wie möglich, ein rötlichschwarzer Tunnel aus zerfetzter Zunge und ausfallenden Zähnen, stoße ich meine Hand hinein, so tief in ihren Rachen, dass sie bis zum Unterarm verschwindet – die ganze Zeit zuckt ihr Kopf unkontrolliert, aber beißen kann sie nicht, da die Schlagbohrmaschine ihr die Zähne aus dem Zahnfleisch gerissen hat –, und taste nach den Adern, die dort hängen wie Schläuche, löse sie mit den Fingern und reiße sie, als ich sie gut im Griff habe, mit einem grausamen Ruck durch ihren offenen Mund heraus, zerre, bis der Hals sich nach innen wölbt, verschwindet, die Haut sich spannt und aufreißt, obwohl kaum Blut kommt. Der größte Teil ihres Rachenraums hängt ihr aus dem Mund, und ihr ganzer Körper beginnt zu zappeln, wie ein Käfer auf dem Rücken, von Krämpfen geschüttelt, ihre triefenden Augen rinnen über ihr Gesicht und mischen sich mit Tränen und Tränengas, und dann lösche ich schnell, um keine Zeit zu verlieren, das Licht und reiße ihr, ehe sie stirbt, mit bloßen Händen die Bauchdecke auf. Ich kann nicht sehen, was ich mit meinen Händen mache, höre aber nasse, reißende Geräusche, und meine Hände sind warm und mit irgendwas verschmiert.

Danach. Keine Angst, keine Verwirrung. Ich kann nicht bleiben, da heute noch einiges ansteht: Videos zurückbringen, im Fitness-Center trainieren, ein neues englisches Musical, dessen Besuch ich Jeanette versprochen habe; fürs Dinner muss auch noch irgendwo reserviert werden. Die Reste der Körper zeigen erste Anzeichen der Leichenstarre. Ein Teil von Tiffanys Körper – zumindest glaube ich, dass es ihrer ist, auch wenn ich sie nur schwer auseinanderhalten kann – ist eingefallen, und ihre zersplitterten Rippen ragen aus dem, was von ihrer Bauchdecke noch übrig ist, und haben auch beide Brüste durchstoßen. Ein Kopf ist an die Wand genagelt, Finger liegen verstreut oder in einer Art Kranz um den CD-Player angeordnet herum. Einer der Körper, der auf dem Boden, ist mit Exkrementen beschmiert und mit Bissspuren übersät, weil ich wild hineingebissen habe. Mit dem Blut aus dem Magen einer der Leichen, in das ich meine Hand tauche, schmiere ich in tropfenden roten Lettern die Worte BIN WIEDER DA über die Wandverkleidung aus Kuhfellimitat und darunter eine schaurige Zeichnung, die so aussieht

Ratte

MITTE OKTOBER WIRD FOLGENDES GELIEFERT:

Ein Audio-Receiver, der Pioneer VSX-9300S, mit integriertem Dolby Prologic Surround Sound Prozessor mit Digitaldelay, 125 Watt Lautsprecherleistung nach vorne und 30 Watt nach hinten und einer Infrarot-Fernbedienung, die bis zu 154 Programmfunktionen fremder Geräte anderer Marken speichern kann.

Ein Analog-Kassettendeck von Akai, das GX-950B, das über manuelle Bias-Einstellung verfügt, Dolby-Aufnahmeaussteuerung, eine eingebaute Kalibrierung sowie eine SpotErase-Funktion, die es ermöglicht, den Anfang und das Ende bestimmter Musiksequenzen zu markieren, die dann durch einfachen Tastendruck gelöscht werden. Das Kassettendeck ist mit drei Tonköpfen ausgerüstet, verfügt über ein geschlossenes Kassettensystem, was Störgeräusche auf ein Minimum reduziert, und ein Dolby HX-Pro-Geräuschunterdrückungssystem, während die vordere Bedienungseinheit durch eine Multifunktions-Fernbedienung angesteuert wird.

Ein Multidisc-CD-Player von Sony, der MDP-700, der sowohl Ton- als auch Bild-CDs abspielt, alles von 3-Inch-Digital-Audio-Singles bis 12-Inch-Bildplatten. Der Player besitzt einen Standbild-Zeitlupe-Multispeed Visual/AudioLaser für 4faches Oversampling und ein Zweimotorsystem für konstante Laufgeschwindigkeit, während das Disc-Protect-System ein Verrutschen der Disc verhindert. Ein automatischer Musiksuchlauf erlaubt die Auswahl unter bis zu 99 Musikstücken, während ein automatischer Szenenspeicher bis zu 79 Filmsequenzen einer Bildplatte abrufen kann. Dazu kommt eine Joy-Shuttle-Bedienungseinheit mit ferngesteuerter Standbildanwahl, Memorytaste sowie zwei Paar vergoldeter AV-Anschlüsse für erstklassige Empfangsqualität.

Ein hochwertiges Tapedeck, das DX-5000 von NEC, das digitale Spezialeffekte mit exzellenter Hi-Fi-Qualität kombiniert und an eine VHS-HQ-Einheit mit vier Bildköpfen angeschlossen werden kann, die mit 21-Tage-8-Programme-Timer und MTS-Decoder ausgerüstet ist, kabeltauglich für bis zu 140 Kanäle. Ein weiteres Extra: eine 50-Kanal-Fernsteuerung, die es ermöglicht, Werbeblöcke auszublenden. Der Sony CCD-V200 8-mm-Camcorder ist ausgerüstet mit Sieben-Farben-Blende, Charaktergenerator und Editing-Funktion, die auch Zeitraffer-Aufnahmen ermöglicht, um beispielsweise einen verwesenden Körper in 15-Sekunden-Intervallen aufzunehmen oder die letzten Zuckungen eines vergifteten kleinen Hundes zu filmen. Die Audioeinheit verfügt über digitale Aufnahme/Wiedergabe in Stereoqualität, während das Teleobjektiv durch sechs verschiedene Blenden ab 4 Lux Beleuchtungsstärke arbeiten kann.

Ein neuer Monitor mit einer 68-Zentimeter-Bildröhre, der CX-2788 von Toshiba, besitzt einen eingebauten MTS-Decoder, einen CCD-Suchfilter, automatischen Sendersuchlauf, Super-VHS-Anschlüsse und 7 Watt pro Kanal. Dazu kommen weitere 10 Watt, die dem Subwoofer mehr Wumm in den unteren Frequenzen bringen, und ein Carver Sonic Holographing Sound System für einzigartigen 3-D-Stereoklang.

Mit dem LD-ST Disc Player von Pioneer mit Fernbedienung und dem Sony MDP-700 Multidisc-Player mit Digitaleffekten und einer programmierbaren Multifunktionssteuerung (einer fürs Schlafzimmer, einer fürs Wohnzimmer) lassen sich in zwei Autoload-Laufwerken CDs und Bildplatten aller Formate und Größen abspielen – 8-Inch- und 12-Inch-Laserdiscs, 5-Inch-CD-Videodiscs und 3- oder 5-Inch-Compactdiscs. Der LD-W1 von Pioneer lädt zwei Discs gleichzeitig und spielt sie hintereinander ab, mit nur wenigen Sekunden Unterbrechung beim Wechsel. Außerdem hat er Digital-Stereo, Fernbedienung und einen Memoryspeicher. Der CDV-1600 Multidisc-Player von Yamaha eignet sich für alle Formate, besitzt einen RAM-Speicher für bis zu 15 Titel und eine Fernbedienung.

Außerdem werden noch zwei Threshold Mono-Endstufen zum Stückpreis von etwa 15 000 Dollar geliefert. Und fürs Schlafzimmer kommt am Montag eine neue Konsole aus weiß polierter Eiche, um einen der neuen Fernseher zu verstauen. Ein maßgefertigtes Sofa mit Baumwollbezug umrahmt von italienischen Bronze- und Marmorbüsten aus dem achtzehnten Jahrhundert auf zeitgenössischen Podesten aus bemaltem Holz trifft am Dienstag ein. Ein neues Kopfteil fürs Bett (weiße Baumwolle mit Zierleisten aus beigen Messingstiften) kommt ebenfalls am Dienstag. Ein neuer Frank-Stella-Druck fürs Badezimmer kommt am Mittwoch zusammen mit einem neuen schwarzen Superdeluxe-Sessel. Der Onica, den ich verkaufe, wird durch einen neuen ersetzt: das überdimensionale Porträt eines Frequenzgangreglers in Chrome und Pastell.

Ich spreche mit den Lieferanten vom Park Avenue Sound Shop über HDTV, das noch nicht lieferbar ist, als eins der neuen schwarzen Funktelefone von AT&T klingelt. Ich gebe ihnen ihr Trinkgeld und nehme dann ab. Mein Anwalt, Ronald, ist in der Leitung. Ich höre ihm zu, nickend, und winke die Liefertypen aus dem Apartment. Dann sage ich: »Die Rechnung beläuft sich auf dreihundert Dollar, Ronald. Wir haben nur Kaffee getrunken.« Eine lange Pause, während der ich einen bizarren schlürfenden Ton aus dem Badezimmer höre. Während ich vorsichtig hinschleiche, das Funktelefon noch in der Hand, sage ich zu Ronald: »Aber ja … Moment … Aber ich bin … Aber wir hatten nur einen Espresso.« Dann spähe ich ins Badezimmer.

An den Toilettensitz klammert sich eine fette nasse Ratte, die – wie ich annehme – aus dem Klo gekommen ist. Sie sitzt auf dem Rand der Toilettenschüssel und versucht, die Feuchtigkeit abzuschütteln, ehe sie zaghaft auf den Boden springt. Es ist eine riesige Ratte, sie schlittert erst und pirscht dann über die Fliesen durch den zweiten Badezimmereingang in die Küche, wo ich ihr zu der Tüte mit Pizzaresten von Le Madri folge, die aus irgendeinem Grund neben dem Mülleimer von Zona auf der gestrigen Ausgabe der *New York Times* auf dem Boden steht, und die Ratte packt, vom Geruch angelockt, die Tüte mit der Schnauze und schüttelt wie ein Hund den Kopf, um an die Lauch-Ziegenkäse-Trüffel-Pizza zu kommen, wild quiekend vor Hunger. Ich stehe so unter Halcion, dass die Ratte mir weniger Sorgen macht, als sie wahrscheinlich sollte.

Um die Ratte zu fangen, kaufe ich eine extragroße Mausefalle in einem Haushaltswarengeschäft an der Amsterdam. Außerdem beschließe ich, die Nacht in unserer Familiensuite im Carlyle zuzubringen. Außer einer Ecke Brie im Kühlschrank habe ich nichts an Käse im Haus, und ehe ich das Apartment verlasse, lege ich das ganze Stück – es ist eine wirklich fette Ratte – mit einer sonnengetrockneten Tomate und einem Sträußchen Dill apart garniert auf die Falle und spanne sie. Aber als ich am nächsten Morgen zurückkomme, hat die Falle die Ratte wegen ihrer enormen Größe nicht getötet. Die Ratte liegt nur da, gefangen, quiekend, und peitscht mit ihrem scheußlich öligen, rosa durchscheinenden Schwanz den Boden; er ist so lang wie ein Bleistift und doppelt so dick und macht jedes Mal ein klatschendes Geräusch, wenn er auf das Parkett aus weißer Eiche schlägt. Mit einer Kehrschaufel – nach der ich erst eine gottverdammte Stunde suchen muss – treibe ich die verletzte Ratte in die Enge, als sie sich gerade aus der Falle befreit hat, und hebe das Biest hoch, was sie in Panik versetzt und sie noch lauter quietschen lässt; sie zischt mich an und fletscht ihre kleinen gelben Rattenzähne, und ich kippe sie in eine Bergdorf-Goodman-Hutschachtel. Aber dann bahnt sich das Biest seinen Weg nach draußen, und ich muss es in der Spüle einquartieren, die ich mit einem durch nie benutzte Kochbücher beschwerten Brett abdecke, während ich in der Küche sitze und über Möglichkeiten nachdenke, Mädchen mit diesem Tier zu quälen (dass mir jede Menge einfallen, ist nicht weiter verwunderlich), und eine Liste mache, auf der, abgesehen von der Rattenfolter, das Aufschneiden und Aushöhlen beider Brüste und eng um den Kopf geschlungener Stacheldraht vermerkt sind.

Noch ein Abend

MCDERMOTT UND ICH sind heute Abend zum Dinner bei 1500 verabredet, und er ruft mich um halb sieben rum an, vierzig Minuten vor unserer verabredeten Zeit (er konnte zu keiner anderen Zeit für uns reservieren außer um zehn nach sechs oder um neun, wenn das Restaurant zumacht – es ist auf kalifornische Küche spezialisiert, und die Dinnerzeiten sind ein lieber Brauch, den sie aus diesem Staat importiert haben), und obwohl ich gerade dabei bin, mir mit Zahnseide die Zähne zu reinigen, liegen meine sämtlichen Funktelefone neben dem Waschbecken im Badezimmer, und ich kann das rechte beim zweiten Klingeln abheben. Bis jetzt trage ich eine schwarze Armani-Hose, ein weißes Armani-Hemd und einen rot-schwarzen Armani-Schlips. McDermott lässt mich wissen, dass Hamlin mitkommen will. Ich bin hungrig. Es entsteht eine Pause.

»Und?«, frage ich, meinen Schlips richtend. »Okay.«

»Und?« McDermott seufzt. »Hamlin will nicht ins 1500.«

»Warum nicht?«, frage ich und drehe den Wasserhahn zu.

»Er war *gestern Abend* da.«

»Also … was versuchst *du*, McDermott, *mir* mitzuteilen?«

»Dass wir *woanders* hingehen«, sagt er.

»Wohin?«, frage ich misstrauisch.

»*Ham*lin hat Alex Goes to Camp vorgeschlagen«, sagt er.

»Moment. Ich plaxe.« Nachdem ich die Antiplaque-Spülung in meinem Mund durchgespült und meinen Haaransatz im Spiegel überprüft habe, spucke ich das Plax aus. »Veto. Is nicht. Da war *ich* letzte Woche.«

»Ich *weiß*. Ich auch«, sagt McDermott. »Außerdem ist es billig. Wo sollen wir sonst hingehen?«

»Hatte Hamlin keinen verdammten Alternativvorschlag?«, knurre ich irritiert.

»Ähm, nein.«

»Dann ruf ihn an und lass dir einen machen«, sage ich, während ich aus dem Badezimmer gehe. »Ich scheine meinen Zagat verlegt zu haben.«

»Willst du dranbleiben, oder soll ich dich zurückrufen?«, fragt er.

»Ruf mich zurück, du Clown.« Wir hängen ein.

Minuten vergehen. Das Telefon klingelt. Ich warte gar nicht erst ab, bis mein Anrufbeantworter abnimmt. Es ist wieder McDermott.

»Also?«, frage ich.

»Hamlin fällt nichts anderes ein, und er will Luis Carruthers einladen, und was ich wissen möchte ist, heißt das, dass Courtney mitkommt?«, fragt McDermott.

»Luis *kann* nicht mitkommen«, sage ich.

»Warum nicht?«

»Er *kann* einfach nicht.« Ich frage: »Warum will er, dass Luis mitkommt?«

Es entsteht eine Pause. »Bleib dran«, sagt McDermott. »Er ist auf der anderen Leitung. Ich frage ihn.«

»Wer?« Ein Panikschub. »Luis?«

»Hamlin.«

Während ich warte, gehe ich in die Küche zum Kühlschrank und nehme eine Flasche Perrier heraus. Ich suche nach einem Glas, als ich ein Klicken höre.

»Hör mal«, sage ich, als McDermott wieder in der Leitung ist. »Ich will weder Luis noch Courtney sehen, also, du weißt schon, red es ihnen aus oder so was. Lass deinen Charme spielen.«

»Sei charmant.«

»Hamlin muss mit einem Kunden aus Texas zu Abend essen und –«

Ich schneide ihm das Wort ab. »Warte, das hat nichts mit Luis zu tun. Lass Hamlin die Tunte gefälligst selbst ausführen.«

»Hamlin will, dass Carruthers mitkommt, weil Hamlin sich um die Panasonic-Sache kümmern soll, aber Carruthers weiß da viel besser Bescheid, und darum will er, dass Carruthers mitkommt«, erklärt McDermott.

Ich schweige, während ich das schlucke. »Wenn Luis mitkommt, töte ich ihn. Ich schwöre bei Gott, ich töte ihn. Scheiße, ich töte ihn.«

»Jesses, Bateman«, murmelt McDermott betroffen. »Du bist ein echter Menschenfreund. Ein Weiser.«

»Nein. Nur …«, fange ich an, verwirrt, irritiert. »Nur … vernünftig.«

»Was ich wissen will, ist nur, wenn Luis kommt, heißt das, dass Courtney auch kommt?«, fragt er sich wieder.

»Sag Hamlin, er soll – ach, Scheiße, ich weiß nicht.« Ich unterbreche mich. »Sag Hamlin, er soll mit dem Texaner allein zu Abend essen.« Ich unterbreche mich wieder, als mir etwas einfällt. »Moment mal? Soll das heißen, dass Hamlin … uns einlädt? Ich meine, zahlt er, weil es ja ein Geschäftsessen ist?«

»Weißt du, Bateman, manchmal halte ich dich für verdammt aufgeweckt«, sagt McDermott. »Manchmal allerdings …«

»Oh, Scheiße, was sage ich da, zum Teufel?«, frage ich mich selbst laut, verärgert. »Du und ich können zusammen ein verdammtes *Geschäfts*essen machen. Jesus. Ich gehe nicht mit. Das war's. Ich gehe nicht mit.«

»Noch nicht mal, wenn Luis *nicht* kommt?«, fragt er.

»Nein. Niente.«

»Warum nicht?«, jault er. »Wir *haben* doch den Tisch im 1500.«

»Ich muss … mir *Bill Cosbys Familienbande* ansehen.«

»Oh, nimm sie doch *auf*, um Himmels willen, du *Arsch*.«

»Warte.« Mir ist noch was eingefallen. »Glaubst du, Hamlin hat« – ich zögere verlegen – »Drogen dabei, vielleicht … für den Texaner?«

»Und was meint Bateman?«, fragt McDermott, das behämmerte Arschloch.

»Hmmmmm. Das frage ich mich gerade. Genau das frage ich mich.«

Nach einer längeren Pause sagt McDermott singend: »Ticktack, tick-tack. So kommen wir nicht weiter. *Natürlich* wird Hamlin was dabeihaben.«

»Ruf Hamlin an und lass ihn … hol ihn auf Konferenzschaltung«, sage ich hastig und schaue auf meine Rolex. »Schnell. Vielleicht können wir ihn zum 1500 überreden.«

»Okay«, sagt McDermott. »Bleib dran.«

Man hört vier klickende Geräusche, und dann höre ich Hamlin sagen: »Bateman, ist es in Ordnung, Socken mit Schottenkaro zum Businessanzug zu tragen?« Scheint ein Witz zu sein, über den ich nicht lachen kann.

Innerlich seufzend, die Augen geschlossen, antworte ich ungeduldig: »Eigentlich nicht, Hamlin. Sie sind zu sportlich. Sie vertragen sich nicht mit geschäftlichem Auftreten. Man kann sie zu sportlicher Kleidung tragen. Tweed, was auch immer. Also, Hamlin?«

»Bateman?« Und dann sagt er: »Danke schön.«

»Luis *kann* unmöglich mitkommen«, sage ich ihm. »Aber du natürlich gerne.«

»Kein Problem«, sagt er. »Der Texaner kommt sowieso nicht.«

»Wieso nicht?«, frage ich.

»Hey weil warum gehn wir nich alle ins Sie Bie Gie Bies, ich hör', das ist echt New Wave. Andere Länder, andere Sitten«, erklärt Hamlin. »Der Texaner ist abgemeldet bis Montag. Ich habe ganz schnell, und, wie ich hinzufügen möchte, recht elegant, meinen hektischen Terminplan umgestellt. Ein kranker Vater. Ein Waldbrand. Eine Entschuldigung.«

»Und wo bleibt *Luis* dabei?«, frage ich misstrauisch.

»*Luis* isst heute Abend mit dem Texaner, was mir eine Menge Ärger erspart, Partner. Ich treffe ihn dann am Montag bei Smith & Wollensky«, sagt Hamlin befriedigt. »Damit ist alles A-okay.«

»Wartet«, fragt McDermott tastend, »heißt das, dass Courtney nicht mitkommt?«

»Es ist schon zu spät beziehungsweise wird gleich zu spät sein für unseren Tisch im 1500«, erinnere ich sie. »Übrigens, Hamlin, du warst gestern Abend da, oder?«

»Ja«, sagt er. »Sie haben passables Carpaccio. Ganz ordentliche Perlhühnchen. Die Sorbets sind okay. Gehen wir doch einfach woandershin und, äh, machen uns dann auf die Suche nach dem, ähm, Superkörper. Gentlemen?«

»Klingt gut«, sage ich, amüsiert, dass Hamlin ausnahmsweise einen vernünftigen Vorschlag hat. »Aber was wird Cindy dazu sagen?«

»Cindy hat irgendein Wohltätigkeits-Ding im Plaza, irgendwas –«

»*Trump* Plaza heißt das«, merke ich zerstreut an, während ich endlich die Perrier-Flasche aufkriege.

»Ja, im Trump Plaza«, sagt er.

»Irgendwas wegen Bäumen an der Stadtbücherei. Geld für irgendwelche Bäume oder Büsche«, sagt er, unsicher.

»Pflanzen? Zu hoch für mich.«

»Also wohin?«, fragt McDermott.

»Wer sagt im 1500 ab?«, frage ich.

»Du«, sagt McDermott.

»Oh McDermott«, ächze ich. »Mach du das gefälligst.«

»Moment«, sagt Hamlin. »Überlegen wir doch erst mal, wo wir *hingehen*.«

»Angenommen.« McDermott, der Parlamentarier.

»Ich bin strikt gegen alles, was *nicht* auf der Upper West Side oder Upper East Side dieser Stadt liegt«, sage ich.

»Bellini's?«, schlägt Hamlin vor.

»Nix da. Da darf man keine Zigarren rauchen«, sagen McDermott und ich wie aus einem Mund.

»Streicht das«, sagt Hamlin. »Gandango?« Nächster Vorschlag.

»Ist eine Möglichkeit, eine Möglichkeit«, brumme ich und lasse es mir durch den Kopf gehen. »Trump isst da.«

»Zeus Bar?«, fragt einer von ihnen.

»Mach die Reservierung«, sagt der andere.

»Wartet«, sage ich zu ihnen. »Ich denke nach.«

»*Bate*man …«, sagt Hamlin warnend.

»Ich spiele da mit einem Gedanken«, sage ich.

»*Bate*man …«

»Wartet. Lasst mich eine Minute nachdenken.«

»Ich bin wirklich zu genervt, um mich jetzt damit abzugeben«, sagt McDermott.

»Warum vergessen wir die Scheiße nicht einfach und mischen ein paar Japsen auf«, schlägt Hamlin vor. »Und machen uns *dann* auf die Suche nach dem Superkörper.«

»Eigentlich keine schlechte Idee.« Ich zucke die Achseln. »Formelle Kleidung.«

»Was willst *du* denn machen, Bateman?«, fragt McDermott.

Ich erwäge es gründlich, tausend Meilen weit weg, und antworte dann: »Ich will ...«

»Ja ...?«, fragen beide erwartungsvoll.

»Ich möchte ... einer Frau das Gesicht mit einem großen, schweren Ziegelstein zu Brei schlagen.«

»Und *außerdem*?«, stöhnt Hamlin ungeduldig.

»Okay, prima«, sage ich und reiße mich zusammen. »Zeus Bar.«

»Bist du sicher? In Ordnung? Zeus Bar?«, sagt Hamlin abschließend, schöpft Hoffnung.

»Jungs. Ich sehe mich immer mehr *außerstande*, mich damit noch länger zu befassen«, sagt McDermott. »Zeus Bar. Damit hat sich's.«

»Moment noch«, sagt Hamlin. »Ich rufe an und reserviere.« Er schaltet sich aus, lässt McDermott und mich in der Leitung hängen. Es bleibt lange still, ehe einer von uns etwas sagt.

»Weißt du«, sage ich endlich. »Wahrscheinlich wird es nicht möglich sein, da noch zu reservieren.«

»Vielleicht sollten wir ins M. K. gehen«, sagt Craig. »Dem Texaner würde M. K. wahrscheinlich gefallen.«

»Aber McDermott, der Texaner *kommt* doch gar nicht«, gebe ich zu bedenken.

»Aber zu M. K. kann ich sowieso nicht gehen«, sagt er, ohne hinzuhören, und sagt auch nicht, warum.

»Ich will's gar nicht wissen.«

Wir warten noch zwei Minuten auf Hamlin.

»Was zum Teufel macht der?«, frage ich, dann höre ich, dass ein Anruf auf der anderen Leitung ist.

McDermott hört es auch. »Willst du den annehmen?«, fragt er.

»Ich überlege noch.« Es piepst wieder. Ich stöhne und sage McDermott, er soll dranbleiben. Es ist Jeanette. Sie klingt müde und traurig. Ich will nicht wieder in die andere Leitung, also frage ich sie, was sie gestern Abend gemacht hat.

»Nachdem wir uns treffen wollten?«

Ich zögere, verunsichert. »Äh, ja.«

»Wir sind schließlich im völlig leeren Palladium gelandet. Sie ließen die Leute umsonst rein.« Sie seufzt. »Wir haben vielleicht vier oder fünf Leute gesehen.«

»Die ihr kanntet?«, frage ich hoffnungsvoll.

»In … dem … Club«, sagt sie, jedes Wort erbittert betonend.

»Tut mir leid«, sage ich schließlich. »Ich musste … ein paar Videos zurückbringen …« Und dann, als Reaktion auf ihr Schweigen: »Weißt du, ich *wäre gekommen* –«

»Ich will nichts davon hören«, fällt sie mir seufzend ins Wort. »Was machst du heute Abend?«

Ich zögere, unsicher, wie ich antworten soll, ehe ich rausrücke: »Zeus Bar um neun. McDermott. Hamlin.« Und dann, weniger hoffnungsvoll: »Willst du uns da treffen?«

»Ich weiß nicht«, seufzt sie. Ohne einen Schimmer von Nachgiebigkeit fragt sie: »Willst du denn, dass ich komme?«

»Musst du unbedingt so dramatisch sein?«, frage ich zurück. Sie knallt den Hörer auf. Ich gehe wieder auf die andere Leitung.

»Bateman, Bateman, Bateman, Bateman«, blökt Hamlin.

»Ich bin da. Hör auf zu brüllen.«

»Zaudern wir immer noch?«, fragt McDermott. »Zaudere nicht.«

»Ich glaube, ich gehe lieber Golf spielen«, sage ich. »Ich war schon ewig nicht Golf spielen.«

»Scheiß auf Golf, Bateman«, sagt Hamlin. »Wir haben für neun eine Reservierung im Kaktus –«

»*Und* eine Reservierung bei 1500 für, mal sehen … vor zwanzig Minuten, Bateman«, sagt McDermott.

»Oh Scheiße, Craig, dann *sag sie endlich ab*«, sage ich müde.

»Gott, ich hasse Golf«, sagt Hamlin schaudernd.

»Sag *du* sie ab«, sagt McDermott lachend.

»Unter welchem Namen ist reserviert?«, frage ich, ohne zu lachen und mit lauterer Stimme.

Nach einer Pause sagt McDermott sanft »Carruthers«. Hamlin und ich prusten los.

»Wirklich?«, frage ich.

»Wir konnten für die Zeus Bar nichts mehr kriegen«, sagt Hamlin. »Also gehen wir ins Kaktus.«

»Hip«, sage ich niedergeschlagen. »Nehme ich an.«

»Nimm's leicht.« Hamlin kichert.

Ich habe wieder einen Anruf auf der anderen Leitung, und ehe ich mich entscheiden kann, ob ich ihn annehmen soll oder nicht, entscheidet Hamlin die Sache für mich. »Also wenn ihr Typen nicht ins Kaktus wollt –«

»Moment, ich hab ein Gespräch in der Leitung«, sage ich. »Bleibt dran.«

Jeanette ist in Tränen aufgelöst. »Wie weit willst du noch gehen?«, fragt sie heulend. »Sag mir einfach, wie weit du *noch* gehen willst.«

»Baby. Jeanette«, sage ich begütigend. »Hör zu, bitte. Wir sind um zehn in der Zeus Bar. Okay?«

»Patrick, bitte«, bettelt sie. »Ich bin okay. Ich will nur reden –«

»Ich sehe dich dann um neun oder zehn oder wann immer«, sage ich. »Ich muss aufhören. Hamlin und McDermott sind auf der anderen Leitung.«

»Okay.« Sie schnüffelt, versucht sich zu fassen, räuspert sich. »Ich sehe dich da. Tut mir wirklich lei–«

Ich schalte um auf die andere Leitung. Nur McDermott ist noch da.

»Wo ist Hamlin?«

»Aufgelegt«, sagt McDermott. »Wir sehen ihn um neun.«

»Super«, murmele ich. »Ich bin festgenagelt.«

»Wer war das?«

»Jeanette«, sage ich.

Ich höre ein leises Klicken, dann noch eins.

»War das deins oder meins?«, fragt McDermott.

»Deins«, sage ich. »Glaube ich.«

»Moment.«

Ich warte, gehe ungeduldig in der Küche auf und ab. McDermott schaltet sich wieder ein.

»Es ist Van Patten«, sagt er. »Ich lege ihn zu uns rüber.«

Vier weitere Klicks.

»Hey Bateman«, brüllt Van Patten. *»Kumpel.«*

»Mr. Manhattan«, sage ich. »Ich bestätige den Empfang.«

»Hey, wie ist ein Kummerbund korrekt zu tragen?«, fragt er.

»Das bin ich heute schon zweimal gefragt worden«, sage ich warnend.

Die beiden fangen an zu debattieren, ob es Van Patten bis neun ins Kaktus schaffen kann oder nicht, und ich habe aufgehört, auf die Stimmen aus dem Funktelefon zu achten, und stattdessen angefangen, mit wachsendem Interesse die Ratte, die ich gekauft habe – die mutierte, die aus der Toilette gekrochen ist, habe ich auch noch –, in ihrem neuen Glaskäfig zu beobachten, und hieve dann ihren verseuchten Körper über das komplizierte Habitrail-System auf dem Küchentisch, und sie will gerade das Wasser aus dem Spender trinken, den ich heute Morgen mit vergiftetem Evian gefüllt habe. Der Anblick erscheint mir zu mitleiderregend oder nicht mitleiderregend genug. Ein Callwaiting-Piepsen reißt mich aus meinem gedankenlosen Delirium, und ich sage Van Patten und McDermott, sie sollen dranbleiben.

Ich hebe ab, warte kurz und sage dann: »Hier ist die Wohnung von Patrick Bateman. Bitte hinterlassen sie eine Nachricht nach dem –«

»Oh, um Himmels willen, Patrick, werd endlich erwachsen«, mault Evelyn. »*Lass* es einfach. Was soll das? Glaubst du wirklich, dass du damit durchkommst?«

»Womit?«, frage ich unschuldig. »Mein Privatleben zu schützen?«

»Mich auf die Folter zu spannen«, schnappt sie.

»Honey«, sage ich.

»Ja?«, schluchzt sie.

»Du weißt gar nicht, was Folter ist. Du weißt nicht, wovon du redest«, sage ich zu ihr. »Du hast wirklich keine Ahnung, wovon du redest.«

»Ich will auch nicht drüber reden«, sagt sie. »Ist schon gut. Also, was machst du heute Abend zum Dinner?« Ihre Stimme wird sanfter. »Ich dachte, wir könnten zum Dinner ins TDK gehen, so, oh, so um neun rum?«

»Ich esse heute Abend im Harvard-Club, *allein*«, sage ich.

»Oh, sei nicht blöd«, sagt Evelyn. »Ich weiß, dass du im Kaktus mit Hamlin und McDermott verabredet bist.«

»Woher weißt du *das denn*?«, frage ich, keineswegs verlegen, weil sie mich beim Lügen erwischt hat. »Außerdem ist es Zeus Bar, nicht Kaktus.«

»Weil ich mit Cindy gesprochen habe«, sagt sie.

»Ich dachte, Cindy geht zu diesem Pflanzen- oder Baumdings – zum Buschbenefiz«, sage ich.

»Oh nein, nein, nein«, sagt Evelyn. »Das ist *nächste* Woche. Willst du hingehen?«

»Bleib einen Moment dran«, sage ich.

Ich gehe wieder zu Van Patten und Craig in die Leitung.

»Bateman?«, fragt Van Patten. »Was zum *Teufel* machst du?«

»Woher zum Teufel weiß Cindy, dass wir zum Dinner im Kaktus sind?«, herrsche ich sie an.

»Weil Hamlin es ihr gesagt hat?«, rät McDermott. »Ich weiß nicht. Warum?«

»Weil *Evelyn* es weiß«, sage ich.

»Wann zur Hölle wird Wolfgang Puck endlich ein Restaurant in dieser Stadt aufmachen?«, fragt uns Van Patten.

»Ist Van Patten bei seinem dritten Six-Pack Foster's, oder kämpft er noch mit dem ersten?«, frage ich McDermott.

»Deine Frage läuft darauf hinaus, Patrick«, beginnt McDermott, »ob wir Frauen ausschließen sollten oder nicht. Richtig?«

»Hier geht irgendwas ganz schnell den Bach runter«, warne ich. »Mehr will ich dazu nicht sagen.«

»Ob du Evelyn einladen sollst?«, fragt McDermott. »Ist es das, was du wissen willst?«

»Nein, das sollten wir ganz bestimmt nicht«, sage ich unmissverständlich.

»Also, hey, ich wollte Elizabeth mitnehmen«, sagt Van Patten verschüchtert (oder spielt er das nur?).

»Nein«, sage ich. »Keine Frauen.«

»Was passt dir nicht an Elizabeth?«, fragt Van Patten.

»Ja?«, schließt sich McDermott an.

»Sie ist ein Idiot. Nein, sie ist intelligent. Keine Ahnung. Lad sie nicht ein«, sage ich.

Nach einer Pause höre ich Van Patten sagen: »Jetzt wird es langsam komisch.«

»Also, wenn nicht Elizabeth, was ist dann mit Sylvia Josephs?«, schlägt McDermott vor.

»Naah, zu alt zum Ficken«, sagt Van Patten.

»Oh Jesus«, sagt McDermott. »Sie ist dreiundzwanzig.«

»*Acht*undzwanzig«, korrigiere ich.

»Wirklich?«, fragt ein konsternierter McDermott nach einer Pause.

»Ja«, sage ich. »Wirklich.«

McDermott sagt nur noch »Oh.«

»Scheiße, das habe ich ganz vergessen«, sage ich und klatsche mir mit der Hand vor die Stirn. »Ich habe Jeanette eingeladen.«

»Das ist mal eine, die ich auch einladen würde«, sagt Van Patten schmierig.

»Warum gibt sich ein süßes junges Ding wie Jeanette mit dir ab?«, fragt McDermott. »Was *findet* sie nur an dir, Bateman?«

»Ich hülle sie in Kaschmir. Jede Menge Kaschmir«, murmele ich, und dann: »Ich muss sie anrufen und ihr sagen, sie soll nicht kommen.«

»Hast du nicht was vergessen?«, fragt mich McDermott.

»Was?« Ich bin ganz in Gedanken.

»Ist Evelyn nicht irgendwie in der anderen Leitung?«

»Oh Scheiße«, rufe ich. »Bleib dran.«

»Warum schlage ich mich eigentlich damit rum?«, höre ich McDermott seufzend zu sich sagen.

»Bring Evelyn mit«, schreit Van Patten. »Die ist auch toll! Sag ihr, sie soll uns um halb zehn in der Zeus Bar treffen.«

»Okay, okay«, rufe ich, ehe ich wieder auf die andere Leitung gehe.

»Ich finde das nicht mehr lustig, Patrick«, sagt Evelyn.

»Wie wär's, wenn du uns um halb zehn in der Zeus Bar triffst?«, schlage ich vor.

»Kann ich Stash und Vanden mitbringen?«, fragt sie kokett.

»Ist das die mit dem Tattoo?«, frage ich kokett zurück.

»Nein«, seufzt sie. »Keine Tätowierung.«

»Wiedersehen, Wiedersehen.«

»Oh *Pat*rick«, winselt sie.

»Hör mal, du kannst froh sein, dass du überhaupt eingeladen bist, also …« Meine Stimme verhallt.

Stille, die mir nicht unangenehm ist.

»Komm schon, triff uns einfach da«, sage ich. »Tut mir leid.«

»Oh, schon gut«, sagt sie resigniert. »Halb zehn?«

Ich springe wieder in die andere Leitung und platze in Van Pattens und McDermotts Gespräch, das sich um die Frage dreht, ob es korrekt ist oder nicht, einen blauen Anzug wie einen Navyblazer zu tragen.

»Hallo?«, unterbreche ich. »Schnauze. Habe ich jedermanns ungeteilte Aufmerksamkeit?«

»Ja, ja, ja«, seufzt Van Patten gelangweilt.

»Ich rufe jetzt Cindy an, damit sie Evelyn ausredet, mit uns zu kommen«, verkünde ich.

»Warum zur Hölle hast du Evelyn dann erst *eingeladen*?«, fragt einer von ihnen.

»Wir haben nur einen Witz gemacht, du *Idiot*«, setzt der andere hinzu.

»Ähm, gute Frage«, stottere ich. »Ähhh – b-bleibt dran.«

Ich wähle Cindys Nummer, als ich sie in meinem Rolodex gefunden habe. Sie nimmt ab, nachdem sie auf dem Anrufbeantworter gehört hat, wer dran ist.

»Hallo Patrick«, sagt sie.

»Cindy«, sage ich. »Du musst mir einen Gefallen tun.«

»Hamlin geht nicht mit euch Jungs zum Essen«, sagt sie. »Er hat versucht, euch zurückzurufen, aber ihr wart alle besetzt. Habt ihr Typen kein Call-waiting?«

»Natürlich haben wir Call-waiting«, sage ich. »Wofür hältst du uns, Barbaren?«

»Hamlin kommt nicht mit«, erklärt sie noch einmal kategorisch.

»Was macht er stattdessen?«, frage ich. »Seine Top-Siders ölen?«

»Er geht mit *mir* aus, Mr. Bateman.«

»Aber was ist mit deinem, ähm, Buschbenefiz?«, frage ich.

»Hamlin hat es verwechselt«, sagt sie.

»Knuddel«, hebe ich an.
»Ja?«, fragt sie.
»Knuddel, dein Freund ist ein Pickel am Arsch«, sage ich zuckersüß.
»Danke, Patrick. Das ist lieb.«
»Knuddel«, sage ich warnend, »dein Freund ist die größte Arschkrampe von New York.«
»Du erzählst mir das, als wär's was Neues.« Sie gähnt.
»Knuddel, dein Freund ist der größte Stinkschwanz von ganz New York.«
»Weißt du, dass Hamlin sechs Fernseher und sieben Videorekorder hat?«
»Benutzt er jemals die Ruderbank, die ich ihm geschenkt habe?« Das interessiert mich tatsächlich.
»Unberührt«, sagt sie. »Völlig unberührt.«
»Knuddel, er ist ein Arschgesicht.«
»Könntest du aufhören, mich Knuddel zu nennen«, fragt sie verärgert.
»Hör mal Cindy, falls du die Wahl hättest, *WWD* zu lesen oder …« Ich unterbreche mich, weil ich den Faden verloren habe. »Hör mal, ist heute Abend irgendwas los?«, frage ich. »Irgendwas nicht allzu … Ausgelassenes?«
»Was willst du, Patrick?«
»Ich will nur Frieden, Liebe, Freundschaft, Verständnis«, sage ich nüchtern.
»Was-willst-du?«, wiederholt sie.
»Warum kommt ihr zwei nicht mit uns?«
»Wir haben andere Pläne.«
»Hamlin hat die Scheißreservierung gemacht«, schreie ich außer mir.
»Dann geht *ihr Jungs* eben hin.«
»Warum kommst du nicht *mit*«, frage ich lasziv. »Setz Stinkschwanz bei Juanita's oder so ab.«
»Ich denke, ich verzichte heute aufs Dinner«, sagt sie. »Entschuldige mich bei den Jungs.«

»Aber wir gehen ins Kaktus, äh, in die Zeus Bar, meine ich«, sage ich, dann, verwirrt: »Nein, Kaktus.«

»Geht ihr Jungs wirklich *da hin*?«, fragt sie.

»Warum?«

»Weil es allgemein heißt, dass Dinner dort nicht mehr ›in‹ ist.«

»Aber Hamlin hat die Scheißreservierung gemacht!«, schreie ich auf.

»Hat er *da* reserviert?«, fragt sie amüsiert.

»Vor Jahrhunderten!«, brülle ich.

»Hör mal«, sagt sie, »ich muss mich anziehen.«

»Das passt mir alles ganz und gar nicht«, sage ich.

»Keine Sorge«, sagt sie und hängt dann ein.

Ich gehe wieder in die andere Leitung.

»Bateman, ich weiß, es klingt wie ein Ding der Unmöglichkeit«, sagt McDermott. »Aber hier gibt es neue Schwierigkeiten.«

»Ich hab keine Lust auf mexikanisch«, erklärt Van Patten.

»Moment mal, wir essen doch gar nicht mexikanisch, oder?«, sage ich. »Spinne ich? Gehen wir nicht in die Zeus Bar?«

»Nein, Penner«, faucht McDermott. »Wir konnten nicht in die Zeus Bar. Kaktus. Kaktus um neun.«

»Aber ich *will* nichts Mexikanisches«, sagt Van Patten.

»Aber *du*, Van Patten, hast da reserviert«, poltert McDermott.

»Ich auch nicht«, sage ich unvermittelt. »Wieso mexikanisch?«

»Es ist nicht *mexikanisch* mexikanisch«, sagt McDermott erschöpft. »Es ist irgendwas, was sich nouvelle Mexicana nennt, Tapas oder sonst so ein South-of-the-Border-Zeug. So was in der Art. Moment mal. Anruf auf der anderen Leitung.«

Er klinkt sich aus und lässt mich und Van Patten allein in der Leitung.

»Bateman«, sagt Van Patten, »meine Begeisterung schwindet rapide.«

»Wovon sprichst du?« Eigentlich versuche ich mich zu erinnern, wo ich Evelyn und Jeanette hinbestellt habe.

»Lass uns woanders reservieren«, schlägt er vor.

Ich lasse es mir durch den Kopf gehen, frage dann argwöhnisch: »Wo?«

»1969«, sagt er lockend. »Hmmmm? 1969?«

»*Dazu* würde ich mich überreden lassen«, gebe ich zu.

»Was sollen wir tun?«, fragt er.

Ich denke schnell nach. »Mach 'ne Reservierung. Schnell.«

»Okay. Für drei? Fünf? Wie viele?«

»Fünf oder sechs, denke ich.«

»Okay. Bleib dran.«

Gerade als er umschaltet, ist McDermott zurück in der Leitung.

»Wo ist Van Patten«, fragt er.

»Er … ist pissen gegangen«, sage ich.

»Warum willst du nicht ins Kaktus?«

»Weil ich von existenzieller Panik ergriffen bin«, lüge ich.

»*Du* hältst das vielleicht für einen angemessenen Grund«, sagt McDermott. »Ich nicht.«

»Hallo?«, sagt Van Patten, als er sich wieder einschaltet. »Bateman?«

»Und?«, frage ich. »McDermott ist auch hier.«

»Nix. No way, José.«

»Scheiße.«

»Was ist los?«, fragt McDermott.

»Okay, Leute, wollen wir Margaritas?«, fragt Van Patten.

»Oder keine Margaritas«.

»Eine Margarita könnte ich vertragen«, sagt McDermott.

»Bateman?«, fragt Van Patten.

»Ich hätte gerne etliche Flaschen Bier, vorzugsweise unmexikanisches«, sage ich.

»Oh Scheiße«, sagt McDermott. »Anruf in der Leitung. Bleibt dran.« Er klickt sich aus.

Falls ich mich nicht irre, ist es jetzt acht Uhr dreißig.

Eine Stunde später. Wir debattieren immer noch. Wir haben die Reservierung bei Kaktus abgesagt, und vielleicht hat sie jemand erneuert. Verwirrt bestelle ich einen unbestellten Tisch in der Zeus Bar ab. Jeanette hat ihr Apartment verlassen und ist zu Hause nicht erreichbar, und ich habe weder eine Ahnung, in welches Restaurant sie geht, noch kann ich mich erinnern, wo ich Evelyn hinbestellt habe. Van Patten, der schon zwei große Absolut gehabt hat, fragt nach Kimball und worüber wir gesprochen haben, und alles, woran ich mich erinnern kann, ist irgendwas über Leute, die vom Erdboden verschluckt werden.

»Hast *du* mit ihm gesprochen?«, frage ich.

»Ja, ja.«

»Hat er gesagt, was mit Owen passiert ist?«

»Verschwunden. Einfach verschwunden. Puff«, sagt er. Ich kann hören, wie er den Kühlschrank aufmacht. »Die Behörden haben keine Anhaltspunkte. Nichts. Die Behörden haben nada.«

»Ja«, sage ich. »Ich raufe mir schon die Haare deswegen.«

»Tja, Owen war … ich weiß nicht«, sagt er. Ich höre, wie ein Bier geöffnet wird.

»Was hast du ihm sonst noch erzählt, Van Patten?«, frage ich.

»Oh, das Übliche«, seufzt er. »Dass er gelb-maronenfarbene Krawatten getragen hat. Dass er zum Lunch ins ›21‹ ging. Dass er in Wirklichkeit kein Arbitrageur war – wie Thimble ihn beschrieben hat –, sondern ein Merger-Maker. Nur das Übliche.« Ich kann ihn fast mit den Achseln zucken hören.

»Was noch?«, frage ich.

»Mal sehen. Dass er keine Hosenträger getragen hat. Ein Gürteltyp. Dass er Kokain aufgegeben hat, Bier ebenfalls. Du weißt schon, Bateman.«

»Er war eine Null«, sage ich. »Und jetzt ist er in London.«

»Jesus«, murmelt er. »Kriegen wir das heute noch mal auf die Reihe?«

McDermott schaltet sich wieder ein. »Okay. Also *wohin jetzt*?«

»Wie spät ist es?«, fragt Van Patten.

»Halb zehn«, antworten wir beide.

»Moment, was wurde aus dem 1969?«, frage ich Van Patten. »Was habt ihr immer mit 1969?« McDermott ist völlig überfragt. »Ich kann mich nicht erinnern«, sage ich. »Geschlossen, keine Reservierungen«, erinnert mich Van Patten. »Können wir wieder ins 1500?«, frage ich.

»Das 1500 ist jetzt *geschlossen*«, blökt McDermott. »Die Küche ist *geschlossen*. Das Restaurant ist *geschlossen*. Aus, vorbei. Wir *müssen* ins Kaktus.«

Schweigen.

»Hallo? Hallo? Seid ihr noch da Jungs?«, schreit er, allmählich mit den Nerven runter.

»Fit wie ein Turnschuh«, sagt Van Patten.

Ich lache.

»Falls ihr Jungs glaubt, dass das komisch ist«, warnt McDermott.

»Oh ja, was dann? Was willst du machen?«, frage ich.

»Jungs, es ist nur so, dass ich ernste Befürchtungen habe, was die Reservierung eines Tischs vor, sagen wir, Mitternacht, betrifft.«

»Bist du sicher wegen 1500?«, frage ich. »Das kommt mir wirklich bizarr vor.«

»Diese Frage *stellt sich nicht*!«, kreischt McDermott. »Warum, möchtest du wissen? Weil-sie-*zuhaben! Weil-sie-zuhaben-nehmen-sie-keine-Reservierungen-mehr-an!* Geht-das-in-deinen-Kopf?«

»Hey, keine Panik, Süßer«, sagt Van Patten gelassen. »Wir gehen ins Kaktus.«

»Wir haben vor zehn, nein, vor fünfzehn Minuten da reserviert«, sagt McDermott.

»Aber ich dachte, ich hätte abgesagt«, sage ich und nehme noch eine Xanax.

»Ich habe sie erneuert«, sagt McDermott.

»Du bist einfach unersetzlich«, sage ich monoton.

»Ich kann um zehn da sein«, sagt McDermott.

»Ich muss erst noch zum Geldautomaten und kann um Viertel nach zehn da sein«, sagt Van Patten langsam, die Minuten zählend.

»Ist sich irgendeiner von euch bewusst, dass Jeanette und Evelyn uns in der Zeus Bar treffen wollen und wir *keine* Reservierung haben? Ist das irgendwem schon mal in den Sinn gekommen?«, frage ich und bezweifle es.

»Aber die Zeus Bar hat zu, und außerdem haben wir eine Reservierung abgesagt, *die wir noch nicht mal hatten*«, sagt McDermott und versucht, ruhig zu bleiben.

»Aber ich glaube, ich habe Jeanette und Evelyn gesagt, sie sollen uns da treffen«, sage ich und lege meine Finger an den Mund, erschaudernd angesichts der Konsequenzen, die sich daraus ergeben.

Nach einer Pause fragt McDermott: »Willst du dich in die Scheiße reiten? Ich meine, kannst du ohne so was nicht leben?«

»Da ist ein Anruf in der Leitung«, sage ich. »Oh mein Gott. Wie spät ist es? Ein Anruf in der Leitung.«

»Wird wohl eins der Mädchen sein«, sagt Van Patten hämisch.

»Bleibt dran«, krächze ich.

»Viel Glück«, höre ich Van Patten sagen, ehe ich umschalte. »Hallo?«, frage ich scheinheilig. »Dies ist der –«

»*Ich* bin's«, brüllt Evelyn, fast unhörbar vor dem Lärm im Hintergrund.

»Oh, hi«, sage ich lässig. »Wie geht's?«

»Patrick, was machst du zu Hause?«

»Wo steckst du?«, frage ich gutmütig.

»Ich-bin-im-Kaktus«, zischt sie.

»Was machst du denn *da*?«, frage ich.

»Du hast mir gesagt, du wolltest mich da treffen, dasmache-ich-da«, sagt sie. »Ich habe deine Reservierung bestätigt.«

»Oh Gott, tut mir leid«, sage ich. »Ich hab vergessen, dir Bescheid zu sagen.«

»Vergessen-mir-*was*-zu-sagen?«

»Dir zu sagen, dass wir nicht« – ich schlucke – »da hingehen.« Ich schließe die Augen.

»Wer-zum-Teufel-ist-Jeanette?«, zischt sie kalt.

»Und, amüsiert ihr euch gut?«, frage ich, ihre Frage ignorierend.

»Nein-tun-wir-nicht.«

»Warum nicht?«, frage ich. »Wir kommen … bald nach.«

»Weil mir diese ganze Sache, verdammt, ich weiß nicht … *unangemessen* scheint?«, kreischt sie.

»Hör mal, ich rufe dich gleich zurück.« Ich will gerade so tun, als wollte ich mir die Nummer aufschreiben.

»Dazu wirst du keine Möglichkeit haben«, sagt Evelyn, ihre Stimme drohend gesenkt.

»Warum nicht? Der Poststreik ist vorbei«, witzele ich, so gut es geht.

»Weil-Jeanette-hinter-mir-steht-und-ans-Telefon-will«, sagt Evelyn.

Ich schweige sehr lange.

»Pat-rick?«

»Evelyn. Lass es gut sein. Ich gehe sofort los. Wir sind alle gleich da. Ich verspreche es.«

»Oh mein Gott –«

Ich gehe zurück in die andere Leitung.

»Verdammt, Jungs, irgendwer hat Scheiße gebaut. Ihr habt Scheiße gebaut. Ich hab Scheiße gebaut. Ich weiß nicht«, sage ich panisch.

»Was ist los?«, fragt einer von ihnen.

»Jeanette und Evelyn sind beide im Kaktus«, sage ich.

»Oh Mann.« Van Patten prustet los.

»Ihr wisst, Jungs, dass ich durchaus dazu fähig bin, mehrmals ein Bleirohr in die Vagina einer Frau zu treiben«, erkläre ich Van Patten und McDermott und füge – nach einer Schweigeminute, die ich als Entsetzen missdeute, als ihre längst fällige schlagartige Erkenntnis meiner abgrundtiefen Grausamkeit – hinzu: »aber mit Gefühl.«

»Über *dein* Bleirohr brauchst du uns nichts zu erzählen, Bateman«, sagt McDermott. »Gib nicht so an.«

»Versucht er uns irgendwie mitzuteilen, dass er einen großen Schwanz hat?«, fragt Van Patten Craig.

»Tja, ich bin mir nicht sicher«, sagt McDermott. »Ist es das, was du uns sagen wolltest, Bateman?«

Ich zögere mit der Antwort. »Es … na ja, nicht ganz.« Meine andere Leitung klingelt.

»Prima, ich erkläre mich offiziell für blass vor Neid«, sagt McDermott vorlaut. »*Wohin* jetzt? Jesus, wie spät ist es?«

»Spielt das noch eine Rolle? Ich bin schon völlig abgestumpft.« Ich bin mittlerweile so hungrig, dass ich Weizenkleiemüsli aus der Schachtel esse. Meine andere Leitung klingelt schon wieder.

»Vielleicht können wir Drogen besorgen.«

»Ruf Hamlin an.«

»Jesus, in dieser Stadt kann man auf kein Klo gehen, ohne mit einem Gramm wieder rauszukommen, keine Sorge.«

»Habt ihr von Belle Souths' Riesendeal gehört?«

»Morgen ist Spuds McKenzie in der *Patty Winters Show.*«

Girl

IN EINER MITTWOCHNACHT NOCH EIN MÄDCHEN, das ich im M. K. treffe und vorhabe zu foltern und zu filmen. Die hier bleibt namenlos für mich, und sie sitzt auf der Couch im Wohnzimmer meines Apartments. Eine Flasche Champagner, Cristal, halb leer, steht auf dem Glastisch. Ich drücke ein paar Platten durch, Nummern, die auf der Wurlitzer aufleuchten. Schließlich fragt sie: »Was ist das hier … für ein Geruch?«, und ich antworte murmelnd: »Eine tote … Ratte«, und öffne dann die Fenster, die gläserne Schiebetür, die auf die Terrasse führt, obwohl es ein kühler Abend ist, Spätherbst, und sie nur spärlich bekleidet, aber sie nimmt noch ein Glas Cristal, und das scheint sie genug aufzuwärmen, um mich fragen zu können, womit ich meinen Lebensunterhalt verdiene. Ich sage ihr, dass ich in Harvard war und dann, nach meinem Abschluss von der Business School dort, auf der Wall Street bei Pierce & Pierce angefangen habe, und als sie entweder scherzhaft oder verwirrt fragt: »Was ist das?«, schlucke ich und finde die Kraft, während ich mit dem Rücken zu ihr den neuen Onica gerade rücke, hervorzustoßen: »Ein … Schuhgeschäft.« Ich habe eine Line Koks genommen, die ich in meinem Medizinschrank gefunden habe, als wir in mein Apartment zurückkamen, und der Cristal dämpft die Wirkung etwas, aber nur allmählich. Heute Morgen ging es in der *Patty Winters Show* um eine Maschine, mit der man mit Toten sprechen kann. Dieses Mädchen trägt ein wollenes

Tuchkostüm, eine Bluse aus Seidengeorgette, Ohrringe aus Achat und Elfenbein von Stephen Dweck, eine körperbetonte Weste aus Seidenjaquard, alles von …tja? Charivari, nehme ich an.

Im Schlafzimmer ist sie nackt und ölig und lutscht meinen Schwanz, und ich stehe über ihr und schlage ihr dann damit ins Gesicht, packe ihr Haar mit meiner Hand und nenne sie »verhurte Drecksnutte«, und das geilt sie noch mehr auf, und während sie lahm an meinem Schwanz lutscht, befingert sie ihre Klitoris, und als sie mich fragt, »Gefällt dir das«, während sie meine Eier leckt, antworte ich »Ja klar« und atme schwer. Ihre Brüste sind hoch und voll und fest, beide Nippel sehr steif, und als sie röchelnd meinen Schwanz schluckt, den ich ihr hart in den Mund stoße, fasse ich runter und knete sie, und dann, als ich sie ficke, nachdem ich ihr den Dildo in den Arsch gerammt und mit einem Riemen festgeschnallt habe, kratze ich ihre Titten, bis sie mich bittet, vorsichtiger zu sein. Früher am Abend war ich mit Jeanette zum Dinner in einem sehr teuren norditalienischen Restaurant in der Nähe des Central Park auf der Upper East Side. Früher am Abend habe ich einen Maßanzug von Edward Sexton getragen und trübselig über das Haus meiner Familie in Newport nachgedacht. Früher am Abend habe ich, nachdem ich Jeanette abgesetzt hatte, im M. K. bei einer Fundraisingparty vorbeigeschaut, die irgendwie mit Dan Quayle zu tun hatte, den selbst ich nicht ausstehen kann. Im M. K. hat mich das Mädchen, das ich ficke, ziemlich direkt auf der Couch angemacht, auf der ich saß und wartete, dass der Billardtisch frei wurde. »Oh Gott«, sagt sie. Erregt schlage ich sie, boxe sie dann leicht in den Mund, küsse ihn, in ihre Lippen beißend. Furcht, Entsetzen, Verwirrung überfluten sie. Der Gurt reißt, und der Dildo rutscht aus ihrem Arsch, während sie versucht, mich wegzustoßen. Ich wälze mich beiseite und tue so, als würde ich sie entkommen lassen, um mich dann, während sie ihre Kleider aufsammelt, vor sich hin stammelnd, was für ein »irres verficktes Arschloch« ich bin, wie ein Schakal auf sie zu stürzen, buchstäblich Schaum vorm Mund. Sie weint, um Verzeihung bettelnd, hysterisch schluchzend, fleht mich an, ihr nichts zu tun, in Tränen, jetzt verstört ihre Brüste bedeckend. Aber selbst ihr Schluchzen erregt mich kaum. Ich fühle wenig, als ich ihr Tränengas ins Gesicht sprühe, und noch weniger, als ich ihren Kopf gegen die Wand schlage, vier-, fünfmal, bis sie bewusstlos ist; ein kleiner Fleck bleibt zurück, an dem Haare kleben. Nachdem sie zu Boden gefallen ist, gehe ich ins Badezimmer und nehme noch eine Line von dem schäbigen Koks, den ich am Vorabend im Nell's oder Au Bar abgestaubt habe. Ich kann ein Telefon klingeln hören, einen Anrufbeantworter, der sich einschaltet. Ich bleibe über den Spiegel gebeugt, die Nachricht ignorierend, mache mir nicht mal die Mühe, zu hören, wer es ist.

Später ist sie wie üblich auf den Boden gefesselt, nackt, auf dem Rücken, mit beiden Füßen und Händen an provisorische Pfosten gebunden, die ich auf metallbeschwerten Brettern befestigt habe. Die Hände sind gespickt mit Nägeln, und ihre Beine sind weit gespreizt. Ein Kissen hebt ihren Arsch an, und ihre klaffende Fotze ist verschmiert mit Käse, Brie, ein Teil davon bis tief in die Scheide gestopft. Sie ist kaum bei Bewusstsein, und als sie mich sieht, nackt über ihr stehend, male ich mir aus, dass die fast völlige Abwesenheit menschlicher Züge an mir sie mit namenlosem Entsetzen erfüllen muss. Ich habe den Körper vor dem neuen Toshiba-Fernseher in Stellung gebracht, im Videorekorder läuft eine alte Kassette, und auf dem Bildschirm erscheint das letzte Mädchen, das ich gefilmt habe. Ich trage einen Joseph-Abboud-Anzug, einen Schlips von Paul Stuart, Schuhe von J. Crew, eine Weste von irgendeinem Italiener, und ich knie auf dem Boden neben einer

Leiche, fresse das Hirn aus der Schale, schlinge es runter, streiche Grey-Poupon-Senf über Klumpen rosigen menschlichen Fleischs.

»Siehst du gut?«, frage ich das Mädchen, das nicht auf dem Bildschirm ist. »Kannst du das sehen? Siehst du auch zu?«, flüstere ich.

Ich versuche die Schlagbohrmaschine an ihr, treibe ihr den Bohrer in den Mund, doch sie hat noch die Kraft, die Geistesgegenwart, die Zähne zusammenzubeißen, presst sie fest aufeinander, und obwohl der Bohrer wie Butter durch die Zähne geht, verliere ich das Interesse und halte deshalb ihren Kopf hoch, während ihr Blut aus dem Mund sickert, und lasse sie den Rest der Kassette sehen, und als sie dem Mädchen auf dem Bildschirm zusieht, das aus allen erdenklichen Körperöffnungen blutet, hoffe ich, dass ihr klar wird, wie unausweichlich das mit ihr geschehen musste. Dass sie hier geendet wäre, auf dem Boden meiner Wohnung liegend, Hände an Pfosten genagelt, Käse und Glasscherben tief in die Fotze geschoben, ihr Schädel gespalten und dunkel blutend, ganz gleich, welche Entscheidung sie auch getroffen hätte; dass, wäre sie ins Nell's, Indochine, Mars oder Au Bar anstatt ins M. K. gegangen, all das trotzdem geschehen wäre, auch wenn sie einfach nicht zu mir ins Taxi zur Upper West Side gestiegen wäre. *Dass ich sie gefunden hätte.* Das ist der Lauf der Welt. Ich beschließe, mir heute die Kamera zu sparen.

Ich versuche, ihr eines der Rohre aus dem Habitrail-System in die Vagina zu schieben, und stülpe ihre Schamlippen über ein Ende des Rohrs, und obwohl ich es gründlich mit Olivenöl geschmiert habe, passt es nicht richtig. Währenddessen spielt die Jukebox Frankie Valli, der »The Worst That Could Happen« singt, und ich bewege unbarmherzig die Lippen zum Text, während ich der kleinen Sau das Rohr in die Fotze schiebe. Schließlich muss ich mir damit behelfen, dass ich Säure um die Muschi gieße, damit das Fleisch dem eingeölten Rohrende nachgibt, und schon gleitet es mühelos hinein. »Ich hoffe, es tut dir weh«, sage ich.

Die Ratte wirft sich gegen den Glaskäfig, als ich ihn aus der Küche ins Wohnzimmer trage. Sie hat die Überreste der anderen Ratte verschmäht, die ich ihr letzte Woche zum Spielen gekauft hatte und die nun tot und verwesend in einer Käfigecke liegt. (In den letzten fünf Tagen habe ich sie systematisch hungern lassen.) Ich stelle den Glaskäfig neben dem Mädchen ab, und die Ratte scheint durchzudrehen, vielleicht wegen des Käsegeruchs, rennt erst quiekend im Kreis und versucht dann, ihren von Hunger entkräfteten Körper über die Käfigwand zu hieven. Die Ratte braucht keinen weiteren Ansporn, der verbogene Kleiderbügel, den ich mir zurechtgelegt hatte, bleibt unbenutzt neben mir liegen, und während das Mädchen bei vollem Bewusstsein ist, schnuppert das Vieh mit neu erwachter Energie los, huscht das Rohr hinauf, bis der halbe Körper darin verschwunden ist, und dann nach einer Minute – der Körper der Ratte zittert, während sie frisst – verschwindet sie ganz, bis auf den Schwanz, und ich reiße das Abflussrohr aus dem Mädchen, und der Nager sitzt fest. Bald ist auch der Schwanz verschwunden. Die Geräusche des Mädchens sind größtenteils unverständlich. Mir ist jetzt bereits klar, dass das einer der üblichen nutzlosen, sinnlosen Tode sein wird, aber ich bin nun mal den Horror gewöhnt. Es scheint weit weg, selbst jetzt kann es mich nicht kümmern oder ärgern. Ich beklage mich nicht, und um es mir selbst zu beweisen, nehme ich – nach ein oder zwei Minuten, in denen ich beobachte, wie die Ratte unter der Bauchdecke zuckt, mich vergewissere, dass das Mädchen noch bei Bewusstsein ist, den Kopf im Schmerz herumwirft, die Augen vor Unverständnis und Entsetzen geweitet – eine Kettensäge und säge das Mädchen in zwei Teile, eine Sache von Sekunden. Die schnarrenden Zähne gehen so schnell durch Haut und Muskeln und Sehnen und Knochen, dass sie noch lange genug lebt, um mitanzusehen, wie ich ihre Beine von ihrem Körper wegziehe – ihre eigentlichen Schenkel, die Reste ihrer zerfetzten Vagina – und sie bluttriefend ausgestreckt vor mich halte, fast wie Trophäen. Ihre Augen bleiben noch eine Minute offen, verzweifelt und leer, dann schließen sie sich, und endlich, ehe sie stirbt, stoße ich sinnlos ein Messer in ihre Nase, bis es durch das Fleisch an der Stirn wieder austritt, und hacke ihr dann das Kinn ab. Sie hat nur noch einen halben Mund, und ich ficke ihn einmal, dann noch mal, dreimal insgesamt. Ohne mich darum zu kümmern, ob sie noch atmet oder nicht, reiße ich zuletzt mit den Fingern ihre Augen aus den Höhlen. Die Ratte erscheint mit dem Kopf zuerst – irgendwie hat sie es geschafft, sich in der Bauchhöhle umzudrehen – und blutüberströmt (außerdem fällt mir auf, dass die Kettensäge ihr fast den halben Schwanz abgesägt hat), und ich füttere sie mit einer Extraportion Brie, ehe ich das Gefühl habe, sie tottrampeln zu müssen, was ich tue. Später liegen der Oberschenkelknochen des Mädchens und Reste des Kiefers schmorend im Ofen, Schamhaarbüschel füllen einen Kristallaschenbecher von Steuben, und als ich sie anzünde, verbrennen sie schnell.

Und noch ein neues Restaurant

FÜR EINEN BEGRENZTEN ZEITRAUM gelingt es mir, halbwegs gut gelaunt und unternehmungslustig zu sein, also nehme ich in der ersten Novemberwoche Evelyns Einladung zum Dinner im Luke an, einem chinesischen Restaurant, das, seltsam genug, auch kreolische Küche führt. Wir haben einen guten Tisch (ich habe auf Wintergreens Namen reserviert – der billigste aller Triumphe), und ich fühle mich gefestigt, ruhig, trotz Evelyn, die mir gegenüber von einem sehr großen Fabergé-Ei schnattert, das sie im Pierre wie von selbst durch die Lobby rollen gesehen zu haben glaubt oder so was. Die Halloween-Büroparty war letzte Woche im Royalton, und ich ging als Massenmörder, komplett mit einem Schild auf dem Rücken, das mich als MASSENMÖRDER auswies (eine absichtliche Mäßigung gegenüber den Sandwichtafeln mit der Aufschrift DRILLER KILLER, das ich zuerst gebastelt hatte), und darunter hatte ich in Blut geschrieben, HALLO, ICH BIN'S, und auch der Anzug war blutbesudelt, manches falsch, das meiste echt. Mit einer Faust hielt ich ein Büschel von Victoria Bells Haar umklammert, und neben meiner Knopflochblume (einer kleinen weißen Rose) hing ein Fingerknochen, von dem ich das Fleisch abgekocht hatte. Aber so auffällig mein Kostüm war, gelang es Craig McDermott trotzdem, den ersten Platz beim Wettbewerb zu machen. Er kam als Ivan Boesky, was ich etwas unfair fand, weil letztes Jahr so viele Leute gedacht hatten, ich sei als Michael Milken gegangen. Die *Patty Winters Show* heute Morgen war über Heimabtreibungs-Sets.

Die ersten fünf Minuten in unserer Nische sind wunderbar, dann landet der Drink, den ich bestellt hatte, auf dem Tisch, und instinktiv greife ich danach, aber ich kann mir nicht helfen, jedes Mal, wenn Evelyn den Mund aufmacht, zucke ich zusammen. Ich bemerke, dass auch Saul Steinberg heute Abend hier isst, aber es widerstrebt mir, das Evelyn gegenüber zu erwähnen.

»Ein Toast?«, rege ich an.

»Oh? Worauf?«, murmelt sie uninteressiert, reckt den Hals und sieht sich in dem kargen, schwach beleuchteten, sehr weißen Raum um.

»Auf die Freiheit?«, frage ich müde.

Aber sie hört nicht zu, weil ein englischer Typ in einem Dreiknopf-Anzug aus Wolle mit Hahnentrittmuster, einer Weste mit Tattersallmuster aus Wolle, einem Hemd aus Oxfordcloth mit Haifischkragen, Wildlederschuhen und Seidenkrawatte, alles von Garrick Anderson, den Evelyn mir nach einem Streit im Au Bar einmal gezeigt und als »hinreißend« bezeichnet hatte und der von mir als »Gnom« tituliert worden war, an unseren Tisch geschlendert kommt und unverblümt mit ihr flirtet, und der Gedanke, sie könnte denken, ich sei eifersüchtig auf diesen Typ, kotzt mich an, aber am Ende bin ich doch derjenige, der zuletzt lacht, denn er fragt sie, ob sie immer noch diesen Job »bei der Kunstgalerie auf der First Avenue« habe, und nachdem Evelyn das sichtlich gestresst mit hängender Kinnlade verneint und ihn korrigiert, zieht er nach ein paar verlegenen Worten wieder ab. Sie schnüffelt, schlägt die Karte auf und wechselt sofort das Thema, ohne mich anzusehen.

»Was sind das für T-Shirts, die ich ständig sehe?«, fragt sie.

»In der ganzen Stadt? Hast du die gesehen? Silkience Equals Death? Haben die Leute Probleme mit ihrer Haarspülung, oder was? Hab' ich irgendwas falsch verstanden? Wovon sprachen wir gerade?«

»Nein, falsch, ganz falsch. Es heißt *Science* Equals Death.« Ich seufze, schließe die Augen. »Jesus, Evelyn, nur du kannst *das* mit Haarpflege verwechseln.« Ich habe keine Ahnung, was zum Teufel ich rede, aber ich nicke, winke jemand an der Bar zu, einem älteren Mann, dessen Gesicht im Schatten liegt, jemand, den ich eigentlich nur flüchtig kenne, aber er schafft es, sein Glas zu heben und zurückzulächeln, eine willkommene Abwechslung.

»Wer ist das?«, höre ich Evelyn fragen.

»Ein Freund von mir«, sage ich.

»Ich erkenne ihn nicht wieder«, sagt sie. »P&P?«

»Vergiss es«, seufze ich.

»Wer ist das Patrick?«, fragt sie, mehr an meinem Widerstreben interessiert als an einem tatsächlichen Namen.

»Warum?«, frage ich zurück.

»Wer ist es?«, fragt sie. »Sag's mir.«

»Ein Freund von mir«, sage ich mit zusammengebissenen Zähnen.

»Wer, Patrick?«, fragt sie, dann, nach ihm schielend: »War er nicht bei meiner Weihnachtsparty?«

»Nein, war er nicht«, sage ich, mit den Händen auf die Tischplatte trommelnd.

»Ist das nicht … Michael J. Fox?«, fragt sie, immer noch nach ihm schielend. »Der Schauspieler?«

»Kaum«, sage ich, dann, weil ich die Schnauze voll habe. »Oh, in Gottes Namen, sein Name ist George Levanter und, nein, er war nicht der Star von *Das Geheimnis meines Erfolges*.«

»Oh, wie interessant.«

Evelyn brütet schon wieder über der Karte. »Also, wovon sprachen wir gerade?«

Ich versuche, mich zu erinnern, und frage: »Haarspülungen? Oder eine *bestimmte* Haarspülung?«, seufze ich. »Ich weiß nicht. Du hast mit dem Gnom geredet.«

»Ian ist *kein* Liliputaner, Patrick«, sagt sie.

»Er ist *außergewöhnlich* klein gewachsen, Evelyn«, kontere ich. »Bist du sicher, dass er *nicht* bei deiner Weihnachtsparty« – und dann, mit gesenkter Stimme – »die Hors d'œuvres verteilt hat?«

»Du kannst von Ian nicht ständig als Gnom reden«, sagt sie, eine Serviette in ihrem Schoß drapierend. »Das lasse ich mir nicht bieten«, flüstert sie, ohne mich anzusehen.

Ich kann ein meckerndes Lachen nicht zurückhalten.

»Das ist nicht komisch, Patrick«, sagt sie.

»*Du* hast das Gespräch doch so abgekürzt«, mache ich geltend.

»Erwartest du, dass ich mich jetzt geschmeichelt fühle?«, schnappt sie bitter.

»Hör zu, Baby, ich versuche nur, diese Begegnung so harmlos wie möglich zu interpretieren, also versau dir, äh, na ja, nicht selbst den Abend.«

»Hör doch auf«, sagt sie uninteressiert. »Oh, sieh mal, da ist Robert Farrell.« Nachdem sie ihm zugewinkt hat, zeigt sie ihn mir diskret, und tatsächlich, wenn das nicht der allseits beliebte Robert Farrell ist, der dort an der Nordseite des Raums an einem Fenstertisch sitzt, was mich innerlich zur Weißglut treibt.

»Er sieht wirklich gut aus«, vertraut mir Evelyn bewundernd an, nur weil sie merkt, dass mein Blick auf dem Hardbody ruht, der neben ihm sitzt, und zirpt neckisch, um ganz sicherzugehen, dass der Groschen fällt: »Ich hoffe, ich mache dich nicht eifersüchtig.«

»Er sieht ganz gut aus«, räume ich ein. »Dämlich, aber gut aussehend.«

»Sei nicht gehässig. Er sieht sehr gut aus«, sagt sie und schlägt dann vor: »Warum trägst du dein Haar nicht auch so?«

Vor dieser Bemerkung war ich ein Automat, der Evelyn nur vage Aufmerksamkeit schenkte, aber jetzt erfasst mich Panik, und ich frage: »Was stimmt nicht mit meinem Haar?« In wenigen Sekunden steigere ich mich in Wut. »Was zum Teufel stimmt nicht mit meinem Haar?« Ich berühre es leicht.

»Nichts«, sagt sie, als sie merkt, wie verärgert ich bin. »War nur ein Vorschlag«, und dann, als ihr klar wird, dass ich fast außer mir bin: »Dein Haar sieht wirklich … wirklich toll aus.« Sie versucht zu lächeln, aber es gelingt ihr nur, noch besorgter auszusehen.

Ein Schluck – ein halbes Glas – J&B beruhigt mich so weit, dass ich mit einem Blick auf Farrell sagen kann: »Mich entsetzt nur sein Bauchansatz.«

Evelyn mustert Farrell ebenfalls. »Oh, er hat doch keinen Bauch.«

»Und wie das ein Bauch ist«, sage ich. »Sieh ihn dir an.«

»Das liegt nur daran, wie er sitzt«, sagt sie aufgebracht. »Oh, du bist –«

»Das ist eine Wampe, Evelyn«, beharre ich.

»Oh, du bist verrückt.« Sie wedelt abfällig mit der Hand. »Ein Irrer.«

»Evelyn, der Mann ist kaum *dreißig*.«

»Na und? Es ist ja nicht jeder so verrückt auf Gewichtheben wie du«, sagt sie verärgert und schaut wieder in die Karte.

»Ich mache kein ›Gewichtheben‹«, seufze ich.

»Oh, dann geh rüber und hau ihm auf die Nase, du großer Schläger«, lässt sie mich abfahren. »Mir ist es wirklich egal.«

»Führe mich nicht in Versuchung«, warne ich sie und murmele dann mit einem weiteren Blick auf Farrell: »Was für ein Pisser.«

»Oh mein Gott, Patrick. Du hast kein Recht, den Verbitterten zu spielen«, sagt Evelyn ärgerlich, noch immer auf die Karte starrend. »Deine Animositäten sind völlig grundlos. Mit dir kann doch irgendwas nicht stimmen.«

»Sieh dir den Anzug an.« Ich kann es mir unmöglich verkneifen, auf ihn zu zeigen. »Sieh dir an, was er anhat.«

»Oh, *na und*, Patrick?« Sie wendet eine Seite, stellt fest, dass sie leer ist, und blättert zurück zu der Seite, die sie vorher studiert hat.

»Ist ihm nie der Gedanke gekommen, sein Anzug könnte *Ekel* erregen?«, frage ich.

»Patrick, du benimmst dich wie ein *Irrer*«, sagt sie kopfschüttelnd, mittlerweile bei der Weinkarte.

»Gottverdammt, Evelyn, was meinst du mit *›benimmst dich‹*?«, sage ich. »Ich bin einer, Scheiße noch mal.«

»Musst du damit so hausieren gehen?«, fragt sie.

»Keine Ahnung.« Ich zucke die Achseln.

»Jedenfalls, ich wollte gerade erzählen, was Melania und Taylor passiert ist und …« Sie bemerkt etwas und sagt in einem Atemzug, seufzend: »… starr nicht so auf meine Brust, Patrick. Schau *mich* an, *nicht* meine Brust. Also, jedenfalls, Taylor Grassgreen und Melania waren … du kennst Melania, sie war in Sweet Briar. Ihrem Vater gehören diese ganzen Banken in Dallas? Und Taylor war in Cornell. Jedenfalls, sie wollten sich im Cornell Club treffen, und dann hatten sie um sieben bei Mondrian reserviert, und er trug …« Sie hält inne, zurückdenkend. »Nein. Le Cygne. Sie wollten ins Le Cygne, und Taylor trug …« Sie unterbricht sich wieder. »Oh Gott, es war Mondrian. Mondrian um sieben, und er trug einen Pietro-Dimitri-Anzug. Melania war einkaufen gewesen. Ich glaube, sie war bei Bergdorfs, obwohl ich nicht sicher bin – aber jedenfalls, oh ja … es *war* Bergdorfs, weil sie am nächsten Tag den Schal im Büro trug, also jedenfalls, sie war seit zwei Tagen oder so nicht in ihrer Aerobicgruppe gewesen, und sie sind überfallen worden, als sie auf einem –«

»Ober?« Ich rufe jemandem zu, der vorbeigeht. »Noch ein Drink? J&B?« Ich zeige auf das Glas, verärgert, dass ich das eher als Frage denn als Befehl formuliert habe.

»Willst du denn nicht wissen, was passiert ist?«, fragt Evelyn, unangenehm berührt.

»Mit atemloser Spannung«, seufze ich völlig desinteressiert. »Ich kann es kaum erwarten.«

»Jedenfalls, dann passierte was wirklich Lustiges«, fängt sie an.

Ich hänge an deinen Lippen, denke ich. Wieder einmal fällt mir ihre mangelnde Sinnlichkeit auf, erscheint mir zum ersten Mal wie blanker Hohn. Früher war es gerade das, was mich an Evelyn anzog. Jetzt ekelt mich dieser Mangel an, scheint mir unheimlich, erfüllt mich mit namenloser Furcht. Bei unserer letzten Sitzung – gestern, um genau zu sein – fragte mich der Psychiater, zu dem ich seit zwei Monaten gehe: »Welche Verhütungsmethode wenden Sie und Evelyn an?«, und ich seufzte, ehe ich antwortete, meine Augen starr durch das Fenster auf einen Wolkenkratzer gerichtet, dann auf das Gemälde über dem Turchin-Glasteetisch – die riesige Reproduktion eines Frequenzgangreglers von einem anderen Künstler, nicht Onica. »Ihren Job.« Als er mich nach ihrer bevorzugten Sexualpraktik fragte, informierte ich ihn bitterernst: »Zwangsvollstreckung«. Im dumpfen Bewusstsein, dass ich, wären nicht die Leute im Restaurant, die auf dem Tisch stehenden Jadeessstäbchen nehmen, sie tief in Evelyns Augen stoßen und mitten durchbrechen würde, nicke ich Interesse heuchelnd, aber ich hab's schon abgehakt und schenke mir die Essstäbchennummer. Stattdessen bestelle ich eine Flasche Chassagne Montrachet.

»Ist das nicht amüsant?«, fragt Evelyn.

Beiläufig mitlachend, die Laute aus meinem Mund triefen vor Verachtung, stimme ich zu: »Zum Brüllen.« Ich sage es unvermittelt, ausdruckslos. Mein suchender Blick gleitet über die Reihe Frauen an der Bar. Sind welche dabei, die ich ficken würde? Vielleicht. Der langbeinige, Kir schlürfende Hardbody auf dem letzten Hocker? Warum nicht. Evelyn schwankt verzweifelt zwischen Mâché Raisin und Gumbo *salade* oder dem Kohlrabigratin mit Haselnuss, Babygemüse und Endiviensalat, und plötzlich fühle ich mich, als wäre ich vollgepumpt mit Clonopin, einem Mittel gegen Reisekrankheit, das nicht wirkt.

»Jesus, zwanzig Dollar für eine beschissene Frühlingsrolle?«, brumme ich, die Karte studierend.

»Es ist ein kurz gedämpftes Moo-Shu-Custard«, sagt sie.

»Es ist eine Scheißfrühlingsrolle«, protestiere ich.

Worauf Evelyn erwidert: »Du bist ja *so* kultiviert, Patrick.«

»Nein.« Ich zucke die Achseln. »Ich kann nur rechnen.«

»Ich lechze nach Beluga«, sagt sie. »Schätzchen?«

»Nein«, sage ich.

»Warum nicht«, fragt sie und zieht eine Schnute.

»Weil ich nichts aus der Dose und nichts aus dem Iran will«, seufze ich.

Sie schnüffelt überheblich und schaut wieder auf die Karte. »Das Moo-Foo Jambalaya ist wirklich erstklassig«, höre ich sie sagen.

Die Minuten verrinnen. Wir bestellen. Das Essen kommt. Typisch, der Teller massives weißes Porzellan; in der Mitte zwei Stückchen geschwärzte Yellowtail-Sashimi mit Ingwer, umgeben von winzigen Klecksen Wasabi, umringt von einer mikroskopischen Menge Hijiki, und oben auf dem Teller thront eine einsame Babygarnele; eine andere, noch kleiner, krümmt sich am unteren Rand, was mich verwirrt, da ich dies für ein in erster Linie chinesisches Restaurant gehalten habe. Ich starre den Teller lange an, und als ich um etwas Wasser bitte, kehrt unser Kellner stattdessen mit einer Pfeffermühle zurück und lässt es sich nicht nehmen, an unserem Tisch herumzulungern, in Fünf-Minuten-Abständen unablässig »etwas Pfeffer, vielleicht« oder »mehr Pfeffer?« anzubieten, und als der Spinner endlich in eine andere Nische gewechselt ist, deren Insassen, wie ich aus den Augenwinkeln erkennen kann, beide schützend die Hände über den Teller breiten, winke ich den Maître d' heran und bitte ihn: »Könnten Sie den Kellner mit der Pfeffermühle bitten, nicht länger unseren Tisch zu belagern? Wir wollen keinen Pfeffer. Wir haben nichts bestellt, das irgendwelchen Pfeffer *erfordert*. Kein Pfeffer. Sagen Sie ihm, er soll abziehen.«

»Natürlich. Entschuldigen Sie vielmals.« Der Maître d' verbeugt sich untertänig.

Pikiert fragt Evelyn: »Musst du so *über*höflich sein?«

Ich lege meine Gabel hin und schließe die Augen.

»Warum untergräbst du ständig mein seelisches Gleichgewicht?«

Sie atmet tief durch. »Wie wär's mit einer einfachen Unterhaltung? Kein Verhör. Okay?«

»Über *was*?«, schnarre ich.

»Hör zu«, sagt sie. »Das Bankett der Young Republicans im Pla…« Sie unterbricht sich, als sei ihr etwas eingefallen, und fährt dann fort: »… im Trump Plaza ist nächsten Donnerstag.« Ich will ihr sagen, dass ich es unmöglich schaffen kann, zu Gott betend, dass sie andere Pläne hat, obwohl ich sie vor zwei Wochen bei Mortimer oder im Au Bar, betrunken und bekokst, selbst eingeladen hatte, um Himmels willen. »Gehen wir hin?«

Nach einer Pause sage ich bedrückt: »Denke schon.«

Fürs Dessert habe ich mir etwas Besonderes ausgedacht. Heute Morgen habe ich bei einem Powerfrühstück im 21 Club mit Craig McDermott, Alex Baxter und Charles Kennedy einen Duftstein aus dem Männerklo gestohlen, als der Wärter gerade nicht hinsah. Zu Hause umhüllte ich ihn mit billiger Schokoladencouvertüre, fror ihn ein und legte ihn dann in eine leere Godiva-Schachtel, die ich mit einem Seidenbändchen umwickelte, und jetzt, bei Luke, nachdem ich mich einen Moment entschuldigt habe, gehe ich zur Küche, nach einem Zwischenstopp an der Garderobe, um das Päckchen zu holen, und bitte unseren Kellner, es »mit der Schachtel« an unseren Tisch zu bringen und der dort sitzenden Dame auszurichten, Mr. Bateman habe es extra für sie bestellt. Ich bitte ihn sogar, während ich die Schachtel öffne, eine Blume oder so was dazuzulegen, stecke ihm einen Fünfziger zu. Er bringt sie, nachdem er eine angemessene Frist hat verstreichen lassen und die Teller abgeräumt sind, und es beeindruckt mich, welch großen Auftritt er daraus macht; er hat sogar eine Silberglocke über die Schachtel gestülpt, und Evelyn gurrt vor Vergnügen, als er sie mit einem »Voi-là« abhebt, greift nach dem

Löffel neben ihrem Wasserglas (ich habe mich vergewissert, dass es leer ist) und sagt zu mir gewandt: »Oh Patrick, wie *süß* von dir«, und ich nicke lächelnd dem Kellner zu und winke ab, als er einen Löffel auf meine Seite des Tischs legen will.

»Willst du nichts abhaben?«, fragt Evelyn besorgt. Sie ist sprungbereit, gierig über den schokoladenüberzogenen Duftstein gebeugt. »Ich liebe Godiva.«

»Ich bin nicht hungrig«, sage ich. »Das Dinner war … reichlich.«

Sie lehnt sich nach vorn, das braune Oval beschnuppernd, und fragt mich, ein Aroma von etwas (vielleicht Desinfektionsmittel) erahnend, nun bestürzter: »Bist du … sicher?«

»Nein, Darling«, sage ich. »Ich möchte, dass du es isst. Es ist ja nicht so viel da.«

Sie nimmt den ersten Bissen, folgsam kauend, sofort und unübersehbar angewidert, und schluckt dann. Sie zuckt zusammen, zieht eine Grimasse und versucht zu lächeln, als sie den nächsten zaghaften Bissen nimmt.

»Wie ist es?«, frage ich, dann, drängend: »Iss auf. Es ist nicht vergiftet oder so.«

Ihr Gesicht, unglücklich verzogen, wird noch etwas bleicher, als müsste sie würgen.

»Was?«, frage ich grinsend? »Was ist los?«

»Es ist so …« Ihr Gesicht ist jetzt eine einzige lange qualvoll grimassierende Maske, und sich schüttelnd hustet sie: »… pfefferminzig.«

Sie versucht, ein genießerisches Lächeln aufzusetzen, was sich als Unmöglichkeit erweist. Sie greift nach meinem Wasserglas und stürzt es hinunter, in dem verzweifelten Bemühen, den Geschmack aus dem Mund zu spülen. Dann bemerkt sie meinen besorgten Blick und versucht, diesmal entschuldigend, zu lächeln. »Es ist nur« – sie schaudert wieder – »es ist nur so … *pfefferminzig*.«

Für mich sieht sie aus wie eine große schwarze Ameise – eine große schwarze Ameise im Christian-Lacroix-Modellkleid –, die einen Duftstein isst, und ich fange fast an zu lachen, aber ich will sie auch nicht beunruhigen. Ich will nicht, dass sie es sich anders überlegt, ehe sie den Duftstein aufgegessen hat.

Aber sie kriegt nichts mehr davon runter und schiebt nach nur zwei Bissen den Teller von sich, als sei sie satt, und in dem Moment fange ich an, mich seltsam zu fühlen. Obwohl ich mich daran ergötze, dass sie das Ding frisst, macht es mich auch traurig, und plötzlich werde ich daran erinnert, dass das Unbehagen, das ich ihr bereite – wie befriedigend es auch sein mag, Evelyn etwas essen zu sehen, auf das ich und zahllose andere gepisst haben –, letztendlich auf *meine* Kosten geht: es ist enttäuschend, ein schäbiger Ausgleich dafür, sie drei Stunden am Hals zu haben. Unwillkürlich beginnen sich meine Kiefer zu verkrampfen, entspannen, verkrampfen, entspannen. Irgendwo läuft Musik, aber ich kann sie nicht hören. Evelyn fragt den Kellner heiser, ob er ihr vielleicht Life Savers aus dem koreanischen Deli um die Ecke besorgen kann.

Zur Krönung des Abends sagt Evelyn dann auch noch: »Ich will eine feste Beziehung.«

Da der Abend ohnehin schon ein Fiasko war, kann diese Bemerkung nichts mehr verderben oder mich überraschen, doch das Unzumutbare unserer Situation schnürt mir den Hals zu, und ich stoße mein Wasserglas wieder in Evelyns Richtung und bitte den Kellner, den halb gegessenen Duftstein zu entfernen. In der Sekunde, in der das zerfließende Dessert entfernt wird, ist auch meine Geduld für diesen Abend erschöpft. Zum ersten Mal geht mir auf, dass ihr Blick in den letzten beiden Jahren weniger mit Anbetung auf mir ruhte als mit etwas, das an Habgier grenzt. Endlich bringt jemand ein Wasserglas mit einer Flasche Evian, die ich sie nicht habe bestellen hören.

»Evelyn, ich glaube, dass …«, beginne ich, winde mich, beginne wieder, »… dass wir uns auseinandergelebt haben.«

»Warum? Was ist los?« Sie winkt einem Pärchen zu – Lawrence Montgomery und Geena Webster, glaube ich –, und am anderen Ende des Raums hebt Geena (?) die Hand, die ein Armreif schmückt. Evelyn nickt bewundernd.

»Mein … mein *Drang*, mich in großem Stil mörderischen Instinkten hinzugeben, ist nicht mehr, ähm, zu bezähmen«, sage ich zu ihr, jedes Wort sorgsam abwägend. »Aber ich … sehe keinen anderen Weg, meinen unterdrückten … Bedürfnissen, äh, Ausdruck zu geben.« Es überrascht mich, wie mich dieses Eingeständnis rührt und zermürbt; ich fühle mich benommen. Evelyn entgeht, wie immer, der Kern meiner Ausführungen, und ich frage mich, wie lange ich noch brauchen werde, sie mir endlich vom Hals zu schaffen.

»Wir müssen uns unterhalten«, sage ich leise.

Sie stellt ihr leeres Wasserglas ab und starrt mich an. »Patrick«, sagt sie. »Wenn du wieder davon anfangen willst, dass ich mir die Brust vergrößern lassen soll, *gehe* ich«, sagt sie warnend.

Ich lasse mir das durch den Kopf gehen, sage dann: »Es ist aus, Evelyn. Es ist alles aus.«

»Was sind wir empfindlich«, sagt sie und winkt dem Kellner nach mehr Wasser.

»Es ist mein Ernst«, sage ich ruhig. »Es ist scheiß noch mal aus. Mit uns. Das ist kein Witz.«

Sie erwidert meinen Blick, und gerade als ich denke, dass vielleicht irgendjemand hier endlich erfasst, was ich versuche zu erklären, sagt sie: »Lass uns das Thema abschließen, in Ordnung? Tut mir leid, falls ich irgendwas gesagt habe. Also, nehmen wir noch Kaffee?« Und wieder winkt sie den Kellner her.

»Ich nehme koffeinfreien Espresso«, sagt Evelyn. »Patrick?«

»Port«, seufze ich. »Irgendeinen Port.«

»Möchten Sie vielleicht unsere –« hebt der Ober an.

»Einfach den teuersten Portwein«, falle ich ihm ins Wort. »Und, ach ja, ein Dry-Bier.«

»Mann oh Mann«, murmelt Evelyn, nachdem der Kellner gegangen ist.

»Gehst du noch immer zu deinem Irrenarzt?«, frage ich.

»Patrick«, warnt sie. »Wem?«

»Tut mir leid«, seufze ich. »Deinem Doktor.«

»Nein.« Sie öffnet ihre Handtasche und kramt nach etwas.

»Warum nicht?«, frage ich betroffen.

»Ich hab dir gesagt, warum«, sagt sie kategorisch.

»Aber ich kann mich nicht erinnern«, äffe ich sie nach.

»Nach einer Sitzung hat er mich gefragt, ob ich ihn abends mit drei Mann Begleitung zu Nell's reinbringen könnte.« Sie prüft ihren Mund, die Lippen, im Spiegel der Puderdose. »Warum fragst du?«

»Weil ich glaube, dass du Hilfe brauchst«, beginne ich zögernd, aufrichtig. »Ich glaube, du bist emotional labil.«

»Du hast ein Poster von Oliver North in der Wohnung und nennst *mich* labil?«, fragt sie, wieder etwas in der Handtasche suchend.

»Nein. Du *bist* es, Evelyn«, sage ich.

»Übertreibung. Du übertreibst«, sagt sie und wühlt ihre Handtasche durch, während sie mich ansieht.

Ich seufze und hebe dann gewichtig an. »Ich will ja die Sache nicht breittreten, aber –«

»Wie uncharakteristisch für dich, Patrick«, sagt sie.

»Evelyn. Das muss ein Ende haben«, seufze ich meine Serviette an. »Ich bin siebenundzwanzig. Ich will mich nicht mit einer festen Beziehung belasten.«

»Süßer?«, fragt sie.

»Nenn mich nicht so«, schnappe ich.

»Wie? Süßer?«, fragt sie.

»Ja«, schnappe ich wieder.

»Wie soll ich dich *denn* nennen?«, fragt sie indigniert. »B-O-S-S?« Sie unterdrückt ein Kichern.

»Oh Jesus.«

»Nein, wirklich, Patrick. Wie soll ich dich denn nennen?«

King, denke ich. King, Evelyn. Ich will, dass du mich King nennst. Aber das sage ich nicht. »Evelyn. Ich will nicht, dass du mich irgendwie nennst. Ich finde, wir sollten uns nicht mehr sehen.«

»Aber deine Freunde sind meine Freunde. Meine Freunde sind deine Freunde. Ich glaube nicht, dass es klappen würde«, sagt sie, und dann, auf einen Punkt über meinem Mund starrend: »Du hast einen kleinen Klecks auf der Oberlippe. Nimm deine Serviette.«

Erbittert wische ich mir den Klecks ab. »Hör zu, ich weiß, dass deine Freunde meine Freunde sind und umgekehrt. Das habe ich schon berücksichtigt.« Nach einer Pause sage ich: »Du kannst sie haben.«

Endlich sieht sie mich an, verstört, und murmelt: »Es ist wirklich dein Ernst, oder?«

»Ja«, sage ich. »Ist es.«

»Aber … was ist mit uns? Was ist mit allem, was zwischen uns war?«, fragt sie ausdruckslos.

»Die Vergangenheit ist nicht real. Sie ist ein Traum«, sage ich. »Sprich nicht über Vergangenes.«

Ihre Augen verengen sich misstrauisch. »Hast du was gegen mich, Patrick?« Und dann wandelt die Härte auf ihrem Gesicht sich blitzschnell zu Erwartung, vielleicht auch Hoffnung.

»Evelyn«, seufze ich, »es tut mir leid. Du bist mir nur … nicht besonders wichtig.«

Ohne Zeit zu verlieren, schnauzt sie: »Okay, wer dann? Wer, glaubst du, *könnte* dir etwas bedeuten, Patrick? Wen willst du?« Und nach einer wütenden Pause fragt sie: »Cher?«

»Cher?«, frage ich verwirrt zurück. »*Cher*? Wovon sprichst du? Oh, vergiss es. Ich will, dass Schluss ist. Ich brauche Sex in regelmäßigen Abständen. Ich brauche Zerstreuung.«

In wenigen Sekunden steigert sie sich in Wut, kaum fähig, die aufwallende Hysterie zu unterdrücken, die durch ihren Körper rast. »Aber was ist mit der Vergangenheit? Unserer Vergangenheit?«, fragt sie wieder, verständnislos.

»*Sprich* einfach nicht davon«, sage ich zu ihr und beuge mich vor.

»Warum nicht?«

»Weil wir eigentlich gar keine haben«, sage ich, ohne die Stimme zu heben.

Sie fasst sich und murmelt, während sie, ohne mich zu beachten, wieder in ihrer Handtasche kramt: »Pathologisch. Dein Verhalten ist pathologisch.«

»Was soll das wieder heißen?«, frage ich empört.

»Abscheulich. Du bist pathologisch.« Sie findet ein Laura-Ashley-Pillendöschen und lässt es aufschnappen.

»Pathologisch *was*?«, frage ich und versuche zu lächeln.

»Vergiss es.« Sie nimmt eine Pille, die ich nicht erkenne, und schluckt sie mit meinem Wasser.

»Ich bin pathologisch? Du willst mir erzählen, *ich* sei pathologisch?«, frage ich.

»Wir sehen die Welt eben verschieden, Patrick.« Sie schnieft.

»Gott sei Dank«, sage ich grausam.

»Du bist unmenschlich«, sagt sie und versucht, glaube ich, nicht zu weinen.

»Ich bin« – ich zögere und bereite meine Verteidigung vor – »Ich stehe durchaus in Kontakt mit der … Menschheit.«

»Nein, nein, nein«, sie schüttelt den Kopf.

»Ich weiß, mein Verhalten wirkt manchmal … unberechenbar.«

Plötzlich greift sie verzweifelt über den Tisch nach meiner Hand, zieht sie näher zu sich. »Was kann ich denn tun? Was willst du von mir?«

»Oh Evelyn«, grunze ich und ziehe meine Hand zurück, geschockt, dass ich schließlich doch noch zu ihr durchgedrungen bin.

Sie weint. »Was willst du, dass ich tue, Patrick? Sag es mir. Bitte«, fleht sie.

»Du solltest ... oh Gott, ich weiß nicht. Erotische Wäsche tragen?«, sage ich fragend. »Oh Jesus, Evelyn. Ich weiß nicht. Nichts. Du kannst gar nichts tun.«

»Bitte, was kann ich tun?«, weint sie leise.

»Etwas weniger lächeln? Mehr von Autos verstehen? Meinen Namen etwas weniger regelmäßig aussprechen? Willst du so was hören?«, frage ich. »Es würde nichts ändern. Du trinkst noch nicht mal Bier«, murmele ich.

»Aber du trinkst doch auch kein Bier.«

»Das spielt keine Rolle. Übrigens, gerade habe ich eins bestellt. Also.«

»Oh Patrick.«

»Falls du wirklich etwas für mich tun willst, kannst du aufhören, mir hier eine Szene zu machen«, sage ich und sehe mich unbehaglich im Raum um.

»Kellner?«, fragt sie, kaum dass er den koffeinfreien Espresso, den Portwein und das Dry-Bier abgestellt hat. »Ich nehme ein ... ein was?« Sie schaut mich tränenfeucht an, verstört und verschreckt. »Ein Corona? Trinkst du das immer, Patrick? Ein Corona?«

»Oh mein Gott. Gib's auf. Bitte, entschuldigen Sie sie«, sage ich zum Kellner, dann, als er gegangen ist: »Ja. Ein Corona. Aber wir sind in einem verfickten China-Kreolen-Bistro, also –«

»Oh Gott, Patrick«, heult sie und schnäuzt sich die Nase in eine Serviette, die ich ihr zugeworfen habe. »Du bist so mies. Du bist ... unmenschlich.«

»Nein, ich bin …« Ich weiche wieder aus.

»Du … bist nicht …« Sie bricht ab, wischt sich übers Gesicht, unfähig fortzufahren.

»Ich bin nicht was?«, frage ich abwartend, interessiert.

»Du bist nicht« – sie schnüffelt, schaut zu Boden, und ihre Schultern beben – »ganz da. Du« – sie würgt – »bist so unberechenbar.«

»Und ob ich das bin«, verteidige ich mich indigniert. »Und ob ich berechenbar bin.«

»Du bist ein Monster«, schluchzt sie.

»Nein, nein«, sage ich, sie verwirrt betrachtend. »*Du* bist das Monster.«

»Oh Gott«, stöhnt sie auf, dass sich die Leute am Nebentisch zu uns umdrehen und dann wieder schnell wegschauen. »Ich kann das nicht glauben.«

»Ich gehe jetzt«, sage ich besänftigend. »Was mich angeht, ist jetzt alles klar, und ich gehe jetzt.«

»Nicht«, sagt sie und versucht, meine Hand zu fassen. »Geh nicht.«

»Ich gehe, Evelyn.«

»Wo gehst du hin?« Sie sieht plötzlich bemerkenswert gefasst aus. Sie hat ihren Tränen – die, wie mir eben auffällt, recht sparsam geflossen sind – nicht gestattet, das Make-up zu beeinträchtigen. »Sag mir, Patrick, wo willst du hin?«

Ich habe eine Zigarre auf den Tisch gelegt. Sie ist zu verstört, um eine Bemerkung zu machen. »Ich gehe einfach«, sage ich schlicht.

Jeder im Restaurant in einer gewissen Hörweite scheint in die andere Richtung zu sehen.

»*Wo gehst du hin*?«, fragt sie wieder.

Ich gebe keine Antwort, verloren in meinem eigenen privaten Labyrinth, in Gedanken bei ganz anderen Dingen: Optionsanleihen, Aktienpakete, ESODS, LBOS, IDOS, Finanzierung, Refinanzierung, Anleihen, Wandelanleihen, proxy statements, 8-Ks, 10-Qs, Nullcoupon-Anleihen, PiKs, das Bruttosozialprodukt, den International Monetary Fund, tolle Sondervergünstigungen, Milliardäre, Kenchiki Nakajima, Unendlichkeit, Infinity, wie schnell ein Luxuswagen sein sollte, Bailouts, Junk Bonds, ob ich mein Abonnement des *Economist* kündigen soll, den Weihnachtsabend, als ich vierzehn war und eins unserer Mädchen vergewaltigt habe, Inclusivity, Sozialneid, ob jemand einen Schädelbruch überleben kann, Warten an Flughäfen, einen Schrei ersticken, Kreditkarten und ein fremder Pass und ein Streichholzbriefchen von La Côte Basque, blutverschmiert, Oberfläche, Oberfläche, Oberfläche, ein Rolls ist ein Rolls ist ein Rolls. Für Evelyn ist unser Verhältnis gelb und blau, für mich aber ist es ein grauer Ort, weithin verdunkelt, ausgebombt, Ausschnitte aus dem Film in meinem Kopf zeigen endlose Schwenks auf Steinwüsten, und jede hörbare Sprache ist völlig fremdländisch, der Ton flackert unablässig über neue Bilder: Geldautomaten, aus denen Blut kommt, Frauen gebären durch ihre Arschlöcher, Embryos, gefroren oder zerschmettert (was von beidem?), Nuklearsprengköpfe, Milliarden Dollar, die totale Zerstörung der Welt, jemand wird zusammengeschlagen, ein anderer stirbt, manchmal unblutig, meistens durch Gewehrschüsse, Meuchelmorde, Komas, das Leben durchgespielt als Sitcom, die blanke Leinwand, die sich selbst zur Soap Opera belebt. Es ist die Isolierstation, die zu nichts anderem dient, als meine schwer geschädigte Empfindungsfähigkeit zu offenbaren. Ich lebe in ihrer Mitte, Schonzeit, und niemand bittet mich jemals, mich auszuweisen. Ich sehe plötzlich Evelyns Skelett vor mir, verdreht und zerschmettert, und das erfüllt mich mit Schadenfreude. Ich lasse mir Zeit, um ihre Frage – *Wo gehst du hin?* – zu beantworten, doch nach einem Schluck Port, dann einem Schluck Bier, raffe ich mich auf und sage es ihr, während ich mich zugleich frage: Und wenn ich wirklich ein Automat wäre, welchen Unterschied würde es machen?

»Libyen«, und dann, nach einer deutlichen Pause: »Pago Pago. Pago Pago wollte ich sagen«, und setze dann hinzu: »Nach deinem Auftritt eben zahle ich das Abendessen nicht.«

Versuch, Girl zu kochen und zu essen

DÄMMERUNG. Irgendwann im November. Unfähig zu schlafen krümme ich mich auf dem Futon, erbärmlich hilflos, noch immer im Anzug, mein Kopf fühlt sich an, als hätte jemand Feuerwerk darauf entzündet, drinnen auch, konstanter zuckender Schmerz, der beide Augen offen hält. Keine Droge, kein Essen, kein Alkohol, die die Wucht dieses gefräßigen Schmerzes dämpfen könnten; all meine Muskeln sind steif, all meine Nerven brennen wie Feuer. Ich nehme stündlich Sominex, seit mir Dalmane ausgegangen ist, aber nichts hilft richtig, und bald ist auch die Schachtel Sominex leer. Zeug liegt in der Ecke meines Schlafzimmers: ein Paar Damenschuhe von Edward Susan Bennis Allen, eine Hand, an der Daumen und Mittelfinger fehlen, die neue Ausgabe von *Vanity Fair*, mit irgendjemandes Blut bespritzt, ein Kummerbund, steif von geronnenem Blut, aus der Küche weht der Geruch von kochendem frischem Blut ins Schlafzimmer, und als ich aus dem Bett ins Wohnzimmer stolpere, atmen die Wände, der Verwesungsgestank hängt schwer im Zimmer. Ich zünde eine Zigarre an und hoffe, dass der Rauch wenigstens etwas davon überdeckt.

Ihre Brüste sind abgehackt worden, und sie sehen blau und schlaff aus, die Nippel in unangenehmer Braunschattierung. Umringt von schwarz getrocknetem Blut liegen sie, geschmackvoll arrangiert auf einer Porzellanplatte, die ich im Pottery Barn gekauft habe, auf der Wurlitzer-Jukebox in der Ecke, obwohl ich mich nicht erinnern kann, wie sie dahin kommen. Außerdem habe ich die Haut und einen Großteil der Muskeln von ihrem Gesicht geschält, das nun an einen Totenschädel, von einer langen, fließenden Mähne blonden Haars umspielt, erinnert, der auf einem vollen, kalten Körper steckt; die ursprünglichen Augäpfel hängen am Sehnerv aus den Höhlen. Ihr Brustkorb ist vom Hals, der wie Hackfleisch aussieht, fast nicht zu unterscheiden, der Bauch erinnert an die Auberginen-Ziegenkäselasagne bei Il Marlibro oder ähnlichen Hundefraß, die vorherrschenden Farben Rot und Weiß und Braun. Einige ihrer Eingeweide sind an eine Wand geschmiert, andere, zu Knäueln aufgewickelt, liegen verstreut auf der Glasplatte des Kaffeetischs wie lange schwarze Schlangen, mutierte Würmer. Die verbliebenen Hautfetzen auf dem Körper sind blaugrau, der Farbe von Alufolie. Aus ihrer Vagina ist bräunliche dickliche Flüssigkeit ausgetreten, die riecht wie ein krankes Tier, als hätte ich diese Ratte wieder reingeschoben und sie wäre verdaut worden oder so.

Die nächsten fünfzehn Minuten über bin ich außer mir, zerre an einem bläulichen Strang von Eingeweiden, der zum Großteil noch an ihrem Körper hängt, und schiebe ihn mir schnaufend in den Mund, er ist feucht in meinem Mund und voll von einer Paste, die schlecht riecht. Nach einer Stunde Wühlen lege ich die Wirbelsäule frei und beschließe, das Ding per Federal Express, ungereinigt in Papiertaschentücher gewickelt, unter falschem Namen an Leona Helmsley zu schicken. Ich will das Blut des Mädchens trinken, als wäre es Champagner, und grabe mein Gesicht tief in ihren zerfetzten Bauch, meine kauenden Kiefer an einer gebrochenen Rippe aufkratzend. Der riesige neue Fernseher läuft in einem der Zimmer, erst plärrt die *Patty Winters Show*, Thema heute: Humane Milchwirtschaft, dann eine Spielshow, *Wheel Of Fortune*, und der Applaus der Studiogäste braust auf wie statisches Knistern, wann immer ein neuer Buchstabe erraten wird. Schwer atmend lockere ich mit der blutverschmierten Hand den Schlips, den ich immer noch trage. Das ist meine Wirklichkeit. Die ganze Außenwelt ist wie ein Film, den ich einmal sah.

In der Küche versuche ich, aus dem Mädchen einen Hackbraten zu bereiten, aber es ist eine zu frustrierende Aufgabe, und so vertreibe ich mir den Nachmittag stattdessen damit, ihr Fleisch über alle Wände zu schmieren, an Hautfetzen kauend, die ich in Streifen vom Körper reiße, und dann erhole ich mich bei einem Video mit der letzten Folge der neuen CBS-Sitcom *Murphy Brown*. Danach, und nach einem großen Glas J&B, bin ich wieder in der Küche. Der Kopf in der Mikrowelle ist jetzt völlig schwarz und haarlos, und ich setze ihn in einem Metalltopf auf dem Herd auf, um alles restliche Fleisch abzukochen, das ich abzuschälen vergessen habe. Als ich den Rest des Körpers in einen Müllsack wuchte – meine Muskeln, dick beschmiert mit Ben-Gay-Salbe, mühelos die Last des toten Körpers meisternd –, beschließe ich, den Rest von ihr zu irgendeiner Wurst zu verarbeiten.

Eine Richard-Marx-CD läuft auf der Stereoanlage, eine Zabar-Tüte randvoll mit Sauerteig-Zwiebelbagels und Gewürzen steht auf dem Küchentisch, während ich Knochen, Fett und Fleisch zu Pastetchen durchdrehe, und obwohl mir sporadisch der Gedanke kommt, wie unentschuldbar einiges von dem ist, was ich tue, rufe ich mir immer ins Gedächtnis, dass dieses Ding, das Mädchen, das Fleisch, nichts ist, Scheiße ist, und zusammen mit einer Xanax (die ich jetzt halbstündlich nehme) beruhigt mich der Gedanke, und dann summe ich, summe die Titelmelodie einer

Serie, die ich als Kind so oft gesehen habe – *Die Jetsons? Die Banana Splits? Scooby Doo? Sigmund und die Seemonster?* Ich erinnere mich an den Song, die Melodie, sogar die Tonart, in der er gesungen wurde, aber nicht an die Serie. War es *Lidsville*? War es H. R. *Pufnstuf*? Unter diese Fragen mischen sich andere Fragen so unterschiedlicher Natur wie: »Ob ich je in den Knast muss?« und »Ob dieses Mädchen eine treue Seele war?« Der Geruch von Fleisch und Blut durchdringt die Eigentumswohnung, bis er mir kaum noch auffällt. Und später werden mir meine makabren Freuden sauer, und ich weine vor mich hin, unfähig, in all dem Trost zu finden, laut aufschluchzend: »Ich will doch nur, dass man mich liebt«, die Erde verfluchend, und alles, was man mich gelehrt hat: Prinzipien, Unterschiede, Entscheidungsfreiheit, Moral, Kompromisse, Bildung, Einheit, Gebet – alles davon war falsch, ohne tieferen Sinn. Alles, worauf es hinauslief, war: friss oder stirb. Ich sehe mein eigenes leeres Gesicht, die körperlose Stimme dringt aus dem Mund: *Wir leben in schrecklichen Zeiten.* Maden wimmeln schon über die Menschenwurst, der Sabber, der von meinen Lippen tropft, läuft über sie, und immer noch weiß ich nicht, ob ich das irgendwie richtig koche, weil ich so weinen muss und weil ich ja auch eigentlich noch nie was Richtiges gekocht habe.

Mit der Uzi im Gym

IN EINER MONDLOSEN NACHT, im tristen Umkleideraum bei Xclusive, nach zwei Stunden Training, fühle ich mich wohl. Die Waffe in meinem Schließfach ist eine Uzi, die mich siebenhundert Dollar gekostet hat, und obwohl ich auch eine Ruger Mini ($ 469) in meinem Bottega-Veneta-

Aktenkoffer bei mir trage, der die meisten Jäger den Vorzug geben, habe ich mich noch immer nicht mit ihrem Aussehen anfreunden können; die Uzi hat etwas Männlicheres, Dramatisches, das mich erregt, und während ich hier sitze, den Walkman auf dem Kopf, in 200-Dollar-Radlershorts aus Lycra, und eine Valium langsam Wirkung zeigt, starre ich verlockt in die Dunkelheit des Schließfachs. Die Vergewaltigung, der anschließende Mord an einer Studentin der Nyu hinter dem Gristede's am University Place, unweit ihres Wohnheims, waren trotz des ungünstigen Timings und der untypischen Geschmacksverirrung hochbefriedigend, und obwohl mich mein Sinneswandel überrascht, bin ich in besonnener Stimmung und lege die Waffe, die mir als Symbol der Ordnung erscheint, zurück ins Schließfach, um sie bei anderer Gelegenheit zu benutzen. Ich muss Videos zurückbringen, Geld aus dem Automaten ziehen und habe eine Dinnerreservierung bei 150 Wooster, die nicht ganz einfach zu bekommen war.

Chase, Manhattan

DIENSTAGABEND BEI BOULEY IM NO MAN'S LAND ein in jeder Hinsicht ereignisloses Marathondinner, selbst nachdem ich am Tisch erzählt habe: »Hört mal, Leute, mein Leben ist die Hölle auf Erden«, beachtet mich kein Schwein, die versammelte Mannschaft (Richard Perry, Edward Lampert, John Costable, Craig McDermott, Jim Kramer, Lucas Tanner) diskutiert weiter über intelligente Aktiva, welche Aktien vielversprechend fürs kommende Jahrzehnt aussehen, Hardbodys, Immobilien, Gold, warum Langläufer im Moment zu riskant sind, den Haifischkragen, Depots, wie man Macht sinnvoll einsetzt, neue Trainingsmethoden, Stolichnaya Cristall, wie man bei VIPS am besten Eindruck schindet, ständige Wachsamkeit, die Sonnenseiten des Lebens. Ich scheine mich hier im Bouley kaum zügeln zu können, hier in einem Raum, in dem es vor Opfern nur so wimmelt; ich kann mir nicht helfen, in letzter Zeit sehe ich sie überall – bei Meetings, in Nachtclubs, Restaurants, in vorbeifahrenden Taxis und in Aufzügen, aufgereiht vor Geldautomaten und auf Pornovideos, in David's Cookies und auf CNN, überall, und alle haben sie eins gemeinsam: sie sind *Beute*, und während des Dinners gehe ich fast aus dem Leim, verfalle in einen Zustand, der an Höhenangst grenzt und mir keine andere Wahl lässt, als mich vor dem Dessert zu entschuldigen, und dann kommt der Moment, wo ich auf der Herrentoilette eine Line Kokain nehme, meinen Giorgio-Armani-Wollmantel und die schlecht verborgene 357er Magnum darin von der Garderobe abhole, ein Schulterhalfter anlege, und dann bin ich draußen, aber heute Morgen war in der *Patty Winters Show* ein Interview mit einem Mann, der seine Tochter angezündet hatte, während sie in den Wehen lag, zum Dinner hatten wir alle Haifisch …

… draußen in Tribeca ist es diesig, Himmel am Rande des Regens, die Restaurants hier unten leer, nach Mitternacht die Straßen entlegen, unwirklich, das einzige Zeichen menschlichen Lebens einer, der an der Ecke Duane Street Saxofon spielt, im Eingang des ehemaligen DuPlex, jetzt ein verlassenes Bistro, das letzten Monat geschlossen hat, ein junger Typ, bärtig, weiße Baskenmütze, der ein sehr schönes und furchtbar abgelutschtes Saxofonsolo spielt, vor seinen Füßen ein offener Regenschirm mit einem feuchten Dollar und ein wenig Kleingeld, und unwiderstehlich angezogen nähere ich mich, der Musik lauschend, irgendwas aus *Les Misérables*, er bemerkt meine Anwesenheit, nickt, und während er die Augen schließt –

das Instrument angehoben, den Kopf zurückgeworfen in einer Anwandlung, die er für Extase halten mag –, ziehe ich mit einer flüssigen Bewegung die 357er Magnum aus dem Schulterhalfter und schraube, um unerwünschtes Aufsehen in der Nachbarschaft zu vermeiden, einen Schalldämpfer auf die Waffe, ein kalter Herbstwind fährt durch die Straße und umweht uns, und als das Opfer die Augen öffnet und auf die Waffe blickt, hört es zu spielen auf, das Mundstück des Saxofons noch zwischen den Lippen, und auch ich zögere, fordere ihn dann mit einem Nicken auf weiterzuspielen, und er tut es, zaghaft, und dann hebe ich die Waffe an sein Gesicht und ziehe den Abzug mitten in einem Akkord, aber der Schalldämpfer funktioniert nicht, und im selben Moment, als ein riesiger blutroter Ring hinter seinem Kopf erscheint, zerreißt mir der dröhnende Knall des Schusses das Trommelfell, und der Typ fällt verblüfft, noch Leben in den Augen, auf die Knie, dann auf sein Saxofon, ich lasse das Magazin aufschnappen und ersetze es durch ein volles, dann passiert etwas Schlimmes …

… denn während all dem habe ich den Streifenwagen übersehen, der hinter mir zockelte – wozu? weiß Gott allein, um Falschparker aufzuspüren? –, und nachdem der Knall der Magnum weithin echot und verklingt, zerreißt die Sirene des Streifenwagens die Nacht, aus dem Nichts, und lässt mein Herz wild schlagen, langsam und zuerst ganz unauffällig, als wäre ich unschuldig, entferne ich mich von dem zitternden Körper, dann renne ich los in gestrecktem Galopp, der Streifenwagen jagt mit quietschenden Reifen hinter mir her, ein Bulle brüllt über Lautsprecher sinnlos »halt, stehen bleiben, halt, werfen Sie die Waffe weg«; ohne auf sie zu achten, schlage ich einen Haken links zum Broadway runter zum City Hall Park, drücke mich in eine Gasse, der Streifenwagen folgt, kommt aber nur bis zur Hälfte der Gasse, die sich verengt, als er stecken bleibt, sprüht ein blauer Funkenregen auf, und ich laufe, so schnell ich kann, durch die Gasse zur Church Street, wo ich ein Taxi heranwinke, auf den Vordersitz springe und den Fahrer, einen total verdutzten jungen Iraner, anschreie, *mich zum Teufel schleunigst hier rauszubringen – ohne Uhr,* ich fuchtele mit der Waffe vor seiner Nase, aber er dreht durch und schreit in gebrochenem Englisch, »nicht schießen mich bitte nicht totmache«, die Hände hochgereckt, ich murmele »Oh Scheiß« und schreie »fahr«, aber er ist starr vor Angst »oh nicht schießen, Mann, nicht schießen«, ich knurre ungeduldig »fick dich« und hebe ihm die Waffe ans Gesicht, ziehe den Abzug, die Kugel reißt ihm den Kopf weg und klatscht ihn in zwei Hälften wie eine dunkelrote Wassermelone gegen die Windschutzscheibe, und ich greife über ihn, öffne die Tür, werfe die Leiche raus, knalle die Tür zu, fahre …

… unter Adrenalinschock, der mir den Atem nimmt, komme ich nur wenige Häuserblocks weit, einerseits wegen der Panik, doch hauptsächlich wegen des Bluts, Hirns, der Kopffetzen, die an der Windschutzscheibe hängen, und ich kann gerade noch der Kollision mit einem anderen Taxi Ecke Franklin – oder? – und Greenwich ausweichen, reiße das Taxi scharf nach rechts, streife eine geparkte Limousine, dann schalte ich in den Rückwärtsgang, jage die Straße entlang, Scheibenwischer an, merke verspätet, dass das auf dem Glas verspritzte Blut ja an der *Innenseite* ist, versuche es mit der behandschuhten Hand abzuwischen, und blind die Greenwich runterrasend, verliere ich vollends die Kontrolle über den Wagen, und das Taxi schleudert in einen koreanischen Deli, neben einem Karaoke-Restaurant, das sich Lotus Blossom nennt und in dem ich schon mit japanischen Kunden gewesen bin, und als das Taxi Obststände niederwalzt, eine Glaswand durchbricht, der Körper eines Kassierers dumpf auf die Kühlerhaube prallt, versucht Patrick, den Wagen zurückzusetzen, aber nichts geschieht, er taumelt aus dem Taxi, lehnt sich dagegen, es folgt eine nervtötende Stille, er murmelt »reife Leistung, Bateman«, schleppt sich aus dem Laden, der Körper auf der Motorhaube stöhnt, Patrick ohne jeden Schimmer, woher der Bulle kommt, der von der anderen Straßenseite auf ihn zurennt, der brüllt etwas ins Walkie-Talkie, denkt, er hat Patrick kalt erwischt, doch Patrick überrascht ihn mit einem Ausfall, noch bevor der Bulle seine Waffe ziehen kann, und er schlägt ihn nieder auf den Bürgersteig …

… wo jetzt die Leute aus dem Lotus Blossom stehen, dumm auf die Zerstörung ringsum glotzen, und keiner kommt dem Cop zu Hilfe, als die zwei Männer kämpfend auf dem Gehweg liegen, der Bulle oben auf Patrick, vor Anstrengung keuchend, versucht ihm die Magnum aus der Hand zu winden, doch Patrick fühlt sich beflügelt, als ob Benzin in seinen Adern fließt, nicht Blut, Wind kommt auf, die Temperatur fällt, es beginnt zu regnen, doch langsam rollen sie zur Straße hin, und Patrick denkt, dass hier Musik sein sollte, und setzt ein dämonisches Grinsen auf, das Herz hämmernd, und schafft es fast zu leicht, die Waffe dem Bullen vors Gesicht zu heben, jetzt halten zwei Paar Hände die Waffe, doch Patricks Finger ist am Abzug, und die Kugel macht eine Kerbe in den Schädel des Officers, doch ohne ihn zu töten, aber da der Griff des Officers schwächer wird, kann Patrick tiefer zielen und schießt ihm ins Gesicht, die Kugel versprüht beim Austritt aus dem Schädel schwebende rosa Gischt, während ein paar Leute auf dem Gehsteig schreien, nichts tun, Deckung suchen, zurück ins Restaurant laufen, als der Streifenwagen, den Patrick in der Gasse abgehängt zu haben glaubt, plötzlich vor dem Deli längsseits geht, mit blitzendem Blaulicht quietschend stehen bleibt, als Patrick eben am Bordstein stolpert, auf den Gehweg kippt und im Fallen noch die Magnum lädt, sich um die Ecke flüchtet, wieder eingeholt von dem Terror, den er ausgestanden glaubte, und denkt: keine Ahnung, womit ich meine Chancen, mich erwischen zu lassen, so enorm gesteigert habe, einen Saxofonspieler erschossen? einen *Saxofonspieler* habe ich erschossen? der wahrscheinlich auch noch *Gaukler* war? und *dafür* blüht mir *das*?, und er kann nicht weit entfernt andere Wagen kommen hören, verloren im Gewirr der Straßen, die Cops hier, jetzt, nehmen sich nicht die Zeit für Warnungen, sie schießen gleich, und er erwidert ihr Feuer aus der Hüfte, erhascht einen Blick auf die zwei Bullen hinter den offenen Türen des Streifenwagens, Mündungsfeuer blitzt wie im Film, und da wird Patrick klar, dass er irgendwie in ein echtes Feuergefecht geraten ist, dass er versucht, den Kugeln auszuweichen, dass der Traum aufzureißen droht, verschwindet, dass er nicht sorgsam zielt, nur blind das Feuer erwidert, daliegt, als ein Querschläger, die sechste Kugel des neuen Magazins, den Benzintank eines Bullenwagens trifft, die Scheinwerfer flackern, ehe er in Fetzen fliegt und einen Feuerball hoch in den dunklen Himmel schleudert, der Scheinwerfer der Straßenbeleuchtung darüber unerwartet in gelb-grünem Funkenregen explodiert, Flammen rasen über die Körper der Polizisten, der Lebenden und Toten, alle Fenster im Lotus Blossom bersten, Patricks Ohren klingen …

… zur Wall Street rennend, noch immer in Tribeca, hält er sich fern von den Stellen, wo die Straßenbeleuchtung am hellsten scheint, sieht, dass der ganze Block, den er entlangtaumelt, teuer saniert ist, dann schneidig an einer Reihe Porsches vorbei, rüttelt an jeder Tür und löst eine Reihe Alarmsirenen aus, am liebsten würde er einen schwarzen Range Rover mit Vierradantrieb, vollverzinkter Aluminiumkarosserie auf einem Gussstahl-Chassis mit V-8 Einspritzmotor klauen, aber er kann keinen finden, und trotz der Enttäuschung ist er auch berauscht vom Wirbelwind der Ereignisse, von der Stadt selbst, vom Regen, der aus eiskaltem Himmel immer noch warm genug auf die Stadt fällt, auf den Boden, um Nebel zu bilden, der die Schluchten der Wolkenkratzer im Battery Park und auf der Wall Street durchzieht, die meisten ein verschwommenes Kaleidoskop, und jetzt springt er über eine Böschung, hechtet darüber, schlägt einen Salto, dann rennt er wie wild, rennt volle Kraft, sein Hirn verhakt in physischer Umsetzung unbändiger, blanker Panik, Hals über Kopf, jetzt glaubt er, ein Wagen folgt ihm auf verlassenen Highways, jetzt fühlt er, wie die Nacht ihn auffängt, von irgendwo ist ein Schuss zu hören, ohne dass er wirklich aufmerkt, denn Patricks Hirn läuft unsynchron, verliert sein Ziel, bis vor ihm wie eine Luftspiegelung das Bürohaus, in dem Pierce & Pierce ist, auftaucht, in dem Stockwerk um Stockwerk die Lichter verlöschen, als senke sich eine Dunkelheit darin herab, rennt noch hundert Meter, zweihundert Meter, duckt sich hinter die Stufen vor – ja, was? – zum ersten Mal die Sinne taub vor Furcht und Verwirrung, und stürzt konfus und außer sich in die Lobby seines Hauses, wie er glaubt, doch nein, etwas scheint falsch, was ist es? *du bist umgezogen* (der Umzug selbst schon ein Albtraum, obwohl Patrick jetzt ein schönes Büro hat, die neuen Barney's- und Godiva-Filialen in der Lobby die Sache versüßen), und er hat die Häuser verwechselt, erst an den Aufzug…

…türen, beide verschlossen, sieht er den riesigen Julian Schnabel in der Lobby und weiß *Scheiß-falsches-Haus* und wirbelt herum, in einer irren Attacke auf die Drehtür, aber jetzt winkt ihn der Nachtwächter herein, der vorher schon versucht hat, auf sich aufmerksam zu machen, gerade als er aus der Lobby stürzen will, »Noch so spät dran, Mr. Smith? Sie haben vergessen, sich einzutragen«, und Patrick, frustriert, schießt auf ihn, dreht sich einmal, zweimal, mit der Glastür, die ihn zurück in die Lobby von weiß-der-Himmel befördert, als die Kugel den Wachmann im Hals erwischt und ihn zurückschleudert, ein

Blutnebel sekundenlang in der Luft schwebt, ehe er auf das verzerrte, verkrampfte Gesicht des Wachmanns niederregnet, und der schwarze Hausmeister, der, wie Patrick gerade merkt, die ganze Szene aus der Ecke der Lobby beobachtet hat, Mop in der Hand, Eimer zu Füßen, lässt den Mop fallen, hebt die Hände, und Patrick schießt ihm genau zwischen die Augen, ein Blutstrom bedeckt sein Gesicht, sein Hinterkopf explodiert spritzend, hinter ihm schlägt die Kugel einen Splitter Marmor ab, und die Wucht des Schusses knallt ihn gegen die Wand, Patrick hetzt über die Straße auf die Lichter seines neuen Büros zu, als er eintritt …

… Gus, *unserem Nachtwächter* zunickend, sich einträgt, im Aufzug nach oben fährt, höher, in die Dunkelheit seines Stockwerks, kehrt vorübergehend die Gelassenheit zurück, sicher in der Anonymität meines eigenen Büros, dazu fähig, mit zitternden Händen das Funktelefon abzuheben, mein Rolodex durchzusehen, erschöpft, der Blick fällt auf Harold Carnes' Nummer, langsam wähle ich die sieben Ziffern, atme tief, gleichmäßig, beschließe, mit allem, was bisher geschehen ist, an die Öffentlichkeit zu gehen, mit meinem ganzen privaten Wahnsinn, aber Harold ist nicht da, Geschäfte, London, ich hinterlasse eine Nachricht, gestehe alles, lasse nichts aus, dreißig, vierzig, hundert Morde, und während ich mit Harolds Maschine telefoniere, taucht ein Hubschrauber mit Suchscheinwerfer auf, überfliegt in niedriger Höhe den Fluss, der Himmel hinter ihm gespalten von zuckenden Blitzen, fliegt auf das Gebäude zu, in dem ich zuletzt war, senkt sich langsam auf das Hausdach gegenüber, das Gebäude unten ist schon umstellt von Streifenwagen, zwei Krankenwagen, und ein Sonderkommando springt aus dem Hubschrauber, ein halbes Dutzend Bewaffnete verschwinden in den Eingang auf dem Hausdach, überall flammen Scheinwerfer auf, und all das sehe ich mit dem Telefon in der Hand, auf meine

Couch gekrümmt, schluchze, ohne zu wissen, warum, auf Harolds Anrufbeantworter: »Ich hab sie auf einem Parkplatz gelassen … neben einem Dunkin' Donuts … irgendwo in Midtown …«, um schließlich, nach zehn Minuten, abschließend zusammenzufassen: »Uh, ich bin schon ein echt kranker Typ«, hänge dann ein, aber ich rufe zurück und hinterlasse nach einem endlos langen Piep, das beweist, dass meine Nachricht wirklich aufgezeichnet wurde, noch eine: »Hör mal, es ist noch mal Bateman, und falls du morgen zurückkommst, kann sein, dass ich heute Abend bei Da Umberto's aufkreuze, also, halt die Augen auf, klar?«, und die Sonne, ein Feuerplanet, steigt nach und nach über Manhattan auf, ein neuer Morgen, und schon wird die Nacht so schnell zum Tag, dass es fast wie eine optische Täuschung wirkt …

Huey Lewis and the News

AM ANFANG DES JAHRZEHNTS eroberten Huey Lewis and the News von San Francisco aus die landesweite Musikszene mit ihrem gleichnamigen Rock-Pop-Album, doch erst 1983 gelang ihnen mit dem Knüller *Sports* sowohl kommerziell wie künstlerisch der Durchbruch. Obwohl ihre Roots (Blues, Memphis Soul, Country) schon auf *Huey Lewis and the News* deutlich wurden, biederten sie sich etwas zu offensichtlich dem Zeitgeschmack der ausgehenden Siebziger/frühen Achtziger für New Wave an, und das Album – wenn auch noch immer ein fulminantes Debüt – wirkt etwas zu krass, zu punkig. Beispiele dafür sind das Drumming auf der ersten Single, »Some of My Lies Are True (Sooner or Later)«, und das Fake-Händeklatschen auf »Don't Make Me Do It« sowie die Orgel auf »Taking a

Walk«. Wenn auch etwas bemüht, waren die peppigen Junge-sucht-Mädchen-Lyrics und die Energie, mit der Lewis als Leadsänger alle Songs erfüllte, doch erfrischend. Auch einen grandiosen Leadgitarristen wie Chris Hayes (der auch Vocals beisteuert) in den Reihen zu haben, ist sicher kein Fehler. Hayes' Solos sind so rau und ursprünglich wie Rock vom Feinsten. Der Keyboarder, Sean Hopper, wirkt auf dem Keyboard allerdings zu mechanisch (obwohl seine Pianopassagen auf der zweiten Hälfte des Albums deutlich gewinnen), und Bill Gibsons Schlagzeug ist zu dumpf, um wirklich loszugehen. Auch das Songwriting war noch lange nicht ausgereift, obwohl in vielen der eingängigen Songs Sehnsucht und Reue und Angst anklangen (»Stop Trying« ist ein Beispiel dafür). Obwohl die Jungs aus San Francisco stammen und einige Gemeinsamkeiten mit ihrem südkalifornischen Pendant, den Beach Boys, aufweisen (umwerfende Harmonien, raffinierte Gesangspassagen, wundervolle Melodien – auf dem Cover des Debütalbums posierten sie sogar mit einem Surfbrett), hatten sie damals auch einiges von der Trostlosigkeit und dem Nihilismus der (heute glücklicherweise vergessenen) »Punkrock«-Szene von Los Angeles im Gepäck. Wo wir gerade von zornigen jungen Männern reden! – hört euch Huey auf »Who Cares«, »Stop Trying«, »Don't Even Tell Me That You Love Me« oder »Trouble in Paradise« an (die Titel sagen alles). Huey stürzt sich in seine Songs wie ein verbitterter Überlebender, und die Band klingt oft nicht weniger aggressiv als Acts wie the Clash, Billy Joel oder Blondie. Man sollte nicht vergessen, dass wir zuerst Elvis Costello für Hueys Entdeckung zu danken haben. Huey spielte Mundharmonika auf Costellos zweiter Platte, der mageren, kraftlosen *My Aim Was You.* Lewis weist einiges von Costellos angeblicher Bitterkeit auf, wenn Huey auch eher einen bitteren, zynischen Sinn für Humor hat. Elvis mag glauben, dass intellektuelle Wortspielereien mindestens so wichtig sind, wie sich eine schöne Zeit zu machen und seinen Zynismus durch gute Laune zu mildern, aber ich frage mich, wie er darüber denkt, dass Lewis so viel mehr Platten verkauft als er.

Aufwärts ging es für Huey und die Jungs mit dem zweiten Album, *Picture This* von 1982, das zwei Semihits abwarf, »Workin' for a Living« und »Do You Believe in Love«, und die Tatsache, dass das mit dem Durchbruch des Videos zusammenfiel (für beide Songs wurde eins gedreht), wirkte sich unzweifelhaft positiv auf die Verkäufe aus. Der Sound, obwohl immer noch durchsetzt von New-Wave-Elementen, war mehr Roots-Rock-orientiert als das vorhergehende Album, was auch damit zu tun haben könnte, dass Bob Clearmountain das Album abmischte oder dass Huey Lewis and the News bei der Produktion das letzte Wort hatten. Ihr Songwriting ist raffinierter geworden, und die Gruppe hatte den Mut, sich vorsichtig in andere Genres vorzuwagen – besonders Reggae (»Tell Her a Little Lie«) und Balladen (»Hope You Love Me Like You Say« und »Is It Me?«). Aber in all seiner Power-Pop-Glorie wirken Sound und Band hier, dankenswerterweise, weniger rebellisch, weniger zornig (obwohl die Lohnsklavenbitterkeit von »Workin' for a Living« noch wie ein Outtake des letzten Albums klingt). Sie zeigen mehr Interesse für persönliche Beziehungen – vier der zehn Songs auf dem Album haben das Wort »Love« im Titel – anstatt sich als junge Nihilisten aufzuspielen, und das lockere Good-Times-Feeling der Platte ist eine willkommene, mitreißende Überraschung.

Die Band spielt besser als bisher, und die Tower-of-Power-Bläser verleihen der Platte einen offeneren, wärmeren Sound. Das Album geht richtig ab mit dem Rücken-anRücken eins-zwei-Schwung von »Workin' for a Living« und »Do You Believe in Love«, Letzteres der beste Song auf dem Album, der sich hauptsächlich darum dreht, dass der

Sänger ein Mädchen, das er während des »looking for someone to meet« kennengelernt hat, fragt, ob sie »believes in love«. Die Tatsache, dass der Song diese Frage nicht abschließend klärt (die Meinung des Mädchens sollen wir nie erfahren), verleiht ihm zusätzliche Komplexität, die man so vom Debüt der Gruppe nicht kannte. Außerdem gewinnt »Do You Believe in Love« durch ein fantastisches Saxofon-Solo von Johnny Colla (der junge kann Clarence Clemmons durchaus das Wasser reichen), der mittlerweile, neben Chris Hayes an der Leadgitarre und Sean Hopper an den Keyboards, zu einem der Aktivposten der Band gereift ist (das Sax-Solo auf der Ballade »Is It Me?« ist vielleicht sogar noch stärker). Hueys Stimme klingt suchender, weniger harsch und doch schwermütig, besonders bei »The Only One«, einem ergreifenden Song über treue Freunde und was aus ihnen wird (Bill Gibsons Drumming ist für diesen Track besonders entscheidend). Obwohl das Album auf einem kraftvollen Akkord hätte enden sollen, schließt es stattdessen mit »Buzz, Buzz, Buzz«, einer mittelmäßigen Bluesnummer, die im Vergleich mit dem Vorhergegangenen wenig zwingend wirkt, in ihrer eigenen witzigen Art jedoch amüsiert, und die Tower-of-Power-Bläser sind in absoluter Hochform.

Auf dem dritten Album der Band, dem makellosen Meisterwerk *Sports* (Chrysalis) finden sich keine solchen Ausrutscher. Jeder Song hat das Potenzial für einen Superhit, und die meisten wurden es. Mit dem Album wurden sie zu Rock 'n' Roll-Ikonen. Völlig verschwunden ist das Bad-Boy-Image, und ein neuer Studentenbudencharme ist an seine Stelle getreten (einmal haben sie sogar die Chance, »Arsch« zu sagen, und lassen es freiwillig ausblenden). Das ganze Album hat einen klaren, knackigen Sound und den neuen Schliff eines vollendeten Professionalismus, der den Songs auf dem Album ungeheuren Nachdruck verleiht. Und die verschrobenen, originellen Videos, die den

Plattenverkauf ankurbeln sollten (»Heart and Soul«, »The Heart of Rock 'n' Roll«, »If This Is It«, »Bad Is Bad«, »I Want a New Drug«), machten sie zu den Superstars von MTV.

Produziert von der Band selbst, macht *Sports* auf mit dem Song, der mit Sicherheit ihr Markenzeichen werden wird, »The Heart of Rock 'n' Roll«, eine Liebeserklärung an den Rock 'n' Roll über Amerika. Gefolgt wird er von »Heart and Soul«, ihrer ersten großen Single, ein unverkennbarer Lewis-Song (obwohl er von den Fremdarbeitern Michael Chapman und Nicky Chinn geschrieben wurde) und der Song, der sie nachdrücklich als die nationale Rockband der Achtziger etablierte. Wenn die Lyrics manchmal auch nicht ganz an einige andere Songs heranreichen, sind sie doch mehr als brauchbar, und die ganze Angelegenheit wird zu einer unbeschwerten Betrachtung über die Nachteile flüchtiger Bettgeschichten (eine Botschaft, die dem früheren, raueren Huey Lewis nicht über die Lippen gekommen wäre). »Bad Is Bad«, das Lewis allein geschrieben hat, ist der bisher bluesigste Song der Band, und Mario Cipollina glänzt hier am Bass, doch erst Hueys Mundharmonika-Solo macht die besondere Klasse des Songs aus. »I Want a New Drug« mit seinem Killer-Riff (bravo, Chris Hayes) ist das Kernstück des Albums – es ist nicht nur einer der eindringlichsten Antidrogensongs, die je geschrieben wurden, es ist auch ein persönliches Statement einer Band, die erwachsen geworden ist, das Böse-Buben-Image abgeschüttelt und gelernt hat, sich der Verantwortung zu stellen. Hayes' Solo ist unglaublich, und die Verwendung einer Drummachine (die auf dem Cover nicht vermerkt ist) verleiht nicht nur »I Want a New Drug«, sondern dem ganzen Album mehr Nachdruck als allen vorangegangenen Alben – auch wenn Bill Gibson immer noch eine willkommene Bereicherung ist.

Der Rest des Albums sprudelt vor Makellosigkeit – die

zweite Seite beginnt mit ihrem bisher flammendsten Statement: »Walking on a Thin Line«, und niemand, nicht einmal Bruce Springsteen, hat je so schonungslos über die Leiden des Vietnamveteranen in der modernen Gesellschaft geschrieben. Der Song, wenn auch von Außenstehenden geschrieben, zeigt ein soziales Bewusstsein, das neu für die Band ist und allen, die noch Zweifel hatten, eindrucksvoll beweist, wofür das Herz der Band (neben ihrem Blues-Background) schlägt. Und in »Finally Found a Home« wiederum proklamiert die Band ihre neu gewonnene Vielschichtigkeit durch dieses Loblied aufs Erwachsenwerden. Und wenn es auch davon handelt, ihr Rebellenimage abzuschütteln, so doch auch davon, wie sie durch die Hingabe und Energie des Rock 'n' Roll »zu sich selbst gefunden haben«. Tatsächlich wirkt der Song auf so vielen Ebenen, dass seine Komplexität fast droht, das Album zu erdrücken, obwohl er nie an Tempo verliert, und immer noch von Sean Hoppers klangvollem Keyboard lebt, das die Sache tanzbar macht. »If This Is It« ist eine Ballade, aber keinesfalls weniger dramatisch. Es ist der Appell an einen Liebenden, einem anderen Liebenden zu sagen, ob die Beziehung noch eine Chance hat, und so wie Huey ihn singt (sicherlich die feinste Gesangsleistung auf diesem Album), schwingt dabei Hoffnung mit.

Wieder ist es – wie alle anderen des Albums – kein Song über Mädchen, hinter denen man her ist, sondern eine Auseinandersetzung mit menschlichen Beziehungen.

»Crack Me Up« ist der einzige ansatzweise Rückfall in die New-Wave-Tage der Band auf dem Album, und daher bestenfalls kindisch, wenn auch amüsant – was man von der Aussage des Songs, der eindeutig Stellung gegen Alkohol und Drogen und fürs Erwachsenwerden bezieht, nicht sagen kann.

Und als bezaubernden Abschluss eines rundum bemerkenswerten Albums bringt die Band eine Version von

»Honky Tonk Blues« (ein weiterer Song, den die Band nicht selbst geschrieben hat, als Autor zeichnet ein gewisser Hank Williams), und obwohl es eine ganz andere Art Song ist, scheint sein Geist doch den ganzen Rest des Albums zu durchziehen. Trotz aller professioneller Glätte lebt das Album von der Integrität des Honky Tonk Blues.

(Nebenbei: Während dieser Zeit nahm Huey auch zwei neue Songs für den Film *Zurück in die Zukunft* auf, die beide Nummer eins wurden, »The Power of Love« und »Back in Time«, keine Fußnoten, sondern erfrischende Zugaben einer fast beispiellosen Karriere.) Was soll man *Sports*-Verächtern auf lange Sicht entgegnen? Neun Millionen Menschen können sich nicht irren.

Fore! (Chrysalis; 1986) ist im Wesentlichen eine Weiterführung des *Sports*-Albums mit noch professionellerem Touch. Das ist die Platte, mit der die Jungs nicht länger beweisen müssen, dass sie erwachsen geworden sind, dass sie die Spielregeln des Rock 'n' Roll begriffen haben, denn das haben sie in der dreijährigen Pause zwischen *Sports* und *Fore!* zur Genüge getan. (Tatsächlich tragen drei von ihnen auf dem Cover der Platte Anzüge.) Opener ist das Feuerwerk »Jacob's Ladder«, im wesentlichen ein Song über harte Lehrjahre und neu gewonnene Kompromissfähigkeit, eine treffende Erinnerung daran, was Huey Lewis and the News repräsentieren, und mit Ausnahme von »Hip to Be Square« der beste Song des Albums (wenn auch von keinem der Bandmitglieder geschrieben). Darauf folgt das gutmütig-liebevolle »Stuck with You«, ein sorgloses Loblied auf feste Beziehungen und die Ehe. Genau genommen handeln alle Lovesongs auf dem Album von dauerhaften Beziehungen, anders als auf den frühen Alben, auf denen es meistens darum ging, entweder auf Mädchen scharf zu sein, die man nicht bekommt, oder beim Versuch, sie zu bekommen, auf die Schnauze zu fallen. Auf *Fore!* geht es um Typen, die alles im Griff haben (die ihre Mädchen im

Griff haben) und jetzt sehen müssen, wie sie damit klarkommen. Diese neue Dimension bei den News gibt der Platte ein zusätzliches Uffza, und sie wirken ausgeglichener und zufriedener, weniger angespannt, und das trägt wesentlich zum Gelingen ihrer bisher bestdurchdachten Platte bei. Trotzdem steht jedem »Doing It All for My Baby« (eine bezaubernde Ode an Monogamie und sexuelle Erfüllung) ein brandheißer BluesFetzer wie »Whole Lotta Lovin« gegenüber, und die erste Seite (oder, auf der CD, der fünfte Song) schließt mit dem Meisterwerk »Hip to Be Square« (zu dem ironischerweise das einzige schlechte Video der Band gedreht wurde), dem Schlüsselsong auf *Fore!*, einem ausgelassenen Bekenntnis zur Konformität, so zwingend, dass den meisten Leuten wahrscheinlich der Text entgeht, aber bei Chris Hayes' fetzender Gitarre und dem umwerfenden Keyboardspiel – wer will das verübeln? Und es geht dabei nicht nur um die Annehmlichkeiten der Konformität und die Wichtigkeit von Trends – es ist ein persönliches Statement der Band selbst, auch wenn ich mir nicht sicher bin, wozu.

Auch wenn die zweite Seite von *Fore!* nicht die Intensität der ersten hat, so gibt es doch einige Perlen, die nicht leicht einzuordnen sind. »I Know What I Like« ist eine Nummer, die Huey noch vor sechs Jahren niemals gesungen hätte – eine unverblümte Unabhängigkeitserklärung –, während das mit Bedacht platzierte »I Never Walk Alone«, das anschließt, diesen Song ergänzt und erläutert (außerdem gibt es hier ein hervorragendes Klaviersolo und, abgesehen von »Hip to Be Square«, Hueys überzeugendsten Gesang). »Forest for the Trees« ist eine schnelle Anti-Selbstmord-Nummer, und auch wenn der Titel wie ein Klischee klingen mag, so haben Huey und die Band doch die Potenz, aus Klischees etwas Eigenes und Originäres zu machen. Die flotte Acapella-Nummer »Naturally« beschwört eine Zeit der Unschuld herauf und stellt die Vokalharmonien der Band in den Vordergrund (wenn man es nicht besser wüsste, könnte man meinen, die Beach Boys klängen aus dem CD-Player), und auch wenn es im Grunde genommen eine Belanglosigkeit, eine Banalität ist, endet das Album mit einem majestätischen Schlusssatz, mit »Simple as That«, einer Malocherballade, die nicht die Spur resigniert, sondern hoffnungsvoll ist, und die komplexe Botschaft vom Überleben (jedes Bandmitglied war beteiligt) verweist auf ihr nächstes Album, Small World, auf dem sie sich globalen Fragen zuwenden. *Fore!* mag nicht ein Meisterwerk wie *Sports* sein (hätte sein können?), aber ist auf seine eigene Weise ebenso gelungen, und der sanftere, mildere Huey von '86 ebenso happening.

Small World (Chrysalis; 1988) ist die bislang ambitionierteste, künstlerisch gelungenste Platte von Huey Lewis and the News. Der Angry Young Man ist nun endgültig durch einen abgeklärten, professionellen Musiker ersetzt worden, und auch wenn Huey eigentlich nur ein Instrument zu beherrschen gelernt hat (die Mundharmonika), gibt der majestätische, dylaneske Sound *Small World* eine Größe, die nur wenige Künstler erreicht haben. Es markiert offensichtlich einen Kurswechsel und ist ihr erstes Album, das versucht, inhaltlich geschlossen zu sein – tatsächlich nimmt sich Huey eines der wichtigsten Themen überhaupt an: der Bedeutung globaler Verständigung. So nimmt es nicht wunder, dass vier der zehn Stücke auf dem Album das Wort »Welt« im Titel führen und dass zum ersten Mal nicht eine, sondern drei Instrumentalnummern dabei sind.

Die CD hebt furios mit dem von Lewis und Hayes verfassten »Small World (Part One)« ab, in dessen Zentrum neben seiner Botschaft von Harmonie ein mörderisches Solo von Hayes steht. In »Old Antone's« kann man die Zydeco-Einflüsse wiederfinden, die die Band auf ihren Touren durchs Land aufgegriffen hat, und das gibt dem

Stück ein ganz einzigartiges Cajun-Feeling. Bruce Hornsby spielt das Akkordeon ganz wunderbar, und der Text vermittelt etwas vom wahren Geist des Bayou. Auf der Hit-Single »Perfect World« werden die Tower-of-Power-Bläser erneut ungeheuer wirksam eingesetzt. Gleichzeitig ist das auch die beste Nummer des Albums (geschrieben von Alex Call, der kein Bandmitglied ist) und fasst alle Inhalte des Albums exemplarisch zusammen – wie man die Unzulänglichkeiten dieser Welt akzeptieren kann, ohne zu verlernen, vom »livin' in a perfect world« zu träumen. Obwohl das Stück ein schneller Popsong ist, it's still moving in terms of its intentions, und die Band spielt es ganz hervorragend. Merkwürdigerweise folgen dann zwei Instrumentals: die schaurige Reggae-Nummer »Bobo Tempo« mit afrikanischen Einflüssen und der zweite Teil von »Small World«. Aber nur, weil die Stücke keinen Text haben, heißt das nicht, dass die globale Botschaft der Verständigung verloren ist, und dank der Bedeutungsvielfalt, die in den thematischen Wiederholungen anklingt, wirken sie keineswegs wie Lückenfüller; außerdem hat die Band die Gelegenheit, uns ihr Improvisationstalent vorzuführen.

Seite zwei eröffnet mitreißend mit »Walking with the Kid«, der erste Huey-Song, der die Vaterpflichten anerkennt. Seine Stimme klingt reif, und auch wenn wir, als Zuhörer, erst in der letzten Textzeile erfahren, dass »the kid« (von dem wir annehmen, es sei ein Kumpel) in Wirklichkeit sein Sohn ist, so gibt die Abgeklärtheit in Hueys Stimme uns doch schon einen Hinweis, und es ist kaum zu glauben, dass der Mann, der »Heart and Soul« und »Some of My Lies Are True« gesungen hat, dies singt. Die große Ballade des Albums, »World to Me«, ist ein verträumtes Kleinod von Song, und obwohl sie davon handelt, in einer Beziehung zusammenzuhalten, spielt sie auch auf China, Alaska und Tennessee an, so dem »Small World«-Thema des Albums treubleibend, und die Band klingt wirklich prima. »Better Be True« ist auch so etwas wie eine Ballade, aber es ist kein verträumtes Kleinod, und der Text handelt eigentlich weder davon, in einer Beziehung zusammenzuhalten, noch gibt es Anspielungen auf China oder Alaska, und die Band klingt wirklich prima.

»Give Me the Keys (And I'll Drive You Crazy)« ist ein bodenständiger Bluesrocker übers Herumfahren (was sonst?), der das Thema des Albums weitaus spielerischer aufgreift, als es die vorherigen Stücke getan haben, und obwohl der Text etwas dürftig wirken könnte, ist es doch ein Beleg dafür, dass der neue Lewis – Huey, der Künstler – nicht völlig seinen verspielten Sinn für Humor verloren hat. Das Album endet mit »Slammin'«, das keinen Text hat und eigentlich nur aus Bläsersätzen besteht, die einem offen gesagt, wenn man es richtig laut aufdreht, verdammt große Kopfschmerzen bereiten und vielleicht sogar auf den Magen schlagen können, doch vielleicht klingt es auf Platte oder Kassette ja anders, ist mir aber nicht bekannt. Egal, es hat etwas Bösartiges in mir geweckt, das tagelang anhielt. Und tanzen dazu kann man auch nicht besonders.

Um die hundert Leute waren nötig, um *Small World* fertigzustellen (einschließlich aller Gastmusiker, Drum-Programmierer, Buchhalter, Rechtsanwälte – denen allen gedankt wird), aber das passt zum Thema der CD, die Gemeinsamkeit, und überfrachtet die Platte keineswegs – es macht sie zu einem beglückenden Gemeinschaftserlebnis. Mit dieser CD und den vier vorhergehenden beweisen Huey Lewis and the News, dass, sollte diese Welt wirklich eine kleine sein, diese Jungs die beste amerikanische Band der Achtziger auf diesem und jedem anderen Kontinent sind – und unter ihnen ist Huey Lewis, ein Sänger, Musiker und Autor, der nicht zu überbieten ist.

Im Bett mit Courtney

ICH BIN IN COURTNEYS BETT. Luis ist in Atlanta. Courtney zittert, presst sich gegen mich, entspannt sich. Ich rolle von ihr runter auf den Rücken, lande auf etwas Hartem, das mit Fell bedeckt ist. Ich greife unter mich, um eine schwarze Stoffkatze mit blauen Juwelenaugen zu entdecken, die ich schon bei F.A.O. Schwarz gesehen zu haben glaube, als ich verfrühte Weihnachtseinkäufe machte. Ich weiß nicht, was ich sagen soll, also stammele ich: »Tiffany-Lampen ... sind wieder im Kommen.« Ich kann kaum ihr Gesicht in der Dunkelheit sehen, aber ich höre das Seufzen, schmerzlich und tief, das Geräusch einer aufschnappenden Medizinflasche, ihren Körper, der sich im Bett umdreht. Ich lasse die Katze zu Boden fallen, stehe auf, nehme eine Dusche. Heute Morgen ging es in der *Patty Winters Show* um schöne Teenagerlesben, die ich so erotisch fand, dass ich zu Hause bleiben, ein Meeting verpassen, zweimal abspritzen musste. Ziellos verbringe ich einen Großteil des Tages bei Sotheby's, gelangweilt und verstört. Gestern Abend Dinner mit Jeanette im Deck Chairs, sie wirkte müde und bestellte wenig. Wir teilten uns eine Pizza für neunzig Dollar. Nachdem ich mein Haar trocken gerubbelt habe, ziehe ich einen Ralph-Lauren-Morgenmantel über, gehe zurück ins Schlafzimmer, fange an mich anzuziehen. Courtney raucht eine Zigarette, sieht *Late Night with David Letterman*, leise gedreht.

»Rufst du mich noch vor Thanksgiving an?«, fragt sie.

»Vielleicht.« Ich knöpfe mein Hemd zu und frage mich, wieso ich überhaupt gekommen bin.

»Was machst du?«, fragt sie langsam.

Meine Antwort fällt erwartungsgemäß kühl aus. »Dinner im River Café. Nachher vielleicht Au Bar.«

»Wie nett«, murmelt sie.

»Du und … Luis?«, frage ich.

»Wir wollten uns zum Dinner bei Tad und Maura treffen«, seufzt sie. »Aber ich glaube, wir gehen doch nicht hin.«

»Warum nicht?« Ich schlüpfe in meine Weste, schwarzer Kaschmir von Polo, und denke: Das interessiert mich wirklich.

»Oh, du weißt ja, wie es Luis mit den Japanern hat«, beginnt sie, die Augen bereits glasig.

Als sie nicht weiterredet, sage ich verärgert: »So weit hab ich verstanden. Weiter.«

»Luis hat sich geweigert, bei Tad und Maura Trivial Pursuit zu spielen, weil sie einen Akita haben.« Sie nimmt einen Zug an ihrer Zigarette.

»Ja also …« Ich zögere. »Und was ist dann passiert?«

»Wir haben bei mir gespielt.«

»Ich wusste gar nicht, dass du rauchst«, sage ich.

Sie lächelt traurig in einer blöden Art. »Du hast nie drauf geachtet.«

»Okay, ich gebe zu, ich bin beschämt. Aber nur ein bisschen.« Ich gehe rüber zu dem Marlian-Spiegel, der über einem Sottsass-Teakbord hängt, um mich zu vergewissern, dass der Knoten in meiner Armani-Paisleykrawatte richtig sitzt.

»Hör mal, Patrick«, sagt sie mit Mühe. »Können wir uns unterhalten?«

»Du siehst fantastisch aus.« Ich seufze, wende den Kopf, werfe ihr ein Küsschen zu. »Es gibt nichts zu reden. Du heiratest Luis. Sogar schon nächste Woche.«

»Ist das nicht herrlich?«, fragt sie sarkastisch, ohne dabei frustriert zu wirken.

»Lies es mir von den Lippen ab«, sage ich, wieder zum Spiegel gewandt.

»Du siehst fantastisch aus.«

»Patrick?«

»Ja, Courtney?«

»Falls ich dich vor Thanksgiving nicht mehr sehe …« Sie bricht unschlüssig ab. »Viel Spaß?«

Ich sehe sie einen Moment lang an, ehe ich tonlos antworte: »Dir auch.«

Sie hebt die schwarze Stoffkatze auf, streichelt ihren Kopf.

Ich trete durch die Tür in die Halle und gehe durch zur Küche.

»Patrick?«, ruft sie leise aus dem Schlafzimmer.

Ich bleibe stehen, ohne mich umzudrehen.

»Ja?«

»Nichts.«

Smith & Wollensky

ICH BIN MIT CRAIG MCDERMOTT bei Harry's auf der Hanover. Er raucht eine Zigarre, trinkt Stoli-Cristall-Martini, fragt mich nach den genauen Regeln fürs Tragen eines Einstecktuchs. Ich trinke dasselbe und antworte ihm. Wir warten auf Harold Carnes, der gerade am Dienstag aus London zurückgekommen ist, und er ist schon eine halbe Stunde überfällig. Ich bin nervös, ungeduldig, und als ich McDermott sage, dass wir Todd oder wenigstens Hamlin hätten einladen sollen, zuckt er die Achseln und sagt, dass wir Carnes vielleicht bei Delmonico's treffen. Aber wir finden Carnes nicht bei Delmonico's, also machen wir uns auf nach Uptown zu Smith & Wollensky, wo einer von uns für acht Uhr reserviert hat. McDermott trägt einen zweireihigen Wollanzug mit sechs Knöpfen von Cerrutti 1881, ein Baumwollhemd mit Tattersallmuster von Louis, Boston, einen Seidenschlips von Dunhill. Ich trage einen Sechsknopfzweireiher aus reiner Wolle mit sechs Knöpfen von Ermenegildo Zegna, ein gestreiftes Baumwollhemd von Luciano Barbera, eine Seidenkrawatte von Armani, wildlederne Brogues von Ralph Lauren, Socken von E. G. Smith. Männer, die von Frauen vergewaltigt wurden, war heute Morgen das Thema der *Patty Winters Show.* Wir sitzen in einer Nische bei Smith & Wollensky, wo es seltsam leer ist, ich bin auf Valium, trinke ein gutes Glas Rotwein, denke abwesend an einen Cousin von mir aus St. Albans in Washington, der neulich ein Mädchen vergewaltigt hat und ihr die Ohrläppchen abbiss, mache mir ein perverses Vergnügen da raus, nicht die Bratkartoffeln zu bestellen – wie mein Bruder und ich früher zusammen geritten sind, Tennis spielten, das brennt in meiner Erinnerung, aber McDermott verdunkelt diese Gedanken, als er merkt, dass ich keine Bratkartoffeln bestellt habe, nachdem das Dinner gekommen ist.

»Was soll das? Du kannst nicht bei Smith & Wollensky essen, ohne die Bratkartoffeln zu bestellen«, beklagt er sich. Ich weiche seinem Blick aus und berühre die Zigarre, die ich in meiner Jackentasche trage.

»Jesus, Bateman, du bist ein gefährlicher Irrer. Zu lange bei P&P gewesen«, brummt er. »Keine verdammten Bratkartoffeln.«

Ich sage nichts. Wie kann ich McDermott sagen, dass diese Phase meines Lebens völlig zusammenhanglos ist und dass ich feststelle, dass die Wände fast schmerzhaft weiß gestrichen sind und unter den fluoreszierenden Lichtern zu pulsieren und zu glühen scheinen. Frank Sinatra singt irgendwo »Witchcraft«. Ich starre auf die Wände, höre auf die Worte, plötzlich durstig, doch unser Kellner nimmt Bestellungen an einem sehr großen Tisch auf, der ausschließlich mit japanischen Geschäftsleuten besetzt ist, und jemand in der Nische hinter unserer, den ich für

George MacGowan oder Taylor Preston halte, trägt irgendwas von Polo, beäugt mich misstrauisch, und McDermott starrt noch immer mit diesem perplexen Ausdruck im Gesicht auf mein Steak, und einer der japanischen Geschäftsmänner hält einen Abakus, ein anderer versucht, das Wort »Teriyaki« auszusprechen, ein anderer formt die Worte des Songs mit den Lippen, singt schließlich, und der Tisch lacht, ein sonderbarer, nicht völlig fremdartiger Klang, als er ein Paar Essstäbchen hebt und, zuversichtlich den Kopf schüttelnd, Sinatra imitiert. Sein Mund öffnet sich, heraus kommt: *»that sry comehitle stale ... that clazy witchclaft ...«*

Was im Fernsehen

WÄHREND ICH MICH ANZIEHE, um Jeanette zu einem neuen englischen Musical, das letzte Woche am Broadway Premiere hatte, und anschließendem Dinner im Progress, dem neuen Restaurant von Malcolm Forbes, abzuholen, sehe ich ein Video der *Patty Winters Show* von heute Morgen, die diesmal zwei Teile hat. Die erste Hälfte ist ein Bericht über den Sänger der Rockband Guns 'n' Roses, Axl Rose, den Patty aus einem Interview zitierte: »Wenn ich im Stress bin, werde ich brutal und lasse es an mir selbst aus. Ich habe mich selbst mit Rasierklingen geschnitten, bis ich gemerkt habe, dass es sich mit Narbe weniger gut leben lässt als ohne Stereoanlage ... Ich würde eher meinen Plattenspieler zusammentreten, als jemandem ins Gesicht zu schlagen. Wenn ich sauer, unzufrieden oder aufgeregt bin, gehe ich manchmal einfach ans Klavier und spiele.«

Im zweiten Teil verlas Patty Briefe, die Ted Bundy, der

Serienmörder, während einer seiner vielen Verhandlungen an seine Verlobte geschrieben hatte. »Liebe Carole«, liest sie, während ein unvorteilhaft aufgedunsenes Brustbild von Bundy, wenige Wochen vor seiner Hinrichtung aufgenommen, über den Bildschirm flimmert. »Bitte setz dich im Gericht nicht in dieselbe Reihe wie Janet. Wenn ich zu dir hinübersehe, sitzt sie da und lässt mich nicht aus ihren verrückten Augen, wie eine zerrupfte Möwe, die auf eine Muschel stiert … ich kann schon fühlen, wie sie scharfe Soße auf mich gießt …«

Ich warte, dass etwas geschieht. Ich sitze im Schlafzimmer für fast eine Stunde. Nichts tut sich. Ich stehe auf, nehme den Rest von dem Koks – eine mikroskopische Prise –, der noch von einem langen Samstag im M. K. oder Au Bar in meinem Medizinschränkchen liegt, schaue auf einen Drink bei Orso vorbei, ehe ich mich mit Jeanette treffe, die ich vorher angerufen hatte, um zu sagen, dass ich Karten für dieses spezielle Musical hatte, und sie hatte nichts gesagt außer: »Ich komm mit«, und ich hatte ihr gesagt, sie soll mich um zehn vor acht vor dem Theater treffen, und sie hatte aufgehängt. Während ich allein an der Bar im Orso sitze, sage ich mir, dass ich eine der Nummern anrufen wollte, aber dann fiel mir nichts ein, was ich hätte sagen können, und ich erinnere mich an elf der Worte, die Patty vorgelesen hat: *»Ich kann schon fühlen, wie sie scharfe Soße auf mich gießt.«*

Aus irgendeinem Grund fallen mir diese Worte wieder ein, als Jeanette und ich nach dem Musical im Progress sitzen, und es ist spät und das Lokal voll besetzt. Wir bestellen etwas, das sich Adler-Carpaccio nennt, auf Mesquite geröstete Mahi-Mahi, Endiviensalat mit Chèvre und Mandeln mit Schokoladenüberzug, diese seltsame Gazpacho mit rohem Hühnerfleisch, Dry-Bier. Momentan befindet sich allerdings nichts auch nur halbwegs Essbares auf meinem Teller, alles, was da ist, schmeckt nach Heftpflaster. Jeanette trägt eine Smokingjacke aus Schurwolle, eine Stola mit angesetztem Ärmel aus Seidenchiffon, eine passende Smokinghose, alles von Armani, antike Ohrringe aus Gold und Diamanten, Strümpfe von Givenchy, Ripsballerinas. Sie seufzt ständig und droht gar, eine Zigarette anzuzünden, obwohl wir im Nichtraucherbereich des Restaurants sitzen. Jeanettes Benehmen verstört mich zutiefst, lässt schwarze Gedanken in meinem Kopf aufsteigen und sich verdichten. Sie hat Kir Royal getrunken, aber bereits einige zu viel, und als sie den sechsten bestellt, deute ich an, dass sie eigentlich schon genug gehabt hat. Sie sieht mich an und sagt: »Mir ist kalt, und ich bin durstig, und ich bestelle scheiß noch mal, was ich will.«

Ich sage: »Dann nimm doch um Gottes willen ein Evian oder ein San Pellegrino.«

Sandstone

MEINE MUTTER UND ICH sitzen in ihrem Privatzimmer in Sandstone, das nun ihr ständiger Wohnsitz ist. Sie steht unter starken Medikamenten, hat ihre Sonnenbrille auf, fingert ständig an ihrem Haar, und ich schaue ständig auf meine Hände, weil ich fürchte, dass sie zittern. Sie versucht zu lächeln, während sie fragt, was ich zu Weihnachten möchte. Es überrascht mich, wie schwer es mir fällt, den Kopf zu heben und sie anzusehen. Ich trage einen Zweiknopfanzug aus Wollgabardine mit steigenden Revers von Gian Marco Venturi, Schnürschuhe mit gerader Kappe von Armani, Schlips von Polo, Socken von wasweißichwo. Es ist Mitte April.

»Nichts«, sage ich und lächele aufmunternd.

Es entsteht eine Pause. Ich unterbreche sie mit der Frage: »Was willst du?«

Sie sagt lange nichts, und ich schaue auf meine Hände, auf das getrocknete Blut, wahrscheinlich von einem Mädchen namens Suki, unter meinem Daumennagel. Meine Mutter leckt müde ihre Lippen und sagt: »Ich weiß nicht. Ich möchte nur, dass es schöne Weihnachten werden.«

Ich sage nichts. Die letzte Stunde habe ich damit verbracht, mein Haar in dem Spiegel zu prüfen, den das Hospital auf mein Betreiben im Zimmer meiner Mutter angebracht hat.

»Du siehst unglücklich aus«, sagt sie plötzlich.

»Bin ich nicht«, sage ich mit einem kurzen Seufzer.

»Du siehst unglücklich aus«, sagt sie, stiller diesmal. Wieder berührt sie ihr Haar, ihr blendend weißes Haar.

»Na, du aber auch«, sage ich langsam und hoffe, sie wird nichts mehr sagen.

Sie sagt nichts mehr. Ich sitze in einem Stuhl am Fenster, und zwischen den Gitterstäben verdunkelt sich der Rasen vorm Haus, eine Wolke zieht vor der Sonne vorbei, dann wird der Rasen wieder grün. Sie sitzt auf dem Bett, in einem Hausmantel von Bergdorfs und Slippern von Norma Karmali, die ich ihr letztes Jahr zu Weihnachten gekauft habe.

»Wie war die Party?«, fragt sie.

»Okay«, sage ich auf gut Glück.

»Wie viele Leute waren denn da?«

»Vierzig. Fünfhundert.« Ich zucke die Achseln. »Ich weiß nicht genau.«

Sie leckt sich wieder die Lippen, berührt schon wieder ihr Haar. »Wann bist du gegangen?«

»Ich weiß nicht mehr«, sage ich nach langer Pause.

»Eins? Zwei?«, fragt sie.

»Muss so um eins rum gewesen sein«, sage ich, schneide ihr fast das Wort ab.

»Oh.« Sie zögert wieder, richtet ihre Sonnenbrille, eine schwarze Ray-Ban, die ich ihr für zweihundert Dollar bei Bloomingdale's gekauft habe.

»Es war nicht so besonders«, sage ich unnützerweise und sehe sie an.

»Warum?«, fragt sie neugierig.

»Einfach nur so«, sage ich, schaue wieder auf meine Hand, auf die Blutränder unter meinem Daumennagel, das Foto meines Vaters als junger Mann auf dem Nachttisch meiner Mutter, neben einem Foto von mir und Sean als Teenager, beide in Smokings, beide ohne zu lächeln. Mein Vater trägt auf dem Foto einen doppelreihigen schwarzen Sechsknopfsportmantel, ein weißes Baumwollhemd mit Haifischkragen, einen Schlips, Einstecktuch, Schuhe von Brooks Brothers. Er steht neben einer der in Tierform gestutzten Hecken, die vor langer Zeit vor dem Haus seines Vaters in Connecticut standen, und irgendwas ist mit seinen Augen.

Beste Stadt fürs Geschäft

UND AN EINEM REGNERISCHEN DIENSTAGMORGEN, nach dem Training bei Xclusive, schaue ich in Paul Owens Apartment auf der Upper East Side vorbei. Hundertsechzig Tage sind vergangen, seit ich dort die Nacht mit den Mädchen vom Begleitservice verbracht habe. In keiner der vier Tageszeitungen der Stadt stand ein Wort über Leichenfunde, auch nichts in den Lokalnachrichten; noch nicht mal das vageste Gerücht. Ich bin sogar so weit gegangen beim Dinner, in den Fluren von Pierce & Pierce, herumzufragen – unter Freundinnen, Geschäftsfreunden –, ob irgendjemand von zwei verstümmelten Prostituierten gehört hat, die in Paul Owens Apartment gefunden wurden. Aber es ist wie im Film, niemand hat etwas gehört, hat die leiseste Ahnung, wovon ich rede. Schließlich hat man andere Sorgen: der erschütternd hohe Anteil an Abführmitteln und Speed, mit dem der Koks in Manhattan heutzutage verschnitten ist, Asien und die Neunziger, wie nahezu unmöglich es ist, für acht Uhr eine Reservierung bei PR zu landen, Tony McManus' neues Restaurant auf Liberty Island, Crack. Also muss ich davon ausgehen, dass irgendwie anscheinend gar keine Leichen gefunden wurden. Soweit ich weiß, ist Kimball ebenfalls nach London.

Das Gebäude wirkt ungewohnt, als ich aus dem Taxi steige, obwohl mir nicht klar ist, warum. Ich habe immer noch die Schlüssel, die ich Owen in der Nacht, als ich ihn tötete, abgenommen habe, und jetzt nehme ich sie heraus, um die Vordertür zu öffnen, aber sie tun's nicht, sie passen nicht richtig. Stattdessen öffnet mir ein uniformierter Türsteher, der vor sechs Monaten noch nicht da war, und entschuldigt sich, dass er so lange gebraucht hat. Ich stehe da im Regen, verunsichert, bis er mich hereinschiebt und mich mit dickem irischem Akzent munter fragt: »Na was nun – rein oder raus? Sie werden ja ganz nass.« Ich trete in die Lobby, meinen Regenschirm unter einem Arm, und stopfe die Operationsmaske, die ich gegen den Geruch mitgebracht habe, wieder in meine Manteltasche. Ich halte meinen Walkman und frage mich, was ich sagen soll, wie ich mich ausdrücken soll.

»Nun, was kann ich für sie tun, Sir?«, fragt er.

Ich winde mich – eine lange, peinliche Pause –, ehe ich einfach sage: »Vierzehn A«.

Er mustert mich gründlich, ehe er in seinem Buch nachsieht, strahlt dann und streicht etwas an. »Ah, natürlich. Mrs. Wolfe ist schon oben.«

»Mrs … Wolfe?« Ich lächle schwach.

»Ja. Sie ist die Maklerin«, sagt er und schaut zu mir auf. »Sie haben einen Termin, oder nicht?«

Der Fahrstuhlführer, ebenfalls eine Neuerwerbung, starrt zu Boden, während wir beide im Gebäude hochfahren. Ich versuche, meine Schritte dieser Nacht, dieser Woche nachzuvollziehen, im nutzlosen Wissen, dass ich nach dem Mord an den beiden Mädchen nie wieder im Apartment war. *Wie viel Owens Apartment wohl wert sein mag?* ist eine Frage, die sich mir immer wieder ins Bewusstsein drängt und sich dort schließlich nagend festsetzt. In der *Patty Winters Show* ging es heute Morgen um Leute, denen man das halbe Hirn entfernt hat. Mein Brustkorb fühlt sich eisig an.

Die Fahrstuhltür öffnet sich. Ich trete hinaus, wachsam, sehe mich um, als sie schließt, und gehe dann durch den Gang zu Owens Apartment. Drinnen sind Stimmen zu hören. Ich lehne mich an die Wand, seufze, die Schlüssel in der Hand, und weiß jetzt schon, dass sie das Schloss ausgewechselt haben. Während ich mich frage, was ich tun soll, zitternd, und auf meine Loafers starre, die schwarzen von A. Testoni, öffnet sich die Tür des Apartments und reißt mich aus einem Moment des Selbstmitleids. Eine Maklerin in mittleren Jahren tritt heraus, lächelt mir zu, fragt, mit einem Blick auf ihr Buch: »Sind Sie mein Elf-Uhr-Termin?«

»Nein«, sage ich.

Sie sagt: »Dann entschuldigen Sie«, und schaut sich auf dem Weg durch den Flur einmal nach mir um, mit seltsamem Gesichtsausdruck, ehe sie um eine Ecke verschwindet. Ich starre in das Apartment. Ein Paar Ende zwanzig steht in eine Diskussion vertieft in der Mitte des Wohnzimmers. Sie trägt eine Wolljacke, eine Seidenbluse, eine Flanellhose, Armani, vergoldete Ohrringe, Handschuhe und hält eine Flasche Evian in der Hand. Er hat ein Sportjackett aus Tweed an, eine Kaschmirstrickweste, ein

Chambraibaumwollhemd, einen Schlips, Paul Stuart, einen Agnes B.-Baumwolltrench über den Arm geworfen. Das Apartment hinter ihnen sieht aus wie geleckt. Neue Jalousien, die Wandverkleidung aus Kuhfell ist verschwunden; die Möbel, die Wandmalereien, der gläserne Kaffeetisch, Thonet-Stühle, schwarze Ledercouch, scheinen unverändert; den Fernseher mit Panoramabildschirm hat man ins Wohnzimmer versetzt, und er läuft, ohne Ton, ein Werbespot, in dem ein Fleck von einer Jacke marschiert und sich persönlich an die Kamera wendet, aber das kann mich nicht vergessen lassen, was ich mit Christies Brüsten gemacht habe, mit einem der Mädchenköpfe, ohne Nase und Ohren, wie man ihre Zähne sehen konnte, wo ich ihr das Fleisch aus dem Kiefer und beiden Wangen gebissen habe, das geronnene Blut, das Blut, das das Apartment überschwemmt, der Geruch des Todes, meine eigene diffuse Warnung, dass ich –

»Kann ich Ihnen helfen?«, mischt sich die Maklerin, Mrs. Wolfe, wie ich vermute, ein. Sie hat ein sehr eckiges, dünnes Gesicht, die Nase ist groß, wirkt abstoßend *echt*, kräftig angemalter Mund, weiß-blaue Augen. Sie trägt eine wollene Boucléjacke, Waschseidenbluse, Schuhe, Ohrringe, ein Armband von? Weiß ich nicht. Vielleicht ist sie noch unter vierzig.

Ich lehne noch immer an der Wand, starre das Paar an, das weiter ins Schlafzimmer geht, den Hauptraum leer zurücklässt. Gerade fällt mir auf, dass Bouquets in Glasvasen, Dutzende von ihnen, alle Ecken des Apartments füllen, und ich kann sie von meinem Standpunkt im Flur aus riechen. Mrs. Wolfe schaut kurz über die Schulter, um zu sehen, worauf ich starre, dann wieder zu mir. »Ich suche … wohnt hier nicht Paul Owen?«

Eine weitere lange Pause, ehe sie antwortet. »Nein. Tut er nicht.«

Noch eine lange Pause. »Sind Sie … ich meine, sind Sie

sicher?«, frage ich, ehe ich kläglich hinzufüge: »Ich … das verstehe ich nicht.«

Sie bemerkt etwas, das die Muskeln in ihrem Gesicht zucken lässt. Ihre Augen verengen sich, ohne sich zu schließen. Sie hat die Operationsmaske entdeckt, die ich mit einer feuchten Faust umklammere, und sie atmet scharf ein, ohne den Blick abzuwenden. Das alles gefällt mir ganz und gar nicht. Im Fernseher, in einem Werbespot, hält ein Mann ein Stück Toast hoch und sagt zu seiner Frau: »Hey, du hast recht … die Margarine schmeckt *wirklich* besser als Scheiße.« Die Frau lächelt.

»Sie haben die Anzeige in der *Times* gesehen?«, fragt sie.

»Nein … ich meine ja. Ja, habe ich. In der *Times*«, sage ich stockend, nehme all meinen Mut zusammen, der Duft der Rosen ist schwer, überdeckt etwas Widerliches. »Aber … gehört die Wohnung nicht immer noch Paul Owen?«, frage ich so forsch wie möglich.

Es entsteht eine lange Pause, ehe sie gesteht: »Es gab keine Anzeige in der *Times*.«

Wir starren einander unendlich lange an. Ich bin überzeugt, sie spürt, dass ich etwas sagen will. Den Ausdruck habe ich früher schon auf einem Gesicht gesehen. War es in einem Club? Der Ausdruck eines Opfers? Habe ich es kürzlich auf der Leinwand gesehen? Oder war's im Spiegel gewesen? Es scheint eine Stunde zu vergehen, ehe ich wieder sprechen kann. »Aber das sind … seine« – ich breche ab, mein Herz flackert, schlägt weiter – »Möbel.« Ich lasse meinen Schirm fallen, beuge mich dann schnell vor, um ihn aufzuheben.

»Ich glaube, Sie sollten jetzt gehen«, sagt sie.

»Ich glaube … ich möchte wissen, was passiert ist.« Mir ist schlecht, meine Brust und der Rücken sind schweißüberströmt, binnen Sekunden klatschnass.

»Bitte machen Sie hier keinen Ärger«, sagt sie.

Alle Grenzen, falls es je welche gab, scheinen plötzlich keinen Bestand mehr zu haben und werden aufgehoben, das Gefühl, dass andere mein Geschick bestimmen, wird mich den Tag über nicht wieder verlassen. Das … ist … kein … Spiel, will ich schreien, aber ich kann keinen Atem holen, obwohl ich nicht glaube, dass sie es merkt. Ich wende mich ab. Ich brauche Ruhe. Ich weiß nicht, was ich sagen soll. Verstört greife ich einen Moment lang nach Mrs. Wolfes Arm, um mich zu sammeln, aber ich halte mitten in der Bewegung inne, führe stattdessen die Hand an die Brust, aber ich kann sie nicht fühlen, selbst dann nicht, als ich meinen Schlips lockere; da liegt sie, zitternd, und ich kann nichts dagegen tun. Ich erröte, sprachlos.

»Ich halte es für besser, wenn Sie jetzt gehen«, sagt sie.

Wir stehen da im Flur und sehen uns an.

»Machen Sie hier keinen Ärger«, sagt sie wieder leise.

Ich stehe noch einige Sekunden da, ehe ich schließlich den Rückzug antrete, die Hände in einer beruhigenden Geste erhoben.

»Kommen Sie nicht wieder«, sagt sie.

»Tue ich nicht«, sage ich. »Keine Sorge.«

Das Paar erscheint im Türrahmen. Mrs. Wolfe behält mich im Auge, bis ich die Lifttür erreiche und auf den Knopf drücke, um den Aufzug zu rufen. Im Aufzug überwältigt mich der Duft der Rosen.

Training

FREE WEIGHTS UND NAUTILUS-EQUIPMENT als Ausgleich gegen Stress. Mein Körper spricht sofort auf das Training an. Hemdlos unterziehe ich mein Bild im Spiegel über dem Waschbecken des Umkleideraums einer gnadenlosen Prüfung. Meine Armmuskeln brennen, meine Bauchdecke könnte nicht straffer sein, mein Brustkorb ist Stahl, die Brustmuskeln Granit, meine Augen weiß wie Eis. In meiner Garderobe bei Xclusive liegen drei Vaginas, erst kürzlich aus verschiedenen Frauen geschnitten, die ich in der letzten Woche überfallen habe. Zwei sind abgewaschen, eine nicht. An einer klemmt eine Haarspange, die, die mir am liebsten ist, ziert ein blaues Band von Hermès.

Ende der Achtziger

DER BLUTGERUCH DRINGT BIS IN MEINE TRÄUME, die größtenteils schrecklich sind: brennende Ozeanriesen, Vulkanausbrüche auf Hawaii, das grausame Ende aller, die bei Salomon Insidergeschäfte machen, James Robinson, der irgendwas Gemeines mit mir macht, plötzlich muss ich wieder zur Schule gehen, dann nach Harvard, und Tote mischen sich unter die Lebenden. Die Träume sind ein endloser Reigen von Autowracks und Katastrophenbildern, elektrischen Stühlen und schaurigen Selbstmorden, Spritzen und aufgeschlitzten Pin-up-Girls, fliegenden Untertassen, Marmorjacuzzis, rosa Pfeffer. Wenn ich in kalten Schweiß gebadet aufwache, muss ich den Panoramafernseher einschalten, um den Baustellenlärm zu übertönen, der den ganzen Tag über hämmert, von irgendwoher. Vor einem Monat war Elvis Presleys Todestag. Footballspiele flackern dahin, ohne Ton. Ich kann den Anrufbeantworter klicken hören, einmal, zweimal, er ist leise gestellt. Den ganzen Sommer lang schreit uns Madonna entgegen: *»Life is a mystery, everyone must stand alone …«* Als ich den Broadway entlanggehe, um Jean, meine Sekretärin, zum Brunch zu treffen, fragt mich vor Tower Records ein Collegestudent mit Clipboard nach dem traurigsten Song, den ich kenne. Ich nenne ihm, ohne zu zögern, »You Can't Always Get What You Want« von den Beatles. Dann fragt er mich nach dem heitersten Song, den ich kenne, und ich sage »Brilliant Disguise« von Bruce Springsteen. Er nickt, macht sich Notizen, und ich gehe weiter, am Lincoln Center vorbei. Ein Unfall. Ein Krankenwagen parkt am Bordstein. Ein Knäuel Innereien liegt auf dem Gehweg in einer Blutlache. In einem koreanischen Deli kaufe ich einen sehr harten Apfel, den ich auf dem Weg zu Jean esse, die gerade an einem kühlen, sonnigen Septembertag am Sixty-seventh-Street-Eingang zum Central Park steht. Als wir hoch in die Wolken schauen, sieht sie eine Insel, ein Hundebaby, Alaska, eine Tulpe. Ich sehe eine Gucci-Geldklammer, eine Axt, eine Frau, in zwei Teile gespalten, einen großen flauschig weißen Blutfleck, der sich am Himmel ausbreitet und auf die Stadt tropft, auf Manhattan. Ich sage ihr nichts davon.

Wir machen Station in einem Straßencafé, Nowheres auf der Upper West Side, um uns zu einigen, welchen Film wir sehen sollen, ob es irgendwelche Museumsausstellungen gibt, die man sich ansehen sollte, vielleicht einfach nur spazieren gehen, sie ist für den Zoo, ich nicke stumpfsinnig. Jean sieht gut aus, sie trägt eine Goldlaméjacke und Samtshorts von Matsuda. Ich sehe mich selbst im Fernsehen, in einem Werbespot für ein neues Produkt – Wein-Cooler? Bräunungsmilch? Zuckerfreien Kaugummi? –, und ich bewege mich in Jump-Cuts, gehe an einem Strand entlang, der Film ist schwarz-weiß, absichtlich zerkratzt, unheimliche, vage Popmusik der Mittsechziger begleitet den ganzen Film, hallt, klingt wie Sirenengesang. Jetzt schaue ich in die Kamera, jetzt halte ich das Produkt hoch – ein neues Stylingmousse? Tennisschuhe? –, jetzt ist mein Haar windzerzaust, dann ist es Tag, dann Nacht, dann wieder Tag, und dann ist Nacht.

»Ich nehme einen koffeinfreien Eiscafé«, sagt Jean zum Kellner.

»Ich nehme einen Kaffee, schwarz, ohne Kopf«, sage ich zerstreut, ehe ich mich korrigiere. »Ohne *Zucker*, meine ich.« Ich werfe Jean einen besorgten Blick zu, aber sie lächelt mich nur leer an. Eine *Sunday Times* liegt zwischen uns auf dem Tisch. Wir diskutieren eventuelle Dinnerpläne für heute Abend. Jemand, der aussieht wie Taylor Preston, winkt mir zu. Ich senke meine Ray-Bans, winke zurück. Jemand strampelt auf einem Fahrrad vorbei. Ich bestelle Wasser bei einem Hilfskellner. Stattdessen erscheint ein Kellner, und danach wird ein Tablett mit zwei Schalen Sorbet, Cilantro-Zitrone und Wodka-Limone, an den Tisch gebracht, die ich Jean nicht habe bestellen hören.

»Willst du was abhaben?«, fragt sie.

»Ich bin auf Diät«, sage ich. »Trotzdem, danke.«

»Du brauchst doch nicht abzunehmen«, sagt sie äußerst überrascht. »Du machst Spaß, oder? Du siehst toll aus. Echt fit.«

»Man kann immer noch dünner sein«, murmele ich, während ich auf den Straßenverkehr starre, etwas bedrückt mich – was? Ich weiß nicht. »Besser … aussehen.«

»Tja, vielleicht sollten wir nicht essen gehen«, sagt sie besorgt. »Ich möchte deine … Selbstbeherrschung nicht gefährden.«

»Nein. Ist schon gut«, sage ich. »Ich habe sie … damit ist es sowieso nicht weit her.«

»Patrick, im Ernst. Ich mache, was du willst«, sagt sie.

»Falls du nicht essen gehen willst, gehen wir eben nicht. Ich meine –«

»Ist schon gut«, sage ich nachdrücklich. Es knackst. »Du solltest nicht so vor ihm kuschen …« Ich zögere, ehe ich mich korrigiere. »Ich meine … vor mir. Okay?«

»Ich wollte ja nur wissen, was du möchtest«, sagt sie.

»Heute noch leben, wenn ich nicht gestorben bin, oder?«, sage ich sarkastisch. »Das möchte ich gerne.« Ich starre sie durchdringend an, eine halbe Minute vielleicht, ehe ich mich abwende. Das bringt sie zum Schweigen. Nach einer Weile bestellt sie ein Bier. Es ist heiß auf der Straße.

»Komm schon, lach mal«, drängt sie später irgendwann. »Du hast doch keinen Grund, so ein trauriges Gesicht zu machen.«

»Ich weiß«, seufze ich widerstrebend. »Aber … das Lächeln fällt mir schwer. In diesen Zeiten. Jedenfalls fällt es mir schwer. Wahrscheinlich bin ich's nicht gewöhnt. Ich weiß nicht.«

»Darum … brauchen die Menschen einander«, sagt sie sanft und versucht, meinen Blick einzufangen, während sie sich nicht ganz billiges Sorbet in den Mund löffelt.

»Manche nicht.« Ich räuspere mich verlegen. »Oder, na ja, man kompensiert … Man richtet sich ein …« Nach einer langen Pause frage ich: »Der Mensch gewöhnt sich an alles, stimmt's?«

»Gewohnheiten ändern den Menschen.«

Eine lange Pause. Verwirrt sagt sie: »Ich weiß nicht. Wahrscheinlich … aber man muss sich doch trotzdem … den Glauben bewahren … dass die Welt nicht nur schlecht ist«, sagt sie, und dann, »meine ich, oder?« Sie sieht verdutzt aus, als könne sie kaum glauben, dass dieser Satz aus ihrem Mund gekommen ist. Ein Musikschwall aus einem vorbeifahrenden Taxi, schon wieder Madonna, *»life is a mystery, everyone must stand alone …«* Aufgeschreckt durch Gelächter am Nebentisch drehe ich den Kopf und höre, wie jemand verkündet: »Manchmal ist es wirklich ausschlaggebend, was man im Büro trägt«, und dann sagt Jean etwas, und ich bitte sie, es zu wiederholen.

»Hast du nie den Wunsch gehabt, einen anderen glücklich zu machen?«, fragt sie.

»Was?«, frage ich, versuche, mich auf sie zu konzentrieren. »Jean?«

Scheu wiederholt sie den Satz. »Hast du nie den Wunsch gehabt, einen anderen glücklich zu machen?«

Ich starre sie an, eine kalte, unwirkliche Angstwelle überläuft mich, löscht etwas aus. Ich räuspere mich wieder, versuche größte Bestimmtheit in meine Stimme zu legen und sage: »Ich war gestern Abend im Sugar Reef ... diesem Karibikladen auf der Lower East Side ... kennst du doch –«

»Mit wem?«, unterbricht sie.

Jeanette. »Evan McGlinn.«

»Oh.« Sie nickt, innerlich aufatmend, glaubt mir.

»Jedenfalls ...«, seufze ich fortfahrend, »habe ich einen Typ im Männerklo gesehen ... ein totaler ... Wall-Street-Typ ... in einem Einknopfanzug aus Viscose und Nylon von ... Luciano Soprani ... Hemd von ... Gitman Brothers ... Seidenkrawatte von Ermenegildo Zegna und, ich meine, ich kenne den Typ, ein Broker namens Eldridge ... ich hab ihn schon bei Harry's und im Au Bar und DuPlex und bei Alex Goes to Camp getroffen ... in den ganzen Läden, aber ... also ich kam gleich nach ihm rein, und dann ... sah ich ... er schrieb was auf die Wand über ... über dem Pissoir, an dem er stand.« Ich halte inne, nehme einen Schluck von ihrem Bier. »Als er mich reinkommen sah ... hat er aufgehört zu schreiben ... hat den Montblanc-Kuli eingesteckt ... hat sich die Hose zugemacht ... hat ›hallo, Henderson‹ zu mir gesagt ... hat sein Haar im Spiegel geprüft, gehustet ... als wäre er nervös oder so ... und ist rausgegangen.« Ich unterbreche mich wieder, nehme noch einen Schluck. »Jedenfalls ... ich bin dann rübergegangen an das … Pissoir … und beugte mich vor … und hab gelesen, was er … geschrieben hat.« Fröstelnd wische ich mir langsam mit der Serviette die Stirn ab.

»Und das war?«, fragt Jean behutsam.

Ich schließe die Augen, drei Worte fallen aus meinem Mund, von diesen Lippen: »Tod … den … Yuppies.«

Sie sagt nichts. Um das anschließende betretene Schweigen zu überbrücken, sage ich das Einzige, was mir in den Sinn kommt, nämlich: »Wusstest du, dass Ted Bundys erster Hund, ein Collie, Lassie hieß?« Pause. »Wusstest du das schon?«

Jean schaut auf ihr Gedeck, als würde es sie verwirren, dann wieder zu mir. »Wer ist … Ted Bundy?«

»Vergiss es«, seufze ich.

»Hör mal, Patrick. Wir müssen etwas besprechen«, sagt sie. »Oder wenigstens möchte ich es besprechen.«

… und wo Natur und die Erde, Leben und Wasser gewesen waren, sah ich eine Wüste, die sich unendlich dehnte, eine Art Krater, so jenseits aller Vernunft und allen Lichts, so entseelt, dass keine Stufe des Bewusstseins sie erfassen konnte, und wenn man näher kam, lief dass Bewusstsein rückwärts, unfähig, sie zu verarbeiten. Für mich war die Vision so klar und wirklich und entscheidend, in ihrer Reinheit fast abstrakt. Das war das, was ich verstehen konnte, das war, wie ich mein Leben lebte, nach dem ich meine Schritte lenkte, wie ich das Fassbare ordnete. Das war die Landschaft, um die meine Wirklichkeit kreiste: Es ist mir nie in den Sinn gekommen, niemals, Menschen könnten gut sein, oder ein Mann könne sich ändern, oder die Welt könnte schöner aussehen, wenn jemand sich an einem Gefühl, einer Geste, einem Blick erfreut, an der Liebe oder Zuneigung einer anderen Person. Nichts stand fest, der Ausdruck »Herzensgüte« hatte keine Bedeutung, war ein Klischee, irgendein schlechter Witz. Sex ist Mathematik. Individualität ist kein Thema mehr. Was macht

Intelligenz aus? Definiere Logik. Träume – bedeutungslos. Intellekt ist keine Hilfe. Gerechtigkeit ist tot. Furcht, Anklage, Unschuld, Mitleid, Schuld, Verschwendung, Niederlagen, Leid waren Dinge, Gefühle, die niemand mehr wirklich empfand. Nachdenken ist zwecklos, die Welt ist sinnlos. Das Böse ist alles, was bleibt. Gott gibt es nicht. Liebe ist Betrug. Oberfläche, Oberfläche, Oberfläche ist alles, dem jemand Bedeutung zumisst … das war die Zivilisation, wie ich sie sah, monströs und zerklüftet … »… und ich weiß nicht mehr, mit wem du geredet hast … ist ja auch egal. Es geht jedenfalls darum, dass du sehr bestimmt warst, und gleichzeitig … irgendwie lieb, und ich glaube, da wusste ich, dass …« Sie legt ihren Löffel hin, aber ich beachte sie nicht. Ich schaue nach draußen auf die Taxis, die zum Broadway rauffahren, aber ich kann den Lauf der Dinge nicht aufhalten, denn Jean sagt Folgendes: »Die meisten Menschen scheinen …«, sie bricht ab, fährt dann zögernd fort, »den Kontakt zum Leben verloren zu haben, und ich möchte keiner von ihnen sein.« Nachdem der Kellner ihr Gedeck abgeräumt hat, setzt sie hinzu: »Ich will nicht … verletzt werden.«

Ich glaube, ich nicke.

»Ich habe gelernt, was es heißt, einsam zu sein und … ich glaube, ich liebe dich.« Den letzten Teil sagt sie hastig, stößt ihn hervor.

Fast abergläubisch drehe ich mich zu ihr um, nippe mein Evian, sage dann lächelnd, ohne nachzudenken: »Ich liebe eine andere.«

Als würde dieser Film plötzlich schneller laufen, sieht sie rasch beiseite, nach unten, beschämt. »Ich … tut mir leid … oje.«

»Aber …«, setze ich ruhig hinzu, »du solltest dir keine … Sorgen machen.«

Sie schaut wieder auf, platzt fast vor Hoffnung.

»Dagegen lässt sich was tun«, sage ich. Ich weiß nicht,

wie ich dazu komme, das zu sagen, und ändere mein Statement in ein unverblümtes: »Vielleicht aber auch nicht. Ich weiß nicht. Ich habe jede Menge Zeit mit dir verplempert, also ist es ja nicht so, als wäre es mir egal.«

Sie nickt dumpf.

»Du solltest nie Freundlichkeit mit … Leidenschaft verwechseln«, warne ich sie. »Das kann … schlecht ausgehen. Das kann dir, na ja, Ärger einbringen.«

Sie sagt nichts, und plötzlich kann ich ihre Traurigkeit spüren, flach und ruhig, wie einen Tagtraum. »Was versuchst du mir zu sagen?«, fragt sie lahm und errötet.

»Nichts. Ich will dir nur zu verstehen geben … dass … der Schein trügen kann.«

Sie starrt auf die *Times*, die in dicken Falten auf dem Tisch gestapelt ist. Eine leichte Brise bringt sie kaum zum Flattern.

»Warum … erzählst du mir das?«

Taktvoll – ich berühre fast ihre Hand, bremse mich aber – sage ich ihr: »Ich will nur zukünftige Missverständnisse vermeiden.« Ein Hardbody geht vorbei. Ich registriere ihn, wende mich dann wieder Jean zu. »Oh, komm schon, mach nicht so ein Gesicht. Es gibt nichts, wofür du dich schämen müsstest.«

»Tue ich ja nicht«, sagt sie, versucht, sich locker zu geben.

»Ich wollte nur wissen, ob du jetzt schlechter von mir denkst, weil ich das gesagt habe.«

Wie sollte sie auch verstehen, dass ich unmöglich enttäuscht sein kann, weil es für mich schon lange nichts mehr gibt, auf das zu freuen sich lohnt?

»Du weißt nicht besonders viel über mich, oder?«, frage ich stichelnd.

»Ich weiß genug«, sagt sie, ihre erste Reaktion, aber dann schüttelt sie den Kopf. »Oh, lassen wir das. Ich habe einen Fehler gemacht. Es tut mir leid.« Im nächsten Moment hat sie es sich anders überlegt. »Ich möchte mehr wissen«, sagt sie ernst.

Ich überdenke das, ehe ich antworte: »Bist du sicher?«

»Patrick«, sagt sie atemlos, »ich weiß, dass mein Leben ohne dich … viel leerer wäre.«

Auch das bedenke ich, nicke versonnen.

»Und ich kann einfach nicht …« Sie bricht frustriert ab. »Ich kann nicht so tun, als würden diese Gefühle nicht existieren, oder?«

»Schhhh …«

… es gibt eine Idee Patrick Bateman, einen abstrakten Entwurf, aber kein wahres Ich, nur eine Erscheinung, etwas Schemenhaftes, und obwohl ich in der Lage bin, mein kaltes Starren zu verbergen, und du mir die Hand schütteln kannst und dabei Fleisch spürst, das dein Fleisch umschließt, und vielleicht sogar das Gefühl hast, unser Lebensstil sei vergleichbar: Ich bin einfach nicht da. Es fällt mir in jeder Beziehung schwer, Hand und Fuß zu haben. Mein Ich ist künstlich, eine Anomalie. Ich bin ein unkontingentes menschliches Wesen. Meine Persönlichkeit ist rudimentär und ungeformt, meine Herzlosigkeit geht tief und ist gefestigt. Mein Bewusstsein, mein Mitgefühl, meine Hoffnungen sind schon lange verschwunden (vielleicht in Harvard), als hätten sie nie existiert. Es gibt keine Grenzen mehr zu überschreiten. Alles, was mich gemein macht mit den Unkontrollierten und Wahnsinnigen, den Grausamen und Bösen, all die Blutbäder, die ich verursacht habe, und meine völlige Gleichgültigkeit darüber, habe ich jetzt selbst übertroffen. Und trotzdem klammere ich mich an eine einzige platte Wahrheit: Niemand ist sicher, nichts ist gesühnt. Und doch bin ich schuldlos. Jedem Modell menschlicher Verhaltensmuster muss eine gewisse Berechtigung zugestanden werden. Ist das Böse etwas, was man ist? Oder ist es das, was man tut? Mein Schmerz ist konstant und schneidend, und ich hoffe für keinen auf eine bessere Welt. Tatsächlich will ich, dass meinen Schmerz auch andere erleiden. Ich will, dass keiner davonkommt. Aber selbst nach diesem Eingeständnis – das ich zahllose Male gemacht habe, bei fast allen Taten, die ich begangen habe – und nachdem ich mich der Wahrheit gestellt habe, tritt keine Katharsis ein. Ich erfahre keine tiefere Wahrheit über mich selbst, keine neue Erkenntnis kann aus meiner Beichte gezogen werden. Ich hatte gar keinen Grund, Ihnen das zu erzählen. Dieses Geständnis hat *nichts* zu bedeuten …

Ich frage Jean: »Wie viele Menschen auf der Welt sind wie ich?«

Sie zögert, antwortet dann vorsichtig, »Ich glaube … niemand?« Sie schwimmt.

»Lass mich die Frage ern… Moment, wie sitzt mein Haar?«, frage ich, unterbreche mich selbst.

»Äh, toll.«

»Okay. Lass mich die Frage erneut stellen.« Ich nehme einen Schluck von ihrem Dry-Bier. »Okay. Warum magst du mich?«, frage ich.

Sie fragt zurück: »Warum?«

»Ja«, sage ich. *»Warum?«*

»Na ja …« Ein Tropfen Bier ist auf mein Polo-Hemd gefallen. Sie reicht mir ihre Serviette. Eine praktische Geste, die mich rührt. »Du … hast Mitgefühl«, sagt sie zaghaft. »Das ist sehr selten in dieser …« – sie zögert wieder – »einigermaßen … na ja, oberflächlichen Welt. Das ist … Patrick, du machst mich verlegen.« Sie schüttelt den Kopf, schließt die Augen.

»Mach weiter«, dränge ich. »Bitte. Ich möchte es wirklich wissen.«

»Du bist süß.« Sie verdreht die Augen. »Und süß ist … sexy … ich weiß nicht. Und … ein *Geheimnis* natürlich auch.« Schweigen.

»Und ich glaube … Geheimnisse … du bist geheimnisvoll.« Schweigen, gefolgt von einem Seufzer. »Und du bist … rücksichtsvoll.« Dann fällt ihr etwas ein, sie hat keine Angst mehr und sieht mich direkt an. »Und ich finde schüchterne Männer romantisch.«

»Wie viele Menschen auf der Welt sind wie ich?«, frage ich wieder. »Mache ich wirklich diesen Eindruck?«

»Patrick«, sagt sie. »Ich würde nicht lügen.«

»Nein, natürlich würdest du das nicht … aber ich glaube …« Jetzt bin ich dran, gedankenverloren zu seufzen. »Ich finde … du weißt doch, was man über Schneeflocken sagt? Dass es nicht zwei gibt, die sich gleichen?«

Sie nickt.

»Also, ich glaube nicht, dass das stimmt. Ich glaube, es gibt viele Schneeflocken, die gleich sind … und ich glaube, die meisten Leute gleichen sich auch.«

Sie nickt wieder, trotzdem kann ich spüren, dass sie zutiefst verwirrt ist.

»Der Schein kann trügen«, sage ich vorsichtig.

»Nein«, sagt sie und schüttelt den Kopf, zum ersten Mal von sich überzeugt. »Ich glaube nicht, dass er trügt. Bestimmt nicht.«

»Jean, manchmal«, erkläre ich, »können die Grenzen zwischen Äußerlichkeiten – dem, was du siehst – und der Wirklichkeit – dem, was man nicht sieht – na ja … verschwimmen.«

»Das ist nicht wahr«, beharrt sie. »Das ist einfach nicht wahr.«

»Wirklich?«, frage ich lächelnd.

»Ich habe es auch nicht geglaubt«, sagt sie. »Vor zehn Jahren oder so habe ich es nicht geglaubt. Aber jetzt tue ich es.«

»Was meinst du damit?«, frage ich interessiert. »Du hast nicht?«

… ein Strom von Wirklichkeit. Ich habe das seltsame Gefühl, dass dies ein entscheidender Moment meines Lebens ist, und ich bin überrumpelt von der Plötzlichkeit dieser größtmöglichen Annäherung an eine Offenbarung. Es gibt nichts von Wert, das ich ihr zu geben hätte. Zum ersten Mal habe ich Jean so ungehemmt gesehen; sie wirkt stärker, weniger lenkbar, entschlossen, mich in ein neues und unbekanntes Land zu entführen – die gefürchtete Ungewissheit einer völlig anderen Welt. Ich spüre, dass sie mein Leben grundlegend ändern will – das sagen mir ihre Augen, und auch wenn ich Aufrichtigkeit in ihnen sehe, weiß ich doch, dass Jean eines Tages, sehr bald schon, im Rhythmus meines Wahnsinns gefangen sein wird. Alles, was ich tun muss, ist, jetzt den Mund zu halten und nicht davon anzufangen – aber sie macht mich schwach, es ist fast, als würde sie die Entscheidung treffen, was ich bin, und in meiner störrischen, eigensinnigen Art muss ich mir eingestehen, dass ich einen kleinen Stich fühle, etwas Beklemmendes im Inneren, und ehe ich mich bremsen kann, stelle ich fest, dass sie mich fast eingewickelt hat, und bin gerührt über meine eigene Bereitschaft, ihre Liebe anzunehmen, wenn auch nicht zu erwidern. Ich frage mich, ob sie selbst jetzt, hier bei Nowheres, die dunklen Wolken hinter meinen Augen verfliegen sehen kann. Und obwohl die Kälte, die ich stets gespürt habe, mich verlässt, die Leere tut es nicht, und wird es vielleicht nie. Dieses Verhältnis wird wahrscheinlich zu nichts führen … das hat nichts geändert. Ich stelle mir vor, dass sie sauber riecht, nach Tee …

»Patrick … sprich mit mir … sei nicht so verärgert«, sagt sie.

»Ich glaube, es wird … Zeit für mich … mir die Welt, die ich geschaffen habe, anzusehen«, würge ich mit Tränen in den Augen hervor und höre mich plötzlich beichten: »Gestern habe ich … im Badezimmerschrank … ein halbes Gramm Kokain gefunden … abends.« Ich presse meine Hände zusammen, forme eine große Faust, die Knöchel treten weiß hervor.

»Was hast du damit gemacht?«, fragt sie.

Ich lege eine Hand auf den Tisch. Sie nimmt sie.

»Ich habe es weggeworfen. Ich habe alles weggeworfen. Ich wollte es nehmen«, japse ich, »aber ich hab es weggeworfen.«

Sie drückt fest meine Hand. »Patrick?«, fragt sie und schiebt ihre Hand hoch, bis sie meinen Ellbogen berührt. Als ich die Kraft finde, sie anzusehen, verblüfft es mich, wie sinnlos, langweilig körperlich schön sie eigentlich ist, und die Frage *Warum nicht mit ihr?* erscheint vor meinem inneren Auge. Eine Antwort: Sie hat einen besseren Körper als die meisten Mädchen, die ich kenne. Eine andere: Es ist sowieso jeder austauschbar. Und noch eine: Ist eh egal. Sie sitzt vor mir, mürrisch, aber hoffend, charakterlos, kurz davor, in Tränen auszubrechen. Ich erwidere ihren Händedruck, bewegt, nein, gerührt über ihre Blindheit für das Böse. Einen Test hat sie noch zu bestehen.

»Hast du einen Aktenkoffer?«, frage ich schluckend.

»Nein«, sagt sie. »Habe ich nicht.«

»Evelyn schleppt immer einen Aktenkoffer mit«, werfe ich ein.

»Tut sie das … ?«, fragt Jean.

»Und was ist mit einem Filofax?«

»Einen kleinen«, gesteht sie.

»Designer?«, frage ich misstrauisch.

»Nein.«

Ich seufze, dann nehme ich ihre Hand, klein und hart, in meine.

… und in den südlichen Wüsten des Sudan steigt die Hitze auf in luftlosen Wellen, Tausende und Abertausende Männer, Frauen, Kinder durchstreifen das endlose Buschland auf der Suche nach Nahrung. Gezeichnet und hungernd ziehen sie eine Strecke toter, ausgezehrter Körper nach sich, essen Unkraut, Blätter und … Seerosenblätter, taumeln von Dorf zu Dorf, sterben einen langsamen Tod, unerbittlich, unaufhaltsam; ein grauer Morgen in elender Wüste, das Kind bedeckt mit Sand, fast tot, die Augen starr geöffnet, dankbar (halt inne und stell dir eine Welt vor, für einen Augenblick nur, in der jemand für etwas dankbar ist), und keiner aus dem Zug beachtet es, als sie vorbeiziehen, betäubt und leidend (nein – einer ist da, der hinschaut, der den Todeskampf des Jungen sieht und lächelt, wie in geheimem Wissen), der Junge öffnet und schließt lautlos den aufgesprungenen, ledrigen Mund, irgendwo weit weg ein Schulbus, und irgendwo, darüber, im All, erhebt sich ein Geist, eine Tür öffnet sich, er fragt »*Warum?*« – eine Heimstatt für die Toten, eine Unendlichkeit, schwebt es im Nichts, Zeit kriecht, Liebe und Trauer durchströmen den Jungen …

»Okay.«

Verschwommen nehme ich wahr, dass irgendwo ein Telefon klingelt. Im Café am Columbus Circle sind zahllose Mengen, Hunderte von Menschen, Tausende vielleicht, an unserem Tisch vorbeigegangen, während ich schwieg. »Patrick«, sagt Jean. Jemand mit einem Kinderwagen bleibt an der Ecke stehen und kauft ein Dove Bar. Das Baby starrt Jean und mich an. Wir starren zurück. Es ist wirklich seltsam, und ich erlebe eine spontane innere Empfindung, ich spüre, wie ich mich gleichzeitig nähere und entferne, und alles ist möglich.

Aspen

ES IST VIER TAGE VOR WEIHNACHTEN, zwei Uhr nachmittags. Ich sitze im Fond einer pechschwarzen Limousine, die vor einem unscheinbaren Brownstone-Haus an der Fifth Avenue parkt, und versuche einen Artikel über Donald Trump in der neuen Ausgabe von *Fame* zu lesen. Jeanette will, dass ich mit reinkomme, aber ich sage: »Vergiss es.« Sie hat ein blaues Auge von gestern Abend, weil ich ihr bei einem Dinner im Il Marlibro einbläuen musste, das hier auch nur in Erwägung zu ziehen; dann, nach einer handgreiflicheren Diskussion in meinem Apartment, nahm sie endlich Vernunft an. Jeanettes Dilemma liegt außerhalb meiner Vorstellung von Schuld, und ich hatte ihr in aller Aufrichtigkeit während des Dinners gestanden, dass es mir sehr schwerfällt, ihr ein Mitgefühl vorzuspielen, das ich nicht empfinde. Während der ganzen Fahrt von meiner Wohnung auf der Upper West Side hat sie geheult. Die einzige klare, fassbare Emotion, die sie ausstrahlt, ist Verzweiflung, vielleicht noch Sehnsucht, und obwohl ich sie für den größten Teil der Fahrt erfolgreich ignoriere, sehe ich mich schließlich gezwungen, ihr zu sagen: »Hör mal, ich habe heute Morgen schon zwei Xanax genommen, es ist also, äh, selbst dir nicht möglich, mir auf die Nerven zu gehen.« Jetzt, als sie aus der Limo auf das eisglatte Pflaster stolpert, murmele ich: »Es ist das Beste so«, und, als kleines Trostpflaster: »Nimm's nicht so schwer.« Der Fahrer, dessen Namen ich vergessen habe, führt sie in den Brownstone-Kasten, und sie wirft einen letzten, reuevollen Blick zurück. Ich seufze und winke sie rein. Sie trägt immer noch den wollgefütterten Balmacaan-Mantel mit Leopardendruck über dem ärmellosen Wollcrêpekleid von Bill Blass von letzter Nacht. Heute Morgen wurde Bigfoot in der *Patty Winters Show* interviewt und war zu meiner Erschütterung äußerst wortgewandt und charmant. Das Glas, aus dem ich meinen Absolut-Wodka trinke, ist aus Finnland. Verglichen mit Jeanette bin ich gut gebräunt.

Der Fahrer kommt aus dem Haus, zeigt mir den erhobenen Daumen, lenkt den Wagen umsichtig vom Bordstein weg und macht sich auf den Weg zum Flughafen

JFK, wo in neunzig Minuten mein Flug nach Aspen geht. Wenn ich zurückkomme, im Januar, wird Jeanette das Land verlassen haben. Ich zünde die Zigarre wieder an, suche den Aschenbecher. An der Ecke der Straße ist eine Kirche. Wen kümmert's? Das ist, glaube ich, das fünfte Kind, das ich habe abtreiben lassen, das dritte, das ich nicht selbst abgetrieben habe (eine unbrauchbare Statistik, muss ich zugeben). Der Wind draußen ist schneidend und kalt, und der Regen klatscht in rhythmischen Wellen gegen die getönten Scheiben, äfft Jeanettes voraussichtliche Tränen im Operationssaal nach, benommen von der Betäubung, versunken in eine Erinnerung aus der Vergangenheit, einen Moment, in dem die Welt perfekt schien. Ich widerstehe dem Impuls, hysterisch loszugackern.

Am Flughafen gebe ich dem Chauffeur die Anweisung, auf einen Sprung bei F.A.O. Schwarz vorbeizuschauen, ehe er Jeanette abholt, und folgende Einkäufe zu machen: eine Puppe, eine Rassel, einen Beißring, einen weißen Eisbär von Gund, und sie ausgepackt auf dem Rücksitz für sie hinzulegen. Jeanette wird schon drüber wegkommen – sie hat ihr ganzes Leben noch vor sich (falls sie mir nicht über den Weg läuft, heißt das). Außerdem ist der Lieblingsfilm dieses Mädels *Pretty In Pink*, und sie hält Sting für das Größte, also ist das, was ihr passiert, nicht ganz unverdient, und man sollte sich ihretwegen keine Gedanken machen. Schlechte Zeiten für Unschuld.

Valentinstag

DIENSTAGMORGEN, und ich stehe an meinem Schreibtisch im Wohnzimmer und telefoniere mit meinem Anwalt, halte gleichzeitig abwechselnd die *Patty Winters Show* und das Mädchen im Auge, das den Boden bohnert, Blutschmieren von der Wand wischt und kommentarlos blutverklebte Zeitungen in den Müll wirft. Flüchtig kommt mir der Gedanke, dass auch sie in einer Welt voll Scheiße gestrandet ist, völlig darin einsinkt, und das erinnert mich irgendwie wieder daran, dass der Klavierstimmer heute vorbeikommt und dass ich eine Notiz beim Portier hinterlassen sollte, damit er ihn reinlässt. Nicht, dass das Yamaha je gespielt worden ist; es ist nur, weil eins der Mädchen dagegen gefallen ist, und einige der Saiten (die ich später noch brauchte) fielen heraus, zersprangen oder so. »Ich brauche mehr Steuer …« Patty Winters ist auf dem Bildschirm und fragt ein Kind, acht oder neun: »Aber ist das nicht nur ein anderer Ausdruck für eine Orgie?« Der Timer der Mikrowelle summt. Ich mache ein Soufflé warm.

Es lässt sich nicht leugnen: es ist eine schlechte Woche gewesen. Ich habe angefangen, meinen eigenen Urin zu trinken. Ich lache unvermittelt über nichts. Manchmal schlafe ich unter meinem Futon. Ich bearbeite ständig meine Zähne mit Zahnseide, bis das Zahnfleisch schmerzt und mein Mund nach Blut schmeckt. Gestern Abend vor dem Dinner im 1500 mit Reed Goodrich und Jason Rust hätten sie mich beim Federal Express am Times Square fast erwischt, als ich der Mutter von einem der Mädchen, das ich letzte Woche getötet habe, ein anscheinend vertrocknetes braunes Herz schicken wollte. Und Evelyn schickte ich per Federal Express aus dem Büro eine kleine Schachtel Fliegen mit einer Notiz, von Jean getippt, dass ich ihr Gesicht nie wiedersehen will und, obwohl sie's eigentlich nicht nötig hat, sie soll scheiß noch mal auf Diät gehen. Aber es gab auch einiges, das der Durchschnittsmensch wohl als nett verbuchen würde, zur Feier des Tages, ein paar Sachen, die ich Jean gekauft habe und heute Morgen an ihr Apartment liefern ließ: Castellini-Servietten von Bendel, einen Korbsessel von Jenny B. Goode, ein Tafttischtuch von Barney's, ein echtes Kettentäschchen und ein Frisierset aus Sterlingsilber von Macy's, ein Blumentreppchen aus weißem Kiefernholz von Conran's, einen edwardianischen »geflochtenen« Armreif aus neunkarätigem Gold von Bergdorfs und Hunderte und Hunderte rosa und weiße Rosen.

Das Büro. Lyrics von Madonna-Songs verfolgen mich, platzen ungebeten in meine Gedanken, kündigen sich auf ermüdend vertraute Art an, und ich starre ins Nichts, die Augen trübe leuchtend, während ich versuche, den endlos vor mir liegenden Tag zu vergessen, aber dann unterbricht eine Zeile, die mich mit namenlosem Grauen erfüllt, die Madonna-Songs – immer wieder kommt mir *Häuschen im Grünen* in den Sinn, wieder und wieder. Einer, dem ich das ganze letzte Jahr über erfolgreich ausgewichen bin, ein Penner von *Fortune*, der einen Artikel über mich schreiben will, ruft heute Morgen wieder an, und es endet damit, dass ich den Reporter zurückrufe und ein Interview vereinbare. Craig McDermott hat irgendeinen Fax-Fimmel, nimmt keinen meiner Anrufe an, sondern geruht nur per Fax zu kommunizieren. In der *Post* hieß es heute Morgen, dass die Überreste der drei Körper, die letzten März von Bord einer Yacht verschwunden waren, im Eis eingefroren, zerhackt und aufgedunsen im East River gefunden wurden; dass ein Irrer in der Stadt rumläuft und Evian-Literflaschen vergiftet, schon siebzehn Tote; Geschwätz über Zombies, den Wählerwillen, steigende Beliebigkeit, riesige Missverständnisse.

Und, um der Form Genüge zu tun, Tim Price taucht

wieder auf, oder zumindest bin ich ziemlich sicher, dass er's tut. Während ich an meinem Schreibtisch gleichzeitig die vergangenen Tage in meinem Kalender ausstreiche und einen neuen Bestseller über Office Management mit dem Titel *Warum es sich auszahlt, ein Idiot zu sein* lese, klingelt Jean mich an und verkündet, dass Tim Price mit mir sprechen will, und ich sage voller Angst: »Schick ihn … rein.« Price schneit ins Büro in einem Wollanzug von Canali Milano, einem Hemd von Ike Behar, einem Seidenschlips von Bill Blass, Schnürschuhen mit gerader Kappe von Brooks Brothers. Ich tue so, als würde ich telefonieren. Er setzt sich hin, mir gegenüber, auf die andere Seite des verglasten Palazetti-Schreibtischs. Auf seiner Stirn ist ein Fleck, zumindest sieht es für mich so aus. Abgesehen davon wirkt er bemerkenswert fit. Unser Gespräch mag ungefähr dem folgenden ähneln, ist jedoch eher kürzer.

»Price«, sage ich und schüttele ihm die Hand. »Wo hast du gesteckt?«

»Oh, hier und da.« Er lächelt. »Aber, hey, ich bin wieder da.«

»Wahnsinn.« Ich zucke die Achseln, verwirrt. »Wie… war's denn?«

»Es war … überraschend.« Er zuckt auch die Achseln. »Es war … deprimierend.«

»Ich dachte, ich hätte dich in Aspen gesehen«, murmele ich.

»Hey, wie geht's dir Bateman?«, fragt er.

»So lala«, sage ich schluckend. »Muss ja.«

»Und Evelyn?«, fragt er. »Wie geht's ihr?«

»Tja, wir haben uns getrennt.« Ich lächle.

»Ewig schade.« Er verdaut das, dann fällt ihm was ein. »Courtney?«

»Hat Luis geheiratet.«

»Grassgreen?«

»Nein, Carruthers.«

Er verdaut auch das. »Hast du ihre Nummer?«

Während ich sie ihm aufschreibe, sage ich beiläufig: »Du bist ja ewig weg gewesen, Tim. Was war los?«, frage ich, und wieder fällt mir der Fleck auf seiner Stirn auf, obwohl ich langsam das Gefühl habe, dass alle anderen, die ich fragen würde, ob er wirklich da ist, einfach Nein sagen würden.

Er steht auf, nimmt die Karte. »Ich bin schon länger wieder da. Du hast mich wohl einfach verpasst. Anschluss verpasst. Durch den Umzug.« Er zögert, spannt mich auf die Folter. »Ich arbeite für Robinson. Rechte Hand und so.«

»Mandel?«, frage ich und biete ihm eine an, ein kläglicher Versuch meinerseits, meinen Ärger über seine Selbstgefälligkeit zu überspielen.

Er tätschelt meine Schulter, sagt: »Du bist ein Irrer, Bateman. Ein Tier. Ein echtes Tier.«

»Da kann ich nicht widersprechen.« Ich lache halbherzig, begleite ihn zur Tür. Als er geht, frage ich mich und frage mich auch wieder nicht, was in der Welt von Tim Price vor sich geht, die im Großen und Ganzen die Welt von uns allen ist: große Rosinen im Kopf, Männerkram, Junge stellt sich der Welt, Junge erobert sie.

Penner auf der Fifth

ICH KOMME VOM CENTRAL PARK, wo ich am Kinderzoo, ganz da in der Nähe, wo ich den McCaffrey-Jungen ermordet habe, Häppchen von Ursulas Hirn an streunende Hunde verfüttert habe. Wenn man um fünf Uhr nachmittags rum die Fifth Avenue entlanggeht, sieht jeder auf der Straße traurig aus, Verfall liegt in der Luft, Körper liegen auf kaltem Pflaster, meilenweit, manche regen sich, die meisten nicht. Geschichte verblasst, und nur sehr wenigen scheint vage bewusst, dass die Zeiten schlechter werden. Flugzeuge fliegen tief über die Stadt, kreuzen vor der Sonne. Windböen fegen über die Fifth, fädeln sich dann durch die Fifty-Seventh Street. Taubenschwärme erheben sich in Zeitlupe und explodieren dann vor dem Himmel. Der Geruch von gerösteten Kastanien vermischt sich mit Abgasen. Mir fällt auf, wie die Skyline sich kürzlich verändert hat. Bewundernd schaue ich auf zum Trump Tower, hoch, stolz glänzend im Sonnenlicht des Spätnachmittags. Davor ziehen zwei aufgeweckte Niggerkids Touristen mit dem Hütchenspiel ab, und ich muss den Impuls bekämpfen, sie wegzublasen.

Ein Penner, den ich irgendwann im Frühjahr geblendet habe, sitzt mit gekreuzten Beinen auf einer filzigen Decke an der Ecke Fifty-fifth. Im Näherkommen sehe ich das vernarbte Gesicht des Bettlers und dann das Schild darunter, auf dem steht VIETNAMVETERAN HAT SEIN AUGENLICHT IN VIETNAM VERLOREN. BITTE HELFT MIR. WIR SIND HUNGRIG UND OBDACHLOS. Wir? Dann sehe ich den Hund, der mich schon misstrauisch beäugt und, als ich näher komme, knurrend aufsteht und schließlich loskläfft, als ich mich über den Penner beuge, wild mit dem Schwanz wedelnd. Ich knie nieder und hebe drohend meine Hand. Der Hund weicht zurück, kneift den Schwanz ein.

Ich habe meine Brieftasche gezückt, um so zu tun, als wollte ich einen Dollar in den leeren Kaffeebecher werfen, merke dann aber: warum so tun? Es sieht sowieso keiner hin, *er* schon gar nicht. Ich stecke den Dollar wieder ein, beuge mich vor. Er spürt meine Gegenwart und hört auf, den Becher zu schwenken. Die Sonnenbrille, die er trägt, verdeckt noch nicht einmal ansatzweise die Wunden, die ich ihm zugefügt habe. Die Nase ist so zerfetzt, dass es mir unbegreiflich ist, wie ein Mensch dadurch atmen kann.

»Sie waren nie in Vietnam«, flüstere ich ihm ins Ohr.

Nach einem Schweigen, während dem er sich in die Hose pisst, der Hund jault, krächzt er: »Bitte … tun Sie mir nichts.«

»Sehe ich aus, als hätte ich zu viel Zeit?«, murmele ich angewidert.

Ich lasse den Penner links liegen, stattdessen fällt mir ein kleines Mädchen mit Zigarette auf, das vor dem Trump Tower um Wechselgeld bettelt. »Shoo«, sage ich. Sie sagt »Shoo« zurück. In der *Patty Winters Show* von heute Morgen saß ein Cheerio in einem sehr kleinen Stuhl und wurde für fast eine Stunde interviewt. Später am Nachmittag wurde einer Frau in einem Mantel aus Nerz und Silberfuchs vor dem Stanhope von einem aufgebrachten Pelzgegner das Gesicht aufgeschlitzt. Aber jetzt, von der anderen Straßenseite immer noch auf den blicklosen Penner starrend, kaufe ich mir ein Dove Bar, Kokosnuss, in dem ich ein Stück Knochen finde.

Neuer Club

DONNERSTAGABEND läuft mir auf einer Party in einem neuen Club, World's End, der in einem Laden auf der Upper East Side aufgemacht hat, in dem früher Petty's war, Harold Carnes über den Weg. Ich sitze mit Nina Goodrich und Jean in einer Nische, und Harold steht an der Bar und trinkt Champagner. Ich bin betrunken genug, um ihn endlich auf die Nachricht anzusprechen, die ich auf seinem Anrufbeantworter hinterlassen habe. Nachdem ich mich bei meiner Begleitung entschuldigt habe, gehe ich zur anderen Seite der Bar, wo mir klar wird, dass ich einen Martini brauche, um mich zu stärken, ehe ich das mit Carnes diskutiere (es war eine *sehr* unbeständige Woche für mich – am Montag fing ich bei einer Folge von *Alf* an zu weinen). Nervös schiebe ich mich neben ihn. Harold trägt einen Schurwollanzug von Gieves & Hawkes, einen Seidentwill-Schlips, Hemd, Schuhe von Paul Stuart; er wirkt stämmiger, als ich ihn in Erinnerung habe. »Mach dir eins klar«, sagt er zu Truman Drake, »bis zum Ende der Neunziger gehört das halbe Land den Japanern.«

Erleichtert, dass Harold immer noch, wie üblich, unter Beigabe eines leichten, aber unüberhörbaren, oh Gott, englischen Akzents, unschätzbare neue Informationen unter die Leute bringt, fühle ich mich gewappnet genug »Oh, halt die Klappe, Carnes, wird es nicht« zu blöken. Ich kippe den Martini, Stoli, während Carnes, der recht verdutzt aussieht, fast schon erschüttert, sich umdreht, um mich anzusehen, und sein aufgeblasenes Gesicht zu einem unsicheren Lächeln verzieht. Hinter uns sagt jemand: »Aber sieh dir doch bloß an, was mit Gecko passiert ist …«

Truman Drake klopft Harold auf die Schulter und fragt mich: »Gibt es eine Hosenträgerbreite, die, na ja, korrekter ist als andere?« Gereizt schubse ich ihn in die Menge, und er verschwindet.

»Na, Harold«, sage ich, »hast du meine Nachricht erhalten?«

Carnes wirkt zunächst verwirrt und lacht schließlich, während er seine Zigarette anzündet. »Jesus, Davis. Ja, das war umwerfend. Das konntest ja nur du gewesen sein, stimmt's?«

»Ja, natürlich.« Ich blinzele, murmele vor mich hin, wedele seinen Zigarettenrauch aus meinem Gesicht.

»Bateman killt Owen und die Hostess?« Er hört gar nicht auf zu kichern. »Oh, das ist zu gut. Echt *key*, wie sie im Groucho Club sagen würden. Echt *key*.« Dann, mit einem pikierten Blick: »Eine recht lange Nachricht, wie?«

Ich grinse idiotisch und sage dann: »Aber … was genau meinst du eigentlich, Harold?« Insgeheim denke ich, dass dieser fette Bastard es unmöglich in den beschissenen Groucho Club geschafft haben kann, und selbst wenn, würde seine unmögliche Art, darauf anzuspielen, die Tatsache vergessen machen, dass man ihn dort aufgenommen hat.

»Na, die Nachricht, die du hinterlassen hast.« Carnes lässt seinen Blick schon wieder durch den Club schweifen, winkt diversen Leuten und Fickmäusen zu. »Ach, übrigens, Davis, wie geht's Cynthia?« Er nimmt ein Glas Champagner von einem vorbeikommenden Kellner. »Ihr seht euch doch immer noch, oder?«

»Warte mal, Harold. Wie-meinst-du-das?«, wiederhole ich nachdrücklich.

Er langweilt sich bereits, es kümmert ihn nicht, er hört gar nicht hin und sagt entschuldigend: »Nichts. Schön, dich zu sehen. Hey, Mann, ist das da hinten Edward Towers?« Ich recke den Hals, um hinzusehen, und wende mich dann wieder an Harold. »Nein«, sage ich. »Carnes? *Warte.*«

»Davis«, seufzt er, als würde er geduldig versuchen, einem Kind Vernunft beizubringen. »Ich will ja nicht meckern, der Witz war gut, aber er hatte einen kleinen Schönheitsfehler: Bateman ist so ein beschissener Arschkriecher, so ein … Schleimscheißer, dass ich es nicht ganz schlucken konnte. Sonst war's sehr amüsant. Warum treffen wir uns nicht zum Lunch, oder lieber zum Dinner bei 150 Wooster oder irgendwas mit McDermott und Preston. Ein echter Raver.« Er will sich verziehen.

»Ray-vah? Ray-vah? Hast du *Ray-vah* gesagt, Carnes?« Ich habe die Augen weit aufgerissen, fühle mich aufgedreht, obwohl ich gar keine Drogen genommen habe. »Wovon *redest* du? Bateman ist was?«

»Oh, lieber Himmel, Mann, warum sollte ihn Evelyn Richards sonst abservieren? Also wirklich. Er würde es kaum schaffen, eine Hostess aufzureißen, geschweige denn, sie … was soll er angeblich mit ihr gemacht haben?« Harold sieht sich immer noch zerstreut im Club um und winkt einem anderen Paar zu, hebt sein Champagnerglas. »Ach, ja, ›zu zerhacken‹.« Er lacht wieder, doch diesmal klingt es gezwungen. »Wenn du mich jetzt entschuldigen würdest. Ich muss wirklich.«

»Warte. Stopp«, rufe ich und sehe Carnes ins Gesicht, vergewissere mich, dass er richtig zuhört. »Du scheinst nicht zu verstehen. Du erfasst die Lage ganz und gar nicht. Ich habe ihn getötet. Ich war's, Carnes. Ich habe Owens verdammten Kopf abgesäbelt. Ich habe Dutzende Mädchen gefoltert. Die ganze Nachricht, die ich hinterlassen habe, war wahr.« Ich bin ausgelaugt, wirke unruhig und frage mich, warum ich so wenig Erleichterung verspüre.

»Entschuldige mich«, sagt er und versucht meinen Ausbruch zu ignorieren. »Ich muss wirklich los.«

»Nein!«, schreie ich. »Also, Carnes. Hör mir zu. Hör mir sehr genau zu. Ich-habe-Paul-Owen-getötet-und-es-hat-mir-Spaß-gemacht. Klarer kann ich mich nicht ausdrücken.« Vor Anspannung bringe ich kaum die Worte heraus.

»Aber das kann gar nicht sein«, sagt er und will mich abschütteln. »Ich kann das nicht mehr komisch finden.«

»Das ist es auch nie gewesen!«, belle ich, und dann: »Warum kann es nicht sein?«

»Darum nicht«, sagt er und beäugt mich furchtsam.

»Warum nicht?«, brülle ich wieder über die Musik, obwohl es wirklich keinen Grund dazu gibt, und füge hinzu: »Du dämliches Arschloch.«

Er starrt mich an, als seien wir beide unter Wasser, und ruft zurück, sehr klar durch das Lärmen des Clubs:

»Weil ... ich ... zwei ... Mal ... mit Paul Owen ... in London ... zum ... Dinner ... war ... *vor knapp zehn Tagen.*«

Nachdem wir einander für etwa eine Minute angestarrt haben, habe ich endlich den Nerv, etwas zu erwidern, aber meiner Stimme fehlt die Entschiedenheit, und ich bin nicht sicher, ob ich es selbst glaube, als ich sage: »Nein, warst du ... nicht.« Es klingt wie eine Frage, nicht wie eine Feststellung.

»Schön, Donaldson«, sagt Carnes und entfernt meine Hand von seinem Arm. »Wenn du mich jetzt entschuldigen würdest.«

»Oh, aber immer«, zische ich. Dann verziehe ich mich wieder zu unserer Nische, wo mittlerweile John Edmonton und Peter Beavers sitzen, und betäube mich mit einer Halcion, ehe ich Jean nach Hause bringe, zu mir. Jean trägt irgendwas von Oscar de la Renta. Nina Goodrich trug ein Paillettenkleid von Matsuda und weigerte sich, mir ihre Nummer zu geben, obwohl Jean unten in der Damentoilette war.

Taxi Driver

NOCH EINE BRUCHSTÜCKHAFTE SZENE aus dem, was ich so mein Leben nenne, begibt sich am Mittwoch, anscheinend ein Fingerzeig auf irgendeinen Fehler, aber ich bin nicht sicher, wessen. Stecke im Verkehrschaos in einem Taxi Richtung Wall Street nach einem Powerfrühstück im Regency mit Peter Russell, der mein Dealer war, ehe er einen richtigen Job fand, und Eddie Lambert. Russell trug einen Zweiknopfsportanzug aus reiner Wolle von Redaelli, ein Hemd von Hackert, eine Seidenkrawatte von Richel, eine Schurwollbundfaltenhose von Krizia Uomo und Schuhe von ColeHaan. Heute Morgen ging's in der *Patty Winters Show* um Schulmädchen, die Sex gegen Crack verkaufen, und ich hätte fast Lambert und Russell abgesagt, um sie nicht zu verpassen. Russell bestellte für mich, während ich in der Lobby telefonierte. Unseligerweise war es ein fett- und natriumreiches Frühstück, und ehe ich mich versah, wurden Teller mit gekräuterten Waffeln mit Schinken in Madeiracreme, gegrillten Würstchen und Quarkküchlein an unserem Tisch abgeladen, und ich musste den Kellner um eine Kanne koffeinfreien Kräutertee, einen Teller Mangospalten mit Blaubeeren und eine Flasche Evian bitten. Im Licht des frühen Morgens, das durch die Fenster des Regency fiel, sah ich den Kellner großzügig schwarze Trüffel über Lamberts dampfende Eier hobeln. Ich gab mich geschlagen und verlangte ebenfalls schwarze Trüffel auf meine Mangospalten. Während des Frühstücks tat sich nicht viel. Ich musste noch einen Anruf erledigen, und als ich zurückkam, sah ich, dass eine Mangospalte auf meinem Teller fehlte, aber ich wollte niemand beschuldigen. Ich hatte anderes im Kopf: Hilfe für Amerikas Schulen, Vertrauensdefizit, Schreibtischsets, die neue Ära der Möglichkeiten und was für mich dabei rausspringen könnte, wie man an Tickets kommt, um Sting in der *Dreigroschenoper* zu sehen, die gerade am Broadway Premiere hatte, wie man mehr aufnehmen und weniger erinnern kann …

Im Taxi trage ich einen doppelreihigen Schurwollkaschmirmantel von Studio 000.1 von Ferré, einen Schurwollanzug mit Bundfaltenhose von DeRigueur von Schoenemann, einen Seidenschlips von Givenchy-Gentleman, Socken von Interwoven, Schuhe von Armani, lese das *Wall Street Journal* mit der Ray-Ban auf und höre im Walkman ein Bix-Beiderbecke-Tape. Ich lege das *Journal* weg und greife mir die *Post*, nur um Page Six zu überfliegen. An der

Ampel an der Seventh und Thirty-fourth, im Taxi neben meinem, sitzt, wenn ich nicht irre, Kevin Gladwin, in einem RalphLauren-Anzug. Kevin schaut von der neuen Ausgabe von *Money* auf und sieht, wie ich ihn neugierig anschaue, ehe sein Taxi sich weiterschiebt. Das Taxi, in dem ich sitze, löst sich plötzlich aus dem Stau und fährt rechts in die Twentyseventh, nimmt den West Side Highway zur Wall Street. Ich lege die Zeitung weg, konzentriere mich auf die Musik und das Wetter, darauf wie kalt es für diese Jahreszeit ist, und langsam fällt mir die Art auf, wie mich der Taxifahrer im Rückspiegel mustert. Ein misstrauischer, hungriger Ausdruck verzerrt seine Gesichtszüge – eine Ansammlung verstopfter Poren, Nasenhärchen. Ich seufze, kann mir schon denken, was kommt, ignoriere ihn. Man muss nur die Kühlerhaube eines Wagens öffnen und weiß, was für Leute den Wagen gebaut haben, ist eine der vielen Phrasen, unter denen ich ständig zu leiden habe.

Aber der Fahrer klopft gegen die Plexiglastrennscheibe, beugt sich zu mir. Während ich den Walkman abnehme, merke ich, dass er alle Türen verriegelt hat – ich sehe die Türschließer einschnappen, höre das hohle Klicken, im Moment, als ich den Ton abstelle. Das Taxi rast schneller als zulässig über den Highway, auf der rechten Außenspur. »Ja?«, frage ich verwirrt. »Was?«

»Hey, ich kenne Sie doch?«, fragt er mit schwerem, kaum verständlichem Akzent, der genauso gut New Jersey wie südländisch sein könnte.

»Nein.« Ich will den Walkman wieder aufsetzen.

»Sie kommen mir bekannt vor«, sagt er. »Wie heißen Sie?«

»Nein, tue ich nicht. Sie mir auch nicht«, sage ich, dann, beim zweiten Nachdenken: »Chris Hagen.«

»Ach was.« Er grinst, als würde irgendwas nicht stimmen. »Ich weiß, wer Sie sind.«

»Aus einem Film. Ich bin Schauspieler«, sage ich. »Ein Model.«

»Nee, das war's nicht«, sagt er grimmig.

»Na ja« – ich beuge mich vor, schaue nach seinem Namen – »Abdullah, bist du vielleicht Mitglied bei M. K.?«

Er antwortet nicht. Ich schlage die *Post* wieder auf, ein Foto des Bürgermeisters im Ananaskostüm, schließe sie wieder und spule das Tape im Walkman zurück. Ich zähle stumm vor mich hin – eins, zwei, drei, vier –, meine Augen hängen am Zähler. Warum habe ich heute Morgen die Pistole nicht eingesteckt? Weil ich es nicht für nötig gehalten habe. Die einzige Waffe, die ich bei mir habe, ist ein Messer, das ich letzte Nacht benutzt habe.

»Nein«, sagt er. »Ich hab Ihr Gesicht schon mal gesehen.«

Schließlich frage ich entnervt und versuche gelassen zu klingen: »Haben Sie das? Wirklich? *Interessant.* Wie wär's, wenn Sie mal auf die Straße schauen, Abdullah?«

Eine lange, ungemütliche Pause, in der er mich im Rückspiegel anstarrt und das grimmige Lächeln verschwindet. Sein Gesicht ist ausdruckslos. Er sagt: »Ich weiß. Mann, ich weiß, wer du bist«, und er nickt, die Lippen fest zusammengepresst. Das Radio, in dem die Nachrichten liefen, wird ausgeschaltet.

Häuser rasen in grau-roten Schlieren vorbei, das Taxi passiert andere Taxis, der Himmel wechselt die Farbe von Blau zu Purpur zu Schwarz und wieder zu Blau. An einer anderen Ampel – einer roten, die er einfach überfährt – auf der anderen Seite des West Side Highway ein neues D'Agostino's an der Ecke, wo früher Mars war, und es treibt mir fast die Tränen in die Augen, weil es doch ein vertrauter Anblick war und weil ich für den Markt (auch wenn es keiner ist, in dem ich jemals kaufen würde) ebenso sentimentale Gefühle hege wie für fast alles mittlerweile, und ich unterbreche fast den Fahrer, um ihm zu sagen, er soll ranfahren, mich aussteigen lassen, das Wechselgeld von einem Zehner – nein, einem Zwanziger – behalten, aber ich kann mich nicht rühren, weil er so schnell fährt und weil etwas mich hindert, etwas Undenkbares, Haarsträubendes, und es kann sein, dass ich es ihn sagen höre. »Du bist der Typ, der Solly kaltgemacht hat.« Seine Fresse ist zu einer entschlossenen Grimasse geronnen. Wie alles andere geschieht auch das, was folgt, sehr schnell, obwohl es wirkt wie ein Ausdauertest.

Ich schlucke, senke meine Sonnenbrille und bitte ihn, langsamer zu fahren, ehe ich frage: »Und wer, wenn ich fragen darf, ist Sally?«

»Mann, dein Gesicht ist auf'm Fahndungsplakat downtown«, sagt er ungerührt.

»Ich glaube, ich möchte hier anhalten«, gelingt es mir zu krächzen.

»Du bist der Typ, stimmt's?« Er sieht mich an, als wäre ich eine Art Viper.

Ein anderes Taxi, das Licht an, leer, kurvt um unseres herum, macht mindestens achtzig. Ich sage kein Wort, schüttele nur den Kopf. »Ich werde mir Ihre« – ich schlucke, zitternd, öffne meinen ledernen Kalender, hole einen Montblanc-Füller aus der Bottega-Veneta-Aktentasche – »Lizenznummer aufschreiben …«

»Du has Solly kaltgemacht«, sagt er, er kennt mich eindeutig von irgendwoher, schneidet jedes weitere Leugnen meinerseits ab und grunzt: »Du Hurensohn.«

Bei den Docks downtown schert er aus dem Highway aus und rast mit dem Taxi über einen verlassenen Parkplatz, und irgendwie geht mir auf, jetzt, gerade als der Fahrer in und dann über einen verfallenen, rostigen Aluzaun fährt, dass ich nichts anderes zu tun hätte, als meinen Walkman aufzusetzen, den Taxifahrer auszublenden, aber meine Hände sind zu unbeweglichen Fäusten verkrampft, die ich nicht öffnen kann, gefangen in einem Taxi, das auf ein Ziel zuholpert, das nur der Taxifahrer, offensichtlich ein Geistesverwirrter, kennt. Die Fenster sind halb heruntergelassen, und ich spüre, wie kalte Morgenluft das Mousse auf meiner Kopfhaut trocknet. Ich fühle mich nackt, plötzlich winzig. Mein Mund schmeckt metallisch, dann wird es schlimmer. Mein Ausblick: eine winterliche Straße. Aber mir bleibt ein tröstlicher Gedanke: Ich bin reich – Millionen sind es nicht.

»Sie müssen mich … irgendwie … verwechselt haben«, sage ich.

Er hält das Taxi an und dreht sich zum Rücksitz um. Er richtet eine Pistole auf mich, deren Typ ich nicht erkenne. Ich starre ihn an, mein verstörter Gesichtsausdruck verändert sich.

»Die Uhr. Die Rolex«, sagt er schlicht.

Ich höre es schweigend, winde mich im Sitz.

Er wiederholt: »Die *Uhr.*«

»Was soll das? Wollen Sie mich auf den Arm nehmen?«, frage ich.

»Raus«, spuckt er. »Scheiße noch mal, raus aus dem Wagen.«

Ich starre am Kopf des Fahrers vorbei durch die Windschutzscheibe auf Möwen, die niedrig über dem dunklen, bewegten Wasser schweben, öffne die Tür und steige aus dem Taxi, vorsichtig, ohne hastige Bewegungen. Ein kalter Tag. Mein Atem dampft, Wind nimmt ihn auf und wirbelt ihn hoch.

»Die Uhr, du Drecksack«, sagt er, aus dem Fenster gelehnt, die Pistole auf meinen Kopf gerichtet.

»Hören Sie, ich weiß nicht genau, was Sie sich dabei denken, was Sie hier vorhaben oder wieso Sie glauben, dass Sie *damit* durchkommen. Mir sind nie Fingerabdrücke abgenommen worden, ich habe Alibis –«

»Schnauze«, grunzt Abdullah und schneidet mir das Wort ab. »Halt einfach deine Drecksschnauze.«

»Ich bin unschuldig«, schreie ich in tiefster Aufrichtigkeit.

»Die Uhr.« Er spannt die Pistole.

Ich löse die Uhr, ziehe sie mir vom Handgelenk und reiche sie ihm.

»Brieftasche.« Er wedelt mit der Pistole. »Nur Cash.«

Hilflos packe ich meine neue Brieftasche aus Antilopenleder aus und reiche ihm mit klammen, tauben Fingern schnell das Geld, zum Glück sind es nur dreihundert Dollar, weil ich vor dem Powerfrühstück nicht mehr zum Geldautomaten gekommen bin. Solly war, wie ich vermute, der Taxifahrer, den ich bei der Verfolgungsszene im Herbst getötet habe, obwohl der Typ Armenier war. Gut möglich, dass ich auch einen anderen getötet habe und mir dieser spezielle Anlass entfallen ist.

»Was wollen Sie tun?«, frage ich. »Gibt es eine Belohnung oder so?«

»Nein. Keine Belohnung«, brummt er, zählt mit der einen Hand die Scheine, die andere, mit der Pistole, noch auf mich gerichtet.

»Woher wollen Sie wissen, dass ich Sie nicht anzeige und Ihre Lizenz einziehen lasse?«, frage ich und reiche ihm ein Messer, das ich gerade in meiner Tasche gefunden habe – sieht aus, als wäre es in einen Eimer Blut und Haare gefallen.

»Weil Sie schuldig sind«, sagt er, und dann: »Bleib mir vom Leib«, mit der Pistole auf das verschmierte Messer deutend.

»Das wissen *ausgerechnet* Sie«, murmele ich wütend.

»Die Sonnenbrille.« Er wedelt wieder mit der Pistole.

»Woher wollen Sie wissen, dass ich schuldig bin?« Ich kann kaum glauben, wie ruhig ich die Frage stelle.

»Sieh dich doch an, Arschloch«, sagt er. »Die Sonnenbrille.«

»Die ist teuer«, protestiere ich, seufze dann, als ich meinen Fehler bemerke. »Ich meine billig. Wirklich billig. Nur ... reicht das Geld nicht auch?«

»Sonnenbrille. Her damit, aber schnell«, grunzt er.

Ich nehme die Wayfarers ab und gebe sie ihm. Vielleicht habe ich wirklich einen Solly getötet, obwohl ich mir sicher bin, dass alle Taxifahrer, die ich in letzter Zeit getötet habe, *keine* Amerikaner waren. Vielleicht doch. Vielleicht hängt wirklich ein Fahndungsplakat von mir im ... wo die Taxis – der Platz, wo die ganzen Taxis stehen? Wie heißt er denn noch? Der Fahrer setzt die Sonnenbrille auf, sieht sich im Rückspiegel an und nimmt sie dann wieder ab. Er klappt die Brille zusammen und steckt sie in seine Jackentasche.

»Du bist ein toter Mann.« Ich lächle ihn grimmig an.

»Und du bist ein Yuppiedrecksack«, sagt er.

»Du bist ein toter Mann, Abdullah«, wiederhole ich. Mit mir ist nicht gut Kirschen essen. »Warte auf mich.«

»Aja? Und du bist ein Yuppiedrecksack. Was ist wohl schlimmer?« Er startet das Taxi und fährt weg.

Auf dem Rückweg zum Highway bleibe ich stehen, schlucke aufsteigende Tränen herunter, meine Kehle ist zugeschnürt. »Ich will doch ...« Ich sehe die Skyline und murmele wie ein Kind vor mich hin: »... doch nur, dass es weiterläuft.« Während ich wie angewurzelt dastehe, erscheint eine alte Frau hinter einem Plakat der *Dreigroschenoper* an der verlassenen Bushaltestelle, sie ist obdachlos und bettelt, humpelt zu mir rüber, das Gesicht voller Narben, die aussehen wie Käfer, und hält mir eine zitternde rote Hand hin. »Oh, bitte, warum gehen Sie nicht einfach«, seufze ich. Sie sagt mir, ich soll mir die Haare schneiden lassen.

Bei Harry's

EIN FREITAGABEND, ein paar von uns haben früh Schluss gemacht und sind bei Harrys gelandet. Zur Gruppe gehören Tim Price, Craig McDermott, ich selbst, Preston Goodrich, der im Moment mit einem echten Hardbody namens Plum, glaube ich – kein Nachname, einfach nur Plum –, geht, einer Schauspielerin/Model, die wir anscheinend alle ziemlich hip finden. Wir sind uns nicht einig, wo wir fürs Dinner reservieren sollen: Flamingo East, Oyster Bar, 220, Counterlife, Michael's, SpagoEast, Le Cirque. Robert Farrell ist auch da, den Lotus Quotrek, ein tragbarer Börsenticker, vor sich auf dem Tisch, und er drückt irgendwelche Knöpfe, während die letzten Aktiennotierungen vorbeiflimmern. Was trägt man heute? McDermott hat einen Kaschmirsportmantel an, eine Schurwollhose, einen Seidenschlips, Hermès. Farrell trägt eine Kaschmirweste, Lederschuhe, eine wollene Hose aus Cavalrytwill, Garrick Anderson. Ich trage einen Schurwollanzug von Armani, Schuhe von Allen-Edmonds, Einstecktuch von Brooks Brothers. Ein anderer trägt einen Maßanzug von Anderson und Sheppard. Einer, der wie Todd Lauder aussieht, vielleicht ist er's sogar, gibt mir quer durch den Raum das Daumen-hoch-Zeichen etc., etc.

Fragen werden mir beiläufig hingeworfen, unter anderem: Gelten fürs Tragen eines Einstecktuchs dieselben Regeln wie für weiße Dinnerjacketts? Besteht überhaupt ein Unterschied zwischen Deckschuhen und Top-Siders? Mein Futon ist jetzt schon durchgelegen und unbequem – was lässt sich da machen? Wie beurteilt man die Qualität von cns vor dem Kauf? Welcher Krawattenknoten ist zierlicher als der Windsor? Wie bleibt ein Sweater elastisch? Irgendwelche Tipps beim Kauf eines Lammfellmantels? Ich denke natürlich an andere Dinge, stelle mir meine eigenen Fragen: Bin ich ein Fitnessjunkie? Mensch gegen Anpassung? Würde Cindy Crawford mich ranlassen? Hat es irgendeine Bedeutung, Waage zu sein, und wenn, wie belegt man das? Heute war ich besessen von der Idee, Sarahs Blut, das ich aus ihrer Vagina gepresst habe, in ihr Büro in der Mergers-Abteilung von Chase Manhattan zu faxen, und heute Morgen war ich nicht beim Training, weil ich aus den Rückenwirbeln irgendeines Mädchens eine Halskette gemacht habe und zu Hause bleiben und sie um den Hals tragen wollte, während ich mir in der weißen Marmorwanne im Bad einen runterholte, grunzend und stöhnend wie ein Tier. Dann sah ich einen Film über fünf Lesben und zehn Vibratoren. Lieblingsband: Talking Heads. Drink: J&B oder Absolut auf Eis. Fernsehsendung: *Late Night with David Letterman.* Limo: Diet Pepsi. Wasser: Evian. Sport: Baseball.

Die Konversation folgt ihren eigenen ungeschriebenen Gesetzen – ohne echte Struktur, ohne Thema oder innere Logik oder Herzlichkeit; abgesehen von, natürlich, der eigenen, verborgenen, konspirativen. Nur Worte, und wie im Film, aber in einem, in dem die Tonspur falsch läuft und das meiste überhängt. Es fällt mir irgendwie schwer, ihr zu folgen, weil mein Geldautomat angefangen hat, mit mir zu *sprechen*, mir doch glatt manchmal schräge Botschaften auf dem Bildschirm zeigt, in grüner Schrift, wie: »Mach einen Riesenaufstand bei Sotheby's«, »Töte den Präsidenten« oder »Fütter mich mit einer streunenden Katze«, und dann bin ich fast durchgedreht, als mir die Parkbank letzten Montagabend sechs Blocks weit nachlief und auch zu mir sprach. Auflösung – ich bringe sie zügig hinter mich. Doch die einzige Frage, die ich über die Lippen bringe und zur Konversation beisteuere, ist ein besorgtes: »Ich gehe nirgendwohin, wenn wir nicht irgendwo reserviert haben, also haben wir irgendwo reserviert oder was?« Ich bemerke, dass alle Dry-Beer trinken, bin ich der Einzige, dem das auffällt? Ich trage auch eine Fensterglas-Brille aus Schildpattimitat.

Im Fernseher bei Harry's läuft die *Patty Winters Show*, die jetzt nachmittags kommt und gegen Geraldo Rivera, Phil Donahue und Oprah Winfrey antreten muss. Thema heute: Macht Geschäftserfolg glücklich? Die Antwort ist heute Nachmittag, bei Harry's, ein dröhnendes »Unbedingt!«, gefolgt von großem Hallo, die Jungs prosten sich gutmütig zu. Jetzt sind Ausschnitte von Präsident Bushs Vereidigung auf dem Bildschirm, dann eine Ansprache des Ex-Präsidenten Ronald Reagan, zu denen Patty schwer verständliche Kommentare abliefert. Bald entspinnt sich eine ermüdende Diskussion darüber, ob er lügt oder nicht, obwohl wir kein Wort hören können. Der Erste und eigentlich Einzige, der sich beschwert, ist Price, der, obwohl ich glaube, dass ihn etwas anderes juckt, die Gelegenheit nutzt, um seinen Ärger abzulassen, und mit übertrieben fassungslosem Gesichtsausdruck sagt: »Wie kann man so unverschämt lügen? Wie kann er mit der Scheiße *hausieren* gehen?«

»Oh Gott«, maule ich. »*Welche* Scheiße? Also, wo haben wir jetzt reserviert? Ich meine, ich hab eigentlich keinen Hunger, aber ich wüsste doch gerne, ob irgendwo reserviert ist. Was ist mit dem 220?« Dann ein Nachgedanke: »McDermott, wie ist es im neuen Zagat weggekommen?«

»Bloß nicht«, meckert Farrell, ehe McDermott antworten kann. »Der Koks, den ich letztes Mal da bekommen habe, war so mit Abführmittel gestreckt, dass ich tatsächlich bei M. K. scheißen musste.«

»Ja, das Leben ist 'ne Klobrille. Man macht viel durch.«

»Tiefpunkt des Abends«, murmelt Farrell.

»Hattest du nicht Kyria mit, als du letztes Mal da warst?«, fragt Goodrich. »Wenn *das* nicht der Tiefpunkt war.«

»Sie hat mich auf Call-waiting erwischt. Was sollte ich machen?« Farrell zuckt die Achseln. »Bitte demütig um Vergebung.«

»Hat ihn auf Call-waiting erwischt.« McDermott knufft mich zweideutig.

»Halt die Klappe, McDermott«, sagt Farrell und flitscht McDermotts Hosenträger. »Such dir doch 'ne Pennerin.«

»Du hast eins vergessen, Farrell«, wirft Preston ein. »McDermott *ist* ein Penner.«

»Wie geht's Courtney?«, fragt Farrell Craig geifernd.

»Just Say No.« Jemand lacht.

Price reißt sich vom Bildschirm los, sieht Craig an und versucht sein Missvergnügen zu kaschieren, indem er mich mit einem Wink zum Fernseher fragt: »Ich kann's nicht *glauben*. Er sieht so … normal aus. So … *ungefährlich*.«

»Bimbo, Bimbo«, sagt einer. »Abgang, Abgang.«

»Er *ist* komplett harmlos, du Null. War total harmlos. Genau wie du total harmlos bist. Aber er hat die ganze Scheiße abgezogen, und *du* hast uns nicht ins 150 reingebracht, also, verstehst du, was soll ich dazu sagen?« McDermott zuckt die Achseln.

»Es will mir nur einfach nicht in den Kopf, wie jemand so auftreten kann, wenn er sich so total in die Scheiße gesetzt hat«, sagt Price, ohne auf Craig zu achten, und wendet den Blick von Farrell ab. Er holt eine Zigarre heraus und begutachtet sie trübsinnig. Für mich sieht es immer noch aus, als hätte er einen Fleck auf der Stirn.

»Weil Nancy hinter ihm gestanden hat?«, vermutet Farrell und schaut vom Quotrek auf. »Weil Nancy es getan hat?«

»Wie kannst du das so verdammt, ich weiß nicht, *cool* nehmen?« Price, mit dem etwas wirklich Unheimliches vorgeht, schaut verblüfft. Gerüchten zufolge soll er auf Entzug gewesen sein.

»Manche Leute werden eben cool geboren, nehme ich an.« Farrell lacht und zuckt die Achseln.

Diese Antwort bringt mich zum Lachen, weil Farrell so *offensichtlich* uncool ist, und Price wirft mir einen strafenden Blick zu und sagt: »Und du Bateman – was findest du so *irrsinnig* komisch?«

Ich zucke auch die Achseln. »Ich bin bloß eine Frohnatur.« Und dann, als mir mein Bruder einfällt, *zitiere* ich ihn und füge hinzu: »Rocking and Rolling.«

»Jeder nach seiner Fasson«, sagt jemand.

»Oh, Bruder.« Price kann's einfach nicht lassen. »Also«, fängt er an, um eine rationale Einschätzung der Sachlage ringend. »Er gibt sich als harmloser alter Dachs. Aber innerlich …« Er bricht ab. Mein Interesse erwacht, flackert kurz auf. »Aber innerlich …« Price bringt den Satz einfach nicht zu Ende, kommt einfach nicht auf die letzten zwei Worte, die ihm fehlen: *auch egal.* Ich bin zugleich enttäuscht und erleichtert für ihn.

»Innerlich? Ja, innerlich?«, fragt Craig gelangweilt. »Ob du's glaubst oder nicht, wir hören dir tatsächlich zu. Mach hin.«

»Bateman«, sagt Price etwas nachgiebiger. »Na los. Was meinst du?«

Ich schaue auf, lächle, sage kein Wort. Von irgendwoher – Fernseher? – erklingt die Nationalhymne. Warum? Weiß ich auch nicht. Vielleicht vor einem Werbespot. Morgen in der *Patty Winters Show*: Türsteher von Nell's – Woher sie kamen, wohin sie gingen. Ich seufze, zucke die Achseln, was soll's.

»Das ist eine, äh, verdammt gute Antwort«, sagt Price, fügt dann hinzu: »Du bist ein echter Spinner.«

»Das ist das Interessanteste, was ich höre, seit« – ich schaue auf die neue goldene Rolex, die die Versicherung mir bezahlt hat – »McDermott die Idee hatte, wir sollten alle Dry-Beer trinken. Jesus, ich brauche einen Scotch.«

McDermott schaut hoch, grinst übertrieben und schnurrt: »Bud. Schlanke Flasche. Wunderhübsch.«

»Hochkultiviert.« Goodrich nickt.

Englands Superdandy Nigel Morrisson kommt an unseren Tisch und trägt eine Blume im Revers seines Paul-Smith-Jacketts. Aber er kann nicht lange bleiben, da er *andere* britische Freunde, Ian und Lucy, bei Delmonico's treffen soll. Sekunden nachdem er gegangen ist, höre ich jemand lästern: »Nigel. Ein Pâté-Tiger.«

Ein anderer: »Habt ihr gewusst, dass Höhlenmenschen mehr Ballaststoffe zu sich nahmen als wir?«

»Wer handelt den Fisher-Account?«

»Vergiß es. Was ist mit der Shepard-Sache? Dem Shepard-Account?«

»Ist das David Monrowe? Was für ein Absteiger.«

»Oh, Bruder.«

»Um Himmels willen.«

»... aalglatt und gerissen ...«

»Was ist für mich dabei drin?«

»Das Shepard-*Stück* oder der Shepard-Account?«

»Reiche Leute mit billigen Anlagen.«

»Nein, Mädchen, die Alkohol *vertragen*.«

»... halbe Portion ...«

»Feuer? Nette Streichhölzer.«

»Was ist für mich dabei drin?«

»Klar klar klar klar klar klar ...«

Ich glaube, ich bin es, der sagt: »Ich muss noch Videos zurückbringen.«

Jemand hat schon ein Minolta-Funktelefon ausgepackt und einen Wagen gerufen, und dann, als ich nicht richtig hinhöre, weil ich einem, der Marcus Halberstam bemerkenswert ähnlich sieht, zusehe, wie er die Rechnung bezahlt, fragt jemand ganz schlicht, ohne erkennbaren Zusammenhang: *»Warum?«*, und obwohl ich stolz auf meine Kaltblütigkeit bin und dass ich die Nerven habe zu tun, was von mir erwartet wird, schnappe ich etwas auf, verstehe dann: *Warum?*, und automatisch kommt meine Antwort, aus heiterem Himmel, ganz ohne Grund, mein Mund geht auf, Worte kommen heraus, noch mal zum Mitschreiben für die Idioten: »Na ja, obwohl ich weiß, ich hätte das tun sollen, anstatt es nicht zu tun, ich bin siebenundzwanzig, du lieber Himmel, und so, äh, präsentiert sich in einer Bar oder in einem Club in New York, vielleicht *überall*, nun mal das Leben im ausgehenden Jahrhundert, und so benehmen sich Leute wie, na ja, ich eben, und das ist, was *Patrick* zu sein für mich ausmacht, denke ich, also, na ja, klar äh …«, und darauf folgt ein Seufzer, dann ein schwaches Achselzucken und wieder ein Seufzer, und über einer der mit roten Samtportieren verkleideten Türen bei Harry's ist ein Schild, und auf dem Schild stehen in farblich auf die Portieren abgestimmten Lettern die Worte KEIN AUSGANG.